「十四五」国家重点图书出版规划项目

国家社会科学基金重大项目「中国近代日记文献叙录、整理与研究」（项目编号：18ZDA259）阶段性研究成果

中国近现代稀见史料丛刊 【第十辑】

夏敬观家藏亲友书札（上）

张剑　徐雁平　彭国忠　主编

李开军　田雪　整理

本辑执行主编　张剑

凤凰出版社

图书在版编目（CIP）数据

夏敬观家藏亲友书札 / 李开军，田雪整理. -- 南京：
凤凰出版社，2023.10
　（中国近现代稀见史料丛刊. 第十辑）
　ISBN 978-7-5506-3993-5

Ⅰ. ①夏… Ⅱ. ①李… ②田… Ⅲ. ①书信集－中国
－近代 Ⅳ. ①I265

中国国家版本馆CIP数据核字(2023)第183991号

书　　　　名	夏敬观家藏亲友书札	
著　　　者	李开军　田　雪　整理	
责 任 编 辑	汪允普	
装 帧 设 计	姜　嵩	
责 任 监 制	程明娇	
出 版 发 行	凤凰出版社(原江苏古籍出版社)	
	发行部电话025-83223462	
出版社地址	江苏省南京市中央路165号，邮编：210009	
照　　　排	南京凯建文化发展有限公司	
印　　　刷	江苏凤凰通达印刷有限公司	
	江苏省南京市六合区冶山镇，邮编：211523	
开　　　本	880毫米×1230毫米　1/32	
印　　　张	25.125	
字　　　数	653千字	
版　　　次	2023年10月第1版	
印　　　次	2023年10月第1次印刷	
标 准 书 号	ISBN 978-7-5506-3993-5	
定　　　价	148.00元(全二册)	

（本书凡印装错误可向承印厂调换，电话：025-57572508）

存史鑑今

袁行霈題

袁行霈先生題辭

「音实难知，知实难逢，逢其知音，千载其一乎！」（《文心周雅在·知音》）今读新编稀见史料丛刊，真有治学知音之感矣。

傅璇琮谨书

二〇一三年

傅璇琮先生题辞

殚精竭虑旁搜远绍

重新打造中华文史资

料库

王水照 二〇一三年一月

王水照先生题辞

故手馨

映庵先生命题

澤闓

谭泽闿手迹

置懷袖期不滅

屬題是日航海赴 行在孝胥

映盦先生

乙丑十月六日

郑孝胥手迹

新居尚未獲一詣此心闕然旦夕家事擾了實問晚走

誦一譯殊不至相失也又及

荷蒙換耐玩味近得涵公和夢窗江南春一闋

苦為韻縛未盡能事此來頗覺其作意略入

睡熟好為人所難骸終應以次面訣誤呂遲駿需

末月卿製乃力求疏宕欲舉似相規竊未敢遍

歎如何二諾寫上二合就正幸教之此上祇承

劍承先生道履

文焯頓白

七月廿九日

附上實爽人一曲亭毛海拍辛思

郑文焯手札

葉德輝字煥彬湖南湘潭縣人

劍丞仁兄世大人閣下　今日奉到

台函祇悉種切宋詩鈔元詩選列朝詩集此在總集中取其 _{此為中丹集三類不佳選詩尚可丁全朝詩集之流別}

諟博取一朝之全可以勸買書者之興致非論其選之精不

精也況元詩選商務印書館已即行列朝詩集鄧秋枚二年

印出弟非不知其重務複以其人砍得又嫌單買價貴列

入此集使人得俗便宜二列消之一助　閣下詩家乃重視兩

崑唐詩鼓吹瀛奎律髓乾坤清氣集弟彭乎不弦苟 _{集漢楊統碑字葉氏嘉德堂造殘}

同西崑猶屬於宗唐詩鼓吹瀛奎律髓乾坤清氣集

叶德辉手札

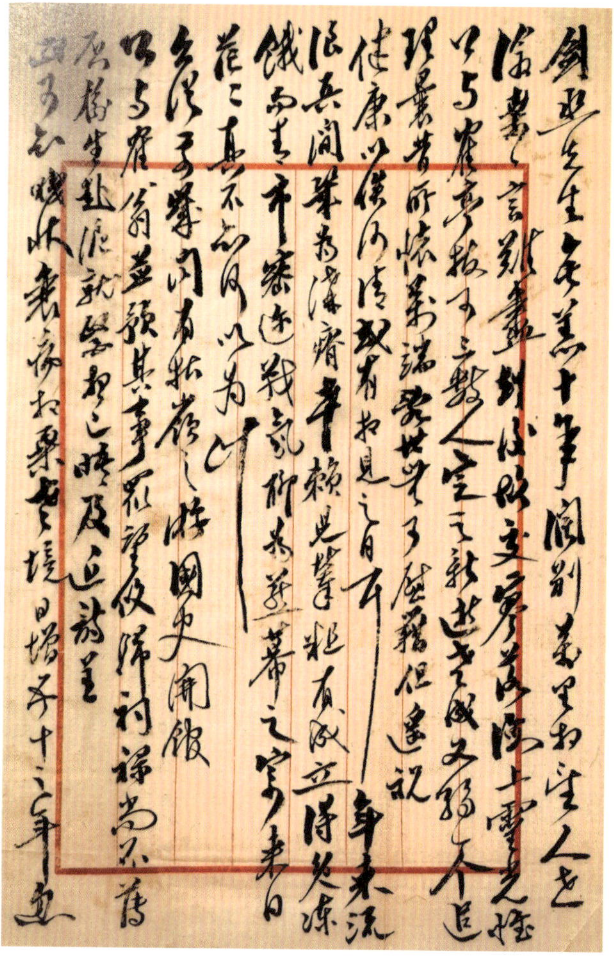

黄孝纾手札

《中国近现代稀见史料丛刊》总序

在世界所有的文明中,中华文明也许可说是"唯一从古代存留至今的文明"(罗素《中国问题》)。她绵延不绝、永葆生机的秘诀何在?袁行霈先生做过很好的总结:"和平、和谐、包容、开明、革新、开放,就是回顾中华文明史所得到的主要启示。凡是大体上处于这种状况的时候,文明就繁荣发展,而当与之背离的时候,文明就会减慢发展的速度甚至停滞不前。"(《中华文明的历史启示》,《北京大学学报》2007 年第 1 期)

但我们也要清醒看到,数千年的中华文明带给我们的并不全是积极遗产,其长时段积累而成的生活方式与价值观具有强大的稳定性,使她在应对挑战时所做的必要革新与转变,相比他者往往显得迟缓和沉重。即使是面对佛教这种柔性的文化进入,也是历经数百年之久才使之彻底完成中国化,成为中华文明的一部分;更不用说遭逢"数千年来未有之变局""数千年未有之强敌"(李鸿章《筹议海防折》),"数千年未有之巨劫奇变"(陈寅恪《王观堂先生挽词序》)的中国近现代。晚清至今虽历一百六十余年,但是,足以应对当今世界全方位挑战的新型中华文明还没能最终形成,变动和融合仍在进行。1998 年 6 月 17 日,美国三位前总统(布什、卡特、福特)和二十四位前国务卿、前财政部长、前国防部长、前国家安全顾问致信国会称:"中国注定要在 21 世纪中成为一个伟大的经济和政治强国。"(徐中约《中国近代史》上册第六版英文版序,香港中文大学 2002 年版)即便如此,我们也不能盲目乐观,认为中华文明已经转型成功,相反,中华文明今天面对的挑战更为复杂和严峻。新型的中华文明到底会怎样呈现，又怎样具体表现或作用于政治、经济、文化等层面，人们还在不断探索。这个问题，我们这一代恐怕无法给出答案。但我们坚信，在历史上曾经灿烂辉煌的中华文明必将凤凰浴火，涅槃重生。这既是数千年已经存在的中华文明发展史告诉我们的经验事实，也是所有为中国文化所化之人应有的信念和责任。

不过，对于近现代这一涉及当代中国合法性的重要历史阶段，我们了解得还过于粗线条。她所遗存下来的史料范围广阔，内容复杂，且有数量庞大且富有价值的稀见史料未被发掘和利用，这不仅会影响到我们对这段历史的全面了解和规律性认识，也会影响到今天中国新型文明和现代化建设对其的科学借鉴。有一则印度谚语如是说："骑在树枝上锯树枝的时候，千万不要锯自己骑着的那一根。"那么，就让我们用自己的专业知识与能力，为承载和养育我们的中华文明做一点有益的事情——这是我们编纂这套《中国近现代稀见史料丛刊》的初衷。

书名中的"近现代"，主要指 1840—1949 年这一时段，但上限并非以一标志性的事件一刀切割，可以适当向前延展，然与所指较为宽泛的包含整个清朝的"近代中国""晚期中华帝国"又有所区分。将近现代连为一体，并有意淡化起始的界限，是想表达一种历史的整体观。我们观看社会发展变革的波澜，当然要回看波澜如何生，风从何处来；也要看波澜如何扩散，或为涟漪，或为浪涛。个人的生活记录，与大历史相比，更多地显现出生活的连续。变局中的个体，经历的可能是渐变。《丛刊》期望通过整合多种稀见史料，以个体陈述的方式，从生活、文化、风习、人情等多个层面，重现具有连续性的近现代中国社会。

书名中的"稀见"，只是相对而言。因为随着时代与科技的进步，越来越多的珍本秘籍经影印或数字化方式处理后，真身虽仍"稀见"，化身却成为"可见"。但是，高昂的定价、难辨的字迹、未经标点的文本，仍使其处于专业研究的小众阅读状态。况且尚有大量未被影印或数字化的文献，或流传较少，或未被整合，也造成阅读和利用的不便。因此，《丛刊》侧重选择未被纳入电子数据库的文献，尤欢迎整理那些辨识困难、断句费力、裒合不易或是其他具有难度和挑战性的文献，也欢迎整理那些确有价值但被人们习见思维与眼光所遮蔽的文献，在我们看来，这些文献都可属于"稀见"。

书名中的"史料"，不局限于严格意义上的历史学范畴，举凡日记、书信、奏牍、笔记、诗文集、诗话、词话乃至序跋汇编等，只要是某方面能够反映时代政治、经济、文化特色以及人物生平、思想、性情的文献，都在考虑之列。我们的目的，是想以切实的工作，促进处于秘藏、边缘、零散等状态的史料转化为新型的文献，通过一辑、二辑、三辑……这样的累积性整理，自然地呈现出一种规模与气象，与其他已经整理出版的文献相互关联，形成一个丰茂的文献群，从而揭示在宏大的中国近现代叙事背后，还有很多未被打量过的局部、日常与细节；在主流周边或更远处，还有富于变化的细小溪流；甚至在主流中，还有漩涡，在边缘，还有静止之水。近现代中国是大变革、大痛苦的时代，身处变局中的个体接物处事的伸屈、所思所想的起落，借纸墨得以留存，这是一个时代的个人记录。此中有文学、文化、生活；也时有动乱、战争、革命。我们整理史料，是提供一种俯首细看的方式，或者一种贴近近现代社会和文化的文本。当然，对这些个人印记明显的史料，也要客观地看待其价值，需要与其他史料联系和比照阅读，减少因个人视角、立场或叙述体裁带来的偏差。

知识皆有其价值和魅力，知识分子也应具有价值关怀和理想追求。清人舒位诗云"名士十年无赖贼"（《金谷园故址》），我们警惕袖手空谈，傲慢指点江山；鲁迅先生诗云"我以我血荐轩辕"（《自题小像》），我们愿意埋头苦干，逐步趋近理想。我们没有奢望这套《丛刊》产生宏大的效果，只是盼望所做的一切，能融合于前贤时彦所做的贡献之中，共同为中华文明的成功转型，适当"缩短和减轻分娩的痛苦"（马克思《资本论》第一卷第一版序言）。

　　《丛刊》的编纂，得到了诸多前辈、时贤和出版社的大力扶植。袁行霈先生、傅璇琮先生、王水照先生题辞勖勉，周勋初先生来信鼓励，凤凰出版社姜小青总编辑赋予信任，刘跃进先生还慷慨同意将其列入"中华文学史史料学会"重大规划项目，学界其他友好也多有不同形式的帮助……这些，都增添了我们做好这套《丛刊》的信心。必须一提的是，《丛刊》原拟主编四人（张剑、张晖、徐雁平、彭国忠），每位主编负责一辑，周而复始，滚动发展，原计划由张晖负责第四辑，但他尚未正式投入工作即于 2013 年 3 月 15 日赍志而殁，令人抱恨终天，我们将以兢兢业业的工作表达对他的怀念。

　　《丛刊》的基本整理方式为简体横排和标点（鼓励必要的校释），以期更广泛地传播知识、更好地服务社会。希望我们的工作，得到更多朋友的理解和支持。

2013 年 4 月 15 日

目　录

前　言

　　近代同光体诗人,大体上可以区分为三代:以陈三立、郑孝胥、沈曾植、陈衍等为代表的出生于十九世纪五六十年代的第一代,以陈曾寿、李宣龚、夏敬观等为代表的出生于十九世纪七八十年代的第二代,以黄濬、黄孝纾等为代表的出生于光绪二十六年(1900)前后的第三代。身处第二代的夏敬观,因是陈三立乡晚,有颇多交往,又帮助陈在商务印书馆出版《散原精舍诗》,所以我格外留意。

　　夏敬观(1875—1953)字剑丞,号映庵,江西新建人,光绪元年(1875)五月初十出生于长沙,其时父献云官湖南督粮道。纵观夏敬观七十九年的一生,可以分为四个阶段(依陈谊《夏敬观年谱》而稍作调整):

　　第一阶段是光绪元年至二十六年(1875—1900)的科举求学时期。

　　夏敬观自然要走科举入仕这条正途。他的启蒙大概开始于长沙,但自光绪丙戌(1886)十二岁之后,即回到南昌攻读四书五经。光绪二十年甲午(1894)科乡试,考中第十四名举人。这应该是他第一次参加乡试,可谓相当顺利,但接下来光绪二十一年(1895)赴京会试因病中途折回,二十四年(1898)虽得房官荐卷而最终未能入围,就有了些悲情意味。

　　求学时期,对夏敬观影响最大的老师是湖南善化人皮锡瑞(1850—1908)。皮锡瑞是近代著名的今文经学学者,尤其擅长研治《尚书》。他于光绪十六年(1890)入江西学政龙湛霖幕,襄助校阅试卷等事,后遂于光绪十八年(1892)以举人身份开始担任江西南昌经训书院讲席,一直到二十四年(1898)因戊戌政变牵连被驱逐回籍,交湖南地方严加管束,前后七年。皮锡瑞本是夏敬观父亲夏献云的学生,主讲经训书院后又与夏敬观四哥敬庄约为儿女婚姻,因此在南昌期间,经常到夏宅走动。他最迟于光绪十九年(1893)七月见到夏敬观,次年五月二十五日夏敬庄"携其弟鉴臣来受业"(《皮锡瑞日记》),此后皮氏日记中便经常可见为夏敬观修改诗文的记载。皮锡瑞对这位青年可谓发自内心的喜爱和欣赏,日记中多有记录:"幹臣以所作诗见示,其才甚可爱,七言刻摹昌谷,将来诗坛一大敌也。"(《皮锡瑞日记》光绪二十一年三月二十一日)"鉴臣诗有奇气,非我辈所能及。"(《皮锡瑞日记》光绪二十二年六月二十六日)"为鉴臣改骈文一篇,将来当让此人出一头地。"(《皮锡瑞日记》光绪二十二年七月初三日)可见皮锡瑞十分看好自己的这位爱徒,相信他在文学上将取得非凡成就。

皮锡瑞虽然研究的是旧学问,但他视野开阔,思想开放通脱,主张通经致用,表现出对新学和改革的热情与接受,这对夏敬观产生了积极的影响。他在民国甲戌(1934)追忆皮锡瑞的教诲时说:"生平粗识学问途径,莫非先生授之。"皮先生在经训书院中"剖析所疑,娓娓不倦,或旁及子史、典章、国故,反覆兴革治乱之源,盖经义、治事未尝偏废也。江西人为学,承易堂九子余风,耽性理,尚节概,至于训诂、考据常后人,故病空疏。先生至,学者知治经史矣。"(《善化皮鹿门先生年谱序》)其实他早在随皮氏问学之时,即已参悟到老师"洞达经济,深识兴衰""通经以致用,因文以明道"的学术追求(《师伏堂骈文序》,作于光绪二十二年)。而当光绪二十八年(1902)回答张之洞"年事方盛(案:时年二十八岁),曷不归而读书"之问时,所揭出的"学以致用,服官与求学未尝相悖。故学问乃终身之事,何可一日废也"(大陆杂志社编《中国近代学人像传》之《夏敬观先生传略》),其实大可视为皮锡瑞学术理念的延续。而从可以覆按的事实来看,夏敬观晚年研究著述中的词学、音学一类,如《词调溯源》《音学备考》《古音通转例证《经传师读通假例证》《今韵析》)《戈顺卿〈词林正韵〉纠正》等，其种子在三十年前已经埋下——光绪二十一年，皮锡瑞将《声律通考》、"毛西河乐书四种"、《律话》等书赠予夏敬观，他觉得这个学生"聪颖"，也许能够"通解"。(《皮锡瑞日记》光绪二十一年闰五月二十五日、六月初四日、十月二十五日)

　　第二阶段是光绪二十七年至民国十二年癸亥(1901—1923)的仕宦时期。

　　夏敬观本打算在参加光绪二十七年(1901)三月会试之后"求官"，但可惜的是，因京师贡院在庚子国难中损毁，这一年的恩科和次年的正科后延到光绪二十九年(1903)在开封举行。夏敬观失去了走"正途"的机会，遂于光绪二十七年(1901)七月，循例报捐了员外郎双月选用，不久又报捐知府，指分江苏，次年七月初八日吏部带领引见，照例发往江苏试用，开始了他的"杂途"入仕生涯。

　　二十多年的仕途生涯里，他担任过的差遣不少，在海门管过税务，在苏州当过宪政总文案，在北京任过农工商部秘书，但值得注意的是他在教育领域的任职。光绪二十八年(1902)到南京后不久，夏敬观被张之洞委以兼办三江师范学堂，光绪三十三年(1907)又监督复旦公学、中国公学。也许是因为他教育观念的新旧兼融(得益于皮锡瑞)和在管理上表现出的才能，宣统元年(1909)十一月，得以道员之身署理江苏提学使，但可惜的是，不及两月，即以继母周氏之丧而罢去。入民国后，他于民国八年(1919)开始出任浙江教育厅长，三年后罢任，被任命为北京图书馆馆长，但没有赴任。

　　第三阶段是民国十三年甲子至民国三十七年戊子(1924—1948)的学术研究和著述时期。

　　民国十三年(1924)夏敬观迎来知天命之年，也恰在这一年，爆发了苏浙战争。也许是被迫，也许是出于对自己人生的反思和重新规划，夏敬观中止了自己的仕进之路，从此转向学术研究和著述。他的诗学著作如《唐诗说》《忍古楼诗话》《学山诗话》等和诗歌选注《梅宛陵集校注》《梅尧臣诗选注》《孟郊诗选注》等，词学著作如《词调溯源》《戈顺卿〈词林正韵〉纠正》《忍古楼词话》《映庵词话》《二晏词选注》等，音韵学著作如《古音通转例证》《经传师读通假例证》和《今韵析》（此三种后合为《音学备考》）等，经学著作如《毛诗序驳议》等，史学著作如《司马迁年谱》等，都是在这一时期发表或完成的，经由这二十多年的努力，他成为一位不容忽视的学者。

第四阶段是 1949—1953 年的卧病终老时期。

夏敬观七十二岁（1946）时，尚且能作庐山之游，但民国三十七年戊子（1948）七月突然中风，从此身体日益衰颓，终年卧病沪上，除了诗词还在写，其他著述活动就此停废。1953 年病逝，得年七十又九。

夏敬观一辈子走仕途，做研究，但今天我们眼中的他，更多的是一位诗人。其传世诗集名为《忍古楼诗》《忍古楼诗续》，收诗起自光绪二十年（1895），终于辛卯（1951），前后五十七年，诗歌共有一千三百六十多题。他早年的诗歌，在老师皮锡瑞看来，学李贺，有奇气。壮年之后转学宋诗，尤爱梅尧臣，上追孟郊，成为近代同光体诗人的后劲，被视为陈三立之后赣派的领袖人物。

同时，夏敬观还是一位词人。他自光绪庚子（1900）开始学习填词，光绪丁未（1907）即刊刻《映庵词》二卷，辛亥年（1911）续刻第三卷，今天较流行的是民国二十八年（1939）中华书局刊行的《映庵词》四卷本。另外，上海图书馆藏有《映庵词》稿本，所录为民国二十八年（1939）至 1953 年之作。据郭岚在其硕士学位论文《夏敬观〈映庵词〉研究》中统计，《映庵词》各刊本共存词三百五十一阕。夏敬观对清真词研习颇深，朱祖谋誉其能续北宋名流"将坠之绪"（《映庵词序》），张尔田认为"世之言词者莫不尊北宋，惟公乃真北宋之词耳"（《与夏敬观》），后来叶恭绰更在《广箧中词》中推其为"词坛尊宿，合继王朱"，视为王鹏运、朱祖谋之后的词坛盟主。

夏敬观一生，主要生活在南昌、长沙、南京、苏州、上海、杭州等地，而他自光绪二十八年（1902）起几乎一直生活其中的宁沪苏杭，正是中国近代作家(包括诗人、词人、小说家等)汇聚活动的核心区域之一,他在这里结识了大量近代文化、文学史上的重要人物,并与这些人保持着密切的书信往来。幸运的是,写给夏敬观的这些书信得到夏氏珍视保存(辛亥年曾遗失部分书札),并进行了编排整理,这就是藏在上海图书馆的《夏敬观家藏尺牍》和《夏敬观友朋书札》,前者分装成十四册,后者二十二册。而更令人欣喜的是,这批书信在黄显功、严峰的主持下,作为"近代名人尺牍丛刊"的一种,于2021年由复旦大学出版社彩印出版了。当然在此之前,夏敬观藏札已经"显山露水":民国时期《词学季刊》《同声月刊》曾刊发郑文焯与夏书三十八通,2001年张晖《龙榆生先生年谱》注释中引录龙沐勋与夏书八通,2007年陈诒《夏敬观年谱》注释中引录和参校师友书札百通左右(主要是郑文焯书信)、梁颖在《历史文献》第七辑上披露了叶德辉与夏书十六通、《张元济全集》收录张元济与夏书三十九通,2009年孙克强、杨传庆辑校《大鹤山人词话》移录郑文焯与夏书二十八通,2019年吴建伟在《历史文献》第二十一辑上披露陈三立与夏书四十九通,2021年梁颖等整理《张尔田书札》刊布张尔田与夏书十六通等。但这些书信相较于夏敬观所藏一百九十余人约一千五百通书信而言,不过只占七分之一左右,仅从文献价值而言,《夏敬观家藏尺牍》《夏敬观友朋书札》仍有极大的阅读价值。更何况是彩印,虽非真迹,披览摹挲,已足令人神旺!

夏敬观家藏的这批书信,直观地向我们展现了夏敬观的交游网络。在给夏敬观写信的人中,五十通以上的有郑文焯、谭泽闿、陈三立、陈敬第、余肇康等,其中郑文焯更是多达百通以上,三十通以上的有陈诗、叶恭绰、黄孝纾、李宣龚、谭延闿、张元济、陈曾寿等,二十通以上的有朱祖谋、仇埰、黄濬、郑孝胥、张尔田等,超过十通的有汪兆镛、龙沐勋、冒广生、叶德辉、龙绂慈、陈夔龙、梁鸿志、徐桢立、孙世伟、张謇、俞明震、陈衍、徐珂、陈锐、诸宗元、叶玉麟、王秉恩、吴湖帆、程学恂等,十通以下较知名的有沈曾植、康有为、文廷式、梁鼎芬、严复、林纾、罗振玉、冯煦、傅增湘、吴俊卿、赵熙、夏曾佑、缪荃孙、况周颐、曾广钧、关赓麟、郭则沄、曹经沅、陈衡恪、程颂万、胡朝梁、李瑞清、林葆恒、罗惇曧、潘飞声、皮锡瑞、王蕴章、夏承焘、徐乃昌、孙毓修、汪东、汪国垣、杨增荦、杨钟羲、曾克耑等。这些人有的是夏敬观的师长，有的是他的同辈，有的则是他的晚辈、学生；有人为官民国，有人守候旧朝，有人在抗战中"落水"；有文人，有艺术家，有藏书家。如此种种，足见他交游之广大。不过这广大之中，似乎也有一道线牵着——这些人大多是中国近代文学史上立得住、有些还是影响巨大的人物。对于我这样一个关注近代文学的人而言，看到这么多熟识的名字，心里真的是乐开了花，其欣喜已经超过了之前看到的《复堂师友手札菁华》《吴庆坻亲友书札》《张尔田书札》等。

作为文人书札，它的一个重要功用就是交流写作，或录示近作，或誉赏表彰，或商讨订正，不一而足。今天读来，从文学的方面看，夏藏亲友书札一方面可以据之集佚，丰富近代诗词作家的作品库存；一方面可以窥看诗词在修改中逐渐定型的过程，重建文学作品生成和文学观念交锋的历史现场。

夏氏藏札中可以据之集佚的书信不少，这里举一个较极端的例子。长沙人余肇康（1854—1930），光绪丙戌（1886）进士，夏敬观的前辈，陈三立、陈夔龙、冯煦、沈曾植、袁思亮等人的诗集里，经常可以看到与余氏酬唱往来之作，但似乎还没有学者讨论过余肇康的诗歌面貌，主要原因就是能读到的余氏诗歌较少。相传余氏有稿本《敬斋诗集》，但似乎没有人读过；他的七十多本日记起自同治十一年（1872），止于民国十九年庚午（1930）（仅中断四五年），其中或许录有诗稿，但它作为一级文物深藏于湖南省博物馆，一般人看不到。在晚清民国的报刊上（据上海图书馆"晚清民国期刊全文数据库"），只能搜索到二十首左右的余肇康诗歌，而在他写给夏敬观的书信里，竟录存了约五十首诗，这是余肇康诗歌数量最多的一次集中呈现，为我们观察描述他的诗歌面貌提供了可能。

　　因为夏敬观在诗词写作方面的成就，向他请教和与他讨论诗词写作的书信不少，其中最引人注目的是郑文焯与他之间的词学商讨，夏氏所藏百余通郑氏书信里，大约有五十通都以此为话题，有时候讨论郑词，有时候月旦夏词，有时候论及友朋之作，在在可见当时二人间揣摩攻错、沉潜词艺的欢乐情境。如宣统元年（1909）十月，两人同在苏州，频繁词书往来。仰赖陈国安对王謇海粟楼藏"大鹤友人投赠手札"中夏敬观书札的披露，我们可以对读两人此时的往来书函。先是九日，夏敬观寄呈《蕙兰芳引枫泾感赋》一词求正（下引夏敬观之词与书，均据陈国安《海粟楼藏夏敬观致郑大鹤论词书札笺释》一文所附词、书之图片）：

　　　　霜醉晚枫，敛余照、半明江阁。正极浦舟回，灯里片帆乍落。背城暮景，倩妙手、丹青难貌。洒送秋客泪，此夕河桥萧索。
　　　　二月风花，千程烟树，老去行脚。念难转红颜，终负故人素约。流霞在手，劝君且酌。空断魂，为问楚招谁作。

郑文焯十日回复，书中云：

　　　　昨晨方写拙制二解，就有道正，适奉来章，凄异感人，如诵《九辩》，弥钦怀旧之蓄念，不同无病之呻吟。绅绎嘉藻，近著中当以此为孤进之绝诣。且兹调拗折，极不易协律，清真嗣响，诚足当之。顾下阕"红颜"句，窃于义未安，拟易以"念珠玉波沉"何如？即美成"念珠玉、临水犹悲感"之意。諓见所逮，幸无见尤。

郑文焯赞叹《蕙兰芳引》一词乃"清真嗣响"，同时指出"念难转红颜"一句"于义未安"，提出可以易为"念珠玉波沉"。郑文焯此信附去近制二首，以"就正有道"，其中一首即《雪梅香秋晚连雨，忽见微月，步上亭皋，旷然感赋》：

雨初歇,凭高极目送荒寒。揽征蓬千里,烟光染作愁颜。秋尽林皋到残月,夜明楼阁起虚澜。雁声落,笛里人家,犹梦关山。

无端。黯离景,一片伤心,画出应难。故国年涯,那堪送客衰兰。乱叶从风诉飘泊,晚花凝露泪阑干。归来后、满镜清霜,肠断谁看。

夏敬观当天即回复,书中云:

昨呈《蕙兰芳引》,承斧易四字,感佩无量。昨夜又成《兰陵王》一解,录呈指正,务祈破除情面,使获教益,倘有增进,皆先生之所赐也。大作得柳词一种静穆气象,功力至深,惟《雪梅香》之"雁""梦""出"三字似宜易上声,音响更协。妄议不知有当否?

他感谢郑文焯"斧易四字",即《蕙兰芳引》中"红颜难转"易为"珠玉波沉",并赞郑氏新作得柳永词之"静穆气象",同时从格律音响的角度指出郑氏《雪梅香》词中"雁声落""犹梦关山""画出应难"三句中的"雁""梦""出"三字"宜易上声"。随信夏敬观又录上新作《兰陵王草》一词:

小桥侧,芳草离离恨色。凭栏见,霜露晓寒,一夜西风换头白。行行向大陌。愁客思归未得。黏天处,江树共涧,遥接黄云塞东北。　蘅皋旧春迹。记酒卧长瓶,骢驻金勒。匆匆来往青芜国。惟别袂凝泪,坠钗成感,残阳西下照燕麦,况人滞秋驿。

孤立。望无极。念朔管声哀,胡雁飞急。神京渺渺相思夕。剩一片愁霭,四边衰碧。登临非计,甚地许,万虑寂。

十三日郑文焯回信:

损书,兼诵新制《兰陵王》,劲气直达,却能于疏宕中别具幽

宛之致，与前作异曲同工，昨夕与沤公赏击不置。微觉煞拍六
字，稍稍虚薄，能回应第一段最妙，切"草"而推入苍茫，亦是一
格。此处工之至难，去上字律，固宜墨守，而字面益不易着也。
承教益下问，敢以请质，何如？拙词辱示两字宜用上去声，诚于
细律有关键。近悟宋人词中着去上字例，如尊议前结二句，第二
字若先用去，则下句第二字即宜以上声为协，反是亦合，试验柳
词是解，前后结皆然，足征上去字须参差叶律。柳作后煞即先上
后去，不沾沾一节也。映盦先生于意云何？

郑文焯觉得夏氏《兰陵王》收尾处稍微有些偏题，因此提出"回应第一
段"，切"草"之题。又就着夏敬观信中所指出的"两字宜用上去声"，
进一步总结宋词中"上去字须参差叶律"的规律。但"两字宜用上去
声"未见于夏氏前书，似乎此间夏敬观还有书信。诗词格律一般讲究
平仄协律，此处两人于仄声又细论上去协押之法，可见当时讨论之深
入与精微。于此我知之甚少，只能望洋而叹矣。

　　三数日中，两人就夏词二阕、郑词二阕，往复讨论，客气中见真
章，褒扬中有质疑，以求得互有"增进"，这是生动可感的词作文本生
成现场。我们检索后来两人的词集，夏敬观竟未将被郑文焯视为"近
著中当以此为孤进之绝诣"的《蕙兰芳引》收入《映庵词》（此词存稿本
《映庵词》）；《兰陵王》入集时改动颇大，末句改为"衰灯沉梦，涨泪雨，
向断驿"，虽未能如郑文焯所愿"切'草'而推入苍茫"，但确实"回应"
了"第一段"。郑文焯则坚持了自己的选择，《樵风乐府》中《雪梅香》
一词虽略有更动，但"雁声落""犹梦关山""画出应难"三句中的"雁"
"梦""出"依然旧我，并未应夏敬观的建议改为"上声"。从当年的书
札商榷，到后来的词集定版，我们目睹了词文本的流动与凝固，以及
二人对词艺精益求精的追求。在这个过程中，夏、郑二人既能虚心听
取对方的批评性意见，又遵从自己的艺术感受和判断。

　　有时郑、夏两人也品评别人的词作，如宣统元年（1909）七月二十

九日郑文焯致夏敬观书中云：

> 近得沤公和梦窗《江南春》一解，苦为韵缚，未尽能事。比来颇觉其作意略入晦涩，好为人所难能，终虑以次公面诶，误以追骏处末耳。鄙制乃力求疏澹，欲举似相规，窃未敢遽发，如何如何？兹写上二令就正，幸教之。

"沤公"即朱祖谋，此时寓居苏州。"次公"乃张仲炘，号次珊，故以"次公"称之，亦在苏州谋食。此二人是郑文焯、夏敬观寓苏时的重要词友。书中郑文焯对朱祖谋词"作意略入晦涩"很是着急，欲以"疏澹""相规"。则后来朱词能取法苏轼而去梦窗之晦涩，此一时期词友的提醒批评，当是起到了重要作用。

不过谈诗论词，当不得饭吃。老朋友的信里，自然要诉说生活，交流处境，寻求治生之法。引起我注意的，一个是郑文焯，在江苏巡抚陈启泰于宣统元年(1909)五月病逝之后，大概是幕僚薪水领取变更旧章，他不能续领薪水——郑氏信中称作"鹤料"，为此郑文焯数次致书夏敬观，请求夏氏多方沟通江苏、上海的官府人员，其中的曲折、艰难，竟至于令他在给夏敬观的信里感慨身世之飘零：

> 雪意沉沉，暝阴暴冱，一寒至此，天时人事，正复相同，恨恨如何。走少壮漂零南遁，以笔札自给，萧然三十余年，自信于公私取舍之间，未尝有斯须之苟，即从事节端，迭更府主，亦绝无豪末竿牍之请。坐是落寞，垂老无依。先公自关中罢抚，归囊唯法书名画数箧，已复典质殆尽。故山荒落，无寸田尺宅以自存，离乱中更无家归得。生平简澹，久孤于世，不欲危身以治生，所依恃者，惟良师益友，伙助以义，四海知旧，情逾骨肉，韩子所谓"若肌肤性命之不可易"者。此固由文章风义之感发，亦吾党后天失时之悲也。微公同志，知爱之笃，曷可语此？

幕僚月支薪水不过区区之数，而郑文焯斤斤于此者，正因为此乃他唯一的生活支柱，无此必入困顿之中。但一直到辛亥革命发生，此薪水似乎也没能领到。

再一个是陈曾寿。夏藏陈曾寿书札共三十通，除两通诗柬外，其他几乎都是短札，其中竟有四通专为救急挪借：

> 请假与廿元以济朝夕，感甚感甚。
>
> 祈假卅元付屋租，感甚。
>
> 多日不晤，念念。乞假廿元以济困乏，感甚。
>
> 日内有茶村举火之奇，祈假与廿元以度朝夕。曩岁曾借我百五十元，尚未归赵，时时疚心，吃鹭丝肉，真可愧也。

这四通书札的写作时间可能在民国十六至十八年（1927—1929）间。据陈邦炎所编《陈曾寿年谱简编》可知：其时陈曾寿双亲已故，在杭州生计日益艰难，遂往上海，以授读、卖文鬻画为生。存世的陈曾寿日记这三年缺失，诗词中也未见记述，具体情况似已无从得知，但这样二、三十元的借，困窘之态，溢于言表，足见当时上顿不接下顿的境况。

第三个是关赓麟，他在 1949 年后写给夏敬观的信里，有四五通向夏氏报告托售书画的情况，下面是其中一通：

> 润例二纸得收，尊况曾与退厂谈及，极以为念。惟近年风雅道衰，文人以鬻文为活者，多陷绝境。都中各南纸店营业一落千丈，绘事较可通俗，尚勉维持，然亦大非昔比。兹为执事目前借箸，近日赏鉴家率啖空名，以耳为目。自田间来之显贵，虽偶有采购，但不能出高价。默念文字既少过问之人，法绘在此间不甚多见，知者尚鲜，况病后不能作巨帧，不知有无旧作可以寄来？转盼新年，盼有机会可以出脱（火神庙解放后已取消，目前能恢

复否尚不可知,而各收藏家及南纸店仍例于此月销售较广)。倘需款较急,不妨分别酌定底价,由敝处于年内预垫若干,陆续汇拨,俾得应急。至新作小件扇面,销路较多,敝诗社常有采备时贤字画为赠品情事,倘有未题款之新旧作品(不论扇或册,画或字),预行寄下,当尽力所能,设法报命也。诗社词社友人甚众,然大都寒士,润例虽代宣布,恐成效无多,故为同筹情势,计画方法,以供参考。如取润能较廉,销数或可较增,统视情形而定耳。

此书作于1950年阴历十二月十七日,当时关赓麟寓居北京,夏敬观病卧上海。从"尊况""极以为念"一句来看,此时夏氏生活当已陷入困顿,故而寻求在北京出售书画。关赓麟据北京当时之情势,为夏敬观筹划鬻文卖画之法:利用新年销售旧画、垫付以"应急"、多作小件扇面、降低定价等。关氏在此信中没有虚情假意,而是提出了操作性很强的救急方案,显示了他对夏敬观的真心关切。同时,此书也反映了新旧迁变之际,夏敬观的生存状态。此时夏敬观已经七十六岁,如果不是一无所有的局面,他恐怕也不会拿出能文擅画的看家本领,急切寻求北京朋友的帮助。夏敬观的不少朋友,当没有其他手段"稻粮谋"的时候,鬻文卖画几乎就是他们自救的唯一选择。前面提到的郑文焯、陈曾寿都是这样。郑文焯的信札里有几通与夏敬观商量书画润例之制订;陈曾寿也有数通谈论润例和为他人作画之事,他民国十四年乙丑(1925)五月的日记里,还录存了一份很长的鬻画收入账单,每份从二元到百余元不等。

不仅他们三位,很多人的书信里都会呈露自己的生活状态。文人不只是诗酒酬唱,他们也要治生。他们会生病,要挣钱;有时难免求人请托,常常也要迎来送往。这些书信里的记述,让我们对他们的认知,较诗词别集里,更多了一些日常的烟火气,知道他们也在人间。

夏敬观对亲戚友朋的书札十分珍惜,他不但以人系札,整理成册,而且为大部分书札作者写下了简短介绍,还在郑孝胥、陈衍、朱祖谋、诸宗元、龙绂年、谭延闿、张仲炘、陈锐、沈曾植、潘之博、胡朝梁、陈衍恪、夏曾佑、吴庆坻、吴昌绶、罗惇曧、左念恒、徐珂、吴俊卿、曾广钧、陈三立、黄濬、陆润庠、万立唐、熊元锷、何维朴、严复、魏繇、顾云、释敬安、梁鼎芬、桂念祖、汪德渊、缪荃孙、孙毓修、郑文焯、皮锡瑞、文廷式、杨士琦、俞明震、汪兆镛、张謇、林鹍翔等人书札之后，工整抄录了自己的哀挽之作。这四十三人的挽诗，大部分是其人去世时夏敬观所作，但也有一部分是整理书札时补加。如《忍古楼诗》卷十收录了一组诗，题作《题师友遗墨后》，于陆润庠、魏繇、吴庆坻、夏曾佑、吴昌绶、顾云、释敬安、梁鼎芬、桂念祖、汪德渊、缪荃孙、孙毓修等十二人各系一诗。此诗作于民国十四年乙丑（1925）冬，应该是一次最迟开始于上年（袁思亮甲子〔1924〕八月十六日即已见到夏敬观"所辑亡友手札册子"，并题诗其后）的师友书札整理工作的收束——夏敬观浏览手迹，触起前尘，于此十二人断续成诗，至此结为一组。这一次整理，他专门请谭泽闿题"故手馨香"四字，请郑孝胥题"置怀袖，期不灭"六字，表达自己对亲友手札的珍视和长存天地间的希望。

　　整理诸亲友之手札，夏敬观最为郑重的，当属郑文焯。郑、夏曾同处苏州陈启泰巡抚幕中，又同为词人，书札往来最密，夏藏郑札有百余通，为夏氏亲友书札之最。夏敬观整理郑札时，将郑文焯书札与词稿（有的是独立词束，有的是书札所附）分作两部分，并将词稿部分征诸师友题词，谭泽闿、余肇康、冯煦（以上 1925 年）、潘飞声、林葆恒、赵尊岳、程颂万（以上 1930 年）、郭则沄、黄孝纾（以上 1931 年）、汪兆镛、周庆云、吴湖帆、龙沐勋、朱祖谋、陈方恪（以上未署时日）等十五人填词赋诗，追思郑文焯的风采光影，抒发心中的悼怀之情。其中潘、林、赵、程、黄、汪、周、吴、龙、陈等十人所填《石湖仙》一调，应是夏敬观的精心选择。此调为姜夔寿范成大时自制曲，石湖乃范氏致仕后寓居之处，本是苏州名区，与郑氏一生寄寓苏州正相吻合；且姜词中有"须信石湖仙，似鸱夷，翩然引去"一句，亦可隐喻郑之卒逝，已成石湖之仙。

　　夏敬观对这批亲友书札的珍视,不限于整理、征题,他还利用这些书札进行著述,如《忍古楼词话》(《词学季刊》本):"郑叔问陈伯弢"条"于箧中朋辈词笺,得郑叔问未刊词九阕,陈伯弢未刊词四阕";"张次珊"条录《一萼红》;"桂伯华"条"余箧中有词笺四";"严又陵"条录戊申词二阕;"陶伯荪"条录《浣溪纱》七阕;"黄秋岳"条录《氐州第一》;"张孟劬"条"余箧中有其词数阕,为尚未见于《遁庵乐府》者";"杨梓勤"条录词二阕;"胡栗长"条录词一阕;"皮鹿门"条录皮氏词集所删咏物词三阕;"杨昀谷"条录词一阕;"潘兰史"条"殁前数日写示词数首……尚在我箧中,检视不觉泪下也";"陈师曾"条"予箧中有其遗词数阕";"许季纯"条录词一阕等。以上诸条中所录师友词作,均取资于夏藏书札——此札集已然夏氏著述之武库。

　　信札是一种富于生命信息的物质存在,那些形态各异的墨字,优美别致的笺纸,让我们有一种虽跨隔百年却如晤其人的奇特体验。我在翻阅这些信札的彩色印本时,印象比较深的如叶德辉一通对商务印书馆《四部丛刊》选目发表意见的五千字长函,全文排列书目,说明版本优劣,叶氏不厌其烦,字字行楷,一丝不苟——当然,夏藏叶氏书札均是如此;李宣龚字本来漂亮大气,而病中手颤,一笔数折,令人艰于辨认,即便如此,他仍然频繁地给老友写信;冯煦探花出身,但老年时的字如同天书,让人怀疑夏敬观接到时能否正确释读——我们专门请教了研究冯煦、编过冯氏年谱长编的王凤丽老师,才解决了三通冯氏信札中的近二十处疑惑。现在我们对这些手札进行整理,变为整齐划一的白纸黑字,这些与书写者性情、人生处境相关联的丰富的形式意味被通通抹掉,只剩下一堆纯粹的文字史料。白纸黑字印刷本里的折损,令人痛惜。我们就是怀着这样的痛惜和见到新史料的欢喜,完成了夏藏书札的整理。因为没有发现《夏敬观家藏尺牍》与《夏敬观友朋书札》之间有什么本质性的区别,故而将之合为一处,称作"夏敬观家藏亲友书札"。我的学生田雪、张浩、陈欣霓、李若涵、职伟等,在整理工作中做出了重要贡献,她(他)们承担了书札的录入、标点和初校,我负责缀合、考订、统稿和通校。信札释读时的疑难之字,多次向我的同事和马忠文组建的"晚清民国书信日记整理群"里的师友请教,人数众多,恕我不再一一提及他们的名字,大家的帮助,我们铭感五内。凤凰社的姜好、汪允普两位编辑接力负责此集的编辑工作,多次往返商讨,出力甚多,允普还专门为人物简介中的籍贯添注了今日地名,感谢他们的付出。

限于我们的整理水平,错讹之处肯定不少,若各位读者惠然肯教,将所发现的讹误掷入邮箱 licture@sdu.edu.cn 之中,我们将不胜感激。

夏敬观作为同光体诗人中的后劲,去世已经七十年,但他受到学界的重视,是本世纪才有的事。2002 年,陈谊完成了硕士论文《夏敬观研究》,五年后在黄山书社出版《夏敬观年谱》,此可视为夏敬观研究之"元年"。2016 年,河南文艺出版社出版了兰石洪、陈谊整理的《夏敬观词学文集》,其中收录标点了夏氏《忍古楼词话》《词调溯源》《词律拾遗补》《戈顺卿〈词林正韵〉纠正》《汇辑宋人词话》等词学文献。2019 年,虞思徵编《夏敬观著作集》九大册由复旦大学出版社影印刊行,汇集了夏敬观的主要著述,包括刊本、稿本共三十四种。2023 年,梅新林点校的《夏敬观诗文集》在巴蜀书社出版,这是夏氏诗文作品的第一次整理。二十年中,还有一些研究论文(包括硕士学位论文)讨论夏敬观的诗词成就和生平交游,但无疑,上述四项工作是夏敬观研究不断进步的表征,尤其虞编《夏敬观著作集》的发布,这是到目前为止,夏敬观研究史上最重要的工作,将会持续推动夏敬观研究的展开。当然我们也希望,《夏敬观家藏亲友书札》的整理出版,可以追步前贤,成为助益夏敬观研究、乃至近代文人文学研究的重要资料集。

2023 年秋中

整理凡例

一、本书之整理以2021年复旦大学出版社影印出版之《夏敬观家藏尺牍》《夏敬观友朋书札》为底本。此两种书札集原藏上海图书馆，由夏敬观整理而成，以人系札，然两集间或单集内，亦有其人重出者。细审二集，似无本质区别，故合二集为一书，统名之曰《夏敬观家藏亲友书札》。诸人排序依原集，先《夏敬观家藏尺牍》，再《夏敬观友朋书札》，唯重复者（康有为、沈曾植、余肇康、缪荃孙、郑文焯、俞明震、叶德辉、吴士鉴、吴庆坻、陈三立、谭延闿、陈衍、许崇熙、曾熙、王秉恩、张謇、黄濬、胡朝梁、林葆恒、王才煊等）以后就前，合于一处，沈葆桢、谭钟麟移置夏献云之后，二人夏敬观之父执也。为便读者检索，书后附音序目录。

二、本书之整理主要是释读和标点，并在保持每人书札原有排序的前提下（唯陈三立书札按时间顺序予以重排，殆以整理者较稔其人生履历也），对割裂分置的书札（最典型的是郑文焯，《夏敬观友朋书札》将书札与所附诗词分别放置）尽量予以缀合；部分书札，做了写作时间考证，于脚注中略予说明。所考写作时间，民国前取阴历，采用年号纪年，并括注公元年份，如光绪三十四年（1908）八月九日；民国间依书札而定，阳历者采用民国纪年，阴历者在民国纪年后增加干支以示区别，并均括注公元年份，阳历如民国元年（1912）三月三日，阴历如民国元年壬子（1912）四月八日；中华人民共和国成立后亦依书札而定，唯阳历直接用公元纪年，阴历以干支加括注公元年份的方式标记。

三、书札的绝大部分作者，原整理者撰有简单介绍，包括姓名、字号、里第等信息,本次整理,在其基础上略有增补和订正。有一些作者,或因关系亲密之故,夏敬观录挽诗附于其后,本次整理仍之,并在挽诗前以"附录"二字明示之。

　　四、本整理使用通行简体字,异体字、古今字、较稀见之通假字,尽量改成通行字,不做标注。原札未释出之字,以"□"表示。脱字,以〔〕补之。衍字,以【 】括出。错字,于其后以〔 〕括出正字。

　　五、原札中双行小注,以单行小一号字夹注于正文中相应位置;行间添注之文字,酌情单行小字夹注或以正文叙入相应位置。

夏献云 二十五通

夏献云(1824—1889),字裔臣,号芝岑,江西新建(今江西南昌新建区)人,夏敬观之父,著有《清啸阁诗草》等。

第一通

筱墅宫保世年姻伯大人招饮中隐庐,菊觞六集,次韵奉和,敬求教正。

芳尊开北海,客似燕来频。寿考娱中隐,阳和动小春。岭梅香独占,山菊叠犹真。隔岁佳音报,欢胪日月新。苍颜扶杖健,矍铄苦吟身。乡望尊耆宿,朝班列搢绅。风流齐庾谢,交谊尽雷陈。群仰骚坛主,重充观国宾。

世年姻侄夏献云未定草。①

第二通

召民比部招饮晚香圃,敬和筱曙世年姻伯大人元韵,并博诸吟坛粲正。

家声能席簪缨盛,小圃还留晚节香。雅宴叨陪韩相国,旧勋犹忆郭汾阳。看花今日回思昔,有酒闲居便觉忙。多羡翩翩年最少,萧条双鬓愧潘郎。

夏献云未定草。

---

① 此二十五通诗札中所存夏献云诗,几乎全见于《清啸阁诗草》卷十三至十六,为光绪十三、十四年(1887、1888)之作,不再一一注出。

第三通

闰四月八日,仁山兄招饮,先此奉酬,录请大吟坛教正。

重逢浴佛驻长年,犹是清和四月天。麦秀寒余阴漠漠,梅肥雨后润涓涓。相从诗酒宜吾辈,高出风尘忆昔贤。最羡东湖君卜宅,徐亭烟水足流连。

夏献云初稿。

第四通

筱墅宫保世年姻伯大人以文郎韩孙兄自滇携归茯苓、普洱茶分赠,并惠临川瓜数枚,赋此奉谢,书呈教正。

天涯万里载归装,珍品分贻自远方。服可延龄希上寿,饮能消渴涤中肠。供来颐养同甘旨,惠及亲朋取橐囊。更记浮瓜当酷暑,江乡风味饫清凉。

世年姻侄夏献云未定草。

第五通

筱墅宫保世年姻伯大人叠前韵雪窗见怀,奉和一首,录请教正。

忙里岁琯更,闲里诗筒送。新年迟晤面,吟趣入幽梦。白发清健姿,含饴孙正弄。高兴辄赋诗,倡酬知己共。所乐其天全,回也庶屡空。秋榜载赓鹿,诏书喜衔凤。甲第光辉生,藻采耀华栋。文宴互往还,百壶饮宜痛。冬蔬曾已供,春韭还可种。兰成赋小园,焦麦余两瓮。

世年姻侄夏献云未定草。

第六通

除夕即事,仍叠前韵谨和,敬求教正。

故园两载阅韶华,高卧居然隐士家。寒雨闭门尘梦少,深泥隔巷市声哗。新篇互答筒时递,旧酝堪温酒不赊。除却祭诗无别事,祇因索笑对梅花。

世年姻侄夏献云未定草。

第七通

暮春下澣一日,紫雯山长、篆云部郎招陪筱墅宫保世年姻伯大人暨同社诸君豫章讲舍雅集,用紫翁展上巳诗韵一首志谢,书请教正。

樱笋厨开谷雨天,飞花醉舞落芳筵。名贤廿四祠原近,佳节重三句欲仙。敷教同时宏绛帐,论文旧日忆青毡。二难藉藉风流甚,辉映江城景物妍。

世年姻侄夏献云未定草。

第八通

壶园菊觞四集,筱墅世年姻伯大人即席赋诗,叠韵谨谢,录请诸吟坛教正。

再展重阳未过时,花开分外见幽姿。浮图宝相呈秋色,老圃闲心证旧知。晚节有香齐得失,澹怀无虑悟盈亏。即今介寿群仙集,桂醑松醪醉玉卮。

夏献云未定草。

第九通

咏菊塔一首,录请诸大吟坛郢正。

忘怀漫拟绝尘纤,偶悟空王色相兼。壁立旧曾千仞峻,山成新起一峰尖。崚嶒有骨由心傲,堆垛无痕信手拈。虑澹自能超物外,奚疑知命学陶潜。

夏献云未定草。

第十通

六月二日,虞阶漕帅约陪筱墅宫保世年姻伯大人暨同社荷尊消夏五集,云以足疾未能赴召,敬步去夏观莲大什原韵,录请教正。

去岁荷筒招饮来,东坡雅会又重开。幽斋自是迎凉馆,碧沼真成避暑台。笑我蹒跚难学步,祝君眉寿更添杯。诸公吟咏多佳兴,先捧瑶章诵几回。

世年姻侄夏献云未定草。

第十一通

酒后偕筼圃、紫雯、子任、篆云、信甫诸君同往东湖看月,赋呈筱曙宫保世年姻伯大人教正。

屋角初升一轮月,同斟桂醑幽兴发。酒酣思为湖上游,联袂偕行寄超忽。焕彩逼近星斗宫,隔溪光明云水窟。天香不知何处飘,历历白榆瞻银阙。几人折得枝扶疏,谁与吴刚去砍伐。矍铄老叟鸣鹿麌,精神福分推鹤发。杖藜得得先散归,已向天汉指津筏。我辈踏月东湖滨,柳阴之下可休歇。南州花屿风景多,倍觉江山真秀越。

世年姻侄夏献云未定草。

第十二通

筱墅宫保世年姻伯大人暨同社诸公招饮程园,见示叠前韵大什,敬和奉谢,录请教正。

酒美鱼肥入馔厨,花间幽鸟唤提壶。林泉消受年光永,觞咏追陪胜日娱。信手偶拈多得句,庞眉随绘亦成图。松阴谡谡添清兴,健步何须杖策扶。

世年姻小侄夏献云未定草。

第十三通

筱墅宫保世年姻伯大人见示《新正二日夜雪用坡翁〈除夜大雪留潍州元日早晴遂行途中雪复作〉韵》佳什,谨和呈教。

饯岁雪意凝,开岁晴光送。户庭放新霁,春气觉诗梦。冻已苏花枝,忽噤鸟声弄。旧雨人未来,谁与尊酒共。廉纤杂雨飞,铺满苍苔空。旭日思瞳昽,和鸣朝阳凤。所望经国才,能支大厦栋。愿呈监门图,悯此民疾痛。吾乡旧歉收,麦苗今可种。农人告春及,余亦拟抱瓮。

世年姻侄夏献云未定草。

第十四通

筱墅宫保世年姻伯大人示和《七夕学圃泛舟》小诗,并赐月饼、佳藕,病愈仍用原韵奉谢,敬求教正。

病起刚逢溽暑收,读来佳什倍清幽。饼香分赐广寒阙,藕馥同搴杜若洲。秘院校文忙络绎,湖干览景记勾留。连宵月色悬清鉴,重泛星槎望拍浮。

世年姻侄夏献云未定草。

第十五通

筱墅宫保世年姻伯大人前以福体违和,正深悬念,奉到大什,知已占勿药之喜,慰甚,敬赋奉答,录呈教正。

道履初和又苦吟,药炉诗卷趣相寻。咏觞待续群贤会,疾病何愁二竖侵。老健无双真厚福,妙方第一是安心。榴红蒲绿娱佳节,中隐人藏屋宇深。

世年姻侄夏献云呈稿。

第十六通

七月既望,奉邀筱墅宫保世年姻伯大人暨篆云、兰同、芷清泛舟城西,仿苏子赤壁故事,赋呈教正。

雨余波静放舟天,直作浮槎霄汉边。我辈同乘书画舫,先生重上孝廉船。兰桡载酒风相引,桂殿飘香月更圆。谷鹿洲头移棹去,清游何似玉堂仙。

世年姻侄夏献云未定草。

第十七通

戊子重九，奉陪筱墅宫保世年姻伯大人程园登高，敬步元韵，录求教正。

追陪胜侣去登高，池馆听松又一遭。雅集每随真率会，吟情犹忆广寒糕。昨闻座上标先夺，却喜湖干舟便操。召民比部昨约东湖泛舟，适闻公方宴客，今并见示即席大什。指日宾筵君首与，天香欣挹翠云袍。

世年姻侄夏献云未定草。①

第十八通

奉和筱墅宫保世年姻伯大人《寄怀尧封观察铅山里第》大什元韵，录呈教正。

去岁程门立雪来，又闻归假锦堂开。先生再领群英袖，高弟应呈介寿杯。潞国筵前同侍教，欧公席上记追陪。水穷云起题图画，我亦翘瞻使节回。

侄夏献云未定草。

第十九通

五月廿五日在永福禅林补画《续九老会图》，和筱曙世年姻伯大人元韵，同集者筱岩年伯，子任、信甫两君，画师黄汝舟，梅盦长老，录请教正。

后果前因证，苍颜复几人。禅心开凤慧，画手写丰神。旧梦圆坡老，新诗和季真。寺幽堪避暑，退院共闲身。

夏献云初稿。

---

①　此书作于光绪十四年戊子（1888）九月。

第二十通

廿七日壶园同人消夏二集,再和子任山长韵,录呈筱墅宫保世年姻伯大人教正,并柬梅龛长老。

漫希前哲莫追踪,欧公退居,康节夫子吟安乐窝,时年皆六十五。子任来诗有"退老方追永叔踪",公昨赠"安乐窝吟莞簟凉"之句,俱不敢当。仰止徒殷对岳峰。室静觉无尘梦扰,庐幽长被洞云封。摘来野蔌怀俱澹,买得村醪味亦浓。般若经缮池馆寂,萧萧天籁合听松。

世年姻侄夏献云未定草。

第二十一通

中秋迟月有怀,即用筱曙宫保世年姻伯大人《预期桂宴》元韵,录呈教正。

寂坐凉于水,蟾光迟夜分。渐看收薄雾,忽见吐流云。径踏苍苔湿,天飘丹桂芬。东湖偕啸侣,犹忆酒微醺。

中庭延伫久,清露滴衣襟。静对广寒影,如闻仙乐音。无言生领悟,有约待招寻。鹭岭幽香发,还当续雅吟。

世年姻侄夏献云未定草。

第二十二通

书感一首,录呈筱墅宫保世年姻伯大人教正。

连宵集雨似倾盆,几日阴寒不出门。屋宇都摇风未定,江湖骤涨水添浑。黄河漫溢何时合,沧海波涛更莫翻。徒抱杞忧亦无益,总期鳌足奠乾坤。

世年姻侄夏献云未定草。

第二十三通

筱墅宫保世年姻伯大人见示《金粟山房补宴秋节》大什,谨步奉和,录呈教正。

风吹丛桂正霏香,丹粟枝枝露有光。山馆容招朋辈集,壶天自足啸歌长。先贻佳什耽吟健,屡展良期笑口忙。廿五日因方参军之约,故展期廿七日。拟制广寒糕饷客,食单聊以佐厨荒。

世年姻侄夏献云未定草。

第二十四通

纫珊太守小雪日招饮,先赋志谢,录呈筱曙宫保世年姻伯大人教正。

猎猎风威冷节临,阳春天气骤寒深。参差亭树余秋色,暖靄湖云荡夕阴。健叟同扶筇杖至,寿筵犹记酒杯斟。苍松劲柏凋原后,珍重无忘岁莫心。

世年姻侄夏献云未定草。

第二十五通

筱墅宫保世年姻伯大人以贺纫珊太守抱孙及令孙婿入泮大什二章见示,勉和一首,录呈教正。

长夏深居日似年,屋檐只听溜声悬。喜添远送芹香味,病起刚逢竹醉天。养福高斋藏履迹,清吟静室爇炉烟。少迟戚里调汤饼,定合追陪雅会延。

世年姻侄夏献云呈稿。

沈葆桢 三通

沈葆桢(1820—1879),字幼丹,福建侯官(今属福建福州市)人。林则徐女婿。有《沈文肃公政书》等行世。

第一通

筱翁仁兄年世大公祖大人左右:奉到本月十七日手书,并寄示台北添设州县大稿,伟识闳议,钦佩奚如。以时势论之,此举殆不可已。惟近日风气方以更张为戒,当国者以为然否,则不敢知矣。陪臣入觐,酌定五鞠躬之礼,东洋与焉。季帅函商用轮船运淮盐助甘饷,弟以可行答之,未审与卓见相符否?铸铁厂自德金去后,所铸气柜凡九付,均内蛊不堪用。近新匠头到,方试铸,未知究竟何如。日来监督之洋师考验匠徒,令按图究其名目,斗笋放手自造,由模厂始,此举幸而获成,方有卷可交也。茶未开盘,解款无从先期应手,而木料踵至,欠阜康四万余金,文经亦半之。建威下月可以返棹,挑取学生接管海东云。罗昌智驾振威,听候指挥,下月底请饬该弁内渡为望。示儿质鲁而失学,滥厕齐竽,辱荷齿芬,弥深颜汗。弟前月复苦腰痛,经月方愈,知念附及。祇请勋安,统希澄察,不备。治年世愚弟沈葆桢顿首。五月廿七。

第二通

筱翁仁兄年大公祖大人阁下:拜送星槎,不胜驰系。比奉手札,欣审乘风破浪,安抵东瀛,快慰曷极。迩惟履新纳祜,来暮兴歌,都符臆颂。福星修工已竣,闻粤省又有不愿更换之议,自应饬令即日渡台。该管驾官甚以冷水柜加钉过多,铸铁吃不住为虑,而总监工固执己见,到台后请尊处察看如何?德克碑贸然入都,大吏均放心不下,固调子穆暂行内渡,与之同行。该监督急切之至,请嘱子穆速行,未了事且待南旋时了之。赐拨废炮,感佩之至,已如数点收矣。吴桐翁失偶,并以奉闻。复请勋安,诸惟澄察,不备。治年愚弟沈葆桢顿首。二月廿二。

第三通

筱翁仁兄年世大公祖左右:别半月矣,许多奉商之事,急不能待撤棘,兹择其尤要者,乞即赐教为祷。顺请勋安,未一。治年世愚弟沈葆桢顿首。

外另单三纸。

一、淮军来请每营应保若干名。当日左营若何章程?仿佛记曾营似每营四十名,不知为专案也,抑并案也?至此次十三营,劳逸不同,在琅璚之两营未开仗,虽亦不能不保,似不能无区别。至周、郭两营,似不能同于淮军也。乞酌示为祷。

一、公奠王子仙军门,是否照张军门一律?遣员何人?示知为望。

一、淮军既决意凯还,似宜尽六月内尽数内渡。若延至秋间,则又费四万余饷矣。

一、轮船在省者,只有济安。扬武修理,日内尚须上槽。永保往福宁,海镜往爪州,琛航往香港,均不知何日能回。即四船毕集,两船仅装一营,不知几时能了,则不能不添雇洋船,又是一笔大经费。至两军门、两文案灵枢,均不便不为运回,亦断非洋船不可。

一、洋船到爪州,无回头生意,价必更贵。拟局船、洋船均约到沪而止,咨江督此营调扎何处,即令沪局、招商局接装到何处,则轮船周转较易,尊见以为何如?

一、台湾士子眴即入省乡试,此外别无可坐之船。海东云靖海须运兵澎湖，不能赴省。振威、靖远须候文报，且装人不多。如六月淮军渡完，七月载士子尚来得及，否则尤棘手。纪南苦求添船以载漳、厦士子，必不能应之矣。

一、海镜带来洋枪，可否先交代海关，令顺途卸旗后，以便兰军中道分领？抑仍令运到郡城，验后再发？

谭钟麟 一通

谭钟麟(1822—1905)，字文卿，湖南茶陵(今湖南茶陵县)人。谭延闿、谭泽闿之父。有《谭文勤公奏稿》等行世。

第一通

子新大公祖年大人阁下：迁善所房尖拆矮，系弟创议，曾与中丞、方伯言，不须动公费。奉上洋银百元，恳即发交刘委员，分给工匠口食。手此。颂大安。治年愚弟谭钟麟顿首。初四。

陈敬第 五十八通

陈敬第(1876—1966)，字叔通，浙江仁和(今属浙江杭州市)人，曾任商务印书馆董事。有《百梅书屋诗存》等行世。

第一通

映厂先生赐鉴：别来正念，奉手教至慰。菊公岂能如公之善于自卫，不过能有今日已为万幸。租地造屋事并无整个办法，应就华东或市政府探询，似有机关，弟不记忆。可询昆三、幼伟，各家亦系租地造屋，不过均自住，无问题，然管理机关或知之。诸位世兄近状如何？能不至失业否？拔可诗兴仍佳，亦借以自遣耳。专颂道绥。敬手上。五月二日。

第二通

菊翁竟脱险，喜甚！张珍怀女士学词，女士为同年张文伯先生女公子，介绍于大词坛，乞指教一切，弟外行，以为可深造也。傅沅叔来信，明年七十，拟征求百松，属先代恳，册页纸寄到再奉上。映盦先生。敬拜手。七日。①

----

① 此书作于民国三十年(1941)。据张人凤、柳和城编著《张元济年谱长编》，民国二十九年(1940)十二月，张元济因前列腺肥大而小便不通，先是十三日在上海大华医院施行改道手术，二十日陈敬第建议割除前列腺，三十日复行手术割之，之后治疗期间，医生不许张见客，但陈敬第可进病房。既云"脱险"，则似应在三十年(1941)一月七日。民国三十年(1941)傅增湘七十（注转下页）

第三通

　　昨闻淑仁谈及日本乞降后，公有五古，甚盼暇时录示。弟是夕枕上亦成七律一首，录后呈教。生活反高，吾辈真无以为计，庐山终隐或亦幻想，如何如何？映厂先生。敬拜手。九月十七日。①

三十四年八月十四夜闻日本投降之讯喜而不寐枕上作

　　围城偷活鬓加霜，八载何曾苦备尝。未见整师下江汉，已传降表出榑桑。明知后事纷难说，纵带惭颜喜欲狂。俄顷兴亡亦儿戏，故疑史策近诪张。

第四通

孔子生日述所感

　　救世有术途唯两，自上而下下而上。儒法自上易为功，植基不固覆犹掌。魁桀代起利用之，愚弄黔黎妄尊享。下而上者为释家，苦行播教待萌芽。岂知利用在众民，假此衣食流诞［涎］夸。耶氏操术与释同，身罹惨祸门户攻。魁桀众民两利用，以会为国殖产丰。微言大义亦何有，厄于生前昌于后。昌者其名戾所期，报飨纵隆宁乐受。冥冥大地旦何时，圣往神徂谁启牖。

　　质之映厂先生，以为何如？叔通初稿。

第五通

　　映盦先生阁下：承示大集，已读毕，元元本本，殚见洽闻，文尤茂美，以视今日之但具轮郭，其中不实，遂自以为能文章者，不可同日而语，敬佩敬佩。惟关于史以及小学、音韵诸作，能再多加数篇否？或托之与人论学书，未知公以为何如。黄老并举，弟向者亦以为疑，即

　　（续上页注）岁，此书中"明年"当是以阴历年言之。

　　①　此书作于民国三十四年（1945）九月十七日。

何谓黄学是也。齐人公孙卿曰："申公齐人，与安期生通，受黄帝言。"大抵即神仙之说。太史公云："百家言黄帝，其文不雅驯。"或即此类？故窦太后辈好之。老子未言黄帝，即庄周亦但言"其要本于[归]于老子之言"。太史公云云，亦未及黄，《申韩传》忽云"本于黄老"，此"黄"字从何而来？迁书多脱误窜改，盖不能无疑。老之太上、孔之大同、佛之极乐国、耶之天国，或皆以强弱贫富之不均，足以召人类祸乱于无穷，故思想所及，虚构一境以求至焉。惟孔则张三世，余皆不惜以极端之破坏一蹴而几。至于汉以后之言老言孔，皆假借以自便其私，如盖公、公孙宏之流，不复存老孔之真矣。墨孔并显，其最终之目的亦同，迁书墨翟无专传，亦为可疑之事。妄论附列，并求赐教。畏热，迟日再走诣。专颂即绥。敬拜手。六日。

第六通

章贡之水流汤汤，汇江入海恣汪洋。突兀匡庐峙其阳，气泽所钟人物昌。谁欤先导陶柴桑，崛起赵宋有欧王。南丰曾与豫章黄，画史董徐出班行。君后千载兼众长，并世结交皆老苍。蜚声驰誉翰墨场，惟宦则拙勇退藏。康家桥畔筑幽庄，水石卉木费平章。雅善庖治亲辨尝，有时款客客满堂。庄谐间作乐未央，此情此景良难忘。无端烽火起仓皇，舍宅改卜且就将。犹幸砚田岁丰穰，斗室危坐髯加霜。诗词万口熟能详，高文一卷闷绨缃。不侪宗派蹳归方，有物有则中含光。盍付剞劂宁待商，以此自寿寿无疆。①

第七通

喜雪口占

琪树银花突满前，鏖兵有恃在丰年。稍供储峙邻谋黜，先受饥寒道殣怜。莫谓工愁无吉语，倘须纪瑞属他篇。还期续降能蠲疠，不费

---

① 　此诗《百梅书屋诗存》题作《赠映庵》，作于民国三十二年（1943）。

贫家买药钱。

映盦先生。叔通呈稿。

第八通

承教，受益不浅，至感至佩！《五十自述》第三、四两联拟改如下，代改尤感。乞教之。

市声凭与时为换，棋局将残劫更多。各在天涯仍作客，心情间欲托微付鸥波。

映盦先生。敬拜手。廿六号。①

第九通

姚重光有西郊别居，属寄诗纪之，先抄候改正，再写寄重光，千勿客气，使小子永无长进也。映盦先生。敬拜手。初九日。

不从人境结吾庐，寻到郊西计亦疏。转地飘零仍败叶，课园辛苦付嘉蔬。荒寒野趣成孤往，寂寞生涯乐岁余。忧乱声中能办此，朔饥还卖画诗书。

第十通

昨诗有改易处，仍乞教正。第三句诚生，然已无能自改矣。

不从人境结吾庐，寻到郊西计亦疏。胜地飘零仍败叶，课园辛苦为嘉蔬。荒寒野趣成孤往，寂寞生涯保岁余。蜩沸声中犹乐此，疗饥况有画诗书。

映盦先生。敬。初九。

第十一通

映公赐鉴：奉廿五日手书，均谨悉。此来看花访友听戏，已匆匆

---

① 此书作于民国十四年（1925）。是年陈敬第五十岁。

半月余矣。然所谓访友，乃择其心契者访之，否则竟不访。而心契中皆力绌，无购廿四史意，故五十人之额，弟未能在此得定一人。似不如以廿人为限，五十人与廿人，所得便宜亦甚仅，且总以交款方可作准。墨甚贵，倘有相当者，当为购少许。弟携有黄荼蘼、黄绶带分赠公与菊公，不知到沪种得活否，途中已甚费事也。家兄画竹亦可报命。拙诗暇再抄呈教。此时即须去听戏，小周后正在预留中，今秋当可演于沪上。敬颂道安。敬拜上。五月五日。①

第十二通

剑丞先生：芍药大开，花事了矣。归途携荼蘼以赠公与菊公也。家兄竹亦就，墨尚未购定。另诗写呈，五古迟日再写，顷又须赴故宫看太平花也。专颂台祉。敬拜上。五月十八日。

廿四史事，张云抟可集合多人，已约到沪接洽。

公园看花同印昆宰平

下车春未半，花事早安排。日涉成新课，兹游慰积怀。乱离珍岁晚，风义属吾侪。不尽芳菲意，归途携与偕。

君庸招游自青榭赋呈并呈巴园年丈

柳阴斜界处，小住远风烟。叠阜开花榭，疏泉灌稻田。即兹游物外，惟子得几先。写出江南景，还看老笔妍。巴园丈能画。

三海看牡丹同印昆宰平

春深似海琐宫垣，导我寻游草气暄。风日故输兹地美，池台不改旧时尊。凭谁顾盼生颜色，到处勾留漫品论。休向人间夸富贵，花开花落几朝昏。

---

① 此书应作于民国十九年（1930）。是年阴历三月陈敬第游北平，周大烈《夕红楼诗续集》卷一诸诗记其踪迹；商务印书馆亦于同年发售百衲本二十四史。以下第十二、十三通亦皆同时之作。

视季常一鄂

几曾容浪漫，天梏到官骸。元晏真同病，渊明本寡谐。相看惊老大，万事任安排。强起看花去，吾生未有涯。

第十三通

别仲兄

老来常寂寞，况是各天涯。不问人间世，同为客里家。析薪才了愿，嗜竹各成痂。风雨留清话，明年再就花。

故宫太平花

花岂别无名，纷纷说太平。荒轩仍映雪，花前为绛雪轩。小苑故堆琼。花在琼苑门内，琼苑即俗称御花园。疑是来秦地，相传庚子慈禧自西安移植，未知确否。谁为溯宋京。宋赵昌有《太平花图》，或即此花。应知亡国恨，含意避繁英。

别佛言亮侪

不死岂为病，能闲未是贫。尚余头角在，只觉笑言亲。游戏非人境，飘零作客身。明朝买舟去，消息渺烟尘。

映盦先生教正。叔通呈稿。

第十四通

友人有《四部丛刊》，欲定制一箱，弟以为尊制此式最合。即有玻璃门，搬动时可移之上层，后面有门，可移之前面者。惟《四部丛刊》仅有若干箱即可敷用，特由来人趋前，乞指示之。剑丞先生阁下。敬拜手。廿号。

第十五通

剑翁台鉴：前日交捐册，未克报命。华山碑额左右有唐大和年间及宋元丰年间题字，一为商邱宋氏，一为华阴王氏，一为四明范氏。所藏未剪装。宋氏本，雍正初姜任修摹刻于扬州。王氏本孔继涑亦刻过，然皆大残泐。范本范氏亦有刻本。宋题第一字未损。此三本者均在端忠愍家，公云全本殆不足信也，抑即范氏重刻本耶？昨冷而雪未成，梅讯如何？专颂台安。敬拜手。廿三日。

第十六通

前诗拔公以"斟酌尽完美"嫌老实，属为再改，拟改为"未尝失尺咫"，尊意以为何如？生平服膺沤尹与散原两老人，今特拟寄散原老人，决不敢寄，仅录以求教，乞削正后仍交下。剑丞先生。敬拜手。卅一号。①

第十七通

昨示受宠若惊，非弟所望于公也，仍祈指摘之。星期日午间当造访，天寒不便夜游。先呈小诗，候改削再写上。五十以前除应试外，实未尝有所吟哦。专呈剑丞先生。敬拜手。二号。

第十八通

前属写诗呈政，伯夔不为我匿丑，致为公所见，亦何敢再匿？兹写上，乞进而教之，毋徒以奖为诱也。仍勿示人，至叩至叩。映盦诗伯阁下。敬拜手。十四日。

过九溪十八涧

轻舆才出谷，路转忽西东。茶户依流住，樵蹊隔坞通。心随喧寂异，景在灭明中。十载重经此，吾衰已半翁。

七月二十三日满觉垅看桂先三日已折尽矣怅然赋此

风讯催何急，山中已折花。迟来三日误，盼到一年赊。生意未随尽，余香仅足夸。筠篮纷入市，知竟落谁家。

---

① 此书作于民国十五年(1926)。承第二十五通所录寿朱祖谋诗而言。

五十自述并寄仲民

百年已半去如梭，门巷深深即涧阿。非昨讵成今日是，独欢宁避故人过。满前妙境因心悟，劫后残枰冷眼多。愿乞一廛燕市上，追陪风月尽婆娑。

映盦约息尘倦知沤尹诸老并伯夔梅泉及
余月下赏菊伯夔映盦皆有诗依韵和之

十分秋色看盈盆，近局频招故事存。海气乍舒云弄影，花光遥带月移痕。久陪谈坐玄风畅，雅擅吟坛祭酒尊。惭说冷香零落尽，蒲昌忍记旧篱根。余家杭州蒲昌巷，高祖午亭公嗜种菊，自号菊叟，著有《冷香斋诗存》，庚辛城陷，尽付劫灰，今存者仅吴仲云尚书采入《杭郡诗续辑》若干首。

周印昆寄诗扇中有和籍亮侪病中自遣一首即次其韵还寄印昆

与子别三载，高歌燕市间。相思唯入梦，未见已开颜。莽莽世何极，悠悠我所患。颓龄且自适，红叶满西山。

叔通未定稿。乙丑十月十四日。[①]

第十九通

拙诗改就写上，尚有疵病否？乞指示。印丞弟曾有挽诗，未写寄，今以录呈求教。剑丞先生。敬拜手。二十夕。[②]

死亦寻常耳，唯君智烛先。君自写赴告，贫犹买书读，老更写词妍。短札劳存问，深谈彻里边。不嫌伤伯道，神理自绵绵。

映盦筑居康家桥饶花木之胜近更积土成阜植松数株
引泉为池以缭之书来报落成并约往游先贺以诗

幽筑见经纶，闲中著此身。地偏能远俗，园小未嫌贫。花发宜凉燠，盘飧孰主宾。羡君犹有母，常与乐昏晨。

---

① 此书作于民国十四年乙丑(1925)。

② 此诗柬作于民国十四年乙丑(1925)十月二十日，乃是承二十、二十一通而言。

次韵答映盒谢先子画扇

画扇溯丙午，悠悠岁华侵。最爱解弢本，屐齿追寻深。蔽盒要我急，得之喜不禁。君亦分其一，动摇坐花阴。感君诗中意，谓能抵千金。穷暮期共守，毋渝此秋心。

叔通呈稿。

第二十通

映盒筑居康家桥，饶花木之胜，近更积土成阜，植松数株，引泉为池以缭之，书来报竣，并约往游，先贺以诗，幸恕俚率，仍希裁正。

幽筑见经纶，闲中寄此身。地偏能远俗，园小未嫌贫。花事宜凉燠，觥筹孰主宾。羡君犹有母，常与乐昏晨。[1]

第二十一通

公昨匆匆即去，未竟所谈，索答不敢匿丑，写呈教正，此抛玉引砖也。一笑。映盒先生。敬拜手。十月十八日。[2]

昨诗"觥筹"改"盘飧"何如？

画扇溯丙午，悠悠岁华侵。最爱解弢本，追寻屐齿深。葭庵要我急，见之喜不禁。君亦分其一，动摇坐花阴。感君诗中意，谓可抵千金。两家增故实，珍重此秋心。

答映盒先生谢先子画扇诗，即次其韵。

叔通初稿。

第二十二通

剑丞先生：病已数日，尊约竟不能赴。今日伯夔来，闻公以弟前

---

① 此诗柬作于民国十四年乙丑(1925)，或即十月十七日。夏敬观和诗见《忍古楼诗》卷十。

② 此诗柬作于民国十四年乙丑(1925)十月十八日，承上书而言。

请不示人之拙稿，偶然高兴，竟已传观，弟之愧悚，诚无地自容，而公之不守前约，实当议罚。弟生平唯能自知，尚为弟之长处，万不足以入作者之林。诗文程度略同，并高才生尚不配充当，只以于诗家及伯夔处，曾献过一次丑，故往往写出即呈上，意在裁正一二，乃未承教而徒增其丑，以后不敢再献矣。切恳勿再过梅泉、秋岳等诸人又出示也。叩头叩头！专此奉乞，敬颂吟安。敬拜手。五月十八号。

第二十三通

超山探梅不果赴，蘉盦用东坡《聚星堂》诗韵成两首属和，卒卒未应，晌届春莫，已成往事，偶忆追赋，呈吷盦先生指正，若徒以奖为教，则小子永无长进矣。敬第呈。①

蘉盦下笔蚕食叶，独唱畴与和白雪。超山有梅壮哉观，君为写照自殊绝。况我本是癖梅人，闻之不觉屐齿折。百闻岂逮一见真，此念怦然时起灭。两三旧侣曾相招，卒以尘纷受牵掣。空劳想像到山中，千花万花繁于缬。且如罗浮系梦魂，又如邓尉助谈屑。匆匆已是三月暮，大好春光来去瞥。溯兹游事倍惆怅，孤负良辰宁复说。逡巡吮墨补纪诗，未让广平心似铁。

第二十四通

归来，妒公益得拓地，枕上口占，录呈指正，勿以示人也。吷盦先生。敬拜手上。二十日。②

赁地可及亩，岁才百余缗。厘而为场圃，喜与老屋邻。最宜学种菜，撷馨以奉亲。艺菊亦大佳，丽秋胜于春。老屋更开拓，花树商布新。君诚好事者，能自怡其神。嗟予尚无家，飘飘如浮尘。良感君厚

---

① 此诗柬作于民国十五年丙寅(1926)三月。袁伯夔(蘉盦)诗见《蘉盦诗集》卷上。

② 此诗柬作于民国十五年丙寅(1926)。夏敬观答诗见《忍古楼诗》卷十。

意,只鸡招局频。流连乃暂耳,因羡生痴嗔。且归入湫隘,画梅错杂陈。此中有书屋,吾岂不若人。

第二十五通

昨夜拟寿沤尹七古,亟呈削正,再写送。重复字太多,公能为改易否?弟不为苦吟,故往往率易也。剑丞先生。敬拜手。廿九号。[①]

闻公岁庚子,抗疏忤朝旨。身材不及中,出班后所指。祸来正无端,岸立固有恃。乱定出使粤,三载乞归里。知事不可为,荒遁宁得已。闻见乃益非,鼎沸从兹起。畴与共丹心,所守只在是。坦易仍吾真,不假以张侈。综观出处间,斟酌尽完美。被服必儒者,不以贵自喜。惟公不自贵,万流咸仰止。词为天下宗,乃其余事耳。今年寿七十,先去谢客趾。门巷总肃然,斯可以风矣。敢嫌俚无辞,述之以告彼。蚤秋日夕佳,愿公常受祉。

第二十六通

怀散原老人

世称四公子,惟公齿最长。郎潜非所堪,意气殊屈强。长揖辞京华,键户富学养。愤时谈维新,阴霾忽开朗。霆击天地翻,姓名挂钩党。岁才十四周,禹甸遂骇荡。荒舍老诗翁,杯酒只独赏。天废谁能兴,此义无或爽。智者观厥微,不随人俯仰。移家傍西湖,高怀成孤往。运会关一身,直欲诉苍莽。平生最服膺,公与沤尹两。各自抱馨逸,契合若瀄汩。匪我阿其私,亦以志蕲向。强饭迕休和,春在先生杖。

---

① 　此诗柬作于民国十五年(1926)。是年八月二十八日朱祖谋(沤尹)七十寿诞。

第二十七通

梦旦信奉上。或径定下星期午刻预发柬，何如？乞径主裁。拙作已遵示改易，仍未知妥否，求再示，如此乃有益也。剑翁。敬。四号。

世称四公子，惟公齿最长。郎署暂回旋，意气殊屈强。长揖辞帝都，键户富学养。愤时谈维新，阴霾为开朗。霆击天地翻，姓名挂钩党。岁才十四更，中原遂扰攘。荒舍老诗翁，杯酒只独赏。原句为"杯酒益闲放"，乃"放"在漾韵。天废谁能兴，此义无或爽。智者观厥微，不随人俯仰。移家傍西湖，高怀成孤往。运会关一身，直欲诉苍莽。平生所服膺，公与沤尹两。各自抱馨逸，契合若瀯沄。匪我阿其私，亦以志蕲向。强饭迥休和，春在先生杖。

第二十八通

闽人为叒庵集诗屏，欲弟凑足一幅。弟与叒庵初识于资政院，姑亦拟句先呈教，候复到再写付，但求无遗老口吻（实肉麻之至），又不至贻笑，即得矣。仲木患伤寒，切勿用冰，日来如何？剑翁师事。敬拜。初三。①

在昔翰林称四谏，唯翁强健受天怜。不须扶杖朝行幄，犹见簪毫传讲筵。铁石公自号铁石道人。肝肠宜独抱，鞠莪觥咏有群贤。回思末坐陪资政，鸾鹤丰姿廿载前。

第二十九通

王静安先生死于万寿山下昆明湖，痛绝，拟诗挽之，先录候教再寄。

---

① 民国十六年（1927）十月十八日陈宝琛八十生日，乡人友朋有诗屏、文屏之制，此距宣统二年（1910）资政院相识，几"廿载"矣。则此札或即作于是年九月，或十月。

不落人间世,魂犹恋北庭。哀哀湘水曲,寂寂子云亭。题字都成泪,遗书孰抱馨。广陵从此绝,山下草青青。

剑翁鉴。敬拜手。六号。①

第三十通

点绛唇

又到端阳,依然蒲艾悬千户。游人无数,忙向愁中度。　　五月犹寒,照眼榴成树。孤筇伫,笙歌何处。惘惘朝还暮。

此为生平第一次学长短句,当有失调之处,希剑翁指正。敬呈。端阳日。

第三十一通

瓶斋以游沙发花园诗见示余亦克日往游补成七律即以答瓶斋

深居负却莫春天,有此芳游亦辗然。园到半荒多胜处,花仍全盛候经年。频来好似逢人熟,蓦入无因赖主贤。自是输君才调美,高吟今又着先鞭。

求剑翁教正。敬呈。②

第三十二通

由沙发花园至法公园

偶闻笑语杂芳菲,步入名园未设扉。浅草连茵才试剪,奇花簇锦故成围。似临曲水修春禊,宜补闲亭坐夕晖。谁向个中多领取,只余

---

①　此诗柬作于民国十六年(1927),或即在六月六日。是年六月二日王国维投湖自尽。

②　此通及下通游沙发园、法公园之诗,应作于民国十六年(1927)。是年阴历四月初,夏敬观、陈三立、谭泽闿、袁思亮等人同游此二园,陈敬第即于稍后往游。

蜂蝶避人飞。

昨闻公诗,极能背诵,遂亦有动于中,盖游沙发之日,亦往游法公园也。录呈指教。剑翁。敬拜手。十七日。

《游沙发》末联拟改:"羡说诗翁谓散叟。腰脚健,贪看晚景尽留连。"

第三十三通

大诗读过。日来行事冗杂,过二三日后或得闲,然以公为导师,不敢不和。率成未加洗伐,请教正,仍勿示人也。剑翁赐鉴。敬。十一夕。

曩从人海厌诸居,及早抽身遂服初。只剩闲情催唱和,且随大化见乘除。交亲餐饭都成例,老至光阴互惜余。看到梅梢春意足,停杯为尔一轩渠。

第三十四通

灵峰口占两绝,写呈赐教。

小车挽向沿湖路,路折山蹊尚昔年。入寺有梅能导我,万花飞舞峭风前。

此山幽绝无人到,只为探梅一哄然。人爱梅花吾爱竹,自成苍翠欲摩天。

补写元夕诗:

月明灯火万家春,尚有贪眠未着人。岁记从头难忘旧,物华在眼尽怀新。乾坤一掷心情适,儿女群欢意趣真。唯有寒梅能伴我,酸香不断倏侵晨。

映盦先生。敬寄稿。三月一日。

灵峰,梅宾园景也,无山野气,真看梅须到超山、邓尉,故诗有贬词,公以为何如?未许梦坡见之也。

第三十五通

惠兰赋谢

同是灵根欣有托，隔年一见愧衰迟。不殊空谷跫然至，倘植当门恐未宜。长日能消忘色相，好风常与证心期。花佣难得承君意，多谢殷勤慎护持。

映盦先生教正。敬呈稿。

第三十六通

惠兰赋谢七律，改稿求教。

同是灵根欣有托，隔年一见愧衰迟。不殊空谷跫然喜，倘植当门恐未宜。长日与居忘色相，好风俱至证心期。秋来还就君家菊，落寞生涯且共怡。

叔通呈。

第三十七通

昨午后诣教未值。近以谊无可却，不揣冒昧，为人妄作一传，送请指正，能加以改削尤感。伯夔移家忙，未以奉凟。公固诗家兼文家之健者，或亦许为未升堂之弟子耶？一笑。映盦先生。敬拜手上。十月廿八日。

第三十八通

一作诗便不免应酬，有人以图征题，却之不可，录句候教，但求其妥适耳，无甚意味也。

故家文物劫灰前，余韵流风五百年。寻旧只留题句在，补亡弥见孝思虔。依稀亭榭从头记，点缀溪山入梦妍。独忆田居曾过眼，耕烟为龚应麟绘《田居图》，旧藏振绮堂汪氏。低徊往事散如烟。

映翁。敬录稿。

第三十九通

寿太夷

朱颜玄发亦犹人,海角楼高万象新。诗草不为平世语,画松如见后凋身。固知天废兴谁属,唯抱孤怀老愈纯。偶过门庭清似水,柳樱自作一家春。

昨拟奉访,又以杂冗不果。叶园牡丹已看过否? 太夷寿知之而无以为祝,偶占七律,乃借题自遣,别录呈教,不欲杂以遗老臭味,幸赐斧削。剑翁师事。敬。廿五日。[①]

第四十通

电示即检原诗再审,未知是否"弥见""都从""亦羞""终与"不克调合,弟亦以为嫌。且"萌动"句意并不好,拟改为"终愿根荄真有托,始能冰雪与为媒。相依讵忍捐中道,倦眼时时为汝开",仍求指教。自求疵病,再经导师之指点,则更易得益也。映盦先生。敬。廿一日。

第四十一通

折枝梅花尽叶生欣然赋此

高插繁花才闹岁,护持最怯报春回。褪妆弥见天然贵,生意都从绝处来。萌动亦羞桃柳伍,心期终与雪冰媒。相依讵忍中途弃,倦眼时时为汝开。

映盦先生教正。敬稿。

---

① 民国十八年(1929)四月二十一日,郑孝胥七十生日,众人颇有祝赠,则此诗或亦同时之作。所署"廿五日",或即在四月。据《郑孝胥日记》知,四月七日陈敬第曾往拜访。

第四十二通

追别印昆次见寄原韵

六年才一见，一见各真吾。何世忧填臆，惟君寿贯颅。用君家周必大诗。关河将尽岁，风物此为都。又是匆匆去，征途雪满须。

敬求指疵。敬拜手。己巳灯节前一日。①

第四十三通

前赠玉霜诗以为后半太促，与前段气势不称，兹加拟一段，另纸求教。日子真正不得过去，还是以此消遣，但又苦薄弱，每一读公诗，辄自馁也。剑翁台鉴。敬拜手。十月十三。

第四十四通

前求公题先叔画幅，便中乞写就。兹奉上揆初兄《苏门消夏图记》，为其赴汉前交弟代求法书，并乞随意写之，弟前日诣高斋忘携奉。揆兄一月后方可归。映盦先生。敬。十四号。

第四十五通

承约看菊，归途得绝句三首呈教。剑翁先生。敬拜手。②

君家花事不关阑，菊会催开续坠欢。璀璨尽多收眼底，风情依旧是清寒。

园丁好事得来难，角胜年年乐未殚。明日便须肩入市，赚钱只为主人宽。

---

① 此书作于民国十八年己巳（1929）正月十四日。周大烈诗见《夕红楼诗》卷七最末，为上年岁末之作。

② 此诗柬作于民国十六年（1927），或在十月。夏敬观和诗见《忍古楼诗》卷十一，有"故知岁晚不多欢。相娱赖是花迟放"句。

雨风兼挟叶声乾,小坐虚堂怯袖单。犹赖支棚勤护惜,傲枝留待隔年看。

第四十六通

元旦以微雨不克诣贺,送上双鸡。此越鸡也,非沪上所购可比。并水磨粉,奉佐甘旨,年内不敢送此,恐公误以为年礼耳。寒斋收拾干净,可以小坐,四壁梅花,甚欲与良友共赏之。映盦先生。敬拜手。元旦。

第四十七通

周印昆时以书来,并附近作索句,以此答之,录呈赐教。伯符不至,如何如何? 剑翁。敬。初七。

多君尚具此幽襟,近市如侬百感侵。好梦未随秋讯至,故交还向旧书寻。频催新句难为答,且当闲谈苦不深。去日几人知爱惜,天涯霜雪各盈簪。

第四十八通

有友人惠我以建兰,巷居无风露,谨以移赠。据云须防虱,可以洗鱼水洗之。他日倘分盆开时,能以其一移供寒斋,受惠已多矣。剑丞先生。期敬。十一号。

第四十九通

剑翁鉴:前以奇冷,不敢出门。兰花已问过舍弟,撮要如下:

冬季宜干宜暖,即不可冰冻。偶然将盆侧放,喷水于叶上,水不可令其到根。

二月间始可加麻油或肉汤,即弃去之肉汤。春间或生虫,宜浇以鱼腥水。洗鱼水。

以上请记入告花佣。至麻油分量,到彼时可由舍弟再告。近索人画兰,先之以诗,另纸求教。专颂道安。弟敬。十六。①

索高五画兰

空谷有幽人,翛然自写真。酒余浓泼墨,物外益生春。经案绳床惯,风晨露夕新。同心能几辈,倘许悟言亲。

缋蘅移居索和依韵奉答

弥天烽火嘱西东,身世飘零百感中。完卵岂胜危幕惧,安心便与故乡同。羡闻花事仍全盛,追话春曹久半空。苦忆宣南余一字,林宰平。著书矹矹已成翁。

第五十通

同宰平、印昆、君庸、放园、地山、垚生、家仲氏自大觉寺至管家岭看杏花,印昆先成五律,作此报之,寄求映盦先生教正。敬拜手上。四月十六。②

旧是江南色,连林此更奇。前人咏杏花,皆江南风景,今江南无种杏花者,不知何时北徙。偶来风定后,最闹日高时。燕悔不相见,燕三月后始至。蜂狂亦为饥。尚留佳处在,闻刘瑾墓址,土名大工,杏林最盛,是日未往。隔岁订花期。

第五十一通

寄秋岳。叔通诗稿。

北枝依恋似巢禽,生计零丁不废吟。满地兵戈仍与共,中年鬓发又相侵。戾时已甚交弥寡,更事稍多虑转深。昨岁春游频记忆,偷安身世欵成今。

---

① 此书或作于民国十九年(1930)冬。书中所录和曹缋蘅移居诗,刊于民国十九年十二月十五日《国闻周报》曹所主持的"国风录"一栏中。
② 此诗柬作于民国二十年(1931)四月十六日。周大烈诗见《夕红楼诗续集》卷二。

第五十二通

　　山中殊乐，随口所得，不足以言诗也。杂录以呈，以当书信。日来画兴何似？或以苦热放学矣？展览所得几何？并念。剑翁先生鉴。敬拜手上。八月二十二日。

入山第一夕口占

　　便尔离城市，山居尚未深。数间聊托足，万事不关心。枕底泉鸣涧，尊前竹蔽岑。朝朝还暮暮，即景动微吟。

呈烈卿叔辛履园揆初理卿兄弟

　　占屋山之麓，丛篁绿上窗。泉声浑带雨，岚气幻成江。学步偏宜杖，贪眠不借釭。羡君先卜筑，疑是鹿门庞。

月夜怀兄友

　　风露清如许，岑楼独倚看。鸟惊一叶下，虫咽几更阑。竹影扶阶直，岚光照槛寒。遥天今夕共，各自抱孤欢。

剑池观瀑

　　剑气消沉尽，寒流自古今。最宜乘雨后，恰好坐亭阴。射日惊衰眼，凌风荡远音。耳根真洗净，始悟入山深。

晓　行

　　身世宜从静里逃，短衣学步未嫌劳。露多于雨林如沐，云幻为涛山自高。亦有鸡声破寥寂，尚余虫语杂啾嘈。不知多少南柯梦，孤负晨光又几遭。

过栖碧山庄看牵牛花

　　支筇行尽岗头路，最爱君家一角篱。看遍篱花自开合，开时亦解背人宜。

初　凉

　　古刹今余几，山中有废兴。地仍因热著，三十年前国人无至此避暑，自他族往营称备，而踵趾相接矣。时以得闲乘。暂憩亦为住，初凉已不胜。明年更何处，行脚羡高僧。

咏　竹

入望便婵娟,连林下引泉。石嫌妨路直,最喜得山专。多节仍为用,惟髡始自全。惧为风雪摧折,新秋后多去其梢。几人知笋味,未敢问坡仙。

烈卿招饮诗成征和

买屋屋如船,相携眷属仙。高居兼众美,雅集有群贤。感此加餐劝,输君得句先。倘能成百咏,别订莫干篇。

第五十三通

余斋有双汉罍,大容一石,插野梅二株,高与屋齐,寒苞怒发,香光四溢,夕约梦旦、映盦、放园、崧生、子楷、昆三、蔼农、溯初、石青、百里于室内作野餐,映盦未至,纪诗呈教。叔通初稿。[1]

林下灯前坐,花光照眼纷。室宽吞酒气,宵话掩兵氛。凌杂谁为主,哀荒尚有群。管家岭头事,放园谓颇似管家岭野餐。坠梦且含欣。

第五十四通

除　夕

凄绝度残宵,人间百事焦。未闻燃爆竹,无意问盘椒。遗世形仍在,谈兵口甚嚣。敢将家祭废,鱼菽买前朝。

映盦先生教正。叔通补呈。

第五十五通

溯初招余同放园蕉补游雪窦

厌苦战伐尘,遐心在泽薮。凤震雪窦胜,嘉招惟恐后。溪回路转深,嶂复天蔽黝。青青弥望松,倚空作涛吼。修篁杂其间,萧闲各成

---

[1]　此诗柬作于民国二十一年(1932)。夏敬观后补赴陈斋赏梅,所赋见《忍古楼诗》卷十四。

亩。小憩到禅房,茗话涤埃垢。梅柏立阶除,互避如两叟。徘徊花叶底,愿共岁寒守。上有亭与台,飞瀑纳户牖。千丈纵涉夸,削壁已云陡。尤爱坐桥栏,叠折澈尾首。篮舆穿微阳,明灭高下阜。阴崖挟倒悬,澄漂仰虚受。二美不偏废,此行始无负。诗人或过情,白也语独否。李拔可屡夸雪窦之胜。春秋当更佳,再游盟旧偶。状写愧未尽,吾诗且覆瓿。

育王寺

琳宫绀宇现庄严,我爱苍松翠竹兼。香积厨堪留一饱,眼前舍利不曾瞻。游者多瞻舍利光以验福泽。

天童寺

几里松阴接寺门,衔舆缓缓向黄昏。峰峦拱卫森如戟,到此方知我佛尊。

白马湖

水外青山山下田,是中窟宅亦神仙。莘莘知否农家味,设有春晖中学校。莫恋风光误少年。

东　湖

割取湖光改姓陶,家山半壁旧称豪。停舟不尽低徊意,一卷丹青似石涛。

放　阁

寻幽来此本无因,闭阁分明榜字新。赁主姚姓,榜门谢客。好处门前湖水阔,青山遥伴读书人。

柯　岩

天然磊砢各成丘,几处深泓碧似油。付与何人收拾好,就荒真是一乡羞。

录呈映盦先生指疵,千勿送登何报为要。敬呈稿。

第五十六通

亲在不称老,六十始为耆。世人好自寿,公乃力屏之。讵蒙世人谅,藻饰以为辞。其辞果如何,于公莫之知。公固多能者,非时宜弃遗。小试且未卒,安问竟厥施。薄宦纵有获,尚乏三径资。事蓄况兼赖,卖画卖文诗。是皆求诸己,俯仰初无亏。视彼狗鼠辈,狡黠营所私。白日鼓唇舌,俨附风雅师。能为忧时语,能为见道词。人愚我独智,利口偏謷訾。言伪行不掩,谁谓世可欺。公骤闻吾言,一笑撚霜髭。顾于公未当,俚语惭管窥。努力定文字,自寿倘在兹。文字交宁隘,岁寒相与期。

叔通呈草。映盦先生六十生日,赋此为赠,万勿示第二人也,至祷至祷。菊公已赴牯岭否?[①]

第五十七通

夷初交箑画,属求法绘。其所著有关转注者,欲就正,拟先以所已成之部分,陆续送奉,未知允许否,乞以电告。大著须俟开工后再排比,先以附陈。映盦先生。弟敬拜手。八日。

第五十八通

映翁改卜新居奉贺,未敢疥壁也,求教。

改卜犹人境,知君意未安。覆巢宁有幸,泛宅且同观。画案量新样,书城拥古欢。不须千万买,微雨过苏端。张菊生。

叔通呈稿。[②]

---

①　此诗柬作于民国二十三年(1934)。夏敬观六十岁生日在是年六月二十一日(阴历五月初十日)。

②　味诗意,应是日寇攻打上海之后。民国二十七年戊寅(1938)九月夏敬观移居开纳路公寓,此诗柬应作于是时也。

李宣龚 三十五通

李宣龚(1876—1952),字拔可,晚号墨巢,福建闽县(今属福建福州市)人。有《硕果亭诗》《硕果亭文剩》《墨巢词》等行世,今人辑有《李宣龚诗文集》。

第一通

得杨鉴资世兄来书有感

人物成新世,王城恋故乡。艰难空一忍,风义寖相忘。昆玉行看碎,虫沙共可伤。久虚庐墓愿,无复叹荒庄。

墨巢。①

第二通

闻君家儿子有出疹者,顷已全愈否? 无任系念。好在今年疹年,皆平安,可以相庆无事也。《采兰艺黍图》勉□一首,谨以奉正。处此时代,不能不如是证法耳。希文禊作,有无和章? 乞示。此上映公同年。宣龚顿首。四月三日。②

---

① 此诗束作于民国三十三年甲申(1944)春、夏间。诗见《硕果亭诗续》卷二,编在民国甲申春、夏间。

② 此书作于民国三十三年甲申(1944)。《采兰艺黍图》题诗见《硕果亭诗续》卷二,题作《为世医张益君题其先德采兰艺黍图》,编在甲申年。

第三通

和映公同年《甲申元旦》，即乞教正。

猛志成违俗，穷愁易诉天。沐猴蒙汉腊，语鹤噪尧年。肝胆无畦畛，冤亲要浇洴。莫夸强胜弱，看取裹针绵。

宣龚初稿。①

第四通

法华晚步

野菊须秋士，霜榴妒醉翁。不知村路远，惟爱夕阳红。高论休惊俗，新诗要豁蒙。短筇谁使独，望眼入冥鸿。

"须"字拟改"随"字，映翁以为何如？②

第五通

右手病废，直不能作书，励吾册叶勉强应命，殊自愧也。剑知事早知其无成，不过聊尽人事而已。溽暑，敬候映公同年起居。宣龚顿首。六月三十。

第六通

雨后大热，真奇事。窥堪山谷生日诗甚佳，公见之否？"昔昔"二字出自何人词句？望见示也。此即请映公刻安。龚顿首。八月九日。

---

① 此诗柬作于民国三十三年甲申（1944）正月初。夏敬观诗见《忍古楼诗续》卷三，李诗见《硕果亭诗续》卷二。

② 此诗柬作于民国三十三年甲申（1944），或在八、九月间。此诗见《硕果亭诗续》卷二，后首即《九日念亡弟石久》。

第七通

多日未晤，想贵体康健为慰。《看花酬唱集》三册，公得其一，幼达世兄得其一，尚有一册，烦交窳庵先生，是所至托。此请映公同年大安。龚顿首。十月三十。①

第八通

迭次见访，未获畅谈，至为败兴。鹤亭甚欲得公一诗，公既无意，弟亦不作矣。顷在箧中检得扇面，系爱居为公所书者，谨以奉还，虽非完好之物，亦死友手泽也。此上映公同年。宣龚顿首。五月廿二日。②

第九通

日来因直士神经大乱，我命太苦，奈何。送入虹桥疗养院，心绪恶劣，故未能走候。兹有《看花》七律两首，鹤亭、宰平皆有和作。菊生五六日后可回寓。牡丹经雪花少而小，姑折两朵奉赠。公虽不出，而海棠、牡丹之属，悉由尊处移植者，似不可无诗，望为我强和一首，以成掌故。映公同年。龚上。四月廿四。③

第十通

本日天晴却甚冷，故不敢出门。伯藏事闻尚未收到聘书，故渠不

---

① 此书似作于庚寅（1950）。《看花酬唱集》即《硕果亭看花酬唱集》，所存乃是庚寅（1950）二月二十三日于李宣龚硕果亭看花后众人唱和之作，刊成或在同年。

② 梁鸿志（"爱居"）于民国三十五年（1946）十一月九日被处决，则此书应作于此后。

③ 此书作于庚寅（1950）四月二十四日。夏敬观应命之作见《忍古楼诗续》卷四。

便奉告。陈仲陶诗一纸,托为转达。映公同年。龚上。三月一日。

第十一通

前呈诗录一册,想已入览。兹奉签条一纸,烦交幼达世兄补贴为荷。日来稍暖,颇思与公一谈,不知能下楼否?得便电示为幸。此请映公同年道安。宣龚谨上。二月廿三日。

第十二通

映公同年鉴:前承电问病状,并嘱幼达枉存,感荷之至!贱体病眩,不下楼者两个月,以后不知能否相见。闻公前亦跌过一次,现健愈否?至念!叔通诗一首,沧舟托为转致。菊翁告存二绝句,公和之否?手此,祗请道安。宣龚谨上。一月五日。[①]

第十三通

闻中水患,航荔断统,顷忽由刘趣义医生送到廿枚,谨以八枚奉饷足下,此较去年尚多一倍,其色可爱,真所谓绛罗襦者也。祠堂本山谷诗集,望检头两册一校。宫中并蒂莲将开,公其有意一看乎?此候映盦同年起居。宣龚顿首。七月十九日。

第十四通

《宛陵集》一卷并写本奉阅,如以为可,即希图付刻。海藏楼已极称许,不必再视也。十三午车行,顷住中旺同恒吉里,得便祈惠临。剑公丞鉴。龚顿首。初九。

---

① 此书作于辛卯(1951)。上年岁末,张元济("菊翁")有《庚寅岁暮告存》二绝句寄示亲友。

第十五通

刻下诸病均愈,惟腿酸不能行步,虽用电数次,尚未见效。囚锁医院中,苦寂无似。律诗一首,写乞教正。石遗来,曾晤及否? 此问映兄刻佳。弟宣龚顿首。八月初九。

第十六通

手教备悉。史肖实款尚未拨到,可为诧异。前又函催,如尚未交,即已交,亦烦饬送。可饬价持此函往取,至悬至悬! 冷刻匠已托公约往招,刻尚未来。据卢君来函言,渠处已代付五元,将来尚须扣还。梅集刻赀容晤面细议。词集则梓勤、公约、筑岩、又点各承一部,敝处则仅余一部而已。诗稿已由伯严取回,适有便友赴沪托寄。查收洛庵三十元。本日收到许处寿份,已过期,可不必送,留为雅叙园破费亦殊不恶。龚未归以前,已奉院札委清理财政局文案,月薪七十金,再辞不便,只得敷衍二三月再说。日内已开手办事,以致啸师处不能一吊。觉人赴浔,初十适可回。渠买宅尚未定,不知何日可迁让,而现寓之屋大而无当,奈何奈何? 傢伙单容面交。书龛已北上否? 太夷、子言想常晤面,统乞致意。此上剑公观察大人。龚顿首。初八。①

第十七通

寐叟词集现已排竣,业经朱古老校过,弟尚不放心,请公逐阅再为精校一过,如无错误,即可发印。琐费仁神,无任心感。此请映公同年吟安。龚顿首。十月廿九。②

---

① 此书作于宣统元年(1909),或即闰二月、三月间。是年二月十三日,高凤岐("啸师")卒于沪上。

② 沈曾植《曼陀罗龛词》曾于民国十年(1921)十二月由商务印书馆印行,此书或即作于是年。

第十八通

易实甫《庐山诗》本如已检出,望即饬人送下,因有友人欲借一读也。昨与何肖雅唱和一律,姑录奉正。并乞转示鹤亭。此请映公同年吟安。弟龚顿首。九月十一日。①

解怜秋色亦无人,玉立相看感此身。阅世坐教千岁至,为园非复百金贫。移供水石情如昨,不待风霜态更新。反覆一篇平淡意,袖中诗本早伤神。

平斋长者以所饷雁来红、汉宫秋两株作诗见谢,赋此奉答。

第十九通

以行忙碌,未及走别为歉。顷在车中补作《西天目到寺》五古一首,录以奉政,有不妥处烦兄痛改。尚有数首亦拟于此数日内成之,未审可得如愿否。沿途运兵,快车亦误点,午前果到济南,则今晚到津尚不至待人夜半也。此请剑兄同年吟安。弟龚顿首。五月廿一日东北堡。②

贻书、稚辛诸公有诗否?顷又成七古一首,题前题后之意已尽,尚须作写景五古二首、七律一首。

第二十通

多日未晤,想起居健复为慰。公渚来信奉览,览毕仍望将其所致鄙人一函掷还。生计愈艰,工潮愈酷,弟为华丰事几乎走头无路矣。手此,即请映公同年道安。宣龚顿首。五月三日。

---

① 此书作于民国八年己未(1919)。所附诗见《硕果亭诗》卷上,编在民国己未。

② 此书作于民国十四年乙丑(1925)。天目诸诗见《硕果亭诗》卷上,编在民国乙丑。

第二十一通

映公鉴：日来两次电询，均值外出。甘簃过此，想必奉访。昆三赴台，乃兄彦侯竟于前晚中风而逝，人事之不可测有如此。闻数日内将在万国殡仪馆大殓，想公亦须一到，在彼可以晤面。董卿《蒹葭里馆诗》尊处如有之，望借一阅。公渚青岛住址又复忘记，望再见示。稚辛之孙世兄风胡，求公在小册上写一诗，单款便可。琐屑奉渎，即请道安。宣龚顿首。四月廿九日。

第二十二通

登燕子矶

燕矶侧坐西南岸，钟山反掩城之半。雪迹难平野烧骄，江天直与风帆乱。古洞榴楠世不名，荒洲芦荻为谁生。袖中老尽量江手，犹试人间却曲行。

映公同年教正。宣龚。[①]

第二十三通

简剑丞

元龙田舍本欺人，强解荆公意失真。欲作他年兄子诚，二疏老悖足书绅。

为人题世外桃源图

彭泽高怀寄避秦，纷纷谬托说知津。徒令洞口桃千树，笑汝犹非魏晋人。

游柳树台

入村九水路回环，石气冲天不可攀。一面屏风三面看，大劳山与

---

①　此诗柬作于民国二十年辛未(1931)初。诗见《硕果亭诗》卷下，为辛未首作。

小劳山。

栏外诸峰琢不成,松梢漏日势峥嵘。岩凹积雪如悬瀑,坐久才闻落涧声。①

第二十四通

安庆礼岳楼呈巽斋布政

雪里江城望未孤,还留夕照送平芜。山川坐落诗人手,徙倚能收半壁图。未许大邦称鲁卫,从知本志陋曹吴。罪言在箧今垂老,夜半微闻觉痛无。

巽斋以铜官山赔款四十五万,限三月内兑往伦敦,库储为之告匮,慨然曰:"予何辜,而必与江鄂为鲁卫耶?"语次并奋髯臧否人物,故予诗有"未许大邦"云云。②

第二十五通

西天目道中大雨至灵源寺将黑矣

雨重登山意不阻,争道奔湍势殊怒。龙门碣石生我前,两腋无风费扛举。终凭坚念达圣域,洗眼居然得净睹。苍官古貌左右立,千磴阴森堪仰俯。有杉尽似车盖树,有竹胜过钱塘弩。山深水急磻石渊,杉所缺处以竹补。下舆到寺茶灶歇,乞火燎衣就僧语。五年不见百泉鸣,一昨滂沱遽如许。始知观瀑吾有命,世俗冲泥讵为苦。纷纷竞作入睡忙,未断檐声钟一杵。欲寻明日插天峰,悬恐是云仍是雨。

东天目钟楼晓望

云兴若波涛,起伏无来由。众峰作彼岸,围绕云四周。乍动但一

---

① 此三诗见《硕果亭诗》卷上,分别作于民国十年辛酉(1921)、六年丁巳(1917)和十四年乙丑(1925),但难定此诗柬作于何时。

② 此诗见《硕果亭诗》卷上,作于宣统二年(1910)。"巽斋"即沈曾植。是年正月,李宣龚赴安庆访沈曾植。

气,弥漫遂难收。人间釜甑爨,忽然天上浮。不辨日东出,那占星西流。飞雨响新瓦,知云穿满楼。俯睇蔽归路,欲行又夷犹。昨泉空有声,双瀑不可求。乌帽已灭没,白衣亦徒留。我尚不见我,遑云人焉廋。物态有如此,寸心同悠悠。

雨甚欲游径山不果南生招饮九折岩即席赋谢并示映盦

夏五临安路粗熟,不游径山意不足。径山之竹天下闻,畏雨真堪令人俗。归程幸及小玲珑,雨中置酒贤使君。孤云一握落何许,眼前九折能贮风。从来清景无穷物,取舍难兼我所欲。但教济胜有此身,前纲未收后网续。君不见,坡翁坐领洞霄宫,犹失东西两天目。

垂虹桥看瀑

山腰垂虹桥,卧瀑目与遇。稍怜桥下水,首尾失相顾。一亭又偏东,见瀑不见树。吟眸试商略,移换未百步。循湾得转身,有石皆可据。西岩背落日,返景复东露。杜鹃缀泉窦,花底喷云雾。灵源贯万壑,一一修蛇赴。何来爆竹喧,乃是泉深处。兹焉谋小筑,面面可题句。今夜月应迟,短筇五来去。[①]

第二十六通

胸中空峥嵘,尺寸未借手。开窗纳钟山,江南是吾有。区区邱壑恋,初意颇自负。吴楚一蹉跎,花时隔杯酒。得闲乃坐误,乱至复谁咎。惜哉鱼鸟乡,遂令虎豹守。徙薪已无及,增灶不可狃。九鼎方沦渊,破甑那回首。忽闻解兵令,其衷殆天诱。劫灰待收拾,于汝亦云厚。径荒就芜蔓,树槁变衰丑。意当倾青溪,一为浣尘垢。严城夜屡起,独啸谁与友。虫声和月色,慰此循墙走。怀归恐无期,避地宁可久。何处觅高原,河清俟人寿。

---

① 此诗柬作于民国十四年乙丑(1925),即第十八通五月二十一日书中所言补作诸诗也。

兵后视金陵旧居。①

第二十七通

芝罘杂诗

　　岛市似日本，所少万屐声。缘冈路千盘，澄波荡空明。比屋昼掩户，人言方厌兵。幸有北船珠，慰此闻戒情。

　　范蠡忧藏弓，鸥夷弄狡狯。求仙有徐福，童女遗世累。置金廊庑下，戎成终不退。谁欤作俑者，矫首向天外。

　　胡姬发曲局，插花风蹁跹。相将礼浮图，歌声彻人天。钟鸣一哄散，状若出定禅。罪悔宁苟免，津梁徒自怜。

　　蓬莱失左股，已破铁门限。谁归汶阳田，此愿毋乃诞。沉舟千帆侧，殷鉴信不远。何日张吾军，国耻常在眼。

　　海滨稽岁入，茧果号称最。东家葡萄醅，待价势益倍。买田一顷足，种树十稔大。是邦堪遨游，岂必念吴会。

　　诸子诗作祟，睡声带吟哦。苦语困肺腑，只赢白发多。我病宵不眠，无诗空嵯峨。小待窗纸白，寒鸡鸣相和。

　　为吏即为吏，放手便一试。云胡持两端，置难欲就易。王侯磊落士，骐骥不受辔。但令范驰驱，行子所无事。

　　天空山若浮，雪尽海逾碧。北风贾余勇，惊浪隐摇石。来帆不能寸，去鸟渺无迹。览此憺忘归，楼灯报将夕。

　　壬子十月，拔可写寄映庵。②

---

　　①　此诗似作于民国二年癸丑(1913)。诗见《硕果亭诗》卷上，编在民国癸丑。

　　②　此诗柬作于民国元年壬子(1912)十月。诗见《硕果亭诗》卷上。

第二十八通

夜坐示贞壮并寄映庵

眼中时事太纷纷,袖手相看我与君。秋老叶声时作雨,夜寒海气易成云。穷愁强饮终难遣,异地狂歌不可闻。千里映庵明月在,故应分照白鸥群。[①]

第二十九通

前谈为快。以后若有打针,仍由医师动手为是,恐生手较量分量易失标准也。前承赐诗三首,得便知幼达世兄抄示。抑快轩丈上下两表收到否?亦须世兄一查。予事不必下楼为要。此请映公同年左右。龚顿首。九月廿五。

第三十通

不厌千峰黑,翻憎列炬明。星辰谁汝数,虫鸟妄相惊。壑底冰轮转,人间夜气清。忍寒真自喜,休更问阴晴。

同贻书鹤亭西山旅馆露坐待月。

黄尘乌帽漫相关,随俗劳人意自闲。最爱槐街秋霁后,却无斜日有西山。

雨后。

玉泉非中泠,城郭共一饮。争墩出天语,势压吴儿懔。吾曹苦好事,试茗恣评品。临流意自适,不借簟与枕。坐看日色薄,稍辨松气凛。宫花纷布金,湖藻俨濯锦。泉清见石骨,黝碧蓄异禀。跳珠沸千沤,一散复成渗。同游皆健作,峭壁可用锓。阿买勤相从,写诵亦略审。先当置渠腹,要使识墨渖。

玉泉秋集得饮字。

---

①　此诗柬似作于民国元年壬子(1912)秋。诗见《硕果亭诗》卷上。

结庐依玉泉,一水美无度。渚荷虽已落,犹足集鸥鹭。新篁甫穿窗,秋笋忽无数。固因地力厚,亦以近水故。涤场面涟漪,可坐可徐步。偶然放小艇,寸缆不系树。西山背岭出,湖尽复有路。人家与禁籞,簇簇烟中露。徘徊两塔间,真可左右顾。自青果何物,苍翠满天趣。一丘堪娱亲,余事及农圃。甘旨见经营,奚须更外慕。

题君庸自青榭分韵得度字。①

第三十一通

车中蹑足促东归,相见才收涕一挥。岂有围城羁玉貌,还从雩舞试春衣。所居薪木闻无恙,堆纸盘盂任乱飞。计策平时艰一用,道旁多惜说知非。

盍贫来沪,述鄂事甚详,浴罢出游,作此纪之。②

第三十二通

热尽退,惟肠胃未健。非导不达,明早又须打针,苦极。兄和海藏二诗,第一首首尾俱佳,第二首头四语亦胜。弟亦强和二首,写奉教正。病中无聊,甚盼兄,祝今晚月色必好也。剑公同年。弟龚顿首。八月十七。③

松篁计老未成归,星斗天高识所依。但觉心肝真可奉,直卑妾妇道无违。暂辞弱水三千里,来看霜皮四十围。行止区区车转轴,不疑何用说知几。

---

① 此诗柬难定作于何时。《题君庸自青榭分韵得度字》见《硕果亭诗》卷下,为民国癸酉(1933)之作;《同贻书鹤亭西山旅馆露坐待月》见《硕果亭诗》卷下,为民国乙丑(1925)之作。其余二题未能自《硕果亭诗》中检出。

② 此诗见《硕果亭诗》卷上,作于宣统三年(1911)。

③ 此书作于民国十五年丙寅(1926)。所附二诗见《硕果亭诗》卷上,编在丙寅年。夏和郑孝胥(海藏)诗《忍古楼诗》未收。

次均和海藏。

海上无山那得移，挟山超海亦奚为。在原共信终怀宝，谋野何当伏憗遗。种柳桓公感摇落，闻蝉介甫叹衰迟。诗成和到苏黄尽，次第知应及补之。

次均再和海藏。

第三十三通

剑老同年鉴：睽违颜色又半月矣。昨得昆三信，提及令嫒事，特以奉览，不知在港令嫒杨姓耶？抑吴姓耶？得便乞示。贱恙不进不退，但惜无朋友之乐耳。此颂道祉。宣龚谨上。十一月廿一日。[①]

第三十四通

前奉上昆三一函，想已入览，得便乞掷还，欲作覆信也。剑知君患肠病，恐不易见面。鹤亭蹉跌以后，至今尚未出门。闻吕贞白善作术者，其言众皆神之，可为解颐。公有新作，可赐一读否？如有下楼，幸一通电话。手此，即请映公同年道安。宣龚顿首。十一月廿三。[②]

第三十五通

得映庵来书赋寄并示贞壮

我诗愆约如积逋，君书索诗如催租。填膺万感道不尽，落纸乃觉一字无。两年踪迹类嵇阮，酒炉茶肆知吾徒。君居幽胜绝人境，俯仰嘉树三百株。闭门物色足高咏，病中寄观还起予。春来揽镜对妇孺，稍怪渐与朋友疏。途穷得意会有此，舍此不乐宜何如。子言世故思

---

① 　此书与下函前后相承。

② 　检冒怀苏《冒鹤亭先生年谱》知，一九五〇年十月，冒广生往访夏敬观，归途覆车，跌伤鼻膝。不知是否此书中所云"蹉跌"。

烂熟,顾犯火宅为嬉娱。云堂一顷耕不得,此役政坐饥所驱。前宵叩户月似水,揖客出见舍中雏。一庭虫鸟语无恙,剩有猿鹤时相呼。蔷翁老矣强一出,欲尽地力纾艰虞。山川弗宝秘宝藏,窃恐夜半负以趋。时危百事等无及,犹望落霞照桑榆。袖间请奋二三策,拜官近亲聊缓图。我今懒散就弃置,江南欲归非故庐。当年携手看霜菊,回首梦断台城芜。山阴居士行亦去,海上形影将谁俱。却愁耿介骇流俗,匹夫有罪怀瑾瑜。纷纷牛李一辙耳,出口不用相贤愚。①

_____

① 此诗见《硕果亭诗》卷上,作于民国二年癸丑(1913)。是年八月夏敬观入都,十二月南还。

张元济 三十三通

张元济(1867—1959),字菊生,浙江海盐(今浙江海盐县)人。曾任商务印书馆经理。今有《张元济全集》行世。

第一通

剑丞吾兄有道:前晚奉教,并掷还拙作,指示各节,甚感! 昨交与费君时,又删去十许字矣。承示大作,捧诵数过,真有一倾千里之势,非具有大手笔者不能。节略原有数千言,议论多事实少,使弟对之,直觉无从下笔矣。大稿并事略缴上,乞察收。敬颂俪福。弟张元济顿首。六月廿四日。

贱恙尚未痊,承注,感谢感谢。

第二通

剑兄如晤:昨覆一函,计荷垂察。曾就曹医诊视否? 如何疗治,至为悬念。黄世兄为人属书扇面,今写就送上,乞查收。附去润例一纸,应否转致,祈酌夺。盛暑,伏维珍卫,并颂二妹阃福。弟张元济顿首。八月十四日。①

第三通

示悉。《开元杂报》当革命初年,谣传有书数叶散在上海,弟与孙君亟追之,杳无所得,大约系讹言。孙君所举杨氏,或即彼时传闻之

---

① 《张元济全集》考定此书作于一九五一年。与第二十四通相承。

辞。杨氏所刊书谱中,并无此物。复上剑丞吾兄。弟张元济顿首。
九月廿日。

第四通

剑丞吾兄惠鉴:奉示诵悉。李君收条已收到,感感。代付之款取
到即缴上。张石铭前日已有回信,顷忘呈阅,兹附呈。覆颂台安。弟
张元济顿首。十月四日。

第五通

剑丞吾兄惠鉴:前日奉示谨悉。刻画纸一张价银十饼,蒙代付,
极感。兹缴上,乞察收为幸。拔可因四库装箱事,且需打针,故又留
京不行,大约须稍缓遵海矣。致约翰同学会公信,由叔通拟稿,弟亲
自誊正,即刻往访刘鸿生,托其代达校中当局。借重大名,原信恕不
呈阅。前取去《词林纪事》一部,适须参校印样,如已阅竟,可否乞暂
行掷还? 惶悚。专此。祇叩侍福。弟张元济顿首。十月十八日。①

第六通

剑丞吾兄:昨属将许氏群从寓沪住址开呈,兹录后。弟元济
顿首。

仲密　　维新里此据南仲所述,未知其详,当日送帖,亦托其派人代送也。
子青　　重庆里
季芸　　闸北中华新路顺成里十七号
紫丞　　北泥城桥东
瑜少奶奶　山海关路
十一月廿五日。

----

① 《张元济全集》考定此书作于民国十四年(1925)。是年八月,李宣龚赴
京处理承印《四库全书》事。

第七通

剑丞吾兄惠鉴：影印《词林纪事》已成，谨呈上一部，伏乞莞存。泽生令弟寓苏垣何处？祈开示，拟寄谢柬也。祗叩侍福，兼颂著祺。弟张元济顿首。十二月九日。①

第八通

剑丞吾兄惠鉴：前收得外舅祖夫妇合璧遗画一册，已呈台览，兹仍呈上，乞赐题，以志佳话。又葛词蔚亲家下月六十双寿，其侄咏莪为之征诗，昨日交到诗笺并事略，谨附呈，倘蒙俯允，曷胜感幸！专此。祗颂台安。弟张元济顿首。十二月一日。②

第九通

剑丞吾兄惠鉴：久未晤，维上侍纳福为颂。先始祖《横浦文集》流传极罕，江南图书馆所得丁氏书，亦只有残本半部，余均钞补。近得明刻足本，用石印法景印，谨呈上一部，伏乞莞存。敬叩侍安，潭祉均吉。弟张元济顿首。元月廿一日。③

第十通

手示谨悉。屏兄信阅过缴上。《皕宋楼藏书源流考》收到。近数日东洋人未来敝处，所栽松树有数株有此蠹者甚多，其新芽均被蚀去，现亟搜捕，别无善策也。复上剑丞吾兄。弟张元济顿首。五月卅

---

① 《张元济全集》考定此书作于民国十五年(1926)，是年《词林纪事》印成。

② 《张元济全集》考定此书作于民国十五年(1926)。是年阴历十一月二十三日葛词蔚六十岁生日。

③ 《张元济全集》考定此书作于民国十五年(1926)。上年底《横浦文集》印成。

一日。①

第十一通

剑兄鉴:昨日日本人来,以松虫示之,据云此尚无大害,仅食嫩芽,伤外而不伤内。尚有一种,则由嫩芽之尖直啮其心,其虫系红黄色,渠在敝处各树中检出不少,谓此为害较甚,然于树之生命无伤,大约根枝蕃茂者不致发生云云。问有何预防之法,则云惟有尽力搜捕而已。弟处前日已大捕一次,尊处曷试行之? 专此。祗颂晨安。弟张元济顿首。六月三日。②

铺路石子已运到十二车,费神感感! 乞转属来此取价。

第十二通

手示诵悉。萍青信阅过缴上。星期六日承约晚餐,因入夜不敢多食,且须早睡,谨当心领,谢谢。今晨曾上数行,言松虫事,想荷察及矣。专复。顺请侍安。剑丞吾兄阁下。弟张元济顿首。六月三夕。③

梦旦昨去杭州,杜社今日有祀事,明日恐未必归也。又及。

第十三通

剑丞吾兄惠鉴:昨奉手教,并张东苏兄信,均诵悉。弟年来致力于一族之事,如修复宗祠,创建公墓,近又辑印家集,均公所知者,绵薄已觉不胜,无暇他顾,祈转告东兄为幸。原信附缴。又陈君诗疏稿已读过,同时附去,乞察收。祗叩侍安。弟张元济顿首。六月十四日。④

----

① 《张元济全集》考定此书约作于民国十五年(1926)。
② 《张元济全集》考定此书约作于民国十五年(1926)。
③ 《张元济全集》考定此书约作于民国十五年(1926)。
④ 《张元济全集》考定此书作于民国十七年(1928)。是年辑印《涉园丛刻》续编,即"辑印家集"也。

冬甥病已渐愈否？念。

第十四通

剑丞吾兄大人阁下：今日承宠召，极拟趋陪，惟昨赴苏州，匆匆往返，颇觉疲乏，谨当心领，尚祈鉴谅。专此布谢，敬颂侍福。弟张元济顿首。十六年元月二日。①

第十五通

剑丞吾兄惠鉴：昨示诵悉，已函达广东银行，俟有覆音即奉告。二妹电告内子，谓麟孙欲向弟处借二百金。杭垣消息极恶，度必为避乱之需，情殊难却。兹覆去一信，请附去。闻麟孙不日来沪，请代留面交，汇款信亦已追回矣。息金云云，断不敢收，并乞转告。金旬丞来信论词学，属转呈，今附去，阅过祈代送仲可许，费神感感。祗叩侍福。弟张元济顿首。元宵日。②

第十六通

剑丞吾兄惠鉴：昨周叔弢寄来景印宋刻《孝经》，属以一册奉赠左右，谨呈上，乞察收。又晤吴䌹斋，渠甫自杭州避兵来此，寓民厚北里四衖东首第一家，云甚荷关爱，到上海后由杭寓转到手书，极为感谢，属先致意，稍定当再诣访。闻汪颂年先已来沪，寓何处，兄当知之，并祈见示。专此。敬颂台安，晋叩侍福。弟张元济顿首。16|1|4。③

第十七通

示悉。吾兄适以相责，无可再言，谨收回，并谢谢。涉园图卷甚

---

① 此书作于民国十六年(1927)。
② 《张元济全集》考定此书约作于民国十六年(1927)。
③ 此书作于民国十六年(1927)。

损坏,必须重装,装后必广征题咏也。晤鹤兄,乞代致意。复上剑丞吾兄。弟张元济顿首。五月十七日。[①]

附币一元,请给花匠。

第十八通

剑丞吾兄惠鉴:昨由广州带来花草数种,谨分赠鹰爪花、夜来香各一盆,敬祈哂纳。南方草木喜暖畏寒,霜降前即须移入花房,庶免摧萎。祇叩侍福。弟张元济顿首。七月二日。

第十九通

还示祇悉。枉谢并厚赏去伻,惭愧。敬处荷叶出水者无多,昨大雨尚未淹没,再不放晴则难免矣。此上剑兄吾兄史席,兼叩侍祺。弟张元济顿首。七月二日。

第二十通

剑丞吾兄鉴:近日天气晚间较凉,伏维阖潭安吉为颂。日本造园家角田氏见荐一园丁于弟,昨来关照,须来月方能觅得,殊难久候。尊处园丁前曾欲介绍其朋友,其人如果勤慎可靠,颇拟先行试用,乞即转告为荷。专此。祇颂台安,晋叩侍福。弟张元济顿首。八月九日。[②]

萍兄信阅过缴上。

第二十一通

昨承假会庆堂本《宛陵集》,甚感! 所载欧序,均称"次为六十

---

① 《张元济全集》考定此书作于民国十六年(1927)。是年"涉园图卷"重装并广征题咏。

② 《张元济全集》考定此书约作于民国十五年(1926)。

卷"，惟裔孙枝凤重刻序，谓"始于谢景初，编次六十卷，欧公序而藏之，及公卒，复搜遗稿千余篇，掇其尤者，次为一十五卷"云云。此书未知何本。正统本杨士奇序，未知如何云云。万历本复刻杨序，亦作六十卷，其他序则不记卷数。《四库提要》则云："谢景初所辑仅十卷，欧阳修得其遗稿增并之，亦止十五卷。其增至五十九卷、又他文赋一卷者，未知何人所编。陈振孙《书录解题》谓即景初旧本，修为作序者。未详考修序文也云云。"按四库所收为姜奇芳本，姜本欧序明明云次为六十卷，何以又云未详修序文，岂姜刻有别本耶？枝凤言掇尤为十五卷，必有所本。查《宋史》本传亦无此语。前日闻兄亦言及此，度必别有所见，谨敢奉询，敬祈指示，无任感荷之至。即颂剑丞吾兄俪福。弟张元济顿首。五月一日。①

第二十二通

剑丞吾兄惠鉴：许久未晤，伏想起居安善为颂。旧影残宋本《宛陵集》近拟付印，前蒙校订，称有据正统本者，现拟录出校记，附印卷尾，须觅原书覆对。弟处旧藏相传弘治本一部，未知是否即正统本？覆印之序跋全佚，谨呈上首本二册，敬祈鉴定，仍予发还，无任感荷之至。专此。祇颂俪安。弟张元济顿首。三月七日。②

第二十三通

剑丞娅兄如晤：久未通问，风雨感秋，伏想起居安善。癃闭已愈否？曹医生处诸郎君曾否往询？如何云云，甚以为念。贱恙如恒，眠食均佳，并纾廑注。附呈拙作一首，乞教正。并候二妹夫人阃安。弟

---

① 《张元济全集》考定此书作于民国二十九年(1940)。承下通而言。
② 《张元济全集》考定此书作于民国二十九年(1940)。是年商务影印《宛陵集》，五月一日张元济亲撰一跋。

张元济顿首。八月廿三日。①

第二十四通

剑丞娅兄阁下:前日二妹枉临,借知曹医生用药不当,致受其累。弟葆荐非人,甚为愧悚。嗣奉手示,知已安复,闻之稍慰,务祈加意珍卫,是为至恳。陈沧舟奈未相识,前遇于陈叔通座上,叔通为我介绍,且知同居一里,因是常相过从,渠于弟病,却甚关切也。弟有先人敝庐,无法保存,现捐赠于本县学校,连日忙于办理此事,致稽裁答,歉歉! 顺颂俪祺。弟张元济顿首。八月廿八日。②

第二十五通

径启者:近日贵体想益康胜。广州有人来,带到羊桃四枚,尚未黄熟,而香味甚薄,似是佳鲜,未必可口,聊供玩赏而已。谨上剑丞吾兄台鉴。顺颂俪福。弟张元济顿首。九月十九日。③

第二十六通

剑丞吾兄如晤:前奉十九日手书,知贵体小有不适,旋即康复,近想益臻安善,至以为念。大著《古今简笔字谱》捧读一过,搜罗极富,其中稍有非日常所必用者,似可节去。此事势在必行。弟前购有《常用简体字汇》,似尚有可采之处,谨呈台阅,阅过仍乞发还。鄙意大著可以缮正,贡诸当局,异日推行,必须借政府之力方能画一也。专此。顺颂秋祺。弟张元济顿首。九月廿二日。

二妹夫人均此。

———————

① 《张元济全集》考定此书作于一九五一年,与下通相承。
② 《张元济全集》考定此书作于一九五一年。是年张元济将海盐老宅捐出。
③ 《张元济全集》考定此书作于一九五一年。

第二十七通

剑丞吾兄有道：久未通问，昨闻近患感冒，眠食安否？务祈珍摄。前属介绍研习苗族历史人士，弟久与外界睽隔，绝鲜见闻，不克应命。记得有新文学选集中有一种，引载苗族神话故事甚详，并译有南洋群岛所有苗民相传史迹，大可取材，但不记忆作者姓名，屡合商务印书馆及合众图书馆代查，均不可得。有愿难偿，惭歉无似。兼颂二妹夫人阃福。弟张元济顿首。十一月廿七日。

第二十八通

奉示谨悉。发还演说稿收到。告存诗第二首原无讥讽之意，经兄指出，却未尝不可作如是观。倘蒙代为斧正，尤为感幸。底稿上尽请批削，并乞发还，尚拟与他人一观也。复上剑丞吾兄大鉴。弟张元济顿首。十二月六日下午。[①]

第二十九通

昨覆寸函，计荷察及。不审小便曾覆送检验否？成分有无减少？甚以为念。弟去年曾有告存诗分寄朋好，今又一年，略广其义，续成四绝，别纸写呈，敬祈削正，无任感祷之至。祇颂剑丞吾兄摄祺。弟张元济顿首。十二月六日。[②]

二妹夫人均此问候。

第三十通

剑丞吾兄如晤：顷二妹来，奉手示，谨悉。拙句内"宋"字下"当须

---

① 《张元济全集》考定此书作于一九五一年。此书承下通而言

② 《张元济全集》考定此书作于一九五一年。上年岁末张元济有《庚寅岁暮告存》。

晴白成宋检"至第二首另做,前后殊难贯串,拟将第四句"我生宁恨不
逢辰"为"我生端合庆逢〔辰〕",从正面说,兼可释嫌。至弟之所作本
不成诗,更无所谓集也。询二妹,知未覆送小便检验。鄙意不宜过于
矜持,有许多病症往往由于心理作用。以弟之经验言之,如兄高龄,
尽可随便,即欲郑重,亦只不直接吃糖及蕉燕两物,此外凡间接有糖
者,皆无碍也。伏维垂察。弟张元济顿首。十二月一日。[①]

第三十一通

前日奉还示,知覆验小便已无糖质,甚为欣慰。读手札,仰见襟
怀超旷,微独无病,即有病亦易痊也。承惠牛汤一盂,味极浓厚,伻来
正直饭时,即以佐餐,感谢之至。此颂剑丞吾兄晚安。弟张元济顿
首。十二月十四日。[②]

二妹均此。

第三十二通

剑丞娅兄如晤:前得手书,借悉贵体违和,昨遣小儿趋候,知渐痊,
甚慰。务祈静摄,勿劳勤,勿吸雪茄,是为至祷。树年归述翁克斋尽售
文恭遗物,可为一叹。闻文恭日记亦已不能保存,若尔则克斋未知如
何作答,且姑俟之。谨颂摄祺,乞勿作覆。弟张元济顿首。一月四日。

第三十三通

前日遣人呈送食物,并令问候贤伉俪起居,归言安善如恒,欣慰
之至。昨诵手教,蒙赐炸鱼、木桃,琼瑶无乃过渥,谨领,谢谢! 昨适
有事,未及即复,歉歉。谨颂剑丞娅兄俪安。弟张元济顿首。四月十
七日。

---

① 据书中"覆送小便检验"之言,似亦作于一九五一年。
② 此书"覆验小便"似亦承第二十九通而言,或即作于一九五一年。

附　录

登华山至青柯坪

帝教神禹命山川，西岳称华贡始传。阴作黄河南至界，阳临黑水北来边。坠驴大笑今何世，扪虱雄谈我欲眠。造独峨冠古司寇，司空船坞二千年。

白帝金天此坐衙，巨灵擘后涧中洼。无岩不对州分陕，有石皆平面削瓜。怪尔西巡修御磴，欲登南顶待浮楂。五千仞更四方削，夸大山经本道家。

访乐游原至雁塔

试问登临此上头，何人题句最清遒。西来秋色关中满，北户河声天际流。佳气五陵嗟杜老，谓海藏。疾雷太白想嘉州。时大旱望雨。大言自是书生例，惭愧驱车上乐游。

潼　关

潼关形势雄天下，左右被山兼带河。函谷咽喉重险在，崤陵风雨死声多。三峰华岳争回顾，一逻中条足浩歌。向眼奇舒空百万，古今丘貉奈君何。

车过洛阳

嵩高苍翠北邙红，略共清伊照眼中。伊阙香山滩八节，廿年仍负乐天翁。①

---

① 此四题诗歌为陈衍之作，见《石遗室诗续集》卷六。此附于张元济书札之末，但非张元济手笔，亦非陈衍手笔，不知何人所抄。

冒广生 十八通

冒广生(1873—1959)，字鹤亭，号疚斋，江苏如皋(今江苏如皋市)人。有《小三吾亭诗》《小三吾亭文甲集》《小三吾亭词》等行世。

第一通

剑丞仁兄同年：新年万事如意。顷得复书，备谂。两儿年内应各缴丁卯补习社十元，此时汇兑万来不及，请兄(或由兄向伯夔处垫付未另函)代垫廿元交去，以免误事，至托至托。世兄吉期似在明春，不知何日(是锦妹庶否？示知)？今年在沪所作诗足一卷，已付梓，二三月即能出板。晤拔可致意。此颂侍安，并贺年禧。年愚弟广生顿首。廿七。[①]

第二通

一春冥冥，颇念良友。南焦山色大好，曷云能来？近诗十二章及朋辈诗二十七章写寄，聊慰相望。有一事烦报菊生，宗忠简后人流寓京江，家藏高宗敕命，装成长卷，附以世谱，虞允文书引首，后有朱子、文信国诸公题，如拟影石，弟可作缘也。新作必多，能寄示一二否？此致剑丞仁兄同年大人。弟冒广生顿首。三月廿二日。

---

① 此书应作于民国十五年丙寅(1926)十二月。书中请夏敬观代交二子下一年(丁卯)补习社费用。

第三通

兹游匆匆,竟未及一诣尊斋,得勿罪耶?抵秣陵,案头有展堂一书,极道倾慕之意,有近作《读广陵集三十首》,欲引散原翁例,求兄评点,并将所刻《不匮室诗》一部嘱呈记室。已挂号交邮另寄。渠去年见荔支咸鱼拉杂成诗,乃大佩本领也。即致映庵同年仁兄。弟广生顿首。四月廿九日。①

第四通

函悉。周信附览,请查询。庸庵殂谢,海内将无一个矣。秋凉,冀能来。弟不能多作字,无法畅言一切也。映庵同年。广生拜。中元后一日。②

第五通

重九两诗当寄达。顾鹤逸日先自吴门寄为我画《写经图》长卷,笔笔龙眠,弟有长七古一章谢之。仁先亦曾许为我作此图,天气已凉,不审能早交卷,俾合装否?晤希询之。新作《秋花》十二绝句写求教和,并示同人。《题康桥居》诗亦改定,统寄。此间无可谈之人,日读苏诗送清昼耳。此寄剑丞同年。弟广生顿首。九月十九日。③

偶检庭下秋花率尔成咏得五绝十二首

秋阳骄太空,万绿让一赭。拒霜实迎霜,曰拒毋乃假。芙蓉。

---

① 此书作于民国二十二年癸酉(1933)。书中所言"荔支咸鱼拉杂成诗"指夏敬观《鹤亭自罗浮归分饷荔支曹白鱼女儿香赋此答谢》一诗,作于民国二十一年壬申(1932)。《读王广陵集三十首》系胡汉民民国二十二年(1933)春所作。

② 此书作于民国三十七年戊子(1948)。是年七月十三日(8月17日)陈夔龙("庸庵")卒。

③ 此书作于民国十六年丁卯(1927)。冒广生题《写经图》七古、《秋花》十二绝,均作于是年。

蕣华萎朝夕，汝独千日红。千日亦弹指，道眼聊观空。千日红。
异种来波斯，色若染猩血。一笑语沐猴，仅此冠未裂。鸡冠。
爱少汝则少，爱老汝则老。到处好好同，此翁真不倒。老少年。
泪湿有干时，肠断还续否。嗟我亦劳人，未暇怜思妇。秋海棠。
短发不待簪，阿侬宁守故。敲断任西风，神娥有朝暮。玉簪。
明月几时落，天香不可闻。民穷薪已尽，为汝愁斧斤。桂。
谓席不可卷，谓纸不中书。吁嗟我佳人，日暮将何如。美人蕉。
娟娟依昴井，悄悄忧漆室。汝力鸡肋微，汝心终向日。鸡足葵。
落英倘可餐，吾宁忧饿死。渊明所以高，坐不折腰耳。菊。
荆棘遍大地，为谁媚孤芳。慎勿植当门，当门人汝伤。秋兰。
陆沉不可居，一舸便水国。固哉向子平，何似范少伯。蓼。
　　写寄剑丞同年，并请散原、重伯、子大、仲可、伯夔诸公同教和。
丁卯九月，疚斋冒广生稿。
　　灿灿楼台现巨观，一丘一壑苦求安。万花高下成屏幛，七宝庄严护楯栏。马粪能传非以地，苋裘但筑便休官。石仓只在墙东畔，多乞支机伴岁寒。
　　题剑丞同年兄康桥居新居。冒广生。

第六通

　　剑丞吾兄同年阁下：市楼分手，舟车中亦殊难为怀。次日到家，姬人病已新愈，但尚未离药裹耳。得书，承勤注至感。今日重阳，风雨中不出，成二诗写寄。诸公有佳什当遥和，俾恍然如与弟同游。仲可诗已收到，稍迟答之，乞先致谢。此叩侍安，世兄辈统候。弟广生顿首。九月九日。[①]

九日寓园登高却寄沪上诸故人

屋角即青山，关门便往还。竹烟笼石气，花露炫秋颜。列次松多

活,妨行柳未删。任教风雨至,原不阻登攀。

半年常避地,九日可无诗。中妇病新起,诸孙肩共随。佩萸循故事,把酒误前期。海上流人盛,凭高倘我思。八月间在沪,程子大、狄平子各预约市楼登高,余以妄病归。

剑丞同年兄教和。疚斋弟冒广生。

第七通

尊题滋兰轩诗,已写入新撰慕园志。别后诗另纸全写寄,有兴可和其一二,较空函为有味也。两次来书均到,附告。仲木病愈否? 曾有一书询菊生,希电询其收到否? 两儿在校,求世兄等以弟畜之。此致映庵仁兄同年。弟广生白。九月廿八日。[①]

第八通

顷阅《申报》,云贞壮作古,不知确否? 未闻此事,信乎否乎? 手附启。究何病? 文人薄命乃尔,可伤。希复我一字,尚冀东坡海上之耗,属讹传也。伯夔夫人已葬,其墓志未见寄,便望询之,并言弟有一复函,不知其收到否? 丁卯补习所明年是否继续? 公郎仍旧贯否? 此致剑丞仁兄同年。弟广生顿首。[②]

第九通

昆明湖水久生尘,惊说投湘有逐臣。死所尚寻干净土,残书都付未亡人。纲常垂绝宁堪辱,视听皆非合返真。至竟史家无此例,易名

---

　　① 此书作于民国十六年丁卯(1927)。夏敬观滋兰轩题诗,见《忍古楼诗》卷上,为民国丁卯之作。

　　② 此书作于民国十六年丁卯(1927)岁末。据袁伯夔《亡妻徐夫人状》知,是年九月二十七日袁伯夔妻徐氏卒,十二月十一日葬。"贞壮作古"当系谣传,诸宗元卒于民国二十一年壬申(1932)。

恩及秀才身。右挽王静安。

龙树阴中别酒杯,芷深往年罢官,余与同人置酒钱之龙爪槐下。廿年早分戴头来。义熙岁月诗成案,元祐衣冠祸有胎。执梃肯为群盗长,杀身常使后人哀。重泉旧侣逢江令,杏村。吁取皇天眼好开。右挽赵芷深。

奇才奇福竟相连,兰是人锄蜡自煎。微命可知今日尽,遗经终有太玄传。笑啼广座皆成罪,头颈衰年岂值钱。辛苦东来诸小阮,家常忍泪话南筵。右挽叶焕彬。[①]

第十通

四月十五日同散原重伯剑丞伯夔出游

行行芳草无尽,翻翻红叶正花。休问主人看竹,且陪长老吃茶。投怀飞者潜者,是处松耶柏耶。微物得哉其所,吾生殆矣有涯。尧跖真齐得丧,孔墨将化灰尘。九死有人无悔,一廛何地为氓。岂可无诗送日,难得有朋共车。诸公试下转语,今朝视昨何如。剑丞同年教和。广生。[②]

第十一通

平生薄卢损,同榜相骂谤。映庵与我亲,云龙喻下上。欧梅不敢知,籍湜庶几抗。联镳大道旁,斗韵小海唱。偶然三日违,辄问作何状。怪吾游博簺,一掷万钱丧。吾老性好奇,声色恒自放。君知吾趒欢,屈己从所向。秋暑盛不辞,此意那敢忘。朝来苦雨潦,咫尺失相望。想君距高楼,摊书亦惘怅。芙蓉倘已花,空有佳句贶。

---

① 据《冒鹤亭先生年谱》知,此三诗作于民国十六年丁卯(1927)夏。不知此诗柬是否即作于此时。

② 据《冒鹤亭先生年谱》知,此诗作于民国十六年丁卯(1927),此柬应即作于四月。

雨中怀剑丞同年园居，丁卯八月廿一日，冒广生。

第十二通

共陪白发西江老，谓散原。一叩朱门大道旁。沙路踏来经雨软，佛堂坐定觉风香。回环洞壑藏春水，高下楼台划夕阳。从此藤阴成掌故，有人花下咏苍茫。映盦极赏园中紫藤。

右哈氏园。

樱花错过巢园会，却向徐园看杜鹃。异种东邻归舶棹，故山今岁负婵娟。如皋杜鹃最知名。老来烟视犹知美，月下风光定可怜。苦忆旧游朱曼伯沈子封尽，试茶闲话十多年。

右徐氏园。

不分尘嚣市，能令眼界新。诛茆成小筑，倒屣尽遗民。古微、散原、聘三、雪丞居皆相近，日游于此。野蔓侵孤石，林花媚晚春。桃源虚语耳，此地即逃秦。

右甘氏园。

疢斋冒广生稿。[1]

第十三通

前月过居庐，小诗拟东野。栏楯状周遭，花药描姚冶。君恃交我深，嫌我辞太寡。君诗如长城，偏师讵能惹。姑迟养吾锐，未肯事苟且。昨日见袁丝，瘦削讶盈把。陈登贼中来，泥淖没双踝。吾侪除一饭，万事皆虚假。骈阗造户牖，仓卒索杯斝。纵横四五席，露坐天镜下。凌霄方作花，绕篱色深赭。狂言听九州，舌咋唇为哆。西方有乐国，所惜无骏马。士可终席谈《山海经》及《穆天子传》。明朝访散原，且续月泉社。

---

[1] 据《冒鹤亭先生年谱》《陈三立年谱长编》知，此三诗作于民国十六年丁卯（1927）四月，此柬应即作于此时。夏敬观相关诗作见《忍古楼诗》卷上。

同士可伯夔过饭映庵同年家作。疚斋冒广生。[①]

第十四通

丁卯八月五日丁酉是上丁应祀孔子

绝粮陈蔡后，血食断今朝。河北经还讲，江南乱未消。宫墙余牧马，颍水但闻鸮。非礼神其吐，空庭慎莫燎。

映庵同年兄教和。冒广生。[②]

第十五通

高会恒厌嚣，独游复不乐。浮生木齿屐，未知几两著。城西国花堂，七载怨离索。兴来二三子，济胜恃腰脚。仆夫不解事，南北误阡陌。因叹王城人，踪迹邈寥廓。过桥缘长河，隐约见兰若。入门问阇黎，失喜花仍昨。到眼坏墙西，靓妆红绰约。譬如茅屋中，惊见翠袖薄。又如王明妃，环佩返沙漠。百年关掌故，一代聚词魄。那能襆被来，十日守寂寞。回头语东风，方便莫吹落。

三月九日同剑丞定之屐斋访极乐寺海棠。冒鹤亭。[③]

第十六通

昨久候不至，岂疟又发耶？盍和老杜《花卿诗》驱之？子言来件送览，请署名后交还。此致映庵五兄同年。广生白。四月廿七日。

第十七通

前闻贞白言，尊恙经电询云已好转。顷得书，至慰。骤热不能出

---

①　据《冒鹤亭先生年谱》知，此诗作于民国十六年丁卯（1927）四五月间，此柬应即作于此时。

②　此诗柬作于民国十六年丁卯（1927）八月。

③　据《冒鹤亭先生年谱》知，此诗柬应作于民国七年戊午（1918）。

门，计今日为兄闰生辰，草此代面，不晤已卅二日矣。此致映庵同年。广生启。闰五月十日。①

第十八通

丁卯七月七日雨中过映庵同年赋得三首

朴巢有遗象，题者宋牧仲与韩慕庵。因君长句好，浼君古调弹。脂车正造君，黑云已成团。仆夫向我语，但去勿盘桓。西出未百步，倾泻同狂澜。疾行复疾行，乃得扣君关。旁人讶底事，冒雨相往还。我自渴见君，仆夫安可谩。

登堂解湿衣，赤足去双袜。此时心转开，暑气为雨夺。君顾我少安，发箧陈书札。铭心尽故人，合眼悉异物。文词叹芳馨，手爪认仿佛。一一系君诗，将诗当评跋。乞我更一言，我亦感契阔。今雨声未终，旧雨已消歇。

蒿叟夕盖棺，未盖宜一面。昨与散原期，明发失之晏。君言亦欲东，便就东家饭。速君披衣行，君起复少间。似闻年母言，姑俟白日旴。又言归恐迟，未可出无伴。我来午方中，我归夜亦半。凄凄无母人，微躯乃尔贱。

年愚弟疚斋冒广生，同客上海。②

---

①　此书应作于壬辰（1952）。此时二人均居沪上，且夏在病中。之后夏有告存书致冒广生，见《冒鹤亭先生年谱》。

②　丁卯即民国十六年（1927）。

叶恭绰 三十七通

叶恭绰(1881—1968)，字玉甫、誉虎，号遐庵，广东番禺人（今广东广州番禺区）。有《遐庵诗稿》《遐庵词》等行世，辑刊《全清词钞》。今人辑有《叶恭绰全集》。

第一通

示悉。兹将《雪桥诗话》《闽词征》先奉上，《沧海遗音》未觅齐，候与《瞻园词续》一并续还。墨二丸并附，如需用尚可续供也。盟人先生。绰。

第二通

昨以为可以晤面，外一纸待面交，兹特奉上，祈赐复为幸。昨细检油印本，始知其誊写时漏错不少。近日做事者多如此，不知何以立于此竞争剧烈之世界也。一叹。此上剑兄。弟绰。三月末日。

第三通

昨奉还各书，计达。承示征求各人，当与主者商之。天渐暄和，出品者亦须早预备矣。楚卿事与其家商洽，奉约台驾于本星期日即国历廿一日。下午二时，在其愚园路家中集议。渠家况颇窘，支用无节，非速决不可，务望拨冗惠临为幸。时局纷纭，故交零落，人心陷溺，所感又有在存亡兴废之外者，吾辈亦尽其心与力之所能而已。专布，即颂剑丞吾兄春祉。弟恭绰。十八。①

第四通

《彊村遗书》五册，《瞻园词》一册，又李卷一，统送上，祈收转。剑丞吾兄。弟绰。

第五通

春来尚未得晤，惟尊候清佳是颂。弟仍从事清词编次事，仕履等考核，甚形劳神，且仍拟补遗。有数书计尊处必有之，可否暂假一用？旬日即奉还也。又魏元旷及王病山是何省布政使。均官至何职？祈示。此上剑丞我兄。弟绰。

吕贞白来两次，未晤，亦乞示其住址。

又，陶伯荪牧尚存否？如已殁，系前清抑民国？又张孟劬是否健在？洪泽丞亦存否？

第六通

《词话丛编》廿四册送上，乞察收。《雪桥诗话》不久亦奉还。狄宅事迄未能告段落，闻陶瓮经安定还价颇低，其家颇不愿脱手，奈何？此上剑丞吾兄。绰。六月廿四。②

第七通

前函奉悉。《纯常子枝语》弟曾将所得稿本为之分类整理，综合之后觉其未甚匀称，且有须审酌处，盖本非定稿，然整理后似稍见条

---

①　据《叶遐庵先生年谱》知，民国三十二年（1943）叶恭绰为老友狄楚卿遗产之处理颇费心力。是年二月、三月、十一月之二十一日均为星期日，揆之即颂"春祉"，似应以二月为宜。

②　此书作于民国三十二年（1943），与前第三通所议楚卿家事相承也。

理。不知南京所据之稿本，是否与弟处者相同？无由妄参意见也。承允为拙词作序，感荷至极。弟子词眼高手低，今后能否再进，亦无把握。如承奖借，得厕词坛之末，俾克绳祖武，为幸何如！厨娘未知有无办法，此于吃饭问题大有关系，不可一日无此君也。前印《广箧中词》，不知已否送至尊处？兹再呈一部，祈察入是企。专布，即上鉴丞我兄道席。弟绰上。①

再：冒鹤亭丈住址，是否仍系福煦路模范村？门牌若干号乞示。

又：前请题诗之孙秉之编《雪映庐画鉴》者。住居何所？如知之，亦望示及。

第八通

鉴兄惠察：枉临尚未回候，近病冗交集，想不怪讶也。比日亲友颇敦迫印所作词，自维数十年来，虽略有知解，未用苦功，近年眼高手低，兼以懒散，故所作益少，料检可存之作，不及十首，如何成编？兹从宽取录，又嫌减色，不得已拟用昔人之法，追加修削润色，然才力思致所限，恐亦难点铁成金。因思蒙师每为学徒修改窗课，以夸成绩，公为弟切磋词学最早之人，如承不弃，为之斧正，俾不至过受讥弹，非敢请也，是所望也。又有无厌之求，欲乞为作一序，以光篇幅。公昔许苏辛不一脉之语为知词，又以学东山为勖。东山何可冀及？勉求不落南宋空疏饾饤窠臼，尚非易事。兹之发布，亦等于飞鸟行云，略留遗影，非欲以名世，故非夙好如公，亦不欲请教也。余候面罄，即颂道祺。弟恭绰上。②

检箧得旧纸，辄送十番，乞哂存。

---

① 此书作于民国三十一年(1942)。夏敬观遯庵词序署"壬午仲冬"，即民国三十一年壬午(1942)阴历十一月。

② 此书作于民国三十一年(1942)，在第七通之前。

第九通

再：弟到沪后急欲觅一厨娘，译称烧饭娘姨。须能做素菜而通粤语，或能粤语者。月薪在三十元以上，不超过四十元无外快。须勤谨不生事，年不过老过少。可否乞为访觅？闻尊处曾因米不佳而女仆乞去，若是，则自田间来者，亦复不能用，殊难其选矣。近摒挡米盐，深觉支转之不易。卖字润格已发出矣。

第十通

鉴兄大鉴：日前惠临失迎，歉甚。拙作闻已察览，四十余年所就仅此，可愧之至。非至契不敢贡丑求教，如承绳削，俾勿过贻笑大方，感且不朽。本应面请指示，一缘尚未出门，二缘俟阅毕方请教耳。鄙意词之一道，可直接古之乐府。以韵文本应合乐，汉以来整齐为四五七言，再变为排偶，已与乐之道背驰，长短句兴，乃为复古。惜今之乐难于制曲，或者系无作家。往尝有意，今音乐与歌曲合流，时事如此，学力又复不逮，恐已无望矣。前奉上之纸，不知是否合用？因舍间尚存储不少，可继送也。龙榆生来函云：有人编文道希先生年谱，对其生卒年月日及其夫人家世不明。弟意近人编此，必多疏舛，吾辈宜有以助之，但有许多琐事须另查询。不知文霞浦及啸樵近在何处，可访寻否？此外尚有何人可询问耶？其夫人乃湖南陈氏，但说不出乃岳之名字，系任某处知县者。公知之否？又闻《纯常子枝语》将印行，但此非定稿，如未加整理，实不可付印也。专布，即请大安。弟绰。十四。[①]

第十一通

前函计达。花朝一集，希告同人另推两位，弟与吴湖帆决于上巳值课，何如？乞示复，以便告湖帆。渠在苏州。陈师曾诗已印成，敬奉

---

① 此书作于民国三十一年（1942），应在第八通后，第七通前。

一册,中多与兄酬倡之作,谅深感叹也。又一册,祈转诸贞壮,弟忘其住址,故以奉渎。余颂大安。鉴老吾兄。绰上。①

第十二通

奉示暨赐诗,超然町畦之外,淡而弥永,讽咏不置。其事已成幻影,非兄提及,已忘之矣。其时尚有一事,即兄初为词时,以《莺啼序》见示,记是用梦窗韵。弟久存箧中,及民十一为北平军警抄去,他日精神稍复,当奉和一诗,叙此事也。谭处已托友人代致,因道远致滞耳。专复,即颂鉴兄道安。弟绰上。②

顷知昨复承枉驾,不安之至。弟仍在医院未出也。

第十三通

大柬奉悉。弟病未愈,恐十二号尚不能出医院,败兴之至。神经衰弱,稍用心则头晕气陷,寖成废物矣。专复,即颂道安。映庵、公渚两兄。恭绰上。十日。③

第十四通

惠示,敬承鹿门先生象,屡年未得,获睹为快。鄙意尚欲得其墓碑、家传之类,为作传资料,尤注重其学术大凡及著作名称、已刻未刻、已刻者版存何所、未刻者稿存何所,尚盼不吝询示为感。溽暑,诸惟珍卫,不尽一一。鉴臣兄。绰上。即日。

---

① 此书作于民国十九年(1930)。是年陈师曾遗诗印成,叶恭绰序署"民国十九年八月"。

② 此书似作于民国十九年(1930)九月之后。书中所言"赐诗",似即夏敬观民国十九年所作《赠叶玉虎》(《忍古楼诗》卷十二),诗中言及故里初面时,叶策马东湖之情形,或即此书所言"其事已成幻影"。"谭处"应指谭延闿,其于是年九月二十二日病逝。

③ 此书似承上书而言。

第十五通

同人拟最录有清一代词为《清词选》，草创伊始，诸待研求，谨订月之廿七日（即阴历九月二十五日）午十二时，在觉林蔬食处，奉邀大驾，指导种切，并备午餐，务乞惠临为幸。叶恭绰、赵尊岳谨启。[①]

第十六通

昨谈为快。杭江铁路闻已决计改为公路，只可俟其交代再找陈某矣。昨所云之朱象甫、任子木住在张家浜，乃到彼详访不得，不知是在沿马路，抑在何弄？门口有何标志可寻？尚祈详示为慰。此上映庵先生。恭绰上。十月三日。[②]

第十七通

日前饫领盛宴，至感！兹有致伯严丈一函，因不记其号数，只知系塘山路。敢请加封转寄，琐渎至歉。又瘿公诗集欲乞真长书一封面，即书内第一页。并盼转恳。因亦不记其住址也。如承其许可，并希速藻，现弟悬椠以待也。前允赐尊刻大著，便乞践言，幸幸。鉴丞我兄左右。弟绰上。八月廿三日。[③]

第十八通

送上《别肠词选》四册，乞交黄小痴照钞一分，纸亦由其照备，将

---

① 此书作于民国十八年（1929）十月。《清词钞》例言云："是编工作始自民国十八年冬日。"是年十月二十七日即阴历九月二十五日。

② 据《新闻报》民国二十年（1931）八月二十一日《杭江路兰衢段改筑公路》报道，因经费拮据，浙省府已决议杭江铁路兰衢段改筑公路。此书或即作于是年。

③ 此书作于民国十七年（1928）。《瘿庵诗集》诸宗元书署"戊辰秋中"，戊辰即民国十七年。

来再算可也。最好用毛边纸，行款照刻本。又兰史诗稿，鄙意可删成两册，庶易流传，不知高见如何？此上鉴丞吾兄。恭绰。

第十九通

廿四日示悉，稽复为歉。朱处弟曾干以数事，皆未生效，是以不欲再函，祈告程君谅之。柏林画展出品约下月归国。弟近拟赶出《后箧中词》，此书虽不敢谓能继复堂，然近卅年词家佳作，颇已搜集不少，兄为今日词坛尊宿，能否为玄晏以光是集，实所企幸！如承惠允，并盼速藻，因下月即须付印也。此上鉴丞兄。恭绰。四月七日。①

第二十通

示悉。弟序文尚未做，送上凡例数则，又名录一分，此件仍请交还。祈鉴。马处因有原故，不愿荐人，请告伯臧先生鉴谅。原函附缴。此上鉴丞我兄。恭绰。十日。

第二十一通

九日韶觉招集寓斋鹤亭丈及映庵拔可醇士
定之榆生各为诗画纪事余亦继作

九年黄浦作重阳，今日凭高意倍伤。照座灾星迷海市，入云兵气乱秋光。徙薪往论人谁恤，餐菊佳名象可忘。剩摇霜英期晚节，陆沉无事问行藏。

盥人先生教正。恭绰。②

---

① 此书作于民国二十四年(1935)。是年《广箧中词》印成，书前夏孙桐序署"乙亥六月"，言"先告成，贻书征序"，则夏敬观序虽未署时间，亦应同时之作。

② 此诗柬作于民国二十六年(1937)。同时之作，冒鹤亭诗题有"丁丑"二字。

第二十二通

鉴兄大鉴：绿杨一晤，心绪萧寥。归后成一诗，敬祈指正。近缘无俚，赶刊《广箧中词》，已印成大半。卷首序文，本交朱居易付印，近朱归里，觅原稿不得，大作计必有存稿，祈另属人钞副见赐是荷。余颂大安。弟恭绰。十月十八。①

第二十三通

鉴兄大鉴：近方为清词搜选事，尊藏严廷中《岩泉山人词》及陈如升《搴红词》，拟奉假一用，可即奉还也。又康南海所藏元普宁佛藏，即渠家以为宋藏者。不审系售与何人，因欲知其下落，以便有所稽考也。此泐，即颂大安。弟恭绰。八月廿六。

第二十四通

鉴丞我兄大鉴：先严之殁今廿年，志墓之文未立，久拟乞散原先生命笔，兹散原翁高年，倦于笔墨，而人事万变，势不敢再延，因拟行略寄散原翁北平。此文本不求工，但不可贻笑大方，故先以请教。弟非自缚于桐城者，故乞勿以彼之格律绳之，但极望严加绳削，使罕疵类。轻渎惶谢，余颂大安。弟绰。六月廿九。②

第二十五通

数月不相闻，弟体益衰，心怀更劣，直不欲与任何人见面，而一时又不能闭关，亦无其地。难受之至。颉云去世，虽云解脱，然总角之交，心不能无动。且所患与我同，生死不怖，正未易事。沈约承代谢，至荷。已数年不出门，一年未下楼。去件写奉，字日退步，亦衰征矣。此

---

① 　此书作于民国二十四年（1935）。《广箧中词》几于成矣。

② 　此书作于民国二十五年（1936）。叶父卒于民国五年（1916）。

上剑丞我兄。绰。①

外一册奉赠。

第二十六通

陈鹤柴《尊瓠室诗话》云,曾为文公达刻集,名《天倪室集》,不知尊处有之否? 能觅之否? 因弟积年欲为其刻集,迄未果,甚念此事也。又弟曾商文公信永言,以其子嗣与公达,已办妥,顷公信亦卒。世谛真无是处也。此上剑兄。绰。

第二十七通

前谈未尽所欲言,然累万言,亦皆无聊语,毋宁杜口耳。致钱函奉上。又附孙慨翁诗一册,中颇有佳篇佳句也。又《禹贡川泽考》乃前辈真实用功之作,奉上三册,以一奉赠,余望赠知者。吕贞白可赠一册。此上映盦我兄。弟绰上。②

又拟请画荷花小册,不知能承允否?

第二十八通

承赐庐山小景,不禁神往。弟虽视赣为第二故乡,但仅涉庐麓,未穷其胜,今老逢离乱,恐无识真面之日矣。画竹一帧,承命贡丑。画竹不难迅书,兹略有拙致,尚不落窠臼,法眼必能辨之。外一纸,乞画莲,叨扰为愧。以此遗细名,聊胜东方割肉耳。一笑。此上剑丞我

---

①　此书作于民国三十六年(1947)。是年梅光羲("颉云")病逝。

②　此书应作于民国三十六年(1947)。无锡孙保圻《慨翁诗录》为叶恭绰选定,民国三十五年刊行,末有叶恭绰跋,署"中华民国第三十五年除夕",则书成应在民国三十六年。

兄。弟绰。①

印章及墨,聊以润笔,皆非上品,幸勿却。

公达《天倪室集》之稿,未知能觅得否?

第二十九通

冬来精神始终不好,前闻从者归,甚欲一谈章门近景,而身心疲困,正与天气同。越数日晴煦,颇盼一过谈也。书画集奉乞赐教。此所载乃临时凑集,故不尽惬意,又以赶工料未涨付印,无由选择。天下事往往如此。此上剑丞我兄。弟绰。一月十八。②

第三十通

病四月余,恐成痼疾。近售藏物一批为医药资,辄分中储百万助兄薪水。总角之交已如晨星,五十年来,一切何堪追忆!殊不意乱离滋味,及老同尝,此亦因缘也耶?弟绰卧榻上剑丞我兄。八月六日。③

附支票一纸,察入赐复。

第三十一通

示悉。两月来精神时好时坏,故老友多不相见,有时谈话甚费力。从者惠临,遂失倒屣,甚歉惜也。前事尚承齿及,弥以为愧。湖帆一图,欲乞大作,以为纪念。兄亦吴门久客,一切谅有同感,故以奉渎

---

① 民国三十五年(1946)七月十一日(阴历六月十三日),夏敬观自沪赴浔,开始庐山之行,十月回南昌扫墓。其赠庐山小景,当在是年冬自江西返沪后。

② 此书作于民国三十六年(1947),即江西之行返沪之次年。

③ 此书似作于民国三十四年(1945)。据《叶遐庵先生年谱》知,是年 3 月始,叶在沪即因病遵医嘱卧床静养。所谓"乱离滋味",即因日寇侵华而自沪避居粤港,赴渝不得而重返沪上也。

也。能作词更好。此上剑丞我兄。弟绰。九日。

第三十二通

久未晤谈，得书始知已往匡庐，还乡揽胜，惟深健羡。弟不到赣已廿载，屡欲往扫先茔，终不果行。天暑汗多，与病躯较宜，秋凉或转逊。承属屏除烦虑，诚为至论。平日于此，亦非无所见，临事却拨不开，放不下，究竟操持未熟之故。近并收藏书画古玩，概以分诸家人，冀先清结习，减少罣碍，兄得无哂其仍有所执耶？专复，即颂剑丞我兄暑祺。弟绰上。八月十五。①

第三十三通

不晤已久，病态望秋先怯，冬寒不知如何度过。顷蔡嵩云寄词来乞序，并云已同时请兄作。弟不能构思，已却之，但允为书签。此人穷老好学，赣士之出尘者，兹将来稿送呈，望予以序文，以代宏奖，亦佳事也。外件附呈指正。此上鉴丞我兄。弟绰。②

第三十四通

顷因事欲查华再云焯之太翁历史，渠首任广东南海县知县，惟不记其大名、别号及其他事迹，乞忆示为荷。余颂剑兄大安。弟绰。

第三十五通

久别，良切依驰。弟病以岭南炎暄，稍有起色，然不耐劳如故，故至今未下楼出门，一切与前数年无异。偶有吟咏，皆近打油，无足取者。惟编印《广东丛书》，近又出一集，其中屈翁山《四朝成仁录》，为

---

①　此书作于民国三十五年（1946）。是年七月，夏敬观有庐山之行。

②　此书作于民国三十六年（1947）夏末。夏敬观为蔡嵩云《柯亭长短句》所作序署"丁亥冬十月"，"丁亥"即民国三十六年。

二百余年未见天日者,聊足自慰耳。散原安葬,曾有一诗,计已见矣。其文集记前曾付印,不知此次为续编,抑再版也。承示离垢之念渐熟精进,至佩。弟行持不及信解,故不能打成一片,然亦不无受用。冀时相警策,共勉前程。此复剑丞我兄。弟绰。七月廿四日。林森中路 1412 弄廿一号。①

第三十六通

久未通书,前闻尊体殆至偏废,极以为念。兹奉台札,益深悬系。弟归广州,本欲为首丘之计,嗣察知群昏情况,知必召祸,故前年冬即到香港,非去岁始来也。此间用度高昂,十分竭蹶,幸去春办一书画展览,利用其时亲友伙助,集有成数,支拄至今,然瓶亦罄矣。此三数月来,香港商务一落千丈,亲友呴沫已枯,月得一二百金已属意外。盖本地住户不谈风雅,所恃惟各地流人,今流人亦坐食山空矣。承嘱,当随时与吴君接洽,自无不为力,但殊无把握。外间不察,或以为弟之题品或有吹嘘之效,其实正退之所谓"就所凭依,乃所自为",弟恰做一帽子而已。弟籍此亦稍得互助,故不必否认,实则连推波助澜尚不够也。大千素有神通,亦已再衰三竭,去秋在澳门与弟合展,所得尚不及千。弟近月恃售藏品,亦将罄矣。亦极不易。日用之书,都已陆续易米,他可知矣。弟年来眼昏手战,精神日衰,仅尚能行坐,故从不出门,老态可厌。此复鉴丞我兄。弟绰。三月廿五。②

---

①　此书作于民国三十七年(1948)。是年《广东丛书》第二集刊行;是年六月十七日陈三立安葬于杭州牌坊山,叶恭绰有《闻散原丈葬杭州西湖感赋》一诗,发表于《申报》七月八日。

②　此书作于一九五〇年。叶恭绰于民国三十七年(1948)冬至港,据香港《大公报》民国三十八年(1949)四月七日报道知,其于四月十五—十七日举办书画展。

第三十七通

不晤弥月，比患感冒，至今未愈，至为闷损。近数年海内新出版之诗文集，弟因滞港，多未之见，计尊处所藏不少，拟乞赐假数种一读，即交来手为荷。岁暮天寒，诸惟珍重。奉上旧砚一方，聊为来年砚田丰收之祝，祈察纳为盼。专布，即颂冬安。鉴丞吾兄。弟绰。①

---

① 此书作于民国三十一年（1942）岁末。叶恭绰自民国二十六年（1937）冬赴港，是年冬始归沪上。

沈曾植 五通

沈曾植(1851—1922)，字子培，号乙盦、寐叟，浙江嘉兴(今浙江嘉兴市)人。有《海日楼诗》《蒙古源流笺证》等行世。

第一通

鼎帖伪本无足取，舍间有残本，杭有全本。三年不售，犹居奇眩人也。贱恙今日差愈，承念谢谢。《公言报》颇有称之者，务望代订。此请菊生仁兄大人台安。植。

第二通

丁茂才浩，杭之能文雅士，品行优洁，曾为沈衡山学署科员，其戚马一浮君，则浙士之领袖也。诸贞壮已介绍于鉴丞，若得鼎言，益当增重。其人志愿不奢，位置固易易也。此请菊生仁兄大人台安。植顿首。

第三通

乙卯诗，友人所刻诠痴，非鄙意也。见赠亦无多本，不敷分布，故未送人。兹检呈三册，为魏藏拙，是所望耳。鉴丞先生。植顿首。①

第四通

映盦诗思清到骨，古愁冥冥非世间。散发能为小海唱，服芝梦谒

---

① 《寐叟乙卯稿》刻成于民国六年丁巳(1917)，张尔田后序署"强圉大荒落之岁壮月"，即丁巳八月，则此书应作于此后不久。

商颜山。西江选佛心恰恰，东海连鳌鳞斑斑。绿槐如山楼一角，步屧莫惜频叩关。[①]

奉题映盦自定稿。植。

第五通

移居后书籍均易故处，欧集检之不得，容明日再寻奉上。剑丞仁兄大人台安。植顿首。

附　录

沈子培尚书挽词

士以陈蕃比，吾州最见亲。万端收运会，大义鉴人伦。坐命伤磨蝎，书年叹获麟。可怜疮痏地，堕泪有遗民。

余论张诗派，吾才愧夏倪。渊源双井水，坛坫大江西。晚会如真率，诸贤要品题。斯文先雾散，端恐学津迷。

---

① 钱钟联《沈曾植集校注》系此诗于民国三年甲寅(1914)夏。

罗振玉 二通

罗振玉(1866—1940),字叔蕴,号雪堂,浙江上虞(今浙江绍兴上虞区)人。辑刊有《殷墟书契》《敦煌石室遗书》等。

第一通

菊生先生左右:奉手教,敬悉。拙序写之塞责,乃荷褒饰,愧不敢承。窓斋中丞为金文学家之翘楚,遗书得公印行,有功于艺林不鲜。此书印成,尚拟续补,尤佩盛意。因迩来古器流出海外者日多,墨本传易,久且亡佚,故编辑之举,舍今不图,来学益难措手。若公有意印行,编辑之劳,弟不敢辞也,惟体例与窓斋不能不略殊耳。摹本第一册上月初二付邮,前得来函,知未寄到。幸系凭挂号存,敝存邮单无此纸,而同日有寄北京书一包,顷恐误阑入,与询果然。刻已寄来再邮,奉祈检入。《集古录》印成,即求惠寄,先睹为快也。此请箸安。弟振玉再拜。二十三日。[1]

尊处所印涵芬楼汇刊第三集已印行否? 便祈示及。又启。

前闻尊藏宋椠《广韵》甚精,何不印行? 销行即不甚畅,亦不可不谋流传,想高明定以为然也。又致。

第二通

菊生先生阁下:奉手教,祗悉一切。金泽文库本《文选集注》残卷,已由尊处印行,甚精。弟处影写本亦有此卷,既由尊处印之,则弟

---

[1] 罗振玉《窓斋集古录序》署"丁巳八月三日",此书或即作于同月。

撤出此卷可也。此注不但与今李注有异同，且所载诸家音义，皆中土久佚者，惜为岛田盗窃垂尽，今可传者十一二而已。承委署"簠斋尺牍"，谨写奉，但不知何时出板，先睹为快。吴印臣处尚有簠斋致吴平斋尺牍手迹，盍亦同印乎？若公欲印之，可由贵京局孙君往照函商，薄授金可也。东土有《王子安集》，唐写本，《翰林学士集》，唐写本，《冥报记》，唐写本，完全三卷，书法精极，此书亦中土久佚者。皆人间秘籍。彼土虽已用琉璃版影印，然非卖品，流传极少。公若印之，弟所藏一本，甚愿借与尊处影照，可广其传也。弟近辑《海东古籍丛残》，已印者曰《礼记子本疏义》，曰原本《玉篇》，曰唐写《世说新书》，曰唐本《史记河渠书》及《史记张丞相》及《郦生陆贾列传》，其他尚多，力不能及也。又闻哈图列品中有乾嘉间诸儒（若段茂堂、汪容甫诸先生）与高邮王文简公书，皆论学术者，此人间之至宝，今尚藏文简后人，尊处何不借照印行？哈同虽欲印之，□恐迟迟。若尊处欲印者，可与王静翁商之也。迟恐王文简后人返高邮，宜迅与接洽为宜。方今社会朽败，人道绝矣。弟颠沛余生，万念都尽，惟以刊布古籍为己任，然此实非一人之力所能及。六年以来，成书才百余种。又刊之《雪堂丛刻》及哈图《学术丛编》者，亦不过数十种。志之所存，不及百一，不审公有同志乎？拉杂书此，言不悉意。此请箸安。弟振玉再拜。廿四日。①

---

　　①　民国六年丁巳（1917）十二月十五日王国维告知罗氏诸老书牍事，七年戊年（1918）正月十三日罗复王信中云已劝张元济速印之，则此书应作于民国六年丁巳（1917）十二月二十四日。

林葆恒 十五通

林葆恒(1872—1950),字子有,号讱庵,福建闽县(今属福建福州市)人。有词集《瀼溪渔唱》等行世,另辑刊《词综补遗》《闽词征》等。

第一通

映庵道长:献岁发春,惟著述多娱为祝。弟去冬一病几殆,病亦因编书用力太勤而起。幸托庇已愈八成,二三月后或可回沪,借图良晤。病中惟念《词综补》一书致力几近十年,尚未出版,以此耿耿。前承介绍某书局承印,不知近能代为出版否?此书近数年专补小传,几有十分之五六,较前大为改观。兹遣小儿持请教正,如能持示书局,询其能印与否,如何条件,复示小儿为荷。又书中熟人均有小传,独台端及眉孙吴兄尚缺,如能各撰示数行俾得补入,尤荷。敬颂新禧。弟葆恒顿首。正月十八日。①

第二通

映盦我兄社长:昨日走谒,未晤为怅。弟于冬月末乘机飞闽,当日即达。故乡乱后,风景不殊,而亲旧凋零,至堪浩叹。族人贫困半由失学,刻拟为筹的款,资助入学,庶异日人才辈出,各有啖饭之方,但不知办得到否耳。食物极富,而气候尤美,隆冬不过五十余度,有

---

① 林葆恒《词综补遗》例言撰于民国三十六年丁亥(1947)六月,距其民国三十一年壬午(1942)四月开选已五年。此书似应撰于丁亥之后,而第二通则在此书之前。

敝裘即可御寒。上海煤价贵至百万，不知如何御冬也，至为可念。贵乡词人兹就全书查出，无小传者尚有廿余人，请代撰小传赐示。胡君步曾有无回信？念念。此外熟人如吴眉孙、李拔可、陆微昭诸君，能如《忍古楼词话》各撰数语见示尤感。手此。敬颂岁禧。弟葆恒顿首。腊十六日。

赐复请交小儿处转可□。

第三通

黄鹂绕碧树　庚辰元夕。

闲向危阑倚，残霞媚晚，夕阳初下。万点华灯，映东升皓月，宝光交射。帝京此际，有多少、香尘随马。偏猛忆、曼衍鱼龙鼓笛，酣嬉乡社。吾乡元夕龙灯最盛。近警报频传，下江一带糜为灰烬，殆不复有此盛事矣。　眼界风光是也。懒心情、早先衰谢。旧游处、剩连江战火，膏血糜野。那觅少年俊侣，重去与说承平话。春寒自掩闲扉，坐销元夜。

切盒待定稿。①

第四通

玲珑玉

吴谚有"螺蛳壳做道场"语，凌云徐兄仿其意，于便面上绘两螺，其一外揭黄榜，内悬旌幢，道士方焚香进表，笙箫杂作，主人随而膜拜。其一则庖人治具，担水者，切菜者，淅米者，持梃逐犬者，牝鸡随雏，饮啄自如。寸楮中惟妙惟肖。因念吾辈寄居海上，拼肩接踵，与螺壳生涯何异？爰拈此解题之左方，录乞映庵社长教和。

瀛海浮家，问安宅、卜自何年。风旛颤处，看他膜拜联翩。似桃源鸡犬，黔突方烟盘。旋疑新从蜗角受廛。　我辈逃兵藕孔，叹螟巢身世，萧瑟堪怜。琐尾流离，更何人、解与笺天。多烦徐公神笔，费

---

① 庚辰即民国二十九年（1940），此诗札应作于庚辰正月十五日稍后。

心日、雕复刻楮，貌出颠连。付一平笑，悟浮生，同在那边。

切盦待定稿。

第五通

映庵社长：久违教，良念。蛰云寄来《诗乘》等三种，属交尊处，拟俟下月社集时面交。社集应定何日，俟公酌定。地点、日期并如何办法，统答示知。社集限调填一阕，文字虽差，题目却佳，拟求赐和一阕，不必限此调也。手颂吟安。弟葆恒顿首。廿二日。

第六通

日前晤教为快。委查沈学渊等藉［籍］贯、科分、官阶，兹查得四人开单呈阅。手颂映庵先生岁禧。弟葆恒顿首。

沈学渊，字涵若，号梦塘，江苏宝山人，嘉庆十五年举人，道光七年偕学使史致俨至闽，长于诗词，著有《桂留山房诗集》若干卷。

陆我嵩，江苏青浦人，道光壬午进士，署闽县知县。

杨庆琛，字雪椒，侯官人，嘉庆廿五年进士，官至山东布政使。

郭仁图，闽县人，嘉庆十三年进士，刑部员外郎。

尚有李辰垣、竹臣、宋镇、崔曾益四人无可考。

第七通

小桃红透。正寒食、禁烟过后。曲庭方甃。万花绚晴昼。绮筵聚珍镁，任醉金尊清酒。只怜病渴相如，怕长是、为春瘦。　　名园数亩，烂红紫，芳径似绣。石奇能寿。任苔蚀云皱。清谈无拘检，已是夕阳时候。凭问三月春深，剪淞来否。

映庵社长正拍。切稿倚《清波引》。[1]

---

[1]　林葆恒《灢溪渔唱》此词编于民国二十三年甲戌(1934)，题下（注转下页）

第八通

杏花天影

　　一春长隔红楼雨。渐撩起、思乡意绪。杜鹃偏向耳边啼，试数。便催归、甚处去。　　情无据。红朝翠暮。总抛却、琴丝慵谱。画阑无地不东风，凝伫。背帘鹦、悄自语。

　　映庵先生教正。㘦盦。[①]

第九通

诗集写成辱荷映厂诸君题辞嘉勉赋此志谢

　　少小眷庭闱，四十始入官。荣名曾几时，寰宇已榛菅。挂冠去学贾，岂为忧豆箪。轻身得肆志，两眼餍溪山。崎岖三十年，粗粝饱朝餐。所余诗两卷，朱墨纷斓斑。争名不于朝，云路谢跻攀。争利不于市，独嗜儒生酸。既不慰斯饥，空用镂肺肝。朋辈悯我愚，不忍肆讥讪。好诗翻奖借，弥觉汗赪颜。江花既已谢，宁能更控抟。敝帚聊自珍，庶几心所安。

　　映厂社长教正。㘦盦俶稿。

第十通

　　拜星月慢 十月廿四日灯火管制，默坐填此和微昭。

　　薜径霜寒，梧阶月暗，正是凄凉庭院。那处传铃，促低垂尘幔。见说闲坊尽许游赏，怎奈车声先断。冥想芳踪，付无穷凄恋。　　记当时、画阁珠帘卷。绮筵启、绚眼华灯烂。蓦地燕寂莺停，叹韶光都

（续上页注）小序有云："二月二十五日，石遗丈招往苏州作展花朝之集……归途填此奉正，并坚来沪之约。"则此词札当作于甲戌(1934)二月二十五日稍后。

　　①　此词《瀼溪渔唱》编于民国二十三年甲戌(1934)，为第一首，其后即《清波引》。则此词札当作于甲戌(1934)正、二月间。

换。把阑干十二浑凭遍。空凝视、不见如花面。怕异时、扶醉归来，并柴门不作平辨。

映盦社长教正。刧盦待定稿。

第十一通

映庵先生：昨晤教为快。承注敝辑目录，归来细阅，查许乃穀、樊增祥均已见丁补，是以不录。蔡嵩云即蔡桢，已有两词。杨度字千波，杭州人，非民国之杨皙子也。方亨咸字邵村，桐城人，公谓疑为方咸亨，咸亨何字何县人？又陈训正、胡颖之、钱夢孙、骆咸昌诸君，公能知其县分、科名、官阶否？程伯臧何科举人？统乞函告，费神容谢。手颂篆安。弟制葆恒稽首。初二日。

第十二通

安公子烛泪和蛰云。

一枕秋光冷，梦痕照彻今应醒。曲曲银屏遮不住，恨凉飔难定。对绮席、垂花记傍铜荷靚。曾几时，剩付流珠迸。悵夜阑犹借，东壁余光低映。　　遥夕西窗永。调辰前事难重省。密记金銮残篆在，奈萧疏双鬓。溯别绪、寸心尽自成灰肯。衔六龙、望断昭阳影。待曙鸦啼后，认取几星红凝。①

第十三通

奉次映庵先生原韵，即乞教定。忉庵初稿。

瞬见杨花滚作毬，春郊何日恣春游。燐飞大道冤魂哭，目黯前村杀气浮。辟地颇闻艰买棹，凭高长成怕登楼。输君手有荆关笔，倘托流民画本收。②

---

① 　此词《瀼溪渔唱》编于民国二十年辛未（1931），应作于是年秋。
② 　夏敬观原作见《忍古楼诗》卷十四，题作《十八夜作》，为民国（注转下页）

第十四通

　　垂老悉别离,暂聚辄失喜。今日竟何日,流光觉如驶。两女及一儿,纷纷戒行李。长儿及长次两女均于是日告归。摧恻割衷肠,舐犊岂能已。回思卅年前,动即行万里。尔时慈父心,惜别政如此。茌苒及我身,吾衰可知矣。携弟强出游,迢迢视江水。

　　金阊多名园,十九吾已至。兹来得导师,涉历多新异。车中遇湖帆,为介凌君璜侯导游各园。就中顾怡园与汪颐园,岩石尤奇秘。北寺预登高,天风动凉吹。翌日跻支硎,霜林薪微醉。归陟致爽阁,虎丘最高处。言过寒山寺,两日穷舟车,谈谐肆无忌。良朋已可欣,况乃偕余季。

　　年年重九节,把萸动见思。今年复何幸,来此共酒卮。湖蟹螯正肥,惜子不能持。弟以患泄遂戒蟹。攀石复剔岩,仿佛犹儿嬉。所恨行别去,为欢能几时。明岁倘重来,循行寻履綦。一一念前尘,定复凄心脾。何当随汝归,登临及未衰。

　　辛未九月八日,偕谦宣十二弟陪映庵、绍周、众异、公渚诸君游苏州各园,翼日登虎丘、天平,归赋即送谦弟回福州,录乞映庵诗老教和。忉盦待定稿。[1]

第十五通

过开封有感

　　先君当日此登坛,手刈豪强奠百端。廿载战争民力尽,八方和会国盟寒。华封击壤知何日,藕孔藏身亦大难。回忆锋车临发处,孤儿重过泪汍澜。自戊申侍先文直公离此,今二十五年矣。

函谷关

　　铁轨蜿蜒上,重关迤逦开。销沉无紫气,萧索剩黄埃。一线河声

（续上页注）二十一年壬申(1932)正月之作。则此诗札亦当作于此时。

　　①　辛未即民国二十年(1931)。

落，三峰岳龟来。丸泥真可塞，俯仰不须哀。

宿玉泉院

老树名无忧，交枝走松鼠。希夷已长眠，一院风泉语。

太华耸夜碧，清钟浑不闻。惟有峰头月，往来随白云。

由西峪登山宿北峰两日书寄谦宣家弟

在昔云此山，巨灵手所擘。我疑巨灵手，化作此为崱。其下戴拳石，苔藓绣狼藉。五指成五峰，尘境各暌隔。玉女时往来，洗头盆自碧。飞仙偶摸索，一掌留遗迹。何人偏好事，凿磴便履舄。遂令神灵区，来往纷游屐。我来攀铁缆，怵若丧魂魄。蚁附复猱升，竭尽平生力。黾勉达北峰，峻处固未极。近眺窝牛台，远瞻苍龙脊。韩公恸哭处，觌面疑可即。小憩更登跻，庶几能为役。

关陕久苦旱，夜窗忽潺湲。绝顶知无泉，一雨洗孱颜。晨起乍开窗，云气倏满山。咫尺不可见，何处觅烟峦。危楼如小舟，荡漾溟渤间。颇疑山灵悭，作剧故朝姗。烟云忽开合，俯仰呈奇观。三峰已在望，堆眼青琅玕。清渭从西来，横流如玦环。饱饭贾余勇，杖策更跻攀。夏侯胸垂胡，训子舌翻澜。遗体恶毁伤，正义陈百端。嗟吾亦人子，胡为试诸艰。一览苟知味，何必食马肝。

往年嵩山游，信宿偕予季。卢鸿寻草堂，岩谷惊深窅。兹行闻远游，移书苦劝戒。上言萑苻多，猝发或难制。下愁筋力衰，登陟恐失坠。满纸爱兄心，字字含涕泪。庸知三月中，香客正鳞萃。村妪或摩肩，田夫每交臂。孱躯虽六十，登临幸无恚。景略读书堂，千载掩松翠。希夷不骑驴，古洞但浓睡。拨乱尚无人，太平那可冀。及兹恣壮游，生还亦已遂。作诗告同叔，裹粮幸无累。

华阴道中

三峰依旧矗崔巍，王气销沉已可哀。自笑何曾为名利，一鞭残照华阴来。

小车归去带烟岚，相送泉声廿八潭。一路稻花香扑鼻，此身合是在江南。

泉店书所见

关中原野号肥沃,连岁旱暵食不足。儿童短衣不至骭,厥形如鸠面如鹄。劝农文告何皇皇,不劝分秧兼播谷。但言膏捐关国计,火速分区种罂粟。

夜宿潼关

潼关气势压岩峣,更鼓严城宿此宵。风力遏云归太华,河声挟雨下中条。时移无复新漕挽,俗陋犹存旧土窑。至竟不雕完太璞,令人梦落汉唐朝。

龙门山

岳云裹底散不收,驱车还作龙门游。晓日瞳瞳渡雒水,天津桥上风飔飔。两峰开处见伊阙,神功治水谁能侔。倚山万洞嵌宝相,当时物力勤雕锼。海禁一开争好古,囊金待购祇园头。彼躬劳面不自恤,遑能为世轻訾尤。败寺无僧来驻锡,打碑铺地纷求售。危岩上下无一树,涧泉涓涓空自流。隔水香山不可渡,白傅废冢啼鹎鵤。当局百废方具举,奉春建策安金瓯。白马往迹何足道,颇能来振宗风不。时戴传贤方议修白马寺。

游华新诗十二首,写奉映庵道兄教正。壬申三月晦日,葆恒录稿。①

---

① 壬申即民国二十一年(1932)。是年阴历三月,林葆恒与夏敬观等同游华山。

林 纾 一通

林纾(1852—1924),字琴南,号畏庐,福建闽县(今属福建福州市)人。有《畏庐文集》《畏庐诗集》等行世,译有《巴黎茶花女遗事》等百余种小说。

第一通

阅报有感

仪同端首各分官,起废除新印再刋。孤注一拼博卢雉,大家共梦入邯郸。据鞍忍效杜荀鹤,赁庑仍成梁伯鸾。日夜神灵望高庙,莫教烽燧近长安。

独坐读杜诗

身世原非杜拾遗,凄凉偏读拾遗诗。许身稷卨终无谓,满目疮痍尽可悲。杜宇巢空谁与哺,彭衙路险我安之。迷离一梦匆匆醒,仿佛重开紫极诗。

征苏堪不至

天马行空不受鞿,使星南下鹤书驰。四方闻诏应称贺,万里知君早决机。抱节宁为专欲用,成功难望众咻时。可怜绚丽长安地,又一楸枰打劫棋。

书 感

万骑临城沸怒潮,莫知此祸是谁招。欲凭酒力过千日,只觉人心似六朝。徐石夺门偏有胜,解胡惜命近无聊。洛阳宫殿行看烬,直使悲凉入腑焦。

等　是

等是轰轰烈烈看，同时败衄在长安。借兵纵来需回鹘，请命居然向契丹。谋浅不知身易辱，心高转觉死为难。从今莫信英雄记，论定终须待盖棺。

王又点先一日驰书趋余出津言不行且悔
乃果有今日□□□□乱定作此寄又点

不审吾何意，迟迟恋国门。早经闻战讯，果尔践君言。地震炮声沸，尘高突骑奔。池鱼幸无事，啜茗坐楹轩。

乾　清

乾清门外郁愁云，帝号存亡议论纷。勋戚空为祈请使，闻诸王贝勒及太保咸请军，痛乞留经费。京畿早散背巍军。拜除莫问谁当制，一时文士，逃亡都尽。禅让无劳再撰文。风物眼中足肠断，移宫一事那堪闻。

今年得古近体八十余首，多悲梗之作，古体繁不及录，特录近体数首付阅，余容续寄。此问拔可世讲近佳。畏庐顿首。

得便见苏堪、涛园，以此诗视之，足知吾长安之苦趣矣。[①]

---

①　此皆民国六年丁巳（1917）之作，或在岁末矣。

陈　锐　十二通

陈锐(1859—1922),字伯弢,号袌碧,湖南武陵(今属湖南常德市)人。有《袌碧斋集》等行世。

第一通

尊词美不胜搜,击节之余,拟定卅六首,双圈者四首。拾所删弃,在陈迦陵、吴毅人集中犹上乘也。冬窗倦旅,未能撰句奉质,旋邮后容答高吟。鄙见词学有尽境,尽于美成、稼轩、梦窗、白石诸君而已。东坡、石湖诸君则以余力为之。元曲一兴而词之浑沌悉凿破矣。末世谭旧学,良足歆哂,但愁透闷里不可无排遣之方。特源以往,何用多上人。吾辈岂可久役之文字禅耶? 卷中偶有评注,惶恐惶恐。佛腊先一日,陈锐拜读上。

第二通

剑丞观察大人执事:海澨一别,忽忽半年,曾托子言,代询起居,非关懒慢,实苦无暇,一行作吏,所废多矣。损惠来章,伏读增耸。见怀之作,清刚隽上,兼而有之,极意欲和,只得四句,又都未稳,士元仍是半英雄,老矣高歌在眼中。百亩安排陶令秫,几年得失楚人弓。汔未成篇。靖地虽僻,讼狱繁多,停讯三旬,遂如薪积。迩值岁阑,诸务蝟集,昕夕不遑,饥蚊负山,不觉其痒。此邦积玩,一与更始,父老倾心,昔忝文苑,今慕循良,跛鳖之姿,曾何足云,受事以来,幸不泼汤,良足告耳。近时举劾,生于爱憎,公道罕存,吏才遂靡。以某治行,殚于江北,江南道阻,寂寂无闻,设有长官,虚心甄扬,何遽不如,李拔可也?

观察从公,比于赋闲,所为诗词,斐然成集,孟晋隶群,良可钦服。岁晏霜道,为道自宝。大刻词稿,多寄数册,便诒同志,新吟见示,尤慰鄙忱。喆弟无恙。锐顿首。戊申小除夕。①

第三通

剑丞观察执事:苏、沪连镳,忽过闰二,然两月再聚,诚为幸事。花明柳媚,辄想龙华之游,虽不能至,神为往矣。昔者灵岩放棹,邓尉看梅,托咏小词,以继高轨。又清明感怀,亦有新倡。填词一道,赏音至难,得此二篇,度几无愧。每念执事贞志厉俗,神骥千里,倘矜其浅学,诱以至道,不胜至愿。锐以劳身,时复多病,恒有厌倦风尘之想。然俗缘未了,退步为难,瓜期渐近,不无深念。盖非得留任,或量移一邑,临行无舟车之资,可决言也。执事能为我运动运动要人,以奖励循良,即亦旌惠旧学,甚祷。伯严处久不相闻,拔可去宁应官否? 便中示及之。手此。敬承起居,不一。锐顿首。②

花犯邓尉看梅,盛开之后,致多清感。

剪柔波,吴舲携酒,芳塘泛清晓。翠微春窈。惊路转溪横,诗梦曾到。绀霞散、绮楼禽悄。今年花信早。看倚竹、相逢无语,妆成依旧好。　　江郎赋愁最匆匆,尊前事付与,灵岩偷芙[笑]。残吹里,东风怨、旧家亭沼。凭谁见、一枝照水,吟秀句、江南人渐老。但又恐、重来林下,青山都换了。

渡江云

朝檐残雨断,柳桥路滑,挂梦酒帘青。故乡春更远,社燕飞花,冷约过清明。东风赚客,又短笛、吹入离声。年去来、曲中人在,对镜几

---

① 戊申即光绪三十四年(1908),时陈锐任江苏靖江知县。此书即作于是年十二月二十四日。

② 此书应作于宣统元年(1909),是年闰二月。既云"忽过闰二",则在三月矣。

丝星。　　　堪惊。江关词赋,下潊田园,数归期难定。私自怜、书空殷浩,题泪张衡。鹃心怼比鸥心热,唤五湖、双桨愁醒。凝望处、长天恨接潮生。

映盦词家一哂。锐未定草。

第四通

映盦观察阁下:锐以伯帅之丧,亟欲一赴吊,而风雨连旬,一江间阻,顷又有禹公未能离身,奈何奈何? 前寄《大酺》,并重午和朱侍郎作,计邀哂定。昨又诌《渔家傲》一首,兹特写上,乞与沤尹共教之。世局如棋,县斋愁卧,倍增鸡鸣君子之思。新政若何,便以相示。兹遣仆送伯帅挽词,少晴即来苏,并告。顺请台安。锐叩。廿一夕。[1]

渔家傲

人静乌鸢相对语。重帘不卷梅肥雨。新绿溅愁浓几许? 凭栏处。分明无想山中住。　　道是卑官无好趣。狂来枉赋惊人句。何日园田携橡芋? 清尊注。陶潜那不思归去。

夏日靖江县斋作。锐手稿。

第五通

剑丞先生左右:长沙别后,沉吟至今,不独音问罕通,即彊村、散原、窆士、拔可诸君,都渺不知其消息。比晤衡阳朱道尹,始悉小坡怛化。卅年知己,倏隔幽冥,回首黄垆,可胜悲痛。伤哉伤哉! 小坡于词,已臻绝顶,颇欲为之铭志,惜不知其生卒年月及藏骨何所,先生近距吴门,亦能汇其事实否? 锐戢影穷乡,灌园自给,于当世理乱罕有所闻。幸兵火之余,故庐无恙,贱躯亦顽健胜常。顷探亲湘垣,旅邸无聊,始克为书以达,盖告存也。近作五律数首,手钞呈教,并录旧词

一首，两无可观，不过少助报馆资料耳。先生著作，当更遒绝。彊村亦有新作否？倘荷购读，为快如何。前恳印《孤儿吁天录》，在书馆虑其滞销，兹商同人拟助印价百元，或承销百数十部，想不至耗折。王君梦湘与江润生云龙合撰灯谜三本，极一时之胜，亦拟托代印，王君意在流通，版权不吝也，惟酬报任便其所手写。如不获命，原本要求发还，倘荷认可，即将谜本邮奉尊览。诸维裁覆，不宣。挥汗作此，敬请道安，并颂潭福。陈锐顿首。七月处暑。①

覆件祈寄常德育婴堂为盼。

第六通

法曲献仙音兴福寺旧为破山寺，即唐贤常尉题诗处。潭影山光，贞隐攸宅。寺外墓地颇多，今虞俗率以冬初祭扫，经途所遇，时见白杨。本为游山，何心叹逝。自来淹薄，吟望易悲，亦词人之本色矣。

斤竹樵稀，挂枝猿寂，缭曲三峰如线。树密留幢，径深通屧，禅房昼晴花满。看倒影澄潭里，云英洗双眼。　　总萧散。奈兰成、惯吟愁赋。归计阻、心与去鸿共远。窈窕薜萝人，想临风、青鬓吹断。岁暮山阿，恁斜阳、来照凄恋。料苍烟覆垄，尽是昔时游伴。

锐稿上。

第七通

念奴娇虞山始见《越绝书》，山不高峻，惟西北拂水岩，叠石谽谺，下临尚湖，占一山之胜。明人刻"剑门"二字其上，以其险怪比于蜀道，游人屐齿到此者稀矣。今土著但呼为"剑门"。探幽得词，以谂来躅。

赋愁无地，步苍岩直上，长风飘撒。蜀道艰难随处是，险为人心

---

① 郑文焯卒于民国七年戊午(1918)二月二十六日，此书应即作于是年七月十八日。

虚设。一线窥天,二分垂趾,鸦背斜阳阔。冷枫红透,秋山还着春色。

下有幽壑潜蛟,层澜不动,万顷光明灭。尚想英雄投钓日,意气
幡然如雪。到此徘徊,几年翻覆,事与湖烟没。浩歌归去,暮云回望
重叠。

伯弢初草。

第八通

满路花 和映庵词韵。

梅娇乍逗簪,苔密初胜屦。下廊裙带重、微风揭。无言有意,不
许人撩拨。断红生半縢。蓦地回头,此时教恁抛撇。　歌纨啼素,
泪染相思箧。残灰书细字、看看灭。争知恨网,不为春蚕设。今后从
休说。着甚缠绵,尽伊无个销歇。

襄碧秋生学草。

第九通

大 酺

借习家池,中山酒,花里行厨初熟。停车喧客到,喜狂朋犹是,旧
游巾服。顿拂亭栏,还敧枕簟,人影四围修竹。佳期何由醉,共伤离
身世,送春心目。奈摇席昏灯,亚帘飞絮,断愁催续。　题襟欢意
促。最无计、年轨留奔毂。且莫论、陶潜归去,毕卓酣眠,暂推排、一
场拘束。剩有哀时策,谁定识、握中荆玉。况牢落、诸侯客。充隐何
地,心上吴山如簇。夜阑更嗟短烛。

襄碧词草。

尾句无意与大作同,顷又改定,视前何如?[1]

第十通

华胥引

新蒲摇浪,斑竹鸣凤,暗伤佳节。乱笛吴城,扁舟楚水归路绝。独有高阁清尊,对井梧宵咽。头白宾僚,向来恩怨能说。　　重过西州,叹萧萧、素车空发。锦笺题句,从他尘封故箧。黯黮巫阳何处,指帝乡烟月[①]。招手魂号,大江和泪流阔。指字据方千里补。

感哀长沙中丞之作,录寄古微、小坡、映盦诸君,当共增雷叹也。时五月望。锐顿首。[②]

第十一通

丹凤吟吾乡张伯琴太守,抱道负才,不可一世,而仕宦不进,垂老徜徉于吴门。既久客将归,归安朱侍郎、北海郑舍人,自抚帅以次,咸有高咏,致其攀留。余时于役马洲,未获躬陪盛饯,顾忝忘年之雅,夙昔推襟送抱,此别弥觉黯然。若乃柴门松桂,沅水桃花,访邻寻里,终焉渔钓,有触风心。波路悠阻,既瞻望而弗及,独矢音于窹歌,亦异时之贞券也。词用清真韵,凡百十四字。

检点留君无计,细雨连江,回风飘阁。春归如燕,临去暗伤帘幕。吴皋帐饮,抚尘挥涕,梦逐装轻,衣沾绵薄。缅想扁舟故里,片水桃花,凝望如在檐角。　　既自役形怅惘,挂冠顿触乡绪恶。便有金如土,怕青山难待,华鬓催铄。送君行矣。梦窗作“吟壶天小”,千里作“欢期何晚”。“吟”“欢”平声。清真“那堪昏暝”,“那”当平读。目极洞庭帆落,岸芷汀兰应念我,寄相思盈握。此情此恨,知甚时住着。

昨寄两词,计呈棐几。此作亦极力求合,幸不落时贤窠臼,惟自

---

①　此句改作“叫帝阍云月”。

②　此书应作于宣统元年(1909)五月十五日,其时“长沙中丞”(即陈启泰)新逝。此词《裛碧斋集》题下小序云:“重午伤逝,同朱侍郎作。”

知其拙劣耳，映盦大词家必有以教之。锐再拜。①

第十二通

花犯善德山即古之枉山，随[隋]时以善卷尝居此，故名，今但称为
德山。林壑深美，擅一区之胜，余足迹不到此已四十余年，王湘绮
诗所云"恒驰域外观，久负门前山"也。丙辰春日，熊宣慰使奉母避
兵于此，同人携酒相劳，余亦往从。盖处离乱之时而有娱游之感，
伤今念往，最难为怀。适廖君复塘和余前韵见诒，赋此答之。

近清明，晴烟媚柳，东风弄春晓。片山青窈。欢载酒携筇，樵径
深到。毒龙睡稳方塘皎。残钟穿树杪。顿枨触、卅年幽梦，闲身归未
早。　　玄黄战争太纷纷，沙虫恨，诉与枯禅应笑。蜗角里，沧桑换、
故宫都沼。知何地、结邻胜隐，休信道、秦时人未老。试重访、扁舟溪
上，桃花开过了。

伯弢旧作。②

附　录

陈伯弢挽词

误汝百寮底，文章数亦奇。沉吟三段石，惆怅五言诗。君在张香
涛制军座上论诗，以宗湘绮五言见薄。为端午桥制军题三段碑，复况以泥砖本，
以是终不见用。不媚穷翻骨，终潜皓驷眉。独怜书在箧，圯上竟谁师？

平生遭酒座，相乐效侏儒。每掷袁耽帽，常青陆展须。牢愁聊自
畔，国器借谁酤。感此覆杯叹，斯人没世无。

邑有桃源洞，桑麻讵可屏。终能爱毛羽，亦分葬臊腥。白昼逢山
鬼，苍天陨岁星。贫如贾耘老，何物付添丁。

---

①　此书应作于宣统元年（1909）春。朱祖谋钱词《琵琶仙》见《彊村词剩
稿》，郑文焯同题之作见《大鹤山房未刊词》卷二。

②　题下小序所言"丙辰"，即民国五年（1916）。疑此词札即第五通所云
"旧词一首"，但二者用笺大不相同，故暂分而视之。

黄炎培 二通

黄炎培(1878—1965),字靭之,江苏川沙(今属上海市)人。教育家。

第一通

剑丞先生有道:昨荷枉存,失迎为罪。法绘便面已奉到,感谢之至。同是山水,尊画笔端有清云气往来,此非凡夫所梦及也。敬颂研安。弟炎培敬启。廿二,八,卅一。

第二通

映公:昨谈差畅。弟尝试为解放新诗矣,格以求通俗,六年前香港友人为付印,命曰《白桑》,奉呈教正。此是孤本,阅过幸赐还。昨夜枕次成一首,并乞正之。手颂箸安。附小册。弟黄炎培敬启。

梦与竹庄联吟醒而失竹庄句因足成之此器未之识也

一钱入兮一纸出,此器何为登记室。开缄如我所欲言,自今长卧诗人笔。君才兀傲谁写之,挟笔从君吾不辞。天地民物一吟榻,老与时宜总不合。吾生七十何足言,静坐健行兄在前,梦邪醒邪一任天。

卅六,九,十八。

马叙伦 四通

马叙伦(1885—1970),字夷初,浙江杭县(今属浙江杭州市)人。教育家。有《说文解字研究法》《石屋余渖》等行世。

第一通

映盦先生赐鉴:昨拜还章,兼承隆赠,殁存均感。先慈业于二日奉安于杭县定北乡新兆,以先严故茔迫近驰道,异日或须迁葬,故不敢复启也。兹有请教者:往在清代居忧通问,率于具名上箸"制"字,以三年之丧,例于期功当书"斩衰",碍于字面,遂易以"制",亦以讣书例有"遵制成服"之文也。今政府未颁丧制,亦无令从清制,是沿书"制"字,疑于无据。讣中通称"遵礼",礼本因时制宜,昔已代异,若云礼经,亦有未安。伦自遭大故,顿觉为难,商之同宗一浮,亦无善处,惟有妄援宋贤,书札止具姓名。今乞先生启其未明,若有前征,祈勿吝教。肃此鸣谢,顺叩孝履安适。不一。叙伦手状。二十六年四月九日。

第二通

剑丞先生道察:累年契阔,殊切伊湄。去夏南归后,屡经上海,以遗忘尊寓门牌号数,未克奉造。顷者先母弃养,曾肃讣闻,亦以寄址有误,未达典记。兹奉讣书,惊悉伯母太夫人鹤驭西驰,无任震悼。伏惟伯母大人福寿全归,毫无遗憾,先生板舆奉养,甘旨亲承,白华之洁,久誉士林,尚祈勉抑天性,循礼奉将。伦衰经在身,尤切同感。极思躧造灵幕,敬申伤吊,无如先慈奉安在即,料理窀穸,未获离杭,用先奉唁,乞赐照察。别寄挽帐,借致哀忱。不一。顺候礼安。马叙伦手状。二十六年四月一日。

第三通

剑丞先生尊鉴:客腊奉教,事冗,又未敢属之记室,遂稽报命,歉仄何如! 兹承手毕,敬谂道履胜常,欣慰万分。令坦吴君,素所服膺,向曾与黄膺白先生言其所学,惜其出游之举,中见阻折,当更绍介于有志国事者。浙中游学,有无缺额? 自上年冷僧擅派以后,部无可稽。计君总事,素与缄甫相谂,或可豫为之地。伦致计君书时,当为道及。所恨部额因款绌,久已停派,不然自无问题。伦再佐邦教,复权部务,向所怀抱,亟欲见诸事端,苦举动皆需财,不识能办一二否。向承欲为《唐韵》纂成一书,比来何如? 极以先睹为快也。草复。顺颂上侍万福。叙伦顿首。二月廿二日。[①]

第四通

王静盦征君手写《切韵》残本,奉贻一册,想于方辑《唐韵》之际,或有足备参证者。敬上剑丞先生。二月五日。叙伦顿首。

[①]　民国十六年(1927)年底马叙伦出任教育部次长,此书或即作于次年二月二十二日。

陈方恪　一通

陈方恪(1891—1966),字彦通,江西义宁州(今江西修水县)人。著有《瑑香馆词草》《鸾陂词》《彦通诗稿》等,今人辑有《陈方恪诗词集》。

第一通

暮春过剑丞丈映园赋此戏赠即仿其体

世传短主簿,手笔尔许大。肩肩温汉南,词艳更雄跨。公才千载后,奚啻二子亚。顾惟敛锋锷,善藏不露杷。蕴真得拙长,偶出一抵罅。时谓或过之,及见终伏胯。冷眼取都官,隽味若啖蔗。要自无所遗,正色不假借。西江领下珠,摘佩光照夜。频年倦游还,脱官如脱赦。竿头有新功,不复思卫嫁。卜筑沪西瀼,简僻类庄稼。用意废缭垣,风轩观穉稏。我来值春迟,野蔷犹压架。麦气薰罘罳,鸣禽弄娇咤。颇疑尘块中,有此淳朴化。君言少欢惊,十日不整驾。随踵丛棘荆,变生在欲炙。哦诗倚搥搪,亦颇遭辱骂。此纪近事。人生如蘧庐,盍从闭僧夏。自非肥肚皮,那枉东昏射。结习有在处,宁使口变嗄。不容暂释管,何如勤报谢。慎莫效坡翁,魂煮汤鸡怕。一笑百难解,擎盏出春醡。相将醋头师,瓮里打天下。[1]

---

[1]　潘益民辑注《陈方恪诗词集》云,此诗作于民国三十年(1941)春。

蒋维乔　七通

蒋维乔(1873—1958)，字竹庄，江苏常州(今江苏常州市)人。有《中国佛教史》《蒋维乔日记》等行世。

第一通

剑丞先生台鉴：昨奉手书，拜悉一一。细观笔迹，字里行间颇富生气，知精神尚不差，为之欣慰。薄物戋戋，何足挂齿。上达肺疾重发，不下楼已一周年，闻近来较好。其夫人则每日学静坐念佛，身体比前好得多，通信时当为代候。上悟月初全身中风，现在红十字会医院。弟为节约，已不用包车，故出门时甚少，俟风日晴和，当趋访耳。此颂痊安。弟维乔顿首。三月廿七日。

第二通

剑丞先生鉴：前奉大函拜悉，本拟俟江处有回音，一并裁覆。孟超事承嘱，自应尽力，无奈校中教授如有成绩者，向不更动，且功课已经排定，实无从设法，方命之愆，还希原宥。古画已送江宅，尚未有回音，问明后当嘱馆中直接电告。此复。即颂秋安。弟乔顿首。十四日。

第三通

剑丞先生史席：昨奉示，并便面五张，已照收，分别转致。就笔墨观之，执事精神尚不差，况设色山水，雅俗共赏，得者均为惬意，可勿虑也。兹续奉上五张，其四有款，其一姑写单款，俟得者欲补则补之。

附上银圆陆枚,人民券壹万另捌百元(每三元作三千六百元计算),即希察收。前周有函致上达夫人,已将尊状附告上达矣。并闻。手此。即颂痊安。弟期维乔顿首。六月廿七日。

嫂夫人均此致意。

第四通

剑丞先生大鉴:今日交下扇面五件,已收到,分别转致。承赐画竹便面,谢谢。兹复奉上一件,并人民券三千六百元,系江君问渔之托。江系鸿英之副馆长,名恒源,想执事亦素闻其名,能稍为加功,更所希望。此请痊安。弟期维乔顿首。七月六日。

第五通

前空款书画扇面奉上,请补"承旦"二字。此上剑丞先生。弟期维乔上。七月十日。

第六通

剑丞先生大鉴:兹奉小孙女、婿结婚记念册,册中一书一画,相间而下,敬请法绘一方小青绿山水。费神感谢。手颂痊安。弟期维乔顿首。七月十二日。

第七通

前奉函,并赐题记念册,拜领、谢谢。兹送上扇面一页,人民券肆千元,乞察收。此扇款是庞君甸材处劝得之,庞君知名之士,渠认识先生,先生或亦知之也。手颂暑安。弟期蒋维乔上。七月廿一日。

向友人募一画扇亦不容易,可见近来物力之艰难矣。

俞明震 十三通

俞明震(1860—1918),字恪士,号觚庵,浙江山阴(今属浙江绍兴市)人。有《觚庵诗存》行世。

第一通

乙卯上巳日修禊十刹海分韵得洒字

八年不到十刹海,泼眼春光忍抛舍。旧时燕子再来人,相逢同是悠悠者。词流老去抱冰死,犹傍宫墙作春社。倚楼烟柳断肠处,斜日苍黄乱鳞瓦。且暮承平又一时,瓮中春色谁相假。东风作恶尘土飞,咫尺湖光不忍写。哦诗赌酒盛文物,顺时哀乐吾聊且。未死尚思来日事,故园樱笋初盈把。料量春事不如归,经天泪向苍茫洒。

石遗社长斋中宴集即事赋诗

石遗古君子,疏瘦如寒竹。闭门非此世,宁受时名梏。一饭每矜严,选客常不足。沧桑眼底人,屈指几名宿。不见亦不思,偶聚忘拘束。老味淡处真,春光闲可掬。窗外花始蕾,余寒怯春服。若从新历推,已过樱桃熟。谑笑有今年,恢诡迷前躅。末座两少年,英姿并珠玉。定知哀乐深,不与世同俗。相对数甲子,人生如转烛。我病久无诗,逢君一击触。咄咄百忧间,醉饱但扪腹。短章聊报君,懒旷如逃塾。①

----

① 此二诗均民国四年乙卯(1915)春之作,见《觚庵诗存》卷四。

第二通

　　剑丞仁兄大人阁下：久未接来书，倍深驰系，维侍祉万福为颂。弟到赣将及一年，孤寂无闻。去腊南安乱事，幸率队驰往，旋就粗平。一年以来，分巡边境，于边地民间现相，阅历颇详。学堂一事，最难得法。求教育之普及，须遍设小学堂，此人人意中之事，然迄今何以各处皆未闻大著成效？盖中国之蒙小学与外国用意大异。外国之蒙小学在遍设穷乡僻壤，其教为中下等人而设，故教法至浅，专重考求儿童心理，使中下等人受此等教育，以后无论为工匠、为力役，皆有一定之人格、合群之秩序。虽修身一课至重，然不过为之讲学堂之趣味、讲堂之姿势，本日所授之课，本日皆可演习实行。不似中国小学修身课，取一二名贤事迹宣讲，使乡曲小儿格格不入也。中国设蒙小学堂之意，乃欲使人人皆成高等之人格，故蒙小学第二年读经功课，即与讲《大学》《中庸》，此盖犹是科举时代专立一高等学科，以待天下人之入我彀中也。以此求之乡曲齐民中之六七岁小儿，岂不难哉？弟曾作《小学堂歌》一首，实写此间小学堂事，读之可以知风俗。又有《哀自治》一首，亦系实事实情，可以知齐民程度。二诗颇有关系，音节亦尚不俗，请交陈鹤柴先生，即日刻入《时报》诗话中，似尚不悖风人之旨。此间绅士见此诗者，均渐反其前日所为议论，见解似稍较前有几微之光矣。弟此次来赣，除案牍外，不乏吟咏，虽途中扰攘，时亦为之，似尚有进境，回宁时当一证之。足下谅不少作，望录示以破岑寂也。即请台安。弟明震顿首。[①]

---

　　①　此书应作于宣统元年（1909）四月。书中提及之《小学堂歌》《哀自治》刊于《时报》宣统元年四月三十日，此距光绪三十四年（1908）五月十一日俞明震署理江西吉南赣宁道"将及一年"。

第三通

　　剑丞我兄足下：别后又是一番天地。最可悲者，南京、苏州各至好，弟沿途皆有函致，均无一复。李胖子于弟起程时送至芜湖，黯然而别，弟途中寄碑拓四次，亦无一字复我，最可恶。伯弢已入麻雀阵，不足怪。沤尹先生亦不复只字，何耶？月前忽奉手书，未开封时，已觉感激无地，肺腑为之一暖。及读悉种种，则邓尉舟中情事如在目前，又为之黯然不已也。此间学务情形不可思议，无暇详告，亦不忍详告，姑举一二事，可以知大概。弟过平凉府时，往观平庆道所属二十一州县摊款合办之中学堂，仅破房数间，盖即旧日之书院，经回匪乱，并未修理。堂内一无所有，黑板以青布两方块代之，讲堂无讲台，桌子与学生一般平。遍觅不见一时计钟。次日，平凉道熙麟，翰林也。及合城文武送弟至郊外，平凉道对众大言云："我不知学部诸公，何以事事要学洋教堂"云云。省城各学堂裁减经费，无情无理。尤奇者，去年监理财政官刘次源将高等学堂理化教习、英文教习裁去，因该教习等薪水较优也。陈学使监［鉴］于毛实君之事，不敢置一语。此各省监理财政从来未有之事，不意于甘肃见之。长制君于各项新政均不以为然，而不置可否。每日起床先拜神，叩头一百，然后诵经。凡各庙拈香至恭至敬，昨祭雷神亦极诚敬，弟等均随班叩头，不觉失笑。此公岂能与有为者？拟今年一过，即求滚蛋矣。且各省协饷不解，本省又无筹款法，一年后万不能支持，不如早自打算之妙也。现惟极力组织师范，至将来各属能否得益，此数年后事，弟不及见矣。到甘以来，毫无生趣，惟望远道书来，借以自慰。弟无厚禄，故人想书问不致断绝。现觅得敦煌裴岑碑一、天山碑一、龟兹碑一、吐鲁番新出土张怀寂碑一，请告各知好，寄书一次即以所得西域碑一纸报之，视函到之先后为定。公赐书在前，已觅得一敦煌碑，即寄。即裴岑碑，另为公办者，不在前数。江苏新事，望示一二。匆匆泐此，即请台安，鹄候复音。弟震顿首。

　　五泉山所出之旱烟，尚未领略过，候买得奉上。

闰月初六日四更灯下。①

此信乞就近与沤尹先生、小坡先生一阅。

信后余纸，书途中诗奉寄。

过醴泉喜晤宋芝栋侍御即赠

党论渐宽公亦老，相逢百感到平生。河山已分成孤注，孔墨何尝有定评。元祐声名终圣世，西京文献在空城。寻碑莫上昭陵望，公近拓唐昭陵碑三十余种。翻忆明良涕泗横。

行土峡中抵会宁行馆次子言原韵

与子长安来，一月已过半。朝发青家驿，畏途愁日晏。悬车下绝壁，浊流倏弥漫。飞鸟到来深，颓云匿不散。槎枒生地穴，破碎撑霄汉。仰望白日干，俯穿泥没骭。车从涧底行，心与悬岩乱。出险眼渐明，停鞭指行馆。酒注肝肺热，深谈复达旦。新机万弩发，势若水澎湃。方舆自风气，朝报成断烂。欲通江海情，孰与置邮传。忽忆去年游，湖亭瀹茗碗。去年四月与子言同游西湖。今夕复何夕，风沙满庭院。

录此可知途中之苦，余俟陆续写寄。

第四通

剑丞吾兄鉴：前奉复书，久未作答为歉，维动定咸宜为颂。今岁伏日不甚热，弟匿居湖上寓庐，窗外荷花迎人欲笑，室内兰花香气袭人，颇觉爽适，惜公不能一来同享此福也。仁轩已回，谈京中事，颇可作小说听。近日时局如何，望复数行，一慰索居。四月间有五律三首，昨仁轩以为佳，乞公一品评之。即颂暑安，不尽。弟明震顿首。六月廿日。②

---

① 此书作于宣统三年（1911）闰六月初六日。俞明震于宣统二年（1910）七月十八日署理甘肃提学使。

② 此书作于民国六年丁巳（1917）六月二十日。所附"五律三首"《觚庵诗存》编于民国丁巳。

四月初六夜同王病山泛舟鉴湖

柔橹轻鸥外,花明柳暗天。一春能几日,双鬓各衰年。欹忧山如幄,推篷月满肩。渺然沧海思,清夜断桥边。

登柯亭七星岩

幽意如有获,巉岩晴复阴。竹凉通海气,酒好入乡心。凿石云根见,忘机鸟路深。逝波人不觉,潭影日萧森。

登快阁访姚隐士不遇阁多藏书放翁故宅也留题一律

浊世无隐地,闲门只独醒。书留儒者事,山向旧家青。一舸通沧海,疏窗纳曙星。重披剑南集,乡梦久飘零。

以上游山阴时五律三首,录请剑丞先生鉴正。觚庵呈稿。

第五通

剑臣我兄足下:弟前日到沪,今日归杭,匆匆不及走谈为怅。杭将有乱事,前日来时,已纷纷调兵省城,人心颇皇皇矣。时局如此,奈何?近诗二首呈正,七古散原颇说好,五古系此次钓台归后作,散原尚未见也,公以为何如?乞示知。散原此次来游,应各有诗。弟西台一首,尚系第一声也。此请著安。弟明震手上。①

第六通

剑臣我兄:览前西钓台诗,"山高水长思"二语,不独阅者难解,即作者亦不可解,为之失笑。今改为"空存汐社名,留作沧桑纪",汐社,皋羽立,取晚而有信之义。似意义显豁,以为何如?"汐社"句与上文"残年哭知己"句相呼应,如选入《东方杂志》,务望改正之,此诗似惬心也。连日颇

---

①　民国元年丁巳(1917)九月二十四日陈三立游杭州,九月二十九日往游富春江,俞明震等偕游。书中所言七古应即《丁巳重九日登烟霞洞》,五古应即《七里濑登西钓台吊谢皋羽先生》,见《觚庵诗存》卷四。则此书应作于是年十月初也。

有诗。散原有游钓台纪事诗五古三首,弟次韵和之,内有数韵颇费经营,已请人抄,俟抄好并散原原唱一并寄上也。大局颇似围棋,已到要猫洗面时候,有何新闻,寄知为盼。弟明震顿首。①

涛园寿诗,弟自己做七律一首,似亦妥当,无大笑话,已赶廿六前寄去矣。

第七通

映盦先生足下:在上海未得畅谈,两次诣商务印书馆,终未一晤为歉。两日以来,此间奇热,至不可耐。偶忆虞山之游,得诗数首,录呈一正,示复为感。挥汗至笔不能用,上海当不至此。即维珍摄,并乞复示,不尽。明震手上。五月廿一日。②

重游破山寺睹松禅师遗墨感赋

出郭晨气清,鸟声杂悲喜。初日明高林,山在绿阴底。何处叩禅关,潭空竹烟起。郁郁松禅翁,放逐曾经此。寺僧索题额,留作藏山纸。神味在青冥,泼墨皆云水。从知忧患心,妙契清净理。前游已隔世,樵径青未已。山随人意深,万事沧桑里。

登拂水桥

鱼贯出层岚,帽檐欹晓日。咿哑答鸟声,风舆坐超忽。直上穷穹窅,下临诧奇绝。云与石争山,怒泉抵其隙。回风一震荡,乔林溅飞沫。危桥通两崖,关锁见气力。曳杖入清雄,觅我经行迹。十年沧海心,未与钟磬隔。人生重回首,春光有今昔。不见鹁鸪峰,墓草萋萋碧。翁松禅师墓在鹁鸪峰下。

---

①　此书为上函之续,亦作于民国六年丁巳(1917)。是年十月二十九日沈瑜庆六十,之前有征文启布告天下,俞氏七律寿诗所赶"廿六",应即十月二十六日,则此书之作当在十月二十六日稍后矣。

②　此书作于民国七年戊午(1918)五月二十一日。所附前三诗见《觚庵诗存》卷四,为民国戊午春作。

止翁氏墓庐谒常熟师墓

鹁鸪峰前墓草黄，眼中不是旧春光。百年乔木柯条改，半亩空园栋宇荒。并世悠悠孰功罪，沉忧悄悄到沧桑。一身结束关朝运，北望崇陵事可伤。

韬光寺此首去年公要抄录者，特录寄备选。

同在山光中，奇峰不足数。绝顶名韬光，万象待吞吐。我从灵隐来，幽境出廊庑。剖竹引泉流，扪萝接虫语。含霜众壑阴，冲风一雁举。欲穷沧海观，惟见颓阳俯。窅然入钟界，拨雾迎寒杵。洪声起何世，激荡成今古。生平哀乐情，聊借湖山补。不学春游人，纷纷论晴雨。

第八通

剑臣我兄如晤：奉手书，敬悉种种。七古两用"云"字已不妥，乃一则"归云似箭"，一则"孤云不动"，尤为矛盾，拟改"孤云不动"为"石壁嵯峨"，何如？"不动"二字有意义，"石壁"四字稍差，无可如何。或改"顽石嵯峨"，因"顽"字稍有意义。似仍兼比意，何如？似用"顽石"好。五古笔韵改第四韵，写景似顺，惟"天在万山中"二语，似从谢皋羽一边说下，则仍原作为宜，乞再为我推敲之。"山高水长思"二语，做诗时颇苦索而出，"山高水长"四字系严子陵祠外石牌坊上题字。虽意思多，然终嫌沉晦，以为何如？后四句"难酬烈士心"四语似较沉痛。公赏"我来九月暮"四句，似系过脉语，不如后四句也。连日浙事纷如，人心不知如何方安，故沈爱仓寿诗尚未作，仁先亦未作，不知能交卷否。公能为我捉刀，日内即寄来，当望空百拜以谢。迅赐复音，勿却我请，至叩。即维珍摄，不尽。弟震顿首。旧十月十七日。[1]

---

[1]　据内容看，此书在第五通后，第六通前，故作于民国七年丁巳（1917）十月十七日。

第九通

晓发铜青峡望贺兰山绕河套北行

入塞复出塞，黄河如奔马。捩舵贺兰山，谁是重来者。一发见中原，惝恍泪盈把。沙飞万里黄，月出半轮赭。况闻宁夏乱，战血膏原野。遗黎对呜咽，一去吾宁舍。极目断冰流，鹰边辨庐舍。行役但悄悄，人烟渐清暇。野旷驼为城，屋低泥作瓦。不知春几时，寒日垂垂下。

第十通

剑臣仁兄鉴：前函奉到，所评诗虽颇惬心，然未免褒扬太过。闻拔可病仍未愈，据贞长说，似神经病，此语当不确，乞告知。甚为系念，当往一看。弟今日到沪，住寿臣处。兹有《游花坞》一诗，系三月二十外事，诗系补作，如何之处，望直言为祷。

游花坞至白云堆僧舍午饭

春山无尽藏，有云自深曲。随处著茅庵，窅然寄心目。云根函一窗，万竹森如束。日午云不归，浓阴补山绿。净理不可举，钟声来断续。孤筇身外身，幽往迷前躅。檐隙坐相忘，春去了无触。古佛野僧旁，茶香饭初熟。一饱不愿余，人生几陵谷。诗虽不佳，当日幽深之趣，尚能传出一二。

明震手上。六月十五日，今日早车来沪。①

第十一通

雨中剑丞留宿觚庵二日

与子廿年交，冠裳弄恢诡。动驰身外名，妄念参悲喜。真到天地

---

①　此书作于民国七年戊午（1918）六月十五日。《游花坞》诗见《觚庵诗存》卷四，为民国戊午之作。

翻,相看只如此。出世岂空言,吾庐枕秋水。愧无辟谷方,炊烟时一起。等身若众木,回心向初地。始知寂寞中,无惧亦无悔。山鸣暮雨深,秋光在灯底。了了去来今,悠悠吾与子。隔水倘结邻,云山从此始。

录呈剑丞仁兄纠正。明震。[1]

第十二通

剑丞老兄足下:同游至乐,归后乃嗒然若丧。幸批旨着来见,有此一转折,又多一延宕。刻拟初十间启行,十一月底可回,明正准可来苏订探梅之约矣。弟甘肃之行,恰如花袭人嫁蒋玉菡,临时只得委委曲曲的上轿,自悲亦自笑也。多九公之图,师曾携去画,弟诗当写在画后。已与师曾约,留出地位。现师曾赴镇江,两三日可归,俟彼归始能寄呈也。萧画先封寄,乞转致,并为弟致意。此次匆匆未奉访,明正当趋谒也。苏集遣仆往购,无有,弟又托陈善余,云可致,尚未送来。如送来在弟行后,则存伯严处,兄自遣人往取可也。倍子处不另函,望持此函与阅。如有寄京小物件,三日内交来,尚可与带,若大件则不能带矣。日内颇有无味之酬应,大约皆照顾三醉楼也。即请台安。弟明震顿首。初二日。[2]

第十三通

剑丞老兄大人阁下:别来思念殊苦。自洛阳西行,日日饱尝骡粪灰味,硖石、张毛、函谷等处,土壁峭立二三十丈,车路如行深巷中。

---

　　① 此诗柬应作于民国六年丁巳(1917)秋。诗见《觚庵诗存》卷四,为民国丁巳秋之作,夏敬观《雨夜宿恪士湖庄》诗见《忍古楼诗》卷五。

　　② 俞明震于宣统二年(1910)七月十八日署甘肃提学使,应即请旨,批"着来见",遂有入觐之行。此次入觐,俞明震由汉口北上,据程颂万《俞恪士提学甘肃过鄂入觐二首》(《石巢诗集》卷九)知,其至汉口在八月二十日至十月三日之间;后俞氏于十一月一日、十六日两次被召见。则知其自金陵启行当在九月初十前后,此书作于九月初二日。

对面风来,人马皆从土灰堆中冲过,其苦万状,几不知此身曾从香雪海中来也。幸入潼关,华山迎人,路旁柳树送人,直入华阴庙,心神一爽。然度陇则又奇苦,他勿具论,闻有五站路无甜水可饮,即可断送性命。公等安居苏沪,令人羡煞恨煞,天耶命耶?在华阴庙购汉残碑阴一张、武则天时《华岳颂碑》一张,在西安购《景教流行碑》一张,奉寄,已交便人今日启程,计可先后收到也。前承拨付子言二百元,弟起程时交伯严家转付,又存有洋一千五百元,弟仅存此一千五百元,在南京全交伯严应用,乃又遭倒闭,真可恨也。借与伯严,付伊处土木工者。闻和大银行倒闭,不知此款拨还公处否?远人无他望,惟盼望勤寄数行而已。弟明震顿首。[①]

再,西安南关外新出土唐墓志一块,即古之韦曲、樊川一带地方。此石移置学署,外间拓本尚少,乞得三分,一寄我公,一寄古微先生,古微先生处另有函,兄可一阅。一寄小坡先生。祈即为分送小坡先生处,并乞致意,匆匆未另函。如欲得秦陇碑拓,望开示名目,当代为办也。弟震又及。

附　录

哭俞恪士

生存累万缘,朋友亦其一。缘尽判人鬼,幽明不相悉。来生果何境?闭目黑如漆。一见一回亲,生交愁短疾。病起尚过我,讵知一面毕。读君最后诗,痛绝为搁笔。湖风凄殡棺,空榻犹在室。便当缒黄泉,骨入那复出。平昔忧老病,果死曾无恤。游魂类初生,宁更念昨日。自君关陇回,丧乱岁已七。旧宅临青溪,坏幕散春虰。早料蚁穴

---

①　据本集中陈诗书知,俞明震等赴任甘肃提学使之行,宣统二年(1910)四月四日抵西安,拟休息六七日后度陇,此书即抵西安后准备度陇西上时所作。陈诗书四月初五日作,俞明震此书应亦作于同时稍后也,即初五至十日间。

堤，一溃难止泪。收迹向西湖，绕舍竹才密。小窗对南山，过君曾促膝。遂为墓上庐，微尘厚书帙。睹此百追念，平生重品骘。大节略不苟，宜仕亦宜逸。晚诗尤自道，语语见真实。樟亭勒游记，十友君先失。呼君君不闻，夜叶空萧瑟。

康有为 　五通

康有为(1858—1927)，字广厦，号长素，广东南海(今广东佛山南海区)人。有《康南海先生诗集》《孔子改制考》等行世。

第一通

承惠书，知搜集六君子遗文，备仰好贤表忠之盛意。漪川侍御旧有子登科，廿年不通闻问，待告晋人征之。舍弟诗文，经戊戌殁后散佚，今于同人搜得一二，当暇检抄呈。遗札尚有数十，或可代文，贵馆能以点石，当呈。先复。敬问菊生贤兄大安。有为白。卅日。[1]

第二通

壬戌九秋夏映庵陶叔惠陈哲侯三厅长招同喻澹宁
编修王省三交涉杨见心中书与门人徐勉甫
游西溪饮秋雪庵观芦花归舟联句

芦花瑟瑟满洲白，牲。花飞欲吞云梦泽。映。出湖山外得清游，省。秋老西溪天水色。扁舟有约南海座，惠。叨陪杖履赏秋雪。哲。渺渺凉风起天末，澹。遥望一片雪花出。省。举杯在手兴欲狂，咏尽今古天涯客。见。酒酣扶醉登高楼，哲。似飘柳絮入茵席。惠。白头老人岸巾帻，坐对此花长太息。廿年梦忆陶然亭，风景凄凉似京国。

---

① 《张元济日记》民国五年(1916)十二月二十三日(阴历十一月二十九日)云："拟印戊戌六君子集，函询长素伊弟及杨深秀有无遗著。"康有为此书即为答复，应作于民国五年丙辰(1916)十一月三十日，时张、康同在沪上。

映。追思旧迹芦中人，风波亭毁天地裂。休论往事作天游，斜照晚波归桨拍。甡。

南海康更甡书。映庵贤兄。①

第三通

培老竟于昨三日逝，痛恻肝肺，八日罢宴集，望代告诸公、勉弟。须七日后乃赴会。更甡呈剑老。四夕。②

第四通

昨辱高轩纵谈竹下，惟君抱病远来，不胜反侧不宁之至。今复承嘉招，益感厚意。惟尊疾未痊，吾今频来，岂可频扰？深谢深谢。敬璧尊柬，即请痊安。不宣。有为再拜，七月廿五日。③

剑丞仁兄病腰来访吾康山人天庐未成坐竹下
清谈已感厚意复再邀饮赋此言谢

清新曾读映庵词，竹下清谈慰所思。多谢病腰夏厅长，不劳樱笋感心脾。

有为。

第五通

剑丞仁兄：高庄曾擅郇厨，感在心脾。门人赣州王德潜，好学而

---

①　此诗题中"壬戌九秋"四字，《康南海先生诗集》作"壬戌九月二十八日"，则此柬当即作于是日或稍后。

②　此书所谈应为民国十一年壬戌（1922）十月初三日沈曾植之卒逝，故作于十月初四日。

③　此书作于民国九年庚申（1920）七月二十五日。所附诗《康有为全集》（中国人民大学出版社2007版）题作《谢夏剑丞厅长诗》，诗后云："剑丞仁兄扶病来访，谈于竹下，已感厚意，复再邀饮，赋此言谢。有为庚申七月二十五日写此留为佳话，何如？"

端愨，顷为其乡人公举考察江浙校，慕公乡先生，欲见而就正，望进而教之。敬请大安。有为顿首。八月廿九日。①

①　此书或即在第四通之后，招饮终于成行？

吴湖帆 十一通

吴湖帆(1894—1968)，江苏苏州(今江苏苏州市)人，吴大澂孙。书画家。除书画作品外，有词集《佞宋词痕》等行世。

第一通

承示陈公寿轴，感谢感谢。尊命即画，当来得及装裱也。附奉润例：三尺九十元，著色不加。是否寿意？上款何如？希统示。映丈。侄湖顿首。

第二通

自知花鸟系门外汉，不堪入大雅鉴赏，前日幸丈以不爱山水为言，自亦欣然矣。目录收到。唐六如《兰亭图卷》，蒙允题字，即交费价带上。专复。即请映丈台安。侄湖顿首。①

第三通

赐题《董美人志》词，奚胜铭感！即集铭字奉和原韵，录呈剑丞先生词坛斧正。吴湖帆拜草。

环佩归来想有人，情天幽怨杳无春。尘埋玉骨黛凝尘。　　莲枕冰寒潜泣泪，花台月转静栖魂。蜀宫艳制绮铭新。《浣溪沙》。

---

① 夏敬观题诗《为吴湖帆题唐子畏〈山阴修禊图〉文衡山〈书禊序〉合卷》见《忍古楼诗》卷十五，民国二十五年(1936)夏秋之作，则此书亦当作于此时。

戊辰七夕。①

第四通

前年敝藏麓台册,公有临本,能否借观数日?因原本已归别姓,欲临稿一二张,只能求诸于临本矣。当时未经照相,深悔之。映丈台安。湖又顿首。②

第五通

公去后,陈子清兄即来,属画簋绝不受润,惟亦欲求大作一簋,彼此交换,属达台右,务希俯允为盼。专上映丈。侄湖顿首。

廉州卷子能设法取出否?再细观一下。侄有意得之,价值间乞公向前途商酌从廉否。费神费神。

第六通

刻晤公渚于湖社,悉众异寿公宴一时不及赶赴,务必派一分醵金为荷。专上映庵世丈。侄湖顿首。

昨晚心脏病发,故出门后即归疗药也。

第七通

映丈、躬兄台鉴:日前失迓为歉。本拟趋候,奈即刻返苏,不及走辞。十六日宠招词会一集,恐不能赶到,应俟二集时随听指示可也。或一集中应派何题,乞躬兄寄苏,何如?专复。即颂文祉。晚湖

---

①　戊辰即民国十七年(1928)。夏敬观题词见《映庵词》卷四。

②　据吴湖帆为夏敬观临册所作识语知,夏临麓台画册为民国二十一年壬申(1932)八月事,则此书当作于民国二十三年甲戌(1934)。

顿首。①

第八通

　　昨归已晚，承宠招，不克趋陪为歉。今午又拟回苏。专此奉复。即颂映庵词丈台安。侄湖顿首。

第九通

　　俗冗为累，不克趋谒。求题石谷卷，未知已蒙赐藻否，乞示及苏州面领。侄今日返苏，大约有月余勾留也，词题亦希寄苏为幸。专此。即颂映庵丈著安。侄湖顿首。

　　西神先生一函，恳便及。

　　敝寓苏州南仓桥。

第十通

　　映丈赐鉴：奉电慰悉。遐翁住广州东山署前路粤汉铁路招待所三号。专复。敬颂著安。世侄湖顿首。

　　缓数日当趋诣领教。附上近时拙集宋词一首请正。"齐鲁"一语自谓尚切时景，下半阕为某巨公之出巡而归，逍遥寂静避暑矣。

　　　　　　　清平乐（集辛稼轩、刘后村联句）

　　曹吞刘攫，辛《贺新郎》。几度翻棋局。刘《念奴娇》。路断车轮生四角，辛《贺新郎》。齐鲁干戈满目。刘《贺新郎》。　　不辞露宿风餐，刘《沁园春》。归来华发苍颜。辛《清平乐》。身与浮名孰重，刘《贺新郎》。夜深儿女灯前。辛《木兰花慢》。

---

　　①　此书中所云"词会一集"当指由夏敬观、黄孝纾召集的沤社，此社于民国十九年庚午（1930）九月十六日第一集，此书应即作于此日稍前。

第十一通

映丈大鉴：久违崇范，殊系驰念。昨日本拟与李韵清兄同谒，适将出门，而刘禺老携世载堂苾舍长谈，因此中止。即托韵清兄带奉拙集《联珠词》一小册求正。越丈撰序，时已十八年矣。专此道候，并贺年福。世侄湖帆顿首。春正五日。①

----

① 吴湖帆《联珠集》民国三十七年戊子（1948）七月由梅景书屋刊行，首即民国二十年辛未（1931）十月夏敬观序，则此"春正五日"，当在民国三十八年己丑（1949）矣。

王　贤 二通

王贤(1896—1988),字启之,号个簃,江苏海门(今江苏海门市)人。有《个簃画集》等行世。

第一通

剑师大人丈席:捧诵手谕,敬审血压渐平,头痛痊愈,曷胜忻慰。拙稿已蒙删定,当尊朱圈以为取舍。兹因翁生来申之便,托为趋造崇阶,即求掷交翁生。时局不可说,亦无从窥测。苏城房屋出赁者尚多,价不等,大致五斗米可得两三楹。大人如决移居,当代物色之。专肃。敬请诲安。弟子王贤谨叩。二十四日。

第二通

拜别兼旬,频为厂务羁牵,不遑修书请安,弥增歉疚。前呈拙稿一卷,如蒙删定,敬乞赐交翁生带下。专此肃函。恭叩剑师大人诲安。王贤百拜。十一月十四日。

马　范 二通

马范(1893—1969),字公愚,浙江永嘉(今属浙江温州市)人。书法家。有《畊石簃墨痕》《公愚印谱》等行世。

第一通

奉上扇面五页,以供挥洒。敝处所存尚多,此后如有所需,可再奉送也。匆颂剑老万福。晚公愚顿首。五月十二日。

第二通

映翁尊鉴:电话敬悉。曹君系敝同乡邹梦禅君之门人,由邹君介绍而来。其住址素未知悉,据其自言,有旧书肆设在卡德路,但愚曾两次躬赴卡德路,寻找无着。兹已函托邹君转告曹君,速将目录奉还,谅当不至遗失也。知注敬闻,顺颂道安。不备。晚马公愚顿首。九月六日。

姚　瀛 一通

姚瀛(1867—1961)，字虞琴，浙江仁和(今属浙江杭州市)人。有《珍帚斋诗画稿》等行世。

第一通

如飞烟艇逐风行，天际谁闻欸乃声。四望湖田波作界，秋禾被野绿云平。

九峰照影淡如蛾，双塔捎云作旋螺。绝妙水村图一幅，令穰点笔写横波。承惠诗画扇水村一角，不减赵令穰风度也。

寺门水涨碧层层，仙侣同舟彼岸登。是日同邀者有子康乔梓、张君锡荣。读罢残碑参我佛，浮屠兴废证枯僧。

奉和剑老社长吟正。虞琴初草。

罗惇曧 一通

罗惇曧,字照岩,号敷庵、复堪,瘿公弟,广东顺德(今广东佛山顺德区)人。

第一通

剑丞仁兄先生从者:昨由伯恒兄处转到手示并肆拾圆,已属舍侄祗领荐登,殁存均感。先兄瘿公病已经年,今秋遂逝,其时已讣告尊处,时局倥扰,竟不得达耳。挽联早经寄到,谢谢。先嫂延至九月亦已即世,至用哀伤。顷拟合葬于西山,地虽择定,然已寒深,不能动土,俟明春当即举办也。舍侄宗震号孟雷在清华,舍侄宗艮号仲止在成达,均居京寓,尚未卒业。先兄身后得保险费五千元,奠仪数千圆,侄辈差足啖饭。承垂念,拉杂上陈。即颂台祺。惇曧顿首。①

---

① 罗惇曧(瘿公)卒于民国十三年甲子(1924)八月二十三日,则此书应作于是年冬。

许宝蘅　一通

许宝蘅(1875—1961),字季湘,浙江杭州(今浙江杭州市)人。有《许宝蘅日记》《许宝蘅先生文稿》等行世。

第一通

剑丞姑丈大人左右:年前展奉赐书,适值先仲兄病亟之时,无暇作复,甚以为歉。承属贤小阮赈务保案,已经转托内务部友人,惟近来诸务停滞,该案尚不知何日方能核办耳。侄踽蹰京尘,进退维谷,今又遭先仲兄之变,俯仰身世,益难为怀。而四顾茫茫,不胜瞻乌之叹,高明何以教之?献岁以来,兴居当必康胜,极为驰念。草草奉布,敬颂潭祉。侄期宝蘅拜启。正月十八日。

马寿华　一通

马寿华(1893—1977)，字木轩，安徽涡阳(今安徽涡阳县)人。有《马寿华书画集》《刑法总论》等行世。

第一通

剑翁先生道鉴：正深驰系，适奉赐书，借审履潭绥吉，快慰兼集。承窓兄事，自当遵嘱，为留意图之，期有以报命。请将其简历寄下一份，以便交人事室核拟。台省参议会有裁员之决议，故省府通令限制添用新职员。此间天气，寒热不剧，四时有花，风景到处幽胜，前默存、剑知诸先生曾来游，公有意乎？若肯莅临，欢迎之至。肃此。复颂潭祺。弟马寿华拜启。五月六日。

承繁、窓兄想均清吉。郎静山先生上月亦来此，返沪时曾登轮送别，以人夥未获晤，怅怅。又及。

高　燮 一通

高燮（1879—1958），字时若，号吹万，江苏金山（今上海金山区）人。有《吹万楼诗集》《吹万楼文集》等行世，今人辑作《高燮集》。

第一通

剑老惠鉴：手教并法书传均收。《盛祠记》尽书作行楷，甚好，我以为较全楷者尤自然，即盛君原纸不用横格，求书者亦并非定欲得正楷也，重写二字尤无所谓。谨代盛君申谢。草复，不尽。顺颂道安。小弟高燮顿首。重九后一日。[①]

闻通尹言，公寿金箴老绘有一图，弟前日未见，行当往观之。弟有一诗，录附教正。

寿金箴孙兆蕃八秩

我初识公五十余，长髯拂腹天人如。至今几及三十载，童颜更比当年腴。白须红颊美无度，名儒岳岳娴掌故。文章经济良史才。故老巨人齐首俯。有清史事殊纷纶，维公实总纂辑新。一时隽彦望风集，咸推大笔燕许伦。清儒学术迈前古，岂特上承宋明武。小岱山人案识详，斯编尤泯门与户。选楼高筑晚晴簃，东海朝宗万汇归。二种煌然都巨制，资臂助者非公谁。时危遽尔赋归去，乡邦文献勤搜聚。喜从安乐乡中居，或向桃源村里住。空前浩劫四海昏，先生旧庐岿然存。里中弥望尽灰烬，先生之室无黄巾。八年潇洒送日

---

①　此书作于民国三十六年丁亥（1947）九月十日。是年金兆蕃八十，其生在同治戊辰（1868）。

月,悲悯虽深无愤嫉。仁慈便是养生方,不觉从容臻大耋。最难庭桂皆珠玑,文星使星交相辉。丛兰亦为出群秀,欧风美雨常拂披。先生于我十年长,记曾同摄骈肩象。我惭寒瘦蒲柳姿,得并方颐玉山朗。我寿先生聊贡诗,诚至未克修其辞。言必由衷事写实,先生教我应毋嘻。

　　录请映庵先生诗老正句。吹万居士燮草。

费师洪　四通

费师洪(1887—1967)，又名范九，字知生，法名慧茂，江苏南通(今江苏南通市)人。有《淡远楼诗存》等行世，今人辑有《淡远楼丛墨》。

第一通

剑老座下：久未奉谒，伏想尊体健复为慰。敝处辑印《南通金石志》，皆以所得拓片摄入，不失真相，宣纸精装。公与拔老所撰南通墓文，巍然并列，为艺林增重。兹谨送呈两部，一赠高斋，一乞代赠吕贞白兄。清暇展对，如游旧地，当上副慨念之怀也。专叩福安，不备。五月十二日。费师洪再拜。①

第二通

剑老座下：日久未亲矩教，想尊体日臻康健为颂。此间馆事震荡不定，同乡友好又多远去未归，以致一是竭蹶，无可告慰。兹为旧同学顾省三君求赐六秩寿诗一首，谨将其自述及笺纸附上，并备代礼六万元，封入函内，至乞俞允，赐书惠下，无任感企。专叩道祺，不次。农历小寒。费师洪再拜。

---

①　此书似应作于民国三十八年(1949)五月十二日。《南通金石志》刊于民国三十七年(1948)十一月。

第三通

　　映老道丈座下：劳动学习，日无休时，为口不得不然，以致久未趋谒。前读公和墨丈诸什，诗力健美，因知尊体定臻康复，至为欣慰。上次奉函示，曾迭向友好间介绍，奈以风尚改变，短装布服，其人已无具及此，故迄今未能报命，引为歉疚。师洪近觉悟，一切物累皆空，将数十年所收通州先民书画八十九种，全赠于通州师范学校。该校在敌伪时竟被折毁，夷为平地，胜利后建筑巨厦，可以保藏得所。另印目录，附呈清鉴，拟求椽笔赐诗记载，俾慰此愿。敬奉上笔敬四万元，聊代水果之献，务乞哂存，勿却是感。专叩撰安。五月十五日。后学费师洪拜上。[①]

第四通

　　映老道丈座下：顷奉尊赐书画诗，感谢之至。前呈润敬，方自愧菲薄甚少，乃蒙齿及，益觉汗颜矣。窃此次所求者，拟以一式纸汇装成册，谨检上一叶，伏祈惠书掷下是祷。专叩撰祺，不备。五月十八日。费师洪再拜。

---

　　① 　此书作于 1950 年 5 月 15 日。夏敬观题通州先民书画之诗，见《忍古楼诗续》卷四，作于 1950 年。下一通即第四通亦作于同年。

杨熊祥 二通

杨熊祥(1883—1928)，字子安，湖北江夏(今属湖北武汉市)人。

第一通

承惠便面，笔墨照人，敬谢。辄赋短章，另纸呈教。敬请剑丞五兄先生道安。弟杨熊祥顿首。十月十二。

奉谢剑丞五兄惠书画扇

岂惟秋岳逼，家法远传薪。谓君家禹玉先生。特健囊中药，稍醒酒后神。时仆久病初愈。渊渊遗世志，悄悄旧京人。尺素含绵邈，微风发意亲。

熊祥呈稿。

第二通

北阙渐伤霜鬓改，朱颜犹忆判扬时。尚书爱好缘天性，直干何能放笔为。

入峡清哀雁与猿，诗情苦语胜欢言。休明五十年间事，变雅离骚漫共论。

一体分传自少陵，岂真北秀逊南能。若超圣解心无住，便悟华严最上乘。

忠言悱恻志芬芳，一代文章后劲强。哀到六朝心绝痛，后贤莫议抱冰堂。

断稿零缣劫后寻，锦缄珍重比兼金。知君未有相师意，只是渔洋感旧心。

映盦先生教之。熊祥呈稿。

黄福基　四通

黄福基(1898—1951),字养稣,江西都昌(今江西都昌县)人。有《镂冰室诗》行世。

第一通

映丈有道:去岁十月奉读手教,感与惭并。福不自揆量,附托世谊,干以诗章,荷蒙先生念其为故人子弟,诱而进之,收诸教诲之末。并以《艺文》停刊,命别写近作,选入他种刊物。此由先生笃于故旧,乐道人善,期之深不觉奖之过也。只以乱离转徙,钞诗无暇,故迟迟未及奉覆。兹已毕役,呈上。倘闵小子愿学之志而笔削之,论序之,采录之,则先生之继旧好以眖我小子者至矣。春间仁所呈一诗,冀赐绳墨。先计部公《凰山樵隐诗钞》早已锓版,俟重印后更乞审存。专此。虔叩道安。世侄黄福基、仁基顿首。①

附呈诗稿三册。通讯处九江孔家巷十九号。

第二通

奉怀映庵丈

试展黄山旧画图,且凭松石想髭须。二陈既逝诗将坠,一李犹存道未孤。造诣难登新境界,乱离翻废旧于嗝。丈往岁来书,谓予兄弟造诣已得一境界。钞诗曾寄康桥路,劫火还留一字无。

---

①　此书当作于民国二十七年戊寅(1938)夏秋间。上年阳历四月十日,《艺文》出刊第六期后停刊。且距第四通的民国丁亥(1947),正好"十载"。

近闻映庵观槿二丈俱返沪赋此奉怀

夏翁庐阜游能健，李叟投荒老尚堪。留命戈铤存野史，逃名市肆殉鱼蟫。皆山楼已荒乌石，石遗师晚年筑皆山楼于乌石山麓，海内词人争相尊尚。石翁既逝，主诗盟者二丈足以当之。观槿斋犹傍映庵。真是再生重作会，映丈旧作《和槿丈病起诗》有"再生作会诚欢喜"语。卅年残泪话宣南。

录呈映庵丈海正。诗弟子黄养龢拜稿。①

第三通

十年前曾以拙稿寄海上乞映庵丈评定寇乱
旋作音问不通前寄书奉询附呈一诗旋蒙赐
和并寄还拙稿再依原韵奉呈

十年旧稿今重见，枨触心情百不堪。有托幸能完劫火，无名终恐饱鱼蟫。评量愧我逾陈叟，散原翁谓余诗"绝俗入古"，丈评余诗云："瘦中之腴，至可玩味，不止绝俗入古，毕其能事。"行止劳公问简庵。丈来书云："丁丑至今十年，彼此踪迹，莫由探知，去岁回里，获问晓湘，因得相闻。"姓字居然留卷末，好随箧衍重江南。余诗石遗翁曾采入诗话，今又见知于丈，亦幸矣。

敬呈映庵丈指正。世侄黄养龢贡稿。②

第四通

映翁道席：沧尘变幻，硕果幸存，风雨鸡鸣，弥深倾慕。近得王晓湘书，获悉我翁去夏游庐后一莅会城，清健如昔，忭慰无似。十载前

---

① 此诗柬作于民国三十六年丁亥（1947），与第四通同时。第三通诗题云"附呈一诗"，应即柬中第二首，但此柬二诗书于一张笺纸上，似是稍晚书寄，故未与第四通缀合。

② 此诗柬作于民国三十六年丁亥（1947），在第四通之后。夏敬观和诗见《忍古楼诗续》卷四，丁亥之作。

曾将拙稿呈览,寇乱旋作,未知尚忆及否? 倘未遭燹劫,尚乞寄下为祷。福山居无侣,以诗自娱,千里沧江,末由请益,政如丑女涂抹,不自知其媸妍耳。别笺谨录近诗数十首,尘秽几席,尚乞宥其伧野,严施斧斤,虽未载酒扫门,亦不负远道求师之微意。虎皮宣一帧,乞赐书大箸,俾张之座右,时亲颜色。赐呼、养和专肃。敬叩道安。弟子黄福基顿首。农历八月初七日。①

赐示请寄江西湖口流芳市黄养和收。

村 翁

村翁苦征敛,畏吏如畏寇。终岁勤耰锄,屋破衣无袖。麦熟吏到门,据座呼村酎。告言急军粮,稍缓绝汝脰。翁乃罄箪筐,二麦俱贱售。不足贷邻村,东西苦并凑。得钱尚无粮,哭向豪门购。更须措余赀,长跽为吏寿。此时贷四千,新谷偿五豆。四升为豆,贷币四千,秋收时偿新谷二斗。时价区十千,四豆为区,目前谷价,石须币六万有奇,谷一斗六升,约计币一万圆。新值恐过旧。纵使新旧同,息已三倍厚。厚息与苛征,吞声敢谁诟。我闻官庾中,猾吏肆偷漏。廒坏任腐糜,仓破供鼳鼬。如何暴天物,不念民颠仆。兵乱悗未休,此苦谁能救。北国土俱焦,翁乎汝何疚。持此往劝翁,坏壁一灯瘦。

门前夜坐

门前手种柳蕉桐,竹几瓷瓯置此中。出屋林高先受月,当村池浅不留风。昼忙始识宵闲味,久坐微妨早起功。杂念澌除通妙悟,稻香能辨水西东。

熊艾畦先生为书诗幅子云所代索也即用
先生宛社第一集得山字韵奉谢

未许王云识后山,却凭李子乞书还。陆沉岂损千秋念,佳会能分

---

① 此书作于民国三十六年丁亥(1947)八月初七日。此前一年即民国丙戌(1946)六月,夏敬观有庐山之游,后至南昌,所谓"去夏游庐后一莅会城"也。其为王晓湘撰《简盦诗序》云:"丙戌之夏始相遇于庐山。"

一日闲。耆老政宜亲劫后，故交应亦念乡关。胡步曾、汪辟疆为先生诗友，俱远客，未与斯会。湖庐计作第三集，四面芙蕖水一环。

夏日村居示莼弟

出村迤南行，穿林如窦洞。回头不见村，绿暗疑无缝。楝栎枫刺天，枣柏补其空。稍行一径分，明暗东西控。径西林周遮，径东田错综。田隈卧废池，新荷才补种。消夏午后宜，阴来凉意重。晚晖明东塍，水稻光翻动。炎阳固可憎，隔水爱返送。追凉日必来，来或与弟共。林阴日以浓，稻叶日以纵。阴浓固亦佳，稻熟乐斯众。先商消夏诗，再作丰年颂。

门外编竹篱栽忍冬藤入夏已著花矣

依岩傍水托云根，不供瓶罍不入盆。篱落纵然拘野性，柴门终觉胜朱门。

不屈寒威不借春，药经何故署金银。使君果有金银气，未必容君伴野人。

望辟疆复书不至代简促之

饥渴屡相迢，风前更作痴。为求双井字，好读宛陵诗。得懒宁衰老，后山诗"老衰浑得懒"。观风待转移。固知嘲促迫，旬日便嫌迟。

目　疾

高眠聊减应酬烦，强写吟笺乱墨痕。讳老心情殊自謭，迫人岁月复何言。耽诗稍觉精能聚，看世翻愁眼不昏。待共江山开翳障，秋瞳如水望中原。

入夏苦热立秋前十日一雨生凉快然成咏

一室逡巡蚁磨旋，出门无地著安便。久疏荤腻防疪疠，却苦蚊蝇损睡眠。秋近生凉先十日，夏来无病仅三年。岂徒一雨矜清健，要识殊功在稻田。

热甚病多求诊者踵至晡后稍闲入夜成咏

药剂寒温各异施，林阴过午客方稀。未秋得雨凉终暂，入夜无风暑亦微。倚户灯明妨月到，循廊屐滑觉苔肥。断诗好趁闲宵续，喝病人多叩晓扉。

得子云书及艾畦先生诗幅久未作答诗以解之

故里诗人今向尽，剩君宗派嬗同光。栖栖官舍宁堪老，寂寂家山已就荒。和韵久成非我懒，来书未报待秋凉。熊侯墨妙张虚阁，似入君家爱竹堂。山谷有《寄题安福李令爱竹堂诗》。

去腊得郭生贻书书今始报之

归省荒庐梦未安，便持酸语颇衰颜。随军草檄年方少，托命佣书计已艰。未乱先离成久客，有家无父怯生还。生父于乱中客死赣州。凄凉摹印临碑地，夜雨宁如往日闲。

偶　作

递节未曾稽日历，散风零雨入肝脾。秋来几日有闲意，老去半年无好诗。颇似元明住双井，欲邀山谷赋彤陂。闭门茧足饱藜苋，此意自珍人得知。

养龢拜稿。

汪国垣 二通

汪国垣(1887—1966)，字辟疆，号方湖，江西彭泽(今江西彭泽县)人。有《光宣诗坛点将录》等行世，今人辑有《汪辟疆文集》。

第一通

映庵先生左又：在沪走访，适台从外出，未晤为怅。前闻有移居金陵之说，今迟迟未果，或即以铨叙限制之故？实则史馆非寻常行政官署，何能适用。忆去年开馆时，不佞即曾向溥泉馆长极言之，禺生亦同一主张，当时因迁就一二人请求，遂铸此大错，殊用太息。近闻植之先生决意修改组织规则，馆中同人亦主张聘任纂修不应受铨叙及年龄之限制。一俟向立法院疏通后，即将新章送去，完成法律手续，届时当别有办法也。此间同人极盼大驾来京，以便商讨一切。盼示。再：于右公今年旧历三月七旬大庆，察院诸君拟恳先生缋一山水横卷，高八寸、长二尺上下即可。卷尾略加题识，以便装成长卷呈之。因右公既不肯铺张，尤恨世俗照例庆祝也。同人等以先生与于公雅故，又不敢以此琐细烦长者清神，并拟醵资一千万元，奉酬厚谊，不敢云润笔也。嘱为先容，千乞赐复为荷。馆中同人仍旧纂述，其他诸事亦顺利进行。馆刊第一册日内即出版，大著《书史通》三篇及廖、张二拟传已刊登，一俟装订成册即检寄。并闻，余不及。专此。即颂箸祺，不尽。晚汪辟疆拜启。三月十日夜。[1]

---

　　[1]　此书作于民国三十七年(1948)三月十日。是年阴历三月于右任七十；所言"馆刊"即《国史馆馆刊》，其创刊号署民国三十六年(1947)十(注转下页)

第二通

　　映庵丈撰席：前奉手毕，当即商诸察院诸公，佥云悉听尊裁。今日又奉廿二日手示并诗，尤为快慰。上下款即照尊示书写，最为大雅。余纸即请将大诗题之，堪称双美。敬谢敬谢。春暖，史馆同人极盼驾临。春山可望，方拟随侍杖履，一探牛首、栖霞之胜也。匆匆草此，恕不恭。专此。即颂吟祉。晚汪辟疆再拜。三月廿三日午刻。

　　（续上页注）二月。下通亦作于同年。

孙　诒 　一通

孙诒(1899—1949),字翼父,浙江奉化(今浙江宁波奉化区)人。有《瓶梅斋遗稿》等行世。

第一通

映庵先生史席:去年于国史馆中得见先生与疢斋先生,怀仰数十年始得亲接光仪,虽仅通姓名,私心良慰。疢斋先生以在京日多,时得请益。先生自去年别后,今春再见于植公寓中,均匆匆不获求教,至以为歉。厥后从植公许假得尊著《忍古楼诗》读之,植骨坚而造意刻,导声涩而运息微,循诵数周,向慕弥殷。诒学诗三十余年,以限于资,未有深造。近得疢斋先生教益实多,五十以前之稿既加以点定,复许为作序,幸何如之。前日造谒,以曾读大集,致佩仰之意,面叩尊寓通讯处,幸承见告,归后即录诗(另寄),拟邮呈教正。因念先生且工绘事,诒欲作《瓶梅斋吟诗图》,十年未就,至此乃又妄萌求图之意,遂成五古一首,敬以道意,并将预所作图记附上。自知诚属冒昧,惟冀先生能谅而恕之。倘蒙允其所请,则尤万幸矣。敬叩道安。后学孙诒拜上。①

史馆初识公,高标惊尘目。平生辋川翁,诗画俱超俗。欲作斋居图,此意十年蓄。只恐负梅花,珍重敢轻黩。能事有吾公,恂恂见渊穆。笔挟诗书润,气含山水淑。倘能遂吾求,所愿良已足。驰情寄此

---

① 此书应作于民国三十七年(1948)春季之后。上年六月夏敬观赴金陵参加国史馆编纂会议,冒广生(疢斋)亦与会。

诗,幽意日往复。

　　右奉怀并求作《瓶梅斋吟诗图》一首,敬呈映庵先生教政。后学奉化孙诒奉稿。

胡颖之 三通

胡颖之(1878—?),字栗长,浙江山阴(今属浙江绍兴市)人。著有《粪心簃诗草》等。

第一通

映公赐鉴:久未问候为罪。前闻尊驾当来杭,今乃知不果矣。即惟侍福履祺,均大吉祥为颂。诗早钞就,本欲面呈,兹特邮寄。另拙词一阕,乞哂正之。幸甚。草草不恭。叩请大安,并祈宥察。胡颖之鞠躬。

第二通

映公赐鉴:日前晋谒崇阶,备承清诲,并蒙推食,感何可言。天雨渐凉,又是新秋,即维高堂多福,阖第均庥,定符下颂。颖之昨奉委为浙江省政府秘书处第二科科员,即到差,办过三件例稿矣。赋闲五月余得此,所谓慰情聊胜无也。小儿长风现已改组为国立第三中山大学行政处秘书处员,月薪多少,均须至月底方知。生活程度日高,所入每虑不敷所出,此中人语,有不能为外人道者。感恩知己,颖之窃自拜倒于我公矣。专肃。叩请台安,伏惟鉴恕不恭。胡颖之鞠躬。八月七号。

再:毛兆丰现亦在秘书处充科员,附告。

彼同姓名之奉化人胡颖之已他去。又及。一笑。

谒映公蒙留饭,感赋一律,即呈哂正。胡颖之栗长拜稿。

小别经年见更欢,园蔬亲摘劝加餐。苍茫四海存知己,安乐高堂遂赋闲。歌舞西湖终不改，琴尊北海古犹难。佯狂岂有穷途感，还愧吴蒙刮目看。

第三通

天　香贞长令姬人摘庭中白藤花作糕饷客，香味清奇，惟北京有之，杭人所鲜知也。用碧山《龙涎香》韵赋之。

霜蘸糖馂，雪飞糗粉，晶盘腻滑如水。碧异淘槐，赤殊尝枣，大胆尽题糕字。燕京样巧，仿制就、重劳玉指。漫笑饥馋好吃，长留齿牙香气。　　几曾伴茶助醉，影银蟾、架高花碎。想见内厨蒸裹，炭红炉闭。休问丰湖菜美，可敌得、莼羹旧风味。鼓腹归眠，薰笼绣被。

映公哂正。丙寅谷雨，胡颖之栗长。①

___

① "丙寅谷雨"即民国十五年（1926）阴历三月初十日。不知此词是否即第一通所云拙词？唯二者所用笺纸不同。

何　鲁 二通

何鲁(1894—1973),字奎原,四川广安(今属四川广安市)人。数学家。

第一通

剑翁夫子大人函丈:承辅兄转到赐和佳叶,拜读之余,无任感仰。山水一帧,尤为大人得意之作,澹远之致,非有胸襟,造诣不足臻此。同仁拜观,莫不叹赏。甚感甚佩,专函鸣谢。尚乞钧鉴,并叩道安。受业何鲁拜禀。八月廿八日。

第二通

剑翁夫子大人函丈:玮妹事始终查无要领,但既随解放军入西南,一切均可放心。鲁于上月来北京开全国数学会,暂寓京中东黄城根廿五号朱宅,十余日即转渝,不能过沪一行,殊为怅然。如荷日内赐谕,寄京即可,以后则交重庆大学。近诗数首,另纸抄陈,借博莞尔。专叩道安。受业何鲁拜禀。九月十九日。

一线飞桥万叠山,河流滚滚几时还。兰成诗兴未萧瑟,惹取虚名满世间。过黄河桥。

长城坏亦壮,居庸峙立雄。秦皇与汉帝,今犹想烈风。京张道中。

蜀东炎暑重,塞北秋气清。相去万余里,一来六日程。论交怀海国,忘老共山行。探得云泉胜,欢然快此生。张垣与友同登赐儿山。

塞外风云壮,年来共一春。入宵不扃户,欲戾正填阗。黛影开山镜,河流带去津。凌高无限思,西望指峨岷。张垣大境门。

　　剑翁夫子大人诲正。受业何鲁呈草。辛卯仲秋。[1]

---

① "辛卯"即 1951 年。

李鸿球　三通

　　李鸿球(1899—?)，字韵清，湖南浏阳(今湖南浏阳市)人。富收藏，有《剑花楼书画录》等行世。

第一通

　　剑丞姻世伯大人侍右：年余不见，慕念殊殷。顷奉赐书，始知久患中风，起居不便，闻悉之余，深用焦急。昨腊在台，友人为言吴中名医汪星伯善治此病，方中用干蝎一味，屡试屡验。西医谓中风为神经阻塞，投以酸性之药，可以防治。蝎尾有毒，经炮制后毒不为害，酸可治病。此系古方，惜今人多不善用。星伯为衮父先生之侄，邃于医理，故独得其秘。侄不识其人，不敢妄荐。公与伊家有旧，亦思招其一试否？茂、桢两子自美学成归国，今已崭露头角，日前来沪，原欲趋候，匆匆未果，它日再来，当率领叩谒也。肃复。祗请春安。姻世愚侄李鸿球肃上。二月廿七。[①]

　　合潭请安。

第二通

戊子腊日梦梅社友检示癸未腊日蒗竹轩酬唱
绝句一卷时异世换硕果仅存更感赋原均二绝

　　恍从隔世忆平生，一卷灵光又续盟。未忍尊前言往事，九侯醢作

---

　　① 此书应作于民国三十八年(1949)或之后。民国三十七年戊子(1948)七月，夏敬观始患中风。

太厨羹。

今生已矣管来生，心似寒灰敢主盟。蕶记传家原版筑，应时犹为一调羹。

戊子腊日感作

此夕当年事宛然，画堂炉火暖宾筵。一寒莫使诗心冻，哀乐屯亨各入篇。

时荒糜粥即琼浆，光绚灵台作道场。斗室之中天地在，梦回沧海只平常。①

第三通

病中悼念筑隐

楼居念子九原寒，旧事槐根一梦残。莫补心哀便又病，敢言肉味屡无餐。昨非诅料今尤甚，生苦何曾死便安。记得临歧叮嘱语，相期天上月团圞。

---

① "戊子"即民国三十七年(1948)。

吴锡永 一通

吴锡永(1881—?),字仲言,浙江吴兴(今属浙江湖州市)人。晚清新军将领,民国后入财政界。

第一通

剑老赐鉴:久未晤教。前在南京时,曾由令坦吴君交到法绘山水一帧,迄今犹珍藏箧衍。去春拟偕窳堪奉访,而卒卒未果,今窳堪已经怛化,思之黯然。兹接关君颖人来片,特附阅。附上邮票四百元,乞将《思社词钞》一册封寄敝处,不胜盼祷。专此。祗颂台绥。弟吴仲言再拜。三月六日。①

公近来杖履想必绥和,如可见客,拟俟天气融和,顺访尊斋,一叙契阔。

---

① 程学恂(窳堪)卒于 1951 年 12 月;关赓麟所编《思社词钞》共两册,上册"辛卯秋编",下册署印竣时间为"1953 年 8 月 15 日",时夏敬观已下世。则此书似应作于 1952 年。

金问洙　一通

金问洙(1891—1964),字通尹,浙江嘉兴(今江苏嘉兴市)人。复旦公学毕业生,后任教于复旦大学等校,长于数学与力学等。

第一通

夫子大人函丈:洙自复旦改组后,又复参与行政,移居江湾,数月以来未亲杖履,至念起居。昨日承赐宝翰,不觉喜跃。而椽笔健伟,仰企精神强固如常,尤以为慰。洙居此,期会无虚日,偶到市亦即返,寒假中当诣谒崇阶。近作一首,录呈斧正。肃此陈谢。敬叩道安。受业金问洙叩上。一月廿九。[①]

乡人聚餐未克与

市远杯盘不共擎,尚安羁鞿念吾生。时来旋转乾坤会,风起萧森草木鸣。乡讯城严人迹少,楹书裒弃客心惊。临筵莫道归无计,相忍须臾望太平。

---

① 金问洙民国十二年(1923)任复旦理学院长,十八年(1929)复旦系科改组,兼任校秘书长,则此书或即作于十九年(1930)。

柳肇嘉 一通

柳肇嘉(1884—1962)，字贡禾，号逸庐，江苏镇江（今江苏镇江市）人。有《江苏人文地理》等行世。

第一通

满江红题稊园《箕陵吊古图》。

垄首云飞，看尺幅、海东遗迹。残阳外、乱鸦衰草，闳宫文甓。万顷沧波呜咽水。汭水。千寻绝巘淋漓笔。锦山摩崖。问山樵、臣麾更何人，秋空碧。　　投袂起，余烬拾。从军乐，藩封恤。继大王铭勒，霸图殊绩。高句丽好大王碑。北马嘶风关塞黑，高猿啼月霜天白。算松楸、图咏卜中兴，威灵赫。

兰陵王再题稊园《箕陵吊古图》依清真声韵。

看烟见高句丽好大王碑。直，还裹松楸自碧。秋原上、斜照乱鸦，一片苍凉暮云色。魂兮恋故国，初识、征轺过客。椒浆荐，瞻对殿庭，霜叶萧萧舞千尺。　　沧桑话陈迹，剩薛暗芳铭，花艳灵席。遗黎播盖飘寒食。愁锦绣平衍，莽榛山岛，迢迢一水梦里驿，奈朝换南北。　　常恻，愤填积。甚叱咤云昏，旌旛声寂，阳关去去上情何极。但雪夜梅蕊，绮春箫笛。伤今怀旧，写画本，涕泪滴。

右稿二阕，赋呈叽社诸词宗教正。壬辰春仲，柳肇嘉。[1]

---

[1]　"壬辰"即 1952 年。

熊公哲 一通

熊公哲(1895—1990)，字翰叔，江西奉新(今江西奉新县)人，北大教授。有《孔学发微》《荀卿学案》等行世。

第一通

剑老道席：沪渎匆匆一晤，徒增怅惘。比维覃第迪顺，颐养康胜，符颂为慰。鄙述《研究孔子应有之认识与态度》一文，暑间曾于牯岭面以就正，只荷面誉。在先生奖掖后进，有所扬即不得不有所隐，而区区求教之意，抑岂但已？窃尝妄论孔氏功候，考诸七十子所记，观其自述，莫切于志学一章。自三十而立以至耳顺从心，每十年而一进，譬之于登一层有一层境界，所进愈高，所见愈广，当其进于第一境也，方且不自知第二境，又况吾人未尝有一日用其中，于仁之功、下学上达之实，而辄欲以书册为教，宁非妄乎？有宋诸子可谓卓矣，然大底皆取径葱岭，终日言心言性，而古圣修己治人之功，乃不免徒托虚玄。"留情传注翻蓁塞，著意精微转陆沉"，陆复斋此诗本以讽切考亭，而自汉以来所谓儒者，其流弊二语实尽之矣。今若公哲之无似，抑岂敢高自位置。所和《七月》，不过兼逞胸臆，辄因小册印成，随函附呈，伏求纠正，幸俯鉴微诚，毋终鄙弃。前时所赐拙作《果庭文录》序，承谕嗣又略有更正，并乞见示。君默入都后尚未获把晤，愿因公一达拳拳。专此。顺叩春禧。晚学熊公哲百拜。旧腊月廿五日。[1]

---

[1]　此书作于民国三十五年丙戌(1946)十二月二十五日。是年六月夏敬观有庐山之游，是以熊公哲有"暑间曾于牯岭面以就正"之语。

熊斌长 一通

熊斌长，江西宜黄（今江西宜黄县）人。

第一通

舅父舅母大人慈鉴：奉七日手谕，惶悚莫名。甥客冬值仁寿唐公名式遵，字子晋，武汉行辕副主任，昔在其部任秘长、财长约廿年。当选国代，以事勾留成都，邀为之助，竟无暇晷。两位大人合摄相片暨《崇顾图》，正初奉到，因之未克肃禀，上劳慈念，罪何如之。相片谨悬书室，如侍尊前，图则付装手卷，留待名流题咏。五中铭感，匪可言宣。银耳被戆仆误交普通包裹，以致迟迟始达，乃蒙齿芬，益增颜汗。大人著述自有千秋，固无须借修史以传，今日修史，其体例如何，褒贬如何，皆难着笔。礼请尚不欲往，更何铨叙之有？尊老礼贤，固非若辈所能知也。昔蒲圻贺公代当局主川政，甥为顾问，有劝甥铨叙者，一笑置之，可谓酷似舅父矣。近来川康渝国代猬集成都，相识者固多，有交谊者不过数人，如唐公子晋、张君伯言、名巽中，法校同学，改入陆大，曾任旅长、参长，现任康军管区副司令，能篆书，博雅好古。贾君文秦、名铸，富收藏，专办慈善，长斋礼佛。李君子英，名律师，有肆应才。均已嘱生到沪晋叩崇阶。为大人介绍作品，倘能得多幅流传蜀中，岂不甚善？前示有寄润例数纸交甥介绍之语，迄未递到，尚乞速检十纸置信内航寄，以便趁各代表未启行时，一一往托也。曾履川先生诗集在蜀刊印，甚精，非卖品，乞便中晤曾先生时代求一部。请其函致其弟或陈君启孙，即可得矣。现正装订中。丁此乱世而又多病，久欲得便来沪叩见两位大人，借与各位表兄雅聚申江，不意荏苒至今，生活日涨，兵祸日深，引领东望,孺慕弥殷。竹人处曾去数函,久未得复,当再去信,有复即以上闻。川中百物飞腾,粮荒必甚于去年,若不早为防范,一触即发,真有不堪设想者。春寒,伏冀珍卫,恭叩福安。甥熊斌长谨肃。媳沈氏率子随叩。三月十一夜三鼓。①

再肃者:近得高俨山水一幅,一人挟杖独立,意境甚佳。俨新会人,字望公,崇祯时即负盛名,工诗画草书,明亡不出,尚藩屡辟不就,人称高士望,年七十二。暮年能月下作画,世尤奇之。如此高人,安可不表扬之? 拟乞大人赐题一绝句,或小令一阕,书于米黄色纸条,以备装裱绫边上。冒昧渎求,伏乞鉴原。甥斌长又叩。

此人事迹见《画史汇传》《图绘宝鉴续编》《名人大辞典》,明遗民也。

---

①　书中所谓"铨叙"事,指民国三十六年丁亥(1947)十二月国史馆职员铨配案,则此书应即作于民国三十七年戊子(1948)三月十一日。

丁燮音 一通

丁燮音,曾任中国公学总务长,参编商务版《复兴国语课本》及系列中学读物。

第一通

剑师函丈:被书承询各事件,系如下:一、民国元年元旦为辛亥年夏历十一月十三日。二、民国前一年十二月廿九日,各省代表开临时大总统选举会,通电从后三日起行阳历,乃国历。通电之日推知为辛亥年夏历十一月初十日。三、商务出版者,止有《中国大事年表》,无民国历年大事表专册。四、战前出版者有陈恭禄《中国近百年史》《中国近代史》、陈功甫《中国革命史》《中国最近三十年史》,燮未寓目,未知何如。民国十七、八年间,太平洋书店印行湘人李剑农《中国近三十年政治史》,颇可观。一·二八倭乱,敝寓被劫,此书久已遗失,坊间或可访得也。去年似闻李君有《近百年史》,南陔在此,渠与此君同讲学于武汉大学,见时当详问之。近日为大、三两儿出国忙乱,如寒家嫁女。此事了,当从吾师与拔可先生问为诗之道。往年见拔可先生叙陈叔通先生诗,有"光宣间尝笑谓诗多人少"之语,燮深服为知言,想先生早见之矣。肃覆。顺叩钧安。学生丁燮音顿首。八月八日。①

---

① 李宣龚叙陈敬第诗,署"乙酉六月",即民国三十四年(1945);李剑农民国三十六年(1947)重返武汉大学,其《近百年史》即《中国近百年政治史》,民国三十一年(1942)初刊,民国三十五、三十六年再版。则此书或即作于民国三十六或三十七年。

杨廷福 一通

杨廷福(1920—1984)，字士则，上海(今上海市)人。复旦大学毕业生。有《唐律初探》《玄奘年谱》《清人室名别称字号索引》等行世。

第一通

《无题》四章，录呈映庵夫子训正。弟子杨廷福拜上。

云端挥手谢洪崖，此志名山九馆开。处士有星沉下界，郎官无宿耀中台。青宁情想还枯竹，蝼蚁功名了大槐。留取霸城翁不死，摩挲铜狄尚重来。

轩鼎虚传白日飞，不知空性欲何依。辘轳自转晨昏绠，傀儡齐牵造化机。天上仙终成鹤瘦，人间鬼亦化羊肥。纵经万劫犹须堕，朝菌灵椿孰是非。

修文颜卜不升天，忠孝依然识字难。若果睢阳为厉鬼，故应林甫是仙官。骑箕九死心犹壮，化虎三生胆尚寒。拟向丹台亲较籍，贤奸名姓与重刊。

疏懒朝参卧一丘，闲看仙驭五云游。传书鹤馁随鸡鹜，参驾龙疲杂马牛。竭死邓林余杖在，迷归天汉有槎浮。不羞张果驴穷相，折叠巾箱得自由。

舟中作

解缆西涯石藓斑，平川无响送潺潺。浮生在水浮于梦，犹得推篷卧看山。

詹励吾 一通

詹励吾(1904—1982),安徽婺源(今江西婺源县)人。壮年从商,后依佛法。

第一通

晚节争看道力牢,末流几辈付滔滔。眼明未许花笼雾,语妙亲承味胜醪。只惜皋夔成世遁,漫惊书史拥城高。丹青余技瞻雄抱,挂壁沧洲郁怒涛。

映丈赐政。晚詹励吾呈稿。

陶 洙 一通

陶洙(1878—1959)，字心如，号忆园，江苏武进(今属江苏常州市)人。陶湘之弟。耽于红学。

第一通

两次到双园候公，未至为怅。命画扇件，兹已画就，聊以塞责，不堪入目也。荷花又劣，容当另绘呈政。兹又有好友吕著青，仰慕法绘，欲求一扇，特将扇奉上，请公暇乘兴一挥，交唐企转致。不胜感祷之至。秋暑，惟珍摄。不宣。弟陶洙顿首。八月十九。

外扇两件，同呈映厂道长。

黄孝纾　三十六通

黄孝纾(1900—1964),字公渚,一字颖士,号匑庵,福建闽县(今属福建福州市)人。有《匑庵文稿》《匑庵词乙稿》《劳山集》等行世。

第一通

映庵先生社长左右:久疏音敬,驰系良深。去秋曾肃一函,未蒙赐覆,画润由王君锡桓转上者,计早已收到矣。世变日亟,八表同昏,未卜何日得睹太平。甘簃归来,得审淞滨旧雨近状,忧生念乱,同此枨触,无可告慰也。纾浮沉宦海,惟幸得以余暇,从事讲席,稍理故业,每周兼钟点近二十小时,终日碌碌,仅得一饱,回忆淞滨聚宴之乐,真有开天盛世之感。至鬻画生涯,此间风气群以溥字号为重,区区寒琐,殊难与天汉贵胄争衡,只好退避深谢。闻甘簃言,执事沪上砚田所获,尚属不恶,老成宿望,宜有此效果。前在邢冕之兄处睹法绘《华山图》,用墨用色朴质入古,有为时史梦想不到者,精进之猛,殊堪企佩。纾历年为生徒讲授词学,略有创获,觉世人但知宋有江西派诗,而不知两宋词流亦有江西派存焉,拟仿江西诗派图例,以晏元献为开山大师,奉冯正中为始祖,正中知抚州最久,宋代词学盛于江右,此公与有莫大关系。王荆公、欧阳文忠为羽翼,而以苏门四学士及南宋姜白石诸人为支裔,业嘱门人起草,约可五六万字。此遂[虽]游戏之作,但可为我公江西人张目,附闻以博一笑。拔可、剑知、瓶斋、定之诸公,晤时乞以贱状告之,并希代为致意。公孟舍弟来京养疴,谈及去岁晤执事,嘱将前存《再续文献通考》等书带回,以行色匆匆,未及走领。兹有书友王君赴申之便,特嘱其趋谒,即希检交为盼。余续布,不一。祇请箸安。黄孝纾顿首。①

赐函请寄东堂子胡同内务总署参事厅为盼。

第二通

剑丞先生著席:四月间奉手教,文稿适已分罄,留有纸版,当属京华书馆代印,本约定一月,荏苒至今始成,以故致稽裁答。本学期兼课至十个钟头,连日道路奔驰,忙碌疲惫,去岁东游诗稿,本拟录奉教正,以无暇整理,诗既未补作,而大札复因稽答,以此种种,久疏笺候,想不罪也。前月底复奉新刊大词一册,雒诵再三,前游在目,慨然增远别之思。啸麓在敝斋见大稿,颇深钦佩,如有余,仍乞寄下,当为分赠。北方改制,司法会原有人员,皆以原薪调法政会,新来主者又系熟人,当可蝉联。南中友人屡约秋游,但鄙意一动不如一静,苟不至必不得已时,不轻易言南游也。惟上海尚有书籍及未了事物,下半年总须抽暇一往,或可与诸公相晤。拔可新诗刊成,语多独造,不肯傍人门户,亦吾乡诗坛中之曲落河也。东游诗草数十首,另纸荃教。此乃未竟之稿,亦无暇修饰,我公能赐斧削,尤盼。此间百物昂贵,米七八十元,肉一斤一元二,鸭一只十元,日用物价视前年增至五六倍。此次印文稿二百部便四百元。二年以来,窃禄仕途,月近千元,尚时有拮据之虞,遥想沪上生活尤高,未卜情况如何支持。笔墨生涯,不过杯水车薪。尊寓在康桥者,有无出脱? 美金陡涨,橡皮股票如何? 并以为念。伯夔作古,近中始得讣文,三桀又大肆标榜,真可笑也。兹因刘思生教授南行之便,附书上闻,文稿二部,乞代寄新嘉坡陈君。刘思生精于板本学,欲观铁琴铜剑楼书,公与良士公子相熟,并乞介绍为祷。祇请箸安。黄孝纾顿首。②

──────────

①　黄孝纾出任北京伪内务总署秘书参事在民国二十九年庚辰(1940)秋至三十一年壬午(1942)冬,此书应作于此时。

②　此书应作于民国二十九年庚辰(1940)秋。民国二十八年(注转下页)

环翠楼听雨

环翠楼头对短檠,奔流万壑一时鸣。兹来悟彻声闻乘,饱听泉声更雨声。

由湖居驱车至强罗饭于酒肆云气忽来群山顿失斯景奇绝

林邃峰回路几湾,忽凌飞宇俯通阛。雨声过处喧群木,云气来时失众山。天际白鹇如旧侣,尊前红叶照酡颜。歌声更出朱楼畔,料理风怀付小鬟。

中禅寺湖畔

极天巉岩万山岭,半日驰驱乱松顶。翻从云际得水乡,湖渌沉沉秋万顷。沙明浪静鱼可叉,更击流光呼舴艋。山屏倒影没蛟宫,男体山名。诸峰恣游骋。中禅梵呗沉远天,一径招提接灵境。湖楼小憩日卓午,蔬隽鱼肥茶味永。数家成聚足生资,水阁临流挂筹箸。会当留此狎渔樵,试向山灵一陈请。

别府鹤见岳公园闻歌

突兀当前鹤见峰,微行略彴一支筇。冲烟野鹘孤飞迥,照水惊鸿一笑逢。迟我黄花如有意,绚秋红叶若为容。欢场趁拍非少年,无奈尊前唱懊侬。

琵琶湖红叶馆宴集示同游诸子

澹荡湖光不受风,倚阑薄醉与君同。坐当烟雨冥濛际,思入沧波浩淼中。觇国平生余怅惘,乘桴吾道未终穷。相怜红袖殷勤意,往事低徊夜起翁。

环翠楼夜泊

胜骊积翠迓车轩,松暗枫明自水村。撼壁泉声四山响,破寒灯影

(续上页注)己卯(1939)秋冬之际黄孝纾有日本之行,即书中所云"去岁东游"。民国二十七年(1938)黄氏于北京入仕,于今"两年"矣。袁思亮(伯夔)卒于民国二十八年己卯(1939)十二月十日。夏敬观《映庵词》刊于民国二十八年(1939)八月。

一楼尊。微吟遗世通禅慧，趺坐临流见性源。雨际看山晴更好，借庵心事向谁论。

由中禅寺湖更上至汤本夜投南间别墅止宿

适来揽胜中禅湖，滥觞那意在天外。更从峰顶造其源，石破山崩极澎湃。一泓鼎沸如探汤，蒸汽上结为烟霭。双渠厮引如白龙，水石喧争激湍濑。渟膏蓄黛无端倪，千顷葑田足沾丐。山庄投宿日薄暮，夜寒适与风雨会。灯昏室暗酒不醾，蜷伏寒衾一委蜕。湖楼灯火破洪濛，林黑山深发虚籁。朝来日上忽放晴，日映丹枫犹少艾。沙平野阔又一村，金碧山屏恣刻绘。谁能遗世逃空虚，暂到终难弃尘壒。

二荒山神社丹枫

金碧檀栾启梵宫，二荒仙呗入松风。斜阳冉冉沉高树，只为枫林不敢红。

奈良春日社山茶花盛开

松径萧萧踏鹿蹊，灯幢双引入招提。谁能逃佛心无竞，始信忘机物可齐。积葑寒潭初净潦，湿莎微雨不成泥。留人最有山茶树，红入斜阳望欲迷。

雨后由红叶桥至耶马溪得此景

入山十里林更幽，松老生髯柳生瘿。眼前红叶历溪桥，弥望霜枫专一境。危峰突兀青插天，雨后云峦争脱颖。山村流憩坐溪桥，一目端能收八景。潺湲乱石咽流淙，更度竹林取微径。天风飒洞振车轩，世外阴晴变俄顷。吟魂不作赖山阳，奇景当前共谁领。

东游道中杂诗

觚棱回首尽斜晖，举目河山触酒悲。梦醒驿亭闻炒栗，伤心不独李和儿。

经行七十二沽中，策策寒柯战晓风。失计鸥龟竟衔曳，瘠心处处有哀鸿。

废池乔木厌言兵，禾黍离离几战争。悟到引绳当绝处，深源应有不平鸣。

撼壁涛声夕照残,茫茫对此感无端。轻车径渡秦皇岛,海汽蒸云酿暮寒。

穤稏登场野烧殷,劳人翻羡尺鸥闲。可堪地坼天崩后,来对中原第一关。

富平身耆日酣嬉,赭壤空糊世已移。金弹未收惊梦破,家居可惜付纤儿。

卷堂扬帜太阿移,世事蜩螗付解颐。可惜锦州瓯脱地,陆沉宁免噬脐悲。

车窗灯火半阑珊,料峭尖风彻骨寒。一夜梦回西浦驿,不知身已落三韩。

青松盘魄间丹枫,映带朝暾一逻红。新凤山光无限好,天然图画锦屏风。

桑麻鸡犬自为邻,文物箕余世已陈。不为重阳来送酒,山村时见白衣人。

得似江南景未曾,松鬅柳发影鬅鬙。秋光渐满临江路,水碧沙清鱼可罾。

就山凿空走飙车,蜿蜒真如赴壑蛇。回望京城一都会,闬闉扑地万人家。

短埂疏篱草似茵,清江一道鹭梁津。村农不管兴亡事,何必桃源始避秦。

一军儿戏痛临淮,遗恨同光未有涯。漫与蓬莱添左股,当时失策等珠崖。

日本名胜之区皆归国家经营日光亦为国立公园之一华岩[严]白云二泷皆在绝壑底游者乘电梯自山而降遂造其胜一瀑悬空万仞喷波溅雾极峥嵘之观一瀑蛰伏其右如铺云絮下饮深涧标奇角异真奇观也

日光一公园,人力争天工。驱车万松岭,隐隐闻飞淙。穴山缒而下,遂造华严泷。仰视绝壑底,高流悬当空。中天霹雳斗,倒挂一白龙。阴崖大日避,雾雨飞濛濛。散为万璎珞,纷若千氍毹。注视得幻相,变化无由踪。大声发虚谷,盈耳为振聋。水石自相激,天籁生微风。阴寒耸毛发,诡谲开心胸。当前置平台,大石加磨砻。拓槛便游者,四望胥发蒙。一瀑伏其右,俯视云溶溶。喧豗极远势,饮涧垂渴虹。突起此异军,高下角两雄。咫尺不相让,命意羞雷同。嗟兹宙合秘,谁欤尸其功。喧寂固殊致,趋海同一宗。于焉悟佛法,万念归圆融。

龙头泷

千年老龙渴不死,遁入深山饮溪水。化为飞瀑与世看,但许见首不见尾。风髯雾鬣森开张,奋迅一落千丈强。茶棚跌坐一延伫,晚风注面衣袂凉。

东照宫

熹光出树破鸿蒙,迟我霜枫夹道红。婀娜蓬莱此初地,葳蕤苍葡古禅宗。凌寒窣堵千尘影,绕殿鸣泉一雨功。更叩元扃吊残霸,独怜坏土掩英雄。

由神桥至二荒神社遂至东照宫

行脚萧然物外踪,红桥隐隐落飞淙。沉沉日气千竿竹,谡谡涛声万壑松。石有禅心如伏虎,壁余神绘护鸣龙。药师堂上三摩地,尘虑能消几杵钟。

别府杉井馆

鹤见峰前竹径幽,白云身世两悠悠。泉温人暖留人处,第一难忘杉井楼。

第三通

映盦先生左右:刘思生来,借悉兴居安善。复奉手教,宠赠新词。姬人粗解音律,无当大雅,谬蒙题品,当附大集以传,何幸如之。敬谢敬谢。翰怡迁居,与德邻密迩,想常晤面。闻其藏书已售与满铁图书馆,但其来书仍讳莫如深,未知我公有所闻否?沪上百物奇昂,物资缺乏,此闻诸思生。思生又云尊寓大厦甚壮丽,租价当甚昂,清状至以为念。康桥居转售,当甚得价也。纾不日有东瀛之行,连日治装,公私交迫,先此奉复,余续布,不一。祗颂箸安。孝纾顿首。十八日。[①]

换巢鸾凤咏故宫五色鹦鹉。

故宫有五色鹦鹉,贡从南海,见赏东朝。时乐表祥,早珍彩翼。精卫衔恨,欻睹绿桑。天坠宫移,凤饥鸾铩。调护既久,文彩徐还。乃移豢于燕都公园,即社坛旧址也。社树近栖,依然故国。天门一梦,遽落人间。悯其所遭,慰以为解。

炎海冥冥,渺扶南望断,铩羽瑶京。赌棋翻玉局,诵偈了金经。沉思前事不分明,似宫女、无言含旧情。娲天梦,又几度、禁钟催醒。

媖奼,空吊影。荒甃社坛,怅触深秋景。晚稻香残,古槐凋尽,难忘瑶轩恩幸。天遣多愁为聪明,问安争奈无人省。宫旗翻,更何堪、日暮天迥。

映厂、鹤亭、榆生先生同教。孝纾稿。

第四通

剑丞先生左右:客腊两奉手教,以《海藏楼诗》函索尚未寄来,又兼岁事匆忙,迟未裁答,抱歉无似。复奉阳历三月一日书,借悉献岁发春,起居增胜为慰。纾忧患余生,忽萌绮念,中年哀乐,正须丝竹陶写。"知我者谓我心忧,不知我者谓我何求",伤心人别有怀抱。斯亦今吾第一遭为人骇怪之异动也。此次置簉,出于友好怂恿者半,出于彼姝情愿者半,纾则颓然废物,任人推排。所幸彼姝貌尚韶秀,产自

---

① 夏敬观为黄孝纾姬人所作《琵琶仙》一词见《映庵词》(稿本),为民国二十八年己卯(1929)七月七日至八月十五日之间作,刘文兴同年十一月一日即阴历九月二十日致刘承干书中云:"公渚近以会事已作东游,频行仓促,未遑函告,嘱并函及。"则此书或作于是年阴历八月十八日。

姑苏,粗能操缦,筝琶之属,皆所素习,人亦渊静,尚无北里积习。猥蒙宠以新词,至感厚谊。纾前此曾赋《琵琶仙》一阕,录呈一粲。陆画及《海藏楼诗集》另邮寄上。定之、瓶斋、榆生、苏盦、拔可诸君,晤乞代为致意。鹤亭与伯葵闻有词案纠葛,未识已和好如初否?匆复。即请箸安,并颂春禧。不一。黄孝纾顿首。①

琵琶仙和白石韵。此词作于戊寅秋。

火凤惊弦,蓦凉夜、吹落一夜风叶。银甲轻掐檀槽,希声黯愁绝。眉黛染、淞波一剪,奈断梦唤回啼鴂。怨薏心情,焦桐身世,小名莲琴。贺老能说。　　探花讯,豆蔻梢头,莫辜负、芳菲好时节。相对铜荷烛炧,几挑残银荚。哀乐事、中年怎遣,向天涯、为赋团雪。莫放泪满青衫,更愁轻别。

碧虑。

第五通

春日少山观花与郭书船金祝君张子厚沈治丞诸君同游

别山逾十年,人老山自少。香风十里花,烂漫春意闹。严妆二八姝,取譬乃尔肖。置身锦绣堆,矗天露微笑。游车不期来,并赴山灵召。凭高万象呈,一亭据其要。或皑若琼霙,或赪若原燎。风翻玉璁珑,日透金照耀。秀色足饱餐,穷目得慰犒。山川有至文,即此揽众妙。芳菲贵及时,迟恐风雨暴。驱车循归途,韶景余恋嫪。

丹山桃花为一春花事之冠张之以诗

丹山果何丹,名以万桃树。繁花为肌肤,若禁山骨露。绛云不在霄,点缀林壑趣。亿紫与千红,一雨所陶铸。仙源境非遥,心往向山路。春光私一丘,预以轻阴护。千株含笑迎,行行就深处。楞严十种仙,仿佛耳目遇。圣解缘心生,空色胥禅悟。就山被尘容,红颜若为驻。

---

① 　此书似作于民国二十九年庚辰(1940)春,在第三通之后也。

第六通

剑丞先生左右：小别不觉二旬，比惟起居曼莩为慰。《艺文杂志》此间已购得一本，惟误字尚不少，奈何？此事须面谭，想一法也。北京有汪仲虎，有记娄东书画事书，已函其抄写。吕美荪去年赴日本，有日记专纪游览事，尚有趣，未知阁下需要否？纾来此，重伤风十余日，现已痊复，拟本星期五南归，一俟索得免票即成行也。余面罄，不一。专泐。即颂台安。孝纾顿首。[①]

季野归否？众异、定之统此问候。叶丽老近状如何？大东常有聚会否？

第七通

渡江云

闲愁如中酒，倚楼片月，万里共秋心。微凉生雁路，黯黯江南，目极春云深。枯蝉妒鬓，算阅世、惟有清吟。暗凝思、星邮迢递，魂系海潮音。　　侵寻。梅风乍过，蘋雨方滋，又阴晴无准。生事付、残山画本，泪墨题襟。云龙上下艰求索，奈梦回、高阁横参。离思苦，争怜瘦沉惝惝。

第八通

渡江云 和映厂先生秦淮秋感，用清真韵。

鲤鱼风乍起，冶城黯黯，终古浪淘沙。红楼何处是，掐月湾头，曾记泰娘家。溪奁照影，苔葒老、初洗铅华。暗断肠、兴亡阅尽，惟有瓦官鸦。　　堪嗟。女墙度月，故垒邻烟，总江河日下。惯梦迷、燕笺

---

① 吕美荪民国二十四年乙亥(1935)有日本之行；《艺文》创刊于民国二十五丙子(1936)三月十日。则此书应即作于民国二十五年丙子(1936)三月十日之后。

翻曲,蠹壁笼纱。宫词懒纪清扬事,又追凉、别馆鸣葭。天似醉,人间万事空花。①

第九通

江介成孤寄,白蘋嫋嫋秋风起。万里关山惟片月,解伤心人世。顿幻影,红桑凄泝蓬莱水。翻日车,未必回天意。对斗杓吟望,万恨推排无计。　　轻命危阑倚,剪鹣梦断犹沉醉。金弹不收林外掷,奈少年心事。算廿载,空糊颓壤无人理。到陆沉,但洒新亭泪。听叫群创雁,又是声声刺耳。

剑丞先生正律。孝纾调寄《安公子》。

第十通

世短翻怜虑转长,逃空未得拙和光。鸣鸡自警晦冥夜,祥凤难消孤直创。缱绻灵修通痌瘝,张皇横议入膏肓。嬴颠刘蹶何关事,冷眼无心与辩亡。

依韵奉答,映厂先生教定。孝纾。②

第十一通

静里观身似樗株,年来随俗语娵隅。蹉跎江海成吾悔,顷刻风云卖所图。比户军声瘖酒纠,一慵社约坐诗逋。南迁几日还西哭,未信崤函是奥区。

---

① 夏敬观"秦淮秋感"之作见《映庵词》卷四,民国二十年辛未之作,则此词亦作于同年,在夏秋之际。

② 夏敬观原诗《廿一夜不寐书愤》见《忍古楼诗》卷十四,为民国二十一年壬申(1932)正月之作,则此书应作于稍后。

依韵奉和,映厂先生教定。孝纾。①

第十二通

映厂先生康桥居世有小桃源之目乱中日
夕过从绸缪忧患次韵成咏

斗犬场空付筑球,日斜骋望持郊游。野塘瀄瀄春冰解,暮霭沉沉屋瓦浮。雪后课晴商补椅,晚来携月共登楼。兵间何似仙源稳,越陌相寻雪涕收。

孝纾初稿。②

第十三通

淞西战端初启映厂尝有虚舟之喻元夕诗来次和以博一噱

严街不禁月华明,拟剪淞波与洗兵。万变隐为来日虑,一尊聊压隔年惊。梦回屋瓦俱疑震,心异虚舟那免争。世事鱼龙同曼衍,危言难析众狂醒。

匋厂未定稿。③

第十四通

辛未除夕和众异用东坡韵

心君警残年,所赖尊酒佐。料量一岁诗,劬若贾攻货。殷勤计奇羡,意拙赢老大。一贫坐苦吟,万念付酣卧。贤劫地轴翻,不撼师子

---

① 夏敬观原诗《过叔通双汉罍斋赏梅》见《忍古楼诗》卷十四,民国壬申(1932)正月之作,则此诗柬应作于稍后。

② 夏敬观原诗《十八夜作》见《忍古楼诗》卷十四,民国壬申(1932)正月之作,则此诗柬应作于稍后。

③ 夏敬观原诗《上元夜和稚辛独立静安寺偶成》见《忍古楼诗》卷十四,民国壬申(1932)正月之作,则此诗柬应作于稍后。

座。夜气动金精，军声杂锻磨。风波穷海峤，天许横身过。卖呆亦何为，此意少随和。

久谓事当尔，用简斋句。及兹悔已迟。浮言哗众稚，驷马何由追。挐舟巨浸中，四望无端涯。斯民三代直，情伪蔀一时。荡埋导横决，食言其能肥。强邻实蛇豕，转为萧墙悲。路人识马昭，百喙皆遁辞。破甑勿复顾，拨乱谁乘衰。

海滨识吾子，相怜同蚖蛇。置身忧患丛，世故纷要遮。尺箠日取寸，百年能几何。梦寐念亲舍，辛盘腾笑哗。有弟在远方，悔恨当自挝。作书报平安，乱眼字欹斜。坐愁晓鸡啼，一岁成蹉跎。所学不致用，众誉皆浮夸。

剑丞先生教定。孝纾初稿。[①]

第十五通

辛未除夕口占

真情委曲两难论，国已无人议转喧。孤注那堪争一掷，九阍谁与讼烦冤。长蛇荐食天何意，黠鼠凭依社已燔。观世近来愁了了，卖痴底事欲忘言。

第十六通

芳草渡倦知翁下世已数月矣，旧馆经过，感念昔游，不觉泣然。赋此以代大招，并邀蘉厂、切厂同作。

宿雾暝，酿几日阴寒，雨昏天醉。念月泉人去，钟声自换残世。光景随逝水，空绸缪吟事。叹载酒，旧馆经过，腹痛难理。　　谁记。拜鹃隐恨，帝所魂游凄剪纸。奈回首、湘江路断，埋忧更无地。素弦罢轸，问底是、天涯知己，听悬留、漫向黄昏徙倚。

---

① "辛未"即民国二十年(1931)。

映厂词宗社长教定。匔庵未定草。①

第十七通

芳草渡鹽庵弟自济南寄示明湖纪游词,怅触前尘,因倚此寄怀。

夕漏永,又梦落齐烟,翠微深处。念鹊华秋老,相逢半是愁侣。衰柳千万缕,和斜阳终古。任打桨,露下莲塘,独自搜句。　　　迟暮。酒人散尽,二九光阴如过羽。古祠畔、沿流画舫,笙歌定谁主。听风听水,怎奈向、天涯羁旅。暗泪滴,闷卧虚堂冻雨。

第十八通

呈病山丈

相忍何曾国可为,钧天阊阖梦犹疑。佩兰猘犬还憎主,断尾雄鸡岂惮牺。几阅新朝仍故我,权将福地视仇池。汹汹踤日何关事,地缺东南肉作篱。

初日高楼破晓霏,茅龙隔岁未更衣。凌寒尚勒花消息,争长谁分笋等威。未了忧思增酒恶,可容谈笑解棋围。陆沉眼见龙蛇起,危涕人间欲旦机。

第十九通

八月初九日梅泉招同散原病山彊村诸老及
覆厂先生放舟吴淞口观海同作

闭门叵耐兼旬雨,失喜佳招得快晴。舴艋逆潮争出没,楼台薄暮转凄清。沉忧沧海宁能测,荡意江流总不平。拟向主人参偈语,起沤还欲证空生。

吴淞归途作

及时行乐事堪哀，野岸吟秋又此回。画角中天收夕照，尻轮归路送轻雷。波摇远火参差见，岸束昏江莽荡来。闭户有人甘忍古，可能相共月徘徊。

奉酬梅泉先生见赠之作元均

文物嫖姚意每倾，那堪皱面待河清。中年一往空豪宕，并世论交只朴诚。雨夕鸡鸣成独旦，风林鹪寄亦相惊，可能一舸将家去，逆海从君托望衡。

梅泉诗家世先生教正。孝纾初稿。[①]

第二十通

雨霖铃青岛东山侍家大人访劳韧叟故宅。

子规声咽，拈樱花路，暗香飘雪。暮愁冉冉无极，闲院落，斜阳犹热。欹壁重寻断句，乱苔点明灭。听玉笛、吹起邻家，又是黄昏恨时节。　　海涛阅世看尘劫，向天涯，腹痛淹回辙。十年哀郢遗恨，空想像、倚楼晞发。月夜归来，应有胎禽故国能说。待筮魄与叩天扃，甚处栽薇蕨。

庆春宫和仁先侍御七月归湖庐之作原韵。

波嫖莼丝，风飘桂子，湖天诗已先许。袂被西风，深灯遥忆，夜窗同话寒雨。柳丝如发，甚萦葱、荒烟别绪。江山清苦，落雁声声，玉徽休抚。　　闹红已失花时，睨遍庭柯，夕阳犹据。倚楼易得归来感，况又听、沙中偶语。过时樽俎，应留味、鸣刀鲙缕。心期甚日，载酒来寻，伴鸥小住。

和君坦弟哀社坛芍药之作

阑角凄寻怨抑痕，劫深方觉昔时恩。悔逢倾国成追忆，拼掷狂风敢幸存。片石缄愁镌碧葬，旧京回梦迓金根。胜衰付与啼鹃说，一缕

---

①　此数诗所纪为民国十七年戊辰(1928)之事，则此诗柬当作于是年八月。

斜阳伫返魂。

徐园兰花会

风雨残春怨亦恩，回灯画阁与温存。置身标榜宁初意，绝世芬芳换劫痕。本穴故应无净土，楚皋凄断是骚痕。定怜空谷黄昏夜，采撷何能忘故根。

青岛山中书所见

海水极天根，地柱日掀簸。群山駊騀来，跨海势不挫。虚牝激洪涛，大声出谽谺。缘崖万薜衣，遂掩众山裸。鬖鬖着雨棕，疑着小儿髻。高歌答松吹，箫韶起相和。攀衣呼欲应，拂石净可坐。长杉舞跐蹓，闲花亦婐婗。据梧拟槁眠，失笑吾丧我。平生扰万缘，卧游付悬揣。兹来新雨后，暄日不相左。恢奇浃灵襟，登陟起顽惰。济胜偕午君，亦自不琐琐。小住信为佳，便怀十年卧。佳处梦团焦，相要行必果。抗尘徒栖栖，勿使山灵唾。

瘦堪书言近状却寄

政有哀吟托主文，冶城风雨不堪闻。颎官何似黄幡绰，车子能歌白练裙。失笑津梁疲卧佛，护持琼佩叩灵氛。过江典午原侨置，看取钟山万幻云。

酒楼录别送君坦弟北上时将有出关之计

濩落长亭旧酒瓢，海天相送雨萧萧。从知蝉腹难违世，看睨鲲身又度辽。符朗南来悲故国，管宁东去是军侨。望云定有阿干唱，好办羊皮万纸抄。

寄墅弟

江湖相对日胥疏，结习歌呼尚未除。叵耐马曹吟首蓿，当为獠舞缚篗篠。一官应厌车生耳，万事真同乐出虚。办取浊醪吾事了，据梧高卧听春锄。

青岛公园作

凤尾修修万本桐，浓阴一径日光疏。花宫藏景难瞒蝶，竹笕通泉不隔鱼。坐想几蓬成嗒丧，如逃畏垒爱空虚。吾生位置宜何世，八表沄沄法象庐。

青岛汇泉公园四山合抱境绝出花时游人尤盛
己巳三月潜楼丈邀同范卿璹弟往游因赋

藏山一园幽复幽，渴涧时时鸣栗留。青鞋觅路不辞远，繁柯交错叶打头。万花望尘夹道拜，杨柳婀娜风转柔。奇葩珍卉自海外，绿樱方竹安石榴。璎藤垂垂万璎珞，矮松截道青蛟虬。评花要与论书异，标置成体亦可喜。高下疏密整复斜，功补造化当人意。杉亭风动闻马嘶，凭眺广场收十里。锦埒长楸竟日闲，日落纷纷乌鹊起。新荷贴波鸣古水，欲去未去心徙倚。置身丘壑定多姿，惜无画手供摹拟。日斜归去乐不休，走笔记取今日游。

孝纾录近稿。[①]

第二十一通

映厂工为诗，劲笔俨筑蹈。取拙亦画禅，试手写嵩少。壮游收一图，惨淡归意造。生居徐董乡，固宜挈众妙。云烟足养生，刻意谢毅豹。修髯白石仙，隽语矜庸峭。不关撒园荽，纵浪狎屠钓。嗟予钝如椎，挢舌只强乐。解嘲恃墨兵，涂抹幸同好。相从牛鸣地，三载岂始料。一楼阅世变，朗若火就燥。吾隐不在山，差免猿鹤诮。囊无使鬼钱，世孰隆礼貌。一穷坐畏名，寂寞甘自暴。因君起疏慵，摩厉剑脱鞘。莫嗤波斯胡，恐以箫材报。君其张吾军，横海当饮劳。谰言幸勿嗤，持底贫可疗。

映厂先生为题《墨谑顾画隐图》，即依元韵赋谢，并希郢正。匋厂黄孝纾初稿。[②]

---

①　既云"录近稿"，则此诗柬当作于民国十八年己巳（1929）三月或稍后。

②　夏敬观诗见《忍古楼诗》卷十四，为民国二十二年癸酉（1933）夏之作，则此诗柬亦当作于同时。

第二十二通

映庵先生有道：日前晤教，快甚。翰怡近刻《雪桥余集》，知邺驾已有一二三集，特以奉赠，合为完璧。《章实斋先生遗书》头批已分馨，顷已重印，竣功当再奉上。《康桥居图》锦屏风是何物？跌窝是楼抑是堂？并询，乞示为祷。专肃。敬请箸安。黄孝纾顿首。①

第二十三通

映厂先生著席：执别不觉旬日，奉赐书，借悉履体清宴为慰。大源公司股票，承费神代询华卿，极感。前所闻大约误会，现已托莳老代为设法出售矣。潜丈逝后，其遗稿业已理董就绪，现已托人缮写。其一生精力所萃，尤在经筵讲义，皆有关于国家兴亡之大故，不朽之作也。奏议亦有两大厚册，惟所弹劾者现其人尚存，或其子弟仍在者，实繁有徒，恐遭时忌，似未便发刊。纾意拟怂惥其家，先刻讲义及文集。此次遗折，系托其亲家朱艾卿年伯代递，但至今尚未见荣典下颁，以故行状惟编次告竣，尚不能即日发刊也。潜丈有自挽联曰："妄欲以一篑障江河，日谓不度德不量力，虽九死其敢有悔；但得维三纲于天壤，犹堪继绝学开太平，愿吾辈共任此艰。"仁先亦有挽诗曰："违天复明辟，功罪两何辞。执隘难酬志，当仁更属谁。暌孤伤气类，轩豁出肝脾。待合张刘传，千秋史有词。""早著人伦鉴，神州误宁馨。多言臣不幸，至死目难暝。岁月淹床蓐，精诚绕帝廷。横流方未已，何以慰英灵。"意颇切合也。潜丈发讣，其江西同乡，执事处如有地址可查，请开一单寄下尤盼，或彦通处能代询亦佳。此间天气颇凉，热度不过八十左右，夜间须御袷衣。上海酷暑，近复何似？执事仍每日作画否？众异赴莫干山，子有似[是]否同行？并念。覆请台安。黄

---

① 民国十六年丁卯（1927）九、十月间夏敬观有《自题康桥居图》，"锦屏风""跌窝"是所咏之二，此书似是见夏诗之后所作也。

孝纾顿首。[①]

第二十四通

浣溪沙慢春日访龙榆生真茹，重游张氏园。

槛侧旧树石，屏际闲烟嶂。翠阴院落，初柳宫眉样。芳信暗促，一架荼蘼放，亭畔闲吟赏。真个养花天，却无端、游蜂酝酿。　　漫拟想。叹黍梦堂堂。又春归燕社，劫换鸥天，感旧成孤往。问讯水滨，年事笋争长。一醉欢无量。怎奈万般愁，酒醒时、依然怅惘。

孝纾稿。[②]

第二十五通

浣溪沙慢

梦熨凤尾拨，心冷龙涎炷。峭寒翠箔，一桁梨花雨。私语断续，紫燕伤春暮，新绿看桐乳。又是别伊时，却何堪、双眉瘦妩。　　漫愁觑。有断绣天吴，怕年华锦瑟，心事香缨，一掷成孤注。寄语故园，红萼付谁主。十载江南路。尽道不如归，听楼头、声声怨宇。

映厂先生词掌正和。孝纾。

第二十六通

答众异

静中茗味入禅薰，一暝能消蚁斗纷。差喜奉亲成拙政，闭门却扫是尊闻。

---

①　刘廷琛（潜丈）卒于民国二十一年壬申（1932）六月二日，此书似作于之后不久。

②　此词《蜩厂词乙稿》题下小序中有"甲戌春日"四字，夏敬观同题之作题下小序云："三月七日偕黄公渚、梁众异访龙榆生、卢冀野真茹，重游张氏园。"则此词柬应作于民国二十三年甲戌（1934）三月初七日稍后。

梧阴选梦到黄农,世异炎凉本不公。医劓救黥吾意懒,且将美睡
抵千钟。

方寸能凉懒饮冰,更凭一雨洗炎蒸。投闲渐识沧洲趣,触热庐山
仆未能。

念汝乘桴未忍归,追凉何地办荷衣。吾侪政为教闻累,未是江南
恋夕晖。

望月婆罗门引和忉厂。

抱山心事,偶来沧海领荷衣。西窗对启林霏。暝坐醉携明月,清
也畏人知。任放怀霞外,看长松围。　　寸心莫违,买邻计,未全非。
极目中原日落,倚槛寻诗。萧然遗世,奈闲鸥更比旧人稀。愁不断、
怕着杨丝。

映厂词掌先生教。纾稿。

第二十七通

映厂先生左右:执别不觉旬日,闻沪上得雨,炎歊当稍杀矣。
此间连日天气仅七十二度左右,早晚尚须御夹衣也。新雅雅集,尚
能与定之、董卿聚晤否?众异赴庐,可谓忙矣。玉甫来此间避暑,
熟人来者亦不少,岛上颇不寂寞。小诗录奉教正。专颂台安。黄
孝纾顿首。

第二十八通

剑丞先生著席:奉惠书,敬悉一是。暨南情形,前已得榆生报告。
榆生南行,代课自不成问题,但纾为被摈人员,强颜作冯妇,亦甚难处
耳。但为榆生地位计,纾如仍在上海为闲人,自当勉为其难也。董
卿、赣一赋闲,极念。二公皆非一日能脱事者,现又作何打算?水云
在此,日日游山,似无病象。其辞职,闻其内幕人云,本系原有计划,
以退为进,然否不可知也。梁画奉转。舍弟及舍弟妇今夏皆不在青
岛逭暑,已函其绘就径寄沪。余续布,不一。专复。祇请箸安。孝纾

顿首。十五。^①

第二十九通

杏花天影

未须皂荚相料理,北去南来底事。一春花雨付江潮,倦意。有垂杨,共卧起。　　南朝地,愁罗怨绮。漫抛撇,韶光能几。旧盟鸥蝶各西东,枉计。结同心,但尔尔。

醉吟商小品 和白石。

策日轻阴,梦绕博山烟缕。讨春何处。旅燕空来去。满眼芳菲谁诉。风铃夜语。

映厂词坛正和。纾稿。^②

第三十通

瑞龙吟 和清真。

嬉春路。依旧乳燕寻巢,早莺争树。匆匆烂锦年华,酒边扇底,都无是处。　　漫吟贮。犹记那人端正,凤翘窥户。伶俜一往抛家,嚼商变徵,筝琶解语。　　零落金仙铅水,旧游坊陌,红英狂舞。应有镜中新妆,歌袖非故。欢场趁拍,低唱回波句。凭谁诉、蓬山鸟使,云车飞步。往事飘花去。并刀恁剪,离襟万绪。心字消香缕。芳讯骤、层楼无端风雨。煎情熨梦,几生泥絮。

纾稿。

---

① 民国二十四年乙亥(1935)七月十二日,龙榆生南下中山大学考察情形,八月十三日便举家赴中山大学教职,所遗暨南大学教席,郑振铎欲请黄孝纾担任。此书应即作于此际。

② 夏敬观同时同题之作见《映庵词》卷四,为民国二十三年甲戌(1934)二三月间作,此词柬应即作于此时。

第三十一通

青岛喜晤病山丈

遥闻密记在金鸾,危语连宵掬肺肝。万里寻山成小住,一心抱月总高寒。乞归老病容长往,得偿襟期至有难。风云因依一灯在,鸡鸣争奈夜漫漫。

秋初偕同病山丈栈桥步月作

嵯峨杰阁俯回澜,积疢凭消月一丸。潮退夜防蛟窟露,秋高天入雁程宽。渴尘涨海宁能待,乱石支桥恐未安。领取片时清静理,万家灯火试回看。

劳山梳洗楼诗用散释梳妆台诗韵

山灵不语阅人多,一角斜阳鬓影峨。夹涧泉随樵唱寂,横云峰似佛头皤。古悲易损盈盈月,秋兴平添瑟瑟波。寄与故人同一慨,抚时怀古一赓歌。

剑丞先生教定。纾稿。

第三十二通

清波引 叔雍有西湖招隐之约,丏顾西津作《高梧轩图》,为赋此解赠之。

烟鬟不整。占山色、南屏佳胜。竹窗摇暝。槛泉满清听。过雨展明镜,流照鸥波双影。自怜顾误风流,料难遣、旧龙性。 湖山坠甑。废兴事、闲鹭未省。画中传恨,竟何地堪隐。桐云罨词境,尘梦林风吹醒。且看婉娈孙枝,凤巢安稳。

剑丞先生教定。孝纾初稿。

第三十三通

清波引 与映厂同步梵渡公园,连日沉阴,落英满地,徘徊久之,映厂有词,余亦继声,并简忉厂。

柳眉青妩。为春到、仙仙起舞。冷莎如雾。眼明旧游路。但愿花无恙,叵耐层楼风雨。尽凭分付金铃,怕难系、好春住。　　明霞半坞。映桃屬、赪到姹女。暂时欢绪。让莺燕为主。东阑几花信,数尽斜阳红处。向晚却为行芳,不教归去。

映厂词坛正律。孝纾初稿。①

第三十四通

映厂先生著席:客冬病中得榆生书,知贵体违和,血压过高,类似中风,神志不甚清晰,至为惦念。近由拔老转到大札,并蒙点定小诗,字迹完好,不禁为之欣忭万状。公孟四舍弟患此疾近十年,经常血压高至二百六十度,服药皆无大效,现经外医戒其食盐及含纳质物,其精神方面减少刺激,并报纸亦少看,以静养为主,行之年余,颇为有效。执事年逾古稀,素怀旷达,静养一时,当不难康复。执别十年,无时不在梦想,一俟时局少宁,青沪距违不远,当图南游,与公及诸友把晤也。专颂痊安。孝纾顿首。廿七。②

第三十五通

映厂先生左右:奉手教,如接麈谈,欣喜无量。商河路惨剧,因相距甚远,未受惊恐。惟被难者近二千户,亦可谓空前浩劫矣。承示《天问》继、饱二笺新义,“快龟饱”为误写,昭若发蒙,感谢感谢。尊著《古音通转例证》有无杀青? 何处出板? 便示,当购读也。拔可兄住医院,是否糖尿旧病复发? 已少瘥否? 美荪中风已四五年,神智不清,非复当年健谈情形,恐不久于人世矣。湖南路旧宅五年前业已售去,现迁居观海二路三号,大函仍书旧址,幸邮差为旧人,尚能转到,

---

① 夏敬观同题同事之作见《映庵词》卷四,为民国二十三年甲戌(1934)作,小序有云:“二月二十一日与黄公渚同步梵渡公园。”则此词柬或即作于是年二月。

② 夏敬观于民国三十七年戊子(1948)七月患中风,则此书应作于次年。

否则将付洪乔矣。小诗一律奉怀,乞教。余不一一。祗请撰安。孝
纾再拜上言。三,十八。①

舍弟君坦尚留旧京,公孟患血压高兼患目病,在家休养。知注
并闻。

故人存问隔山川,想见髭鬑定皓然。老学心雄万夫上,余生梦幻
十年前。高歌有道诗俱史,妙悟无师画是禅。为讯康桥旧游处,乱余
一壑可容专。

奉怀一律寄尘映庵先生社长教。孝纾未定草。

第三十六通

剑丞先生:无恙。十年阔别,万里相望,人世沧桑,一言难尽。劫
后故交寥落,海上灵光,惟公与鹤亭、拔可三数人。定之新逝,老成又
弱一个。追理曩昔,所怀万端。乱世无可慰藉,但遥祝健康,以俟河
清,或有相见之日耳。年来流浪兵间,几为沟瘠,幸赖儿辈粗有成立,
得免冻饿。而青市密迩战氛,聊为燕幕之寄,来日茫茫,真不知何以
为计。台从前岁闻有牯岭之游。国史开馆,公与鹤翁并预其事,众望
攸归,祠禄尚不薄否?榆生赴沪就医,想已晤及。近诗呈政,可知贱
状。衰病相乘,老境日增,五十之年,忽焉已及。客冬感寒,左臂不
仁,百事尽废,开岁始稍亲笔墨。近寄拔可山水一帧,颇欲拙处求浑,
于无笔墨处求华滋之致,眼高手生,笔不副意,恐终致瓠落。暇时乞
取一阅,加以评骘,借为攻错之资,是所望耳。比来为诸生授《楚辞》,
草成《天问新笺》,从古韵中求错简之线索,十已得其八九,惟继、饱二
韵不得其同部之由,江有诰《楚辞古音考》亦语涉含浑。鄙意"晁饱"
或为"朝饥"之字误。公治古音有年,于《楚辞》当曾留意,能为浅学一

---

① 民国三十七年戊子(1948)正月二十九日(阳历三月九日)青岛商河路
国民党军火库爆炸,是为"商河路惨剧",则此书应作于民国戊子(1948)三月十
八日,在第三十六通之后。

发其蔀否？写定后当抄副就正。专泐。祗请箸安，并颂年禧。孝纾再拜。[1]

爆竹声中岁又阑，欃枪起视夜漫漫。存亡一例争孤注，去住何方感百端。围坐春生今夕醉，堆檐雪较去年寒。小人有母容偕隐，难得灯前笑语欢。丁亥除夕。

神州扰扰劫灰痕，风鹤声中纪岁元。浮世是非无定律，贪天功罪有难言。老来归计余寻梦，病起新诗与告存。料理屠苏谋一醉，酡颜倚阁看朝暾。戊子元日。

药炉经卷是生涯，廿载殊乡当作家。百涩能甘谙茗味，一寒至此对梅花。轻阴中酒春犹小，禁夜收灯月不哗。为忆闭门陈正字，可无诗句答年华。元夕口占寄苍虬。

映厂先生教正。纾稿。

---

[1]　夏敬观民国三十五年丙戌（1946）有庐山之游，龙沐勋赴沪就医在民国三十七年戊子（1948）二月初旬，则此书或即作于民国戊子（1948）二月。

杨玉衔 六通

杨玉衔(1869—1943)，字懿生，号铁夫，广东香山(今属广东中山市)人。朱祖谋弟子，有《抱香室词》《双树居词》《梦窗词笺释》《清真词选释》等行世。

第一通

映老左右：前所和词，以前阕末句不合律，心常耿耿。今阅沤社集，又知后阕第五、六两句，诸公又多作六四字句，索性改之再缮呈。终之，字、作俱不能佳，纸阔任裁。才力所限，此则无可如何也，想足下亦能恕之。后学杨铁夫启。八日。

收到能赐覆更感。

第二通

映老社长左右：前蒙惠赠无树画张，久未函谢，意欲候携书踵府，顺请大教也，今仍未能亲来，止有将书寄上，乞教之。此次所改，与前异处不少矣。画经付裱，附此申谢。此上。并请台安。弟铁夫谨启。四月十八日。

子有函，会期定初十后，并先告。

第三通

映老社长左右：前在居停甘翰臣翁家见墨宝，作无忧树小树，彼云得诸卖物会中，铁见而爱之。作一大半截树，无横枝，身丛生小芽，旁从脚挺一小枝而已，古劲绝伦，题跋似系写生者，忘其地名矣。先生如有暇,作一小幅见赐,则幸甚,但不敢屡次仰渎耳。此上。并请台安。后学铁夫顿首。六,二日。

第四通

映老社长先生台鉴:两奉环云,备承藻饰,愧甚。《清真词》早已付邮,计同时付邮者,除不覆者无从查询外,所知已有数处不达者。中国机关,邮政差强人意,今又腐败至此,令人扼腕。特再行奉寄,请予严评为望。洪泽老来书,责铁以背师例改词字,此真中铁毛病。因铁生平作事,最好痛快,见人有一字之长,遂不惜舍己而从。今见有他说较原字为长者,遂奋笔改之,以求痛快,不图明眼人之议其后也。然谓彊师之不敢毫末移动原本,亦未尽然。即以梦窗词论,《尉迟杯》"湖阴"之从《词综》,《瑞鹤仙》题之从郑删,《紫燕》之从毛本,《夜飞鹊》"袜罗"之从王校,《绕佛阁》"向老"之从尊校,俱为改动原本之证。反覆求可改写与不可改写之界限而不可得,而彊师又不可得见,执事与彊师为老友,想餍聆其说,或自有尊见,乞赐一言,以释其疑。今之《清真词》从郑说尤多,泽老见之,又不知如何感喟矣。承委题填词图,俟心绪稍清时,当即奉缴求教。读大作,想见张绪当年。略一翻阅,见《更漏子》之拟《花间》,《兰陵王》之拟清真,无不逼肖,其余珍错,俟细细咀嚼尝之。尤可羡者,缀芬夫人清才丽句,唾玉薰香,想见贤伉俪相对吟哦时,真神仙之乐也。然又有"苟偷旧情,汝我共伤憔悴",则又何也? 便请解释之。铁此次书,本凡社中列名者皆已遍寄,不知收到者若干。若下次集会时,乞代声明一句,社友中如未收到者,请赐示见索,以便再寄。铁前乞社友题词,见爱者有阁下及林、程、周、潘、洪、谢、袁、陈、赵、龙、林、郭诸公,尚有刘、叶、王、梁、吴、黄、帅、彦八位未赐教,未卜执事可为我一助力否? 匆匆复此,词意不周。顺请撰安。铁夫顿首。十一月十五日。

第五通

映老社长席右:前承允赐评阅诗钟,感甚！兹特寄呈,乞恕取六十名掷还,最好于廿日前寄返更感。敝社因社友散处各省,未能依例即席收卷,殊失钟字本意,故陈书獭祭,在所不免。顺此附闻。郭稚云世兄诗词集,乞检交来手带返,感感。此候道安。弟杨铁夫启事。八月二十日。

第六通

映老左右:尊词前卷,前曾购藏一册,嗣为友借去不还,今亡矣。又闻续刊后卷,恨未读也。如蒙一并检赐,当焚香诵之,圭臬奉之矣。此请台安。弟杨铁夫启。八月廿二日。

李景堂　三通

李景堂(？—1955)，字次贡，福建闽县(今属福建福州市)人。有《愉园诗集》等行世。

第一通

剑丞先生惠鉴：陪游华山，得叨教，至乐。分襟后想早到沪。贵稿诗情，定增不少。弟抵济后，埋头案牍，无吟咏余晷。星期日又忙于登揽，明湖、鹊华，游迹略及，惟此足以告慰耳。华山诗勉强做成，以未知尊寓住址，寄呈较晚。续成《洛游》一首，众异处尚未寄也。陆丹林属题诗，寄至印本一纸，各家所题，当以先生一什压卷。珠玉在前，益难下笔，成一短古寄去。统录求教。华山长卷，想已图就，如何可得一见？纪游诗恳先赐读。覆函照函面书可达。此颂大安。弟制景堂顿首。五月廿四。[①]

游华山映庵子有众异止云台峰予凌晨冒雾登巅
晚宿金天宫下山展华庙以改设兵工厂不得入

太华如莲胡云哉，吾疑得释凭兹来。峰尖攒簇瓣仰耸，似莲实似莲半开。连山周遭俨玉井，千仞拔出知谁栽。翠微遥望叹陟险，非险焉见山奇诙。峰回径转抵绝壑，去路奚出方疑猜。片岩脱裂若复壁，巧于其缝镵千阶。猱升掌蹠要并用，去踵适接来肩颏。天窗出穴更登峡，犁沟喘息跻云台。未昏借榻负夕景，为养腰脚苏舆伳。晨兴缚

---

① 据李景堂《愉园诗集》、夏敬观《忍古楼诗》知，华山之游在民国二十一年(1932)，此书即作于是年五月二十四日。

滕意大拂,宿雾填谷千山埋。古人祷祝乃敢上,兴云意外翻吾谐。昌黎痛哭别有为,值得一死谁能偕。心平山中有石,镌"平心"二字。自可质神鬼,阛碅稳度凭坦怀。倚天一剑身走刃,以喻龙岭差无乖。铁绹牵挽托身命,千仞脱手成枯骸。造巅乃知山孕秀,嵩岱以拟犹俗胎。长松尽含太古色,一石未肯虚安排。晚晴媚客足远眺,真形毕露无纤埃。亭亭玉女头净洗,衣裳云想摇环钗。棋坪待月可忘睡,黄冠败意频相催。下山有约展华庙,待考汉碣寻唐槐。金天乃假铸兵器,杀气已伏吾其回。

洛游有述

长安行未成,西笑强自抑。锋车夕辞潼,晨炊及洛邑。游客非应官,劳歌取暂息。洛缩舆可梁,沙软步费力。麦光田水中,轻车度阡陌。道旁壮缪坟,赭墙夹翠柏。将星陨荆州,一坏疑焉得。伊阙已在望,陵谷幸未易。岩岩成佛窟,畴知考禹迹。庄严大无当,于佛果何益。隔水望香山,达人此窀穸。诗魂许我接,以意读墓石。归途有牡丹,春寒病犹勒。

陆丹林属题红树室时贤书画集

异代见推并世侮,今人焉必不如古。能明此意向已罕,前惟少陵后介甫。少陵有"不薄今人爱古人"句,荆公亦有"华堂岂惜千黄金,苦说今人不如古"句。拾珍丐馥饷来者,谁识陆侯用心苦。红树室中书画禅,现在高僧未来祖。

映庵先生教正。李景埛呈稿。

第二通

剑丞先生惠鉴:临行承设饯赠什,铭感无既。别后于九月念六到新,寄居粤商海滨别墅,风景虽好,苦无一席安砚地,久缺笺候,幸勿我罪。昨日甫迁馆中,整理一书案,吟咏久废,兹可复理旧业。天气凉爽,犹之华山不险,人言不足信。胶市依旧不振,业橡园者无不失败,或砍伐改种,其未砍伐者,亦不敢割取,市值不足抵佣工也。当地政府颇致意,拟以胶筑路,已划出一段试办,成效如何不敢必。与此间人士讨论,销路疲滞,由于美国各处栽种过多,而旧胶可以还原使用,一蹶不振,职此之由。兄所购股票是何公司?橡园坐落何处?能写知当为代查。橡市不振之后,百业同受影响,所见所闻多破产者,前寄笔单,只好暂藏簏衍,一时未克报命。弟水土颇服,顽健如昔,所苦者无可谈之人。回思在沪与诸君谈艺之乐,只好俟诸异日。此颂大安。弟制景堃顿首。十四夕。①

公渚兄希为道鉴。

第三通

映庵先生惠鉴:读赐示并大作,佩佩。拙作未荷是正,反多推许,益增愧仰。先生诗章,心折已久,即以寄示数什论,典则朴茂,非浅近如弟者所敢比拟。《下山示承》一什,读之毛骨悚然,后当永以为佩。众异诗仅录示三首,其《食鲤奉调》一首,极其诡谲,未知食鲤之后,曾有此好梦否。济南无处市好笔,寄纸以破笔写寄,然一半自怪无好腕也。到济得诗十余首,录呈《趵突泉》一首,务祈不吝赐教为感。此颂侍福。弟制景堃顿首。二十。②

昔客建业饮水艰,瓶担符调来江干。济南名泉溢平地,饮水得饱兼奇观。趵突有幸处郊僻,未被阑禁供大官。一泓喷涌日万斛,终岁腾踔〔惊〕翻澜。立如黑风吹大海,跳若激浪冲危滩。玄冬不冱旱不竭,已阅汤祷更尧寒。初疑润下主巽顺,胡此违性同刁顽。临流一晌忽有悟,桑经郦注吾曾翻。惟河与济列四渎,往者无犯恒相安。黄流改道汶更注,济遂见夺名空存。地中伏流兹乃出,却与溓水开其源。

① 李景堃新加坡之行在民国二十一年(1932),据此书中言,其于九月二十六日到新,细味所述,此书应作于十月十四日。

② 此书承第一通,因得读夏敬观华山游览诗而作,则或在民国二十一年(1932)元月二十日?

正如有妫国丧乱，奔齐五世昌陈完。以水喻人绝有似，水有显晦人何言。

　　录近作《题趵突泉》一首，敬乞映庵先生教正。景堃。

徐　珂 十四通

徐珂(1869—1928),字仲可,浙江杭县(今属浙江杭州市)人。有《纯飞馆词》《真如室诗》《清代词学概论》等行世,辑刊《清稗类钞》。

第一通

梦痕待省,正笛里江城,淡烟催暝。晚窗恋病。便芳游间阻,药香消领。敛避壶觞,怕着新亭泪影。漫临镜。恁哀乐逼人,华发今更。　　　西北阑倦凭。恰蔽眼浮云,雨晴无定。结庐地迥。有闲沤野鹭,识君心性。海气荒荒,减却花枝幽靓。且倾听。倚斜阳、角声凄冷。调寄《扫花游》。

映盦、贞壮两先生招饮寓园,病不克与,辄赋一词为谢,即乞正拍。二年六月七日,杭县后学徐珂谨呈。[①]

第二通

剑师阁下:所事累荷照拂,有加无已,视弟之事如己事,求之近今罕矣。公肝胆照人,夙昔所谂,今益信,感甚感甚感甚感甚。惟自今以往,托庇仁宇,幸结德邻,所渎求者正不知有若干也。小儿已托人询长利洋行,尚未有覆。内人日闻杨女士言,界石四块。之钱是否已包在内,须问奎翁,问明即复,便中尚乞大人一询,至祷至祷。日前宠招赏菊,前夕成一词,昨携之怀袖中,以公未携暖罇,故今补寄,尚祈

---

①　此词柬作于民国二年(1913)六月七日。

教之。专此。祗请台安。弟珂顿首。乙丑十月初四夕。①

致鲍君书，祗乞饬送菊公。

第三通

映公吾师：昨晨布笺，当已察及。初四即星期三。下午五时半，祗候执事暨幼达令侄偕来，并盼早光。杨君奎侯处已备函邀之，送老垃圾桥北伊寓。恐伊于贱名不甚记忆，弟之住址尤不易记，务乞饬纪详告其守园之家丁，能托夫人转告其夫人尤妙。费神之至。此颂台安。弟珂顿首。乙丑九月初二日。

《觅句图纪》幼达世台已□于此□如何？乞丁□□邮复为祷。

第四通

剑公吾师：昨夕深扰，醉心饱德，感谢感谢。归于灯下成一词，别纸呈政。九月初四日下午准五时半，祗乞临况，并挈令阮幼达以俱，至祷至祷。座中有伯夔、叔雍、公渚、君木、叔通诸公，皆胜流也。杨君奎侯前日往安达银行访之未值。初四亦约之，已有信送安达。恐伊不甚记忆贱名，尚祈便中托夫人转告其夫人。珍□主日。此颂台安。弟珂顿首。乙丑八月三十日。

词中有须改正之处，乞涂抹之，交来人□转为祷。

第五通

映公吾兄大师：前日盛扰，醉心饱德，每饭不忘，感谢。明日陈君南屏亦招饮看菊，不审较之君家佳种为何如也。昨晡有和杨蔚霞瑟君佛手一词，别纸录呈斧正，务乞就原纸乙之。至祷至祷。今已九月廿五，距月杪甚近，可否饬纪知照亭长，前日乃亲访之，未直，见其太太。催

---

① 此书作于民国十四年乙丑（1925）十月初四日。以下第三、四、五、十四通所署"乙丑"均为是年。

钉界石,拆殡屋茅舍？叩头叩头叩头。此承侍福。弟徐珂顿首。乙
丑九月廿五日。

第六通

寓斋小集甲子十二月十日

客中素会托杯盘,寂寞相期保岁寒。如此江山是何世,偶然文酒
一为欢。浮云未抵名心淡,残雪须凭冷眼看。中泽嗷鸿方待哺,莫嫌
草具且加餐。

蔡哲夫属为寿苏雅集举行于粤诗

东坡生日北山楼,有鹤南飞向惠州。一醉从他浇垒块,卅年犹自
梦罗浮。光绪壬辰、己亥两丞粤,以未游罗浮为憾。画中笠屐留春在住,劫
后江山满目愁。富贵而今犹若幻,如公名德乃千秋。

乙丑元日书怀和苏幼宰韵

苍天颇复知人意,为解阴霾一放晴。兵事从今能即弭,吾侪穷处
即为荣。《荀子》:"君子穷处而荣。"尽多春色供描画,独抱冬心幼宰之斋曰
"冬心书舍"。见性情。试问京华倦游客,谓李孔曼。何时重睹泰阶平。

人日周梦坡招饮赋此示之

淞滨已惯经人日,忽漫传杯烽火边。龙华近有战事。非酒便皆身
外物,有梅即是静中天。客联旧雨都三五,同集者八人。春到晨风梦坡
所居曰"晨风庐"。自万千。我欲题诗烦驿使,知君思发在花前。

汪颂阁招饮出先德遗墨属题

得尝乡味吾何幸,邑子周旋礼数宽。口福频繁饮文字,里人之招
饮,而座有乡亲馔为乡味者□□二十余年数遇而已,主人皆颂阁也。眼明突
兀鉴音翰。江淹文:"俾后生之庶士,鉴明德之音翰。"君家先泽绵经训,臣
里养穷交耐晶岁寒。道义土苴冠服裂,醉余掩耳一吟艰。

筠连曾次乾以筠姜蕨粉竹孙见贻赋此为谢

一门家学源承名父,兄浙乾。先德少樾先生,以义夫受旌,盖未壮悼亡,

不再娶,且无妾也。万里神交悟道见契机。珍味山肤能远寄,危时海水正群飞。老来辣性同逾姜桂,乱后常餐自只蕨薇。兰芷升庭谓哲嗣鲁之。伴松柏,春风滋长竹孙肥。谓文孙小鲁。

为陈叔通题百梅书屋图

人间何物始非假,但能有百梅堪聊慰情。桑海仍臻迷幻世,湖山破碎滞归耕。今惟淞柂客中乐,此是神楼画里成。校梦一图佳话并,王半塘前辈之《校梦龛图》,实明王綦之画轴也。心期旷代结关荆。

七诗敬乞映公斧正,千万千万。古体不足污目,而行间自未能定之字,有△为记者,敬乞代定,能为之笔削则尤幸。叔通笺呈阅。珂。

第七通

昨橐驼辇石至寓,谓公将以今晨临况,为之布置,至感至感。惟顷因要事作书,且晡时须至张宅,内子于午前即至张宅。可否展缓一日?特闻。祗候映师起居。弟珂顿首。

再:橐驼御者昨劳甚,拟于叠石种树竣事后有以酬之。

第八通

冥想苍苍意,旋乾倘转坤。地维今且缺,海气雨尤昏。裘敝增风力,鬓衰点雪痕。天崩眼前事,容我闭柴门。

二日地震,录呈映厂吾师教之。弟徐珂。

第九通

顷托人带呈《秋碧吟馆诗》,想已察及。顷奉手示,并承赐大诗,感甚感甚。惟奖饰逾分,汗颜无地,谢谢谢谢。此请映师大作家吟安。弟珂顿首。贵上人。

第十通

侏儒但食粟,愧(非)无七尺强。买邻得骚国,密迩丁卯庄。高适愿学诗,敢附弟子行。譬之行百里,约车今治装。望衡止我渴,蒹葭水一方。

颇思日课诗,不息资自强。得闲过从数,诗矣谐亦庄。君园富吟料,花药纷成行。自恨腹苦俭,贫旅无资装。负园负师说,凿圆枘乃方。

丙寅中冬,次映盦吾兄大师韵求政。弟徐珂。[①]

第十一通

永遇乐剑丞宅中赏菊。

插鬓寒英,瘦姿自赏,凄绝年事。佳节须酬,孤根谁傍,且忍沧桑泪。东篱过雨,南窗斜日,消领冷香风细。况夔笙尝言:领略菊花香气,宜雨后,宜斜阳时。渡疲津、料量息壤,鸥盟有如淞水。剑丞居近水,比有结邻之约。　浅汀芦雪,繁霜三径,并做连城江气。萸珮休忘,桃源犹在,不问人间世。盍簪俊侣,传杯醇酎,吟醉晚秋能几。旷延伫、平分野色,画阑共倚。

映庵老兄年有道拍政。弟徐珂初稿。

第十二通

夏映盦居宅近水,余爱之至。偶见陈子言题映盦寓庐诗有云:"昔读麓台画,欲构临水屋。今过映盦庐,云假一川渌。"因次韵寄映盦兼简子言,录呈教正。徐珂。

脱身宦海中,若书日仰屋。诗思逾水清,所居宜近有渌。我今期结邻,亦若鸟择木。连墙得过酒,醉哦笔可秃。还思闭门客,觅句万事足。学诗就公等,门墙倘容录。春塘动微波,风物似杜曲。狂澜枕今难,陆沉且于俗。

柳外斜阳春欲去。过雨池塘,密霭生庭树。剪烛西窗前夜语。知谁解倩鹊声住。　中酒飘歌三月暮。飞絮撩人,别馆花深处。

---

① 　此书作于民国十五年丙寅(1926)十一月。

尘梦觉来犹坐雾。乱红丛碧迷歧路。

《蝶恋花》，次冯君木韵，剑丞先生政之。仲可徐珂。

第十三通

鬓点吴霜，衫色洛尘，凄望陵谷。知谁说有谈空，急劫乱翻棋局。枯禅坐定，记取鼻观香清，兜罗相现群魔伏。胜绝竹林游，觅新欢琴筑。　　金粟。前身合是，慧眼无遮，漫嗟幽独。故国余秋，衰柳倦蒲残菊。百作平。年弹指，只觉枯菀无端，人天能几经歌哭。待把盏消愁，化湖波为醁。

《石州慢》，和杨蔚霞瑟君佛手柑，即以柬之。录呈映盦吾师教正。徐珂。

第十四通

倦蒲衰柳鬓丝秋。费泪与沧洲。燕馆酬花，荔湾唱月，忍忆少年游。　　横空雁阵催蛮斗，江上有眠鸥。来日大难，西风容易，烟雨黯高楼。

《少年游》词，录呈映盦道兄、幼达世讲正之。弟珂。乙丑八月廿九夕。

附　录

哭徐仲可

君我呻吟地，隔此一牛鸣。操笔似操耒，买砚约耦耕。过我必挟书，读之酸目睛。万言解若稽，计日竟所程。数日束牛腰，袖出令我惊。病才两旬余，履綦绝吾庭。往省易箦言，应心泪先倾。重我为死友，命之序且铭。念君谢利禄，惟以著作名。志行至皎洁，记丑博而精。我言等醯醢，每厕君侯鲭。常恐嗜其独，动惹世俗抨。叩户持饭裹，阒不闻叹声。不疑骨将朽，尚谓据梧瞑。衔哀尽吾辞，素灵倘来听。

龙沐勋　十五通

龙沐勋(1902—1966),字榆生,江西万载(今江西万载县)人。有《忍寒词》《唐宋名家词选》等行世,今人辑有《龙榆生全集》。

第一通

齐天乐秋感和清真

中庭一白凉无际,繁霜骤惊秋晚。冻柳迷烟,荒茧照壁,离恨并刀难剪。孤帷暂掩。镇千叠烦忧,卧思冰簟。梦已无家,蠹笈凝泪对愁卷。　　江湖流浪最苦,塞鸿飞过处,凄感何限。梳骨酸风,羞容冷月,撩乱肠盘或"回肠",或"诗肠"。还转。骚魂去远。又瘦到今年,羽玉觞谁荐。漫把残花,坐看浓雾敛。

龙沐勋。[①]

第二通

石湖仙

哀弦危柱。只抽茧春蚕,心事如许。天遣一闲身,老江南、兰成解赋。清寒能忍,那惯见、落枫红舞。酸楚。任绣囊、点污尘土。

神方未教驻景,仗知音、丛残为护。称拂吟笺,省识深灯闻雨。玉轸慵调,铁箫凄谱。黯然怀古。华表语。湖山倦梦谁主。

---

① 此词见《龙榆生全集》(上海古籍出版社 2015 年版)诗词集卷,为民国十八年己巳(1929)之作。

奉题映庵丈所藏大鹤山人手书词卷。沐勋呈稿。①

第三通

映庵老伯大人钧鉴：日前承清诲，并看芍药、荼蘼，至为快慰。拙词一阕才脱稿，敬求斧正。彊丈和作适成，一并录奉省览。肃叩钧安。侄沐勋顿首。浴佛节后三日。②

汉宫春 春暮游张氏园，见杜鹃花甚盛，因约彊村、映庵、子有诸丈
　　　　及公渚来看，后期数日，零落殆尽，感成此阕，用张三影体。

香径徘徊，又连朝风雨，净洗轻埃。平沙细履，嫩晴潜长莓苔。鹃啼不断，染山花、泪血成堆。曾几日，零红消尽，凭谁约取春回。

哀时赋客重来，要狂歌斫地，总费清才。斜阳院落，输他燕妒莺猜。方塘照影，乱朱颜、芍药旋开。扶浅醉、惊飙未已，隔篱闲酌余杯。

映庵老伯大人正律，并希赐和。沐勋呈稿。

汉宫春 真茹张氏园杜鹃盛开，榆生有看花之约，
　　　　后期而往，零落殆尽，歌和榆生。

凄月三更，有思归残魄，啼嚼能红。伤春几宵泪点，吹涫阑东。绡巾揾湿，换潮妆、垂手临风。新敕赐、一窠瑞锦，昭阳题句谁工。

携榼却悭才思，惹津桥闲怨，撩乱花茸。芳华易著平闲地，还恨匆匆。鹤林梦短，伴孤根、竹裂山空。三嗅罢、馨香细泣，何时谱入珍丛。

彊村。

第四通

映庵老伯大人尊鉴：新年得亲教诲，喜慰如何。比想起居胜常为

---

① 此词见《龙榆生全集》诗词集卷，为民国十九年庚午（1930）之作。

② 后附朱祖谋词见《彊村语业》卷三，为民国二十年辛未（1931）之作，则此书作于是年四月十一日。

颂。词刊四期付印,一年已满,民智要求续约,二卷一期又须集稿矣。尊撰词话,尚恳早日赐寄,以便誊录。拙词数首,乞斧政,采录一二。侄近颇喜苏辛,以歌法失传,严律亦徒自苦,转不如二家之逸怀浩气,足以开拓胸襟也,老伯以为何如?刘君麟生颇拟邀入词刊社,便中乞为致意,并示通讯处。前求定老画《上彊村授砚图》,不知已蒙渲染否?并希代为敦促,不胜感幸。此间已上课,风波犹未全平也。肃上。敬颂道安。侄沐勋顿首。三月三日。[①]

第五通

映老世伯大人尊鉴:前承枉驾,礼意未周,重辱雅词,弥深惭悚。后阕"兵尘未了"以下,激越苍凉,冶周、贺于一炉,字字精警,令人百读不厌。勉成一阕,乞赐指点。此间国文系诸生,极思一亲教泽,拟如往例,奉迓尊驾来游,坐谈不讲演。如承俞允,当俟荼蘼开后,约期派专车奉迎,并约定之、公渚,何如?维扬归来,尘务丛集,不及趋谒为愧。词刊不日可出,本年四期,拟改托开明书店承办,在磋商合约中。匆书报谢。敬叩道安。侄龙沐勋顿首。五月四日。[②]

浣溪沙慢 映庵丈同众异、公渚枉过真如村居,重游张氏园,
相约谱清真此曲,映丈、公渚词先成,勉为继声。

暖日映翠幕,荒沼飞红雨。展春槛曲,风飐闲沤聚。尘梦待续,一水飘花去。还听流莺语。烟景已无多,感吟魂、凄迷处所。　　少延伫。又怨宇相呼,怅云罗万叠,氛雾四围,怎障愁来路。颇讶鬓华,杯酒且深诉。弱柳惊飙举。沉醉易悲凉,足酣眠、芳茵半亩。

---

① 张晖《龙榆生先生年谱(增订本)》系此书于民国二十三年(1934)三月三日,是。

② 所附词见《龙榆生全集》诗词集卷,题下小序有"甲戌暮春"四字,夏敬观同题同事之作即此书中所云"兵尘未了"一词,题下小序有"三月七日"字样,则此书应即作于民国二十三年(1934)五月四日。

录呈映老世丈诲音。沐勋。

第六通

映庵老伯大人尊鉴：叩别瞬将匝月，闻山居清胜，日以书画自娱，至引为慰。侄原拟于月初往天童或天目，小作休养，而边氛日恶，家室相牵，卒难如愿。长夏无俚，学作疏篁，苦无似处。老伯兴到时，能为作竹林小帧，示之矩范乎？平津未陷前，散原丈及孟劬并有书到，决意不欲迁徙，近无消息，料获平安。公渚久无书来，粤中盛传其将就勷勤讲席，岂旧栖又生变化耶？前书云原校挽留，侄告以鹤亭意，且劝其不必南行。此间租界，已有人满之患。连日和平空气颇厚。密云不雨，莫测底蕴如何。老伯何时返申？词话稿或暂停一期？其他稿件可充篇幅。光华聘书送到。肃颂礼安。世小侄龙沐勋顿首。八月九日。[①]

第七通

玉阑干二月初八日大雪作，用杜安世声韵。

东风正染郊园景。怎遣小梅飘尽。多情老柳竞吹绵，何曾管、落红堆径。　　日边谁为传芳信。似弄晴、天气难定。尽教目眩莫开帘，防翩翩、燕子斜趁。

映翁老伯诲正。沐勋呈稿。[②]

第八通

映翁老伯大人尊鉴：社集匆匆承教，未罄所怀。归读尊制《遁庵乐府序》定稿，精深雅健，持论亦极警辟，信乎佳文亦待好题乃相得益

---

① 张晖《龙榆生先生年谱（增订本）》系此书于民国二十六年（1937）八月九日，是。

② 此词见《龙榆生全集》诗词集卷，为民国二十六年丁丑（1937）之作，则此词柬当作于是年二月初八日稍后。

彰也。已抄寄孟劬翁，手迹则当什袭珍藏矣。项得陈斠玄兄成都来信，哈佛大学燕京社在华所办之国学研究所，附设齐鲁大学内。决聘倎为名誉编辑，特约撰著《唐宋词学史》及《清代词学史》二书，稿费尚优，可以分期支领，决将校课摆脱一部分，复旦已辞，暨南亦请人暂代矣。借得余力著书，惟他日求教之处甚多，尚冀不吝指点也。该所由顾颉刚君主持，专事译著，年有美金八千云。尊用稿纸甚雅，即写《遁庵乐府序》者。不知何家刻版，乞检赐数张，以便仿制。又高斋如有《李文忠公集》，或奏议亦可。拟恳惠假一读。前求书画，亦不亟亟，乞老伯兴到挥毫为感。肃颂道安。倎沐勋顿首。十月廿八日。①

　　瞿禅以父病危返里，下期社集，恐须贞白另邀他人作主矣。又及。

第九通

　　贞白贻我《清真集》一册，呈求评点，庶度金针，使倎等得以共扬清真教也。吕碧城寄到新刊《晓珠词》，附上一册，乞察收为幸。敬颂映翁老伯大人道安。倎沐勋顿首。一月三十日。

第十通

　　映翁老伯大人尊鉴：项间饫聆清诲，欢幸不可言。拙词返寓后即加涂改，仍有未妥处，敬求削正为感。倎自岭表北归，备遭压抑，又以迫于家累，不得不低首下心，乞虎狼之余，以苟延残喘。终朝忙迫，旧业尽荒。每思老伯教诲之殷与提掣之厚，恒欲及时自奋，而终为事势所不许，既感且惭，以视贞白、瞿禅，家累甚轻，故得专力。惟有钦羡耳。肃此。敬颂道安。倎沐勋顿首。九月二日。②

---

　　①　夏敬观《遁庵乐府序》署"己卯季秋"，则此书当作于民国二十八年（1939）十月二十八日。

　　②　张晖《龙榆生先生年谱（增订本）》系此书于民国二十五年（1936）九月二日。

前谈乞秘。

第十一通

映公老伯大人赐鉴：日前畅聆清诲，至为快慰。今晨抽暇，勉成社课，字句仍多未妥，乞老伯不吝斧削，并转致孟超兄付印为幸。尊词细读，真无懈可击，孟劬翁所赞非阿好也。词序谢启，仍乞寄下，抄副以备留入词刊，原稿抄毕缴呈。肃叩道安。侄沐勋顿首。十月初九日。

何之硕兄前有书来，久未报，便恳代致歉忱。

第十二通

映翁老伯大人尊鉴：久疏笺候，伏审起居胜常为颂。侄自中大开学之后，忙碌异常，缘新校长受任之初，府主于病榻作书，勉以同心协力，改进校务，不得不身为表率。每日昧旦即起，入校巡视诸生，聊尽此心，以期无负所托。又以淮海郝君之雅，为办一专对青年而发之刊物，经费亦仅堪敷衍，印工太贵故也。名曰《求是》，颇能博得读者之同情。而朝斯夕斯，了无余暇矣。府主卧病，初颇沉重，自易地疗养，闻已日有起色。临行仍面属所属，按期拨《同声》助款，往时每出一期，由府主自签支票。以此《同声》亦维持出版。编校、讲授集于一身，差幸顽躯较往年稍健耳。《同声》承赐各稿，将于最近两期内刊完。近日诗坛殊为寂寞，尊处有新咏，恳即寄示，以便编登。陆微昭、胡宛春两兄之词，亦乞转求录寄。中大文学院颇思于暑后有所改革，不审两君肯来任教授否，亦乞便为先容。此间一切如恒，余容续报。敬叩道安。侄沐勋顿首。三月卅日。①

---

① 张晖《龙榆生先生年谱（增订本）》系此书于民国三十三年（1944）三月三十日，是。

第十三通

映庵老伯大人尊鉴：久疏笺敬，深为不安。前次补寄月刊，想承察入。《戈韵纠正》能在开明出版，有功于词林者至大。汇辑词话未刊之稿，谨代保存，以后仍拟陆续刊出，他日老伯别印专书，可随时寄出也。近来终日无暇晷，而所入仍不足以赡家，亏累日深，了无佳况。博物馆经费有限，而彼方责难颇多，以事业科不归我有。应付甚难，其味匪特等于鸡肋而已。本期《同声》以印制机坏，又致延期，大约三五日内可出。柱尊在中大殆亦难久，两月之内已迭起风波。曩于无意得之，喜出望外，然舍彼就此，知者早料其非福矣。子有托查近人词，久稽裁答，便中幸为致意，稍暇当告之也。忧生念乱，何日可休？但以毅力行之，亦不敢日懈。拔翁及诸友好处，并此致念。匆叩道安。侄龙沐勋顿首。十二月七日。①

第十四通

映翁老伯大人尊鉴：前由舍侄转来手海，并画册二种，至为感慰。黄霉天气，胃疾复剧发，加之齿痛，终日神思昏昏，报谢稽迟，意不见罪。顷读诚斋各体诗，爱其细折清新，多前贤未辟之境，不施粉泽而自然妍妙。窃以为江西法乳，宜有嗣音，老伯于杨集致力甚深，能以所得度我，殊深盼感。车费邮资，传将增至数倍，家人探视亦未易行，且作苦行头陀，以菜根糙米延命耳。画册稍迟璧返。肃叩道安。侄名心叩。端午前一日。②

此间诸友方为人钞书，以资津贴，惟托钞者亦不悉京沪钞费行情，

---

① 张晖《龙榆生先生年谱（增订本）》系此书于民国三十二年（1943）十二月七日，是。

② 张晖《龙榆生先生年谱（增订本）》系此书于民国三十六年丁亥（1947）五月四日，是。

每千字若干，或代询叶、李诸翁，当知其概。敬求查示，以资酌发，不胜感盼。

第十五通

　　映翁老伯大人尊鉴：上月杪曾奉一书，不知到未。久不蒙来诲，殊念念也。近有门人从燕都购赠云林山水影片数帧，又托人向神州国光社买得南田仿倪册子，颇堪赏玩。尊处惠假二种，当于前日挂号奉还，想不致有遗失。顷有南通高根深君，年才二十余，笃学可喜。忽来信，愿从问业，并赠《佛学大辞典》及木版《华严经》《大智度论》等，为研习之资。世不乏有心人，为可慰也。旧日音专门人，任教各地大学，亦颇相亲爱，常来相访，以视彼厚禄故人，避之若浼者，为有间矣。前托老伯代询沪上钞费，每千字几何，便中仍恳查示为幸。小儿辈在京皆安好，贱恙近亦渐瘳，知念并闻。敬叩道安。侄知顿首。七月十四晨。①

---

　　①　张晖《龙榆生先生年谱（增订本）》系此书于民国三十六年（1947）七月十四日，是。

程学恂　十一通

程学恂(1871—1951),字伯臧,号崾堪,江西新建(今江西南昌新建区)人。有《影史楼诗存》等行世。

第一通

　　映庵五叔大人道鉴:春申两月,屡奉教言,关切逾恒,感深肺腑。叩别后仍遵浙赣路旋省。征尘甫卸,俗务纷来,又拨冗下乡一次,致笺候稽迟,惟长者鉴原之。入夏来,想道履增胜,至为跂颂。南州郁蒸殊甚,视去岁已稍凉,然终不若海滨之多风也。物价飞跃,视前在沪时已增倍蓰,来日大难,如何如何。故乡水势盛涨,下乡堤堰十九倾圮,满地哀鸿,托身何所耶? 大著《汉短箫铙歌注》属转致吴霭林兄者,已送去矣。专此奉布,区区不尽百一。只请双安。侄婿程学恂顿首。①

　　幼达弟暨诸昆季均念,并致谢忱。

第二通

前上映庵丈诗承答二章因叠韵再赋一首

　　人境悠然大隐庐,羡公插架抱秦余。景玄已被催科困,伯始宁惭晓事誉。莫以狃苟安矜得计,要知尽信逊无书。而今博士遭嗤点,卖券终疑字少驴。昨谈春秋改制,故有第六句。

---

　　① 　夏敬观《汉短箫铙歌注》刊行于民国二十年(1931)二月,此书或即作于是年夏,或此后。

小诗奉尘削政。学恂呈草。

第三通

海上过唊庵丈赋呈

冲寒重谒静村庐,似水流光倏岁余。别久弥增怀旧念,谈深宁作过情誉。剃须颜睟欣窥镜,病痹身闲力著书。更写青山饥换米,市人应识俟斋驴。

拙句录请五丈大吟坛教政。学恂。

第四通

寓楼杂兴

皓首犹儒冠,误拾古人唾。智不逮侏儒,此身分穷饿。夏虫难语冰,朝菌不知夜。得志贵乘时,即小可喻大。

研桑心计远,活国民何怼。输租禙属来,亦博课上最。李翱平赋书,窾窍几人会。恻恻诉真宰,翻手救黦剶。

梁鸯饲虎人,技足知虎真。谓虎媚养己,得食常柔驯。猛兽尚可驯,矧此菜色民,更推放麛仁,万物熙熙春。

众咻事莫济,一谔俗所疑。蒙叟明尚同,柱下戒守雌。自炫道固羞,逃名意亦痴。伯休隐卖药,终被女子知。

万事互因果,追逐如形影。独于遇合间,各有幸不幸。甘带与嗜鼠,本来臭味等。齐桓视全人,不若瓮盎瘿。

邻园樱如雪,春色女墙度。开窗纳风光,老眼饱众嬬。虞夏世已遥,耳不接韶頀。渴望种高槐,娱我音声树。

第五通

同鹤亭游黄园海棠已过芍药亦半披谢怅对成咏

平生败事坐迁迟,废兴看花亦后时。妄意留春娱老眼,竟嗟飘艳徇狂飙。衰残余博痴蜂恋,消长唯应病鹤知。园蓄折翅鹤一。篱援呼魂吊佳侠，明年还约再来期。

录求五丈吟坛削政。学恂呈草。

第六通

山谷生日集太疏楼分韵得气字

诗如螵蛸江珧柱，多食发风更动气。隽永语出苏长公，两贤岂厄聊为戏。世儿侈说西江宗，浅尝几人唭深味。公际熙丰遇辚轲，晚窜涪戎御魑魅。罪大从来身万里，用后山句。官清枉自居三字。流风余韵八百春，犹使瓣香动遐思。命俦选地集钗弁，拜象题诗荐蕉荔。群贤欬唾九天上，险韵庾词各无艺。我独襌褴忝乡人，断饮衰龄愧扬觯。坐中词客扫眉才，漱玉后身片玉裔。岂似书摹元祐脚，蓬莱女官恣狡狯。我称公诗等说法，证有浅深门不二。心地汗马卒收功，端合吾侪作三昧。楼外残阳人影散，双井茶香绕肠胃。

五丈诗老诲政。学恂呈草。

第七通

梅花杂诗

松滨寒卧已凋年，瞰我孤吟只水仙。雪虐风饕春更远，故乡休问绮窗前。

清香细咽不医贫，浪说梅花是喜神。睥睨平交同冷淡，寥天谁寄一枝春。

鼋头园馆旧知名，谓无锡梅园。香雪漫天水石清。今日春回在原墅，铜驼陌上一枝横。

寒花数点雪皑皑，默祝天心就此回。不怕朝云妒颜色，大苏偏爱赋红梅。

麈诗雪屋费雕剿，正要冬花慰眼馋。谁是和羹知味者，不应与俗异酸咸。

甄未生尘瓮有齑，食贫终觉胜分携。寒天鹤子长相守，羡汝孤山处士妻。

念乱伤离意未消，梦痕浑似去来潮。几生修到罗浮住，不种江潭柳万条。

楬柣烧残雪拥门，东风拂着便温醾。辘轳仕路胥关命，岂是梅花累后村。

自悔身为食字蟫，抽青妃白老多惭。冰心不逐芳菲转，愿与梅花共一龛。

足茧方忧蓬虆行，鸥夷浮海计无成。何当傲屋梅林下，饱嗅寒香了此生。

窳堪呈稿。

第八通

三月八日雪农历正月二十日。

穷冬久迟雪，望眼徒昏眵。一月春已过，六出花始飞。早降兆年丰，胡乃靳厥施。遂令乖气律，青帝亦失司。已害菜麦长，更勒草木蕤。本赖泽焦枯，翻为农事疵。况当江淮灾，载路民流离。嗟彼沟中瘠，千唤悭一糜。无衣幸卒岁，冻死今益滋。谁实闭春台，不使众熙熙。天道期剥复，人事因成亏。明当见睍消，寒威能几时。

映庵五丈教正。学恂呈稿。[①]

第九通

映庵五丈道鉴：美文弟来，奉手教。拙诗并承赐序，一经品题，遂增声价矣。惟长者奖掖逾分，适滋愧赧耳。何时杖履能及章门，极深伫盼。杨生雪斋，近年因避寇，颇与邂逅，顷在南昌，已转致之，稍迟当有书陈函丈。先此布谢。祗请道安，不尽欲白。侄婿程学恂拜上。

---

① "嗟彼"两句、"谁实"两句，原稿中有删除标记。

八月十九日。①

第十通

映庵五叔岳大人史席：昔年沪渎一别杖履，遂归卧厌原。自寇难作，流转赣南，迄未黔突。顷于章门得晤幼达弟，知起居安隐，老福胜常，慰如所颂。大作《忍古楼诗》出，海内宗尚，佥谓少陵、宛陵合为一手，不仅西江社里人也。拙诗本不敢存稿，三十二年在虔州，朋好从臾，草草付印，都三百余首，谨纳上，请海政，务求指其疵颣，痛加删削。倘蒙赐以序言，尤所欣感。专布。敬叩箸祺，并颂潭祉。侄婿程学恂上。六月十二日。②

谨再启者：曩年裒录拙诗付印时，妄冀得长者一言以增重，卒以交通阻隔，未能如愿。兹幸干戈已定，故敢冒渎上陈，想吾丈必有以慰其望也。学恂再拜。

第十一通

剑老五叔岳道席：去年蒙惠赐法缋，感谢万分。前叔美弟赴沪之便，托以拙作山水小帧尘求诲正，计邀察及。侄婿顷患副伤寒症，卧床一月，近虽见愈，而精神食量迄未复元。病中奉怀小诗，谨别纸录尘削正。专上。敬请双安。侄婿学恂拜上。八月三十日。③

奉怀映庵夏五丈海上

里中数姻旧，公吾妇翁行。俱为七十人，神气公独王。去夏来匡

---

① 此书接续第十通，应作于民国三十五年（1946）八月十九日。

② 据第十一通附诗所云可知，夏敬观序作于民国三十五年庐山、南昌之行，王咨臣《程学恂其人其事》云是时程学恂请序，则此书应作于民国三十五年（1946）六月十二日。

③ 夏敬观民国三十五年（1946）有庐山之游，附诗既云"去夏来匡庐"，则此书应作于民国三十六年（1947）八月三十日。

庐，欻唾落晴嶂。诗派溯同光，顿使吾军张。丈在庐山讲同光以来诗派。公诗见精悍，号令颇牧将。我家覆瓿物，谬承许过当。具兹七圣迷，片言示所向。袖底香炉烟，归日见分饷。无何秋风起，巾屦旋海上。宅土今熇暑，火热那可状。跫然迟足音，五老情怏怏。贱子方卧疴，药裹称老况。一月脚不袜，形骸弥自放。期公挟海色，为我涤尘瘴。何时剥芡谈，欢意动瓷盎。

　　学恂呈稿。

夏承焘 七通

夏承焘(1900—1986)，字瞿禅，浙江永嘉(今属浙江温州市)人。有《天风阁诗集》《天风阁词集》《月轮山词论集》《夏承焘日记全编》等行世，今人辑有《夏承焘集》。

第一通

映翁先生惠鉴：前旬奉一函，并小文《四声平亭》，计承垂察。顷孟劬先生来一函论词，属转奉从者，兹呈上乞鉴。晚生近移居麦根路泰来里八号，如荷还教，乞径邮此间，或由之江转，均妥。鹤亭先生主词无四声之说，于小文所举各例颇多异辞，尊见如何？倘承赐诲一二耶？黄、郑社集，以柬帖浮沉，不克趋教，惟有翘仰。敬颂著安。不次。晚生夏制承焘顿首。八月十一日。①

第二通

映厂先生惠鉴：久疏笺敬，比惟动定安胜，定符臆祝。昨日邮奉小文《四声平亭》一册，计承垂察。草草属稿，讹谬孔多，眉孙先生为是正多条，尚有未尽。其间于周、柳二集所举各例，验之全编，往往二三合而四五离，勉为回护，终非谛论。易安论五音一条，亦苦纠纷难理，统祈先生不靳教诲。又眉翁不信阳上作去之说，焘言今河北、江西方音尚如此，《珠玉集》中此例，极多例外仅一"古"字。南宋方、杨、陈

---

① 此书作于民国二十九年(1940)八月十一日，见《夏承焘日记全编》(第六册)是日所记。

三方和清真,四声其以上对去者多是阳上,彊村先生亦时能守之,是宋词显例,不但元曲为然。先生词家牙旷,将何以赐教耶?翘企翘企。敬承道安,不一一。晚生夏制承焘顿首。八月三日。[①]

孟劬先生时有书来,讯翁起居。

第三通

映翁先生惠鉴:数旬暌教,比惟道履安胜为颂。兹有启者,唐君圭璋《全宋词》六折券中,有一部乃指定赠杨君铁夫者,顷杨君有函来询,商务馆送书时请送晚处两部,杨君书款亦由晚垫缴也。社作一首,附求诲政。匆匆。敬承著安,不次。晚生夏制承焘顿首。七月十三日。[②]

玲珑四犯

乱笛江关,乍送尽南鸿,还劝离罦。讳说相思,依旧暝愁无罅。妍唱艳舞谁家,漫斗扫、淡蛾如画。算燕环、一例尘土,临影自惊腰衩。　　不成并没相逢梦。漏沉沉、似年遥夜。当时背面回身地,重到余凄诧。不信镜约易寒,还自惜、双鬟无价。待画阑、都换斜阳,应许袖罗重把。

映翁社长诲政。晚生夏承焘拜稿。

第四通

映翁先生惠鉴:月余疏候,比惟动履安胜。前读《同声》月刊《宋法曲大曲索隐》一文,钩沉探赜,非先生不能为,叹佩叹佩。因念往见彊村翁作《鄮峰真隐大曲校记》,谓大曲《柘枝舞》歌头及《柘枝令》皆

---

① 此书作于民国二十九年(1940)八月三日,见《夏承焘日记全编》(第六册)是日所记。

② 所附社作之词见《夏承焘日记全编》(第六册)民国三十年(1941)六月二十六日,则此书作于同年七月十三日。

缺文,有旁谱,今《彊村丛书》不载旁谱。焘检文澜阁库本《鄮峰真隐漫录》,则并《柘枝舞》歌头及《柘枝令》二曲原文而阙之。彊翁刊《鄮峰大曲》用史氏裔孙传录四库本,校以缪艺风藏天一阁进呈底本,缪书今不知归何所,闻史氏刊本犹有流传。先生盍踪迹此书,一明大曲音谱情形,以为乐苑一快事?焘曾辗转托人寻觅,至今未获也。董绥经谓日本有《乐府混成集》,叶誉虎谓龙虎山道士藏《宋词歌谱》,先生曾闻其事否?柳君子依昨送来法绘箑面润笔三十元,匆匆不克叩府,拟俟下次社集面奉。专此。敬承道安。晚夏制止承焘顿首。十一月廿三。①

第五通

映翁先生惠鉴:前读高制,即效颦奉复,顷得徐君南屏电,乃知邮寄浮沉,兹重写求诲,幸不靳绳墨。《荷叶》一首如可用,当另写申贺。榆兄谓前首韵杂,乃误用温州方言,不得以稼轩、白石通用沃、药文过。又谓后首过变,入声字太多,皆深中其病。既成,惮于改作,先生倘不以为不可教耶?此颂道安。晚生夏承焘顿首。七月十七日。②

第六通

映翁先生道席:敬启者:前日接孟劬先生北平函,嘱转奉侍者,兹附上乞察。如有论赞,正盼诲示。窃意唐长安方音必与古异,观乐天《琵琶行》用韵时乖旧分韵部可见。词用方音,叶者十五六,戈顺卿书以《广韵》《集韵》相绳,终隔一尘。此似须综合当时诗词韵文求之,另定韵部。曩有此意,不敢动手,先生倘不靳示我周行耶?企祷企祷。

---

① 此书作于民国三十年(1941)十一月二十三日,见《夏承焘日记全编》(第六册)是日所记。

② 此书作于民国二十八年(1939)七月十七日,见《夏承焘日记全编》(第六册)是年七月十八日所记。

续有恳者:家君病偏风经年,渴欲求墨宝,为枚生之发,兹奉二笺,乞书大词,赐款"蓬仙",家君字。如承速藻,尤感荷也。敬承著安。晚生夏承焘顿首。十月六日。[①]

月来以家君病,心绪不安,社课不得一字,皇愧皇愧。

第七通

映庵先生道席:久阙笺敬,比惟道履安胜。前奉小文《白石歌曲旁谱辨》,计承察入。先生声家南董,倘荷指谬,不尽感祷。兹有小浼:李拔可先生藏有白石论书帖,为集中所无,颇思快睹,以入拙辑《白石丛稿》,附奉一笺,敬乞代介。外奉宣楮一番,并求先生惠书大作,以当瞻对,无厌之请,尚祈鉴其向往为荷。曩闻先生有《古韵释例》之作,何日行世,以慰喁望耶?溽暑未退,幸为道珍摄。专恳。即承著安。晚生夏承焘上。八月十四日。[②]

李公函,请俟小文邮到时转去。又启。

---

①　此书作于民国二十八年(1939)十月六日,见《夏承焘日记全编》(第六册)是日所记。

②　此书作于民国二十二年(1933)八月十四日,见《夏承焘日记全编》(第四册)是年八月十五日所记。

陈匪石 三通

陈匪石(1884—1959)，原名世宜，字小树，号倦鹤，江苏江宁（今属江苏南京市）人。有《倦鹤近体乐府》《宋词举》等行世，今辑作《陈匪石先生遗稿》。

第一通

莺啼序瞻园师挽词，追和庚子寄半唐、沤尹原韵。

寥空数行雁哽，莽苍苍万苇。素秋接、黄鹄矶边，暮云相望愁悴。玉笛奏、梅花自落，余红可许颒阳系。飐荒燐、诗唱秋坟，梦醒何世。

飞舄东南，迅羽过眼，认尘梁燕垒。送箫鼓、明月前溪，画帘丁字曾对。又吴天、霜钟警客，引残酎、城乌寒起。有涯生，如草青袍，每沾青泪。　　西风故国，怨尺瓿棱，皱冷半池水。还记省、嘶春骄骑，尽避骢马，巷陌讴歌，古今无似。蓬壶胜境，花砖长昼，功名争说匡衡疏。换江湖、满目凄凉味。孤光占得，登楼赋笔，依然砚波，镜尘凝纸。　　枫林夜黑，唳鹤亭皋，料倦魂尚滞。但点检、遗文玄草，段轸牙琴，老去侯芭，涕痕如洗。巫阳筮楚，铜仙醉汉，天涯仍有怀旧念，沸沧波、多少惊心事。礼堂棐几虚陈，画烛双椽，露零未已。

曲游春龙树院与江亭一水相望，瞻园师尝讲学其中，师庚子出都，半唐诸老饯之于此，今改抱冰堂矣。辛酉暮春，独游感赋。

鬓影东风外，正绕堤高柳，垂荫天窄。碾麴芳惊，被饧箫飐起，一丝愁碧。雾眼花光隔。劝莫遣、好春寒勒。傍画楼、望极平芜，青夺半帘波色。　　水侧。浮云蔽日。漫残酒催醒，流怨羌笛。吟力添慵，况兰丛泪泚，枣林香寂。何处寻尘迹。但燕子、归来如客。话旧时、谢屐曾经,飞霙路陌。

　　旧作两首,均瞻园师逝后追感之音,顷正录师遗词,尘映丈商付梓事,因检出,写乞指正。丙子春,世宜。

第二通

　　映老丈席:月前承惠书,并众异先生诗笺,祗悉一一。瞻园师词续,顷甫墨板,先印十册,仍备校雠,谨奉其一,如有夺误,千乞示知,以便饬工修改,即笔画破碎,亦拟修整也。众兄处未皇寄奉,以待再印也晤乞致声,并告以"白发苍颜"印行将移赠寿珏庵,珏庵擅诗词,工铁笔,以函自燕来索,拟寄之矣。此上。敬请著安。后学世宜再拜。二月一日。

第三通

倾杯如社第一集,限散水调,赋呈同座。

　　落月空梁,去波前浦,平居画阁愁独。胜友午集,广席夜设,觉语长更促。东风十里金陵路,每隔江闻曲。庭花梦里,清籁引、约略琵琶场屋。　　暗触尊前百感,畹兰芳近,何处汀洲绿。尽丽日楼台,凭阑人健也,歌残黄竹。徵角重翻,山河无恙,脉脉伤高目。翳明烛。期百五、好春看足。

还京乐

　　画帘卷,匝地残红废绿初过雨。问燕莺何事,竟将百五,韶光分付。愿梦云常驻。梨花弄色杨枝舞。怅望里,还是泪满,天涯歧路。　　被流尘阻。任银河清浅,凌波素袜,来时留枕漫赋。千金换得春宵,劝春归、怕听啼宇。渺予怀,当载楖寻芳,援琴按谱。几簇幽兰发,空山相慰迟暮。

忆秦娥

　　天涯客。相逢花下春狼藉。春狼藉,轻阴阁雨,柳丝无力。
骄骢嘶过青青陌。杜鹃开遍山南北。山南北,啼莺依旧,劝人将息。

瑞龙吟乙亥元巳襫集乌龙潭之景陶堂，予游牛渚，未与，
纕蘅代拈舞字韵，倚清真《大石调》报之。

城西路。依样瘦马冲泥，暗莺藏树。嬉春何必西湖，画桥卧柳，
寻诗到处。　　偶回伫。归燕乍飞仍止，旧时堂户。花开总惜分阴，
夜深惯听，通明俊语。　　催度。番番风信，翠兰初浣，青萍能舞。
偏是镜中，星星双鬓非故。如山浪白，来和横江句。空怀想、宫袍灿
锦，凌波仙步。迅羽年光去。借人酒盏，权消恨绪。盈耳歌金缕。乡
梦里、今朝龙潭烟雨。仗君健笔，擘云成絮。

摊破浣溪沙

万紫千红换绿阴，无人庭院展蕉心。三五呢喃新乳燕，画堂深。
细草帘前含怨色，流泉门外度微音。茶歇香消残酒醒，昼愔愔。

玉蝴蝶

过尽雨丝风片，漫歌子夜，催换清商。映带残虹，天际淡月昏黄。
扑流萤、轻罗小扇，啼络纬、金井银床。水云乡。翠荷擎盖，犹护鸳
鸯。　　新尝。相思况味，渡江桃叶，入梦高唐。楚客归来，簟纹如
水夜初长。盼缄札、雁程不到，赋丽情、凤纸收将。遣流光。背人怊
怅，不似清狂。

水调歌头东山赋金陵怀古，平仄夹协，效其体，因其意，为下转语。

陈迹渺江浒，六代帝王居。浮沤吹雨，泊舟河畔觅珍珠。椒殿春
移莲步，狎客狂吟琼树，长夜醉中徂。曾是韩擒虎，一战沼东吴。
访红罗，歌白苎，蓦回车。埭鸡催曙，千年沉睡破华胥。依旧龙蟠
虎踞，重见云连星聚，弹指辟榛芜。翘首扶摇路，旌旆荡阳乌。

旧作录请映庵词丈吾师教正。世宜。

潘飞声 四通

潘飞声(1858—1934)，字兰史，广东番禺(今广东广州番禺区)人。有《说剑堂集》等行世。

第一通

高阳台杏花楼，昔年与眉子寻春对酌处。

破瑟寻鸾，遗钗拾凤，香尘渐没仙踪。文杏仍花，客来已换愁容。芳尊屡导低鬟笑，霎金迷、梦影惺忪。话松陵、老去词仙，莫过垂虹。　苍颜白发维摩境，拼散花何碍，玉局缘定。漫说华鬘，天涯双卫难逢。啼莺不管人伤别，劝斜阳、冷入帘栊。算多情，洛浦微波，犹驻惊鸿。"白发苍颜，正是维摩境界。空方丈、散花何碍"，东坡赠朝云词也。

甘州徐积余《小檀栾室校词图》。

记玉台、分韵写新词，付与小银筝。正翠奁研墨，锦笺按谱，一样关情。消受尊前红烛，艳影照娉婷。稳听芦帘外，湘水秋声。　此日江南倦旅，算晓风残月，酒梦都醒。费十年心血，收拾众香亭君辑《闺秀词选》，有明一代多取材于《众香词》。是断肠、家山愁念，莽天涯、歌板共飘零。应同笑，白头红袖，换了浮名。

摸鱼儿西湖莼菜，余最嗜食，用樊榭老人韵赋之。

剪湖漪、又劳宋嫂，芳羹调作浓碧。清明才过春三月，那有菱茨收得。随意摘。要荡桨三潭、着手看风色。晴波净拭。笑藕较丝长，芹还叶小，情缕也愁织。　乡味好，曾赋秋林琴客。酒醅如酽琼液。仙城美擅离支菌，合补昌黎南食。秋兴寂。但盼到松鲈、归思知何极。此时正忆。借花港渔罾，柳堤虾籪，多采备晨夕。

第二通

剑老社长足下：昨手示敬悉。连日大雨，柳园门外水亦成小河也。惟改期词会，能不在廿六日星六日。尤妙，是日有要事，不能趋陪耳。奉呈《杨子鹤山水册》印本，请留览。专颂大安。弟声顿首。小暑。

第三通

剑老社长先生侍史：昨奉手示，并《八松图》与《行香子》转交稣厂。画是宋元嫡派，近时好手无能为者，珍谢之甚。题图诗格高气逸，迥异凡响，中及鄙人，惭恧不已。稣厂谨具润敬廿饼呈公，匪敢言报，希哂存。专复。即颂大安。弟飞声顿首。廿六。

前月子有斋中约食蠔饼，敝闽省精馔也。先祖有蠔饼诗，与张南山先生仿韩孟联句，刻集中。又拜。

第四通

剑老社长大鉴：承下采拙词，感谢无尽。弟少时曾刻《海山词》、外洋作。《花语词》、《珠江低唱》、《长相思词》悼亡作。四种，入《说剑堂集》，板存五羊，现尚未觅回，不能重印。又在京刻《春明词》，排板散去。顷勉定未刻所作，敬呈削定。容面谢一切。专颂大安。弟飞声顿首。

邵祖平 五通

邵祖平(1898—1969),字潭秋,江西南昌(今江西南昌市)人。有《培风楼诗》《中国观人论》等行世,今人辑有《培风楼诗》《邵祖平文集》。

第一通

映盦仁丈先生道右:未修笺敬,瞬复四年。前托陆丹林君转呈近作追昔游诗十二首,顷得陆君书,始知道躬前年患中风证,近已平复,书画不应人请,亦从未出门矣。此证西医谓为老年人血管硬化所致,美国有制成之芸香精,治此极验。春夏之交所开之槐花,含芸香精甚多,明年试令人采集晒干,须连蒂摘下。常时用开水泡服,以当茗饮,殊有奇效,平亲见人晒蓄此也。散原先生谢世后,吾乡诗老应推先生,值此狂潮骇荡,六籍束置高阁之际,公应为道自重,为旧学作鲁殿灵光。大集写定,不知有若干卷,望留意及此,使后进传钞,得有楷式也。后学历教上庠已二十余年,今因重大中文系主任艾芜为一新文学家,旧有课程如《诗经》《论》《孟》、诗词、文字学等,统目为反动课程,一律停开。教授如作旧诗,即谓之不前进,为学生所鄙弃,如饮狂泉,反目不狂者为狂。无可奈何,只有缄默结喑,吞声忍泪而已。顷有数诗,另纸录呈海正,不足示外人也。山膑在川大每周只教二小时,首蓿之盘,清苦可怜,意兴极不佳也。专此叩问,敬颂道安。后学邵祖平顿首。庚寅九月初六日。[1]

---

[1] “庚寅”即1950年。

却　曲

却曲蚕丛觅坦蹊，尺波鲋辙总沉泥。诗书束阁燎秦火，鸿鹄遭笼伏越鸡。下榻鞋犹分左右，出门杖岂辨东西。牵牛淹死篱花倒，奈此宵长风雨凄。

七月廿四日先公忌辰述哀

山厨野簌奠清筵，泣血吞声念此年。巴蜀城头洪水过，豫章树上恶藤缠。欲归更是无归计，且住其如可住缘。惭痛荐新邻借米，学校发面粉，未尝新稻。烛花堕泪袅双烟。

家祭今朝告阿翁，玄黄易位涕沾胸。青盲未洗双眸翳，赤舌如烧六籍烘。天上武侯悲瘁尽，先公生日与诸葛武侯同日。人间阮子哭途穷。囊诗语苦无相识，何日携焚傍圹宫。

庚寅中秋无月

诗客江楼生翠微，独吟寒雨响山扉。伤心玉镜埋云去，苦忆冰轮碾海归。筦管蒲卢观物化，吕梁悬瀑助天机。姮娥钟鼓难催起，恐为红尘染素衣。

奉怀北京大学熊十力岭南大学陈寅恪二教授

早闻六籍毁狂秦，后有清谈莫问津。岂踵前朝兴弊事，竟教高阁委浮尘。黄冈正色如翔鹗，十力主读经尊孔。双井青盲为泣麟。平日诗筒都懒寄，此诗和泪寄酸辛。

映盦诗老诲正。乡晚邵祖平拜稿。庚寅九月。

第二通

映盦仁丈先生道席：久疏笺敬，驰企良殷。顷于《国闻周报》"采风录"得读《赠梁众异》七古一章，蟠屈矫健，含孕画理甚深，诵既叹仰不置。平近阅顾侠君《元诗选》，觉题画诗虽多而难工。且善画者不必善题，善题者不必善画，吴仲圭、黄大痴山水绝人，而题句不佳，王元章善画梅，其题句皆属之贡性之。能画能题仅柯敬仲、倪元镇二人，而倪诗尤萧疏绝俗，与其画侔，则谓尽元代中，独一倪云林足诗画媲美可也。先生之诗,绝所式慕,曩观作《天目山图》,又恨不得目送烟云,倚为卧游。如近日有兴者,拟乞惠作一小幅,题句其上,后学过沪再当趋谢,不识可望否?余杭章太炎篆书,奇古非常,平从友人处可乞得。顷为拙纂《中国观人术》事,曾与通问,检奉一粲。又西溪绝句十首,亦从沪上《旅行杂志》剪呈海政。专诚肃候,不尽欲陈。敬颂道安。后学邵祖平顿首。十二月九日。[①]

平寓现移至里横河桥小河下甲十六号。

第三通

映盦诗老道席:过沪趋谈,甚慰私诚。清明日同松岑诸君作惠山梅园、鼋渚之游,和答松岑诗五章,写奉海政,芜拙不成音,聊同甲乙帐而已。先生须发皓白,频年似稍增老态。窃意著书作画甚耗心力,宜稍节之,但聆道座音吐,固亦未觉衰也。区区妄贡,敬希察纳。谨叩道安。晚邵祖平顿首。四月十三日。[②]

辛未清明与松岑振心续川瞿禅游惠山梅园鼋头渚

松岑作诗五首次韵和答并请同游诸君子政之

酒人吟客例相亲,拥鼻教逢软脚春。把盏但须呼白堕,看山况复隔红尘。惠山有“隔红尘”榜书。松根綦履行时好,茗畔烟岚现处真。唤起梦窗寻旧梦,峭云应为锁荒榛。梦窗《惠山酌泉》词有“二十年旧梦,峭云一片”之句。

名园占断重湖色,丹艧居然构架完。婉娈棠花依小睡,玲珑燕语诉轻寒。平山妆镜烟鬟绝,远渚风帆岛屿宽。已失小梅堂上约,他时邂逅肯相欢。梅园。

---

① 书中所云夏敬观《赠梁众异》七古见《国闻周报》民国二十年(1931)十一月九日之“采风录”,邵祖平“西溪绝句十首”见《旅行杂志》民国二十年(1931)十二月第五卷第十二号,则此书应即作于是年阴历十二月九日。

② “辛未”即民国二十年(1931),此书应即作于是年阴历四月十三日。

看桃未作左迁客,放棹初过中独山。啮岸春波全入画,艳堤少女半舒鬟。春涛鼍吼时时警,夹渚鱼矶处处弯。珍重流霞成一醉,天风吹觉暮须还。鼋头渚。

春风浩浩非关酒,屡舞傞傞那惜狂。诗老未嗟双白鬓,谓松岑。桃花欲妒两红妆。谓续川、朧禅两夫人。久耽篙语捐朝睡,坐厌街灯炫暮光。三日自征糟魄退,轮扁来上读书堂。

当熊硬语自精英,谓冯振心原唱。老鹤飞飞句便成。谓鹤望和作。海峤多才围雅集,振心桂人,续川粤人,朧禅瓯江籍。锡山增重拥诗盟。尊前语默闲堪味,笔底烟云怒欲行。他日披图还一笑,松岑寄太湖景片到。五湖心事莫相轻。

写呈映盦诗老吟教。祖平。

第四通

映盦先生道席:日前闻龙君造谒沪寓,既聆清诲,复读名画,眺胜欣幸。拙稿大胆祸枣,老辈深所不许。去岁七月间,辱散原先生赐序,刊之卷首,闻此序颇为海藏所诧,且邀先生同观,不识确否?散原翁序乡里少年诗,每以江西派为言,其意实不甚卓。而此序一则曰:"余忝与山谷同里闬,瘝寁相依,亦颇欲沾溉余唾,强附西江派之末。"再则曰:"顾朽质颓龄,所蓄与所触乖歧隔绝,貌袭掇皮,毛之无从,猥自暴其丑耳。"其谦抑之极,至于自诬诬人,无怪读者致疑。散原翁胸有万言,不知何取此数语缴绕不绝。后学虽鄙细至极,实不敢撼拾唾余,妄自暴其丑陋。稍治诗者,亦知韩子苍之不乐江西派,元裕之之未作江西社里人矣,岂有公然自认为"沾溉余唾"、又"强附西江派之末"者乎?立言贵以通天下之志,无取嫌忌混淆,致启人疑。后生小辈如有纰缪,老辈宜诲示明纠之,不必用谲道。后学对此序初本坦然,但人言纷藉,亦难缄默。说者又谓,此序系某之代作,益多枝节。平当悉置之度外。求序本所以乐闻甘苦言喻,以为印证耳。名德奇重之前辈,与吾人事业究有何关?

散原文字偶不检，小人复不乐成人之美，无足异者。后学惟求砥行力学，以副散原之望，兼以杜悠悠之口而已。先生与散原交谊极深，又平数见后，足倾心腑之人，故敢袖呈拙稿，坚恳勘核，又发其狂呓于此，乞宥察之，幸甚。后学于诗道实浅尝，然曾有句云："爱古不薄今，子美意独厚。才难理则然，时岂用美丑。"今世诗人，散原而外，最嗜先生与苍虬二家，此意早与龙君发之。大稿如可见视，当尽一二日力读之，庶"爱古不薄今"之愿又可强附矣。一笑。匆叩道履。后学邵制祖平顿首。三月三日。①

第五通

映盦仁丈先生道席：拙稿承赐鉴衡，无任欣感。平学诗初从黄、陈入手，仅得其粗犷径率，后乃规模东野、临川，又欲以玉溪、冬郎之韶妩盖其寒硬，然皆无功。拙稿匆匆滥印，自知伧野之处悉未汰净，辱先生加墨，评骘殊矜慎，耐长思也。"雄才几辈矜高干，国士何人第荀莹"，"荀"字系"薛"字之误，校对时未觉察，其事用《晋书·陆喜传》《校论格品篇》中语："或问陆喜：'薛莹最是国士之第一者乎？'答曰：'以理推之，在乎四五之间。'"平意高干既非雄才，薛莹实亦非国士也。先生以为可用否？海藏见，谓师学散原。虽非尽诬，亦不尽知。海藏于清代书家、诗家好张廉卿、江弢叔，平心以为未尽是。散原翁诗当雁行涪皤，然不必效之。曩年来西湖视散原，《灵隐》《烟霞洞》《理安寺》诸诗偶学散原体，以为欢笑，为海藏弟子庄羲所见，庄君箸《宋诗研究》，遂引平为散原嫡派，且目为乡里后进之冠。其书甚妄，不知海藏亦见之否？西方诗哲师学无国界，散原、海藏宜无令人尊为江西派、闽派为止境可也。先生大作，曩于某报读《满觉垅看桂》一诗，奇秀矞丽，似梦窗词境，神明变化不可端倪乃至此乎？大集如刊

---

① 陈三立《培风楼诗存序》署"己巳秋七月"，则此书应即作于民国十九年庚午（1930）三月三日。

出，乞许先读为快。陈苍虬先生常晤否？近拟由龙榆生代呈拙稿，恐不当意，乞晤时为先容。海上诗老，散翁匡庐去后，唯欲二公痛纠其谬耳。匆颂道履。后学邵制祖平顿首。三月十日。[①]

① 　此书承续上书第四通，应亦民国庚午(1930)之作。

余肇康　五十四通

余肇康(1854—1930),字尧衢,号敏斋,晚号倦知老人,湖南长沙(今属湖南长沙市)人。夏敬观父门下士。有《余肇康日记》行世。

第一通

顷蘦庵复送辱和大稿来,视现稿差逊,此古人之所以不废推敲也。"愁"字似稍假借,何如?蘦庵又录示与诸君徐园听歌之作,拉杂步韵呈教,幸指其谬,甚感。再颂映庵吾仲世先生侍弟。康顿首。初四夕。①

蘦庵出示与映庵诸君徐园听歌之作依韵戏答兼简同游诸君

海上名园扃复开,徐园久荒,近始修葺。蹒跚翻欲尼重来。余夫妇卧疾久,不能出游。老妻偏喜怜同病,明主何曾弃不才。辛亥秋即家起用,不及赴我自残生余白帢,世方四摘到黄台。悬知箫管征歌地,画壁旗亭几费猜。

乙丑重九先六日,倦知未定草。

第二通

乙丑九月之望,映庵世先生招同息存、沤尹、梅泉、叔通、公渚饮康桥居,蘦庵有诗,次韵奉酬主人,即希正句。②

埋首儒冠亦覆盆,骚心留得古音存。每于梅句炉纯后,君一意规

---

① 　此书作于民国十四年乙丑(1925)九月初四日。
② 　此书作于民国十四年乙丑(1925)九月十五日稍后。

模宛陵,并世无两。如见颜书屋漏痕。排奡横空盘硬语,浑沦从朔饮污尊。濂溪吟弄皆无极,妙使阴阳识互根。

僧表。

第三通

留别湖上诸君用石奇老人韵

我来湖上花已了,强说迷花不事君。爱客争为东道主,移人欲作北山文。屦缘舆代游难遍,病腰不能登山。钟有诗声外莫闻。钟集甚盛。良会宴中皆汉帜,鸿沟一笑不须分。诗钟以两人分评,往往轩轾大异。

散原同年世先生正和。倦知呈稿。

第四通

覆庵极状西湖之胜以诗来餂映庵旋出示和作闲止继之仆
病未能依韵嘲之并柬湖上散原习冠两叟暨诚斋杜园诸君

映庵咄咄来西湖,诧我不移湖上居。谓欲从之此其躅,欲去不去何踟蹰。我曾五度访灵隐,卜居辄被山灵疏。流人既乏买山力,近市何有豳风图。偶来取足适吾意,天风高高吹我须。孤山复绝自严岸,环山鱼稻皆膏腴。遭回溪九涧十八,寒泉咽石如相呼。白公苏公去已久,求人以实何其愚。君等寓公亦滥竽,四簋不饱嗟权舆。何必沾沾效诩儒,湖君所狎海狎吾。泱泱皆是天之衢,各专一壑各自娱。各吾其吾爱吾庐,君亦非菀吾非枯。保此衣袽慎勿濡,倦买其椟还其珠,砠亦不陟天何吁。

映庵诗家世先生正句。倦知呈稿。

第五通

覆庵重游西湖临发来两诗叠筵字韵答之兼柬散原闲止

妒君又著双游屐,恨我犹稽再胜筵。梦入迷离常夜夜,胆余残破已年年。欲图渐脱三危地,除是重开一画天。想见西泠芦荻里,相携容与泛湖船。

映庵诗人世先生正和。倦知初稿。

第六通

三月二十七日同散原映庵覆庵瓶斋帅南游
印人沙发园映庵有诗次和

中原翻怪蕃园好,日下能教到处阴。细草喜看随地贴,幽篁何必入山深。一池春水偏干事,十丈桃花即是林。自笑龙钟腰脚软,扶筇平步强凭临。

映庵诗家世先生正句。倦知初稿。

第七通

冕士招同人饮即席用庸叟韵赋谢

旧雨清风一快然,宾筵良会半齐年。诗心妙悟僧敲月,冕士近来诗兴大豪,每出一篇必以质余。画理精参客是烟。所藏王奉常画,至堪宝贵。莫笑口馋看坐满,看极丰腆。不妨腰疲有家传,病腰消恙良已。黄花翻喜离披甚,晚节霜枝底肯妍。

映庵诗家世先生正和。七三叟肇康呈稿。

第八通

散闲二叟佳篇踵至惟有惊服再叠酬韵答之

公才八斗许分不,如此琼瑶不可酬。句作奇峰云在夏,论能齐物水为秋。又看匕首图穷见,谓昨榆关之变。莫遣烟波江上愁。怪道望洋嗟海若,圣湖孤艇与遮留。

映庵诗人正和。倦知初稿。

第九通

遗篋映庵许辱承见还滕之以诗次韵答谢

秋气日夕佳,再热亦不侵。问渠何以然,奉扬来此风。我有古竹扇,宣宣息之深。朅来杳何许,遐心玉与全。多谢完璧归,高谊不可寻。

丁卯八月,七十四叟倦知。[①]

第十通

喜习冠闲止书至叠柬补松散原韵寄怀兼示映庵南孙达夫

兀坐方惭百不如,迢迢双鲤到门初。朅来赢得三人瘦,余凤病未痊,习冠、闲止亦时有小极。何物贤于一纸书。老去须眉付樽酒,病余腰脚怯舟车。闲止屡招游湖,病足惮行。诸公衮衮烦传语,几许新诗定忆余。

映庵世先生正和。倦知初稿,时年七十又一。[②]

第十一通

双烈操

直隶王君次青柏林客死杭州,其子宝诚先五月死,至是次青妇袁、宝诚妇仆同日各殉其夫,时甲子七月初四日也。杭州官民为封墓建坊,开吊征诗,余哀之,为作是篇。[③]

森森乔木高,蔼蔼梓木低。两两名自分,双双物自齐。一解。

爷娘两凤皇,子妇双鸳鸯。但愿爷娘受命长,便是子妇福禄康。二解。

---

① 丁卯为民国十六年(1927)。

② 此诗柬作于民国十三年甲子(1924),时余肇康七十一岁。

③ 此诗柬作于民国十三年甲子(1924),或在七八月间。

爷六一，娘半之。子甫冠，妇逾笄。堂上老，膝下儿。南飞鹊，三匝依。北来客，一家羁。小家庭，亦自怡。三解。

大祸天上来，一儿地下埋。妇曰呀，我死哉。爷曰噫，娘曰嬉。汝而死，翁姑何生为。四解。

妇憬然悟，敢养不顾。亡何白头翁，一病又死去，妇姑乃无路。五解。

娘哭夫，先哭子。妇哭夫，更无子。六解。

姑也嫠，妇也嫠。两嫠相抱持，一药交仰之。命尽于斯，问天天不知。七解。

日惨惨兮寒芒多，月沉沉兮夜不见天与河。七夕先四日。三纲致兮四维颓，乃有此两奇女子兮，亘千劫万变白不涅而坚不磨，起视须眉定如何？八解。

我作此诗，痛不可止。泪耶墨耶笔为泚，上诉真宰诏惇史。

第十二通

除夕书感

颠倒群生岁又终，纷挐环境怵兵凶。国殇底事甘戎首，朋酒翻因集寓公。只合书空呼咄咄，更维天下定汹汹。客星帝座遄论犯，弥望尘生海水东。闻上将有东幸日本之举。

映庵吾仲世先生正和。倦知。①

第十三通

七十一初度漫成示湖上诸君

余生忽忽白驹过，万古无兹岁月磨。居海未应作夷辟，疑年空自比奚多。千秋悠谬人先老，一蹶支离妇尚颇。内子去年七月一跌伤足，

---

① 此诗柬作于民国十四年乙丑(1925)正月初。"上将有东幸日本之举"即指民国甲子溥仪被逼出宫避难日本使馆时，提出赴日之议。

至今尚跋履。弥望臣乡成泽国，莫将天意罪蛟鼍。湘中大水，奇灾极惨。

映庵诗家世先生正和。倦知初稿。①

第十四通

丙寅元日试笔

旧时正朔总陈陈，十五年来岁又新。风虎从余蕲圣作，太岁在寅。杜鹃响彻是天津。自嗟辟地今何世，苦忆朝真古幸民。如此龙钟犹远客，不堪告语对春申。

映庵诗家世先生正和。倦知初稿。②

第十五通

映庵薲庵觞客斜桥即席赋谢兼简同坐诸君

好风吹上小园林，难得筵开漏已深。客思走云撩夜气，诗怀随月薄天心。扬尘海市嚣为减，中酒冰壶醉不沉。松竹在垣花在幌，此马道暑未应侵。

丙寅初伏后一日。映庵世先生正和。倦知初稿。③

第十六通

惠临尚稽诣谢。赠什丽而有则，雅而成趣，竟是一首极有风度选诗，三复愧佩。闻薲庵为公喤引，已成一文，以羌无故实之顽意儿，经诸公一披张之，遂成韵事矣。容即趋话一一。即承映庵世先生侍安。肇康顿首。初六。

---

① 余氏生日在六月七日，此诗柬应作于其七十一岁即民国十三年甲子(1924)六月七日稍后。

② 此诗柬作于民国十五年丙寅(1926)正月初一日稍后。

③ 此诗柬作于民国十五年丙寅(1926)六月十二日，即"初伏后一日"。

第十七通

云月篇为顿叟薆庵作顿扬云而抑月薆扬月而抑云羌
无故实发此奇想辨难不已余戏为两解之

荒荒天上云，皛皛云间月。闻君有两意，故来相辨诘。同云生百谷，浴月生百宝。岫出翻欲无，山高本来小。月来云自破，云开月不障。衣裳云可想，琼玉月相向。星月争皎洁，天云共徘徊。呼云东坡庭，邀月太白杯。后表见月精，季居有云气。从来垂象天，俱是发祥地。大重乃成天，月特一圆物。皓月乃不夜，云特一暗室。明月照流黄，云为之莞簟。夏云多奇峰，月加之光焰。薆讥者浮云，直谓之不义。顿讥者奔月，非所语其丽。万古月不灭，大风云飞扬。高朗各有真，毁誉均何伤。我欲作月老，又欲作云师。仰天来调人，二君笑解之。

倦知老人戏稿。①

第十八通

自余病起后作疴韵一律月来蒿叟散叟庸叟闲叟映庵薆庵惕园
杜园八君子更唱迭和余亦数叠合三十余首亦一时韵事之盛也
因再叠一章以酬诸君倘亦辱鼓余勇以止戈乎一笑

吟癖相嘲口舌疴，见《汉书·五行志》。不教许子惮烦何。百篇诗赚八仙饮，万姓仇填五子歌。怪事揭来书咄咄，将兵今更怕多多。他年智井求心史，视此风谣敢婍阿。

映庵诗人正和。倦知初稿。②

---

① 据袁思亮《薆庵诗集》所载《云月篇》知，此诗柬作于民国十三年甲子（1924）。

② 据陈夔龙《花近楼诗存》所录唱和之作知，余氏病起当在民国十四年乙丑（1925）八月初，则此诗柬大概作于九月。

第十九通

诗简敬诵。大著自成一格,绝不杂以他词,同人皆谢弗逮。而往往阐出玄理,令人作十日想,尤所独也。佩极。廿三午如何?本拟于三数日内偕蘦庵前夕来谈久。来咬菜,报风湿初愈,鸡鱼海物都戒。并闻。映庵吾仲世先生。肇康顿首。

昨用羽索去一笺,亦怪可怜,能为设法否?闲止来书谓不欲自陈,大约知系用羽所求。惧公为难。谅哉!

第二十通

浴佛先四日蘦庵钟集即事戏占次散原游法公园韵

喧嬉当作劫棋枰,罷罷浑如抱不平。加膝坠渊随所意,毁钟鸣瓦各成声。璧珠恧我求联合,耕刈从人欲雨晴。一笑知章高立处,墙头顾盼若为情。

倦知游戏。①

第二十一通

七十三初度有作

衰慵尚逐软红尘,七十三年剩此身。痛哭长沙无贾傅,湘中兵水两灾均极烈。余生歇浦有春申。忍忘鸡犬桑麻地,长是东西南北人。一事儿孙差可式,庞犹能赁未为贫。

映庵世先生正和。丙寅天贶次日,倦知。②

---

① 据陈三立《散原精舍诗别集》所录游园诗知,此诗柬应作于民国十六年丁卯(1927)四月四日或稍后。

② 此诗柬作于民国十五年丙寅(1926)六月七日,即"天贶次日",此为余氏生日。

第二十二通

次韵映庵元日之作

赢车近莫嗤,散步失其驰。敝庐与君寓甚近。有兴辄相过,无言两自知。喜餐诸葛菜,君家园蔬极佳。重见宛陵诗。君诗一宗圣俞。我老君非少,欢言及是时。

性命苟焉全,偏能乱世眠。余生巢下幕,合死道旁弦。吾意几枨触,君怀何邈绵。开轩一长啸,相视两悠然。

倦知,时年七十又四。①

第二十三通

病起柬存问诸亲故叠韵二首

非愆寒暑感沉疴,争奈徐摛气疾何。入室更教闻妇叹,澹涵老人病尤剧,幸已向愈。废诗久不与人歌。固知来日添筹少,未有今年饮药多。二老拳拳频顾我,何时重访两檠阿。蒿庵、庸庵屡来视疾。

闭门翻喜遂微疴,放翁句"微疴得遂闭门高"。留眼河清寿几何。不分余生会双死,只堪一哭当长歌。告存书遣儿曹作,问疾人来远近多。无妄未容真勿药,醇醪犹自饮东阿。近日医始主服酒制阿胶。

映庵世先生诗家正和。倦知初稿。②

第二十四通

映庵老弟世先生吟席:人谓世兄弟应从质相称谓,故敢弟弟,何如? 昨日蘷庵以散叟《湖吁引》来,始知公又来省,可敬。散叟此等小篇,亦复凄惋之中含蕴义法。是集发始于杭,而集中无苍虬、贞壮之

---

① 此诗柬作于民国十六年丁卯(1927)正月初,时余氏七十四岁。夏诗见《忍古楼诗》卷十一,题作《除夕次袁巽初韵》,为丙寅除夕之作。

② 据陈夔龙《花近楼诗存》所录唱和诗知,此诗柬应作于八月初。

作,颇为缺文,或请散叟促之? 此笺请交散叟一阅。《湘灾》大作,气度春雅雍穆,寓以排奡,斯成家数,至为可佩。走被闲、蕡、散丈敦促,前夕趁韵凑成,以视诸公,瞠乎后矣! 录请敲正。家祭,昨日未从出门,知公今日又行,率性不来相挽,亦真火伞难张也。康白。廿四晨。[①]

哀湘灾用覃庵韵叠和

天界南北横重湖,环湖内外皆民居。酾渠掘地事耕稼,但有游泳无踌躇。导江又东别为澧,九江东陵皆禹疏。上从衡山顺流下,丰碑屼嶁犹可图。激行搏跃岂其性,过颡决裂磔熠须。天胡恶作蛟龙剧,一抹乃失沃壤腴。蔽江人畜馋鱼鳖,余者惨惨滋号呼。泛舟哭井亦已晚,煦妪只合愚民愚。神仙有无且莫说,街东街西纷笙竽。玄冥瘝官支祁匿,八座争看真人舆。长沙城中迎陶李真人赛会,俄而水退,举国若狂。从来救荒无善策,饿死纨绔行及儒。急时从众抱佛脚,衰朽亦复斋禅衢。湘人集此间商富于功德禅林劝振,余亦与焉。蒿庵老怀被我扰,一日不得槃迈娱。先是宁乡被灾最早,余驰书蒿庵乞拯,即承电汇千元施放,又承许择灾重地僻一二县,往办急振。长沙书来重叹息,我亦不保中田庐。竭来本是物外物,一任桑海相寒枯。独此乡邦大浸溺,轮鲋不曳首亦濡。木刊井堙亦何有,涕泪尽是鲛人珠。曲防壑邻古所戒,我作此歌一长吁。

映庵诗宗世先生正句。倦知翁初稿。

第二十五通

雨中相谈,极抱不安。今日赴塘山路,于车中叠成一律,以志湘灾,兼答赐和,乞与湖上诸公同和之。明后日如不行,拟于明晚七时治蔬菜,约过我一谈,如承许诺,即招瓶、寿诸君同来一聚。逭暑之

---

① 陈三立《湖吁引》即《湖吁集序》,署"甲子伏日",即民国十三年甲子(1924)六月十九至七月十九日间,则此书或即作于七月二十四。

暇，何必汲汲返斾也。候复。映庵世先生。弟康顿首。十二夕。①

回示请今晚，否则办不及，须后晚矣。

湘中水灾，急电频来，至为惨恻。敝庐薄田，亦悉付波臣，抑亦遥作荒民之一。叠初度韵书怀，录呈映庵世先生，兼示湖上诸公正和。

可堪来日大难过，一任宫躔付蝎磨。欲遣丈官牛马走，湖南凡五十余县被水，所司勘灾，不绝于道。未应名士鲫鱼多。浮湛湘水凄凭吊，知好中有及于难者。安置韩潮冀不颇。括尽货财那得殖，翻教一勺恣鼋鼍。

甲子天贶后六日，倦知呈草。

第二十六通

新秋初吉怀散原习冠闲止三叟兼柬贞壮映庵杜园诚斋

君住西湖我震湖，丈人合是山隐居。第其甲乙殊踌躇，各自罗罗皆清疏，不如西子好画图。赚鱼之尾虾之须，大嚼饕餮馋其腴。林逋隔岸遥相呼，有山不移真大愚。笙簧箫鼓筝笆竽，取快不怕论及舆。谁冠可溺无如儒，罪言争欲榜通衢。诸君赌韵聊自娱，记否何年丧国庐。鹰眼未疾草未枯，淋漓都有大笔濡。新秋气爽露如珠，青天高哉噫嚱吁。

映庵诗宗正句。倦知初稿。②

第二十七通

七夕置酒高会倒湖吁韵六叠征坐客和

牵牛织女遥相吁，一年别泪抟成珠。青天碧海为之濡，千秋万岁长不枯。倒倾旁溢到吾庐，白头夫妇双欢娱。惜不比翼翔云衢，而亦余波及小儒。谓襄儿夫妇。倚天乞巧攀扶舆，调其琴瑟和笙竽。过庭

① 此书作于民国十三年甲子(1924)六月十二日。

② 此诗柬仍是湖吁韵，应作于民国十三年甲子(1924)七月。

不作多财愚,凤凰乌鹊以类呼,啜取鲈鱼莼菜腴。雏孙稚子戏我须,并入神仙嫁娶图。诸君诸君数不疏,有酒不饮何踟蹰。仙人来我楼上居,直把天河当镜湖。

七一叟倦知初稿。[①]

第二十八通

闻有小极,计已奏霍,敬念。廿七敝处诗钟,务请早临。贞长不知其寓,并乞代约。至盼勿却。映庵世先生。弟康顿首。

第二十九通

连谈极快。汪用羽世兄不可一日赋闲,昨在敝处会晤,承面允为设法推縠,渠极感纫,备具历略上谒,属为介言,幸容接之,庸玉于成,同声拜祷。专承映庵世先生大鉴。弟康顿首。十九。

第三十通

答杜园兼柬散原闲止

公子翩翩迥出尘,盛年不怕病兼贫。自携冰雪禁消渴,日对湖山若有神。颇学杜陵能瘦硬,独从开府得清新。最难二老忘形甚,真个天涯在比邻。康杭州与散原、闲止隔舍居,日从啸歌。

庸庵尚书以赠闲止诗索和依韵奉答

吟髭捻断笑疲疴,吴越将如白战何。失喜跫然蒙叟趣,来诗自注:"与颂年唱酬极少。"好追往者接舆歌。年齐侪辈生存少,丙戌同年存者才什一耳。律细公诗老去多。一卷哀成同属和,即非白雪亦阳阿。自注又云:"庶使《吴越联吟集》添一故事。"

闲止翁寄示游西溪之作依韵书感

虫沙槁死发干晴,七旬不雨。莫怪诗来变徵声。身落穷愁惟善

---

① 此诗柬作于民国十三年甲子(1924)七月七日稍后。

哭,世沉昏垫俏生明。湖心潋作清思浣,山气盘成硬语横。欬唾随风
到豚犬,故人款款若为情。儿襄以诗就正,乃承高和,奖勖甚至。

映庵世先生方家正和。倦知初稿。[①]

第三十一通

乙丑九月二十八日领家人游半淞园遂访非园主人发为此歌

秋深水落江不流,江外海角如虚舟。寒飔衔晴日色薄,放眼一旷
天为哀。乌筒束烟入云表,微见起伏沙中鸥。平畴累堤夹两岸,小艇
三五从之流。茆亭石磴恣坐立,但有游眺无停留。霜柯作花菊万本,
奇姿异态枝枝遒。想当采之东篱下,如见栗里南山悠。孤根磊砢自
矜重,晚节宁与群芳谋。杨枯梧槁皆自召,造化亦要人干揪。夫容经
雨更零落,一朵二朵时迎眸。刺船忽作濠濮想,金钱十二乘双艘。童
孙幼子不晓事,倒影欲捉行将泅。环周荡漾不一里,直如方丈之瀛
洲。曲栏旁榭小香积,重罗细截供征求。嚘羹咬菜各各饱,摘花插发
将毋偷。雕虫画马纷相投,虽非神仙亦眷属,此游不减阮与刘。非园
幽宦亦不恶,回车迂道为夷犹。黄花别有百十种,胭脂玉雪夸其尤。
息存病山宽宽仲慎慎先沤沤尹,杂坐徙倚茶一瓯。不期邂逅各失喜,
旧雨沉瀣弥绸缪。谈天说鬼骋奇怪,诸葛不死曹瞒囚。主人羸车最
后至,陈碑导我看新售。园主甘君翰臣,经商海上,疏财好客,新以千金得六
朝陈碑,惜天晚不辨点画。千金一石不自靳,即此正是朱家俦。万家张
灯夕照落,稚子绕膝求归休。晚香黄昏兴未尽,可惜杖者趺难瘳。

乙丑九秋,倦知初稿。

此诗恐招方家野哉之诮,幸指其疵。映公吟正。倦知。望转蘷

---

① 据陈夔龙《花近楼诗存》所存唱和诸诗可知,和闲止诗作于民国十四年
乙丑(1925)九月,奉答庸庵索和作于同年冬(大概十月),则此诗束应即作于民
国十四年乙丑冬。

庵,昨索稿也。①

第三十二通

反自杭州访呋庵诗家新居不遇旋得诗简辄仿其体依韵答之

蕃市繁华场,而亦僻幽邃。中有素心人,诗来不予弃。谢病不下
楼,长日独有睡。君来分应答,支离偶一至。高堂一以新,奉母孝不
匮。有枝鹊可依,有池鱼可饲。扫榻僮仆忙,主人晤奚翅。况辱折简
招,杭州已先醉。学说新名词,君诗真国粹。但读圣俞诗,君雅好梅
诗。何劳正平刺。适然交臂失,何有三舍避。夫子不可见,丈人杖复
植。各当去声会合篇,以尽君我意。

甲子上巳,倦知老人呈稿。②

第三十三通

哭吴子修同年二十四韵

邦瘁人亡事莫言,问天何处雪烦冤。栏前徐孺来刍束,襟上杭州
断酒痕。杜老长镵了生命,放翁绝笔痛中原。坠欢欲续巴山话,息壤
应招楚些魂。玉宇琼楼成梦幻,碧鸡金马邀辀轩。兼圻王父悲宗祐,
三世词臣泣主恩。新挟冰霜编野史,旧裁[栽]桃李失公门。著书差
可穷愁解,谢客难为贵显浑。省乘群推衰以首,主修《浙江省志》。国殇
重念丧其元。著有《辛亥殉难录》。翛然世出著辽帽,不许人喧坐谢墩。
忍使弟昆皆伯道,君两子皆以后兄弟。但庐丘垄即南村。悼亡枨触荆
钗在,述祖歆歌石砚存。支派归方严义法,心传伊洛溯渊源。下帷乔
梓勤铭椠,夹袋芝兰半澧沅。往日文枋惜洵轼,只今劫局莽乾坤。武
城先去留民望,两值湘乱,君方视湘学,皆先一二月谢病去。栗里归来觑士
论。罗隐精神见鸾鹤,汉家伏腊荐鸡豚。扬州水部蒙笼室,洛下温公

---

① 此诗柬作于民国十四年乙丑(1925)九月末。
② 此诗柬作于民国十三年甲子(1924)三月三日。

独乐园。噫我海滨六七载,访君湖上四三番。杖藜扶我穿山雨,联襼从君看海曒。一别神交淹岁籥,此来腹痛酹清尊。哀深越绝纷乡祭,终饰周余彻帝闻。不愁千秋道一老,最难令子抱文孙。怕看宝祐登科录,寥落晨星北斗昏。

敬求点定,即日径寄敝寓。①

第三十四通

嵩庸二叟均见示叠正月十三日元韵之作亦叠
二律答之兼示散原闲止映庵

僝然孤立叹如柴,键户苔痕尽没阶。北阙未容才自弃,南山至竟力能排。心如务观中原定,事已泉明下濮乖。三叟新年差遣兴,诗筒往复几吟鞵。嵩、庸二叟与余,入正半月乃有诗十余篇。

略略寒飔飚冷杉,不禁忍俊比颓岩。荒径犹得余糟粕,初服终教反履衫。吏部书来文日月,除夕、元旦,散原均有书来。宛陵诗到乐英咸。欧公赠圣俞诗"往奏玉瑄和英咸"。映庵一意模梅,卓然名家,元日亦有诗来,故云。周家社稷今安在,记得当年太史监。偶检阅闲止僝直政务处时贻书,论时局甚痛。

映庵诗家正和。倦知初稿。②

第三十五通

映庵诗家世先生见和拙韵虑憺物轻竟是宛陵集中
佳什喜而赋赠再索和章兼美薝庵两正

月露虫鱼务去陈,皑皑冰雪孕轮囷。白从铁外自为战,青到炉中

---

① 吴庆坻卒于民国十三年甲子(1924)三月十一日,此诗柬应作于此后不久。

② 据陈夔龙《花近楼诗存》、夏敬观《忍古楼诗》所存唱和之作知,此所云"正月十三日"为民国十五年丙寅(1926),则此诗柬应即作于正月。

更觉纯。开径雅来三益友，晚年喜得两诗人。君与蘘庵皆世好，余客中过从最密，始通文字。梅园惜爽寻芳约，衰病江南负好春。本约同赴无锡梅园看花，余以病足不果行。

丙寅正月晦前二日，七十三叟肇康初稿。[①]

第三十六通

讽诵大诗不已，忽有所悟，搦管顷刻率成，竟忘元唱为七律，荒唐可笑。欲模仿元唱，而不知君则圣俞，我则成白话矣，相去抑何远哉。录呈一粲，幸砭示之。映庵吾仲世先生。康顿首。人日晚。[②]

顷得蘘约，初十晚七钟来小集，特奉约。

第三十七通

丙寅除夕

一年心事尽于斯，万事都非只祭诗。入室可堪闻妇叹，内子卧病，弥痛龢女。过庭差喜看儿嬉。梭駒岁月争今夕，置兔干城正此时。明年太岁在卯。且酌屠苏劳群从，笘兵未已更何之。琴侄一家十余人，均从杭州避兵来居宅中。

丁卯元日

发春对酒合当歌，往者如斯来者何。二老相扶人寿几，十年于外客愁多。养生义法惟投笔，经武讦谟在止戈。妄冀思归终可得，蹉跎心事笑东坡。

映庵诗家正和。倦知初稿。时年七十又四。[③]

---

①　此诗柬作于民国十五年丙寅(1926)正月二十七日。

②　疑书中所云"竟忘元唱为七律"者，即前第二十二通所录《次韵映庵元旦之作》，夏敬观原作为七律，余氏和诗为五律。若然，则此书作于民国十六年丁卯(1927)正月七日。

③　此诗柬应作于民国十六年丁卯(1927)正月初。

第三十八通

丁卯重九初赴远浦韵秋江楼之约比散乃诣昌硕梦坡贞壮楚青虞琴九层高楼主人已散惟虞琴在纵谈良久万象在目遂过子大笃友豪生钟局置酒琢吾寓庐钟二敲漏亦二下矣一日集四五十同人先后凡三处登高不可谓不盛矣子大诗先成次韵即事和之

我客申江岁六十，余以戊午移家沪上。故里天涯宁咫尺。虽非绝世亦逃人，杜门谢病频靖急。年年此日逢重九，借句。数数嘉招非偶一。每值重阳，远浦必折柬相招。褐来自脱孟嘉帽，天热甚，如伏暑。伤哉天夺戴凭席。蒿庵年最高，辄推首坐，今即世矣。衔杯相视各如如，困车生恐来徐徐。欠伸都可支危坐，听事椅几皆大树根为之，偃仰甚适。徙倚毋劳别给扶。上下皆以欧式机梯，不须蹑级。坠欢吴翁还赓续，月虽未落阒其屋。就中留后一主人，示我画图笑捧腹。虞琴独留支客，出示畏庐诗画。我非逃席如林逋，雪雪澂。汹汹尹。病病山。实与之俱。俞侯吾乡贤长吏，秋风触我思莼鲈。精庐坐啸神仙眷，集我流人尤雅便。黄钟不毁瓦缶熸，正始元音即兹见。休道钟声不是诗，送酒况有白衣随。妇孙斋绢几零杂，绝妙词成即好碑。

映庵诗家世先生正和。倦知初稿。[①]

第三十九通

楚谣行七叠湖吁韵

东陵以南称南湖，七十二县环而居。作息饮耕无踟蹰，如奔而走附而疏。锦城绣壤潇湘图，屏风猩色纷龙须。地虽卑湿土则腴，几曾昼夜闻号呼。大同只合欺乡里，可惜齐王容其竽。乱乾大赤坤大舆，杨歧墨染终归儒。太平同我击壤衢，毋谓三户徒区区。蓝缕山林聊

[①] 此诗柬应作于民国十六年丁卯（1927）九月九日稍后。

与娱，各守先人之敝庐。慎勿再索鱼肆枯，盍策六辔来如濡。一任寂寥南海珠，兵罢归家史所书，摆落世网付一吁。

映庵方家正句。倦知初稿。①

第四十通

枉临失迓，湘缄冗极，尚稽走访。明晚六时，望早光快谈。为致映庵世先生。倦顿首。初十夕。

第四十一通

枉谈甚快。遵属奉和，以志景仰。不知尊旨如何？有无一二入格？望示我。前缴鄙册题跋及拙诗，昨忘提及，已送到否？并望告我。敬承映庵吾仲世先生侍茀。康顿首。廿八。

第四十二通

大鹤册子，病腕，只能重抄前跋，略缀数语于后，以称尊属而已，瓶斋称为文大鹤，何也？望便笔示我。缴请察存。和闲止一律，附以索和即正。傅世兄昨亦自来说明为其尊人矣。敬颂映庵吾仲侍福。肇康顿首。②

第四十三通

南孙奇变，令人怵念累日。从者已往唁而返，何以为怀？明晚廿六准七钟，约张、吕诸君小集，意欲援瓶台故事，以杯酒释之，幸勿却我。

---

① 湖吁六叠在民国甲子（1927）七夕，见前第二十七通，则此七叠当仍在是年。

② 余肇康题郑文焯札册，在民国十四年乙丑（1925）九月，则此书即作于此时。

庐山已许必来矣。何如？映庵世先生左右。倦知顿首。廿五。①

第四十四通

侧闻太夫人慈躬已大愈，慰极。晨后似已无枪炮声，如何情状，如有所闻，望示一二。明午钟局是否且缓？并问。映庵世吾仲先生侍弗。康顿首。廿二。

第四十五通

昨闻台从已来，警耗可知，尚有消弭之望否？习、闲、杜、诚有无来意？极念。闻有赠畏公大作，弟亦成一篇，特以写呈，为互换名篇条件，乞即给读为政。余面谈。敬承映庵世先生侍福。戌，倦顿首。②

第四十六通

映庵世先生：此次台从留沪多日，先未得知，比肃笺奉约，而次晨大旆行矣。怅怅，他日当补斯局。属和大诗，勉强凑成。又见诸君多篇，举笔即雷同剿袭，几无一己出语矣。幸斧削而再和之，且索诸君和，跂甚。敬承著履。望夕，倦白。

第四十七通

乙丑元日试笔

海滨支遁与年忘，七十余生越二霜。荧惑相惊入南斗，离骚方更

---

① 南孙即左念恒，卒于民国十四年乙丑（1925）六月十八日，则此书应作于六月二十五日。

② 书中所云"赠畏公大作"，应即《寄谭无畏广州》，民国十四年乙丑（1925）之作；"诚"即左念恒，号诚斋；其于是年五月招夏敬观游九折岩，《忍古楼诗》中《寄谭无畏广州》即编在《左南生约登九折岩午斋》之后。是时浙奉战争即将打响，即所谓"警耗"。则此书应作于民国乙丑（1925）五六月间。

赋东皇。从知劫运关时数,欲识天心证雨阳。留眼河山无一可,泯梦端虑未渠央。

倦知老人,时年七十又二。[1]

第四十八通

拔齿有作诗三十二韵

余左右上下四齿摇动已有年矣,极感不便,息存、病山二叟介绍奥医陈少华,为余次第射注药水,徐徐撬下,毫无所苦,饮啖如初,为之大快,作歌张之。

物无论柔韧,无用即赘疣。体无论羸赢,召痛即戈矛。无用便当去,召痛不可留。颇疑平生劳,忍全一旦休。抑知害群马,适以妨骅骝。又如既朽株,只合供薪樵。余衰先见齿,动摇已数秋。上下左右车,疼痛相环周。每饭稍抵触,锐如锄与锹。柔茹刚则吐,濡决干则不。肉味浑不知,经过关必偷。龋龁排比间,牵掣连咽喉。有医姓者陈,牙科绝技售。自云海外来,卒业师美洲。谓我群齿中,三四如萍浮。龃龉不剔除,动被蹿与蹂。初闻胆为怯,不敢与齿谋。继思纵姑容,奈彼相仇雠。一听容所为,蕉剥而茧抽。涂以药瞑眩,芟若草耘耰。密密妙拉摧,徐徐微抓搜。猛然一下之,缧绁纵累囚。略不晓苦楚,骤不及噢咻。次第凡四目,一一拔其尤。嗟哉神乎技,焄然解此牛。心手交敏灵,功与造化侔。叩之三十六,灵飞佛可求。俄顷恣饕餮,大嚼无钩辀。除恶当务本,善类乃自由。幸勿两存之,一薰杂一莸。始悟古所讥,寡断而优柔。

映庵世吾仲诗家正句。肇康初稿。[2]

---

① 此诗柬作于民国十四年乙丑(1925)正月初。
② 据夏敬观《忍古楼诗》所存和作,知此诗札作于民国十五年丙寅(1926)。

第四十九通

七月十九日同嘿园游翠微卢师诸寺

山灵不愠我来迟，急雨回风与洗悲。破刹伤心公主塔，坏墙掩泪偶斋诗。后生谁识承平事，皓首曾无会合期。三十年前听琴处，秘魔崖下坐移时。曾与偶斋、壶公听吴少懒弹琴于此。

龙泉庵坐月示嘿园

洗秋雨止宿松寮，月午云开梦亦消。破晓听泉还蹴起，清光一失是明宵。

大悲寺秋海棠

当年亦自惜秋光，今日来看信断肠。涧谷一生稀见日，初花却又值将霜。

二十夜雨过对月

梦醒犹疑雨满山，龙公又放月光还。半规松际吾逾爱，及取东方未白间。

重过卧佛碧云二寺

香山兰若似年时，零落行宫总益悲。闻说六飞曾一幸，君王终惜露台赀。

八月初十日同嘿园宰平游戒坛潭柘二寺

西山吾故人，久别渴一访。潭柘稍阻深，戒坛致清旷。前游悔草草，梦想半已忘。有分及余年，登巅骋秋望。见从得二子，济胜聊自壮。犹疑在故山，松月坐相向。此心本无住，所见孰真妄。闻梵各洒然，无为忆曩向。

入门眩丹碧，千佛阁一新。戒坛胜在松，贵是辽金陈。一松插宵立，苍黝不见鳞。一松称卧龙，抉石根如轮。孙枝亦屈铁，偃蹇不可驯。其一虽空心，要与栝柏邻。独怜活动松，怛化逾廿春。生邀宸翰赏，死作僧厨薪。琳宫有兴废，古木烦见珍。

骚情满僧壁，贤王诗集唐。天教十年闲，踏遍山山苍。再出事已非，朝露况不常。想当抽思初，时上高阁望。一气焉可辨，浑河长自黄。揭来荫庭树，爱此召伯棠。俗缁侈檀施，伟哉选佛场。

晓寻观音洞，乃登极乐峰。洞深未穷底，峰峻凌空濛。峰后亦一洞，谓与浑河通。当年避兵人，千百来求容。众入一不出，从此丸泥封。我读壁上题，蠲然声泪同。上述乱离状，下勘富贵空。谁将此时心，散作千声钟。回向忏我佛，泠泠西来风。

昔为岫云游，到寺已昏黑。那知山门外，双松翠交织。宸题引入胜，云日与绚色。升阶见裟罗，银杏尤夙识。踪寻出寺左，石径顿坦直。有亭夹清湍，丹垩亦新饰。去都且百里，布施定谁力。龙子与拜甿，奔走客万亿。幸先香会至，食宿免见逼。入梦习泉喧，窥床惜月戾。安得十日留，从容共探陟。

山好半在树，树多能作岚。峰回磴随转，深翠藏龙潭。潭小却不涸，酌之冽且甘。孤亭近阳曦，就树藉草谈。涧石谁留题，逼视得两三。苏州可庄。与祭酒，伯熙。前游曾并骖。大梦先我醒，笑我还朝簪。我心似潭水，世味孰足贪。卒业幸放归，听泉终一庵。二子实闻此，山灵为之监。诗成急寄似，黄髯洞庭南。董胅与前游，今归湘潭。

第五十通

"昔吾有先正，其言明且清"。请为大诗诵之，此境固不许人问津也。辄仿尊体，依韵奉和，然而瞠乎后矣。尚希指谬见复，以证到否。又留别一律附呈，亦无非抛砖之意耳。复承映庵世先生左右。弟康顿首。

第五十一通

沪上罢工多至数万人已五日矣并有罢布之谣居户食用无不预为之备以防匮绝庸庵以春夜有怀诗来次韵同感

阴符疑阵了难知，正是相惊匕鬯时。见说间关严夜禁，为防无米断晨炊。南船北马凭谁使，吉网罗钳莫入诗。乌鹊飞来如我相，徬徨三匝绕何枝。

映庵诗伯正和。倦知初稿。

第五十二通

长篇波云诡谲，以诙谐出名理，如读《养生主》所谓善名恶刑，《齐物论》所谓槁木死灰，满幅皆有子意。于诗有泉明《形》《影》二篇之妙，惟有佩诵，莫赞一词。"文章本天成，妙手偶得之"。信然。映庵先生诗伯。肇康顿首。

第五十三通

乙丑除夕有作

浮家又饯岁之余，长此衰慵百不如。九载客心自今古，一年人事试乘除。祭诗只合逃归佛，读史翻教尽信书。我已七三妻七四，且携孙子爱吾庐。

映庵诗家世先生正和。倦知初稿。①

第五十四通

次韵映庵世我仲诗家见怀之作即希是正

白驹何皎皎，相望食我场。又当桃李时，无言终不芳。伊人在何许，明月沉幽篁。玉珰缄新诗，风雨不我忘。况多素心人，元唱与散原、闲止、南孙、达夫同游灵隐。文中皆黄裳。泠泠西子湖，招我老是乡。雅意湖与深，重之琼瑶章。会当载酒来，灵隐同徜徉。

甲子上巳前四日，倦知老人肇康。时年七十又一。②

———————

① "己丑"即民国十四年(1925)，此诗柬当作于民国乙丑除夕稍后。

② 此诗柬作于民国十三年甲子(1924)二月廿九日。

附　录

哭余尧衢

　　盘盘夔铄翁,骨肉还归土。魂气返太素,谅非死能腐。病床六十日,每视倾肺腑。弥留作永诀,执手不得语。先公门下士,君最见峰距。至今章江流,呜咽送君浦。去官由执法,失君民失怙。昨日骇君丧,吾妻寝机杼。迩来二十年,海角相温煦。视吾犹弱弟,无言不吾与。精诚开金石,诗歌振钟吕。我声每啾发,感耳辄相许。平生寡交游,朋友稀可数。徒缘文字契,未必喻甘苦。性情世冰炭,漂山众吹响。君则异于我,兼容亦并取。寝门诸吊客,莫不饮君醑。怀忠须埋名,虚谥抑何补。坐念功利人,怀挟类善贾。君既阖棺去,瞑目得其所。置前用吾缣,寄泪沥在楮。

叶玉麟 十三通

叶玉麟(1876—1958)，字浦荪，安徽桐城(今安徽桐城市)人。有《灵眈轩文钞》等行世。

第一通

映庵先生大人：前时两上书，当荷垂察。得剑知函，始悉盛心护念不已，更为力援，不欲老朽弃置穷荒，此贤人君子之用意也。从塞上来津沽，晴明才似九月，闻良友披拂春风，如挟纩矣。刻住五小儿处，昨又得一女孙，亦复可喜。此间二三知旧如昔，一山先生老瘦，几不复识。林宰平兄与其夫人吟卷疏灯，相对砚席，而沈阳沈梦九则与老妻长斋诵佛，世间乃有此梁孟，我独何为如孤鹤邪？剑知近作，如披妙画，然则以画手入诗心，当别有兴象，知法家优为之也。贱恙停止注射，即又短涩，饮苦若觉少佳，以膀胱有热。闻清恙早瘥，不胜快慰。迁园处顷亦上书，承公与剑兄左萦右拂之意，然未若两公之言以人重也。手此敬谢。即颂箸绥，并叩嫂夫人曼福，幼达兄昆玉均此。玉麟顿首。儿孙侍叩。腊月十日。

第二通

映庵先生有道：前读赐书，极荷关切。别久思深，益感情至。闻清恙服西药良效，为快慰。贱恙在津曾就西医试诊，多妄意揣测，力劝开割。后得琣山兄为拟清热补肾方，甚效。乃知老年溲涩常事，非人人皆癃闭也。正欲奉告，小儿来，禀传雅谊，护念不已，尤为感戴。迁园先生笃旧，前蒙概允位置，所说默园一席，非不愿就，以与此公亦雅素,闻其假期未满,不忍迫促。废病之友朋,而寒士又不能暂闲,正月乃又出关。现拟奉恳先生将鄙况代为婉陈于迂园兄前,实以年近七十,中气已伤,万不能再充教授,如黄事尚未有人,仰求鼎力玉成于迂园兄,可否俟默园假满无可展缓时,委弟承乏,庶乎两全之道。弟静候示复,即将此间馆地辞去,料量川资,携小女南返也。前过沈阳曾作小诗云:"小枝依丘垄,春回梦有根。出关孤塔送,残雪数家存。久客谙行路,寒鸦掠烧痕。老妻曾此别,车过自伤魂。"质之诗老教正。沪上桂玉日高,几令人望而却步,不审金陵奚若?五儿仍就旧馆,居停意良厚,顷已挈眷回沪,当令趋前面陈鄙况,借纾锦注也。敬叩箸安,并候潭府均吉,世兄均此。玉麟顿首。二月廿九日。儿孙侍叩。

第三通

映庵先生雅鉴:前时启候道履,度蒙垂察。五儿北来,述在沪得亲教诲,并承笃念衰朽,曾力为嘘拂于无畏兄,谋为位置,所以提挈之意至深,输感无极。方将理棹南归,适闻海上食货腾踊可骇,因思纵劳良友援引,而所入有定,终不能与无情之潮汐继高增长,转恐无以仰副至好调护之心,只合婉谢无畏兄,实为惶愧万状,想知己能谅之也。学堂寒假,顷来津小住,开岁仍当往长授课。年将七十,中气已伤,本不宜讲诵,而时难相煎,使寒士不能一日无馆,亦众生厄运。闻公有寓沪三不得之苦,可谓君房言语妙天下。绘事知意境日超,以经师作画手,自然迥异庸俗也。弟本拟回沪一行,而资斧限于新例,毫厘必须请许,恐难遂愿。瞻望清尘,曷任驰系。敬叩箸祉,并叩潭福。玉麟顿首。儿孙侍叩。

第四通

映庵道长先生足下:奉别经年,阔略音敬,知怡情染翰,画境日高,充以卷轴之光,自异俗手也。麟重游塞外,触感增凄,诚如公向日相慰藉之语。老妻长逝,佛学遂以深耽矣。此间人物粗疏,皆村学究流传之谬种,唯旧友沈梦九读大著《经史百家评序》,知为皮先生高第弟子,亦以见经师之可贵,而海内瞻望清标者,洵不乏人也。闻二世兄断弦,深为骇怛。文孙辈方髫龀,何以为情?五儿南旋,命其趋叩崇阶,代致鄙恫。拔可兄病未审已瘥否?海上物贾怪变,真反常之事,使我辈沦落穷荒,欲归不得。日暮人远,相望为劳,何日高斋瞻睇,一读妙画邪?敬叩道安,潭府均吉。玉麟顿首。儿孙侍叩。九月十六日。

第五通

映庵先生礼席:缺略音邮,时景清范。奉讣告,惊谂老伯母大人弃养,念往岁时过高斋,每闻缕述懿行,伏读大启,哀感朴质,动触肝膈,使人涕涔涔堕。叙华山之游,瞑离十二日,慈怀以为半岁,自念往日亦间违定省,累吾母者正多也。至诵经使目翳复明,足征诚孝,又自恨平生昏钝,奉佛不谨,不能已吾母之痿废也。闻卜吉杭州西溪,实近先垄。老滞穷边,松楸系梦,甚愿从公湖上作遗民,得依亲墓耳。祗请礼安,维炤不僝。玉麟顿首。三月初六日。

第六通

癸酉除夜忆儿辈

饯岁髻龄味,年侵意绪多。花时独衰丑,胜日悔蹉跎。灯火依人聚,鼯鼯向夕过。三间士衡屋,聊取醉颜酡。

世有无穷岁,吾宁惜此宵。春难回丝鬓,贫甚落秋潮。天意萌群动,山空阒后凋。聊看侣人喜,海溢日萧寥。

映庵先生诗家诲政。玉麟散稿。

第七通

映盦先生足下:别将三月,相念如何。承惠书,慰甚。离索久,益孤陋,近作文二首,陈请教诲。此间无可与语,如处狪獠山谷中耳。

《青鹤》向未订，未获庄诵鸿文，当从友借观也。馆中岑寂，幸有书，惜不得从公问学晰疑，殊增怀想。曾有一函致拔可兄，未省达否，晤烦致声。敬颂道安，并候潭祉百益。玉麟顿首。孪子侍叩。五月廿六日。

吴敬臣兄处册子，容日内即寄款，令大小儿趋叩尊前接洽。费神，心感无既。

第八通

早间承教，又得吴君善相，快甚。拙文本不敢渎请因去年《经史杂钞》已蒙赐序。赐序，然知己不易，恃情更烦随笔作短篇序文，借以自重，感谢不尽。小儿学作跋语，附呈诲教，可以略省麟先世，作参考。一笑。敬叩映庵老前辈大人著安。麟顿首。

谭瓶翁如晤，乞代求书签。叩祷。

第九通

昨出园稍晚，几冻病。遇赣一之友，款茶点于梅下，不知其为律师也。高、王两册送上，观公近作，笔愈老成，更玩味名家，当益进。麟尚欲过汤定之一谈，俟清暇再约公渚同访，何如？此上。映庵先生大人道安。玉麟顿首。廿八。

顷觉怯寒，恐须发热。

第十通

映庵前辈、公渚道兄大人赐鉴：奉违清霁，眴已月余，久欲申候，以行装甫卸，未暇修简，知相谅也。弟于上月杪来沈，垂老出关，为柱下守藏史，闲曹固与懒宜。馆址为张氏故居，饶花药楼台之胜，惟过逢绝少，长日如年，念海上相从之乐，不胜慨然。杭海时天池如镜，乃知水无波性，时欲作小诗奉怀，而荒冗迄不成句。昨甫赁屋奉天小南门外洋楼后胡同二七二号，内子暨小女尚在长春，缓当接眷也。两公画兴当益豪，精诣遂不可及。此间买宣纸不得，则知谙绘事者无人。

仁先曾晤，杨子晴亦来此，数年不见，亦增老态矣。众异、拔可、定之、昆山诸公计常晤。北来在尘埃墟落中，念新雅茗谈，迥不可得。庄生曰："越之流人，去国愈久，思人滋深。"言之增叹也。敬叩道安，并候潭府均吉。玉麟顿首。麦秋初十。

第十一通

大著文稿，已录副给广益书局，感荷之至。该书店拟敬具菲礼，聊申谢谊，托先容，如送来，请哂纳为叩。商务保单仍求签名盖章，多渎增愧，亦恃公游扬尔。敬叩映庵老前辈大人道安。玉麟顿首。廿五。

文稿奉缴。

第十二通

比数得亲炙，深惬倾向。昨诵鸿著，并承启迪，益叹老辈治学俱有根源。以公知名早，多识先进，文特朴茂深美，而谦不自居，又恨相从之晚也。旧作五篇，荒冗鲜进，幸赐教诲。苦热，为人指役，阅报编志，一叹。敬叩映盒老前辈大人道安。制玉麟顿首。廿二日。

徐、黄二公均此。

第十三通

酷暑未得过从为念。扇面六张呈教，另有镜屏四方、横幅两帧、立轴一帧、对联三幅、墨竹中堂一帧、立轴一帧，明日往城内取来即送上，敬恳费神编入号末。技劣，依附雅望欲一试，只增丑拙尔。原件交贵纪带上，徐、黄二公肯为润色尤感。敬叩剑老前辈大人道安。制玉麟顿首。

贵上大人。

徐桢立 十六通

徐桢立(1890—1952)，字绍周，湖南长沙(今属湖南长沙市)人。有《余习盦稿》等行世。

第一通

映盦五兄姻世先生执事：秋间奉读惠书，具承春夏之际，濒海尘销，市廛安堵，安神纳祜，颐养多宜，至为浣慰。细观书翰，精神初不异昔，弥见寿征。兼荷以六十贱辰赐诗为贺，既承藻饰之加，复欲为拙画增重，昔年所作，正不知拙劣作何状，乃缀以品题，益之装裱，愧谢曷极。诗中兼及蟭螟书屏，具见雅怀，不忘寒家故实。前岁弟亦曾托人访问此屏，知瓶斋所藏，泰半散出，遂不知流转何所矣。康桥画集，情景如昨，不觉遂已廿年。公渚闻在青岛见湘人辄问弟踪迹，特不知其地址，不知亦尝与兄通信否？拔溪今岁无书，是否仍常过高斋？其住址未迁动否？长沙一切安定如恒，亲友家皆安善。左觉如设纸烟肆，营此业者已多，无复利润。书画家皆不复有笔墨酬应，弟以养疴，更久不弄笔矣。贱躯今岁又发咯血之疾，幸不咳嗽，体温正常，眠食如恒，而医家以为必须安卧静摄，无所用心，乃易平复。遵行久之，今偶起坐伏案，乃一握管。屡欲致函申谢，以此迟之至今，无任愧荷。专此。复颂箸安，并候潭福。弟桢立再拜。嘉平三日。

第二通

映庵五兄姻世先生执事：日昨奉复示，知寄祝诸件皆到，微物齿及，益增颜甲。顷又奉手书备悉。寄篝牡丹为陈君谬许，嘱购扇照画,兹抽暇写成邮上。弟润例虽扇面十圆,然既遇赏会人,正不必拘定此数,即请以九圆收润可耳。惟有不情之请:前见报载泗泾路利利文艺公司寄售画册中有故宫所印李公麟《九歌图》,据云人物树石无不精妙可法。从前文明书局曾印过李画《九歌》,但写人物,无树石景。有赵仲穆书《九歌》合璧,弟曾购得,不知即是此否? 如又是一本,不知真赝如何? 果精妙否? 润资乞暂勿寄下。拟请于气候凉爽或游味雅时,便中命驾,一审定之。如果系流传有绪,笔墨精妙可为师法,即乞代购一册。每册六圆。又有《故宫周刊》第四年双十号《宋四家真迹》,每册二元五角,弟曾见之,甚精。倘购得《九歌》时,并乞购《宋四家》一册,一并寄下为恳。本不欲以此琐屑奉渎,以此事不能托之外行,兄以为可购则购之,以为不可购则勿购,如弟自往观也。专复。祗诵箸安。弟桢立再拜。七月六日。

第三通

　　映盦五兄姻世先生侍者:去冬奉手书,又奉书,并寄陈佩老寿诗及印资四圆,因陈宅寄谢柬函中附弟奉复一笺,以为递到,顷读来札,乃知并回单迄未寄到,此非积压未投,盖已遗失矣。陈图题咏,作者如林,自读大作,乃叹为复不可及,不独佩老忻谢赞叹也。春间拓砚拟寄尘,适值舍弟妇之丧,遂未径寄。旋奉惠书,垂唁舍弟,兼拜诔联,具承关注。舍弟妇初无疾病,猝然痰闭气脱,仅一时许,事殊出意外。所苦者舍弟,感念之余,兼须照料儿女,情景颇难堪耳。拙画远寄柏林,得与大作《包山远眺》附骥以行,至纫。不遗在远,感幸无似。回忆画帧中康桥题咏,流布远西,亦他时一佳话也。闻尚需转地展览,结束售资,自非亟亟一时事耳。铁崖砚拓本寄鉴,至以赐和使此石增色为幸。承命写词,将入词话,具仰拳拳。伯老词正写录,许季翁及弟作迟并写上。专复。敬请箸安。弟桢立再拜。四月十一日。

第四通

　　映庵五兄姻世先生侍右：顷奉惠书，并邮票。并由邮寄到代购李龙眠《九歌》卷、《宋四家真迹》册，琐渎劳神，无任感幸。龙眠此卷，虽明以前题跋佚去，不能确定是否原迹，然矩度犹存，足资取法。文明所印知又易主，弟曾屡摹，愈久愈觉其妙。此二本妍朴不同，各极其胜，朴处上接晋唐，妍处则宋人独擅，展玩揣摩，益知不易着手矣。今夏酷暑遂为昔年所未有，不审园居何似，画课仍不辍否？湖湘炎暑郁蒸，遂成旱象，新秋得雨，然已无益早稻，幸滨湖收获甚佳，可以抵注。闻浙省今年荒歉尤甚，台生兄往来沪浙，想频得晤。专复。祗诵著安。弟桢立再拜。七夕后三日。

第五通

　　映庵五兄姻世先生执事：日前奉赐书，并汇寄银洋八十二元，其时触暑，方在病中。顷病起，正作复间，又奉手札及新印画集四册。奉读先披小影，精神丰采不异忍古楼中晤对时，知烟云供养之益，老色不侵，至慰驰想。旋窥墨戏，益佩精能，《烟江叠嶂图》树木峰峦，规模宋法，固极见经营之能事，已为杰构。弟尤爱月潭、师口、邓尉诸帧，写实之中，悉追古法，用笔则不繁不简，取景则余味曲包，时史竞写山川，何尝有此丘壑。因念我兄思精力伟，游兴复佳，倘遍游名胜，寄意画图，制印成篇，可传不朽。何时乘兴为朱陵紫盖之游？此中云物别有奇观，屡病之躯当蜡屐奉陪高躅也。海西展览，承以拙作与大笔并入鸡林，标价同高，茅茹同拔，愧幸愧幸。至于选作此帧，尤服匠裁，盖山水见售较难。至于大笔，仍遭知音，当必有伟观震耀彼都耳目也。公诸兄江海萍浮，至为可念，翰怡家落，不能适馆，暨南局面变更，能不歌骊驹否？乡人有在广东中山大学授课，暑假归言，榆生秋间将应粤聘，闻古君直在彼提唱旧学，不尚时趋，计龙君必能相得，则异日公诸兄亦不妨试作粤游也。寄家兄弟及许君画册一一转交，均嘱道意致谢。许季翁近顷大病,百药无效,经西医试以治心脏,针药并施,顿见转机,可望平复,惟老态日增,迥异沪游时情景矣。左太亲母五六月间患恙,当其剧时,昏卧不能辨人,势颇危殆,实则亦无甚大病,只由年事太高耳。然毕竟禀赋强,两三旬以来,他病皆退,只腿软虚弱耳。犹时念兄,问弟常得来书否,其思虑周到,似皆恢复以前情况。良孙兄侍疾,心绪不佳,恐未必有书奉报,特为详达。梁君嘱书画二小幅,当于月内写寄。此间笔墨生涯仍如前,不形增减,惟地方贫瘠,虽驱豪不暇,所入仍不能丰,差可敷衍耳。刻章寄款,种种劳费清神,处逸怀劳,不胜愧谢。专复。祗诵暑安。弟桢立再拜。旧历七月十一日。

姻伯母大人前并乞叩安。

第六通

剑丞五兄姻先生侍者:报端见画展通告,复读西神《观画记》,想见其盛。西神论画颇有见到语。兄有《泰山图》,躬庵有《劳顶图》,可云二妙,惜不得见。弟去岁游衡山,颇悟笔墨烟云之理,欲制《衡山图》,忽忽未就,愧可知也。念明岁展览时,弟当写《衡游图》寄上。顷奉到惠书,乃承以前所留存拙作代装代售,并收到十圆,劳逸悬殊,不遗在远,愧荷奚似。弟近于笔墨略有悟入,思前此所作,殆不足观,置之两公精进之作之旁,尤增颜甲也。在《词学季刊》见兄所画美成词,沉著朴茂中生气远出,想见学古后自得之境。弟去秋今春,在岳麓说诗课词一年,以渡河跋涉甚劳,秋间力辞乃脱羁。维八九月间患风热经月,牙眼头喉无不病到,比渐平复。夏间见杨铁崖遗研,为沈咏孙所藏,有高青丘题字。研质既佳,流传有绪,前贤遗研,赝作最多,此研刻法奇妙,极真。因制词拓印,寄子有处,托转致同社诸君,不审得见否?旋以词意未尽,复作歌行一首,兹写以奉正。此研今已归敝藏,倘得兄与翱庵兄赐和,或诗或词,皆以为幸。或社集以此制题,弟拟印小册,曰《嬉春石语》,亦佳话也。白描水仙承代送柏林画展,抉择之处,恰与鄙意相同。牡丹竟洗涤如新，倘不再墨，拟即存之社中，以此帧尚工致耳。弟近已得制粉不黑之法，他日当以所作奉览。敬颂著安。躬庵兄乞代致候。弟桢立再拜。十一月初三日。

姻伯母大人前乞为叩安。

铁崖屐研歌

有携杨廉夫屐研过余者，其右方刻文曰："嬉春之研，八十不再嫁老妇，东维子用。"池中刻曰："是研为吕志学所藏，余过东丘兰若，遂携以归启。"按：志学名敏，毗陵人，青丘《凫藻集》中送吕山人入道者。匣镌小方印，曰"沈翰珍藏"。翰字咏孙，山阴人，官湖南知县，工画，殁二十年矣。题以归之。

有黔者继陶家泓，何年著屐人间行。濡头满腹百不惜，凤琶龙笛嘤相兄。琢磨诗篇瀹井史，云锦百样资渠呈。一从古节誓旧帚，春气悲喜难为名。深衷宛转刻至骨，什袭忽伴藏经嬴。道人俗好宁顾盼，黄庭手写心还婴。东丘枇杷饱过从，《虎丘志》：东丘即东山。青丘有"东丘兰若见枇杷"绝句。石交镂证林泉盟。扣舷湖上浃梨雨，翻使新句催先成。流传忽忽五百载，包山地穴神输迎。山阴吏隐贫具癖，典衣买护如头睛。最怜舐笔意槃礴，抱艺老死清湘城。前修韵事倏聚眼，金声玉德堪夸评。吾生丁世岂类此，白衣肯换黄绨轻。秋虫欲学嗟自苦，枕秘纵觑愁难赓。尚余墨戏颛嗜古，笔即不逮焚同情。缘生有作终幻坏，差许不变通精诚。手还此璞坐叹息，不独磨人惭客卿。

映盒、躬庵两兄和正。桢立写稿。

第七通

映盒五兄姻世先生箸席：日前邮上一笺，谅已登览。前晤良孙兄，亦以来札示之矣。报载上海开市后，气象渐恢复，此后和战即不可知，要以苟安为幸，然在今日，到处皆以得苟安即不易矣。望卉木抽萌，木笔作花，辄忆及去年往来康桥所见，不胜惘惘。春和气煦，笔墨融畅，兄与匊庵兄当时时仍同此乐耶？朱介侯兄《桃源图》卷事，不知迳日得剑知回信否？卷当在沪，特不知在何家。闽沪通信、沪湘通信展转需时，极为忘忘。兹者介侯之世兄，因交大开学来沪，特嘱其晋谒，以便就近可得消息。介侯之尊人荷生先生，曾举甲午乡榜，与左右有同年之谊。其世兄名镕坚，字敬如，来谒乞赐接见。介侯学行笃实，不轻然诺人，亦不妄托人，弟深惧此事万一愧负，兹介侯以属之弟者，重以恳公，务乞分神为之催促接洽，即沈处不成，但得交还，渠意仍祈代向他处接洽。湖帆处想尚可一问。此后请径与其世兄面谈一切，款件皆可径交与之。伊当随时趋候。种种费心，同为感篆。前拟寄湘制煮捶笺，以恐邮局折损，兹托朱世兄带呈，如合用当再寄奉。专此。敬请时安。弟期桢立再拜。清明日。

䕮庵、众异、子有诸公，晤时并乞致意。

第八通

映盦五兄姻世先生左右：前月邮上一笺，日昨奉惠书及《虎图》纸幅，知前函尚未到。月初朱世兄镕坚。赴沪，嘱晋谒，并托带一函及煮捶纸，想日内当送到矣。朱藏《桃源图》卷承催问，甚幸。健知函嘱王君送件，想伊所觅主不就，倘荷催还后，仍乞我兄代为觅售处，以朱君奉托之意甚恳切，朱世兄想已面致乃翁之意。想不吝分神为料理之，同此感篆。《虎图》更润色之，加款并篆屏，兹寄上，乞费神转致，润金请存尊处。不必即寄下。日来上海市面恢复情形如何？倘拟展览，盼早日示知。弟归来尚不废涂抹，备为附骥之用，届时或尚可多成数幅也。敬请撰安。弟桢立再拜。廿二日。

第九通

映盦五兄姻世先生执事：正相念间，奉惠书，具承一一。舍弟于二月初抵家，舟过吴淞时，亲见舰炮声发火起，溯江而上，则所过皆安，湘人泰半皆归矣。和议若即若离，不知能否有成。倘不成，则旷日持久，更不知此后如何。《桃源图》事荷兄与䕮厂兄往访剑知，惜已赴闽，遂至无从接洽，不审近得伊回信否？伊夫人亦赴闽，不知伊何时方来沪？缘图主人朱君运气不佳，需款方亟，弟遂留此图剑知处，冀其有成。值此时局多故，须展转通讯，又不知剑知将此图留置某家，颇以为念，倘有差误，弟将无以对朋友。偶一过虑，其滋味与台孙置何书疆村处，乃复相同，兄闻之得毋发一大噱耶！惟有奉托兄与匋厂随时代为访问，若前途还价，虽不足六百，亦乞作主成交。若不受退还，则请存尊处，遇便寄下，若余鹿门未归，则可交鹿门，以朱介侯为鹿门姊夫也。至以为恳。前作《虎图》，既劳捡存，犹荷介绍刘君赏之，甚幸甚幸。润请存尊处，备他时若购沪物，省寄款之烦。惟此幅未署上下款，得兄为加跋，记为某人在康桥所作，则上下款皆有着落，不特拙作借以增重，想亦为刘所乐也。萧君穆字画，弟皆为携归，仍欲在此觅主售去。弟以高澹游一帧，兄颇赏爱，若画润收入丰时，大可移留此画。萧意亦谓，兄若欲留，愿格外廉值，因将此帧暂留弟处，必欲此物得所，亦是一种妄想痴心，姑看缘法耳。又归来见有宋人无款青绿山水一纨扇，笔墨静雅，设色古艳，上有项子京收藏章，因思此物若流入外间，必为俗子加款，忽忆及李拔可所藏天籁阁宋画，曾毁去数帧，若以此补入，恰为匀称，他日来沪，当携奉李君审视定去留，以其值不至甚昂也。家居俗尘纷集，每念同游燕闲策励之乐，辄为惘惘。偶暇尚未废涂抹，稍迟尚欲以所临写寄正。兄与匋厂想仍常相聚点染，湘中煮捶笺莹致不渗墨，与玉版同而较薄，兹寄数幅，请与匋厂同试之。敬请撰安。弟期桢立再拜。二月廿一日。

匋厂兄同此致意，未另。

第十通

映盦我兄姻世先生侍右：前月得奉中秋前一日手书，具悉一一。沪上变乱后元气尚未苏复，而内忧外患，仍在在可虞，宜一切艺事不及往年。伯母大人摄护得宜，当日就康和，至以为念。我兄侍奉余闲，想亦偶为墨戏，俱在念中。弟为友朋牵率，谈艺麓山，山居幽静，可以暇日读书耳。兹有托者,弟携归《蕙风词话》,见者多问此书在何处出售,并有托弟为代购者,弟本欲径函询况又韩兄,又不知伊寓址迁移否,我兄近想常相晤,拟请函询又韩,此书是否可出售,抑非卖品,售价每部若干。兹有敝友陈君熊僧游沪,寓□□□□,约勾留十日即回湘,如此书可以出售,即请又韩捡三四部径送交陈君旅寓,托带来湘,书值即请我兄于前存尊处画润内拨交况君,并以为托。再者,如况君能将此书交由湖南商务印书馆寄售,则异日销行尤为便利,不审以为何如?手此。敬请箸安。上叩姻伯母大人福祉。弟桢立再拜。九月廿五日。

第十一通

映庵我兄姻世先生箸席:前奉四月六日惠书,日昨又奉五月廿七日手札,具悉。前与梁、林两君为华山之游,诗情画意,不虚此行,令人企羡无似。闻新制长卷,山川风土一一状之,必极精妙,恨无由一观,发皇耳目,他日若付之景印,幸以见贻。因忆数年前曾得黄琴坞观察子寿先生之父,郑子尹有题其所作画诗。所画长安山水长卷,一一皆记地名,亦颇有结构,略如李龙眠《蜀川胜概图》,他日来沪,当携与尊作并几读之,惟黄画简略,必不及尊作之精能也。《桃源图》已承取归,今存尊处,快慰之至,极知剑知经手,必不至无着落。惟因展转已隔数手,又时局多故,遂使人增虑,兹幸赵璧以归。据介侯兄意,仍欲奉托我兄为之觅主。介侯今在扬州。湖帆北游,一月可归,似可稍候之,伊世兄敬如若来谒,想亦同此意。鹿门已送尧老及其夫人柩回湘,拟秋间安葬耳。高澹游山水幅,弟已问之萧君,据言此物若归尊藏,为庆得所,价值即照尊意百五十之数,皆无不可。兹托万源湘绣馆有人来沪之便,将此画寄上,乞收到后示复为幸。此款即请由邮或上海银行寄至弟处转交可耳。宋画纨扇,价值不过百元上下,惜人行匆促,未得取来并寄,俟他日寄览。晤拔可、子有、有素册二纸属画,俟画成即寄。众异、公渚诸公,并希致意。手此。敬请撰安。弟桢立再拜。六月十一日。

昨见有持上海画家黄晓汀画扇者，笔墨乃与李秋君寿蘦庵画相似，不知此君即李秋君捉刀人否，便中乞示知。

刘君润款请仍存尊处可耳。

第十二通

映庵五兄姻世先生执事：睽违既久，世变纷乘，天各一方，但殷驰念。去秋旋省会，从人问消息，知起居健适如常，以为欣慰。近奉手札，及由左宅转到邮函，既喜点画精神略无老态，复荷垂念殷拳，好音一再而至，感忭无已。吾兄康桥居宅虽已卖去，沪居多苦饥困，而启处尚安，贤郎辈皆树立，能为菽水之养，良可庆幸。归寓南昌，想在秋候，方暑不适旅行，且海滨度夏较凉。倘抵里门，仍冀以居址见示为企。弟十年前售去城东旧宅，买屋城西北隅，甫及两载，遽付劫灰。在未火以前，即挈家至零陵，旋移宁远，僻乡羁寄，遂历六七年。当甲秋湘南颒洞时，则避地永明山中，幸无锋镝之惊，而水土苦寒，因患痎疟。家人皆膺此疾，淹缠甚久，疲惫不堪，去春始庆霍然。重阳后买舟抵家，视家兄弟子侄山居，则人口安全，屋庐器物一皆无损。家藏书籍在城市者，虽早成煨炉，而携至山中者亦皆完好。大乱之后，饥困乃其固然，屋租计米，而米值日高，旧居一时无力修复，乃寄寓席生家爨后余屋二间，聊以容膝。家兄戉舟山居，不常入城，其长子左出者，能以教书为养。舍弟季含仍悬壶市上，儿子黻本在浙江大学肄业，其校顷自黔之遵义迁回浙江，已放假抵家，盖远游三载矣。拙画存尊处者，久点箧笥，累顾视，愧悚至不可言。回忆拙劣，殆不足存，然留之以自鉴其媸，且以追维康桥赏析之乐，又无不可。第一时友朋中无自沪返湘者，倘台从旋里时，则乞以交景伊世讲，闻渠七八月间将回湘一行也。抑弟更有渎者，我兄如视其中有较可存者，乞择一帧，随意题写数行，记康桥旧事，以永勿谖，尤增宠幸。当时遇从，忽忽近二十年，药栏莲沼，俱令人念之不忘也。旧稿一小册奉正。被溪兄如过尊斋，乞以出视，并致相念之忱。专复。敬颂著安。弟桢立再拜。六月十六日。

第十三通

映盦五兄姻先生执事：景伊世讲还湘，备询起居，安健不减曩年，暇时仍以点染遣兴，笔耕墨耘，仍在青山一幅，此清况亦高致也。康桥社中旧作，既荷弆存，复承交以携下，今日视之，只增颜汗，第当时游处之乐，展对不忘，不独雪泥爪印而已。弟归来一载，拟修建旧居而力未能办，顷货二顷以营三径，将以春间鸠庀工材，但需容膝耳。春融拟涂抹小幅以尘法眼，验其进退。先此布臆，敬颂春厘。弟桢立再拜。丁亥立春日。

第十四通

映庵五兄姻世先生侍右：初间龙十嫂赴沪，托带奉菌油二瓶，不审送到否？自山海关事变起后，闻沪上亦曾发生一次讹言，日内计渐安。以事理度之，彼方必不至仍着去年拙笔。惟北京情形则又不同，闻南下者纷纷，事峣变迁，未知底止。今年腊雪沍寒，过于往岁，惟侍祉康和，兴居多益为念。翦庵兄仍在沪未他适否？晤时并望道意。社中诸友常得晤，并乞为致相向之怀。日前得沪上全国艺术家征集画件助军一函，内有大名，想必有大作加入，如尚未逾期，则请将前存尊处画帧，由尊意择二三幅代致之为恳，如过期不必，亦听酌度。又前阅报载，杨铁夫有《梦窗词注》，似是在丁福保之医学书局或佛学书局寄售。托人代购未得，亟欲一观，拟恳我兄代购一册寄下，不胜企幸。琐渎，敬颂年祺。弟桢立再拜。祀灶日。

小诗一首录上，乞勿吝教，指其疵颣，切恳切恳。

**岳麓书院有老桂二株予来说诗山中方秋盛开徘徊其下
念四十年前此树花时固吾祖所常游观感而有作**

御书楼下两珍丛，曾对岩岩八十翁。文献远随人代改，根柯肯为雪霜空。孤寻气味知无隐，便理蓬蒿事岂同。惭愧留人又今日，不成聪听已头童。

映庵我兄吟正。桢立。

第十五通

映庵我兄姻世先生执事：上月杪友人陈君回湘，奉手书并承代购《蕙风词话》四部，甚荷甚荷。顷又奉由商务印书馆寄来手示，并将前存尊处十二元汇下。屡以琐琐费神，尤以为愧。前在报端见兄与匋庵以小品画帧在利利展览，正在念中，读来示，知收入虽不甚多，然尤较他人为优胜，想见自去岁以来，百业萧条，经年未复，弥可叹念。弟所作花卉帧，铅粉已黑，此固由粉质不佳，弟亦未曾预防，亦疏忽之过。临陈老莲花卉，粉亦复黑矣。兄虽有意欲以示人，亦不可得，可笑也。弟十月游衡山，于画理更有所悟，他日当以所作寄兄正之。麓山半载，不足言讲学，但为诸生略示门径。惟渡河跋涉不易，来年水长雨多，心窃难之，已函辞此席，或能摆脱。则一意作画，但有伏案之勤而无舌敝唇焦之苦，于羸躯较宜耳。陈佩丈年近八旬，画兴尚佳，兹以所作影印二纸，嘱寄海上诸名家同好赏之，兹各寄上五纸。兹因龙十嫂来沪，托带菌油二器，此系购自市上者，闻左良兄言，伊曾寄自制者，此恐不及之。不审尚可口否？渠行李不多，未能多携物件，如匋庵过忍古楼时，请出以共尝，未得分寄也。专此。敬请箸安，并叩姻伯母大人颐福。弟桢立再拜。腊八日。

十发作古可念，其家属想不能久居沪上矣。

第十六通

映庵五兄姻世先生执事：初春左觉如来，询及起居，闻去岁偶患风痹，旋庆痊复，极以为念。正欲修启奉候，顷得披溪兄函，兼示致渠手札，知真手不坏，运腕挥毫，时写清兴，想颐养得宜，神完有恃，扫除一室，良足自怡，欣慰无似。弟前岁奉损书，值发咯血之疾，未遑奉复。加所赁庑颇困淋隘，昔庐占地一亩有半，力不足以全复，撅掲两载，葺屋数间，而余地既多种树莳花，转增野趣。前年秋入此室处，杜门养疴，遵医家静卧之法，安心是药，悉屏诸缘，加小斋爽垲，吐纳清新，所患幸瘳，竟未复发。去秋诣医院为洞垣之视，谓右肺损处病灶结成，可云无害，但未坚固，仍宜简事静居，今犹不常履衢市也。自惟蒲柳之质，加意将护，犬马之齿，忽已及耆，惟学不加殖，愧无以副知爱所期，恒用悚惕耳。专此。敬颂颐安。弟桢立再拜。上巳后四日。

孙世伟 十五通

孙世伟,字叔仁,号徼庐,浙江绍兴(今属浙江绍兴市)人。有《徼庐遗稿》等行世。

第一通

敬启者:承示两诗,以眼前景物入咏,切类指事,环譬托讽,非但刊落陈言,抑且不流肤廓。勉和原韵,录呈指正,邯郸学步,自恧而已。天气稍和,再当诣教。此上剑丞先生。世伟顿首。二月六日。

除夕次剑丞先生韵

漏向冰宵断,支寒大有人。废炉专顾灶,有米却忧薪。老健邀天眷,危吟得句亲。室虚能起白,无事烛花新。

甲申元日次剑丞先生韵

骇浪吞三岛,哀兵动九天。莺花谁作主,猴戏又今年。腊雪难为瑞,心尘待与湔。晏裘今可宝,救乏替新绵。

徼庐。

第二通

敬启者:一楼块坐,无与为欢,借诗排闷,又苦无题,得大作《立春放晴》诗,遂和一首,韵膑词沉,了无新意,不足当法眼一盼也。此上剑丞先生。世伟顿首。二月十二日。

正月十二日立春久雨放晴次映盦先生韵

遮春十日雨,寒与暖争门。举世纷谈虎,此心久定猿。书云开淑景,拨雾望中原。呵笔冰先泮,吟成句亦暄。

第三通

敬启者:承赠书画扇叶,无任欣谢。新诗两首,真挚之情溢于言表,容再细读。附上拙作《答马一浮》诗一章,敬祈指谬,稍缓再当趋教。匆匆。即颂剑丞先生撰安。世伟顿首。七月十二日。

第四通

剑丞先生惠鉴:前者造请,值公外出,未晤为怅。近日沉恙已极,和得友人词四阕,录呈指教。容图叙晤,敬颂道安。孙世伟顿首。四月卅日。

清平乐 次朴庵韵四阕。

青叶踏处,迷了春归路。刺眼杏愍桃更姹,只有侬和愁住。　梦绕桑海谁知,醒来错怨黄鹂。坐烬沉香一炷,奈他花影迟迟。

东风悭暖,九点烟遮半。密护帘衣抛玉蒜,帘外雨鸠声乱。　芳草偏院无人,秋千金索栖尘。历尽韶光九十,何曾乞得余春。

长门锢坐,何日开鸳锁。锦外宫词丝竹播,花蕊夫人杰坐。　春老柳又三眠,此时应见莺迁。底事两园风雨,一声声堕愁边。

台城路废,屡惹苔茸碎。病里三年工作计,锦字排成篇第。　一自罢赋闲情,虚无引我归程。欲奏猗兰雅操,琴中指法微生。

傲庐。

第五通

剑丞先生惠鉴:奉手教,并荷钞示新诗,悲悯之怀,溢于言表。反覆讽吟,次韵和得三首,录呈指正。天气稍暖,再当趋教。此颂道安。世伟顿首。三月十一日。

除夕次剑公韵

饱饭残年惧,穷阴末日情。忘忧无鲁酒,食苦到吴羹。楚词:"和酸若苦,陈吴羹些。"魄已望舒死,天从太皞生。乘除宁有定,藕孔看逃兵。

元日立春次剑公韵

春特今年早,怜鸡子唱齐。忧心天倚杵,理发雪添镪。暖未回冰砚,寒犹恋鼓鼙。但愁人化虡,豢豆易仓稊。

人日作次剑公韵是年元旦日蚀

千载璇玑一晷刻,汉元寿年有此蚀。入春七日冷逾冬,二帝难辨青与黑。聊以快意谈灾祥,痴蝥张口祸不测。羲车无力布阳和,看汝沉地孤轮仄。

俶庐。

第六通

暗香红梅,用白石韵。

有香有色。是阿谁苦摩,巡花哀笛。第一番风,珍重琼枝莫轻摘。淡极于今更艳,应抛却、荒寒吟笔。休更道、逊雪三分,春气盎前席。　　香国。劫火寂。看击碎珊瑚,糁径红积。翠禽复泣。锦帐佳人梦难忆。留取孤根长在,待化血、三年埋碧。且喜有、尘外伴,赤松结得。

疏影前题,仍用白石韵。

昆仑赤玉。种圣湖一角,招鹤同宿。絮帽寒风,岁岁西泠,携筇看映翠竹。如今一片模糊锦,忍更问、枝南枝北。剩栽盆满树胭脂,借慰小窗人独。　　名士离骚待补。酹花共一醉,樽酒斟绿。病起维摩,新词障绮,扑鼻寒香飘屋。相思我欲抛红豆,缀蓓蕾、几枝虬曲。更倩赋、绛雪丛中,为画放翁满幅。

俶庐。

第七通

梦登天庭次映盦先生韵

蕞尔鲲海君,睒睗坐明庭。霾曀集百怪,嘘噏连西溟。中央古莽国,横被浊浪屙。哀哀神明胄,窘若囚待刑。江河不可泳,蜀道开五丁。竟堕九渊底，众怒郁雷霆。时值七月七，我梦迷未宁。谒帝凌虚殿，侧见下天兵。前驱西王母，蹴踏蛟鼍鸣。八载相荡谲，日月失晶莹。么麿方攘攘，大巧乃惺惺。遂剖造化秘，邻虚一尘横。《楞严经》："汝观地性，粗为大地，细为微尘，至邻虚尘，更析邻虚，即实空性。"缒空化火龙，洪炉燎枯苤。大声地折轴，人世何曾经。异常物之原，兵家开威灵。狡穴从此夷，宇宙涤膻腥。帝曰天无私，哀尔风波氓。隍鹿虽足喜，宥厄焉可盈。来日方大难，心田宜先耕。民嚚不知畏，党争惧将成。穷源以竟委，天语何叮咛。祸福纠与缰，吾梦方屏营。爆竹忽聒耳，喧嚣敌输诚。惊我自霄坠，独醒阅世情。众人方颠倒，一片凯歌声。

鼎梅画梅为生暝则游览西湖昨来诗
以制胜兵销招余归去走笔奉答

孤山鹤去锁烟霞，千载犹将胜迹夸。写得清癯高士范，虎贲肖影在梅花。

画中作丐有钱来，此是人间最净财。米外更支茶酒费，望湖楼上老怀开。

天从人愿山重秀，境自心生水再清。风景不殊今与昔，眼中何处有亏成。

淡抹浓妆西子妍，此时专宠让君先。但蕲寄我诗中画，湖渌山光落几筵。

傲庐。

第八通

敬启者：昨承雅教，快慰无任。此次日本纳降，似不可无诗，惟吾国因人之力而虱于制胜之列，若歌功颂德如韩之元和（整理者案：下缺）。

（整理者案：前缺）雀伺螳。多助吾知天下顺，堂堂旗鼓未须当。

熊熊劫火照榑桑，一饮狂泉举国狂。偃鼠偶贪河满腹，天吴竟括海为疆。鸡笼云耸山重秀,榆塞秋肥马欲骧。礼义中华干橹在,好披荆棘辟康庄。

敩庐。

第九通

次韵答桂樵黄浦江夜眺兼摅所怀

涉江犹记我游斯,不尽裨瀛浩淼思。风月宵深开净域,园林秋老未凋时。五都平准书难就,近日中外盛言经济统制。百国虞衡志太奇。空把诗奁收万象,插天南斗柄谁持。

丹林、剑丞先生吟正。敩庐。

第十通

剑丞先生阁下:昨夕趋谈,适值驾出,不胜怅惘。归来展读手札,借悉明午小酌公不能来,改日再约可也。□□□□□□□□□(整理者案:此为原册装订所掩)一章,录请教正。此布。即颂道安。世伟顿首。十一月十六日。

奉剑丞先生和章再答一首

乱离难得结诗缘,手捧瑶华喜欲颠。大力扶轮标正雅,王风委□□□□。□□□□(整理者案:此为原册装订所掩)能添米,忍古为楼自辟天。最忆菁莪湖草绿,春风曾到六桥边。

敩庐。

第十一通

奉诗简,快诵无似,依韵敬和一首,录呈教正。别有《时妆戏咏》十二首,因便附上,不足当大雅一粲也。天气稍和即当趋府,一倾积愫。先此布陈。敬颂剑丞先生撰安。世伟顿首。

次剑丞先生元日雪晴韵

沉沉来日原难测,气象今朝却胜前。明镜揩天千界豁,连珠泻溜四檐悬。寒门谢客无年喜,枯柳微稊验物迁。能买鸡豚供献岁,羡君卖画有清钱。

傲庐。

第十二通

剑丞先生惠鉴:昨亲謦欬,快慰何如。惜席次不能久谈,又以为怅。于月之十七日(星期一)正午,拟请驾临静安寺路一千零一号(大华路口静安别墅东首)凯司令西餐社楼上小聚,座仅寿田、吹万、莲友三人,务祈光降为幸。附呈小诗一首,聊舒所怀。又近有和叔通《桃花源》诗两章,一并录上,统希指正。此颂撰安。世伟顿首。十一月十四日。

避兵上海遇剑丞先生于友人筵次

跨劫重逢信有缘,公嗟白发我华颠。世情怅与云俱诡,泡影空谈物不迁。一水沧浪清浸梦,八方霾雾暗无天。匆匆握手言难尽,卅载悲欢落酒边。

读桃花源诗和叔通同用山谷宿彭泽怀陶令韵

秦鞭驱六合,率土将焉逃。惟有武陵源,神界开诗豪。花下长子孙,世外无兵刀。咄哉山谷诗,漫拟隆中亮。风雅晋遗民,艰危汉丞相。社稷难为臣,骚坛易为将。况彼义熙心,酒醉辄放浪。托身魏晋后,冥想羲皇上。施邦既未能,幻境胡足尚。游仙壶中天,对弈橘如盎。一例荒唐言,韩诗:"神仙有无何眇芒,桃源之说诚荒唐。"玉卮总无当。

前题再和叔通一律

渔舟棹入武陵烟,非想非非想处天。源外风云哀逐鹿,洞中鸡犬竞成仙。华严弹指三千界,乌托称邦五百年。英国小说叙乌托邦 Utopia 为理想国,行社会主义。严又陵译《天演论》曰:乌托邦者犹言无是国也,仅为设想所存而已。又渊明《桃花源诗》曰"奇踪隐五百",谓自秦至晋约五百年耳,而韩退之《桃源图》诗又以为六百年，后人遂纷纷考辨。寓言十九，奚事刻舟求剑耶？何不镰锄人世去，镰锄为苏联国徽，所以重力行也。桃花遍地辟新阡。

　　儆庐。

第十三通

　　拙诗数首，录呈剑丞先生指正。

次朴庵辛巳除夕韵

　　除尽欢惊是此年，昏昏愁幂五州烟。青灯客馆诗空祭，红烛赋家夜不眠。得雪可能平米价，供梅聊与结喜缘。痴儿那解人天厄，压岁床头爱莽钱。

次叔通辛巳除夕韵

　　岁已阑时兴更阑，洪麻札围语多谩。楚囚泣夜千门锁，汉历惊心一荚残。高调呼天拚到晓，热肠向雪那知寒。明朝继马扶桑路，箭落踆乌事岂难。

次桂樵辛巳除夕韵

　　万古闲愁除不尽，千丝华发逐年丰。壁钟催夜天难白，电火飘灯烛掩红。凛冽深宵仍自守，团圞有饭未为穷。星回斗转寻常事，剥复相衔一瞬中。

第十四通

　　剑丞先生赐鉴：前此两度奉谒，均值大驾外出，未克畅叙，近想杖履胜常为颂。世伟为生计所迫，不得不出谋小事，近在银行公会任秘书长，聊资糊口。顷以会务赴宁归来，填词一首，以舒感慨，用美成韵并守其四声，折杨皇荂，不值大方一哂。兹特录上，敬祈正之，容缓再当诣教。专布。顺请撰安。孙世伟顿首。十二月廿四日。

　　尉迟杯重到金陵写怀，呈若飞、仲坚两兄，用美成韵。

　　台城路。喜瞥眼、重觌南朝树。来潮去汐滔滔，今日冯夷何处。

狂雷万吼,惊不起、闲鸥泊烟浦。算千般、付与斜阳,乱鸦如叶飘去。

　　钟阜又一番愁,看枫落吴江,点点霞聚。水沓山重秋无极,风劲处、猩红怒舞。叹才尽、江淹彩笔,趁哀韵、醒人作醉语。数花期、地老天荒,会心知有吟侣。

　　傲庐。

第十五通

　　小词两阕,并旧题执事所画《梦仙图》一阕,录呈拍正。此上映庵先生。世伟手启。十一月十五日。

金缕曲 训练灯禁。

　　裂笛乖龙吼。霎时间暗中摸索,不知谁某。盆底瞻天天方黪,但见屋山插斗。问今夕如何消受。学得贼鱼乌鲗计,混此身浊浪逋逃薮。五里雾,魂迷久。　　离娄失眼魔张口。怅照海骊珠摘尽,四围全黢。仙鼠窥灯何时到,定放白虹贯牖。拼玉碎、昭苏万有。摘冥引,犹有路,况半规斜月将升柳。暂似漆,且相守。

水调歌头 秋夜和胡朴庵。

　　啼蛩戛铁碎,干叶堕琼琤。海涯如寄,高楼容易合秋声。一自芜城赋后,问黄花知否,六度傲霜清。中宵揽衣起,月冷逼帘旌。空外雁,送寒信,入愁城。远穿双眼,浮云西北不分明。一道银河垂地,我欲直探星宿,天上泛槎行。泣夜谁家笛,恼客到残更。

华胥引 题映庵先生为汤定之所画《梦仙图》。

　　披云寻路,飞越苕溪,快骑胡蝶。翠玉层岩,红泥古寺松万鬣。不道诗杂仙心,竟矫升蓬阙。谁爇天香醒来,犹染襟襫。　　疑幻疑真,付丹青、宿缘重结。酒瓢悬处,苍苔丛生蜕骨。指点玄中玄境,但画图烟月。尘网重重,听人长夜惊魇。

　　傲庐。

但　焘　<small>九通</small>

但焘(1881—1970)，字植之，湖北蒲圻(今湖北赤壁市)人。有《观物化斋诗集》等行世，译有《清朝全史》。

第一通

剑老座右：连日承教，多荷开诱。旋轸匆匆，未克走送。奉上馆章一枚，敬希察收为幸。恭叩道安，不倜。焘肃。十月六日。

第二通

剑老史席：查本馆近将志传、编年两组各分数股，铨配史职，从事辑述，以期切合实际。每周仍照常开会，共策推进之方。凤仰先生史学湛深，专精笔削，平日广搜文献，不遗余力，希先就所有首尾完整之材料著成，拟传惠下，俾作楷模。又黄助修毓芬，现在沪壖，堪任搜集材料及编撰工作，以之襄助耆哲，尚可收指臂之用。除另函黄助修谒洽外，特此函达台察，并请示复为企。专此。奉颂撰绥。弟但焘敬启。①

第三通

剑老道席：手教并《曲同丰传》，均奉悉。文辞茂美谨严，远轶归方，使湘绮老人见之，亦必许鄙言不谬。焘于先生片楮单辞，珍同鸿

---

① 此函纸尾钤有"中华民国卅六年九月拾日发出"数字，则此函当即作于此时。

宝。鹤老今日往歇浦，面请约同尊驾莅止，冀旦夕承教。曲君行状多溢美，拟俟得间就所知事实，陈备左右采择，为笔削之资。此次小儿香荪婚礼，恭承高轩屈临证婚，蓬荜增辉，曷胜铭感。专复申谢，敬叩道安。但焘谨上。二月二日。

第四通

剑老道鉴：十一月七日手教早已读悉。黄协修承指导赴鸿英图书馆钞写大事记，请嘱随钞随校，日以若干字为程，月为一编，如稿纸用罄，当由馆寄去。馆刊咸推执事及翼谋、鹤老、辟疆、旭初诸鸿凤主撰，同人渴望先生暇日特制专著，俾光卷首。鹤老近在馆，曾草传稿数篇，惟专著尚阙，不得不上烦大手笔。冒昧陈启，乞恕之。专此。敬叩道安。但焘谨肃。十二月六日。

第五通

剑老道鉴：溥公遽捐馆舍，全国震悼，不独本馆同人痛失瞻依已也。将来拟刊纪念册，祈椽笔惠稿为幸。台从以高年冒风雪远道来奠，尤仰风义。大著收读，正发钞，原稿定当奉还不误。顺请道安。焘上。十二，十八。

第六通

剑老座右：顷于馆中上书，敬候杖履。付邮后回碑亭巷直庐，欣读手教，两拜宝绘，贞松以章劲节，山水以表远致。焘曩者以未读大集，深惭鄙陋，今获读从者无声之诗，展册饱玩，不觉心醉。寓斋得此，足以自豪。馆中购得淮海路盐政局旧址，前隶陈雪暄将军，占地十余亩，大小数十间，焘拟征溥老馆长同意，俟明春全部移出，部署就绪，奉迓高轩，下榻其中，冀得近承教益。此私心所切祷者，亮大君子鉴其愚悃，定必欣然命驾也。灯下草此，敬叩道安。但焘谨肃。十二月六日晚八时。

第七通

剑老史席：迭奉赐教，暨唐绍仪与近撰之严复、林纾、辜鸿铭、伍光建四传，叙述简严，评论公允，读之如与诸老周旋一室，举以相质，亦当引为知言，曷胜钦仰。尊恙新愈，尚祈留神摄卫，以慰下怀。京沪咫尺，馆事诸望老成不时启示，俾免陨越，国录之幸，私人亦庆获指南。手颂道安。焘上。十七日。

第八通

映庵先生史席：赐书暨宋、蔡、班禅各大传，敬已拜读，文直事核，三公得佳传，可不朽矣。溽暑，伏惟为道珍摄。季公来长本馆，将来一切规模制度，必可日臻美备，比隆唐宋。先生今之季野，馆内外所矜式，季公尚未视事，万难转达，若不以焘为无状，务祈俯抑高怀，力维史业，幸甚祷甚。小儿荫荪奉派往沪，敝寓在新闸路福康里六号，电话三一一六六号。渠回京尚无确期，或由公子辈径与商榷，俟其来京当切嘱。先生书绘超轶文、戴，展览首都，冀饱眼福，届时并当前往招待也。据案率复，希恕不恭。敬问道安。焘言。七月十九日。

公书绘展览事，小儿荫荪可勉效奔走，希嘱公子径商之。焘注。

第九通

剑老道鉴：入秋仍苦炎热，伏维为吾道珍摄。先生文章德望，海内共仰，太冲、季野当之无愧，一切诸待就正，想鉴诚悃，不吝匡正。梓琴为侪辈中留心经世之学者，所抱未展，遽捐馆舍，为国家之大损失。尊论盐政症结，与管见正复相同，时政待革者多，要之当先以省官，次及除弊，公必谓然。大著悉载三号馆刊，正在辟疆兄排比付印中，同人以快读为幸。手此。敬叩道安。焘上。八月九日。

汪 东 六通

汪东(1890—1963)，字旭初，号寄庵，江苏吴县(今属江苏苏州市)人。有《梦秋词》《词学通论》等行世，今人辑有《汪东文集》。

第一通

映庵先生道鉴：自苏州还，奉笺教，敬悉杖履曾莅京师，期适相左，未获面奉明教，怅惘曷胜。拙词一本，承赐指正数条，其"踟蹰""吟侣"两处已遵改，余碰韵尚多，以宋人不忌，故暂仍之，此后有作，益当留意。卷端奖借之语，诚不敢当，然私心以为，知我者莫若先生。即卷中所去数首，亦适中东贪留之病，但微恨蒙指出者尚太少耳。另编外集，东亦本有此意，他日重订时，当一一遵教也。先生近来倘有倚声之作，并盼写示数篇，以为轨范。专肃。敬颂撰安。东叩头叩头。十月十四日。

第二通

大圣乐北碚面嘉陵江，与北泉相接，缙云诸峰，翼然在望。

余居之数年，爱其景物，偶闻客话，益感旧游，惜老不能复往矣。

粉水萦纡，缙云迢递，市郊堪赁。记那时、开馆疏峰，种树绕阶，风土平居多稔。面面远山供图稿，更日夜、江喧时到枕。秋如锦，爱红绚晚枫，凭阑酽饮。　　腰围渐同瘦沉，叹一瞬、流光寒自噤。任燕娇莺姹，香浓酒酽，唯把茶瓯闲品。塞北涨尘南闽雨，总都化、愁烦妨醉寝。悲来甚。倚层楼，放歌谁禁。

社作，呈映盦词丈教正。东稿。

第三通

踏青游

寒食初过,西园露零清晓。看远接、长堤青草。妒游人,携艳质,翩如飞鸟。且顾影、平桥画阑干畔,微掠镜波双照。　源隔桃花,何须更夸仙岛。但目极、舊霞红绕。兴将阑,魂欲断,欢娱时少。渐日晚,渔舟自寻归路,莫与外人闲道。

昨奉示大作,铸辞研律,不异平时,具征精力益强,不胜佩慰。谨赓无韵一首,抄呈海正,持布鼓而过雷门,聊以博笑耳。映盦词丈教之。汪东叩上。四月十日。

第四通

映庵丈:奉赐画扇,高简入神,拜领钦喜。另扇命绘写,于一两月内呈上,但恐怕不堪入目耳。尊词正在细读,俟贞白归,再同诣教。敬颂大安。晚东谨启。即刻。

第五通

映庵词丈侍席:承示《踏青游》词改本,再四绎诵,俱觉较原本为尤胜,唯结处似太露骨。小雅之道,难为今人言,不如仍存前句,谬见如此,未审有当尊意否? 东学作过蒙奖饰,益增愧悚,俟暇拟邀贞白同诣请海。专此肃上。敬叩起居。汪东谨上。四月十六日。

第六通

贺新凉飓风过后,残暑未尽,用稼轩韵寄咫社同人,并追怀如社诸君子。

四碧天垂野。渐黄昏,万家灯火,楼台高下。一水盈盈双星渡,织女前宵初嫁。漫道是、秋光堪画。飓母凭陵来天末,激涛头、阵势如奔马。江海赋,倩谁写?　燕云咫尺词人社。趁新凉、招邀鸥鹭,尽吾盟也。羡杀南皮风流在,寥落秦淮水榭。忆艇子、笙歌中夜。转眼西风萧瑟起,指齐纨、便似功成者。蝉噪急,序非夏。

　　寄庵呈稿。

吴载和 三通

吴载和(1897—1971),字仲坰,江苏扬州(今江苏扬州市)人。长于治印,有《餐霞阁印稿》等行世。

第一通

映庵世伯大人尊右:昨奉手谕,祗悉种切。附下鹤畴、谦六款扇面二页,均照收转交,同深佩感。承赐细竹石扇面一帧,尤为精妙,叩领至谢。沈燕谋先生原在大生任职,嗣出游,尚未返沪,吾伯所询即系此君。前呈扇面,乃敝行同事包谦六、刘竹友两君属求,拟俟燕翁归时赠之者。现另有介求之件,尚在接洽中,容再送呈。侄曩曾习画,近数年已渐荒,容日当涂一二件呈求训诲也。匆此肃谢,敬请双安。侄吴载和叩。六月廿九日。

第二通

映庵老伯大人尊鉴:日前趋叩,获领诲益,欣慰无既。兹送呈空白折扇面三页,统求尊作书画,均不急急。另详清单附上润格人民币捌仟肆百元,乞察收。余容续介。再者,倘有求题签条或金石拓本小品中之名称标题,如何计润,并请暇时谕示为祷。匆书。祗请双安。侄吴载和叩。六月廿四日。

第三通

映庵世伯大人尊鉴:前者先后接奉带掷各扇,均照收,感感。兹带上扇面一页,润金现钞四千元,统祈察收。此扇伏求法绘山水,赐款"继唐"二字。又附呈晋郑舒夫人刘氏残墓志拓本一份，据上虞罗氏《墓志征存》谓，此石为残志，按其志文，确属未全，恐尚有另石。因系周养安先生所拓，拓亦尚精，拟求吾伯暇日于此拓右方上截空处赐书标题（即此件名称）。琐渎尤感。如何计润，并乞谕示，万勿客气，是所幸祷。匆书。祗请双安。侄吴载和谨叩。九月五日。

缪荃孙 七通

缪荃孙（1844—1919），字炎之，号筱珊，晚号艺风，江苏江阴（今江苏江阴市）人。有《艺风堂文集》《艺风堂诗存》《艺风藏书记》《艺风老人日记》等行世，今人辑作《缪荃孙全集》。

第一通

昨复一缄，想已察入。晚间奉到《齐东野语》并手书，遵命先拣《梁溪漫志》呈阅，钱叔宝钞《华阳国志》、钱功甫钞《老学丛谈》，父子名笔，均让之刘翰翁矣。此请菊生仁兄大人文安。弟荃孙顿首。

第二通

菊生仁兄大人阁下：骖从新自京回，沅叔、授经诸旧雨兴会何如？各有所得否？《存复斋集》即留邺架，除复印行更好。昔人只《南宋杂事诗》引用书目有之，然非伪品。此复。敬请文安百益。弟荃孙顿首。

八可兄想已全愈，乞代候。

第三通

菊生仁兄大人阁下：昨日诣贵公司未晤，入迎宾室将《宋名臣言行》八册交与管书人，并留一示，想已察入。乞代录后集两跋他本所无。见视，无须借书矣。又夏鉴翁言贵公司欲印《分类夷坚志》五十一卷，又《夷坚支志》七十卷，《三志》三十卷。先印何项？或两部同印？示知为荷。此请文安百益。弟缪荃孙顿首。

第四通

手示敬悉。《梁溪漫志》二册跋语不误，谢谢。《扪虱新语》须找，《夷坚志》新校本、《分类夷坚志》贰拾册均奉上，乞察存为荷。此复菊生仁兄大人。弟荃孙顿首。

第五通

鞠生仁兄大人阁下：昨奉手书并《存复斋集》一册、叶信一稿、书目一册，又前次《秘笈》七集，均已收入。惟弟于正月廿三呕血盈盆，幸医治未误，偷活至今，已过百日，药仍未断，亦未下楼，即使能存，而精神亦非昔比矣。叶奂彬吏部谈过一次，知贵馆《四部丛刊》决计速办，所进要言尤以不拘《书目答问》本子为最要。当同治十三年弟为张文襄办此书时，以通行本子为目的，使人易得，现新出好本多于往时，尤以精本为主矣。叶言经书采注不必带疏。莘如又言《孟子》得宋大字本，弟见过《论语》大字本，但不计古注朱注，瞿良士即以尊意致函。叶稿即还七集，谢谢。弟病后万念俱灰，尧圃题跋小品丛书刻完后不再刻，财力精力均来不及。所藏亦有可裨丛刊者，查出开单送阅，或倩莘弟无事来一阅可也。先此作复。敬请文安。同学弟缪荃孙顿首。初九。

莘翁上南京，李八可兄、夏鉴丞兄代候。

第六通

剑丞仁兄大人阁下：承赠诗篇，谢谢。《儒学警悟》□册、汲古本《扪虱新话》四册，令呈，乞察入为荷。此请吟安，并谢。弟荃孙顿首。

八可仁兄均此。

癸巳在京借到徐梧生旧钞分类十五卷。荃只【止】有劣本四卷，手校其注，前几及一二皆旧钞本所有。迩时未及购到《儒学警悟》也。

后又得汲古十五卷,即分类本。及伯希书尽出,荃托沅叔物色此书,书已售去,辗转出重价购归。因《儒学》为第一丛书,在《百川学海》前七十余年。《永乐大典》亦未见,仅书其名为第一种,即《石林燕语》校孤本也。见其中《扪虱新话》,沅叔目为不足本,去年无事校之,方知题目亦改,前后序跋俱全。此时欲刻,须照《儒学》本另钞,不分类。是遵王止见前集,未见后集。如不刻,荃将此目及补数条刻入读书记。即得明钞书,错字甚多,好处亦在内,不可拘泥。

《新话》不分卷,实《新话》本不分卷,《警悟》前后分八卷。书呈上,目下所标一二三四是十五卷分类毛本从之。之次第,原注。非《警悟》次第。朱笔校字是十五卷分类本,墨笔是《警悟》本。

第七通

书价收到,即交该铺。巾箱图可让,请转致前途。弟尽弃书画,而专保旧籍。《豫章集》甚得所,付梓尤妙。此复。即请著安。弟荃孙顿首。

《豫章》知其佳而不知宋补,仍是心粗。然归弟不能刻也。

附　录

缪艺风挽词

家法黄荛圃,乡评何义门。流传遂陈迹,才性要深论。插架成昭穆,量珠付子孙。一瓻曾我借,追忆虱同扪。

曾克耑 二通

曾克耑(1900—1975)，字履川，号颂橘，福建闽侯(今福建闽侯县)人。有《涵负楼诗》《颂橘庐文存》等行世。

第一通

映厂年丈尊右：昨承教，至快。《颂橘庐图》承允赐墨，至深感荷。兹奉上制图纸横幅一帧，又便面一，亦祈赐法绘。附呈节庵印泥一合，茶叶二合，聊以将意，非敢云报，即乞晒存为幸。图就乞电七三九二二，当遣介走领也。先此呈复。祇叩著安。年愚侄克耑再拜。五，十六。

第二通

映庵先生道座：《宛陵集》昨已奉到，至谢。现正迻录，容俟录讫即奉缴也。毒热，惟起居千万珍卫。祇颂著安。制克耑再拜。七、一。

黄葆戉 一通

黄葆戉(1880—1968)，字蔼农，号青山农，福建长乐(今福建福州长乐区)人。曾任商务印书馆美术部主任。有《青山农书画集》《暖庐摹印集》等行世。

第一通

映庵长老座右：辱损书，具荷垂爱之深，感愧万分。葆戉客腊偶撄小极，竟酿成肺炎重症，幸及早注射配尼西林，旋即出险。现病虽脱体，而精力非常疲惫，懒亲笔研，生计因之益蹙。两三月足不出户，盖因病得闲，日在故纸堆翻阅故人书画文字，偶有所触，辄信笔写写白话诗，聊以自遣。己丑七十年回忆七古一首，并近事七绝二首，录博大方家一笑，等于老实供词，不足言诗也。拔可病有转机，可慰。葆戉有一乡亲，病与贵恙相同，十数年之久，今犹健在，只求眠食照常，可无虑也。拟气候和暖当诣教，一尽欲言。草草。复叩起居。寒燠不时，诸维珍卫。葆戉顿首。

人老多咨嗟，我老独自喜。父亏生我时，排行第十子。孙曾已满堂，晚出赘疣耳。少孤哀母劳，母恩报罔已。堕地到成丁，一生出九死。辗轲历艰危，金谓无生理。不图过古稀，顽健轻步履。偶数旧世亲，存者还有几。每逢宴集中，居然尊吾齿。当年父母心，始料不及此。抱孙事等闲，世业任后起。独吟蔗香馆，泰来不忘否。往事耐吾思，来日谁能拟。镜中白须眉，留影视乡里。

己丑重五七十年回忆，录呈映盦诗伯博粲。葆戉未是草。

己丑十月初八日男聿丰授室口占二首

五旬得子以为迟,话到成婚待几时。新妇今朝来拜见,明年倘许赋含饴。

衰年若共平园永,谓沈十一今年九十二。子也生孙未足奇。此语只应家里道,外人传说笑吾痴。

庚寅中秋前一日长孙生已兼旬告庙志喜

我老耕耘遗以安,葱汤麦饭是家餐。思量往事明因果,子少孙多此发端。

添丁告庙举家欢,谁识含饴忍涕看。吾母今宵如健在,中秋四代话团栾。

漫道吾儿逊若儿,力耕勤读要深期。青山世泽源流远,长大贤愚未可知。

头角峥嵘眉宇秀,啼声雄似虎声哮。庚寅降尔逢辰吉,叩易麻征蛊上爻。

陈　白 　一通

陈白(1884—1948),原名瑞梯,字揽登,入民国后更名为白,字无咎,浙江义乌(今浙江义乌市)人。中医学家,能诗文。著有《医轨》《伤寒论蜕》《倚剑楼诗集》等。

第一通

人日映庵招饮赋赠

十里寻春信马蹄,东风多在草堂西。到门孰敢书凡鸟,近局犹堪啖只鸡。酒美宁辞开口笑,诗成翻怯上头题。柴扉尚觉尘嚣近,终恐催花送鼓鼙。

再呈映庵次散原韵

尘海微茫此卜居,高楼春酌上灯初。风流岂但从馌饁,斗室何须问扫除。慷慨莫哀天下事,文章宁拾古人余。书颥只合凭君借,醉与群贤论石渠。

无咎初稿。

张万田 <small>一通</small>

张万田(1886—1973)，字东苏，浙江杭县(今属浙江杭州市)人。有《道德哲学》《科学与哲学》等行世。

第一通

映庵先生：奉手教，知曾枉顾，而地址错误，致未获晤，可谓缘悭。先兄体素弱，但无病，民国三十四年忽感微疾，竟致不起，其时为正月初七(旧历)，同年八月日寇投降，先兄不及见也。逝年七十有二，遗著仅文集一种，未付梓耳。匆复。即请大安。弟东苏拜上。九日。

吴 庠 二通

吴庠(1879—1961),字眉孙,江苏丹徒(今属江苏镇江市)人。有《寒竽阁集》《遗山乐府编年小笺》等行世。

第一通

体中日来想定健康。面求法绘"瑞仲"款横幅,猥荷高情,可不取润,私衷殊不能安。敬奉上五百万元,聊以表情,不足言润,即乞哂收。画成时倘承推爱,多题数语,则尤感矣。肃上。即颂映老道长台安。四月廿日,愚弟吴庠顿首。

第二通

夏映盦校本宛陵集跋一

映盦谓谢氏类次自洛阳至吴兴之诗,仅有十卷,证以欧集所载《宛陵集序》,其说可信。若谓本集前十卷即谢选本,前十五卷即欧选本,此则不能无疑。盖谢、欧选次分卷之诗,当时有无刻本不可得知,后来合刻六十卷本,是否即以欧选列前,亦无从考证。今按本集,自洛阳至吴兴之诗,分编十一卷,则非谢氏原选卷数可知。前十五卷计诗七百六十八篇,若以宋刻残卷为例,或有溢出之诗,其篇数当更不止此。欧集所载序文结尾云:"索于其家,得其遗稿千余篇,并旧所藏,掇其尤者六百七十七篇,为十五卷。"今篇数不合甚远,则非欧氏原选卷数又可知。映盦又谓后十卷疑即宋绩臣所编外集,不识所谓此后十卷在本集六十卷中果何所指目,当移书贞白为检校而转询之。戊寅九月廿八日,存影老人吴庠记。

夏映盦校本宛陵集跋二

二十一卷末篇"非常宝"句，映盦校语云："'寶'，家刻本作'宲'，中脱，姜本逐讹作'實'，可证姜刻本从正统本出，正统本从家刻本出。"愚意映盦据校之家刻本，当是康熙间之梅氏刻本，今云正统本从家刻本出，则此家刻本必在正统以前矣。考正统以前诸刻，莫郘亭《知见传本书目》所载元椠本书未得见，是否家刻不可得知。正统间袁氏据以重刻之本，据杨士奇后序谓访于都官之后而得此编，未言家刻。宋嘉定间刻本残卷，序跋皆缺，但观卷尾结衔，盖是郡学刻本而非家刻。徐七来刻本附刻绍兴间汪伯彦序，谓郡学请镂版印书，亦非家刻。岂映盦偶误记耶？抑贞白移校时有笔误耶？当并以质之。戊寅九月廿八日，吴庠再记。

关赓麟　七通

关赓麟（1880—1962），字颖人，广东南海（今广东佛山南海区）人。有《稊园诗集》等行世。

第一通

映庵社长先生左右：久未通讯，想起居胜常为慰。兹将第十九课题寄上，除鹤亭有信径发外，计应寄金坡、寄庵、贡禾三分，附上邮票，即烦加封分致。其龙榆生新址，尚未探得。吴仲言闻已于半月前归道山，故未列入。仲言认购之《词钞》，不审已取去否？渠所认一册款已交，倘未取去，将来似当交其家属为纪念也。此颂时绥。弟关赓麟启。三月初十日。

第二通

映庵先生社长吟席：新正得手教暨画稿五纸，因在与友好洽谈中，尚未缄复。续重寄最近作三纸，并属定价得由此间作主，不必拘定原拟。现已如命代销去二尺单条一，价八万五，小册叶二，各三万，又新年所作册叶三，各三万五，共二十五万。按原定仅七八扣以上，微觉少低。惟目前以裱价过昂，裱画每幅至少亦须三万，以是凡未裱之件，无人过问，先裱后售，尤不经济。旬日间遍历厂甸各南纸店，真有门可罗雀之感，此中情形，当荷亮察。该款一二日收齐，即行汇上。余未脱手者，尚有单条一，绢册叶一，容另设法。鄙意画件仍以扇面销路为易，可否下次专绘扇面，山水、松石各半，或较受欢迎，祈酌。《玉楼春》词过蒙藻饰，足光家乘，谢谢。纸度似略矮数分，俟审度如须另写，即当裁纸奉求也。所介绍吕君，自极忻感。本月为遐厂主课，俟吟集定题后，即一并函致，统盼先容为荷。手复。即颂新禧。弟赓麟拜启。正月十七日。[①]

第三通

映庵先生社长吟席：奉读还云，承允入社，大作亦随缄递至，捷如响答，欣佩无似。高年颐养，多戒构思，惟视兴趣所至，偶一涉笔，固不敢强求一一赐教也。第七期题有关弟个人纪念，借为光宠，且索题仅属小令，或尚不难，想不见却耳。润例二纸得收。尊况曾与遐厂谈及，极以为念。惟近年风雅道衰，文人以鬻文为活者，多陷绝境，都中各南纸店营业一落千丈。绘事较可通俗，尚勉维持，然亦大非昔比。兹为执事目前借誉。近日赏鉴家率啖空名，以耳为目。自田间来之显贵，虽偶有采购，但不能出高价。默念文字既少过问之人，法绘在此间不甚多见，知者尚鲜，况病后不能作巨帧，不知有无旧作可以寄来？转盼新年，盼有机会可以出脱（火神庙解放后已取消，目前能恢复否尚不可知，而各收藏家及南纸店仍例于此月销售较广）。倘需款较急，不妨分别酌定底价，由敝处于年内预垫若干，陆续汇拨，俾得应急。至新作小件扇面，销路较多，敝诗社常有采备时贤字画为赠品情事，倘有未题款之新旧作品（不论扇或册，画或字），预行寄下，当尽力所能，设法报命也。诗社词社友人甚众，然大都寒士，润例虽代宣布，恐成效无多，故为通筹情势，计画方法，以供参考。如取润能较廉，销数或可较增，统视情形而定耳。率复。即颂撰祺，不一。弟关赓麟手启。十二月十七日。[②]

---

① 此书接续第三通，所云《玉楼春》即夏敬观应关赓麟之嘱而作之题图词，词见《映庵词》（稿本），则此书应作于辛卯（1951）正月十七日。

② 庚寅（1950）十二月十四日咠社第七集不限调，题为"题稊园（注转下页）

附咫社题纸一件。

第四通

映庵先生道鉴:久未通候,敬维动定胜常,著作益富为颂。咫社词集缘起具如略例,成立仅半年,于海内词家尚未及广联声气,而社中林讱盦、叶遐厂、靳仲云诸君,均迻以此为言,兼承遐厂作函敦劝,兹专缄奉征同意。社例及本届新题,一并附尘,幸勿吝教,至为慰荷。上次社集系在十二月杪,定题后翌日即雪,又二日乃大雪连日,虽明日黄花,然不可谓非天如人愿也。即承兴居,不一。弟关赓麟启。一月七日。[①]

外叶笺、印纸共三件。

第五通

映庵社长先生道鉴:迭奉教言,以事冗未克即答,亦缘词集、褉集在即,发信甚多,合并裁复稍节时间,兼省邮费,或亦一道。遐厂两卷题稿已送去。题卷本不限起,惟于社课作诗不免违例,将来选录时是否附登,是一问题,统俟它日公议。作诗者尚有王耕木、陈笑伯二人,不止执事一诗也。遐庵两卷皆垂满,不能再题。本亦可按纸度写寄汇裱,但日来颇不耐烦劳力,图省事,外省题卷者,均拟在此方代托熟人为之录入,即由书者于代作者署名后,并自署名盖章,如此可不必本人自书矣。弟卷子较宽,兹将尺寸寄去,如有暇重书,照此度便合。前余未售出之画两件,尊旨系以为日已久,予以结束,甚感高谊。惟

(续上页注)梅花香里两诗人图卷”,为关赓麟结婚三十四年之纪念,则此书即作于庚寅(1950)十二月十七日。

　①　“上次社集”应指咫社第六集,题为“盼雪”。因第七集时间为庚寅(1950)十二月十四日,则此“十二月杪”应是阳历,此书所署“一月七日”亦当是阳历,时在一九五一年。

此月为诗社春季,致赠物品之期,需用字画较多,俟过初十日如仍未销,当如来教处理。新画扇十一件已收,内有见赠一件,既径署款,只好愧受,容少暇书一笺奉答也。各扇俟推销结果如何另复。上月廿五日咫社第九集题纸一,三月初三日禊集代拈韵纸一,统寄上,祈察收。禊集系稊园诗社、咫社及张伯驹所办之庚寅词集发起,由弟与张为主人,到四十人。诗词人三十七,画家三。地点在西郊桂甲屯村承泽园,即张别业,其先本英和之承晖园,后归张,已再易主,更名展春园,郊区地名仍用承泽园。旧藏戴醇士画承晖园长卷尚存。京中久无此种盛会,故为代掣一韵,未知能赐一二章否?即颂撰祺。赓麟手启。三月初四日。[①]

第六通

映庵社长兄道鉴:上月廿三日函诵悉,梅花香里两诗人题图重劳费神,试书多次,深感不安。既荷世兄代书盖章,自不必再易矣。退庵两卷已分约与作者有关系之社友代录,尊作与彦通、榆生之词,皆贵同乡蔡君公湛所代也,并以奉告。修禊之局,已由秦仲文、吴镜汀两画师分绘两手卷,特请分韵诸同人各书二纸,分题两主人款,俾可分别装裱留念。似亦可援退庵前例,约它人代笔,题明代录,或不题代录,而徐俟将来有图晤机会再补盖章,或亦一法,尊意何如?再,前交来法绘折扇,本豫计三月初十日诗会当有以报命,不意人到者较少,延至廿四日会期,仍不逾十人,以是未能解决。刻仅有一友欲全数包销,十扇止出十八万元,弟坚持非过廿万不必谈,尚未决定。调查琉璃厂、东安市场各南纸店,此种写就扇件已完全灭亡,迨在杨梅竹斜街一扇店仅一见之,标价名家出品最高如二万五千元,低者有至八千六千,亦鲜过问者。日寇沦陷时,时贤书画亦囤积对像之一种,

---

① 此书作于辛卯(1951)三月初四日。咫社第七集庚寅(1950)十二月十四日,第八本年正月,第九集二月二十五日。

今时世好尚又一变矣。曩奉函示,以售脱为急,属弟酌夺,容再为磋商,能过廿万元以外即便成交,将款汇上,是否可行?抑最少必须若干,否则宁存以待沽?统望见示。即颂撰祺。弟赓麟手泐。四月朔日。[①]

新印社章及名录请察收,外省同人籍贯、职业、年龄及常用笔名、有无已未刊著作,均欲得知,望与吕君均列出寄社。感感。

第七通

映庵吾兄社长左右:奉五月十一日邮递详函,种切领悉。画箑事适已与前途议定,令酌加买扇面费二万,共廿二万元,即日交银行汇上,收到后盼见示,汇费区区,可勿齿及,所恨时无行市,去悬拟之位稍远耳。字画亦商人囤货对像之一,以频年赔累,业此者均不敢冒险再试,此曹抑价收受,自是投机作用,谓之知己则未也。《惜余春慢》社友颇有蔡公湛、王耕木等。依清真《过秦楼》调交卷者,既有红友一说为根据,自无不可。弟与夏枝巢、高潜子、黄君坦、张伯驹等公依鲁逸仲体,其实末韵少二字极不自然,故舍彼取此也。承示著作未及刊布者尚有多种,此事恐须俟民生康乐、文化重上轨道后方能议及。弟亦以积稿未印太多,连年整理,无法流传,有志为旧日师友作品汇付丛刊,未知何时能了此愿。近始悉都中出版事业全归统制,私人著作均不接印,闻三号字一律镕销,以节用纸,大字仿宋式亦不可再见矣。止余小规模印字馆数家,以诗词集生字过多,亦相顾畏难,异常居奇。不知沪上近日印刷情形与此地相同否?京师须集中教科书及一切宣传文件,各区印刷业分工合作,外省市或不需此。甚盼台端有相熟商人,一为探询见告。因思社词选拟十期一印,正在计画,如外省能印,亦不限定在

———————————

① 此书接续第五通,作于辛卯(1951)四月初一日。

北方付印也。率及。即颂吟绥。弟赓麟手启。四月初九日。①

　　彦通名误印，竟未看出，承示至感。录编者为第三儿媳李，亦与陈家姻连，乃未觉察，可笑。

　　①　此书作于辛卯(1951)四月初九日。"《惜余春慢》"为昶社第十集词调，此集题作"送春"。夏敬观社作见《映庵词》(稿本)，题作"辛卯送春"。"五月十一日"应为阳历。

余襄传 一通

余襄传,湖南长沙(今属湖南长沙市)人。余肇康子。

第一通

奉和映庵世丈见赠元均,即求诲正。

谫陋合宜人不齿,众人遇之观亦美。并此不得劣可知,自怜唾弃伊胡底。映庵丈人有深意,绳我诗孟而字米。明知蹇跋狼自为,难得硕肤公几几。

世愚侄余襄传呈稿。

万行威 一通

第一通

　　蒙赐示诗章，亲书扇面，并缋山水相贻，喜而有作，恭步元韵，敬尘映公姻伯大人海正。

　　祥麟威凤见耆贤，情话依稀绕目前。浩劫沧桑偕白首，高门棨戟守青毡。诗添画意欣同读，人坐春风信有缘。旧德醉心传韵事，安居海上仰云天。

　　姻侄行威呈稿。

张珍怀　一通

张珍怀(1917—2005),号飞霞山民,浙江永嘉(今属浙江温州市)人,张之纲女。由陈敬第作介夏敬观门下学词,有《飞霞山民诗词稿》等行世。

第一通

映厂夫子大人函丈:日昨趋叩崇阶,畅聆诲训,感戴莫名。兹谨奉呈自撰履历,敬乞赐予削改为叩。专此奉肃,伏维垂察。祗请道安。受业珍怀谨肃。七月十二日。

郑孝胥 二十四通

郑孝胥(1860—1938),字苏戡,福州(今福建福州市)人。有《海藏楼诗》等行世。

第一通

日日奔驰,朋好皆绝,甚可笑也。前命录诗,谨钞呈,以博一粲。剑丞先生吟几。孝胥顿首。七月初六日。

第二通

今晚古微、锡之皆见约,拟先往小坐,比至尊斋,恐不能早,望留一末座足矣,切勿久候为幸。敬上剑丞、伯夔仁兄先生左右。孝胥顿首。十月廿九日。[①]

第三通

高氏志文,前日邮函请改用蟬衣笺另打格纸,未知此函到否? 今待此格纸方能下笔也。孟子样纸收到。复请映盦先生箸安。孝胥顿首。九月十四日。[②]

[①] 此书作于民国十五年丙寅(1926)十月二十九日,参见《郑孝胥日记》是日所记。

[②] 此"高氏志文"似指陈三立所撰《高女墓志铭》,《郑孝胥日记》民国八年己巳八月初六日云:"夏剑丞代送高女墓志铭求书。"十月初三日云:"书高女墓志。"如此,则此书似作于民国八年己巳(1919)九月十四日。

第四通

合肥书札尚未题就,迟日奉缴。复候剑丞仁兄先生台安。孝胥顿首。八月廿九日。

第五通

诗学二册,似无可取。胡诗庐稿,虽读而未加墨,容索得再读,未知有以报否?徐世兄求拙诗,迟日可奉之。复上剑丞我兄。孝胥顿首。七月十日。

第六通

剑丞吾兄苫次:得太夫人讣告,亟展哀启,读之至"半载儿尚不归",失声出涕,辍置几上。顷之更读,至"双目启视"又涕下不止也。母子死生之际,丁矣而弗能痛,痛矣而弗能言,痛而能言者,天下之强与?《礼经》有之曰"不胜丧,乃比于不慈不孝,五十不致毁,六十不毁,七十唯衰麻在身,饮酒食肉,处于内"之数语者,字字痛剧。古人衔痛而言之,天下之为人子者衔痛而读之,今则书之以戒足下。孝胥再拜。丁丑二月二十二日。[①]

第七通

剑成先生左右:五诗工夫皆精到,仆尤喜"发白不再绿,春至我无补"二语也。闻复旦欲聘化学教习,仆表弟施君名弼字伯安,英文、化学颇深邃,现为南洋公学化学教员,尚有余力可以兼及,如未聘定,试商之何如?敬候箸安。孝胥顿首。二月三日。[②]

---

① "丁丑"即民国二十六年(1937)。夏敬观母吴夫人卒于民国二十六年(1937)三月十四日,即阴历二月二日。

② 此书陈谊《夏敬观年谱》系于宣统元年(1909)二月初三日,(注转下页)

第八通

散原文二篇奉上。《郎中志》即前夕所谈，酌易数语可矣。《袁碑》殊不谓然，昔曾涤笙《书归震川文集后》有曰："古之知道者，不妄加毁誉于人，非特好直也，内之无以立诚，外之不足以信后世，君子耻焉。"此语甚当，愿以致切磋于散原，足下以为何如？复上映盦先生。孝胥顿首。七月廿二日。①

第九通

剑丞先生左右：得五月十八日手书，幸已脱险，惟加珍摄为望。仙舟难逢一见，原函已示伯平，渠云尚未计画及此，俟炎佐来津后，董事会当有办法耳。弟近状如恒，触暑往来，亦姑安之而已。秋杪仍当南旋。时局变化，犹未可测也。复请箸安。孝胥再拜。六月初二日。②

顷得廿四日书及三诗，想兴味渐复矣。

第十通

剑丞仁兄大人左右：奉到惠书，借审动履多福，至以为颂。录诗迄未践诺者，取诗细看，多漫兴之作，旋复置之，容别写他作以呈耳。许传当特书之。敬请箸安。孝胥顿首。正月廿六日。③

（续上页注）是。又参见《郑孝胥日记》是日所记。"发白"诗即《感春》，见《忍古楼诗》卷三，郑日记言"《感春》四首"，夏集有其二。

①　此书作于民国六年丁巳（1917）七月二十二日，参见《郑孝胥日记》同年七月十七、二十、二十三日所记。

②　此书应作于民国十七年戊辰（1928）六月初二日，时郑在天津溥仪"行在"，参见《郑孝胥日记》是日所记。

③　此书似作于民国十五年丙寅（1926）正月二十六日，参见《郑孝胥日记》是日所记。

第十一通

拜读大作,惶恐无似。"知命"二语,尤为心契,当永永铭感也。敬请剑丞仁兄先生道安。孝胥顿首。四月十四日。

第十二通

俯仰漏将尽,踽踽犹夜行。夜行何时息,所期晦复明。友朋颇见哀,赋诗勉艰贞。用意虽渊默,动天如雷声。愿君莫轻言,相忘实与名。

谢赠诗诸公,即乞映盦先生教正。孝胥。①

第十三通

终老楼居意不移,辞楼浮海又何为。流亡未必人能重,丧乱端令世见遗。仗策初心空郁勃,探囊余智奈衰迟。沧波万叠秋风起,惟有盟鸥识所之。

新秋浮海一首,剑丞仁兄正句。孝胥。②

第十四通

楼前夜色暗屯兵,雨猛风鏖正四更。呵壁问天终不测,枕戈待旦独难平。寇仇土芥成酬报,猿鹤虫沙孰重轻。剩约毗陵子陆子,阳狂被发送余生。

十月廿八日夜起。陆炜士恶国人之不义,欲被发阳狂以终老。③

---

①　此诗见《海藏楼诗集》卷十二,题作《谢七十赠诗诸君》,为民国十八年己巳(1929)三月十二日即郑生日稍后。

②　此诗见《海藏楼诗集》卷十一,为民国十五年丙寅(1926)六七月间作。

③　此诗见《海藏楼诗集》卷七,为宣统三年辛亥(1911)之作。

第十五通

危楼十月十七夜作。

落木危楼对陨霜,北风吹雁自成行。云含海雨千重暗,秋尽篱花十日黄。已坐虚名人欲杀,真成遗老世应忘。烧城赤舌从相逼,未信河东解祟方。柳子厚有《解祟赋》。①

第十六通

深人何妨作浅语,浅人好深终非深。观人以此得八九,能辨深浅真知音。夏君善我比子尹,子尹绝肆吾所畏。冷情暖思却难同,饮水自知在余味。旧学商量今有几,终让义宁陈君耳。夏君才调更清真,长吉谁能加以理。

奉答剑丞先生枉赠之作。丁未九月,孝胥呈稿。②

第十七通

黄华乃为鞠,终古义无改。乱色疑可诛,烂漫斗众采。卓哉子沈子,笔法春秋在。对花三太息,此意动真宰。举杯不能釃,按剑视四海。芜秽变不芳,灵均恶兰茝。

奉和乙盦先生观菊之作。孝胥。

第十八通

惨澹穹苍久屈蟠,沧波老树想高寒。天鸡白鹄愁霄汉,志士仁人伤肺肝。一日缚茅成故事,诸君抱膝恣游观。何当策杖追公等,徙倚亭前话戒坛。

---

① 此诗见《海藏楼诗集》卷七,为宣统三年辛亥(1911)之作。

② “丁未”即光绪三十三年(1907)。诗见《海藏楼诗集》卷六。

樟亭一首。剑丞先生指政。孝胥。①

第十九通

天际飞翔已惯经,登高谁忆旧诗名。半生重九人空许,残梦江湖世共轻。晚倚无间看禹域,端回绝漠作神京。探囊余智应将尽,却笑南归计未成。

甲戌九日。夜起庵。②

第二十通

乙盦属题灵武劝进图

君父有危急,臣子当自效。事成福宗社,不成死忠孝。元宗不先请,此语实知要。奈何裴冕等,首务上尊号。功利驱天下,岂免害名教。肃宗继元宗,惭德在少躁。史臣论黄巢,用意颇深妙。涪翁讥太子,大义堪止暴。乙盦赋此图,尊主警群盗。丁年卜中兴,吉语解众懊。所执吾虽殊,相视真同调。

丁巳正月二十四日,孝胥。③

图为元人朱玉摹唐人本,丙辰除夕乙盦得之。

第二十一通

续杂诗

登楼不见海,朝夕望海气。鸥飞态转迟,始觉海已至。凭高目难穷,胸次若小异。心知鸥所乐,造物靳我翅。柳州慕为鹊,毛翮有仁义。泰清果忘饥,恶世良可弃。

落日已将尽,斜照气万千。群鸦弄余景,翻飞忽蔽天。光焰何遽

---

① 此诗见《海藏楼诗集》卷九,为民国八年己未(1919)夏秋间作。
② "甲戌"即民国二十三年(1934)。诗见《海藏楼诗集》卷十三。
③ "丁巳"即民国六年(1917)。诗见《海藏楼诗集》卷九。

收，沉沉成暮烟。微禽亦知警，归思茫无边。逝者固如斯，一哄偶当前。坡公观不变，我意方留连。①

第二十二通

莫攀龙鳞附凤翼，空中沉吟驹过隙。计程三千何所见，明灭洪流贯沙碛。松嫩双江争流处，滨市嵯峨耀金碧。龙沙万户半疲眠，况有跳梁藏草泽。老夫探囊失余智，心雄万夫究何益。明年欲浚万顷湖，先出穷黎登衽席。王道乐土吾未信，归鸟竞飞暮天赤。吁嗟孤掌果难鸣，不有君子何能国。

七月廿六日乘飞机赴哈尔滨、齐齐哈尔。②

第二十三通

万峰刺天气扬波，奋翼高举苍穹摩。白云排空荡银海，虹光鸟影如飞梭。离宫梵宇压关塞，当年万乘频来过。中更世乱虽久废，遗迹犹足辉山河。南循长城历诸口，戴河秦岛生微涡。海天一碧深可悦，人世迫窄烦张罗。腰缠骑鹤兴所至，老去两息道与魔。苏仙华表归有日，旧京在眼毋蹉跎。

飞行自承德历榆关至锦州。八月三日。③

第二十四通

置怀袖，期不灭。

---

① 二诗见《海藏楼诗集》卷九，为民国五年丙辰(1916)之作。
② 此诗见《海藏楼诗集》卷十三，为民国二十三年甲戌(1934)七月二十八日返长春后所作。
③ 此诗见《海藏楼诗集》卷十三，为民国二十三年甲戌(1934)八月三日所作。

乙丑十月六日,映盒先生属题。是日航海赴行在。孝胥。[1]

附 录

一楼夜起付孤吟,囊智消磨念转深。终是吸霜衣雾国,空余填海补天心。绕茔楸柏应俱拱,换主棠樱怯更寻。喑我尺书期忍死,重看弥复泪沾襟。

---

[1] "乙丑"即民国十四年(1925)。

陈　衍 十四通

陈衍(1856—1937)，字叔伊，号石遗，福州(今福建福州市)人。有《石遗室诗》《石遗室诗话》等行世，今人辑有《陈石遗集》。

第一通

映庵我兄足下：久不相闻，小不适都愈未？至念。门人龙榆生名沐勋，贵乡万载人，能为六朝人文，喜为诗，体弱。仆告以足下今健者，想慕长者，乞进而教之。报上读大作，皆佳。衍顿首。①

第二通

剑丞我兄足下：太夫人西逝，竟罔闻知，赴到方瞿然。此时节已届清明，老朽尚畏寒，不能远出视君，抱歉何似。但太夫人福寿全归，临去又真有佛灯之照，为子者亦可无憾矣。顺颂礼绥。衍顿首。一日。②

---

①　此书作于民国十七年戊辰(1928)，或在八九月间。夏敬观《忍古楼诗》卷十二有《赠万载龙榆生》诗，题下小注云："榆生持陈石遗书来谒，予初识之，方为暨南教授。"所言应即此书。诗编系于民国戊辰。另《郑孝胥日记》是年九月二十七日记夏敬观宴请，龙榆生在座，并得夏氏夸赞盛推。

②　此书作于民国二十六年丁丑(1937)三月一日。夏敬观母吴太夫人卒于是年二月二日。

第三通

　　剑丞我兄左右：尊处虽不在战线，总受惊惶，如何？寄上海数信，俱不得报。榆生我最关心，战之前一日，我有信请他眷来，亦渺无信，计已不在暨南。足下当知其消息，逃往何处？上海胜负之数，苏报靠不住，极望能稍详告之。信已能通，此信极望复。即颂万安。衍顿首。十日。[①]

　　有信寄放园、子大问诸熟人消息，俱不得复。

　　有惠信寄苏州胭脂桥毛家弄一号。

第四通

　　剑丞诗兄足下：闻贻书说，我若至沪，有好菜请我，但我屡扰而足下不一来扰我，我不敢再扰矣。此来不一晤，至怅然。受伤之后，继之以病，到沪眠食颇不便适，年内恐不来也。西游诗当已见到，足下西游之作独不一示乎？《华山图》更不得见，须俟明年矣。鄙人欲作《游华山记》一篇，以笔墨无闲而耽搁。华山为《山海经》所误，名过其实，非有以抑扬其间不可。拙作《华山》二律可与前作《登岱》四首五律并观，皆发前人所未发。前贤遇此二岳，皆不敢作诗，徒于诗讨生活，宜其阁笔也。此惟可与足下言之耳。社作只首十字可取，余皆望之之作，无怪其词之普通也。衍顿首。初二。[②]

　　王真至沪，欲多看画，望顷筐示之。

————————

　　①　细味此书，所言上海战事似指民国二十一年（1932）之一·二八事变，既言"信已能通"，则当在三月四日停战之后矣。则此书或作于是年三月十六日，即阴历二月初十日。

　　②　此书作于民国二十一年壬申（1932）九月之后。是年三月，夏敬观游华山，八月一至十五日，陈衍游华山。书中所言"西游记"即陈衍此行所作，其中《华山》二律刊《青鹤》创刊号，另三题刊于第三期（壬申十一月十九日）。若书中"当已见到"指自《青鹤》读到的话，则此书似应作于十二月初二日。

第五通

剑丞诗翁左右：《华山》诗擅北宋诸大家之长，不图体物之工之至于斯也。散原当望而却步矣。即颂撰祉。衍顿首。[1]

再：得书知太夫人已健康，至慰。先母七十后有神识不清之患，全赖先伯兄知医，先嫂昼夜视听于无形声，故鄙人得奔走负米于四方。《通志》曾为先嫂立传以报之，此为人子最难处之事也。公渚曾为人托写"青鹤"二字，久写忘寄，已为失晨之鸡矣。衍再。

第六通

映庵词家左右：读来书，不禁林黛玉闻宝玉读天书后之感。天下何处觅真知音？纷纷强附，皆渐非顿也，顿乃真知音，渐则道听途说矣。鄙人少惑于程宋之说，不作无题诗，乃量移于长短句，以"踏杨花过谢桥"伊川且赏之也，然雅不喜南宋之烟视媚行，故主张北宋。北宋虽淫词，亦不烟视媚行。廿余岁，以治经学小学，无暇及此，且苦其拘束。断自卅岁，遂绝笔不作一字，偶为又点、子培、古微所索观，皆痛咎其暴弃。有曰"放你们出一头地"，真不好何必再占此席？然为诸人所促，故亦付梓。此事对榆生绝未提及，故渠亦未齿及我，他人无论矣。然坊本有甚么词选，竟选多阕，不知何从传出。足下乃林妹妹之宝姐姐，故不免倾筐倒箧而出之，然未尽十之二三也。吾为诗所累，室中外来诗本高可隐人者，不知若干，以若再挂词家招牌，则吾命早休矣。鄙人谓又点诗胜于词，秋岳未见其词，不敢下断语，秋岳骈文，集前清之大成，吾尚欲其作《地问》一篇，合吾寿序，可以作邓析子观矣。鄙人幼亦治骈文，几入旋涡后亦作速弃去，放他人出头地。故

----

① 此书接续第四通，为接读夏敬观《华山》诗后所作。陈衍所书"青鹤"二字见《青鹤》第九期封面，刊于民国二十二年癸酉(1933)正月二十二日，则此书应作于此前。

八十老翁,尚未死也。衍顿首。①

近有二小词,在讱庵处,中有两集句尚切。

第七通

剑丞我兄左右:得手书至慰。孙知微乃善画水者。"酿"字上系"村"字。此后尚有诗续它文。为告拔可,选诗事旧年内必有以交卷,但前信所言两目的须早定。渠挽子益诗至今未见。回来极忙,至今未晤子仁也。勿复。即颂箸祉。衍顿首。十八。②

第八通

剑丞仁兄左右:得书至慰。弟今年极少作诗,偶作亦早被闽中及都下报馆取去矣。兹寄上贵乡饶侍御墓志一篇,聊以塞责。岁暮或有诗,再寄也。衍顿首。③

第九通

松寥阁坐月至曙同肖项声暨作

焦山寺接江水平,天下明月无此明。我来既望越六日,下弦月出将三更。松寥阁下临无地,坐看日落微云清。久之月上铁出锻,久之

① 此书应作于民国二十三年甲戌(1934)。是年陈衍七十九岁。所言"二小词",指是年二月廿五日所作《浣溪沙》二阕,为答林葆恒(讱庵)之作,其中"寒食清明都过了,落花蝴蝶作团飞"为集前人句。则此书或作于是年二三月间。

② 此书作于民国八年己未(1919)。是年八月二十八日高尔谦(子益)卒,李宣龚(拔可)挽诗最早见于《时报》《申报》的九月十五日,则此书所署"十八"或在九月。

③ 书中所云"贵乡饶侍御墓志"即《清辽沈道监察御史贵州铜仁府知府符九饶君墓志铭》,刊《东方杂志》民国七年戊午(1918)四月六日第15卷第5期,此书似是对夏敬观为《东方杂志》约稿之回复,则或作于民国六年丁巳十一二月间也。

潮上江缓声。久之半璧色渐莹,久之素彩流天行。江声此时复澎湃,
夜静风薄尤以宏。水流月去月与乱,石与水拒水偏迎。此江本从平
羌下,此月曾向峨眉横。少陵不作太白死,我辈语要令人惊。诗成月
午忽骤雨,天地人籁争善鸣。

与肖项涤楼数人游荷花荡遇雨旋晴

廿年梦想荷花荡,打桨来游荷已稀。穿尽亭亭擎雨盖,偶逢冉冉
退红衣。百钱买藕玉双臂,一雯停桡碧四围。绝喜跳珠声可听,却嫌
柳外又斜晖。

二诗录渎,可送剑丞作报料。①

第十通

秦谍绛市难复苏,可知三岛非蓬壶。当年徐福五百徒,求仙不得
乃亡逋。胡忘祖国仇两都,迂儒循循方操觚。推敲两字成诗癯,未有
窟室庐则蘧。家储儋石疑禹余,春水方生井不枯。闭门差免庚癸呼,
轰天兵火赤江湖。倾国之兵敌一隅,胜亦不武伤则俱。计然再用策
则无,沼吴吞吴非良图,国中坐困万陶朱。

和仲深韵。②

第十一通

人日思家怀人用高达夫韵

去年去日何堂堂,端阳以过辞故乡。鹭门吴门几流转,中丁黄小
关中肠。狄然彼国有杜预,木林蔽江失深虑。鹤声一一皆亚夫,藕孔
藏身知何处。开筵岁岁欢上春,借湜郊岛隔兵尘。娇花宠柳空满院,

---

① 陈衍此二诗作于民国八年己未(1919)夏,《东方杂志》同年十月二十四
日第16卷第12期刊之,则此诗柬应即作于是年夏秋之际。

② 此诗作于民国二十一年壬申(1932)春,见《石遗室诗续集》卷六,则此
柬或即作于此时。

对坐如银可鉴人。①

第十二通

黯别淞江忽几年，蠹鱼食字不成仙。羡君蜡屐杭还甬，贻我蜜脾中透边。乐府解题留绝学，经师没世谓鹿门同年。有真传。渊明老去方刚制，失厕白莲社里贤。

与映庵诗老别七年，相见辱赠言，次韵。时君方结词画二社。七十六叟衍稿。②

第十三通

拔可园中坐月同苏戡

夜色朦胧最有情，春申林际薄云生。盆兰荔子皆乡物，故国楼台梦不成。

诗如供状太分明，昌谷西昆纂组成。譬厌散文作骈俪，少心情却费经营。

石稿。③

第十四通

示悉。"凡夕"乃"夙"字，"白辰"乃"晨"字，出《说文》。旧"会"下系"合"字。此复剑丞我兄。衍。

---

① 此诗作于民国二十一年壬申（1932）正月初七日，见《石遗室诗续集》卷六，则此柬或即作于稍后。

② 此诗柬作于民国二十年辛未（1931）七八月间。是年七月，陈、夏久别相晤，夏敬观《喜石遗至兼贻柱尊榆生二子》诗见《忍古楼诗》卷十三，陈衍此答诗见《石遗室诗续集》卷五，时陈衍年七十六。

③ 此诗柬作于民国八年己未（1919）六月十五日稍后。诗见《石遗室诗集》卷九，为民国己未之作。据《郑孝胥日记》知，陈、李、郑三人日下坐谈在己未六月十五日。

附　录

　　下车来唁我,执手遽言归。装橐曾无剑,书囊屡绝韦。俄然凶问至,酷甚死丧威。郑老亦旋逝,谁禁衰泪挥。

　　郑老亦君若,尝称伏敔堂。言疑今俗媚,意制横流狂。砥柱诚无坏,圆机自不妨。两贤岂相厄,何事晚参商。

　　毋以小文责,世穷姑溷肴。发斑宁得剃,腹笥敢相嘲。履险尝轻蜀,倾輤更过崤。如何同脉望,仙化故书巢。

朱祖谋 二十九通

朱祖谋(1857—1931),字古微,又字沤尹,辛亥后改名孝臧,浙江归安(今属浙江湖州市)人。官至礼部侍郎。有《彊村语业》等行世,辑刊《彊村丛书》《沧海遗音》等。

第一通

新词的是雅音,与北宋为近矣。"眉锁"二句固少稚,"物色"二句亦未浏亮,注中"或作"等字皆逊原文,后结"无聊甚"三字意尽,不如隐去字面转觉含蓄也。妄言,不知有当否,请质之叔问何如? 送上何信、另书一函。孙信,另纸一包。求饬纪分别送交为感。此上映盦先生道几。弟祖谋顿首。十六日。

第二通

昨夕奉访不遇,叔问亦他出,怅惘而归。公今日如不之沪,晚饭罢仍理前约何如? 张孟劬云博古斋有残本《庆湖遗老集注》,觅则已为贞壮先生所得。敢求代假《寓声乐府》一校,三二日即奉还也。敬颂映盦先生起居。弟祖谋顿首。初四。夏大人。

第三通

沪行何日归? 灯后想有清暇,或造访也。自治局闻有调查、庶务两科长差尚未得人,余大令士荣。谨练可取,可否俾承其乏? 或属其先行走谒,再候酌定? 余于甲午登贤书,属公齐年也。新和吴韵一阕录上。敬颂映盦先生词掌起居。弟祖谋顿首。初一。

附名条一纸。

第四通

苦寒杜门,阒焉瞻对,我劳如何。新成《雪梅香》一阕,敢尘吟几。思力尪劣,不足以望大鹤肩背,无论柳七先生也。张止莼寿翁索观大集,求检赐一册,幸甚。敬上映盦我兄词师道案。弟祖谋顿首。初五。

雪梅香平望寒夜写怀。

酒无力,凭舷独客背西风。为高楼怊怅,天涯易发秋慵。收艇汀洲雨连夕,近桥帘幕水涵空。去程急,盼断书期,迤逦来鸿。　　匆匆。引离绪,烛外行云,澹画吴峰。故国年芳,换将乱叶衰红。颣地惊波古城曲,隔年愁梦卧屏中。依前是,倦枕沉沉,魂断疏钟。

映盦词掌正拍。祖谋呈稿。

第五通

一昨失迓为罪。《彊村丛书》已印来,欲奉呈而无人赍送,可否饬纪一取? 午前,不问何日也。幸甚。手颂映盦我兄侍安。弟孝臧顿首。廿四日。

第六通

手示祗悉,承注甚感。《丛书》奉上一部。又拙词新删刻二卷呈教,另一册烦致蕧庵,幸甚。此复。映盦我兄阁下。弟孝臧顿首。廿七日。

第七通

映盦先生大鉴:昨辰趋贺,台斾已发,未及承教。敝乡士习嚚然,得公袚濯而涵育之,其为庆幸,岂惟一人之私耶? 顷以名单托令侄转呈,当达记室,应如何酌量录用之处,静听尊裁,何敢再渎? 惟江君步瀛。本以视学道沪，藏事之后应谒崇阶，敢介一言，俾其抠衣得聆训示。江君于敝乡学务极为熟习，宗旨亦纯，倘荷栽培，必有涓埃之效也。专颂大安，不一一。弟孝臧顿首。

再启者：舍甥程功亮，中学毕业后肄业于唐山路矿学堂，三舍弟潮琼，衡湘各署亦经服务，惟以其老亲卧病，积岁远离，千里之外，省视为难，可否于科员中位置一席？则感荷大德，不翅身受。再颂起居。臧又拜。

第八通

欢宴连夕，具领高情，敬谢敬谢。病山《天目诗》呈上，另二册请分贻惕仲、仁先为荷。手颂映盦我兄起居，并叩侍福。弟臧顿首。廿六晨。

第九通

昨聆大教，旋诵新诗，犬马贱辰无足齿，数辱蒙奖饰，惟有惭皇。复颂侍安，兼陈谢悃，肃上映盦先生箸席。弟孝臧顿首。廿六日。

第十通

手教并佳惠拜领，感荷万状，改日再诣谢。昨夕服参后水泄变溏，总算转机，如再益以露浆，当更得力。至承垂注，如何可言。率复。祗颂剑丞老兄侍安。弟臧顿首。十五日。

第十一通

月前枉存，竟未趋答为罪。惕仲处尚无人至，弟则明日午车必行，承招下榻，极感荷，但求勿稍存客气耳。率复。映盦先生阁下。弟孝臧顿首。初六日。

第十二通

雪老屏资,闻为壹元半。病老居东有恒路合安里路西第一铁门,门牌号数不能详也。复颂映莽先生箸安。弟臧顿首。廿一日。

尊居地址不能明晰,故由袁宅转交。

第十三通

映盦我兄大鉴:信宿高斋,极谭宴之乐,真所谓连宵达旦,无端取扰者也。返沪后即闻刘佐翁未行,向夕往询,兼拟速驾,尚未得晤。今午得其一函,敢呈察及,并祈转达汲侯为幸。至佐泉所寄快函,未知已达尊寓否?执事何日旋沪?尚拟造谒,且瞻新庐也。率谢。即颂道安,不一一。弟孝臧顿首。十四灯右。

第十四通

映盦仁兄大人阁下:久疏笺问,惟新祉迎禧为祝。弟昨旋苏度岁,闻尊处西席来年尚未聘定,兹有贵同年桐乡金绪初大令,承望。学问优裕,敢以奉荐。如欲兼课英算,则其少君文言为中学毕业生,少年老成,亦堪胜任。如蒙俯允,则向来修金数目、学生年龄及程度,一切均希示及。弟苏寓在醋库巷六十五号,覆书如在初五以前,可径寄敝寓,迟则寄由苏城内平桥头四十四号金寓代转也。专此奉达。敬颂年安。鹄跂回玉,不戬。弟朱孝臧顿首。腊月廿九日。

第十五通

映盦先生道席:两奉书并清真板本等,一一照收。穆工可以挖改板片,今送大鹤覆校,校毕即付梓也。《缀芬阁词稿》中有讹脱,奉乞校定寄来,再议写样。新访得一郑姓工,似可刻欧宋,尚未接谈也。《茗溪集》《湖州词》各一部呈教。秋凉,何妨作吴门之游?天平、灵岩,青山无恙,公倘有意乎?恪士闻有南归之说,果否幸示。此颂起居。孝臧顿首。七月三日。

第十六通

昨归奉大柬，亟应趋侍，惟同时自作主人于醉和春，与小有天密迩，彼此客先散者，吾辈当可过从一谭也。承宠新词，殆为此席张本，容趋谢，不一一。手颂映盒先生箸安。弟功孝臧顿首。廿八日。

第十七通

大鹤行述一帙奉上，其世兄属转呈者。此子居然能为此等事，可为故人慰也。前恳捉刀二三十字，幸勿见却，三日后趋领何如？敬颂映厂先生起居。弟期祖谋顿首。十二夕。

第十八通

昨走谒，未遇为怅。前奉词刻丙丁两编，奴子误将《花村谈往》二册送上，兹特检奉初刻八册，所有《谈往》二册如不阅，即希交下，王雪澂假阅也。承假木器，谢谢。手颂剑丞先生起居。弟祖谋顿首。

夏大人，青云里底。外书八册。

第十九通

石州慢题成竹山《香雪寻诗图》。

客里光阴，啼过翠禽，春到江国。云凹小萼缄红，涧曲玉姿凝白。寻香一舸，际晚棹入空冥，湖烟消尽双崦碧。寒月独逡巡，怕芳心难觅。　　空忆。两京梅讯，羌管惊尘，未堪栖息。便作天涯，唤醒东风须识。伤高泪尽，可奈岁晚何郎，江城还听黄昏笛。料理五湖心，仗尊前歌力。

映盦先生正拍。祖谋。

第二十通

高山流水七夕，用梦窗韵。

绛河不动九微风。数秋期、轮遍纤葱。花外玉鹅笙，黄昏韵入新鸿。闲愁在、唾碧拈红。穿针伴，多少微云院落，坠月房栊。浸三星细转，滴滴露槃浓。　机中。年年锦书恨，凭说与、翠水璇宫。容易误、良宵梦约，几负香茸。笑雕陵、俊羽偏工。人天事，空赚罗池倦客，酒醒芳钟。下疏帘忆断，钗合故情慵。

映盒先生正拍。祖谋。

第二十一通

木兰花慢庚戌除夜。

闭门春未觉，又莺语、报芳期。恁寂寞心情，酥花旧样，蜜苣新啼。惊窥镜霜鬓缕，负邻家、折赠古梅枝。鹤影枫窗去久，等闲苔竹凄迷。　天涯病枕未成归。醒到晓钟时。笑东风故国，红情绿意，都被愁欺。空提岁华倦笔，算一年、芳物不堪题。待办中园步屧，廉纤小湿春姿。

映盒先生教。彊村。

第二十二通

江南春赋中江李使君苏东邻小筑，故瞿氏网师园址，
曰苏邻者，以子美沧浪亭也。用君特韵。

颓柳敧台，明漪浅甃，青瑶相拱如笏。笼诗壁坏，冷旧家、垂露秋笔。门外稀来辙。沧浪近，步尘更洁。算料理、籍南莳药，池北横书，吴皋占断烟月。　飞仙去，飘绛节。想汗漫青城，梦攀萝葛。山阳剩侣，尚解说、胭脂晴雪。邻笛惊风歇。斜阳外，画阑凭热。归隐几人，秋语泠泠，枫根暗泉鸣玦。

彊村。

第二十三通

竹马子重送伯琴。

看寒雨偎烟,衰兰泫露,故山年晚。动归帆梦里,蘋风夕起,霜屏晨展。坐惜独客悲歌,繁丝乱轸,渐催离宴。眼底酒须醒,要看人,一舸秋潮如箭。　　为想经行地,清湘几折,楚峰当面。灵均旧日沉怨。漠漠飙尘吹散。定忆画蜡飘廊,短书传句,沉卧江南岸。惊波万叶,但觉斜阳晚。

第二十四通

大酺顾氏园看牡丹。

背石阑低,湘帘静,深锁仙云成簇。凌晨雕玉佩,伫鞓红妆面,弄姿金屋。醉缬吹烟,清阴涨地,抬举东风娇足。玉环三生梦,傍吴娃闲馆,伴春幽独。奈书叶无题,覆杯多恨,鬓丝惊触。　　欢游须秉烛。酒边事,光景奔轮速。恼乱是、登楼病眼,断水愁心,卷红芳,泪波盈掬。未信青春掷,凭故国、鹃声催促。况零落、清平曲。栽买无地,归对庭莎闲绿。怨吟为谁更续。

映盦词宗拍正。祖谋呈稿。

第二十五通

一萼红花步里回棹,赋谢映盦先生,并戏白琴。祖谋。

水西浔。胃蘋枝小橹,雅轧和春禽。江雨黄梅,吴阬白纻,轻送闲醉闲吟。旧游换、平烟废绿,剩燕语、偎定谢堂深。打马情怀,焙蚕天气,经惯销沉。　　歧路不禁游冶,甚扁舟俊约,憔悴而今。芳影帘衣,华年瑟柱,愁绪双系闲襟。未须讶、狂醒楚客,对花发、歌底少年心。待说相思又休,月澹楼阴。

第二十六通

澄一拟为《秋幢赞佛图》，鄙人拟一绝题之，公当知其事。诗中不惬处幸指示。臧白。

肯将缁拂换红裙，灵照三身知见熏。消得石肠香几瓣，弥天四海一飞云。

第二十七通

西河 予依半塘翁四印斋以居，盖庚子七月也，再逾期而翁与予先后出国门，疏槃老屋时时在魂梦间。今揆东访予来吴阊，云居是斋。且数寒暑，纵言今昔，怆然怀抱，辄依美成韵赋此以写我忧。

歌哭地。残灯事影能记。劫灰咫尺上阑干，夜笳四起。过江人去薜萝空，西山窥笑檐际。　旧庭树，谁再倚。虚舟泛若无系。为君胥宇有东风，退寒燕垒。梦华一觉玉京秋，闲鸥空恋烟水。　酒徒散尽醉处市。甚荒台、珍骏千里。辽鹤亦知身世。怕铜驼、断陌斜阳凄对。呜咽神州黄尘里。

浣溪沙 偶阅市头丛册中，见桂未谷寄内诗笺，有"镜面""钗头"二语，讽咏辄上口，客或曰："未谷集中无此诗也。"词以纪之。

笔诀依稀蠹粉流。江湖书客苦吟秋。小笺传恨与妆楼。　帷月光于新镜面，灯花歧似古钗头。复丁老去可胜愁。

第二十八通

六丑 吴门听枫园旧居，十年来三易主人矣。戊辰春闰偶经其门，海棠一树，摧抑可怜，凄然赋之。

料芳姿记省，恁烧烛、轻阴池阁。夜深照妆，妆成春妒却。铅黛零落。梦绕秋千地，卧枝红妩，晕锦围成幄。娇多叵耐金铃索。泪点冰绡，颜酡羽爵。十年旧香依约。甚偎阑一饷，情绪还恶。　银屏珠箔。奈孤根误托。海燕移家惯，无驻泊。绿章孤负前诺。有幽单万感,阿环能觉。相思断、锦城天角。才知道、薄倖东风不管,等闲哀乐。斜阳瘦、犹恋红萼。怕缭墙、逝水飘花去,无人念着。

第二十九通

浣溪沙元夕枕上作。

无赖东风结惨阴。通明帘幕却偎衾。病躯无复酒怀侵。　止药强名今日愈,探梅越减去年心。月华人意两冥沉。

附　录

　　征招花朝社集,追念沤翁下世,各拟绋讴。五旦徵调最哀,为燕乐
　　　　所不备。白石寻声作谱,音响巉峭,覆杯堕泪,漫倚此声。

　　温风不解哀弦冷,泠泠雪溪霜水。缥缈鹤归云,断词仙游戏。舜韶今在耳。念遗响、紫霞能记。痛绝人琴,折杨难继,玉桐教碎。

　　眼底。破家山,空凭吊、凄凉故人身世。帝所奏钧天,唤颓魂不起。为君图玉笥。问谁识、女萝山鬼。强持酒,一酹荒丘,奈谷兰春萎。

程颂万 八通

　　程颂万(1865—1932),字子大,号十发居士,湖南宁乡(今湖南宁乡市)人。有《楚望阁诗集》《鹿川诗集》《美人长寿盦词》等行世,今人辑有《程颂万诗词集》。

第一通

次韵奉酬剑丞世姻道兄九月见赠四绝

　　斗处清游那复同,山深元是此心中。我来觑尔藏诗处,拼得斜阳坐两翁。

　　花近年年为客伤,抱诗来赎此重阳。鹿川去住风筱屋,何分君家一鹿床。

　　酒不能名诗短篇,拍浮相向海无前。陆沉尽许云龙在,此物何曾有二天。

　　一辈诗人海上楼,映庵横钓对沧洲。槎山浪语天容接,不为西风恼白头。

　　丁卯九月,颂万拜稿。

第二通

东坡引庚午东坡生日社集,题宋刻东坡像残石拓本。石为况夔笙于平山堂访得,后归匋斋,有"舒亶谒在"四字二行,其上文全缺失,像存上半。按公年谱,元丰二年四月,公过扬州,与太守鲜于侁宴集平山堂,作《西江月词》:"三过平山堂下,半生弹指声中。十年不见老仙翁,壁上龙蛇飞动。"盖谓欧阳公也。其年七月,何正臣、舒亶摭公诗文表语,指为谤讪,被逮,其谋本于沈适。又王铚《元祐补录》载:"元祐中,轼知杭州,适闲废在润,往来迎谒甚恭。"或昔时有慕公之名者,为公刻像,而题识舒亶劾公、沈适谒公之事于其上,未可知也。惜只存姓名,遂不可读。若以为欧阳公像,则不必有舒亶之名矣。

冰花搀石腻。神朗鬓眉异。坡仙外更何人似。上题舒亶字。上题舒亶字。　　眉山十载,平山本事。壁书龙蛇候三至。元丰己未正题识。公年刚四四。公年刚四四。

映庵道兄订正。颂万初稿。

第三通

张绪先君交来尊画一幅,因购者欲求公加署大名单款,因画内系题别号,故属转送,请设法补记一行,用大名便宝藏也。书成请发交来手为荷。手上映庵姻世先生。十发顿首。廿日。

夏大人。外件。

第四通

前日走访,未晤至怅。贵同乡张宜仲太史其大世兄亦以甲榜知县官鄂。以明正十二日七十寿,自备诗屏,附有节略,属弟代乞赐诗一章,敢祈见许,年内交卷为叩。又俞君琢吾求书九日诗屏一幅,并恳法书为幸。手叩映庵世姻先生阁下。颂万顿首。十五日。

第五通

今日本拟趋堂为令嫂躬祝,而医者按导不可以风,谨赋小诗书轴,以达颂忱,伏希晒察代陈是叩。映庵老兄姻先生侍福。颂万顿首。廿四日。

令侄并致贺。

第六通

九日会饮

吴翁重九客五十,盍占高楼百千尺。我还馔客紫芝家,时辈敲诗暮钟急。主人酬劝各三五,翁醉招寻谁六一。瀛壖胜践此仙龛,秋力无权夺吟席。有楼高处山不如,登山老懒梯纡徐。九层升降不借力,诸老去来无用扶。有欢过午重相续,风雨忽来诗满屋。不妨斗韵到更深,未了冥搜卷充腹。百年此日醉乡逋,人物风流海内俱。有口不须来问菊,无归何必定思鲈。稀龄大耋天长眷,少长酣嬉从所便。那得题糕处处同,会须落帽年年见。研就人间信手诗,此觞元气与天随。骄桓压后题名在,海上诗坛第一碑。两觞宾主,别有题名附后。

右篇奉呈剑丞、拔可、仁先先生校定。丁卯海上,颂万初稿。

第七通

齐天乐中秋前苍虬赴行在,余病未能走送,旋君寄示渡海
四十韵及和疆村寄怀词,因次韵寄赠,并呈疆村。

乾坤情尽终为水,东西更无流别。苍岸中藏,黄图极揽,第一津桥鹁国。愁心万叠。怕浮世难包,海枯天阔。剩汝槎回,帝星旁坐指天说。　　狂歌啸答社侣,玉楼凄望顷,何处宫阙。苦赚鱼龙,贪眠冷抱,妒汝舷吟痴绝。红叶惯阅。笑新饱蚕余,并成蛾劫。一发中原,待谁搔更结。

十发。

第八通

石湖仙题文叔问手书词稿。

回飙终古。赚吴苑词仙,高撆吟楮。谁念扫花游,掩花关、人天圣处。浮名先老,黯比竹、倦怀何许。悭遇。有并时、几家辞赋。

山塘昔游欠我,感频番、难招国故。地下修梅,二易同赢欢寤。夔笙、中实、叔由与君词交最密,予与君未一遇也。老鹤忘饥,老渔随住。空留俊语。惊换羽。评量旧社新谱。

映庵词长订拍。颂万。前稿改定数字,再呈。

黄庆曾 一通

黄庆曾(1866—1932)，字笃友，湖北汉阳(今属湖北武汉市)人。著有《五十年见闻录》等。

第一通

剑丞仁兄姻大人阁下：三年酬唱，无役不从，临行复辱枉送，惠扇赐诗，重以藻绘，雅意殷勤，且感且谢。敬维侍祺曼福，道履绥和，至以为颂。弟别后次晨开轮，幸无风浪，唯日在雾中，且行且止，迟迟至十三日下午始抵天津，十五晨抵北平。沿途皆有友人照料，所过关津悉免检查，不知有旅行之苦。大事亦托庇平安，知关廑注，谨并附闻。海上溽暑，闻亦不减江汉。此间则早晚甚凉，唯日中稍热耳。近日钟局想不甚踊跃，大约须俟暑假后始议闱学也。弟因老懒，须晚间始访一二戚友，一切均尚未问津，游艺公园均尚未参观，迥非昔年壮游可比也。赐诗委婉凄凉，不胜别离之感，诗格亦高卓幽远，令人佩服。勉步阳春，自惭形秽，亦聊以将意而已。手此鸣谢。敬请道安。姻小弟期庆曾上言。六月十七。

伯母大人万福。伯葵、公渚均劳远送，祈并致谢。

剑丞道兄惠扇宠行，饫荷云章，重以绘事，感何可言。谨依原韵奉答，尚乞教正。

陵谷惊繁霜，岂弟怀洞酌。四顾恒蹙蹙，衣带况褒博。孑遗集海隅，清风具馈橐。馈日会以文，采菊或赠药。每年上巳、重阳，均有会集。白战比遇敌，开颜如纵愽。夏君社中英，诗画自怡乐。卅年三世交，一字曾不著。昨忽惠新诗，流离悯迁亳。感子缱绻心，颇念风波恶。平安起报君，笑言犹宛若。

　　弟期庆曾呈稿。庚午季夏。

诸宗元 十三通

诸宗元(1874—1932)，字贞壮、真长，号大至，浙江山阴(今属浙江绍兴市)人。有《病起楼诗》《大至阁诗》等行世。

第一通

映庵吾兄左右：奉沪书，慰慰。诗有色泽，琢句颇费力，公自评极当。弟是日适有婴武洲之游，依韵成篇，写奉一笑。病中亦成数篇，附请正之。某生事，俟其家传牒到，如可为力，自当力出湘累也。伯严诗第二册印成，祈速寄数册，笙伯尚在苏，或交其携下亦好。弟到鄂月余，病足迄未大全。痰湿之证，困苦兼旬，食啖几废，它可知矣。文书堆几，尚勤笔札，其苦尤不可言。拔可时来，兼领暑职，此尚可与枚叟及弟谭者。报载公又兼领农工商科参事，筹画亦必大烦。柳集题词盍抽暇为之，彊村先生所允亦幸促之，以必得为请可乎？慎暑，惟葆练，千万。弟期诸宗元顿首。六月廿八日。

枚生、拔可诸公附候。

前书写就，因录诗颇费事，至七夕始发，可笑也。致拔可书并得见矣。公去吴之沪，为计甚得，弟极赞成。所论近事，语语中节，佩佩。弟廿后同恕公入都，返鄂后必一归吴下，容再面罄。弟又顿首。七夕。

第二通

映庵吾兄左右：镇江寄诗，一一得诵。《海月》一篇为胜，"独夜"原句胜于后所改者。《依韵和上寿散原翁》一首，似非杰作。今得七日书,《近咏》二律,意何恻楚。吾曹天赋以忧,尚愿强自广也。缀芬夫人词序草上,乞削定。久不为文,机杼不熟,惟兄见知,故敢塞责。弟达此兼旬,日与拔可谈艺而已,惜兄远别,不能来同此乐。饶生权事不烦,今乃复受民政、外交兼管职务,故弟与拔可急切不能南归,奈何。寓中承往问,至感。景叔又须返沪,以免负兄。弟同引歉。兄于嗇翁一节,如何解决?念之。以鄙意测之,恐求去不得矣。附诗希教,如散原、海藏见询,乞并以诗奉之。愿时通讯,以开寂寥。手颂侍安。弟元状。十一月十一日。

饶生、拔可附候。拔可明后日行,寄讯。

第三通

一病旬余,乃疏握手。汉市经济断交,兄能不受影响否?甚以为念。弟尚有不得已之请于兄。弟于昨移居南成都路二百〇四号,即甲子冬所居之地,百孔千疮,又须罗掘,又有去春所贷之款到期应付,特以奉商,拟请暂挪壹百伍拾元以副所乏,并乞日内筹下,是为切恳。弟近又得招商局一事,亦可谓破船多揽载矣。救贫恃此,想为一悦。即颂映兄侍安。弟元顿首。四月廿四日即三月廿三日。

第四通

篝车谁见祝豚蹄,烽燧纷传到渐西。久已市惊同说虎,近知村午不闻鸡。故乡桑土留残劫,佳节桃符换旧题。呵壁问天迂愿在,南中长得免征鼙。

和西字韵。大至。

万众喧豗避马蹄,岂真车骑有征西。国殇未信皆猿鹤,兵解何堪到犬鸡。哀郢行吟孤愤在,徙戎持论昔贤题。儿时了了闻边警,头白无端见戍鼙。

再和西字韵。大至。丁卯。

第五通

昨雪今无雨,湖流翠柏天。停舻日当午,载客艇争前。梅尽将生叶,山明不碍烟。吾诗懒收枱,慎遣榜人传。

花朝舻客于湖上,遂呼艇泛湖,民甫有诗,予亦继和,写上剑丞五兄正。宗元丙辰之诗。

第六通

大月能同静地看,何憎巾袂袭余寒。渚荷渐长仍依水,园柳新移为植栏。年载后休忘畚锸,座客言:君园异于新成者。语颇有致。歌呼聊复对杯盘。是夕君默舻客。纤云散尽高天在,胸次从容尔许宽。

映庵寓园月下作。元。

第七通

吟苦诗寒谢俗纷,未应好事独输君。客闲自喻寥天鹤,楼迥惟看度海云。能与狂歌送昏晓,非关禅意断知闻。寒宵跂脚吾何语,细数归鸿正作群。

拔可有夜坐见示并寄映庵诗,大至和韵。

第八通

海滨风物,拔可既为诗纪之,撷拾所得,亦成八篇,写寄映庵。大至壬子之诗。

有山不敢青,海山转苍碧。心知秦皇前,定复断人迹。求仙筑驰道,一日万夫役。步屟日往来,何如两羁客。

九月雪三日,人言岁所无。岂客方苦寒,天亦聊相娱。邻柯有石榴,粲若玛瑙珠。雪寒我不出,临牖还踟蹰。

风从粤峤来,三日方达此。但闻蛟龙潜,不见鲲鹏徙。大块畜噫气,盘空终有止。扁舟看乘潮,近岛如箭驶。

　　结屋多俯海，出门辄登山。不惜路易尽，惟此开客颜。车声入暝黑，远堕阛阓间。市荒早断人，复见空辕还。

　　海隅水为雄，白浪大如屋。回旋久不去，激响堕岩腹。江南三月春，浅潡狎凫鹜。倘能分寸波，定可骇飞瀑。

　　李侯嗜茗荈，日饮必二升。自苦水味劣，浅盏不敢倾。譬诸臧否人，片词析浊清。一朝得甘饮，有梦宵难成。

　　抗喉扬妙歌，缚绔作急装。燕赵数姝丽，但诩身手强。越女无先施，誉者惟姬姜。风流不代见，蕉萃诚何伤。

　　西南障万山，径狭仅通骑。涧壑谁最奇，中有竹林寺。画图昨在眼，松篁想交翠。言游犹未能，作诗补方志。

第九通

过映庵所居归为赋诗并以广其近忧

　　君昔傀人居，往过辄赋诗。君屋成四年，何能无一词。高楼俯林薄，榱桷皆自为。夸人以水胜，门外临清漪。种柳虽未长，照水先有枝。种蔬虽苦潦，租地先安篱。裹足日不出，奉母娱妻儿。万金已挥斥，畚锸不告疲。缚茅得两亭，更辟东西池。岂独资灌溉，潦湿亦有归。我来数易观，君笑力独施。自言谢交游，野居今所宜。车骑不到门，地僻拒喧驰。名山隔散原，故廨忘都司。君有不得已，先业难存遗。昨为述噩梦，陆沉疑有期。全家据片土，追述且累唏。此语非不祥，成毁无端倪。天地即崩坼，君屋能守之。我有屋在杭，门巷君所知。且晚可归视，荼苦甘如饴。万物本天赋，众庸能自私。沧海方横流，慰君某在斯。

第十通

病目枯坐以诗遣兴

　　眼无花事倦凭阑，檐幔幡铃久未安。一半东风夸烂熳，更谁桃李问春寒。

海内曾思绝毒痛，宵深驳议写馈胡。前贤愧有林则徐。黄爵滋。在，二十年前眼为枯。生平病目，始于己酉之春。其时禁烟方行，而某以鸦片公卖之说进，余草驳议，三昼夜不得卧，事幸得寝，而余病目矣。

忧能损目世谁知，肘后多方尚乞医。太息中风狂走辈，自言垂死可刀圭。

经春近酒难豪饮，入夜无灯戒早眠。不醉犹能得醋吃，梦中仍纪太平年。

朝看雨气入黄昏，檐溜声中不出门。便办牛衣守寒饿，蓬头椎髻各无言。

第十一通

王庵暂为我有漫纪以诗

拓地何期卌亩宽，避人岂冀一身安。移栽丛柳村前见，留取方塘屋后看。随分老当资佛力，不耕久已愧儒冠。半山空负争墩累，始信求田问舍难。

大至。

第十二通

归来乡弄阅冬春，夏五今过扫榻尘。暑后扬汤难止沸，平时蓄艾岂随人。酒香未足劳奴媪，俗敝犹闻眩鬼神。佳节卌年还语昔，悉教儿辈累闲身。重五忆己酉居吴下，用春字韵赋诗，近七年岁辄为之，今岁岂可阙耶？遂用旧韵，赋示家人。

今日哦诗胜好春，湖云照槛雨无尘。狂吟忽累君酬我，多难惟期国有人。白马清流忧未已，祖龙山鬼语何神。辨亡一论吾藏箧，山泽能安是此身。小阁坐雨，志渔以和重五诗来，推许过当，杂书是日所感为报，依前韵。

观槿视此二诗如何？幸有以箴砭。长公。丙辰五月。

第十三通

丁卯重五感书

世皆讥毒月，俗尚守吾乡。雄佩儿求艾，虚庭妇炷香。客谁留未去，阅岁事难忘。生聚谋难用，今闻作战场。去年度节于清江浦，今闻其地正被兵。

不信逢重午，真令吊屈原。樯崩侨久压，玉折士何冤。止水追贤躅，埋幽在掖园。公卿应愧死，终许布衣尊。是日闻海宁王静庵国维自沉于颐和园湖。

丁卯重五过映庵语及己酉同居吴下曾赋春字韵诗其后数年
亦曾叠和遂发兴再用前韵赋示映庵并邀继和

我感携家迫早春，君今望远念兵尘。麦风失忆天中记，蒜发争怜眼底人。君与余齐年，发俱早白。贫到鬻书仍结客，兴来得句自通神。杜陵岂合长镵老，稷契犹堪自许身。

眼病初平夏胜春，强能障扇谢庚尘。独嗟十九年来事，谁慰千秋辈后人。蕃部彻宵闻奏乐，汉家不腊罢祠神。平生举目河山感，岂独欢场早敛身。

附　录

挽诸真长

平生笔札精，聊博禄升斗。蹉跎三十年，世换身不偶。积金散书棚，一廛老初有。焚巢竟殃及，赁庑佣糊口。家传虑单寒，举子伤不寿。作诗曾慰子，务德必昌后。晚生符我语，儿女果八九。阿龙就塾时，怜渠啼面垢。今虽及父肩，能办衣食否。子死无所遗，嫠孤众何守。从来贫士妻，要甘任井臼。王庵纵自佳，譬之石田亩。昨朝殡且葬，赖得巨卿友。雨中一封树，安宅庶长久。

李　详　一通

李详(1858—1931)，字审言，江苏兴化(今江苏兴化市)人。有《学制斋骈文》等行世，今人辑作《李审言文集》。

第一通

剑丞先生大人台右：公约书来，属致游杭诗一纸，敬奉台览。贵县程乐庵先生藏有朱竹垞《瀛洲道古录》稿本，缪艺老曾借钞未成，公能访得之，与张菊翁商共付刊，我辈垂老获观，亦一乐也。此请道安。李详顿首。十一日。

菊生先生请致意。

龙绂年 二通

　　龙绂年,字毅甫,又字天放,湖南攸县(今湖南攸县)人。夏敬观师龙湛霖次子。

第一通

　　左芬才调擅湘南,词谱宫商字字谐。端为苦吟餐减饭,一生愁绪似春蚕。

　　绝技尤能冠楚吴,新词题就绣成图。三村流水桃花景,抵得璇玑锦字无。

　　梁孟方期白首欢,顿悲锦瑟泪阑干。箧中留得长离集,今古才人一例看。

　　人生无那百忧多,为问安仁恨若何。梦里桃丝成碧色,伤心曲谱翠凌波。

　　右题《缀芬阁词》四绝,鹿[录]尘映盦诗家正和。天放未定稿。

第二通

　　才住真州又润州,便来白下暂勾留。旅怀扰扰风中蠹,归思迢迢水上鸥。钱岁看儿调水果,残年与弟计干糇。全家半在危城里,剪烛观花卜未休。

　　虎口逃来胆尚寒,余生当慰酒杯欢。长檠托命诗情健,短剑依人旅夜宽。去岁有梅香溢袖,今年无雪冷欺冠。商量买棹明朝事,一饱移家可便安。

　　丁卯除夕金陵作,鹿[录]呈映盦诗兄吟正。天放居士稿。

附　录

挽龙毅甫

呕心曾劝止诗篇，病榻须能学上禅。谢客生惟多慧业，龚生死竟夭天年。观蕉岂是中无实，求艾终教疾莫瘳。酒畔覆杯凶问至，渍绵知不及重泉。

刘凤起 二通

刘凤起(1866—1933)，字未林，江西南城(今江西南城县)人。著有《味琴仙馆遗诗钞》。

第一通

百衲本史预约，谢光甫君欲购一部，可照加入否？希见复。手颂剑澄先生暑安。起顿首。十四日。

第二通

前闻百衲本廿四史尚可加购，希填吴仲虎一份付下为感。此颂剑丞先生日安。未林顿首。闰月十一日。

郑文焯　一百四十二通

郑文焯(1856—1918),字俊臣,号小坡、叔问、冷红词客、大鹤山人等,旗姓文,隶内务府正白旗汉军籍,奉天铁岭(今辽宁铁岭市)人,祖籍山东高密。有《樵风乐府》《词源斠律》等行世。

第一通

执海有溢美之誉,弥用愧悚。属写聚头扇,今夕即落墨,但恶札不足当清风一拂耳。垂示新制,音节流亮,摇荡情灵,能无心折？拟附韵末,勉一效颦,旦夕奉教何如？敬承映檮词掌道履。文焯再拜。即夕。

第二通

昨奉诲音,兼诵高制,骄才雄力,丽采英声,匪独宋参军不辟危仄,直如齐记室特出奇崒,正心折无已。清真此解,自十年前与易叔由同年连句和之,迄今不敢着想,忽觌嘉藻,弥用敛手。兹附上《国粹学报》近刻拙诗文数篇,欲探月旦,幸有以裁之,感甚感甚。嘉鱼笺从何处觅来？并乞示及,俾索其版,当易得之。映堪先生察书。文焯敬白。三月廿日。

范集二册亦既珍领,敬谢敬谢。又及。

第三通

昨夕撮题近意,白上荒函。侧闻动定,微复亏摄,已就高枕,嗣音阒然,深用驰忆。特走札敬问,安否何如,俾释所怀。匆匆寄语,再上剑丞先生棐几。郑文焯再拜。

第四通

　　昨归，沉思体候，证以脉象，仍宜以辛凉轻清之剂，疏手太阴，以达清阳，俾取效捷而无胸痞之患。再处一方，附呈脉案大略，惟裁制之，昨方可勿服二煎也。并承惠吕宋烟一枝，味较敝处所购者淡而弥永，当别是一格，拟乞使便代寄一匣，其值若干并其售地、招牌，示及为幸。附上旧纂《高丽好大王碑考》一卷就正。余不一一。此上。祗颂映盦先生使君动定安隐。文焯拜手。三月廿六日。

　　中景谓中而不即发者为温病，此以别于伤寒而言之。风为百病之长，其见端不一，传变亦至速，唯春余夏始，阳盛伤阴，风从外搏，气以内距，恒视其人之所感而中于所偏，故病者多剧。盖风者火之母，木既为火克，风乃益炽。当木火交战，而挫于土衰水涸之躯，未有不败者。此春夏交会之病温，素号难理也。尊体本患痰饮，积湿生寒，积寒化热。近日切脉，两关俱见滑道，右寸微浮，左尺小数。风虽从手太阴入，而少阳阳明之湿热，适受其制，故激恶寒而壮热特盛，其诸见证，皆原于此。今处方首宜和解半表里之间，治以辛凉平剂，《内经》所谓"风淫于内，治以辛凉，佐以苦甘"，庶易为功尔。方列后。

第五通

　　损答兼拜雪茄之赐，珍谢无已。得此已悉其售处，不敢烦源源相济也。第三方试服后有殊效，幸见示，更须进一服理阴和中汤头，即占勿药矣。承命写聚头扇，旦夕即录近制，箧稿旧有咏石涛和尚鼻烟壶一词，容检写奉政，且拟求和也。此报。敬候映盦先生起居。文焯白疏。廿六日。

第六通

　　百五日韶光，廿四番风信，只销得两三点雨，一霎阑干，怀古伤春,那不头白。想渊思洞赏,怊怅感时,定有高制,续方回江南断肠句也。沤公沪游,迄未言旋。值此夏始,风日清和,正宜拍浮,补饯春近局。拟俟二三隽侣兴余,谋一醵饮,作连词小集,容与沤公商略,何如?此上。祇承映盦先生道履。文焯再拜言。四月朔日。

第七通

一昨执省来告,正以沤公未归,清尊小待,度其沪游,向无濡滞,旦夕当亦能谐。乃辱嘉招,敦趣在远,可云贤且笃已。饯春山塘,宜联高咏,左右佳客,独愧荒伧,牛耳属公,敢孤胜践?率复导悃。祇承剑丞先生道履。郑文焯敬白。四月三日。

第八通

映盦先生道案:前应嘉招,水宴楼歌,栖芬餐胜,方之山阳游践,其表趣殆未足喻斯美焉。比数存问,具审从者沪役未旋,良用神跂。吴郡旱既太甚,井渫半枯,河益涅涬,因忆西法漉水筒,适足当济胜具。敝斋旧所用者,仅有其一,管吸不灵,燥吻待润。海上荒货摊颇多其器,但取略大能受水升许,捷于给饮者,无论何式,敢乞代为物色一二具,附使君行李寄下,其值即当面缴,亦坡老调水符余事也。此物虽细,匪解人不办一得。恃爱无厌,惟深谅之。伫闻还驿,以慰渴尘,幸甚。祇承动定安隐,临题怀仰。郑文焯再拜。四月十一日。

第九通

前夕听枫园饮席,仍苦竹胜于肉,后逢须如尊约,或可摆脱尘襟,趣作文字饮耳。但虑瞻园引去,风流顿尽,如何如何?中丞乞退一疏,今日当有批及,有确闻幸示及。承惠漉水瓶,试之果捷于它器,洵抵一服清凉散也,敬谢。高义有加无已,不知所以报之。昨伯弢书示近制《大酺》,致多俊语,微嫌文荣意悴,有才大难用之慨。然渠意甚得,未可遽为轩轾。盖由于着想太高,触笔廉断,正如袁嘏之诗,须人捉着,不尔便飞去矣。下走廿年前曾有和清真之作,刻之《瘦碧词》初稿,版久沦轶,兹偶忆写上,颇愧中有鄙直处,惟紫霞拍定。当时意锐才弱,且多不协,欲拉杂摧烧之久已。拟闲中更和一解就正,苦乏好怀,奈何? 余驰谒,不次。敬承映盦词掌先生动定。文焯顿首。四月廿八日。

附上《艺概》二册,聊充邺架,其中论词亦有微妙也。又及。

大酺 予与吴社诸子既连句和石帚词八十余阕,复刺取宋元说部及其词下叙述岁月,证以事实,为补传赞,二三同调,赏末兴余,极吴声和送之乐。今中实远官夷门,次芗方自秣陵急治北装,叔由又将归楚,期年之间,胜酒雨绝。独予与子复留滞江南,浊酒岁阑,风烟披薄,感念游旧,以清真均赋此。它日诸子见之,甚为予凄异也。时光绪己丑年寒孟。

念五湖游,风流尽,空数琵琶场屋。幽幽春事浅,奈无肠狂客,旧怀重触。雪老梁园,云迟蒋皋,愁入西楼横竹。吴笺经年赋。早离衿恨墨,味谙都熟。又沉芷汀兰,者番骚怨,顿成凄独。　天教欢会速。酒边送、驹景如奔縠。漫自惜、旗亭诗价,笛步歌尘,镇销凝、乱愁盈目。剩有文园客,和泪写、蜀弦清曲。共萍泊、沧波国。归计轻误。谁恋中原无荻。梦花更看转烛。

右和清真《大酺》。旧刻之《瘦碧词》集,昨以雨窗散帙,检得残卷,重展黯然,不觉匆匆二十年已。近见诸贤赋此调,盛藻纷敷,已满吟口,自惭荒伧,诚不足齿。惟词版佚久,重以知旧死生离合之故,悲从中来,爰为录出,倘亦先唱者穷之路邪? 叔问文焯记。

第十通

自昨闻府主臞公噩耗,怆恨迄今。痛耆隽之奄零,感知旧之寥落。玉音不嗣,辍弦增悲,不自觉老泪横膺也。权抚属谁? 旦晚当有消息。想旬公今已电闻,云门藩使其券获邪? 有确信幸见示一二。下走南遁三十年,诸侯残客,哀逝忧生,曷云能已。独于此老有邦国殄瘁之悲，憯凄如何。亮吾贤感遇知深，定亦为之累欷掣涕也。匆匆驰臆，祇承映盦先生使君起居。文焯顿白。五月四日。

第十一通

执诲感甚。拙制《金陵怀古》专取桓宣武登平乘楼北眺数语，撼写近事，"老子婆娑"，亦陶侃讽时之辞。正谓玄谭诸君，以清言品骘过江名士，遂致神州陆沉耳。比岁社会清流，痛哭高谈，颇类晋客，吁可悲已。大箸《江南春》只结韵微涩，拟易叠字何如？并乞裁定。又"女墙"似与"上堞"均嫌复，妄拟以"缭"字，不审当否？余俱隽逸，无懈可击。此承剑丞先生使君起居。文焯顿白。初八日。

念奴娇伤春怀古，有忆金陵旧游。

酒旗风影，荡晴波，不断春愁千斛。中有过江名士泪，消得新亭一掬。老子婆娑，英雄割据，莫举伤高目。江南春好，送人唯有哀曲。　谁念玉尘风流，清玄谈未了，神州沉陆。空吊金城衰柳色，依旧江潭凄绿。故国鹃声，荒山龙气，终古苍黄局。六朝如梦，野花开遍陵谷。

少年游

谁家年少簇金鞍。醉夜踏花还。不管东风，暗尘台榭，歌舞借人看。　空余燕子衔花去，别院话春寒。未了黄昏，一番风雨，何处倚危阑。

映盦先生拍正。叔问文焯写上。

第十二通

一昨沤尹见过，始审尊状，深用悬悬。伯戣书至，盛述秣陵近会，虽有湘绮翁，恐一堕乌帽尘中，便落莺脰湖派，无足歆羡也。下走自入伏后，畏暑枯卧，饮馔都废，惟思甘瓜啖之，安得一服清凉散为涤烦襟耶？挽臞公一联，无限感怀，发言辄哀断，不能尽此幽素。想公当有高制，幸示及。附上拙作，乞改定是企。此上。敬承映盦先生道履。文焯再拜。六月十一日。

第十三通

前夕以未获嗣音，阙然展谒，深用遭回。昨枉报章，垂示拙制联语，重费宏裁，感幸靡已。兹仍就初作，拈得陈氏故实，上下恰如素分，较为妥帖易施，质诸大雅，当亦首肯也。晚凉少闲，当更走谭。此上映盦先生道案。文焯敬白。十六日。

第十四通

前损答疏，有溢美之誉，弥用弱颜。今日度从者沪行当归，吴城僦馆，佳居良难，不审公已觅得无？深以为念。敝庐前巷，记曾有丁氏别室，曩赁于福观察，未知今肯出租否？但精而未必广垲耳。长沙中丞开奠两日，想为绅与官别，何日属绅，幸即示及。瞻老已来此，无其踪迹，问颂陔当知之。沤尹犹在沪耶？附上近制小词，冀得紫霞齐以乐句，再定稿，何如？白此代面，祗候映盦先生道履。文焯顿首。廿二日。

伯弢期服之假，左右知其所属否？乞示及。

第十五通

前夕盛饫丰饪，饱德无量，乃衰齿折福，昨晨颊辅瘝痛，哺啜都废，今牙车犹凿凿甲错也。伯弢及瓜而代，以去年同时摄官者，皆次第更替，匪伊向隅，然延此月余，徒增累耳。吴会又多一词侣，密迩倡酬，秋夜当谋近局，时相唤酒，亦一欣也。偶忆与沤公述蜇老近事，感秋而作得小词，先奉紫霞翁定拍，幸有以裁之。意欲学柳，苦才力弱，奈何？此上。祗承映檐吟掌先生道履。文焯敬白。七月十七日。

第十六通

昨写上小词，阙然教益，意将有金玉嗣音，绰以藻咏邪？愿一倾耳，矼我箎弄，迟之迟之。前夜忽闻南雁，秋思苍茫，顿增怀旧之感，枕上又得《木兰花慢》，既无好怀，弥乏新意，未敢享帚，录请一晒。至《湘春夜月》，略改窜数字，并乞郢斤削之。匆匆上。祇承剑丞词长使君起居。文焯再拜。十九日。

木兰花慢秋夜闻雁。

雁啼天在水，避秋影，莫书空。正露重江寒，亭亭斜月，犹挂虚弓。芦中。楚歌夜起，怨关山残笛下西风。何事衡阳倦羽，断云不度高峰。　　匆匆。梦转征蓬。忆故苑，雪留踪。叹长门灯暗，哀筝危柱，妆泪弹红。惊逢。听秋别枕，雨凄凄，愁和薜阶蛩。又是单衾酒醒，夜亭催冷吴枫。

湘春夜月秋感。宣统元年己酉秋孟作。

近黄昏，绕枝催起惊禽。那更伏雨阑风，都扫尽芳阴。欲倩暮云留住，奈翠凄红冷，不庇巢林。正越吟倦客，苍凉去国，危眺登临。　　千山夜碧，孤鸿暝度，愁急霜砧。梦落平芜，空目断、一程衰草，烟月沉沉。江潭吊柳，问几番、催折能禁。到此际，想神洲[州]漠漠，流波万叶，谁写秋心。

叔问文焯录稿。[①]

第十七通

昨载诵高制，并见和《闻雁》之作，骨气清雄，深入六一翁三昧，匪寻常词客所证声闻果也，佩之无斁。顷再写上近制小令二解，就正有道。吾党同志日希，宜以风义相切磨，幸无为过情之誉，至祝至祝。

---

① 　此词柬作于宣统元年（1909）秋初。词旁夏敬观注云："一本'催起'作'犹有'，'那更'作'怎便'，'奈翠凄'二句作'怕断蝉消息，催老寒林'，'倦客'作'去国'，'苍凉去国'作'苍茫客思'，'眺'作'睇'，'暝度'作'自语'，'愁急'句作'沧海书沉'，'衰草'作'驰步'，'烟月'句作'衰草侵寻'，'到'作'念'，'想'作'但'。此笺原有二纸，其一予寄赠广州汪憬吾矣。"

比以舍侄辈来自九江,未免清事一挠耳。映盦先生道案。文焯敬白。七月廿二日。

再:前闻从者述及蘐园大屋,达军府有意转典,可一图之不? 幸示及。

第十八通

前诵嘉藻,极耐玩味。近得沤公和梦窗《江南春》一解,苦为韵缚,未尽能事。比来颇觉其作意略入晦涩,好为人所难能,终虑以次公面诔,误以追骏处末耳。鄙制乃力求疏澹,欲举似相规,窃未敢遽发,如何如何? 兹写上二令就正,幸教之。此上。祇承剑丞先生道履。文焯顿白。七月廿九日。

附上《虞美人》一曲,并乞诲拍,幸甚。

新居尚未获一诣,此心阙然。旦夕家事粗了,当向晚走谒一谭,亮不至相失也。又及。

采桑子

竹声到枕凉如许,卧帙纱橱,灯晕笼虚,冰簟银床一夜疏。　　晓来独步穿花去,香湿衣裾,满手明珠,始觉前溪过雨初。

雨帘不卷初疑夜,梦地模糊,竹醉花扶,过枕茶声午睡余。　　故人久断江干信,借问庭梧,秋思何如,一日西风一日疏。

近读珠玉、六一两家词,并能以神骨高健写眼前景物,此北宋倚声之浑妙难到境也。极意学之,一涤雕饰之尘,苦才韵枯梗,不能得其仿佛耳。质诸映庵吟掌先生,以为何如? 文焯记。己酉七月廿八日。

虞美人 赋柳。

柳梢小阁听歌地,宛转留春意。蹋花重过谢桥西,犹有别来泪粉上人衣。　　柔丝一把东风剪,解替人肠断。断无消息故园莺,说与十年春梦不分明。

樵风词客近制。

第十九通

前得诵嘉制《竹马子》词,极疏快之致,一洗窣宰雕琢之尘,匪得唐人诗境三昧,不能发此奥悟也。但下走窃有贡疑。尝以北宋词之深美,其高健在骨,空灵在神,而意内言外,仍出以幽窈咏叹之情。故耆卿、美成并以苍浑造端,莫究其托谕之旨,卒令人读之歌哭出地,如怨如慕,可兴可观,有触之当前即是者,正以委曲形容,所得感人深也。毛先舒云:"不可以气取,不可以声求。"洵先得我心矣。盖学之者写景易惊露,切情难深折,稍一纵便放笔为直干,恐失词之本色尔。昔齐袁嘏语徐太保尉云:"我诗有生气,须人促[捉]着,不尔便飞去。"敢以举似高制,幸无以怪侣见屏焉。诸作终当以《采桑子》新定稿为超绝,佩之畏之。秋夕南濠水燕,群公到者几人?幸豫示及,必偕沤公同践也。附上改定前词一解,惟诲拍为感。此复上映盦先生道案。文焯顿首。八月十二日。

晚饭后拟走访谈艺,何如?

竹马子 秋晚别情,效柳屯田体。

寻桥柳荒泾,城芜古苑,去波孤艇。见帆明渚鸟,灯昏驿树,岚光催暝。陡觉画角生哀,秋声在水,际空离景。对此恋前游,绕回阑,凭断斜阳红冷。　　万感成幽阻,良辰易失,赏心难并。天涯顿雪双鬓。愁入西风凄哽。但忆旧扇歌尘,小屏诗梦,人隔潇湘迥。尊前雁落,满目关山影。

樵风客写稿。己酉秋仲。

第二十通

昨晤老友王少谷,述及重九前一日与公同飞车回苏,节物凄凉,又是一年风雨,想清致所逮,定有高唱也。前夕填得《木兰花慢》一解,即守柳体短协下四字句法,因细绎《乐章集》中多存北宋故谱,故繁音促拍,视它家作者有别。南度[渡]后乐部放失,古曲坠佚,大半虚谱亡辞，白石补亡，仅数阕尔，赖柳集传旧京遗音，亦倚声家所宜研讨者也。沤公索折阅不得，遂游白下，闻颂陔云，尚拟作平原十日饮耳。拙词写上，就正有道，幸实诲之。尊处近有无佳便如沪？走有书籍数部，欲存之秋枚书楼也。此上。敬承映盦先生道履。文焯顿首。

再：闻藩宪有子蹈海，其绝命词可觅得一假观乎？望示及。又及。

木兰花慢己酉九日风雨。

叹人间令节，更何恨，有登临。纵酪酊能酬，高楼暮色，知为谁深。难禁。向风雨夜，但黄花滴泪劝孤斟。不信情天易老，故教佳日多阴。　　沉沉。旧会茱萸，颜鬓改，又重簪。念节物凄凉，年涯腕晚，都到秋心。休寻。暗怊怅地，正西山爽气系疏襟。空画阑干影事，酒醒独自行吟。

叔问制。

第二十一通

昨归卧，空园夜雨，枕上率尔得小令一解，都无雕润，录似赏音，定为悄然同一凄异也。即以报谢。如从者今夕无近局，当走诣一谈，何如？此颂剑丞先生道履。文焯顿首。十六日。

昨饮席有自吉林来者，为何许人？愿闻其详，此老抱负固自不凡也。又及。

采桑子中秋夜雨，罢酒遣怀。

今宵莫惜无明月，人似姮娥。酒满香螺。好夜看人尽梦过。　　归来独卧西窗雨，闲泪无多。不为闻歌。早自安排唤奈何。

映盦先生吟掌海音。樵风词客口占。

第二十二通

畴夜枉存，有同声之应，致足感也。高制不涯，寡暗僭议，白圭之玷，良多谬见，不足为左谳，钟中伟所谓事同驳圣，俟志英达可也。魏

《张黑女志》为贞老旧藏孤本，昔属先中丞公道蒲坂时为访清河故里，大索是铭不获，盖佚之已，世所流传，皆系师德研香丈所摹渳，顿失神理。去夏见吴渔川楼上有石印本，确从原拓景出，询悉为友梅翁数年前在杭州许榆园席上一晤，谈艺极洽。所印，亟思索得一本，以扩顽室。今闻其郎君官吴门，敬乞代求子异方伯转浼颁赐，感幸无已。此上剑丞词掌有道。文焯顿首。廿三日。

附上近制一解，幸诲拍勿隐。又及。

第二十三通

晓起绕阑独步，雨余苔净，芙蓉乱发，烟醉露啼，有寂寞秋江之感。芳时易失，赏心难并，盍于日未暮时泛绿依红之暇过我，连情一咏，使此花"不向东风怨后开"也。小令附上就正。又及。

青门引

雁过霜天近。庭院雨余苔静。芙蓉寂寞晚芳丛，西风采采，不上旧时鬓。　　回阑几曲愁凭损，拍遍无人应。小城昨夜闻笛，月明满地秋江影。

叔问未是草。

第二十四通

昨中夕不寐，胸中甲错，惜无黄昏汤一酌，如何如何？今午后拟径趣听枫园，俟夒碧来再商夕餐处。酒散期诸贤枉过敝斋，同试惠泉，品乌龙茶，即岭南人所称工夫茶，近得文圃一种。借佐清谭，不审伯弢尚能舍东府之一掷，慰西园之三益无？一笑。映盦先生察书。郑文焯敬白。十八日中。

再：张幼纯所纂《史微》二帙，不知曾奉呈左右无？敝处有余卷，敢以奉上一部。

第二十五通

昨言永夕，薄解胸春，今晚嘉招，如不观剧，盍谋近局？如鼎和居酒楼后一间，亦便清谭也。兹有故人江建霞京卿旧刊景宋本《唐人五十家小集》，审是临安陈道人旧椠，实为盛唐美备之观，昨从江家送到初印本数部，俱散之书坊，下走亦以廉值得一部，尚余一箧，实价八饭，较坊间诚便宜多多，倘左右欲购致之，即付价交去手是幸，否则罢议可也。昨承示《清真集》"双头莲"一解，颇合奥旨，惟"合有人相识"句，似脱一字。因检集中《迎春乐》第三首，有"人人"二字连用之例，即个人之义，纳兰词惯学之，或此句夺一"人"字邪？幸赐裁定，余不一一。此上映盒先生棐几。弟文焯顿首。廿三日中。

第二十六通

顷方致函奉白，适诵来告，并收到番饼八圆，即当转致。至集中均已检点一通，决无零叠，如有之，亦易补印也。可怜襄碧前见鄙人所获此书，甚歆羡之，昨亦函询其欲索之否，意不能答，盖煮字不可食耳。今走亦仿其义例，上渎左右，所要求者不过邹衍之叹，如一炬、尺冰，亮为襄碧所讪笑也。昨一夜大昏眊，至今未熟睡，拟晚车赴沪，廿六午后当旋，迟作近局，何如？清真词真得神解，第"有"字上极难思议也。此承映盒先生道履。文焯顿首。廿四日。

附上一函，惟鉴存之。必使此纸，得入渠目，或能达目的也。又及。

第二十七通

前夕白疏方拟上，旋以它事扰之。比闻官府述及，莘公已定初七日启节，想在沪少留即北上，不审确否？新抚亦有述职之行，年内是否履新？如左右有确闻，幸一示及。再：寻常皮冠可否仍著本色貂？敢乞视下，幸甚。鄙人旧乌帽久为蟫蚀矣。载承映盒先生起居。文焯再拜。初二日。

第二十八通

　　昨晨方写拙制二解，就有道正，适奉来章，凄异感人，如诵《九辩》，弥钦怀旧之蓄念，不同无病之呻吟。绅绎嘉藻，近箸中当以此为孤进之绝诣。且兹调拗折，极不易协律，清真嗣响，诚足当之。顾下阕"红颜"句，窃于义未安，拟易以"念珠玉波沉"何如？即美成"念珠玉、临水犹悲感"之意。諕见所逮，幸无见尤。此上剑丞先生道案。文焯顿白。十月十日。

　　府主今有沪行，回辕何日？念之。又及。

第二十九通

　　夜谭甚乐，遂至废寝。偶检敝箧，得指画罗汉题句五古一篇，写以就正，度慧业丈人当为印可也。至夜有异睹，垂老犹具此眼藏，亦莫知其所以然。昔在京师，戊戌之夏，沤老亦知之。尝为半唐老人言正阳门有灯火怪状，杂现鬼物往来于女墙，恐不久必有天灾上炎，旋见城西亦然，不知其为庚子拳变之地也。附记以博映盦先生一映，幸无以无鬼论见屏为怪侣也。焯敬白。十七日。

　　旂妹牌雪茄烟，便乞代致一合，价随即奉缴。不次。

指画阿罗汉诸法象戏题

　　《法华经》云，有以指爪甲而画作佛像，予何从而睹之哉？忆余小时画佛，尝从梦中得见诸变相之奇诡，觉来辄能目击鬼神情状，及长更世难，乃若无睹。年四十后，忽夜见城西北火发，自是复睹鬼物光怪如初，绝无恐怖，岂竺乾所谓得天眼者？亦可异也。附记于此，以志善幻之征应云。

　　大波晶天海，劫墨谁见底。礌砢诸尊者，杯渡不杭苇。雪山耽坐忘，眉发若云委。菩提连跡跌，神貌驯可倚。幻兹权应身，戢景悟蕉里。荧荧丹灶火，烧空楼阁起。金银气尘尘，一映风过水。惝恍舍卫城,空香生石髓。我本芝崦主,栖练青烟里。应梦有夙因,丹青托玄旨。逸执慕然公,会心香着纸。试参画中禅,喻指原非指。

映盦先生皈依三宝,深入佛海,自以窈窱释伽名所居,爰录旧作,以证真宰。霞东客记。

第三十通

高制温丽古澹,骎骎美成,三复心折,窃有微义,只字未安,敢以奉质。《采云归》第三句"思"字仍未若径用"看"字叶平,又"璃窗"似与"锦幄"嫌复,"蓉裳"拟僭易"云裳",以"蓉"字不合于此见也,结处亦微觉疏宕过情,不审伯弢推敲如何,愿示其旨。《秋思》一解酷似漱玉,得风人哀而不伤之义,使人心神俱服,特"井干"句"已渐"二字音欠响,兹妄拟"又渐疏"何如?拙作《夜半乐》已写倩伯弢审订,容即奉教。此上映盦先生道案。文焯顿首。

伯弢顷复书,酌定两去声字律,特写上,幸裁正之。又及。

夜半乐听雨感秋,效耆卿体。

暝寒中酒情味,伤秋脉脉,秋尽仍连雨。绕旧绿阑干,觅愁无处。砌虫乍咽,城乌旋起,满廊黄叶飘萧,散风还聚。背暗烛、敲帘作人语。　　夜窗又到断雁,独掩低帏,更添沉炷。霜堞隐,悲筎凄凉残曙。泪凝丛菊,愁搴晚桂,几回梦里登临,乱山歧路。渺京国、苍茫见烟雾。　　此际追感,少日狂游,旧家歌舞。念俊约,芳期动离阻。负才情,空叹雪满梁园赋。惊岁冷、一卧沧江暮。画楼天远孤云去。

樵风客初稿。

第三十一通

损书,兼诵新制《兰陵王》,劲气直达,却能于疏宕中别具幽宛之致,与前作异曲同工,昨夕与沤公赏击不置。微觉煞拍六字,稍稍虚薄,能回应第一段最妙,切"草"而推入苍茫,亦是一格。此处工之至难。去上字律,固宜墨守,而字面益不易着也。承教益下问,敢以请质,何如？拙词辱示两字宜用上去声,诚于细律有关键。近悟宋人词中着去上字例,如尊议前结二句,第二字若先用去,则下句第二字即宜以上声为协,反是亦合。试验柳词是解,前后结皆然,足征上去字须参差叶律。柳作后煞即先上后去,不沾沾一节也。映盦先生于意云何？文焯顿首。十三日。

府主美权果不？幸示及,今日当有的音也。

第三十二通

损书并见贻诗老画扇一柄,简澹静穆,真能得北苑法外之旨而神明之,道咸以降,工在寡双,展玩不忍去手,敬谢敬谢。拙缋视之,奚翅豪末之在马体,辱过情之赏,未敢自闶,旦夕即题以奉上。余不一一。此承映盦先生动定安隐。文焯敬白。十九日。

拔可先生属写小词,容即塞白,幸代致款款。又及。

第三十三通

提学何日拜印？幸示及,当一醉三堂酒也。前垂示《夜飞鹊》新制,"回"字韵以上,并深得清真浑茂之旨,非敢贡谀。"商叶"二字见何出典？极新异。"再四"句自仍从"重起"为工,"姿"字韵似亦以"辉"为佳。"天西"拟易作"平西"何如？谞见,惟鉴谅。不具。此颂剑丞提学使君洪熹。文焯再拜。廿四日。

鄙画题就附上,惟昭纳之,幸甚幸甚。

莘公何日赴鄂？如有的耗,即希预示为企。

第三十四通

诣贺未及登拜堂皇,歉甚歉甚。损书并残菊廿本,即付园丁移植。岁寒篱落,傲骨犹存,来年花时,当平分秋色也。属题《灵台招隐图》,俟潢治成册,必补一词,以张高躅。昨以吴世兄阛生使君见过,亟拟以尊酒尽一日之雅,迟公洎沤尹翁同临一叙,旋闻廉使有宿约,而阗生又定今日沪行，竟不果谋此近局，奈何？伯弢游白云，当有佳咏也。此颂映盦先生学使台祺。文焯顿白。十月晦日。

"商叶"出东野瘦句，取为词材，自成馨逸，不嫌生涩也。

第三十五通

一昨小至之夜，辱公简彝枉过，绪言余论，解我胸春，感慰曷已。伏诵高制泪《赠别》一篇，厥旨渊放，置之南丰集中殆无以辨，真当持一瓣香奉之。新建书楼之议，闻沤公云，已在学务处谋始，此间搢绅之义，微嫌可园地偏，第务为大者，又虑规画宏模，商略旷日，劳费多而少成事，且焉知来者之尽如今邪？一事之集，经始良难，惟公图之。去春长沙抚部广张文襄保存国萃之义，奏设存古学校，以简易规则，志在雄成。当时儒绅蒋翰林犹抵书讦诘，目为纡阔，幸赖臞老毅然任之，克期蒇役，群彦观成，蔚为美迹。以下走籹通经籍，谬延逮及，忝预总校之末，年余课绩，虽英造鲜闻，而拔科前选犹得其七，惜臞老已不及见之。自是流风渐沫，玉振声希，节端固未暇及此，诸生瞻忽，兴感莫由。至定章应行学期考试，今岁春余，会臞老病革，遂未举行，不日年例休假，兹役将竟阙然。下走向于院试校课，总其成尔，一枝栖息，窃有未安，推原故府主提倡之盛心，能无冥冥之负？敢陈颠末，冀使君有以宏斯诣焉，幸甚幸甚。附上近作小词一解，乞垂鉴诲。又游天平山旧咏，并以就正。寻驰诣，不次。此上。祗承映盦先生学使起居。文焯再拜。十六日。左冲。

第三十六通

昨暮趋诣不值，殊有室迩之叹。近制小词，手钞三解就正。才情老退，都无好怀，聊答知音，幸为裁定。前呈上拙箸数种，倘并新作附寄海上《国风报》馆，或获同志切劘之益，亦云幸矣。宏纂《映盦词集》，即乞见饷数册是企。虞山之游，定于何日？揽胜所至，如到赵执甫园中，有其旧藏一小瓦屋，大可尺许，昔出之直北古冢中者，执甫不甚珍闷,置之石床,廿年前曾见之。若此物犹存,切望代为物色携来,但勿损泐耳。其价殆亦至廉,本民间掘得之,非取诸骨董家也。此上。敬承剑丞先生道履。文焯顿首。

少年游

溪堂东枕故城芜。幽思狎沤凫。凉月阑干,沧洲屏障,题梦满江湖。　　酒醒独绕西风树。人意似秋疏。万种闲愁,一窗败叶,付与乱虫书。

踏莎行

曳柳蝉疏,粘花萤小。凭阑心事孤云渺。上灯时候雨窗深,下帘声里风庭悄。　　琴思吟销,茶香梦褭。露床滴翠凝清篠。年光有味是新凉,不堪独客悲秋早。

鹧鸪天

水竹依稀濠上园,苍烟五亩绝尘喧。半床落叶书连屋,一雨飘花船到门。　　寒事早,恋清尊。狸奴长伴夜毡温。老来睡味甜于蜜,烂嚼梅花是梦痕。

映盦词掌先生正拍。石芝西崦旧主郑文焯稿上。

第三十七通

晨起亟呼肩舆,将践胜约,乃为轿夫所牵制,以为午饮迁延,不应真如昨夕所谓三阙一者,恐渝凤盟,徒破睡梦。如诸公入城,仍会于沤老斋头,幸示及,即趋谭也。专泐报谢,皇迫之至。敬承映盦先生道履。文焯顿。初五日冲。

季中住址乞示知,便当一访。

第三十八通

昨夕沤公过谭,亦谓节府札文,乃札知局中人,开支名誉员薪水单,断无萃幕府群材而列于一公牍之例,此盖治文簿者误会之过也。或东三省有此体裁邪? 不知鹤料探支是否向藩署径领? 即乞日内询之季中太守,示及为幸。余不一一。此上映盦先生道案。文焯白疏。初六日。

再:赵大令梦秦,向公与之熟识无?因有琐琐之干耳。又及。

第三十九通

昨承示幕职规则,祗悉一一。至鹤料既掌自助理员,又府主札文明言,均自五月朔起支,是当具领照行,无容再审。拟即写墨领,照向例格式。改"贵局"为"贵处",何如?尊意如亦谓然,即当知会司閽同奴子往探助理员,现在何处支领可也。或即请详询季中太守,助理为谁,俾便领取,亦一道也。望裁示是企。附呈词集二种、《医诂》两册,并乞检入代致。又有旧识工人托向赵大令关说,节略一通已经查明,确系受欺,倘蒙昭察,切为一提,诚"仁人之言,其利溥矣",甚幸甚幸。此上。祗承映盦先生道履。文焯顿首。初七日。

第四十通

顷得胡幼嘉观察书,述及幕俸新章,此月尚未实行,一等助理员为李司马,肇庆伍大令辉裕兼庶务。仍宜具墨领,向善后局支取,弟已照行。局仍在沧浪亭否?缘自湘石中丞莅任后,皆由院致送,不具领,故未悉近局耳。善后总理是否为孙展云?幸即示及。如左右需领,可遣尊仆偕奴子往,何如?梅雨连檐,困人天气,近日棉种大伤,恐不独茧市荒凉也。奈何奈何?此上映盦先生道案。文焯敬白。八日。

向夕拟诣沤公斋中畅谈,一销沉闷,尊意云何?

第四十一通

昨得雪师手书,义极殷拳,有新雨不来之叹。兼属拟撰《募修寒山寺小启》,当即匆匆落稿,文不加点,付其来使。此种文字,但求简洁,兹录副就有道正之,幸仍掷还,更无余墨也。雪公书体肖苏尺牍,亦雅整可诵,诚近今疆吏之硕异者,无惑乎所至赫赫已。此白。敬承映盦先生动定。文焯顿首。六月九日。

第四十二通

前夕以经过之便，方思通谒，似闻高斋有盍鐕[簪]盛会，怀刺而归，怊怅自失。昨在植园府主宴席，晤彊村翁，亦述及日来未见叔度。清风不来，秋阳转酷，郁陶如何？邓秋枚昨有书至，见示新出《美术丛编》一目，欲得同志招徕，想太丘道广，当有以宏致之。附上书目二纸，余不一一。此上映盦词长先生左右。文焯白。七月朔日。

第四十三通

微雨仍未收暑，小园疏庑，幸远尘喧，晚来差堪露坐，属想清风，渴于言侍，即乞枉步见过，薄舒阔抱，至企至企。中丞今晨复有书问，诿谇代拟议案，已告以年时发端，莘帅悉赖宏毅之力，未若沉瀜一气，定能张弛裕如也。寻晤述，不一。敬承映盦先生起居。名正具。廿一日。

第四十四通

昨诵手毕。按之《经》云：寒热以时至，是为类疟，而暑湿伤气，热久劫阴。振声精审，重用宣气、育阴之剂，当得殊效也。嘉招沧浪晚集，但得支持，定将追凉胜宴。唯竹山兄前夕殷殷见访，诚以病榻昏沉，不及展晤，此心阙然，今不报诣而来日忽相遇于尊俎间，能无令人怪叹？拟待向晚，自度衰躯能禁久坐，便先趋幕一行，不则一餐三遗，亦殊可哂，惟有辟席敬谢而已。先此布臆，祗承映盦先生道履。文焯顿。十三日。

第四十五通

一昨清言永夕，澡雪烦衿，甚慰甚慰。今晨不审贤嫂夫人所苦复何如？肌热又清几许？拟仍依前法，养阴理中，兼以酸甘相辅，以和胃气,果得解肌止泻、思食定痛,度此一服后,当见此三效,而解肌为亟,但宜如法煎服,尽剂后已,无矜持过甚为幸。便已病十之七八,不须浪投温凉峻剂也。别纸所开豆蔻散,乃专治暑月濡泄妙药,百试必效,以方中辛甘苦三味疗太阴之胜。假如前夕诊视已见厥逆败象,再加吐利,濒于危矣。今幸转机尚速,弗至外强中干,诚天相之吉也。拙方幸勿更以示人,庶免异议,至祝至祝。此颂映盦先生道履。七月三日,文焯顿首。

第四十六通

昨竟日阙然音问,想振翁诊治当更有殊效,念之念之。鄙意以为,病久劫阴,复以积暑蕴于中焦,上下格阂,营卫不分,正气又不足疏达,故湿邪流入血分,得宣表始隐隐发见白疹。《经》云:尺脉数甚,筋急而见,是人腹必急,白黑色见则病甚。白肺色,黑肾色,筋急见于腹,是俯仰之藏皆虚,难治之候也。若得腹急渐解,或食,庶几胸鬲宽舒,则脉络通而神志宁矣。近状何如?幸示一一。前得振翁书,订今日向夕见过,渴欲畅言,兼谋近局,如左右晤时,望更为敦趣之,至企至企。此上映盦先生道案。文焯白。七月九日。

昨沤公书至,云胸鬲结瘰,甚不适,盖湿阻也。

第四十七通

手告具审。奉颂《散原精舍诗集》卷下,亟当珍庋。惟前集已为张幼纯太守索去未归,倘承暇日致书,更乞得一部,感幸靡已。比闻贤嫂夫人清恙日就康复,深慰下忱。第振声昨来函,云忽遭叔母之丧,心烦意乱,故昨夕之约亦未及践,且为奈何?想其眷属均旅淞滨差次,昨必鼓轮如沪,度数日内当料简藏事,或由尊处径作一简,切为敦趣,俾朝发夕至,蚤奏殊效,良有深跂焉。雨后新凉,节端又复见招晚话,意甚殷挚,向夕拟趋府后,更奉诣一谈也。此上。祗颂映盦先生道履。弟文焯顿首。七月十日。

第四十八通

小别浃旬，屡辱存问，感荷曷可言状。昨夕甫归，丛桂持花，野鹤无恙，惟病夫秋首柴立，此行凉燠杂感，得阳卑湿益甚，河鱼腹广，坐是加剧。兼以家兄新擢法司，料简交替，及具疏述职诸事，归期蹭蹬，迄未小休，奈何奈何？先此奉布，陈述近情，寻驰谒，不次。此上映盦先生道案，并敬候贤嫂夫人起居。八月十七日，文焯再拜。

第四十九通

两月来仆仆道途，殊乏清致。昨得竹珊书，述及公与沤尹诸贤，金陵彦会，风月唱于，嘉藻连篇，洵堪歆羡。不审次山同年曾否渡江，豫登高之赋？去月渠有书见招也。劝业会何日结局？颇思月杪往观。有无名物之适吾侪用者？愿闻其旨要焉。此上。敬承映盦先生道履。文焯顿白。十二日。

第五十通

连雨听秋，园卉晚荣，夫容冷艳，烂若野锦，正好扶醉题香，切情旧赏。乃高躅既有涉江之咏，沤公复留沪滨，梦窗词所云"芳节多阴，兰情稀会"，真令人玩味不置，对花三叹也。昨夕成《瑞鹤仙》一解，感怀故人张君子馥而作，写上吟席，当亦为之怃然。登高嘉宴，更图一醉，何如？此承映盦先生道履。文焯顿首。廿八日。

瑞鹤仙 园夜闻雨，感旧伤秋，悄然有作。

桂窗香到枕。渐透纱蛩语，凉烟催暝。林容早霜近。又江天过雁，庭阶红冷。阑干倦凭。绕秋声、沧涛万顷。记当时、听雨传杯，按拍夜闻凄唤。　　还省。西楼醉别，翠烛分题，小帘人静。尘笺泪粉。空沾惹，旧情恨。自蜀弦弹折，秋坟哀唱，怎把吟魂唤醒。感年光、一镜流花，几销梦影。

樵风客初稿。

第五十一通

相违忽忽旬余,所思如何。想文墨填委,日昃不遑,公干所谓"释此出西城,登高且游观",隽语可味,此其时也。沤公盖已赴皖,未有归日,亦徒靡靡,致挠清趣耳。近念秋晚西阑,芙蓉向残,顿触秋江摇落之悲,托寄声永,得《六丑》一阕,极意追摹清真,苦不得其深秀之致。是调只十年前与中实、伯戣连句一和,固知效颦大难,今微有心得,辄忘柔暗已。敢以奉质,幸裁之。此承映庵先生道履。文焯顿首。重九前一日。

六丑芙蓉谢后作。

甚年芳送老,又立遍、阑干危碧。怨花后期,无言花暗泣,颣地谁惜?更洒黄昏雨,水环风佩,数断红消息。罗裳自染秋江色。穗帐才遮,珠茵旋积。盈盈怎堪搴摘?只轻朱薄粉,愁上簪帻。　　西园霜夕,照清池宴席。步绮凌波地,成往迹。尊前换尽吟客,纵仙城梦见,玉颜非昔。钗钿坠、似曾相识。终不向、一镜东风媚晚,鬓边狼藉。伤秋泪、独在江国。"伤秋泪"一作"飘零恨"。奈岁寒、锦段殷勤意,何人赠得?

叔问郑文焯写稿。

第五十二通

前枉存,述及天平之游补作重九,想白云红叶间,登高能赋,当与诸公连篇发藻,愿得嘉什,一预光诵之末。回首十年前泉亭旧步,半塘老人屐齿诗痕,依依犹在冷枫怪石间也。比日走以舍弟行将西去,日暮途远,垂老言别,能无黯然?秋来清事久废,离恨颇侵,思如年时连筒喁于之乐,便鹣一二,天方荐瘥,丧乱宏多,感慨系之矣。伯戣先生累札谯让,诚以贤者久困,朋知之责,顾以孤微言扬,安能券获府主新知?曷云速济?匪谋不忠,如彼不谅何?公既与有寅恭之旧,重以文章风义,素分绸缪,能一效文子、同叔乎?走以闲逸,为幕府残客,穷于推毂，惟悾悾内疚而已。如何如何？附上陈函，庶见其近状焉。此上映盦先生道案。九月十八日，文焯顿白。

第五十三通

累日为府主属撰植园榜记，兼须部署休沐之地，颇复碌碌。歌谱未及制成，以其调舒徐而节甚希，略似《谪仙怨》《河渎神》诸解耳。昨夕沤公见过，会在节端未返，阙然展待。旋闻其欲赴高斋，遣仆询之，知亦未至，良用怊怅自失，如何如何？兹有友人见贻辜鸿铭近箸，附上聊供一噱。余诣谈，不一。此上映盦先生道案。文焯白。十月四日。

第五十四通

昔东坡以多难畏事，不愿出近作示人，今虽文网大弛，似亦少敛为佳，匪特意兴萧瑟也。灵岩绝顶，吴故宫城在焉，正堪凭吊，发思古之幽情。公天才英逸，当有嘉什以壮昨游，愿一振先声，俾附韵末，何如？此上。敬承映盦先生起居。文焯顿首。十月七日。

再：敬属函致申公一事，良以老友处困遴中无以自拔，朋旧之画也。昨已与商略，拟先从伊川说入较捷，第以衰微残客，欲以有扬，安得见信于当路？然义所当尽，匪舌是瘃，唯竭吾力，冀报同志耳。焯又启。

第五十五通

昨以小儿女生朝，偶为傀儡之戏，致枉过阙然展待，罪过罪过。诵来告，裴回小城，烟月空寒，与梦窗"隔墙闻箫鼓声"之作，当同一清致也。承示大著二解，容细意绅绎之，再当献替，何如？今夕清兴，有无闲暇一谭？幸示及，极有磊隗[块]欲销也。此尘映盦先生道案。文焯顿。十一日。

第五十六通

昨闻公与沤尹竹兴甚豪，因夜寒，衰躯甫愈，未敢率尔诣访，又恐如独之乱局，是用将进趑趄耳。兹有寄秋枚书籍，因邮局不便，特恳饬纪暇便一投，至幸至幸。鄙事深荷宏垂，能得其一纸人情，即可依前领取，感企之至。匆匆上映盫先生道案。文焯顿首。十六日辰刻。

第五十七通

昨夕饱德，鼓腋大喜。诘朝从者果如沪不？所事敢乞知己善为说辞，美成在速，感荷曷已。此区区鹤料，尚是曾忠襄世丈之南国甘棠，累政相仍，迄未剪废，中郎亦无干糇之愆，案牍可覆视也。盖以是月获微资，皆分沪道廉泉一勺，第自观于海者拟之，诚如须弥芥子，何惜其残膏沾丐，矧故人禄米，高义可风？度湘翁宏护为心，且代筹之不暇，必不使一枝栖息，任其斧斤中伤也。愿申此义，伫迟德音，不任皇栗祷企之至。匆匆上。祗承剑丞先生起居。十月廿三日。文焯白疏。

第五十八通

损书陈义甚高，感唶靡已。下走生平拙于生事，又不欲多丐诸人，诚以安邑猪肝，负俗之累，易取憎多耳。澹翁素持宁静，即文字亦示谦光，更未可浼其代谋鹤料，幸出自高谊，庶不以尸素见讥耳。新制三复，深美宏约，殊愧鄙作为糠秕之导，倾倒如何。此复上映盫先生棐几。文焯再拜。十一月六日。

第五十九通

昨诣谭，猥以鄙事，发端裨赞，铭刻靡忘，冒愧逞颜，敢副诿属。谨拟书稿一通，因意多繁复，不得不委曲以将，尚乞裁可，期与美成，切勿以自媒之鄙，微语澹盦，转贻关实。鲍叔知我，用敢导诚，惟深察之，幸甚。杏丞侍郎高义一诺，不遗旧好，今日亦即函答，当无濡滞也。附及。敬承映盦词长先生动定。文焯顿首上。

如晤季中太守、竹山先生，可以杏公关切之义语之。自维衰朽，尸素累人，能无惭疚？又及。

第六十通

雪意沉沉，暝阴暴沍，一寒至此。天时人事，正复相同，悢悢如何。走少壮漂零南遁，以笔札自给，萧然三十余年，自信于公私取舍之间，未尝有斯须之苟。即从事节端，迭更府主，亦绝无毫末竿牍之请。坐是落寞，垂老无依。先公自关中罢抚，归橐唯法书名画数箧，已复典质殆尽。故山荒落，无寸田尺宅以自存，离乱中更无家归得。生平简澹，久孤于世，不欲危身以治生，所依恃者，惟良师益友，休助以义，四海知旧，情逾骨肉，韩子所谓"若肌肤性命之不可易"者。此固由文章风义之感发，亦吾党后天失时之悲也。微公同志，知爱之笃，曷可语此？三复来告，代筹深切，高义美成，感且不朽。顷澹盦先生亦有书见招，至酒楼密语，虽未显陈近意，殆亦为强移一枝栖息耳。惟近自沪归，冗迫亡状，复为寒疾所攖，彻晓失眠，畏风如虎，衰景颓侵，恐无复久恋人世。沤公知我，屡索拙箸零叠诸稿，怀袖以去，意在宏护矜全故人身后名，吁可感也。前承示清真《双头莲》，校义至精。昨与沤公翻检柳词，得《曲玉管》一解，直是同谱异曲，起调两段乃与清真冥合，审是则词之过片三字，确为属上无疑，虽平侧之调稍异，而句律则同一格，当据以引申，补入校录。实佩审音，亟函以达。至《芳草渡》新制，容细言诵之，再奉布谬见，不敢率尔贡谀也。晚来清宴，能过弊庐一话不？月当头夕，拟作岁寒小集，何如？此上。祗承映盦先生道履。文焯敬白。十一月十日。

第六十一通

昨撮题近意，顿忘弇鄙，想贤者达节，当亦念岁晚忧生，为之浩叹也。顷睡起，微觉寒候稍减，因思走此次归自沪江，尚未与竹山先生晤言，深为歉歉。昨夕渠有鼎和酒楼之约，复以沤公赴苕上未还，辞以异日。兹因其来函有相商一语，即拟定今薄暮仍置尊鼎和居，期准六下钟，奉迟公偕竹翁一叙，并乞诒府时先代约定。宾主惟我三人，不须客气，亦醉翁意不在酒也。绀绎高制，清逸似书舟，只下阕"啼"字及煞拍微乏劲致耳。余面罄，不一。此上映盦道长左右。文焯顿首。十一日巳刻。

第六十二通

今晨白笺并拟稿，亮彻高听。季中太守曾否晤叙？以为何如？顷澹盦使君有书来询及，意极殷挚。自惭衰朽，未免猪肝累人，窃意此席盛荷两贤阄赞之，万感不绝于寸心已。诘朝台从如沪，何日必归？大抵不出三日，甚念甚念。兹有奉浼琐琐之物，以下走肺病，近年甚笃，尝值微寒微热，便尔感触，昨有人述及鱼肝油治之颇效，而苦于腥膻难入，恐胃气薄弱，服之不受。今阅报端，有五洲药房制以为丸，甚易吞服，用敢以一钣，烦左右僆人暇时为之购致一瓶，姑一试之，得效当更续服，俟行箧归便，敬乞附寄，勿忘是幸。不审海上卫生家，犹有语及治肺病妙剂无？尚望代为探访。想见闻殚洽，定有以趯然发药也。匆匆上。敬承映盦先生道履。文焯顿首。十七日夕。

第六十三通

南雪霏微，北风凄紧，凋年急景，顿增暮寒。顷闻从者已乘飞车言旋，渴思诣谭，以昨夜感寒，触嗽上气疾，不可以风，至歉至歉。岁晚务闲，正宜清咏，公玉振江表，嘉藻属兴，盍一执骚坛牛耳，为词社嗣音地邪？鄙事辱荷宏赞，感不去怀。昨得杨五侍郎来告，以前途意在规复旧贯，不审季中太守已得其要实否？深用悬悬。倘补斡有方，美成在即，诚不啻大裘之覆露已。切乞代致，悾悾之忱，恃知爱深笃，用敢导诚披露上渎。敬承映盦先生道履。临书主臣。文焯状。十一日。

第六十四通

比以扰于世故,卒卒无弄笔之暇,此胸唯柴棘三斗,词兴坐是索然。乃叹贤者飞毂往还,殆无虚日,而高咏不已,若大声之发于海上,其精力诚足以吞百川而走鲸鳄,岂独好整以暇耶? 能无心折,退辟三舍? 昨沤公书述及缶庐固请我公,已改定晦日为消寒三集。澹堪马首欲东,切情怊怅,走订今夕移尊鼎和居后楼,为之一饯。已折柬相邀,亮无坚拒,敬乞公趋府时再为切约,偕此良会,准六下钟。聊当祖席,坐中惟沤公而已。苏堪先生令弟,想已言旋,能得公泪澹翁代致拳拳,相携款逶,惠然肯来,益所企幸焉。此上。祗候映盦先生道履。文焯状。廿八日。

第六十五通

连夕暴冱,惟与榾柮作生涯,以了寒事,今晨稍觉冬日可爱矣。鄙事冀得龙象奋施,合力宏济,第虑乞酒未必得浆,悢悢如何? 今日倘公晤季中太守,不妨切浼其速向前途询明,是否改名顾问,与伯严一例保存? 苟其坚执旧毋相仍,吝此百朋之锡,亦望年内蚤颁照会。向当新旧更替之交,皆有例文公牍,半唐老人所叹为鸥盟亦有省俗,仅由沪道分付其司计照发者。一纸也。按中郎所发实至八月止,有故案可覆视。今既循往辙,必要求自九月源源而来,庶获蝉连之实惠,借分蟀割之余波。赖大贤善为说辞,俾免以沾沾一得,贻笑当道。史迁所谓“贤者不危身以治生”,然辟色辟言,诚亦厚诚,每诵皮鹿门“鹤料符来日探支”之句,未尝不叹依人之难,古今同致。唯公知深,率尔再渎,呵冻濡削,草蹙不周,幸无为过。匆匆上。敬承映盦先生知己动定。十三日,文焯状。

第六十六通

急景凋年,人事萧索,伏想从者沪游当已言旋,甚念甚念。向晚清暇何如？寻驰谒，不次。匆匆上映盦先生道案。文焯敬白。廿三日。

沤公是否同归？幸示及。

第六十七通

昨奉手毕，方喜两贤惠然肯来，作竟夕话。旋枉恪公见过，会府主已约于植园相候，遂至阙然展待。以为晚来定相见也，适袤碧又有金昌之招，踪迹一变。走又趋节端，坐谈甚久，不及出城。归来祀灶后，访问高躅，已叩门不应，蹉跎自失，深用皇皇。今恪公是否仍在尊斋？即订向夕奉邀偕往鼎和居酒楼一叙，想不见却也。映盦先生定能为达此区区之诚，幸甚幸甚。文焯白。廿四日。

第六十八通

岁已小除，风雨如晦，屡谙高躅，相忆如何。良会蹉跎，恐相见又是隔年人矣。从者此行，果获与卯金接晤否？其因循不报，诚可鄙夷，今日拟诘之杏丞，趣其信实。即遄诺能偿，亦待来年支此鹤料，不值一哂也。沤老亦未知何日言旋，何濡滞至是？念之念之。此上。祗承映盦先生道履。文焯顿白。小除夕。

第六十九通

数日不晤，已是隔年。昨奉手书，会友生罐山在坐，未及详复，此心阙然。每叹吉日良辰，多为俗例所牵，致与雅旧蹉跎不面，甚无谓也。昨夕沤公跫然，想当作挢捕胜集。拟于人日立春，薄治辛盘，迟公泊二三同志一聚，尽可谋竹间手剧也。兹附上复沪道一刺，致函时封寄为幸。以群力得此，尤恃独立趣之，能无感喟？此颂映楷先生福履。文焯再拜。

再：今年仍在国制，例不贺岁，而中丞昨忽亲顾敝庐，尚须答诣否？少迟三四日可乎？

第七十通

昨夕苦无选具娱宾，唯清谭可以饱耳。《清真集》得公以雄成，俾世士获睹完帙，下走附骥而致青云，诚天幸也。沤公写本遗强焕一叙，又《四库提要》一则，并乞暇为补录，列于首叶。但《西泠词萃》刻强序，前云《片玉词序》，此乃巨缪，盖未考"片玉"之题号昉于元人，有巾箱本刘必钦序文可证。今宜止刻强序，不须书集名，以免专辄之诮。又日内下走当拟一小叙，记校勘始末，并特彰两贤宏赞之功不可没也。比见公于周、柳、吴诸名词精斠数条，皆能抉择窔要，洞见症结，匪衰朽所逮，极为心折。《乐章集》有灼见处，即乞标识简端，以资佳证，亮无隐也，至幸甚幸。兹附上拙刻旧纂《医诂》上下篇一部，又《冷红》《比竹》二词稿，并望转致贞翁为企。渠豪于诗，闻声相慕旧已，亟思诵其篇什，如枲几有其近作，幸赐一读何如？匆匆手奏，敬承映盦先生道履。文焯顿首。正月五日。

第七十一通

三日感触夙恙腹疾，迄未脱然。今晨起，偶检新历，继见注礼拜字样，为之愕叹。遂以意入小词，过片下尚是学人所当加意者。即以录呈窜削裁示，幸甚感甚。尚有新制《阳台曲》长调，追和梅溪，旦夕锻就，即写上就正，何如？匆匆上。敬承映楮先生起居安隐。文焯顿首。谷日。

《清真集》比想精研，当更有新获也。贞壮何日赴鄂？念之。

锁阳台庚戌岁除日。

街鼓新声，簧灯残景，酒醒空惜流年。小炉低幌，春思破梅笺。唯有闲窗语鹤，夜寒守、相伴无眠。休重问，深宵镜听，欢事到谁边。　　凄然还向晓，乡情节意，都惯愁牵。怕新披历日，惊换星躔。官历本自今岁始见有礼拜字。西人每于虚、鼎、星、房四宿值日为星期，昉于罗马教主格勒革理之历也。犹是东风故国，怎吹送、非雾非烟。空遗恨，江南旧曲,肠断在花前。

小词改定,病起写奉映檐吟掌一粲。叔问文焯稿上。

第七十二通

顷闻从者至臬署未旋,不审尚可纡道惠临一谭否？深为翘想。兹写上近制及改作二解奉教,幸直斥勿隐。诘朝沪行,归来何日？当不久留。拟于廿一日招机中芃小酌鼎和酒楼,敬迟同临,何如？昨竹山有书至,属一一致意,其图南之行约在春杪也。此致映盦先生棐几。焯白。十七日夕。

比闻左四先生退志甚坚,确否？念之。

再：襄孙许速发鹤料一节,想当切属其司计者按月照付,不知若何措词,愿闻其旨。此君可谓舍本而逐末已。一噱。

第七十三通

西崦讨春之游,恐因子培、恪士之濡滞,祠山风信,又不相待矣。今早得沪上钱庄来信,知刘襄孙观察于鄙人蝉联一枝,尚未接洽,殆未即分付帐房。是以鹤料迄未领出,此君之因循可云至极。向来由敝处具领,交沪庄转寄,沪道司计房领下,月例如此。今惟有乞公或代达季中太守,与沪道幕友中熟识者即为交涉最妥,似较致书襄公为捷。区区之数,适足见笑而自默耳。沪道照会系客腊,则自此月始,且其公文明云自本月开支。并以附闻,望速为美成,至幸至幸。此渎。敬承映盦先生道履。文焯顿首。

第七十四通

日来峭寒中人,园梅南枝犹靳,忽承故人折赠红萼,着手成春,真所谓东风第一枝也。拟赋《江南春》报谢,苦闻西北警息,夜不能寐,危自中起,顷口占数语云："插青冥、好山无数。斜阳空送今古。无端西北忧天缺,片石更教谁补。危睇处。挂一发中原,烟际微茫树。"吟至此，老泪涔涔，不能长语，如何如何？植园嘉宴，亦得诗四首，暇当录进斧削。旦夕走诣，借斗酒浇垒块已耳。前晤府主，谈及竹珊为疫阻于沈阳兼旬，大约春初甫到吉林，归期恐无准也。此承映庵先生道履。文焯顿首。廿四日。

第七十五通

昨夜闻雨，平晓益增怊怅。乃就枕改词，得托字韵，自觉惬心，并上阕全易语义，直摅胸臆，似较前清异。感君之绪余，益我匪浅。更悟词人当沉吟锻炼之际，不可有古人一字到眼，方能行气，养空而游，开径自行，平时又不可无古人字字在眼，使其歌笑出地，尽如吾胸所欲言，此境即项平斋所谓“杜诗、柳词皆无表德”也。亮知音当弗河汉斯言，敢以请益映橧先生。文焯白笺。二月四日。

高制如修饰竟，幸即垂示。

阳春曲忆梅西崦。

晚来风，朝来雨，心事问春谁托。一坞雪垂垂，山桥路、梦地经惯被花觉。暝寒犹恶。看未足、故篱疏萼。须信送老江南，算伤春、旧游如昨。　　记歌绕珍丛，行云暮。曾倚竹、空怜翠薄。年年遗芳独坐，怨书期、诉与辽鹤。题香奈有素约。怕笛里、江城摇落。待扶醉、满把东风影，沈沈夜酌。

辛亥春仲，樵风倚声。

第七十六通

顷闻台从已有沪行，敝事即奉托公着意与襄翁一谈，或以函托其速为分付帐房友照例往与沪庄接洽，即依照会自去腊开支为幸。余不规缕，前函附呈。此上映盦先生道案。文焯顿首。二月初五日。

第七十七通

西北风云甚恶，近郡草泽间，又时闻呼啸声，吾侪犹日夕云倡雪和,笠泽翁所谓"流宕如此,可叹也"夫。恪公果到来无?昨遣问至再,犹未闻跫然耳。小词近又得一《瑞鹤仙》咏落梅,又《浣溪纱》二解,兹录其一,上紫霞翁定拍,余俱稿上沤公,且晚必可就正。又新校出清真《水龙吟》咏梨花一韵,确可订元本、汲古刻本之误,亦在听枫处也。此承映庵先生道履。文焯顿首。二月八日。

再:昨两上白,小疏琐琐之渎,未审有无促迫之方?盖敬宗善忘,又故恪恪,奈何奈何?

瑞鹤仙落梅。

虎山桥下水。问几时销尽,伤春清泪。花前旧吟袂。绕阑干如梦,东风还是。相思未寄,恋孤尊、高寒自倚。恁飘零、玉笛声中,忍见送春桃李。　　何意。烟横雪乱,数点芳心,为谁憔悴。苔茵漫缀。无人见,断魂地。叹垂垂一树,江南遗恨,不到灵均楚佩。但黄昏、写照空池,两三瘦蕊。

樵风初稿。

昔贤谓情至无文,以之论文章之道,故意深而辞可不工。辞之高者,未有不能达意者也。举似唐五代之词,皆史迁所谓"意有所郁结,而不得通其道,故述往事、思来者",一以寓之于物,感兴微言,以极命于骚雅,是以味澹弥永,不以辞害意,而自成绝调,至今使人歌哭出地,如见其心,非徒雕绚声采、文其固陋所可同日语也。玉田云:"词贵清空。"非专主行气,即字面亦忌实取。盖以意胜,而文足以达之,思过半已。此阕易稿至再,极意辟熟,而未敢以奇崛出之,文胜之弊,庶几免夫?

浣溪沙有忆西崦讨春旧游。

旧泊湖桥唱蹋莎,暗香添酒泪添波,两山愁损镜中螺。　　莫待登临伤往事,更无哀乐费清歌,一年风雨为春多。

近制写进映庵先生词掌一笑。叔问稿上。

第七十八通

前当游舸待发,雨雪霏霏,峭寒不减旧腊,自断孱躯弗克强起,虽奉高逸,相从于林景水光之间,此心阙然,殆所谓违己交病者欤? 但既孤胜约,重念昔游,弥复怊怅,因次韵白石《梅花八咏》,放其题格,各疏旧迹,附词末。顷已录寄沤公,属其定拍后,即传稿就诸同志正之。兼拟旦夕治蔬酌,迟群贤,惠然作半日清话,何如? 倘有高制,幸先见示勿隐。向晚当诣访,一叩游踪,借慰幽独,会心人当不在远也。此上鹤、恪、映翁先生左右。郑文焯顿白。十三日。

第七十九通

损答敬悉。恪士远别,不获以尊酒尽一日之雅,为之惘然。未审其在沪尚有几日留,但得抽身,更拟一追随胜饯焉。切乞代为致声,并可以前函与词笺示之,以志惓惓。兹闻台从诘朝复有沪行,用贾勇书《梅花八咏》奉教。腕已脱,不知其中有讹误字无。匆匆不及觇缕,鄙事幸更敦趣,勿使口惠,至祝至祝。此承映盦先生起居。文焯顿首。十三日。

第八十通

昨夜谭,极惬幽素。拙制小诗,皆廿年前无体之作,殊不足观。曩于己丑岁质之壬秋翁,以为有可存者百余首,因别以墨围识之,余悉别为一稿,留以自镜得失。比年从事于词,遂不暇他治,前夕偶与诸公说诗,于败篢中检得旧草,匆匆分缮各体一二首,聊供一哂。苦无钞胥,手写纷乱,不堪沤目,尚乞裁定。若有疵类,慎勿付时贤,徒博人齿冷,无益也。如欲寄报社,须请详审字迹讹舛,恐多误笔,益见荒率。余俟明晚诣言,不次。映翁先生鉴。文焯顿首。三月四日。

再:前沤尹为王振声大令赋闲,近况渐不能支,公曾拟以校医一席，豫为位置，月俸两处约可得六十钣，当即商诸振翁，宣述高义，渠极言感荷，愿以方技效微。敢乞美成在即，切为提携，所欲匪奢，易偿通诺。其人清洁自好，澹然寡营，定能胜任愉快也。至裹碧，近以鱼汛多风，竟至大亏素课，时运使然，如何如何？其所贻白鸟，敝处仅活其一，不知尊豢何如？又及。

答中实同年十三夜放歌

我闻沅湘盛兰杜，骚人味之生激楚。其风瑟瑟中清商，哀玉不击秋自语。君本楚狂能楚声，高睨狂哭千夫惊。奇才天放不自惜，劳劳胡尔坚白鸣。我亦燕赵悲歌士，白日毬猎夜文史。眼中礌石生尘霾，痛惜黄金铸余子。少年作健轻落脱，一饱忍逐侏儒死。五湖花月秋溶溶，翠娥四筵歌笑浓。逢君连船泛美酒，逸气洒落冰雪胸。醉唱白云踏空去，仙城夜摘金芙蓉。推烟唾月不作意，倒意倾情况君季。狂名一日满人间，昨夜游尘在衣袂。

江上晚怀

落南一士江湖瘦，空腹能藏天地愁。四海心孤思大侠，十年名厌客诸侯。沈楼笛冷荒波夕，蜀社诗亡古垄秋。遥夜辍弦成独恨，枫泾残月又扁舟。

秋夜饮顾氏园有忆

涧松夜弦孤鹤哽，危立空池吊秋影。露花红滴不成泪，九叠石屏绣苔冷。衰兰送客朝暮哀，铜驼金谷俱蒿莱。邻声纵有山阳笛，听到白头能几回。华年乐景残杯促，庭角新烟冷阶玉。暗闻蕉雨滴愁声，屋榜无因题梦绿。

病起示云闲上人

一梦荒荒悟昨非，十年兀兀世相违。冥搜苦为吟诗瘦，战胜何因得道肥。未碍狂花障天眼。故应神草起风痱。胡床自有安心地，笑见蛛丝锁翠微。

酬李眉生使君兄题诗梦图

清谭活我孔公绪，奇句惊人阴子坚。一梦十年堕崖检，枯愁徒悔赋囚山。

瑞莲庵怀鉴中师

兀然孤塔老禅机,万化途中一委衣。苦忆白莲池上坐,放风怖鸽绕堂飞。

甲午九日感事

耶马台前鼓角空,凤皇岭外羽林雄。断云似阵连江黑,落日无情到海红。闻说余艎惊失水,空令原庙感歌风。相逢尽洒新亭泪,岂谓登高赋最工。

西园会饮夜散示张舍人子苾

花落溪堂带素波,尊前人事易蹉跎。过江游旧清时少,比月婵娟独夜多。岂得伤春长费泪,那堪罢酒又闻歌。谢家香佩虚年少,不见东山旧绮罗。

中实约游仓山余以病未谐感梦而作

崖霏唤孤策,梦入西崦西。吹灯境在睫,熟梦无町畦。扫石见子迹,古雪明薜题。雕光弄玑璧,可扪不可携。独言展芳轨,欲往阻幽跻。虫天虽造适,人寿无大齐。所期商颜皓,并蹑仙兄梯。

秋晚寄怀仲兄岭南

秋馆奄夕阴,近霜桂始华。晚秀有新妍,孤赏无世哗。附物徇时美,切情寄幽遐。渚鸿违北栖,江鱼泳南嘉。岭表盛前伐,吴趋凄独哇。冉冉年事隔,苕苕旅望赊。念予同怀暌,兴言行役嗟。

秋霖行

老农昨入城,为言道光季。淫雨沼吴东,五月船入市。倾畦连畛水没人,庐游鹅鸭田生鳞。强梁白梃走檐下,官符到乡唯捉民。圣明诏恤宽租欠,计岁行恩逮乡县。谁怜下户尾毕逋,不输官府输胥掾。今年秋霖积田水,视昔潦年差尺半。天时人事未可知,今朝雨雹昨雷电。我闻此语心忉忉,隐几恍见波澜高。坐使愁心送江海,武陵渔者倘可招。

沪江酬陈校官四之一

一夜春江雨，潜鳞满上游。几人渔樵渚，老我触虚舟。故国禾应秀，中原菽可忧。向来此间乐，遮莫赋登楼。

因散帙，得廿年前诗稿，杂录五七言各数首，就映盦先生正之。高密郑文焯，记于吴小城樵风别墅。

第八十一通

昨写上近制，亮达吟席。顷再录二解，迄未定稿，并乞诲示，至幸至幸。园中新豢华亭鹤，每晨夕闻西南飞车之声，辄引凄唳，悲动林谷。昨与沤公言及，乃大悟风声鹤唳之解释，岂战伐恶声耶？因于结拍寓此微义，幸有以裁之。再：闻高斋后圃杏花盛发，愿撷得一枝，聊分邻墙春色耳。此上映盦先生道案。文焯顿首。三月六日冲。

第八十二通

祭天神题《归鹤图》。余有鹤癖，曩居西园，以诗换得六鹤，廿余年来，仙蜕尽已。今沤尹复以华亭鹤见遗，属作图记之，爰题此解，效柳屯田体。

叹岁寒残雪谁堪语。换苍苔、旧步荒江桥上路。西园梦后重寻，剩有闲鸥鹭。奈沧洲照影依依，阶前舞。日暮送、孤云去。　　漫追惜、仙骨前身误。千年后，华表月，几见城民主。念人间、虫沙陈迹，草木风声，对此茫茫，自断凌霄羽。

写进映盦先生采览。叔问文焯未定草。

第八十三通

损答有溢美之誉，弥用弱颜。切磨之义，仍望良友，勿以荒伧为不足其待也，幸甚幸甚。承赐家刻《屈贾文合编》精本，珍领敬谢。凡唐以前文家，皆宝若吉光片羽，矧千古大文，复得善本校注，重为刊布，洵可嚣阓也。新制二解，愈征高健，匪苟为令曲者所可同日语。

谛审句中"九重"字，微嫌惊露。"肠"字韵既用"断"，则"回"字宜酌。次阕惟"中"字稍重，余则无懈可击，但有倾到，不厌百回读也。此上映盦词伯道案。文焯顿首。初八日。

附上近作，求削正。

第八十四通

前奉手答，敬审卯金之善自为谋，不值一噱。但伯严顿失其半，来日大难。吾曹乃连蹇至是，惟以啸歌伤怀，徒为此辈所姗笑，造物固弄人耶？昨复和白石《念奴娇》一解，洵伤春感旧之作，未暇简炼，写上紫霞翁定拍，且以征与沤公联吟新制，幸无自阂金玉也。明夕拟邀中芃尚衣过敝庐拍照，园梅经雨，尚未摧残，岂此花高致，亦欲见桃李颠嫁东风欤？即订诘朝，迟存赏之。此致映庵词长先生道案。文焯顿首。

念奴娇 曩与同社张兄子复看梅元墓山中，摽笛行歌，野兴闲适，尝连句次韵白石是曲，为山僧贯彻题梅花画册，一时游者属和，传为韵事。今年辛亥春，沤尹、映庵两词客过此山楼，见旧题，感赏不置，亦连吟和之。余既以衰懒未预斯游，伤今怀旧，辄复继声。汉诗所谓"放故歌，心所作"，徒使观者苦尔。

夜寒鹤梦正沉沉，云海犹呼鸥侣。自见伤春花溅泪，此恨都无年数。笛步波遥，诗痕雪在，曾卧山楼雨。苔阑如绣，胜看纱影笼句。　　长忆一别文园，蜀弦肠断，锦卷空江去。花月十年怊怅地，绿遍行吟烟浦。古寺遗芳，小城孤影，留著樵风住。游情重省，乱丝多少歧路。

小词初稿，录上映翁先生正拍。叔问文焯记在小城东墅。

"数"字韵，宋李彭老和作用上声字，别是一解。此韵固和之难工。余并此阕已次韵至三，犹未惬也。兹又作"纵使东风花有信，老伴应无多数"，于意云何？又及。

第八十五通

昨承许惠积余旧藏魏造像打本，亟思考订，即乞检付奴子是幸。近有蜀客见投新制鸡豪、狼颖两种散卓笔，谨以分赠，唯老斫轮一试之，以视山谷所评弋阳鸡距何如？旦夕趋诣再罄，不次。此上映盦先生道案。文焯再拜。十七日。

第八十六通

顷奉手复，并见惠东魏兴和年程景造象记打本，审之即昨夕出示之拓墨。敝藏乃旧本，未归积余时所获，只右方缺张跋及佛象，而濡脱较浓，今本似经洗剔。前经下走考证《地形志》，殆出于定州，且魏天平间亦有霜灾，正与碑所云"大苦霜"合，容当录旧题乞寄积余，何如？此上。敬承映盦先生道履。文焯顿首。十七日。

第八十七通

顷布荒函，亮彻醇听。东坡《南柯子》用"仙村"，见《参同契》，云"得长生，居仙村"，证以下句，义正合。且此二字亦习见之，苏诗有"那知竹里是仙村"之句，又"嘉与吾友寻仙村"，是髯翁所用常语，可信，而别本作"材"之讹，不攻自破已。即以奉白，聊佐斠订之雅，亦疑义与晰之一欣也。寻诣谭，不次。此上映盦词长棐几。文焯敬白。十七日。

第八十八通

昨感夏至节气，竟日僵卧，衰放可悲，秋后生事都不暇计。史迁所谓"贤者不危身以治生"，自谋固拙，复遭此百罹，恐无脱颖之地。吾生有涯，将长是无涯之戚耶？如何如何？知爱如公，其曷以策之？近作和贞壮二诗，无复当意，聊尘高鉴，惟老斫轮削之，幸甚幸甚。寻谒谈，不次。敬承映公先生知己起居。文焯顿首。廿七日。

白鸟得偶,栖游草树,羽毛不似前蕉萃已。

苏州重建寒山寺成贞壮见示人日游诗却寄二首

千秋灵迹一诗传,游客能诗不羡仙。枫浦斜阳空旧泊,草堂人日见新篇。过江风味知鱼美,闭户春愁对鹤眠。长愧清时成懒病,多君高咏比斜川。

江国春寒野色微,空林巢燕几曾归。百年世事有兴废,半夜钟声无是非。新壁丹青明水殿,乱山苍翠落桥扉。独怜风物因时异,怀古伤春意总违。

小诗仲春所作,叠之书衣中,久不措省,偶因雨后散帙检得,写上映盦大方家吟掌一噱。叔问录稿。

第八十九通

累日感寒,触河鱼腹疾,甚惫。今日甫起,绅绎新制,真足疗我头风。改句深美宏约,只"神京"意稍惊露。下阕"醒"字韵宜对,且嫌率尔操觚。周、柳词高健处惟在写景,而景中人自有无限凄异之致,令人歌笑出地,正如黄祖叹祢生"悉如吾胸中所欲言",诚非深于比兴,不能到此境也。尊著《元夕闻雨》一解,前阕即有清真浑妙,至为心折。走近神衰,颇难造遣新意,奈何奈何?《阳台曲》迄未定稿,俟从者三日归来,当写上奉教。贞壮清真校本已否交付?尚有须商榷者。赴鄂期,想尚未定,念之。此复。敬承映庵先生道履。文焯顿首。

第九十通

前夕谭艺,得少清欢。昨竟日植园嘉会,广坐骈筵,搢绅泰半,忽于谭次得诵七言律二章,江左文采风流,于此叹观止已。顷从何太守录示属和,意在提倡胜地胜事,其格调姑舍弗论,但据所作"左司"一联,三索不得其解。杜子美以襄阳徙籍巩县,见于《文苑》本传,而此作乃谓夔府士杜工部,殆以其为严节度参谋,而缪赞鄙人已?敬谢不敏。向来诗人多于词客,是以不敢言诗耳。此承映庵先生道履。文焯顿首。十四日。

第九十一通

昨闻雅意，欲作端阳于万里桥水榭，又得浮生半日闲趣已。但此局宜谋酿饮，宾主相忘，最饶胜寄。借可订为恒集销夏，西餐人各为食，益便分算，想沤公必亦欣然同致也。附上建茗一合，计三两许，色味俱浓，聊佐森伯之癖，幸纳之一试，何如？此上映翁词掌棐几。五月戊戌朔，文焯白。

第九十二通

损惠岩茶，暇当以清泉试入孟臣壶，饷吾同志共品之，珍谢珍谢。前夕所谈柠檬果，实产岭南，昨读蔡喆夫《博物图记》，此果本名黎檬，一名林檬，俗讹作柠檬，色红黄，味大酸，实如柑橙，亦同时熟，证以尊说有檬无柠之义正合，特以奉白。苦雨闷结，不审端午之游能全于天不？寻诣述，不次。此上映盦先生道案。文焯顿首。

第九十三通

梅雨连檐，顿触隆闷，兼以屋茅防漏，几案涅滓，几无着笔研处。昨甫补缀苟完，亟为公写扇，即录近制，奉和嘉章，聊于花步留一春梦痕耳，方之双南金，奚啻叩瓦缶弄野呗耶？惟鉴纳幸甚。少间更拟补一图，索同人题咏，何如？此上。祇承剑丞词掌先生动定。文焯再拜。五月三日。

第九十四通

一昨水窗游燕，无复狂奴故态。兼以变端日剧，戒辰安在？逢此百罹，并歌咏亦不能陶写深哀，奈何奈何？拙集续印，拟以二百本寄售于广智局，书裹甚拥肿，不审从者沪装可附致否？何日启行？幸见示。此上映庵词掌左右。文焯敬白。

第九十五通

昨自听枫园归，奉手毕，兼诵高制，当与沤公喁于同工，容更玩索，以为善颂，不敢海论赞一词也。比以府主封翁寿，幕府群材顿以文言属之下走，兼颂雅币，由佑嘉一再致声。窃惟盛府元寮，一时隽选，有若友卿、中仁诸贤，皆并世文雄，佑嘉亦骈裁妍手，出其绪余，润色鸿业，以祈国耆，固优为之，何有取于衰伧荒语邪？诚以廿年来颓放不任，宿素衰落，常年一人畏景，灾恙百侵，并手钞旧制，亦为之阁笔，矧复为人造遣，冀博润豪？江文通所谓"知所短而不可韦弦者"也，已坚意谢绝。倘公于节端彦会时，为之一申近状，益所感幸。寻驰谒，不次。敬承映盦先生道履。文焯再拜。五月十五日。

第九十六通

《清真词》既得沤尹录副覆校，又承公先付高赀，属贞壮先生董而理之，以雄其成，诚三益之宏助也，可深感幸。昨见示写样，但从瘦硬加意，体欲其长方，凡省笔字尤宜改细，不须强作满格，便合欧宋旧式矣。如复贞翁书，切乞代致拳拳依迟之忱，尚有小诗寄赠也。匆匆白上映盦词掌左右。文焯顿首。廿日。

第九十七通

前撮题近意。闻从者又有沪行，昨夕复言旋已，方叹王官不治生，生之道日穷，以公天诞英逸，坐使骄才雄力，半销磨于轮铁声中，为之惋抑。今夕拟访沤翁一谭，亮清兴攸同，幸谐是聚。再：昨阅报端，有《楞华庵随笔》载刘龙洲祠垄在昆山马鞍山下，近为一议员创建公园，发掘靡遗，夷为平地，令人悲诧。考改之为庐陵人，以诗词豪于江表，客稼轩幕，倡酬极相得。宋人说部但述其放浪吴楚，一生羁旅，未言其晚寓昆山，没葬山下。因思其人于公有西江同原之雅，当能考见其生平，用以附及。此上映盦先生词长。文焯敬白。廿三日。

第九十八通

昨午后沤公过谈半日，屡遣问高踪，跫然未逮，怊怅良深。《清真》校本想已专属贞壮先生，幸勿遗忘。何日偕往金陵？甚念甚念。柳词阅竟望检还，因有一解须勘证也。《阳台曲》过片确有可疑，谛审杨补之此句却连上，决无脱误。而梅溪之多一字，唯见汲古本，未可援据。按红友所引，即无是"结"字。半唐刻史词亦仅据毛本，注云别本脱"结"字，盖所见诸选本并无此字可信，似不当专依汲古之孤证，遂信为旧体。考杨为高宗时人，史则与张镃同时，或稍后耳。鄙意宜从三字句连上为是，想卓见定亦谓然。匆匆奉布，祗承映盦先生道履。文焯顿首。廿八日。

沤公有新制二阕，想已见之。

第九十九通

累日雷雨经纶天启楚，已想见名士过江风度。昔日新亭，残泪依稀，山河犹是，不枉伤高一掬也。昨夕得彊村书，甚羡海上之游，乞晤逊斋先生为寄声道忆，且烦语以石印姜词已为下走校订，所获不少，更欲得数本耳。匆匆上映公使君词掌左右。文焯再拜。六月十四日。

第一百通

昨白两笺，嗣音阒然，深用悬念。兹放西式，用可可果粉制得糕冻，因君嗜此甚笃，特以奉佐夕餐，饤盘之具，不足为外人道也。再：前属沤公代致《清真词》"留客住"校注数行，即乞速寄鄂省，俾付汇镂，幸甚幸甚。此上。敬承映盦先生起居。文焯白。十七日。

第一百一通

昨薄暮赴萧巷观宋本《道藏》残卷，归已二更，载披手告，为之怊怅。猥以前夕不腆之将,适投竺嗜,犹屑齿及,愧愧。此小女偶试微技,炼鹤一羹,奚云闳授?且夕当再制,以佐餐胜,何如?《清真词》补校承代寄鄂,感甚。寻驰谒,不次。此上。敬承映盦词长道履。文焯顿首。廿日。

第一百二通

顷匆匆归,解衣旁薄,襟背果有飞蚁,甚为所苦,不审沤公能乘兴至高斋会谭无?念念。走却亟思再诣,以昭小信。诚以令侄来自珂里,诘朝公又须沪行,远人新到,自当乐叙天伦,此亦人之恒情也。吾曹谭艺少稽时日,正自不妨,无所用其客气尔。兹更命小女茂韶如前制得可可糕冻两圆,聊补曩意,借佐清餐,想可依稀荤庭余味也。手布,并告愆约之过。敬承映翁先生起居。文焯白笺。

第一百三通

午间奉手复,具审鞠翁高议,深为皇惑。右脉属手足太阴,又足阳明并主气多,所谓微动者,不知果见何象,甚念甚念。至"耳白于面",曩习相士书中有"耳白于面,名满天下"二语,经方亦不记得见于何篇,想鞠翁精博,定非瞀词,愿闻其旨,幸甚。再:拙题《归鹤图》,有引支道林得人所遗鹤,不且为近玩,养令翮成顿飞去一节,乃为语谶。沤公见贻之华亭鹤,今竟感秋冲霄而举,对以思之,愈望仲兄善谋,俾蚤迎仙客,扫径以待,无日不萦萦樵风梦寐也。此颂映盦先生道祉。焯白。十三日。

走今腹疾略已,而至酉后仍不思食,胸亦小痞,可知暑湿尚未尽蠲也。来日雅集,恐无饮分,奈何奈何?

第一百四通

前当从者东游,曾一致候,旋亦匆匆有白门之役,勾留十数日。归来探闻公亦既言旋,复如沪渎,度今日当还,为之欣企。竹山有十九日石湖泛月之约，属为敦趣，原函附上。再：鄂刻《清真集》，昨始由沤公交下，校竟当即并书签奉上，何如？余容晤言，不一。此上映盦词长先生道案。文焯敬白。中秋后一日。

第一百五通

数日来劳费兼至，几不能自克，加以警息时闻，怒焉如捣，颇思休养三日，借叔度汪洋，一涤尘阔耳。昨甫得昏睡，适枉惠临，澹翁、沤老联袂跫然，开径以望三益，何幸如之。乃臧获姑息，展待阙焉，万端皇悚。俟部署少间，即当走诣，并谋近局，何如？今晨鄂乱有无确耗？乞详示。昨沪友函述宋芸子老友亦到汉上，主革军前敌，未遽信也。此承映盦先生道履。文焯拜手。初六日。

第一百六通

昔梦华谓柳词曲处能直，疏处能密，纍处能平，语似近之。今更下一转语，逆推之便尽其妙致，词坛以为何如？昨夕以改词不及诣谈，孤负梧桐秋月矣，有劳虚伫，皇歉万端。兹再写上昨制《阳台路》一曲，较《临江仙引》略易继声，然幽拗处同一难学也。近制两解，觉结处微得周、柳掉入苍茫之概，急起直追，或能得其仿佛邪？向夕走谒，不次。映盦先生垂目。文焯顿首。十三日冲。

再：《临江仙》柳词，宋本有"引"字，是也。谛审此调，宜下平声之清扬，方得哀艳之致，紫霞翁审音刌律，以为如何？此夕拟一嗣音，但恐邯郸学步，不能工耳。又及。

　　　　阳台路秋夕送客，归步城西陂，怅然有作，效耆卿体。

暮山远。见倒空翠湿，云开萍面。荡荒陂、战雨衰荷，秋在水灯红飐。还念渡江人，醉里解携，梦随波转。离声断。又暗催、湘弦鸿阵零乱。　　　独绕横桥归步，澹一水、漂花故苑。片帆风影，尚映带、枕流危槛。伤心又、寒林堕月，寂寞小城西畔。空帘卷。乱虫天、如闻哀叹。

叔问文焯未是草。

第一百七通

前辱枉过，相对哀叹，近闻北耗甚恶，与君同唱《念家山破》，如何如何？小词枕上所得，都无好声，不欲终阕，有类越吟，写上就正。瞻园流离脱险，不名一钱。吾侪正亦穷无所告，不克患难相济，愧恨曷已。走近危苦万状，如苦行头陀，复遇夜客，诚无地自容，奈何奈何？沪局鹤料，秋来迄无一获，而襄孙观察素未通尺一，措词作戚施亦大难。唯知契深爱，能径为一提，俾不吝区区，拯此急难，感且不朽。皇恐。上映盦先生左右。文焯再拜。九月十三日。

临江仙辛亥九日，登城东亭，有怀瞻园同年，用耆卿仙吕宫谱。

暝蹋小城路，乱鸦策策，班马萧萧。暮尘里，时闻鼓角荒谯。漂摇。对江树冷，墟烟悄，落日渔樵。伤心地，正万方多难，潦倒登高。　　魂销。衰兰委珮，回首清些难招。念东门、芜断北渚萍飘。萧条。怅茱萸会，风波阻、去国迢迢。悲秋泪，换满江鄙渌，胸块谁浇。

映盦词掌拍正。苕雅剩稿。

第一百八通

映翁先生察书：昨走谒，极思详询金陵近状，因昨午得舍侄发来快信，云危在旦夕，而各报所载又不实，如云左方伯前日赴宁哭倒等语，可诧已甚。奈何奈何？至镇江独立已成，并未一战，旗兵均允受商会保护，避至四乡者有多数，都统亦极文明，故能安谧，可免兵祸。此昨日有阊门钱庄人亲自京口来所陈述，如此可信。不审昨日有无南北电之确音？公在节端必知之，即示以慰悬悬，至企至企。苏城无恙，全恃府主保安，较各省独立稳妥者，以旧抚为新都督，易于举措耳。倘一更新，断难秩叙依然，甚可畏也。惟钱市奇荒，直无现洋流通，人情皇迫，较前更急。公到财政部，必须昌言设法救济危局为第一要义。

昨闻有仍许通用裕苏、裕宁票之谕，然无现可兑，如何如何？下走已将有在陈之厄，待毙而已。文焯敬上。十八日。

第一百九通

昨夕累欷相对，哀断无言。念自武昌发难，仅期月间，使我江上故人一别如雨，从此孤梦踟蹰，满地沧波，恨恨如何。走头白为傅，遘罹世变，行见赍志以没，夫复何尤？以使君识时隽杰，岁路方强，乃尔数奇，能无扼腕？伏冀为道自重，爱护波涛，幸甚幸甚。旅沪何所，并望示及，俾便缄达，愿毋相忘。附上近制，惟宏雅有以裁之。临题荒哽，百感横膺。祗承映翁先生动定。九月廿八日。文焯敬白。

第一百十通

再：《清真集》盛荷斠订，雕板孤行，此义千古。但武昌兵火中，原椠恐不可搜致，良用悄然。从者抵沪后，倘与同志商榷，即以是本付之石印，俾无沦缺之憾，感幸何如。其间小舛及增注一条，惟乞精心甄定，锡以叙言，至企至企。又及。

第一百十一通

映盦先生侍者：秣陵还辕，未纡高驾，望尘莫及，惓惓如何。彊村翁昨已践友人焦山之约，云将便道如沪，不日当获良晤也。承许重订润格，游扬借重，感叹弥衿。史迁所谓"不危身以治生"，岂必去文学而趋利哉？今奉上旧刻书画润毫例二纸，略删其陈言，即求嗤点，或付石印，能得尺寸之效，莫非大贤之所赐也。至幸至企。哈少甫君已否约期？尚乞美成在速，豫示以便展待。秋枚先生去夏亦曾相邀，旋以人事间阻，并望代谋。亟思大蠲物累，不必皆求善价而沽诸，亦达士之模耳。《清真集》已拟一小叙，近于《直斋书录》中颇获佳证，其集刻封叶亦即落墨，不烦诼諈。倘晤沤老，乞询吴伯宛在京居处示及，因其新刻《樵风乐府》属校，须作书报之。匆匆叙意，不尽愿言。敬承道履，伫闻还驿，次于瞻对。文焯白。七月廿三日。

第一百十二通

　　映盦先生侍者：执告怆然增异世之感。监督何日视事？"倘值经过便，念来存故人"，固所深企也。拙作旧润格，自以续刻大字者为多得钱，一经题拂，收名定价，感叹何如。书画样颇难遍徇世好，尚待踌躇，唯鉴谅之。逐董客承招致，幸甚。生事汲汲，虽无俚之画，亦足遣有涯之生也。《清真集》封叶，日昨并已写竟送沤公处，而渠已如沪，不审其几日勾留，幸为转达。余不缕缕。敬承起居安隐。樵风逸民白。廿八日。

第一百十三通

　　映盦先生侍者：载诵诲帖，猥以下走薄技，盛荷游扬，重辱楚卿、秋枚诸贤之高义，合力禅赞，可云宏奖风流，不惜齿牙余论，自惟拙养，感叹弥襟。至润例损益，得大贤泊鹤公裁定折中，益深钦迟，倘付石印，俾获流播沪市，正所以扩而充之。虽为无俚之画，聊以遣有涯之生，老伧恃此，庶免转徙沟壑，亦云幸已。唯知己哀此穷独，不厌推援，但得源源而来，何有冥冥之负？起懒癖而箴膏肓，端赖先生有以振之。《清真集》昨承沤老先印成数十部，极精雅之致，若以皖造古色纸浓印，宛然宋本。书内封题，七月中曾写付，而沤老适如沪上，不及见，今已属穆工补刊。里叶题岁月及尊贯姓字，开雕颠末，少暇必撰小叙纪之。因近日检《直斋书录》，新获《清真集》佳证数事，不可不采按也。下走以出售张二水画册，将于廿日内外赴秋枚之招，不审从者京江之行，约在何日？甚念甚念。良晤或不至相左耶？拙绘二扇，拟即携去作样，何如？寻诣谈，不次。此上。拉杂奉报，祗承动定，临题怀仰。文焯白疏。八月十七日。

　　再：润例前所有小引，并乞代浼子言先生审定。应取何人所题，即望裁决付印，亦标榜之道也。润格似宜稍宽大，庶近雅驯，其印值容后于润资中扣除,何如? 樵风伕民附识。

第一百十四通

　　比以触热,患河鱼腹疾,决然望前归去。樵风少延清致,屡思造访,苦未豫期,恐蹉跎相失。昨梅道士过谭,云从别有天嘉会散,惜未作不速之客耳。拙校《清真集》承高义墨版,行世未广,宜及此补正。近年复校误,颇得未曾有,彊村悉知之。有亟须勘定改刻者,暇当条具奉寄。或尊处尚有印本,即乞日内检下,便尔斠过,亦一道也。勿勿白,近别,未尽欲言。此承映盦先生道履。大鹤再拜。夏至日。

第一百十五通

　　映盦先生道案:执省良讯,猥以衰躯,迟迟吾行。重荷同志诸贤眷逮之雅,心路咫尺,感叹弥袊。走自秋分后肺病复作,夜辄嗽上气,彻晓不寐,药券盈把,益复无聊。亟思沪游,一吸空气,至宿顿尚未知所止。欲主亲旧处,又虑偪仄,多所扰累,窃有未安,仍以客舍旅逸为便。比因伯宛趣录寄拙稿《茗雅》词,趁夜来病隙删写,已得三四卷,颇拟藏役携就吾贤裁定,约三日当可治装,登高彦会,庶不叹黄花于人无分歁? 卖文润例,承君提倡,群雅奖成,无惜齿牙余论,感幸无已。次山前已于四月杪言旋,彊村亲预饯席,岂迫于鄂乱重来? 念之念之。苏城近亦有讹言可诧,逾此数日必自灭也。从者京江之役,当犹少待,良晤密迩,不至蹉跎相失,幸甚幸甚。勿勿再复。敬承动定,临题神往。九月朔日,文焯白。

第一百十六通

　　昨至沪即觅车特访,遍问麦根路四十二号,不得其门,极为怅惘。寻虹斋亦失路,有海上神山之叹,如何如何? 用泐一纸付邮递,当能达左右,期在今日。何时得一握? 至企至幸。鄙见仍乞枉过,借谋嘉会。专候跫然,不任鹤跂。匆匆上映盦先生道案。文焯顿首。廿六日午。

第一百十七通

昨夕与彊村叙意,感叹余生,虽作南朝旷达,能无悲从中来?侧闻吾贤近获新擢,借手小试,郁为时栋,亦足以臧。走忧生念乱,垂老靡依,既绝拙养之资,奚当宏济之选?天放佯狂,唯冀速化,与气运同尽耳。詹言同志,弥用深哀,异日埋骨青山,无忘斗酒只鸡、久要之言,幸已。昨枕上得小词一解,伧歌荒语,凄唳遗嘶,敢导珠玉,亦风人维忧用老、作歌告哀之义也。临题皇遽,敬承动定。映盦先生察书。文焯白疏。九月廿六日。

第一百十八通

述　怀

贵游逮承平,旅逸更丧乱。北征违素期,南遁矫孤践。未壮既淹薄,始衰绝怡衍。落落皋桥羁,迢迢御亭彦。哲风岂昔殊,隐学于兹罕。令迹美所至,何必在邦见。丘壑缅遐心,兰苣犹在眼。故城旷烟水,种树周园挽。葺宇承崇峚,植援激清浅。贞柯悦冬姿,芳尘竞香蒨。眷言达士模,父遗物情感。拥琴迟窳歌,白云去人远。

近作小诗一章,写上映盦先生诲正。叔问郑文焯记。

第一百十九通

安公子

水竹闲篱舍,暝寒催雨低帘下。木落烟横山入睡,对沧洲屏画。换眼底、衰红败翠供愁写。窥暗窗、隐隐蟾钩挂。正酒醒无寐,怊怅京书题罢。　　向此沉沉夜。为谁清泪如铅泻。梦想铜驼歌哭地,送西园车马。叹去后、阑干一霎花开谢。空怨啼、望帝春魂化。算岁寒南鹤,还记尧年旧话。

戊申岁十一月既望。樵风客近制。

结句"还记"二字拟易"解道"。又及。

第一百二十通

天香石涛为胜国楚藩之裔，以诗画逃禅，高逸绝世。海盐陈氏藏
其所制鼻烟壶，乃以西藏贝多树子为之，朴栗有天然古致。上有程
松门刻其小像并铭。硕果之遗，足与苦瓜和尚名迹传之千古。因
从程氏得之，为赋此解。

薰亚金丝，香参玉垒，沉沉冷麝如水。故国茄花，王孙芳草，尽化
海山云气。半囊晻霭，空语破、枯禅一指。休问壶天日月，销磨苾刍
身世。　　拈来信多妙谛，贮烟煴、写经余事。叹息百年硕果，等闲
匏系。万感都成蜡味。西洋人呼盛烟具曰蜡，德清许宗彦《鉴止水斋集·鼻
烟》六言云：“论蜡携来市舶。”但愁惹西来暗尘起。更倦残熏，生酸老泪。

体物之作，琐琐难工，以此尤无故实，题咏益难。写上映盦词掌
先生一噱。自知芜音累气，其细已甚也。叔问郑文焯记。

第一百二十一通

一萼红题瞻园同年留别词卷，并和白石。

晚庭阴，怅行云易散，花落恋遗簪。捐佩情芳，题襟墨泪，无那邻
笛哀沉。井梧冷清秋旧幕，见几度枝上倦栖禽。恨别年涯，感时吟
鬓，明镜愁临。　　身世尺波萍转，叹衰兰送远，一碧湘心。西馆霜
凄，南楼月黯，除是幽梦重寻。更谁问、文园赋笔，误闲名、应冷旧黄
金。耐得湖山后期，剪烛窗深。

映盦词掌先生海音。叔问文焯稿上。

第一百二十二通

高阳台己酉重午感怀，同沤尹侍郎作。

梅雨垂金，兰风剪翠，吟筋又泛香蒲。蹋草余薰，芳华倩涤尘裾。
宫魂枉续长生缕，误旧情、臂约红疏。感年光，飞镜波心，不炼颜
朱。　　汨罗一片伤心碧，作中流箫鼓，遗恨江鱼。清些难招，沉哀

欲变吴歈。三湘今古蛟龙恶，但怨魂、绿老汀菰。自销凝，节意凄凉，午醉谁扶。

鹤道人写词。

第一百二十三通

踏莎行

树老知门，山寒对屋。一年风月供愁足。登临更晚更凄凉，销魂总占阑干曲。　　梦换烟纱，吟残画烛。空阶雨断蛩声续。篱花休倚傲霜枝，人间秋鬓无重绿。

小词写上吷盦先生诲音。叔问文焯记在竹醉簃。

第一百二十四通

鹧鸪天

木落江城初雁过。萧条茅栋带寒柯。病来砌草生琴席，睡起溪花上钓簑。　　邀竹醉，绕松哦。碧云如梦隔秋河。愁心莫剪西窗烛，怕见心灰泪更多。

吷盦词掌一噱。叔问文焯稿上。

第一百二十五通

八声甘州送龙马里叟还湘。

度高城、夕吹替阳关，一声九回肠。正霜堤衰柳，烟汀冷蕙，暝入苍茫。不忍登临送远，对此惜离觞。满眼吴波泪，明日潇湘。　同是江湖白发，羡故溪晚钓，归集芙裳。叹兰成萧瑟，秋老梦还乡。想芳洲、蘋花自采，但寄情、沤鹭莫相忘。销凝久，楚天孤雁，寂漠南翔。

叔问写。

第一百二十六通

迷神引夜闻落叶声感赋。

看月开帘惊飞雨,万叶战秋红苦。霜飙雁落,绕沧波路。一声声,催羌瑶,替人语。银烛金炉夜,梦何处?到此无聊地,旅魂阻。

眷想神京,缥缈非烟雾。对旧山河,新歌舞。好天良夕,怪轻换华年柱。塞庭寒,江关暗,断钟鼓。寂漠衰灯侧,空泪注。迢迢云端隔,寄愁去。

樵风词客初稿。

第一百二十七通

蝶恋花中秋夜闻雨。

好月一年能几见,待得圆时,抵死云遮遍。可惜良宵天不管,酒灯暗雨深深院。　梧叶洒阶愁万点,不听清歌,已是无魂断。旧节唯酬双泪眼,西阑一夜秋声满。

长记红楼陈桂醑,月满芳尊,赏月人偏去。自见月明无此苦,年年情恨天难补。　欲唤姮娥凭说与,泪湿花枝,故作黄昏雨。后夜相看肠断处,一弯又被愁眉妒。

映盦吟掌拍正。樵风词客稿上。

第一百二十八通

湘月壬寅秋末,同半塘老人游邓尉诸山,回舟泊木渎,
登天平白云亭晚眺,效石帚体。

乱峰唤客,引幽筇藓步,飞上空翠。试酒泉亭,更暝蹋、到地秋声红碎。裂壁通樵,惊崖辟鸟,枫锦和天醉。寒涛胸荡,五湖漫卷吟袂。

别有石灶松烟,半坞云乳,泻连筒珠缀。滴尽吴根,怕化作、一掬沧波残泪。秋镜愁鬟,仙衣幻影,风谷铿环佩。凭林长啸,雨花夹磴漂坠。山中名迹有白云泉、石灶、仙人影。绝顶坡陀,平广五亩,有远公石镜至奇。

第一百二十九通

声声慢书带草。余既营草堂于竹隔桥南，缭以长廊，缘砌植书带草殆遍，葱翠可藉，贞姜冬荣，经神之遗，足当吾家读书种子。沤尹翁为题通德门榜，示不忘郑志也。言诵清芬，赋得此解。

芳披云缕，翠挹风筌，森森旧家寒碧。散帙城阴，还带草堂深寂。休吟谢池梦好，恁诗痕、不点经席。书种在、比芸香盈亩，薿垂过尺。

看遍长安桃李，朱门冷、何堪尽成蓬棘。诵得清芬，还记榜门通德。纤纤一重绿意，似当窗、诗婢曾织。怅汉苑，几青芜、春老故国。下阕"还记"易作"依约"。并及。

是调侧韵，惟宋刘泾自制一曲，汲古本《梦窗词》乙稿中所羼入者是也。杜王续刻，并承毛本之讹误，失考已甚。今明板《草堂诗余》固一确谳。且泾作骨气高健，犹是北宋遗音，益足征已。不揣黯浅，辄追和之，聊示考存故谱之一格云尔。文焯记。

第一百三十通

雪梅香秋晚连雨，忽见微月，步上亭皋，旷然感赋。

雨初歇，凭高极目送荒寒。揽征蓬千里，烟光染作愁颜。秋尽林皋到残月，夜明楼阁起虚澜。雁声落，笛里人家，犹梦关山。　　无端，黯离景，一片伤心，画出应难。故国年涯，那堪送客衰兰。乱叶从风诉飘泊，晚花凝露泪阑干。归来后、满镜清霜，肠断谁看。

映盦词掌正拍。鹤道人郑文焯稿上。

第一百三十一通

石州曼水边篱落，忽见横枝，病起寻春，感时成咏。

竹外横斜，犹是去年，春在江国。垂垂雪老，烟疏一树，暗催头白。西崦旧赏，总误天际轻阴，山桥谁倚伤心碧。怊怅又黄昏，有诗痕愁觅。　　还忆。故宫春梦，点额人归，坠钿消息。空有翠禽啼恨,花间曾识。相思未寄,那更连雨残寒,飘零不待南楼笛。绕树再来看,但东风无力。

樵风词客初稿。

第一百三十二通

阳 春

晚游天,芳菲节,春到梦中乡国。一曲晓寒歌,宫魂断、酒醒波远旷云北。几年相忆。曾醉踢、故园灯夕。谁念系月黏花,仗东风、总愁无力。　　怅流水钿车,繁华地。空冷落、珠尘绮陌。天涯伤春不见,剪梅枝、怨寄遥驿。凭阑对此叹息。更泪尽、江亭残笛。看归雁、正带冥冥雨,西山自碧。

第一百三十三通

庆春宫 冬绪羁怀,感时叙意,赋示沤尹,兼上映盦先生。

霜月流阶,溪烟黏树,草堂岁晚余清。残雁来希,寒蜻吟断,苦闻风叶窗鸣。夜帘灯𫘪,乱愁写、空山雨声。萧条人事,催老繁华,云海冥冥。　　年光猛忆堪惊。南雪重逢,衰鬓先零。金狄摩挲,铜驼歌舞,旧游还是承平。过江如梦,叹寂寞鱼龙未醒。半生惆怅,都到尊前,一醉无名。

文焯稿上。

第一百三十四通

霜月流阶,烟芜迷径,卧愁孤枕严城。残雁关山,寒蛩庭户,可怜秋到无声。绕阑危步,乱风叶、波涛自惊。百年衰鬓,一夜回肠,镜里分明。　　悲歌旧日狂情。宝剑凄凉,泪烛纵横。故国天荒,数峰未了,肯留老眼余青。梦沉云海,奈寂寞鱼龙未醒。伤心前事,词客江南,一例飘零。

右《庆宫春》,同羁夜集,秋晚叙意。苕雅。

第一百三十五通

阳春忆梅西崦。

五湖春，扁舟客，花外野桥曾泊。一坞雪垂垂，苍苔老、屐齿轻误晚寒恶。胜游如昨。看笑靥、甚时重索。休问梦后楼台，总销凝、旧家红萼。　　记歌绕疏丛，吴云暮。空倚竹、犹怜翠薄。如今遗芳独坐，怨书期、诉与辽鹤。题香奈有素约。怕笛里、江城摇落。欠扶醉、满把东风影，沉沉夜酌。

冷红词客初稿。辛亥二月二日。

第一百三十六通

瑞鹤仙落梅。

虎山桥下水。问几时销尽，伤春清泪。花前旧吟袂。恋芳尘如梦，东风犹是。苔枝古意，漫黄昏、高寒自倚。恁吹残、笛里关山，忍见送春桃李。　　还似。瑶台罢舞，玉立孤妍，粉融铅退。轻阴点缀。无言处，澹然对。叹垂垂一树，江南遗恨，不到灵均楚佩。但苍华、写照空池，两三瘦蕊。

冷红词客写。

第一百三十七通

摸鱼儿亭皋晚眺。

压城西、乱山空翠，暗生衣上云雾。酒醒哀断江南曲，不用凭高怀古。回首处，渺一发，中原挂在斜阳树。伤春更苦。正璚岛花飞，玉楼帘卷，天半起箫鼓。　　苍茫里，时有东风雁渡，沉沉辽海归路。已怜柳色凄羌笛，犹是玉关春阳。江上暮，又落絮，吹愁散作千家雨。羁魂自语。但满地沧波，两三点雪，栖老旧鸥鹭。

樵风词客初稿。三月五日。

第一百三十八通

木兰花慢锦帆泾,吴小城故濠也。去年予作亭城上,
又绕堤尽种垂柳,春色依依,怀古有作。

翠烟堤上柳,几曾似、故宫鼙。怅废绿平芜,东风万缕,扫遍歌
尘。空林旧巢燕子,话斜阳、重见可怜春。剩有渔舟系晚,画桥晴雪
迷津。　　行人到此销魂。攀折尽、是离痕。叹梦老苏台,凌波步
影,一片流蘋。消沉断濠暮碧,带漂花、还过小城堧。莫染青袍泪点,
怕闻羌笛翻新。

近制写进映盦先生诲拍。樵风初稿。时辛亥春仲。

第一百三十九通

拜星月慢和美成。

怅烛吹凉,炉烟沉雨,径曲残萤竹暗。笛里边愁,入芙蓉深院。
怅流景,渐觉、银床玉簟疏冷,露叶霜花明烂。照水秋魂,绕阑干谁
见。　　夜峰寒、倒绿浮杯面。空帘影、月堕城西畔。莫问翠冶红
骄,总行云催散。燕重来、寂寞秋风馆。年华泪、锦瑟闻长叹。但梦
地、百转飙轮,触回肠欲断。

樵风客初稿。

第一百四十通

绮寮怨春感。

柳外新烟初试,晚寒吹又阴。对舞鹤、破想层霄,苔扉静、绿意憎
憎。凄凉江城暮笛,残梅底、鬓雪愁暗侵。怕画阑、换却东风,啼鹃
断、故国无梦寻。　　黯黯倦成醉吟。芳时病绪,何堪听雨孤斟。水
阔云沉,寄兰杜,与退心。依稀送春亭榭,漫洒涕、旧登临。惊尘满
襟,飘零恨未了,花更深。

叔问初稿。

第一百四十一通

　　行不得，塞上燕支无色。一夜霜筇天下白，秋高空雁碛。　　莫惜王孙路泣，芳中犹伤旧国。如此关山摇落易，断肠人未识。

　　留不得，梦转车尘宫陌。秋老衰兰催送客，金仙无泪滴。　　一炬仓黄半壁，四听楚歌风急。谁蹴昆仑鳌柱坼，三山惊海立。

　　归不得，哀些谁招离魄。东有龙蛇潜大泽，九关愁更北。　　江水为君还黑，山气何年重白。辽鹤书沉云海隔，梦来天地窄。

　　谒金门三解。苕雅词客写。辛亥九月。

第一百四十二通

御街行伤春曲。

　　谁家故苑东风，树楼阁、花深护。惯将愁眼损芳菲，判与落红无主。空余旧垒，几双燕子，添作新泥户。　　夕阳流水漂香去，残梦纷如絮。画阑十二可怜春，无那借人歌舞。行云还见，黄昏帘卷，商略西山雨。

　　鹤道人写词。

附　录

郑叔问舍人挽词

　　老死相因至，悠悠是九原。相看万事了，宁有一朝存。几案亲遗札，歌诗抵罪言。立锥榛棘地，谁问郑王孙。

　　远迹投吴会，其如谢豹何。萎春从草木，费泪与山河。怕听临风笛，真无返日戈。惟余井水处，都解乐章歌。

　　梦过垂虹曲，春归大鹤天。一空彝鼎架，尽换米盐钱。小巷侵书带，残灯冷坐毡。白头伤气类，流涕似长川。

腾腾愁思。抚青简凝尘,凄黯残世。几许冷红词,想樵风、行吟佗傺。埋名人海,怎省识、旧家兰锜。伤逝。问石芝、社事谁继。

劳生梦迷藕孔,渺人天、残灯隐儿。辽海沉沉,我亦江南孤寄。故国鹃啼,寒宵鹤唳。瘗愁无地。何限意。州门更洒清泪。

调寄《石湖仙》。映盦吟掌属题。辛未春,黄孝纾。

无多烟水。尽消取词流,如许佳致。回柂濯沧浪,缅三高、天随近似。骚兰遗恨,忍更会、托根无地。何意。问义熙、几换尘世。

年时听枫胜赏,占壶觞、停云旧里。泪掬西州,漫掷风流谁继。玉笥凄铭,马塍哀吹。恍移宫徵。人海底。摩挲鬓影孤寄。

调寄《石湖仙》。应映盦世叔教。方恪。

断铭鹤蜕,残楮蟫栖,芳卷谁理。头白伤春,词客有灵孤寄。恨墨香沾新簏衍,哀弦心在闲宫徵。旧江南,湖山劫换,倚声无地。

好看取、丛残收拾,一样生平,云海愁思。缃素连情,中有楚兰闲泪。珠玉故多临水感,文章何止藏山事。待招魂,小城隈,笛声不起。

《倦寻芳》。映盦先生以所藏大鹤山人词墨属题,即希正律。孝臧。

回飙终古。赚吴苑词仙,商攫吟楮。深念扫花游,掩花关、人天圣处。浮名先老,黯比竹、倦怀秋妒。悭遇。有并时、几家词赋。

山塘昔游欠我,感频番、难追国故。地下修梅,冷够春人凄痦。往夔笙、中实与君词交最密,予与君未一遇也。蓄泪憎杯,剩魂栖树。空留谗语。惊换羽。归飞病鹤谁主。

《石湖仙》。奉题映庵姻世仁兄社长所藏文叔问舍人手书词册,即希正拍。庚午十二月,子大程颂万,时客海上。

石湖仙

哀弦危柱。只抽茧春蚕，心事如许。天遣一闲身，老江南、兰成解赋。清寒能忍，那惯见、落枫红舞。酸楚。任蒨囊、点污尘土。

神方未教驻景，仗知音、丛残为护。称拂吟笺，省识深灯闻雨。玉轸慵调，铁箫凄谱。黯然怀古。华表语。湖山倦梦谁主。

奉题映庵丈所藏大鹤山人手书词卷，即希正律。龙沐勋。

石湖仙 奉题大鹤山人手书词册。

词仙何往，过金马桥边，空有惆怅。文氏屋在金马桥西，孝义坊口。基废却情多，送年年、春风柳浪。金马桥东即淮张故宫废基也。帘栊依旧，且谩认、石芝重赏。叔问旧居今隶青浦张雄伯丈，其旧额"石芝仙堪"为何道州书，去年见于沪上，为孙琼华女史购赠张丈矣。凝想。凭画阑一上饷愁惘。　　还看数行剩稿，尽当时、旗亭快唱。讳说相思，按入丝栏魂荡。玉管花飞，碧笺波荡。冷红书幌。闲打桨。南湖共听凄响。

映庵世丈词台删正。侄吴湖帆呈草。

高门兰锜。早赍恨灵均，看尽兴废。犹自昔余春，染鹃啼、哀音感寄。江山如许，尽换了、侧商清徵。芳悱。对夜檠、锦筝重理。

吴皋旧留憩影，傍枫园、雕红镂翠。叔问旧住吴中，与沤尹所居听枫园相近，两人时相唱和。醉约浮杯，待月崦西春里。映盦词云："石芝仙伴，约共崦西登历。问甚时、相对同酌，一杯春色。"此呈沤尹兼通叔问作。雪爪飞鸿，玉鳞缄鲤。并装华绮。同宝视。生香定满芸纸。仆亦收藏叔问遗著，未装成册。

词寄《石湖仙》。奉题大鹤词册，即希映盦社长拍正。周庆云倚声。

沧波吴苑。仁芳绪呢喃，梁燕双剪。高致石芝龛，数阑干、琼箫几唤。岩花仙草，早断井、不成春晚。凄睕。剩怨怀、徙倚何限。

天涯绪风横雨，指西崦、携筇去远。瘦碧音疏，梦怯一帘葱蒨。墨藻丝阑，璧桃妆面。素云清浅。消重展。依希古尘栖简。《石湖仙》。

曩者于役吴闾，过樵风别业，巢莺宿燕，故垒依然，而花木零落，泉石颓废，已非当日酬唱之盛，辄为怃然。归来拟作词寄意，牵率未果。昨映庵社长以残墨词卷见视，缅想旧游，益增惆怅，为题此解。庚午岁不尽四日。尊岳。

香尘凝麝。是吴小城东，乘兴亲写。身世阅红桑，想春魂、至今未化。江南垂老，念往事、鹤年谁话。愁惹。算玉田、略足流亚。

灵均十年郢恨，镇伤心、莺娇燕姹。蠹粉零笺，想见交期如画。笛里山阳，绿幺吟罢。泪如铅泻。珍弄也。斓斑应是无价。

映庵社长属题所藏大鹤山人手书词册，爰倚《石湖仙》，录乞教拍。庚午腊尽，弟林葆恒。

枫香飘断。只弹雨吴笺，铅泪犹泫。花冷石芝庵，怕年来、雕栏又换。浮名身后，问可抵、一生幽怨。凄恋。费故人、剪纸千唤。

江南旧游宛在，听新词、罗裙唱遍。瘦碧沉吟，等是伤春心眼。曩名吾簃曰"瘦碧"，浪公谓与山人同，易以"寒碧"。泻恨杯螺，担愁钗燕。梦云都幻。华表远。翛然语鹤天半。《瑞鹤仙》。①

映盦词丈属题所藏大鹤山人词札，即希正拍。辛未暮春，蛰云郭则沄。

人间何世。叹万种清愁，空剩残字。曾听冷红箫，倚高吟、秋声满纸。江南肠断，自占领、雪簑烟袂。沉醉。梦海桑、早分憔悴。

霜腴故人旧句，展乌丝、香零锦碎。赋恨年年，漫惜江郎才费。屐

---

① "瑞鹤仙"应是"石湖仙"之误。

齿空山，塔铃荒寺。夕阳危涕。追影事。阶前鹤舞犹记。

《石湖仙》，白石自度曲。奉题映盦先生藏大鹤山人自写词册。罗浮汪兆镛。

名士多相顾，宁能望后尘。病愁凋大雅，懒散酿长贫。丰镐此遗老，庄骚有替人。感君怀旧意，一读一凄神。

乙丑小寒，题剑丞学兄藏叔问同年诗词遗册，即似正句。八十三叟冯煦。

鸾笺鱼信。写千古词人，情意都尽。湖海识姜张，似鸥夷、翩然远引。浮名安在，拼换了、燕钗蝉鬓。休问。看酒边，几辈红粉。

金台旧曾并马，为赏秋、江亭斗韵。漫说封侯，早料白头无分。竹浣茶香，石阑花近。与谁传恨。吟未忍。数行翠墨犹润。

庚午腊月六日，柳园燕集，映盦社长出观大鹤舍人诗词真迹册，太息旧游，为填《石湖仙》调请正。愚小弟潘飞声，年七十又三。

开帙迸哀泪，坠欢余此痕。凭将数行字，欲起九原魂。鬼岂论新故，名犹示子孙。交情君可见，风谊薄夫敦。

映厂吾兄出示所辑亡友手札册子，半为余所素识者，黯然成咏，即题其后。甲子中秋后一日，袁思亮。

郑叔问舍人淹博雅儒，辄从侪辈许见所为诗古文辞、书画，叹其世诣不二，几合蒋心余、张船山为一人，心向往者有年。戊午来海上，见康长素为作墓铭，始知已前卒矣，深以不得一见为憾。张君慕君文誉籍甚，与有旧，出其手札一册属题。浏览一周，率多家人语，训词深厚，皆从性情中流出，而自饶风趣，不落文人纤薄习。间缀小诗，亦疏宕有韦孟风，知所蕴负者深矣。为弆简端归之，以证神交。

右壬戌长至题张慕君茂才所藏大鹤山人手札。越四年，乙丑秋九月,映庵吾仲世先生出示此册,皆前册所未有,松风古调,寒香泠然,非今人所能弹也。病卧支离,一辞莫赞,勉录前跋,以谂吾映庵。甚矣吾衰。书此惘惘。倦知老人长沙余肇康,时年七十有二,同客申江。

　　家世称三绝,江湖老一身。词名继周柳,古癖似金陈。壮岁能高蹈,长愁不厌贫。旁通多艺事,末伎亦传人。

　　弈弈名门贵,英英清庙材。淄尘谢京国,烟景恋苏台。畸絜宜无命,漂零亦仗才。不堪垂老日,重有黍离哀。

　　晚岁春申浦,栖迟卖药翁。孤吟空自赏,尊酒记曾同。一展陈遵帖,凄然乞米风。多君故人谊,珍重惜残丛。

　　旧为人题文大鹤简札册诗,顷映厂先生出示此集,因录奉教。乙丑处暑,弟泽闿记。

中国近现代稀见史料丛刊【第十辑】

夏敬观家藏亲友书札（下）

张剑　徐雁平　彭国忠　主编

李开军　田雪　整理

本辑执行主编　张剑

凤凰出版社

冯　煦 四通

冯煦(1843—1927),字梦华,号蒿庵,江苏金坛(今江苏常州金坛区)人。有《蒿庵类稿》《蒿庵随笔》等行世。

第一通

剑丞仁兄大人阁下:衰病侵寻,久疏音敬,饥渴以之。冬不潜阳,餐卫康胜。太仓县知事康祖,与弟世好,袍鼓浙中,幸隶仁帡,而久望闲居,无以自济。昨有为吴地制休文书,业荷储之书袋,惟无人乎缪公之侧,恐仍置之高阁。敬乞推屋乌之爱,于燕见时一嘘拂之,俾栈骏之材得有一得之效,则皆我兄恤下之仁也。弟颇思来看湖上红叶,而冬振汲汲,竟不果行,益羡清福过人也。此颂著安。十一月初七日,弟煦顿首。

第二通

剑丞学兄:昨招赏菊,以事未与,复拜佳什,欣慨交心,次韵奉谢,即似正句。

西园佳菊盎瓶盆,独我衰迟只告存。共抚陶弦栖竹所,待携谢屐破苔痕。清游屡滞西溪棹,梦坡招游西溪亦未往。雅集还孤北海尊。戍角征鼙况凄咽,且欣学佛断闻根。予耳渐塞。

前诗言有未尽,复得一律,并乞正之。

我有田家老瓦盆,闲倾鲁酒古风存。香莼自采皆离思,丛菊重开亦泪痕。群盗纷腾笳吹远,空山啸傲布衣尊。与君各抱湘累怨,愿法前修揽木根。

乙丑冬十月朔,蒿叟初稿,时年八十有三。

第三通

告存一章简同社诸老

漂零已分反羁魂,忽漫累然复告存。药裹罢营函札减,藜床清坐布衣尊。多年朋好劳相慰,少日经书强自温。安得出门一舒啸,掉头犹是旧乾坤。

冕士以容园小集用庸盫韵七言一章相示怅触予怀力疾和之

养疴三月只风雨,高卧北窗吾老矣。沈君趜然排众宾,卷卷慰劳孤余春。嗟我婆娑生意少,拥裘犹向黄绵袄。予气弱畏寒。蛰居不复衔离殇,唯余残梦游羲皇。君令语我难偻指,祖国凌夷乃如此。何臧何否何短长,蹴踏神圣黥侯王。我寄他族得苏息,淮表欲归竟何日。侧身东望方无聊,荷君过谈如我邀。牢愁万斛酾于酒,继君更有湘中叟。倦知亦来。郭生昨自江介旋,躬耕已没下溪田。一门髦倪半秦越,剩有刚肠能屈铁。榖诒自长沙来,家破矣,而志节不衰。为言鄂赣尤嚣纷,烦冤百郁不一申。平旦漫漫若长夜,属耳频闻魑魅话。两部相角祸已滋,牛毛法律皆棼丝。枭獍则肥猿鹤瘦,不尚流芳尚遗臭。感此却忆庸盫题,强起属和留鸿泥。

近作二章录就剑丞学兄正之,并乞和我。蒿叟初稿,时年八十有五。

第四通

剑丞仁兄大人阁下:门下士李金章,昨承储之书袋,敢以尺一为介,□其上谒,幸进而教之。午后即反沪,不及走辞,并乞恕之。此颂筹安。九日,弟煦顿首。

叶德辉 十七通

叶德辉(1864—1927),字焕彬,号郋园,湖南湘潭(今湖南湘潭市)人。有《书林清话》《郋园读书志》《观古堂诗集》等行世,辑刊《观古堂汇刻书》等,今人辑有《叶德辉集》《叶德辉诗文集》。

第一通

剑丞仁兄世大人阁下:今日奉到台函,祗悉种切。《宋诗钞》《元诗选》《列朝诗集》,此如《中州集》之类,不仅选诗,亦可全朝诗学之流别。此在总集中取其能博取一朝之全,可以动买书者之兴致,非论其选之精不精也。况《元诗选》商务印书馆已印行,《列朝诗集》邓秋枚亦早印出,弟非不知其重复,以其人人欲得,又嫌单买价贵,列入此集,使人得占便宜,亦引消之一助。阁下诗家,乃重视《西昆》《唐诗鼓吹》《瀛奎律髓》《乾坤清气集》,弟断乎不能苟同。《西昆》犹属诗宗,《唐诗鼓吹》《瀛奎律髓》《乾坤清气集》乃三家村头巾气之书,阁下以欲配为一朝选家,顾乃牵就列入,思虑周密,无如不能增色也。宋人集,诗文佳者极多,拟补诸家,鄙意亦无不合。惟占多叶数,而删宋元明三大诗钞,恐得不足以偿失。唐僧三人,不占篇幅,但得傅沅叔有宋本可借,亦落得为之。和尚诗、妇人诗,最为人所爱看,故鄙意不独加入僧诗,并欲加入妇女诗一二家也。宋僧参寥,以蒋孟蘋有宋本而加,乃以无宋本之石门而不加,是印宋本,非印书,于理未洽。石门弟有明支那本,弟参寥亦支那本。如不印参寥,则石门自不必印,如印参寥,则石门断不【不】能不印,两僧同为北宋诗家,然石门胜于参寥,岂有录其次者而不录其上者之理?《明文衡》只有篁墩以前诸人,无篁墩以后人,非明文之全体。《明文在》虽常见,选既精严,又为明代全部,然明文究无关紧要,弟如此说不必如此行也。唐人选唐诗,《中兴间气》《河岳英灵》《国秀》《才调》各具手眼,又系唐人古书,故弟主张加入。若《唐诗鼓吹》以下,弟不主张加入,不独非古,而且俗也。又傅沅叔云:《易林》黄氏士礼居本固佳,然其底本有注,自陆敕先校时删去,自后不得见其全,现在北京图书馆有四卷,袁抱存有十二卷,共十六卷,已经配全。此事请函问沅叔,如有其书,则是人间孤本,虽新配书亦可印。此言甚确,沅叔为弟作明马璘刻本《易林》跋,亦曾言之。庾徐二集,当是白文,如此凑巧,两处合一,岂非《四部丛刊》走运气乎?又原目史部有《陆宣公奏议》,后印本脱去,此为历朝文人所佩服之书,万不可少者,若因奏议不能全列,则用《翰苑集》入集部。又阳湖古文,应加张茗柯,前月批及。如桐城之方、姚,茗柯与述学,乃古文之精金良玉也。手复。敬颂撰安。世小弟叶德辉顿首。己未又七月廿八日。

第二通

剑丞仁兄世先生执事:顷得台生书并附台札,谨悉一切。惟赐书及《四部丛刊目录》未寄来,以弟前有书与台生,约初十日以外复来上海也。然近有湖南文债三起,须逐日了之,故台生之约,遂不能践,迟到上海再谒教也。儿子书来,云报去年一年所刻书,先祖辈诗文集如横山公《己畦集》、镜泓公《分干诗钞》、讳舒璐,《国朝别裁集》《江苏诗征》《松陵诗征》皆选其诗。学山公《学山诗集》讳舒颖,徐釚《本事诗》、沈选《别裁集》、《松陵诗征》、《江苏诗征》皆以未见全集为恨。均一一刻成。《午梦堂全集》亦刻其半。书目刻有《潜采堂宋元人集目》《求古居宋元本书目》,黄丕烈百宋一廛外之宋本八九十种。叶数甚少。原本《石林燕语辨》,即《儒学警悟》本。拙作《观画百咏》《六书古微》《书林清话》,亦校改完竣,惟纸张太贵,一时不能开印,殊为恨事。此事非弟亲回湖南一行不可,然和议梗塞,归湘畏惹是非,恐五月前无书出也。儿辈、从子辈在湖南大收古董旧书，古董以射利，旧书备收藏，甚有善本。每收一批书，即来信详报，故得知之。近日寄来一仇卷绝佳，大可充洋庄。又得明成化《甫里集》、正统本《曾南丰稿》、永乐蓝格钞本《神僧传》、嘉靖本《杨仲弘集》，为汲古本所自出，得此乃知汲古刊本之谬。其他康雍乾嘉精刻、仿宋刻亦多，有与弟重复者，有为弟未收者。然书虽好，价亦不廉，明本每过百元，近人精刻亦未有十元以外者。读书人少，买书人多，可以觇一时之风气矣。贵造已交台生转呈，闻已察入。星命之学，许、郑皆精。弟尝言，占卜为《易经》之大义，星命为易学之微言。骤然闻此言，似乎奇谈，不知两汉易家老师无不精命学，其中有理有数，理者据五行生克之常，数者据纳音子母之变。弟精其理而尚未能精其数，非其数不能精，盖其中一定法门，千头万绪，不能一一熟记也。所论贵造已往之事有验，则以后之事必灵。曾言《云麓漫抄》十三卷《支干吉凶神图表》讹误极多，别下斋本、吴绣谷抄本、吴拜经抄本皆以讹传讹，诸家不通星命故也。不能勘正，惟弟一一能校改之，他日《漫抄》如刊入《四部丛刊》，则不得不以弟校本为绝作矣。手此。敬颂侍祜。世小弟叶德辉顿首。己未三月展上巳。

第三通

剑丞吾兄世先生执事：顷奉复书，知《默记》已校过，何其速也。贵造四柱生旺，本文星之秀，亦长寿之征。六十二岁走印地过于太旺，老年人不宜走旺运，犹之少壮人不宜走衰运。此阴阳之至理，非术数之事也。然以为必有凶险，则不尽然。惟七十二岁交甲运，此为枭神之运，损害寿星，则断断不能逃过。沧桑变幻，因果循环，公欲看穿牛皮，弟亦雅有此志。惟弟自推命运亦不过古稀之年，贱命甲子、丙寅、丙辰、庚寅。盖与贵造同以丙火日主遇枭神，七十五交甲运。其不利一也。寒家自宋石林先生由浙迁苏后，《宋史》本传亦定为吴县人，然其卒也仍归葬湖州弁山，至今分房轮祭墓下。子孙科名文学之盛，或言风水使然，或言当时饥馑，民间遗弃小儿为人收养，法宜取认，以致人不收养，公奏请给券，不得认取，于是全活甚众。元明清三朝遂箸为律令，不独惠及一时，而且泽及万世，其后族裔繁盛，果报之说宜有可凭，弟固深信有此理也。寒家族谱皆历代祖辈箸作家撰修，故体例谨严，非他姓谱可及。宋以前本由叶县发源之地仕宦南朝，五代之乱，谱系散失，今之所本，乃石林公初修，断自公本身六世。其一世讳邃，仕南唐刑尚，事迹无考；百卷本《石林集》，钱牧翁书目尚有之，此书若存，更不知吾家有多少掌故。二世讳参；三世讳清臣，《宋史》有传；四世讳淳，与苏东坡同年；五世讳助，即石林公之父，夫人晁氏，晁无咎之女兄弟。凡北宋名臣文人集中，无不有与数公唱酬之作，弟皆辑出，凡与族祖辈文字交际者，编入《祖庭典录》。分事录、诗录、文录三类。其先人诗文集不传者，于宋以来总集、说部、诗话、石刻等辑出，编为《述德集》。其有集流传者，则从他人选本及郡县志所载，无论存佚，从而录之，以明子孙不妄选祖宗诗文之义。至于传记碑志，皆从宋元明清国史、历代郡县志书、名人文集采辑，名为《南阳碑传集》。故敝族谱牒，无一自撰之私传，通部体例，几如一部考据书。居恒与子侄辈闲谈，吾家家世不如阙里，而文章箸述倍蓰之。自宋至今，与浙族通，而绝不攀援借重。如水心、文康诸公，皆有世系可考。东南文学世家，恐不能有二姓也。辱承垂问，故一详言之。忆弱冠受知尊公，以远大相期许，遭时多故，不获有所建白，以报师门，犹幸铅椠半生，沆瀣相近，然于尊公未有一文一字可以表扬，此诚疚心事也。有暇拟作五师咏，一尊公，一洪公锡绶，县试师。一高公万鹏，府试师。一曹公鸿勋，院试师。一谢公隽杭，乡试师，副考。正考陈公，其他会试、朝、殿皆泛常，亦少认拜也。尊公受知最奇，恐诗未能达其意也。《云麓漫抄》校定后寄奉。手此。并叩侍安。世小弟叶德辉顿首。己未三月二十二日。

第四通

　　剑丞仁兄世先生执事：十七日回苏，清理文债，预备回湘一行。上午有书寄菊生同年，并将孙星翁委跋《绛云楼书目》一本、明嘉靖本白文《李义山诗集》二本、影宋本《珞琭子注疏》一本，一封附呈。《四部丛刊》中唐宋人诗集，苟非明以前人旧注，概从割弃，以免占去纸料，防碍他书，已与星翁商托，决计如此办理矣。大武委作诸件题跋已撰成，重来沪上带交，或有妥便先寄，晤时乞先致意。归来细将尊校各书再三校读，细针密缕，跋文尤极雅驯，黄荛甫、顾千里有此精心，无此妙笔，是可断其必不朽矣。每与台生谈世家大族得科第之子孙易，得箸作之子孙难。回忆吾师在湘时为风雅主盟，爱才如命，不才未遇，即受特知，其他赖宏奖以成名者，不可缕数，今之食报，宜在吾兄。白首通家，安得而不狂喜。台生天资极敏，恒劝其留心箸述，以增门户之光，彼固谓然，而终日无伏案之时，亦可惜也。尊校各书，已邮寄彼处，读之或感而兴起，亦未可知也。下午邮局送到《江南图书馆书目》两部，一书商务馆代夏寄，一书夏寄，想系重复。然既拜而受之，拟以其一分寄从子。生儿不象，而诸从子五六人皆如龙如虎，颇慰晚境。先君之为人，名不及朱雨老而实则过之，世泽不可知，而目前二三代书香，已可断其不绝矣，然无一能为诗者，可见诗人之更难。先石君公校《经典释文》，何人过录本？藏从何处临校，是当一考。弟缺《老》《庄》，借此得以补之，真大快事，将来《四部丛刊》宁省他书，不能不印此书矣。卢校除陈东塾、俞曲园恭惟外，无人不议其非。陈、俞皆考试才，非考据才也。手复。敬颂撰安。世小弟叶德辉顿首。旧历己未七月廿二日。

第五通

剑丞仁兄世先生执事：初四日有书致执事与鞠生同年，又寄转《四部丛刊目》一本，想已察收。此次印书，弟固可以出所藏以相助，惟所阙有瞿、丁目志及弟藏亦未有者，则当求助于傅沅叔、董授经，始能成功。又套印太多，成本加重，亦不可不先事筹画，但约计删去之注本，两抵或者相当，未可知也。此次来青阁收有大批旧书，因资本向陶银行垫借，凡明印白棉纸本，必尽陶先挑。中有弘治本《元遗山集》，弟极喜之，而不能相让。又有黄黎洲《明文案》二百十七卷，实止二百六卷，共四十八本，每本多者二百叶，少者百五六十至七八十。为先生门人陈言扬钞藏，后有吴兔床跋数行，其书为康熙时龚氏群玉山房旧藏。又有明嘉靖徐煴仿宋刻《唐文粹》。较弟藏本印颇早，然尚非初印。均属其送至尊处，并属其携全部来看。此二书正在需用之时，如《明文衡》不可得，则可以《文案》代之，一则书无刻本，一则浙乡贤之书，尤可宝也。弟书除苏寓易取外，若湖南之书能在湖南照印，则可省运载之劳。李义山无注本不仅钱牧翁批校本，亦有明十行六卷，均可择其一以印之。鞠生同年、星如先生，均此致意。敬颂撰安。世小弟德辉顿首。端六日。

第六通

剑丞仁兄世先生执事：今日来青阁主人杨寿祺来海上，抄本《明文案》、明嘉靖本《唐文粹》均属其带呈。鞠生同年如在总务处，则当面可以交易。若因事公出，则留放尊处。弟此批书内仅留一《惠研溪诗文集》。有缺页。代舍侄买《松陵集》一部，汲古阁本。年来留心故乡文献，又拟得全《诗坛点将录》诸人之集，一百零八人，附者四十余人，已得百人以外。若全有之，纂一选本，亦奇书也。故家有之书，皆不重置矣。手此。敬颂撰安。世小弟德辉顿首。己未五月初八日。

第七通

剑丞仁兄世先生阁下：廿日奉上一书，已承回示，所论办法仍有异同。此次印行《四部丛刊》，总求中外通行，雅俗共赏。弟以局外人，自不如馆中经理人于书之行消不行消别有经效。弟所以不敢附和，亦不敢主张者，此也。来示拟删《宋诗存》、钦定词曲二谱，弟所从同。若并《宋诗钞》《元诗选》《历朝诗集》去之，弟意万不可删。又恐减色。盖此三集所以代宋、元、明三朝选本，非若唐诗有《才调》、金诗有《中州》，可以不要后人补选也。《唐人选唐诗八种》旧本即不能全，

《才调集》之外，《中兴间气》《河岳英灵》两种似尚有旧刻，拟加之。以下断不必加。《西昆酬倡集》《唐诗鼓吹》《瀛奎律髓》《乾坤清气集》选手不高，亦非人人意中所欲读之集。词曲类不加单集，只加总集，鄙见亦同。经部只加《急就篇》，甚妥。史部加《通鉴纪事本末》，则又可以不必。决不加。盖纪事本末一类，不止此书，有头无尾，令人莫解。唐僧诗宜加全，若仅贯休一种，不如不加。宋僧参寥、石门齐称，因有宋本而印参寥，无善本而不印石门，未免令读者触望。元人集《清容》不如《湛然》，以袁桷名不及耶律楚材，又袁有宜稼堂善本，耶律无善本也。《九金人集》刻颇劣。元人总集不录《河汾》，即不必录《谷音》。此二书本配享，并非必要之书也。《明文衡》《文海》鄙意始终不主张，与其刻此占纸张之近人书，固不如多出纸张多印古书。明人文如宋、刘、唐、归外，可取者少，其诗亦然，总集一《明文在》足以了之，以其所采精也。傅沅叔同年借来各书，《山海经》、叶水心、元次山是善本，活字本曹集不善，或取其别致，亦不妨取之。孔天胤刻书甚多，《西京杂记》未见过。《管韩合刻》亦须取近仿宋刻两种一校，如草率，则不如近刻仿宋两种较有用。庾、徐是否全有？若止庾集，又不如原目两种矣。经此次商定之后，大约可以排目。总集中弟所不忘者，《古文苑》《续古苑》二种，限于纸叶难加，究可惜也。此颂撰安。世小弟叶德辉顿首。又七月廿五日。

星翁、菊翁均此致意。

往瞿府看书，准如来约在节后，弟回湘亦在此时。

第八通

剑丞仁兄世先生执事：顷奉覆书，祗悉种切。正作长幅书，欲详说《四部丛刊》所采板本，因拟买东洋卷笺书之，留为公案头覆检之卷，所论各节，均简近易行。江南图书馆既已打通，常熟瞿氏亦可设法借印，主人甚贤，弟已向其借抄秘本数种。江苏交通图书馆亦借印《离骚集传》、李中丞《披沙集》等书，近又有人议借其宋本《白氏长庆集》印者。此事请转告菊生同年,切勿草草了事。弟家藏旧本、抄本有别趣之本甚多。一概可以借印,约计可得十之二三。瞿、丁两目所载之书,但其书尚存,一定可以借出。此事固为存古起见,然于商务上亦当谋所以畅行,弟有所见,俟到上海与执事面谈。将来板本,总以采用希见者及《书目答问》未载而胜过其本者,为利诱之法。单刻经注惟《孟子》是重刻宋本,非仿宋本,终为缺典也。凡明刻九行十七字本,大字本。小字本不佳。子集不在此例。经史总出北宋,或南宋翻北宋,此买书秘诀,幸留意。此颂撰安。世小弟德辉顿首。四月十二日。

第九通

剑丞仁兄世先生执事:昨夜局散回寓,接得本家印濂书,云有山左之行,欲图一聚。今晨驰归,明月小有天之乐,不可复得矣。《四部丛刊》之举,有功前籍,津逮后人,诚如例言"愿有似乎石仓,奢更甚于南皮"。弟有一得之愚,得此佳题,乐得发舒素志。经用明九行本,既非古本,又非善本,则不如用武英殿本,与廿四史同途。古人用中秘书校外书,当王者贵,以定一尊,即所以斩断葛藤也。否则汇集单注宋本、翻宋本,亦是一种办法。揆《丛刊》之意,一则存古,一取有用,意甚善也。然其不完不备之处尚多,又有骈拇赘疣可以裁省者,弟当逐一笺明,再呈鉴定。惟拟目乞再寄二分,以便寄回湘中,令其查考敝藏各种。弟向劝各洋书店汇印善本周秦两汉诸子及唐宋名家诗文,今并涉及经史,更为煌煌巨观矣。匆具未罄,余容面谈。谭、袁见时致谢。此颂撰安。世小弟叶德辉顿首。己未立夏日。

第十通

剑丞仁兄世先生左右:前月在沪,畅聆教言,以雨冷回苏,未得奉谒,至为歉怅。家慈今年八十生辰,自备诗屏,本存一幅以待赐锡,或长短句,其中本有此体。因久不通问,无从转交。去年承菊生同年赐诗,亦未谈及左右在此。湘乱痛苦甚矣,家慈切谕不许称觞,惟诗文不在禁中,故冒昧相渎耳。先此函祷,再当面叩。此颂撰安。世小弟叶德辉顿首。戊午十月望日。

附呈征启赐鉴。

第十一通

鞠生同年、剑丞仁兄同鉴:项间罄谈极快。明晨仍回苏,节后再来。《四部丛刊目》乞再寄二三分,以便分致各处。此事公等求速,弟更求速也。又长沙书客带来之《韩诗外传》,似非通津草堂本,亦非转售野竹斋印本,此疑别一刻本。弟于二书审考在十年前,家藏本形状颇难记忆,车中细思殊恍惚,然其本当亦明板中佳本。此颂撰安。年世愚弟叶德辉顿首。己未四月小尽。

第十二通

鞠生同年、剑丞仁兄同鉴:昨初三日奉上一函,计已早邀台察矣。今日收到书目两分,上印阙字为弟所有者一一注明,缴上存记。此事总以借得瞿书为功之半,江南图书馆次之。弟书远在湘中,邮寄究多不便,苟非瞿、丁及涵芬楼所无,余皆尽就近易借者借之较简便,①亦较迅速也。其中有三书,②若能动手一整理之,尤为人人快意之事。一、《经典释文》先祖石君校本,为乾嘉诸儒众口推重者,何幸其书尚存,安得不急急传布? 所恨阙《老》《庄》二卷,虽无关经训,却不能付之缺如,故姑以卢校补之,所谓宜动手者其一。一、《齐民要术》瞿目校宋本,如允借,则其未校完之数卷,当设法为之校完,所谓宜动手者又其一。一、《意林》自以武英殿聚珍本为善,所缺第六卷,别下斋刻《斠补隅录》有之,应取以襄配,所谓宜动手者又其一。然着手皆不甚

---

①　张元济(据书迹定之)批:"极是。"

②　张元济批:"是否拟将此三书印入《四部丛刊》内,函意未甚明白。"

难,但必弟参与斯役,以平日于此类书别有一种校法,即别有一种办
法也。节后来沪,再当与两兄面谈。又弟藏沈南蘋《百兽图卷》,惜是
熟绢所画,裱褙时有走丝欹斜之处。全是一种怪兽,弟考其八十余种,尚
有不知其名者,古人博物胜于今人,于此可见。此种动物,西人最喜
研求,若以珂罗五色版印之,①必为中外共赏之物。弟又有唐人写
经,乃《滋蕙堂帖》所刻之原本,但帖只刻其四分之一,又出剪裁,不如
此首尾完好。又有宋拓《晋唐小楷八种》,②为明人章简甫旧藏,名藻,
即刻《玉[墨]池堂帖》者,章自有跋。较临川李氏十二种,精神更为完足,
《曹娥碑》"晔晔之姿",下"晔"他帖皆作"丬",不重"晔",此重"晔"字,
结体并不雷同,可见古人作书之妙。又"偏其反而"之"偏",其人旁一
撇,起处轻,落处重,有钟隶遗意,皆与各集帖及李氏宋本不同。又有
旧拓《淳化》,③非明人顾、潘两刻,张叔未《清仪阁题跋》只见其下五
卷,此则十卷皆全,皆可照印,惟带沪极难,不知商务印书馆有便使可
带否?④ 苏州大批旧书已来,⑤今日略一往阅,中有一弘治本《元遗山
集》,已为陶银行所知,价亦太贵,要四百元。又一《蛟川集》,御儿吕氏
旧藏。弟只取得惠周畅诗文集,似亦少见者。明日、后日再往,如有
《四部丛刊》须用之书,当暗中记出。人有不如自有,乐得收之。向瞿
良士借书,不知可托艺风加一函否? 乞酌之。⑥ 此颂撰安。弟德辉
顿首。己未端四日。

孙星翁均此。

---

① 张元济批:"此只能印一色,若五色版,则只能用石版或网目版,得便可
否乞携沪见示?"
② 张元济批:"拟借印。"
③ 张元济批:"本馆已照一种,亦系宋拓。"
④ 张元济批:"如均在湖南,本馆亦常有人往来,可预先接洽。"
⑤ 张元济批:"不知有书目否,可否乞之抄一分寄示?"
⑥ 张元济批:"遵办。"

第十三通

剑丞仁兄世先生执事：初九日到苏，即有书答张、孙二君并阁下，计早邀台览矣。向傅沅叔同年借唐三僧集及李木翁之宋本《说文》并明刻《山海经》缺叶信，已于初十日发去，但望其非托空谈，则就近即在北京照印，如宋本《孟子》之例，似亦简捷。最可喜者，瞿良士竟格外相助，蒋、刘亦闻风而来，从此可以选腈择肥，供吾人饱嚼，岂非大快之事哉？鄙意各书目下作一篇短小提要，说明所以采用此本之故，原书有跋者，则其文更缩短，但于末云"余详某人跋"。印本有六七分定妥，即将目例排印百分或二百分，先寄日本分布。彼国图书馆办理得法，富人好藏书壮门面者亦不少。不似中国之无经费、无办法，其书必能多消[销]。西文翻译者则多寄于美国，德法次之，英颇市井，恐不尚也。拙箸《六书古微》，前年驻湘之德领事、天主教堂之法牧师售去百余部，次则日本门生带归国者，英美人则无之，美人好文，特在长沙人少耳。以是知德法之好中国书过于英美，且过于日本也。其中所采唐人集，有三五卷小种，或其书无旧刻名抄，即可删去，有时再加。唐人集有诗文者，皆宜诗文并采。《颜真卿集》一定加，宋有文信国，唐岂可无颜鲁公乎？至《林和靖集》，无宋本则不必印，前已屡言之，以明以下本实见笑。林在诗家本非要集。若以人重，则魏野亦高士，其《东观集》亦宜并采矣。《剡源集》宜稼堂本自不足贵，曾在古书流通处见有明刻大字本，中有新钞配，即据宜稼堂本抄配。张菊生同年来书云近得万历本，岂即此本乎？此本固未尽善也。至选诗、选文之法，昨日函中略谈。有《乾嘉诗坛点将录》在台生所，上着一圈者，弟有其书，余乞为我搜访。莫楚生观察现在上海，家中颇有旧书，俟归时往采。此颂撰安。世小弟叶德辉顿首。己未闰七月十一日。

宋有姜白石，不可无严沧浪。前目未采。

第十四通

剑丞仁兄世先生执事：昨奉书诵悉。《珞琭子》板式、样纸并收到。连日接菊翁、星翁书，于《四部丛刊》又有变更，以沈乙庵建议，以经、史、子三部未收国朝人书，集部多收国朝人书，于全书体例不合，又有经、史、子录书太少之说，质之艺风老人，亦以为然，故拟删却近人诸集，增多宋、金、元人集，或兼采北、南宋词家专集。此弟当初原议亦如此，惟有两说须待折衷。一则为流通古书起见，不得不有利市之心，利市则流通，不利市则不流通，此一定之理，鄙人亦早论及之。但利市之法在投人所好。近二三十年，国朝人诗文集几欲凌驾宋元，人之求之者得甲失乙，每恨不全，今则类聚一编，触手皆备，其为人所必购，自不待言。究竟中国读书之士好词章者多，务实学者少，此原目于经、史、子三部采录少，而集部采录多，近人集采录尤多，此即公等心理之同然，而亦弟明知与经、史、子采录之例不合，而难于割爱者也。一则经有汉、宋门户，其书汗牛充栋，收不胜收，前改例言已经详说。史则一朝人物必待异代始能撰修，制度典章之书亦非二三册所能详尽。子部十家、三略、释氏，其稍古雅者已经尽收，其他与学术流别有关系者，实已寥寥。且此三部不如集部之流行，集部录及国朝人，兼有学派可以考证，盖经、史、子三部不能出前朝人范围，诗文则百态翻新，国朝已别为风气。以诗论，有唐派，有宋派。宋派之中有浙派，有江西派。浙派之中又分竹垞、樊榭、随园而三，而汤西崖亦为浙派之别子。以文论，有桐城派，有阳湖派。东西各国于有清一代文学，已公论为可研究之学问。而中国尚古学者固多欲备其书，即新学中咬文嚼字之人，亦多不惜重资以购求诸家诗文各集。今既萃于一部，正可借此引动全书消〔销〕市，特恐去此于体例则合，于消〔销〕售转不合，此当审慎再三而始可定局者也。定局之后，则应增入之书，经、史、子仍无多，集则去席刻《唐人百家》，已经菊翁增入多种。弟加入书上人、颜鲁公两集，司空表圣菊翁加诗，弟加文，更拟加金元人集,滏水、溽南、湛然、陵川、雪楼、石田、圭斋。删去《钦定词谱》,加入北宋、南宋词家单集,耆卿、子野、于湖、清真、石林、稼轩、草窗、梦窗、漱玉、断肠,总集《花间》《草堂》《中兴》《乐府雅词》《绝妙好词》等。已详覆星翁书。经部可加者,唐李鼎《周易集解》、《论语》皇侃《义疏》、当觅日本旧本,武英殿本、知不足斋本均不善。皇侃本每章分段,与邢疏不同,日本重刻竟依邢本改易章段,中国刻本从之。黎莼斋使得皇侃旧本,依式写录,咨送总理衙门,请其进呈,总理衙门搁置不理,今不知犹在否。余藏日本宽延中刻本,亦改本也。杜预《春秋释例》、《七经孟子考文补遗》。小学加王应麟《急就章注》。史部《水经注》已加入,余惟霸史一类,有数部可加。前覆星翁书,举常璩《华阳国志》、崔鸿《十六国春秋》、马令《南唐书》、陆游《南唐书》。今再思传记应加者,《孔氏祖庭广记》《东家杂记》二种,此为圣教所重,前目漏列,今当补之。子则释家可加《五灯会元》,此彼教入中国后宗派所分,学者不可不知也。来书拟加各书,似觉泛滥。《四部丛刊》之举固为流通古书,苦于不能不预核成本。鄙意以为只宜取有用之书,兼及宋、元、明本,不能因有宋、元、明本,遍印不急之书。经部《急就章注》已议加,《礼书》《乐书》考证极陋极疏,久为汉学家所唾弃。《广雅》于训诂无补。经义有善本则加,无则不必加。《郑志》辑本书,例所不录。《尚书大传》辑自宋以前,与《春秋繁露》等,不在此例。《元和郡县志》《大唐西域记》关于地理,不录,例言已明。《唐六典》《唐律疏议》,此典章沿革之书,无所适用。《名臣碑传琬琰集》《皇明琬琰集》《元名臣事略》,重大人物多见正史,此为赘疣。《独断》是否在《蔡中郎集》中,恐有重复。《古今注》《博物志》之类,家数太多,收一二种不完不备,毋宁割弃,以免滥竽。《翻译名义》以释佛经,既无佛经,无法取义。《云笈七签》本释家《宏明集》之例,然征引不如《宏明集》之典博,不足为是编重轻。拟加之唐人集,已详覆菊翁书。拟加之宋人集,如《伐檀集》,本附《山谷集》而行,拟印之《山谷集》是否附及? 然未附及亦不必加。《濂溪集》出自掇拾之余,附录太多,喧宾夺主。释参寥、胡文恭、石徂徕、李盱江、祖龙学、晁鸡肋、傅忠肃、邹道乡、陈简斋、薛浪语、谢幼槃、谢叠山、谢皋羽，元人集如余忠宣、刘静修，诗文非名大家，理学亦属依附，二谢忠节之士，更不见重于诗文。明人集惟开国时诸家足以自立，前、后七子摹唐拟古，浮响太多，袁、徐、钟、谭衰世之音，虽风靡一时，无裨诗教。牧翁排击七子，推重长沙，第长沙亦台阁文章，未能拔帜立帜，升庵、弇州二公向服其鸿博，却不爱其诗文，其集皆大卷长编，势难入录。总集如《明文衡》《明文海》，似是网罗宏富，实非明文之全。《文衡》选自程篁墩，偏重道统，《文海》选自黄梨州〔洲〕父子，意在征文考献，不在选文，比于《文粹》《文鉴》二书，未免繁重，故弟主用《明文在》，转觉简练菁华。弟于《四库》集部之书十阅八九，从前搜采先祖辈友朋诗文交际，于宋、金、元、明人集几于遍读遍翻，大概各家诗文，其得失略有主宰，目录板本犹其绪余。惟阁下相知甚深，而菊翁、星翁相信太过，故不惮往复推详。若不限资本，遍印古书，乃吾人之大愿，其如势有不能何？现在拟定之目，似不必多所更张，所宜审慎者，删去国朝人集是否无碍于消〔销〕行，此则题中应有之义耳。议论愈久则愈纷，传古是一事，利市又是一事，二者万无两得之理，请执事与菊翁、星翁商定，究竟近年来何种书行消〔销〕，一决从违，正不必人人作主也。莫楚翁有书，似不允借，据云亲见馆人在南京照书，是拆散原书，粘于墙壁照之。弟云真宋本书皆不如此办法，渠尚在疑似也。专复。敬颂侍安。世小弟叶德辉顿首。已未又七月廿一日。

　　再启者：左台生来书，云阁下欲编一诗文总集为学堂用者，与之合办，诚为美事。惟阁下诗境甚高，则选诗必难从俗。鄙意便于教科之诗，即《唐诗三百诗〔首〕》亦嫌过高，惟照《三百首续编》之手眼推广言之，庶可行耳。选文又是一法，多选人物政治，引之读史，为有用之学。虽略高格不妨。昨日匆匆未谈及，俟下次一叙。弟欲搜集《诗坛点将录》中人诗集作一总选，一百零八人已得七八十人，其次列四十一人即陪选。已得二十人，其目在台生处，属其送阅，为弟采访。又《王西庐家书》一本，中有谈吴西平、王石谷、钱遵王、季沧苇逸事，亦极有趣,暂可借看。此时正在装钉,装钉之后再奉赠一部,并赠菊翁、星翁也。又有王渔洋与其门人汪洪度手书十五通,专论刻《新安二布衣集》之事,亦付影印,缪艺风已抄副刻入其小本巾箱丛书中。弟尚藏有李南涧与周书昌永年。手札卷子,专论刻《贷园丛书》事,《丛书》中有一书,此卷即有一信,并拟付印,但未寄来,此次回湘,必携入行笥。再,苏城有莫楚生观察,为莫邸亭之侄孙,颇有善本书,如有可用者,当为代借,此君亦儒雅慷慨人也。再颂侍福。辉再拜。①

第十五通

剑丞仁兄世先生执事:前承校《三命消息赋注疏》,忘记一事相问。其书板口为黑口、白口,框栏为双线、单线? 将来如仿刻,则此皆紧要处,不能不考求,若重刻则当别论。现在仿刻、重刻,友人聚讼不休,鄙见仍主重写样本付刻,盖此书虽宋本,然非出自官刻,讹夺颇多,故必写样重刻,别附校勘记也。涵芬楼影印之《天文书》,毕竟无讹夺,可见官刻之书强于麻沙坊本也。大著诗集有赠楚金诗,甚佳,何以删去? 此人未必劣,何删之有。此颂侍福。弟辉顿首。己未闰七月十六日。

第十六通

剑丞仁兄世先生执事:昨日覆书,想已早登典记矣。《四部丛刊目》一再细读,以浩如烟海之簿籍,择尤提要,成此鸿编,《百川学海》无此规模,《永乐大典》逊其精要。其中各书采集善本,一在存古,一在信今,以校勘兼赏鉴之长,以表章寓嘉惠之意,季札闻乐而叹观止,娄护传食而得侯鲭,此书一成,信为空前绝后之作。惟其中有待商榷

---

①　"再启者"以下一段,据前己未闰七月十一日第十三通中所言"至选诗、选文之法,昨日函中略谈"知,应为闰七月十日书所附,但十七通中无此日书札,似佚,则此段仍依原册,附在"己未又七月廿一日"书后。

者，如《十三经注疏》宋元旧本难得完全，则不如援刘向校《七略》用中文、班昭续《汉书》采观藏之例，概用武英殿本，以定一尊。况《十三经》明九行本远不如十行本犹有宋元板片之存留，则何如与廿四史同用殿本，归于一辙乎？其余采录之书，或用旧本，或用校刻本，或用注释本，出入进退，未免纷歧。鄙见每种书三本兼采，先列旧刻原本，次列校刊本，无校刊则用笺注本。旧刻以存原书真面，校注以便读者研求，无如为卷帙篇幅所拘，二者不可兼得，惟有存旧本、去校注本，俾读者先得有用之书，再别求参考之书。卢抱经校刻《抱经堂丛书》，孙渊如为毕制军校刻《经训堂丛书》，往往援据他书校改本文，致令阅者五色纷迷，引者失所依据，虽或注明出处，终不如顾千里、黄荛圃翻雕宋元明本之精。孙氏晚年自刻《岱南阁丛书》，全用宋元旧本重刊，则是学随年进，亦顾、黄他山之功也。是目采用孙校、卢校诸本，犹待推敲。鄙意非不善孙、卢，亦欲取法乎上耳。目中善本一定不可移易者，上皆用朱圈识别之，其中鄙见未合，及敝处所藏、他人所藏胜于目载之本者，再于原目批注外，请为执事一详论之。《韩诗外传》用明苏氏通津草堂本，《大戴礼记》用明袁氏嘉趣堂翻宋本，《方言》用近翻宋大字本，《释名》用明吕柟翻宋陈氏书棚本，《尚书大传》用陈寿祺校注本，《春秋繁露》用凌曙注本，《经典释文》用卢文弨考证抱经堂刊本。鄙意《方言》宋刻原本在北京傅沅叔同年许，可以向其借印，更觉精神。宋刻上下双线阑，梓人写样本改作单线，此虽小疵，于宋元刻本界限极有分别。《尚书大传》宜用《四库》箸录之杨[扬]州本。四卷，《补遗》一卷，浙江文澜有之，今改图书馆，其书固在。《春秋繁露》好古则宜用明华坚兰雪堂活字本，适用则宜于武英殿聚珍本。华本多脱误，殿本校最精。《春秋繁露》本无可注，凌注况并不佳，可以不取。《经典释文》卢校多窜改，先石君公校抄宋本最为乾嘉诸儒所推崇，余有此本，系以宋本校录于通志堂本之上，一点一画，笔笔临摹。又有惠定宇、段懋堂、江郑堂、江艮庭、丁小雅诸人校语，亦间有卢校。盖历经乾嘉诸人转录手校，字迹虽极清朗，校刻不易成功。中缺《老》《庄》二种，无关经义，拟取卢校补之，于照印最相宜。**此书**

再印，却不必迁就卢本。《说文系传》除祁刻外别无旧本，然宜访一最初印者再印，初印"中"部首"而也"，与孙氏平津馆仿刻之宋本同。毛刻初印亦必"而"字，今作"中，和也"，盖剜成后校改。试取现存刻本验之，"和"字略小，又偏左，明系校改痕迹，即汪启淑刻本亦然，盖均为毛校所误也。至段注可以不录。段注之病与毛校同，誉者谓其博大精深，诋者谓其专横武断。盖其窜易旧文字句，出入铉本原书，不狂为狂，勇于自信，其蔽也愎；故书有证，物理无穷，彼或不知，辄［辄］以臆断，其蔽也愚；声音假借，知其习见而昧于希闻，稍涉奥深便难解释，其蔽也陋。段注之外，并称桂、王。桂似类书，王乃学究。桂涉泛滥，未乱旧文，与其段、王，毋宁取桂。盖既刻一书，务使学人同趋于正轨而不误于歧途，此平生刻书之宗旨也。史部《竹书纪年》平津馆本不如明范钦天一阁刻二十种《奇书》本。又汉荀悦《汉纪》、晋袁崧《后汉纪》，此为编年纪事之祖，断乎不可缺少。《逸周书》常熟瞿氏有元刊本，胜于明章氏刻本。《列女传》阮氏翻宋绘图本固佳，然不如元大德绘图楷书刻本为罕见。余有此本，图绘极精，字体似钟太傅，疑出松雪翁手笔。取阮本较之，与宋刻本无异。孙氏《平津馆藏书题跋记》有此本，误以为明刻本，盖因其中窜入明人一条也。钱大昕《元史艺文志》载有此书，盖即此本也。《吴越春秋》徐氏翻元刊本，不如用明翻元本。余有两本，一本后有木牌记，为万历丙戌武林冯念祖仿元徐天祐注本；一本为万历辛丑杨尔曾刻本，似即冯本换刻牌记，疑冯氏原板后归于杨者也。《越绝书》拟用明刊本，未知何本。明嘉靖有两刻本，一嘉靖二十六年刘恒刻本，一嘉靖三十三年张佳胤刻本，二本皆出宋本，然不如用明翻元本，与上《吴越春秋》成合璧也。两嘉靖本及明翻元本，余皆有之，明翻元本板式、行格、字数与《吴越春秋》同，盖一时所刻也。子部《孔丛子》拟用陈刻七卷本，不如明翻宋七卷巾箱本。瞿目有之。《新语》拟用明初刊本，当是弘治李仲阳刻本，此本虽源出宋本，中多烂板缺文，不如范氏天一阁本或胡维新《两京遗编》本。余皆有之，胡不如范之佳。《盐铁论》张敦仁刊本不如明涂祯仿宋九行本。张刻十行本所据为明人重刻涂祯本，涂祯原本乃仿宋张监税宅本，九行十八字，非十行也，余有此本。又有一九行本，字体圆活，不似涂本方板，盖万历中重刻涂本也。《新序》明嘉靖翻宋本，不如近蒋氏铁华馆仿宋小字本。《说苑》何良俊刊本，不如元刊小字本。丁志有此本，当在江南图书馆。或《新序》《说苑》同用何良俊本？《潜夫论》汪继培笺湖海楼本，不如明正德初翻宋本。瞿目、丁志皆有之。《申鉴》明黄省曾注文始堂刊本，不如明正德仿宋刻本。瞿目、丁志皆有之。《中论》拟用万历刊本，不如明弘治黄纹刊本。瞿目有之，丁目有黄尧圃藏钞本，亦出此。《六韬》《三略》《尉缭子》明刘寅直解本不佳，且皆伪书，可以不采。《六韬》伪而近古，道藏本不易得，平津馆校刻入丛书，瞿目有影宋抄本，实远胜平津馆本。《管子》拟用明刊本，明刊最佳者为赵用贤《管韩合刻》本，然不如光绪间上海仿刻宋杨忱本。《商子》拟用吴西岩校本，不如范氏天一阁本，余有此本。次或孙冯翼刻《问经堂丛书》本。《齐民要术》向无宋元旧本，浙西村舍本出自毛晋《津逮秘书》，不如径用毛本。瞿目有陈子准校宋残本，缺后四卷，无宋本可校。今罗叔蕴影宋残本不知可以参校否？若合校为一本，则为此书重见天日矣。医书《难经》后宜增《脉经》，或用明嘉靖翻宋嘉定本，光绪末年湖北重翻。或用明成化翻元泰定本。两本余皆有之。《金匮要略》徐彬注本，不如吴勉学刻《古今医统》本。《周髀算经》《九章算术》，天算仅此二种，未知何取。窃谓算学在今日为专门之学，戴震校刻十书，原不止此二种，如志在存古，则十书当并录存；如学在专门，则并此二种可以不采。《鹖子》《慎子》本非完书，又非古本，无关考证，可以删除。《尸子》以任兆麟《心斋十种》本为最古，其本出自元大德任仁发抄本，次则孙冯翼《问经堂丛书》本，湖海楼本逊此二本。《颜氏家训》赵曦明注抱经堂本源出宋本，较之卢校他种校改多者，尚为存真，故鲍氏《知不足斋丛书》亦用此本。《意林》周广业注本，注即是校，何取骈枝，不如武英殿本，补以蒋光煦《斠补隅录》中六卷补遗本。此书之前宜增唐魏征《群书治要》，魏书有日本原刻本，又有杨墨林《连筠簃丛书》本。余皆有之。《西京杂记》明时与《三辅黄图》合刊，谓之《秦汉图记》，抱经堂校改窜补，不如明嘉靖唐氏刻本、万历郭子章本。余皆有之。《穆天子传》平津馆本，不如明范氏天一阁本。《法苑珠林》蒋氏燕园刊本，不如与《宏明集》《宏明广集》一律用支那本。即万历中武林径山寺所刻经典之一，余有。《列子》湖海楼本，不如蒋氏铁华馆仿宋小字本。《抱朴子内外篇》平津馆本，不如明鲁藩刻本丁志有之。及明正德道藏本。京师白云观闻有此书。集部《张燕公集》后宜增张九龄《曲江集》，明韶州刻本。李长吉后宜增《李文饶集》，丁志有明袁州刻本。玉溪诗文有注本不如无注本，诗有钱牧斋评校抄本，余有此本，早年上海以珂罗板套印。文有朱长孺编写旧抄本。瞿目有此本。《孙可之集》明正德刊本固佳，然明人多与刘蜕《文泉子》合刻，正德本有孙无刘，不如天启吴馡合刻本，或崇祯闵齐伋合刻本。余皆有之。《皮子文薮》《笠泽丛书》有文无诗，陆宜增《甫里集》，余有成化本。皮、陆倡和有《松陵集》。瞿目有弘治壬戌刻本。余有汲古阁本，不佳。宋人《山谷全集》拟用明刊本，未知何本，不如嘉靖徐岱、乔迁校刻本，瞿目有之。《山谷集》后宜增秦观《淮海集》。丁志有嘉靖己亥高邮刻本，余有万历戊午李之藻刻本。《石湖诗集》秀野草堂本，不如明弘治金兰馆活字本。瞿目、丁志皆有之。《水心集》前宜增陈傅良《止斋集》。余有明弘治乙丑张珹刻本。《鹤山大全集》前宜增真文忠公《西山集》。以上所增，皆两人一时齐名，录一阙一，未免挂漏。元明人集，除大家在所必录，余或孤本、校本、精抄本，借以流传古书，未为不可。若寻常单刻、近刻，如宜稼堂之《剡源集》、嘉庆刻《雁门集》、乾隆刻《九灵山房集》、康熙刻《贝清江诗文集》、金檀注《高青邱集》，均非希见之本，又非必用之书，似可不取。唐人集见于席刻《百家唐诗》者如《韦苏州集》、韩偓《香奁集》之类亦然。李义山诗亦在《百家》内。《雁门集》却不可少，嘉庆中裔孙龙光注本不如元至正丁丑吴郡干文本。瞿目有之，丁志有抄成化甲辰吴郡张习刻本，亦从此出。《铁崖乐府》《乐府补》拟用旧抄本，不如明成化己丑重刻元本。余有此本。明人《高青邱集》亦不可少，金檀注本不如康熙中竹素园刻无注本。余有此本，张叔未通卷评校圈点，字半行楷，朱墨两笔，书眉、行间皆满。《王阳明集》康熙癸丑俞氏编刻本，不如明崇祯乙亥施邦曜刻三编本。余有此本,分经济七卷、理学四卷、文章四卷。《王渔洋菁华录》惠栋训纂本,不如林佶写刻本。林佶当时并写陈廷敬《午亭文编》、汪琬《尧峰文钞》《诗钞》,今止录尧峰一家,不免令人觖望,不如以林写三种初印者合印较为完全。《述学》粤雅堂本,不如其子喜孙刻《遗书》本。《遗书》中小字本系元体字,扬州书局有翻刻本。又一小字本,系宋体字,行格、字数与元体字本同。余皆有之。如重印,宜用宋体字本,方有别趣。《增修诗话总龟》月窗道人本增窜谬妄,非原本之旧。前年缪小老得一旧抄本,较刻本窜乱处少,然以其非全出宋本,故拟刻未行。不如何文焕《历代诗话》,可分可合。词曲只录钦定两谱,不足包括源流。昔人云"词山曲海",本难遍收,鄙见以为宜择取三五大家及有名总集为全书之殿。词如北宋之欧、苏、秦、黄,南宋之范、周、姜、陆,已附本集,无庸复举外,余如柳永《乐章集》、丁志有梅禹金藏抄本三卷,若得传印,真词集之瑰宝。周邦彦《清真集》、桂林王鹏运仿宋巾箱刻本。张孝祥《于湖长短句》、瞿目有影宋抄本。辛弃疾《稼轩词》、王鹏运仿元信州刻本。王沂孙《碧山乐府》、余有明文氏玉磬山房抄本,毛氏汲古阁、鲍氏知不足斋旧藏,前后图记璨烂,中皆秦敦夫校补,批满书眉。鲍氏刻入丛书,全未依据,不知何故。吴文英《梦窗词》、周密《草窗词》,通行汲古阁本未善,有旧本则印,无旧本不印。张炎《山中白云词》、康熙中仁和龚翔麟刻《浙西六家词》附刻本,雍正中上海曹炳曾刻本,两本俱佳,任择其一。总集则《花间集》、王鹏运借聊城杨氏海源阁鄂州宋刻本重刊。《花庵词选》、《草堂诗余》、汲古阁本外未见旧本。词韵则《菉斐轩词林韵释》。余有影宋本、近人兰陵徐氏仿宋刻本。曲则传奇杂剧《四库》不收,然总集散套如《乐府新编阳春白雪》前后集、丁志有元刊小字本,如在江南图书馆,借印最佳,否则兰陵徐氏翻本亦佳。《朝野新声太平乐府》、瞿目有元刊本,《四库存目》曰中有残缺。撷元曲之精华,印入亦不占篇幅。曲韵则《中原音韵》、瞿目有元刊本,余有明刊本。《太和正音谱》。丁志有影写明洪武刻本。于是大而经史,小而词曲,荟萃一集,蔚为大观,则"四部丛刊"之名称,不至有见首不见尾之恨。兹事本属创例,讨论不厌其详，在议始者未尝存牟利之心，在参校者不可无惜名之见。既费巨本，当具别裁，若使草率图成，未免负此盛举。舍间藏本不惜借痴，友人收藏亦当竭力介绍。每恨前人仿宋元旧刻，字句总有参差，兹则千万化身，不失庐山真面。今人动以千金购求宋本，兹则聚无数名刊善本，费不过四五百元，宜乎家置一编，留兹种子，合之为四部，散之各一书。若能采及刍荛，则真毫发无遗恨也。惟《十三经注疏校勘记》着手颇难，当阮文达刻南昌学本时，宋刻注疏元补明修，已是杂凑。今则海内藏书故家如瞿、杨、丁、陆四家，丁无宋本注疏，陆书售之日本，瞿、杨所得亦不完全。自昔陆德明作《经典释文》止列注音，岳珂作《经传沿革例》但考经注，阮氏兼及疏义，固已独为其难，今若稗贩阮书，难免不相沿误。尝取家藏旧本以校阮记，所引往往时有异同，盖阮记属草于门生幕宾，并未亲加校阅，又所据十行本，明时修补甚多，认为宋元殊为失实。瞿目有十行宋本，其校记纠正阮记《周易》《左传》二经各百数十条，其他更可知矣。当光绪末年，鄙人与长沙王益吾阁学本有刻经之议，改革以后，兵乱相乘，忽忽十年，遂成画饼。河清人寿，后顾茫茫。今菊生同年与执事等具此弘愿，鄙人惟有馨香祷祝，企其成功而已。所望勿惮其难，勿求其速，假以岁月，合此浮图。执事欲看穿世界结果，不如看到此事结果，为大乐也。尚有绪论，来沪面述。手此。敬颂撰安。世愚弟叶德辉顿首拜。己未四月十四日。

再，以上所论采用各书，先尽弟家藏所有者，由弟寄书家中，按目查检，或装运上海，或就近由湖南贵分馆用照片照出，汇寄上海，均可商量。次尽江南图书馆，馆书多出丁氏，执事曾言已经商妥借印，则当尽其所采而悉印之，而后再以瞿目所有足额。闻瞿书亦微有损失，目中所列，十亡其一二，然其主人甚贤，借人印抄，并不吝惜，家中常有抄手，应朋友之请求，抄价并不昂贵，惟条例书不出门，然却方便。徐积余《随庵丛编》所刻宋本诸书，大半从其影模。苏州交通图书馆借印钱杲之《离骚集传》、李咸用《披沙集》，均先用照片向其家照出，再以上料连史印行。以吾辈与之论交,何遽不如坊友?各书定妥之后,再出目录,注明板片,登之布告,供人先睹书目,知其书皆世不经见之书,方可畅行利市。凡宋元板原书尚在,宁用原书印行。乾嘉诸儒最善仿刻宋元,然书多一次翻雕即多一次讹误,虽顾千里、黄荛圃、孙渊如、汪容甫、严铁桥诸人,在所不免,何况近日。前曾与执事言宜有利诱之法,此非市井之谓,假使其书印出不行,岂独赔本,亦大扫兴。舍间藏书,一书必有无数刻本,每得一本,必取前所藏本一一校勘,故各书得失异同,皆了然于心目。拙箸《书林清话》即言此事,惜正在校改错字,未得印出奉正于左右也。辉再拜。

第十七通

夏剑丞观察禄命　　五月初十日　　　　二岁百二十天行运

印 乙亥 杀枭	初二	辛巳
	十二	庚辰
杀 壬午 羊刃劫伤	廿二	己卯
	卅二	戊寅
丙午 羊刃劫伤	四二	丁丑
	五二	丙子
印 乙未 印劫伤	六二	乙亥
	七二	甲戌

丙火生于午提,月日两逢羊刃。又得长生之印生身,日元强盛极矣。喜壬杀透出月干,岁君坐杀生印。杀来合刃,刃不伤身。印者生我之神,少年出自高门,得先人之荣荫。杀者威权之物,主为风宪之官。所恨杀弱身强,美中不足。虚名虚位,职此之由。然印绶亦主文章,丙火得壬水而放阳光。非惟木火通明,且资水火既济之用。他日诗文名世,奚取世俗之浮荣。行运早入财乡,不免刑克长上。二十二岁至四十一岁,连行伤食之运。火星吐秀,不独有添丁之喜,亦且利于科名。惟不能许其联登黄甲者,由于杀轻受制,伤多亦制杀,犹之食

多亦伤官。不能听我指挥也。四十二岁至六十一岁，比劫盖头，或疑于日元助旺。然在纳音丙子、丁丑为江湖之水，却能济杀扬威。以理论之，当有二十年轰轰烈烈之晚景。无如运丁阳九，断无望其利于仕途。意者文运亨通，文章因而增价乎？论妻宫羊刃叠见，四柱无财。非有诸葛、谢傅二公之妻，不能百年偕老。时支得金举之禄，应主独享妻财。又惜二午贪合而相争，有财不能自主。论子息杀星得禄，宜有令子克家。虽非王氏之槐，亦是薛家之凤。子将跨灶，孙亦小同。老福丰绥，于兹可卜。寿元难臻大耋，可进古稀。① 著述可以久传，诗书必能继世。以印神居长生之地，丙火当离卦之中。木秀火明，一身得东南之气也。至于一生遭遇，纵不能无灾无难到公卿，固居然有钱有酒多兄弟，则以年时同气，日月代明。午为日，未为月，午未固相合也。四柱不见刑冲，纳音恰逢转运。时支金，日元水，月提木，岁君大，一气相生。阴年生人，逢之大吉。虽有生旺太过之病，实得印绶化刃之奇。有陈散原之文章，而增其光焰。散原四柱：癸丑、壬戌、癸亥、壬子，金水相涵。生于九月，水当进气之交，亦可作水归冬旺论。大凡文章家，命造多金水相生及木火通明之局。然金水气柔而秀美，木火气旺而雄奇，鄙人喜究文人命造，以此例之，百不失一也。有余介卿之衣禄，而得之安闲。介卿四柱：癸亥、甲寅、庚戌、壬午，不免财多身弱，故虽致富，未能安享也。鄙人生平师门知己，以新建夏公为第一人。今见仲举不凡，盖征积善爱才之报。夏声必大，因于谈命为之窃喜焉。己未清明。世愚弟叶德辉谨推。

----

① “老福丰绥……可进古稀”二句天头补云：“六十二岁以后，运行旺地，非老年所宜。交乙运前后，诸事慎重慎重。”

谭延闿 三十三通

谭延闿(1876—1930),字组安,号无畏,湖南茶陵县(今湖南茶陵县)人。有《慈卫室诗草》《讱庵诗稿》等行世。

第一通

剑丞先生左右:为别永久,虽不通书,然每闻舍弟传语,知上侍多福,新居安和,以增想望。弟前年卧病府中,服大凉药,近乃服大热药,一身之变化已如许,可惊也。故人子师箴,相从患难中,今饥走求食,敢求公为谋一啖饭处。其人别具履历,其家世则汪九知之,亦必为言也。方将登罗浮,不一一及。敬颂侍安。弟延闿启。四月四日。

第二通

映庵先生左右:得书及照片,如游梵渡新居,所乐之余,转多慨想。阿君一言不成谢者,累公破费八十元,殊为皇恐,此后不复再劳资送矣。弟手麻指僵,百药不效,颇有李道士晚年之象,高中无疑,恐不及看公重宴鹿鸣也。腰峰拜赐,何其多也。此间荔枝正熟,到处逢迎,始知"日啖三百",未为大量,不可不令公知之。专复。敬请侍安。弟闿启。甲子端午。

第三通

映庵先生左右:奉示敬悉。弟适来省,剑密未携得,得舍弟寄电,正未翻出,奉书乃知其详。至所云舍弟有电,亦未见到也。方派人来,皆一片挡驾之声。彼自驱蔡,不欲我与闻,不知我于方、蔡,固无

歧视,所以迟迟,乃不能,非不肯。今则颇有羡鱼之意,遂为偷鸡之
行。令侄电所云云,不过冀此间牵制,事实上亦近之矣。报传蔡已将
去,未知是真否。如尚有复电之必要,请公告以弟与方并无结合,今
且将自由行动,彼能与我携手,公可为媒,如何?特恐与狐谋皮,终之
无效耳。专复。敬请勋安。弟延闿启。十二月三日。

第四通

　　映庵先生左右:奉书如得面语。当壮士斫坚阵之时,有词人赋华
屋之雅,君真天人,我则地猫矣。粤谚。湖果将吁,诗真成谶。已传
计不更作,然公之阳湖恽子居,则颇欲见之,以证英雄之见,且明蹈袭
之嫌,知必许也。吴固接越,越亦沿吴,此时尚是难解难分之候。公
所策殊精确,然非子嘉何能行?天下大事,固当信运气,听之而已。
报纸多夸词,幸君时以真消息示我。此间亦以东江牵掣,出师不速,
弟遂坐待于此,非久当向君之故乡,恐江亦不免吁矣。夜阑笔倦,不
复云云。专颂侍安。弟延闿启。九月十五日。

第五通

　　映庵先生左右:奉书俱悉,承示尤详切也。弟到此已旬日,连兵
百里,无米为炊,坐视机会之来,而无应付之力,徒干急也。生长便
家,又处腴地,乃一穷至此,真梦想不到。又方将为商战,更公梦想所
不到者矣。赣蔡处,公若能通殷勤,极感。望公相机为之,道远不复
商榷,知在山人神算中也。雷锋倒坍,为一大伤心事,砖孔经卷有未
灰者,能觅之耶?中山先生真今之异人,非一时一事之英雄所能拟,
俟相见时以之好诗读过,知公所感深矣。敬请侍安。弟延闿启。九
月望。

第六通

　　映庵先生左右:令侄来,奉书如得面语。承评点诗稿,尚未得见,

然知开益必多,俟奉读后,再申谢也。令侄必可得一位置,以副尊意。令婿吴君,今何在?如已定往欧,则不妨深造,以军事未了,建设人才无可措手,亦不过用非所学也,请为酌之。三十年不来南昌,一切仍旧,足见吃饭拿钱者之无意地方。庐山日在云雾,虽登大月山而不得见五老,然两见云海,一观冻瀑,要是奇景,惜无本领写出之耳。非久适鄂,当更作书。即颂侍福。弟延闿启。二月八日。

第七通

映庵先生左右:奉书具悉。梅叔所言,皆非此时所能即办,其次或差得之,亦非托人不行,转达为叩。尊居当亦在逻辑范围,大武已以为烦矣。奂份人书两尽,使收藏家为之气短,想知之。敬颂侍安。弟闿启。四月十七。

第八通

映庵先生左右:奉书敬悉。令侄事已告彼中主者,弟今亦自往,不劳挂念矣。匆匆。复请侍安。弟畏启。十二月三日。

第九通

映盦先生左右:远承过访,失于迎迓,至歉。赐评诗本,不免米汤。方以为问而不言,顾我则笑,顷奉手示,昭若发蒙,乃知所见透过一层。虽云谦抑之辞,无非诱进之旨。不能炼熟使生,尤中其病。惜未于册中批示,使其望塔知归,不无歉然。若能更赐加墨,引绳批根,非所敢望也。橡皮能穷人,非诗之罪,然知公之益工也。才主北去,不日南来,前事已许,当不撒懒也。即请侍安。弟延闿启。七月廿日。

第十通

映庵先生左右:奉书具悉。令侄得税局,劳公言谢,弟到处播种,偶然发芽，不敢云力田之功。惟闻高堂为之加饭，则窃自喜有以报母也。近来诗人大至，时时得看，动有数十韵长篇，和固不能，看亦不懂，已取去做诗招牌，自居于马纯上之列，以免麻烦。前游栖霞千佛岩，造像皆为水门汀涂垩，黑眉红唇，类无锡之大阿福，欲求一不完全者不可得，信置办之该打倒矣。匆匆。奉请侍安。弟延闿启。十一月卅日。

第十一通

映庵先生左右：奉书具晓。汉口之热甲天下，乃今知之，辄数日不得睡，不惟上海不可得，即广州亦殊可思也。承示令侄事，当函询周君，得当更报。今日非有确切去处，不宜奔波，尊意极是。非久当相见，一寻曩游。尔来足肿更剧，医者以为气候使然，真非转地疗养不可。散原、闲止、倦知诸公知常相见，乞为致声。敬请侍安。弟闿启。七月廿日。

第十二通

映庵先生左右：奉手教具悉。频来沪，皆冗俗可憎，不得与谈燕。他日更来，当摆落一切厌饫佳肴，若云称觞则不敢承也。属件已为主者言之，当不至更动。大武已归，想见之矣。此间实无可游观，栖霞、燕子矶亦未得往。公所云近地胜处，更无缘寻讨，可笑可笑。复请侍安。弟延闿启。一月八日。

第十三通

映庵先生左右：奉示具悉。侄世兄事当为函赣中设法，得当再往，以免劳费。此邦之人不可与语也。公谓今日政局，无以异于昔时，吾则谓正因八行不行，为大异昔时也，一笑。医云吾肾藏炎已深，又当有辞世之乐矣。即请侍安。弟知默启。三月十一日。

第十四通

映盦先生左右：大武寄来尊示及商务印书单，如印三百部，则弟一人任之，或更多，则公及拔可任之，何如？送友朋外，可附商务出售也。散原及公，不可无序以章其诗，弟亦欲跋尾也，乞公酌行。但言诗存，是否并词及杂著列入？全集似不止百余叶，是否有误？并请询之。专请撰安。弟延闿启。十一月五日。

第十五通

映庵先生左右：奉书敬悉。伯弢遗集印五百部，想分赠知好外，尚可托商务代销。序文窃以散原作为佳，已致书与之，弟但任跋尾耳。拔可经此灾变，颓丧可知。然公司例必保险，想损失无多，特鏐辖时间多耳。印花事前有之，子文允为料理。顷问部中，云前案即当予一结束，俟子文来更商之。王一之已由外部调使馆，顷闻儒堂云，公事久已办，但是原阶级稍缓再为升二等，以须候缺云云，请特告拔可。令侄事已函江西，至在公司者，弟以为勿他适为佳，外间事总非久局。请酌。敬请大安。弟延闿启。十一月廿六日。

第十六通

映盦先生左右：大武寄来评点诗词，感谢之至。为亡弟点定遗稿，精当妥惬，不惟出玉于璞，抑且点铁成金，非言可谢。已属舍侄如命另钞，钞成更呈，欲求作序或传，以存其人，想承鉴许。惟于鄙诗，有褒无贬，不如所期，岂欲俟盖棺论定耶？若然，则愿及身见挽词也。令侄事，窃愿骑马找马为佳，必待有事始来，固不可恃，然来此候补，亦恐非计。闻陈君得公存信近千，颇为忐忑也。专请箸安。弟谭延闿启。四月三日。

第十七通

映盦先生坐下：承为舍弟作词序，絜净精微，极佩服，不宜妄自菲薄也。加入五十团之人源源而来，即再开一团，亦可容纳，资格俟询明奉闻。令侄事当语主者，不至甚菲也。敬请大安。弟畏启。四月四日。

第十八通

映盦先生左右：舍弟寄示评点拙稿来，如暗室得灯，喜可知也。公虽不肯删抹，然去取之意，亦已窥知，感激固不殊也。无以为报，谨奉异香及椰蓉酥，或上助堂上含饴之乐，又令诸小孩念及西湖病人也。吕满归，当相见，近状必达听，不一一及。敬请侍安。弟延闿启。七月廿三。

第十九通

剑丞先生左右：奉书具悉。论诗语极精到，世人只知避熟用生，安知炼生成熟，况炼熟字使生耶？微公无由闻此语，不但佩服而已。尾脊骨疾已愈，良慰。血压高乃年为之，据德医云，年近五十，则血压常在百四十度内外，弟百五十五度，尚云不妨，有时至百七十余，乃皇然也。公高度几何？医言亦同此否？总之去土木日近，其硬固宜，亦不尽关饮食也。南生长逝，可哀。其家当如何？仍住杭州否？知公必为经纪。近来好人最易死，真不敢不为恶矣。复颂侍安。弟延闿启。九月三日。

第二十通

映庵先生左右：奉读大著《七夕篇》，如以大笔作小字，虽极婀娜，而威神自在也。弟前亦有作，自谓乃类李逵妆亲，知已入览。今复有作，非和非酬，亦无意境，等诸诗钟、灯谜，聊遣壮心，幸教之也。敬请侍安。弟闿启。九月廿二日。

珠江夜色明如练，茉莉香温初罢宴。不从海客问浮槎，又见词人赋灵媛。也惜秋风不世情，只教乌鹊贸才名。世间巢已从人占，天工桥空向夕横。年年此夕看河汉，弦月光迟星斗璨。阑干同凭更无人，窗扇微开犹掩幔。幔卷分明见女牛，情知涉夏又逾秋。欢事已随云去尽，年华惟共水长流。中庭独坐人声静，只有明河来吊影。梦冷魂销已自怜，赏心乐事知难并。此情应有夜莹知，可似仙家暂别离。三生再见宁无分，一诺双心誓不移。世人何限无家别，今宵更是愁时节。年去年来事已多，人歌人哭声将彻。君亦当时一恨人，悲怀难遣旧时贫。糟糠在昔传宾敬，缟素于今自主臣。哀音如答秋蛩语，客心似听经霜杵。早识人天异死生，悔将恩爱殉儿女。三宿浮屠已恋桑，世途随处有迷阳。惟应太上忘情者，便有长生久视方。

奉读映庵先生《七夕篇》，次韵请教。孤兼写上。

第二十一通

剑丞先生左右：奉书，承开示，至为感服。诗稿尚未寄到，俟读后再当为诚恳之谢词也。往时陈伯弢于所作抹多圈少，今日思之，邈不可得，不能无望于公矣。大作读竟，尚不敢冒昧作和，至公诗之甘苦，则公自知，亦不俟献谀。论诗诸语甚精到，弟读《宛陵集》仅一过，所见正与世俗同，得公言乃如发蒙，欲更细读，乃以所得请教。散原尝自言，未尝学山谷，乃不期而似，弟深信其言。至如弟之东涂西抹，更不敢自谓学何人。公言尤深佩也。弟前患瘰，乃注射太多之结累，盖注射久肌肉已发硬，结为小核，遂酝酿成瘰，故三割乃愈。至血压，前高至百七十余，今尚百五十五度，医云年近五十，不能再望其减。公年长于弟，若在五十内外更不须治。浓厚发瘰疽，故是古说。至血管硬则酒为之，弟已戒酒，今年未尝饮矣。腰肿手麻，弟至今未愈。想公无此之必售之技也。若是指烂，则弟得一法，终日以纱布隔之，在家不着袜，虽蜂不烂矣。公盍试之？中年以后，百病丛生，欲不入棺何可得乎？此间荔枝之美，恨公不得尝。然连日大热，至夜不能寐，又向来所无，辄思向曹渡兜风矣。专复。敬请侍安。弟延闿启。七月十四日。

第二十二通

映盦先生左右：不通问已久，想侍奉康娱，为颂无量。弟有诗本在舍弟处，公已见之而不加墨，散原亦有褒无贬，殊非所期。今欲求公三事：一删去不可存者，二批示谬误所在，三字句有不安及两存者，乞削定。深望鉴其愤悱，特予启发，其感激过于腰峰也。冥行已失，极望明灯，愿不更以米汤赐之。弟割瘰，经两月乃愈，有一盗阉来视，云正是受刑的地方，公当笑为该打矣。专请侍安。弟延闿启。五月廿九日。

第二十三通

映庵先生左右：枉赠诗，谨和一首，苦心焦思而不得工，然臣力竭矣。古人所云，适以彰来诗之益美耳。虽然，犹欲得月旦以自儆也。敬请侍安。弟延闿启。七月十九。

奉和映盦先生见赠，写求教正。

我生苦内热，肝肺恒煎煮。养内且释外，火维故安处。世人蔽所习，跬步殊甘苦。尔来知叫号，和答相邪许。徒为纤儿利，凭借作风雨。我闻先民训，欲获谋于野。仁义有穷时，况乃出以假。民嚣吁可畏，若属行为虏。枯骨在冢中，不足烦夏楚。万里视已通，继今略可睹。子言吾敢忘，会将相晤语。

七月十九日，延闿呈稿。

第二十四通

映庵先生左右：吕满来，得奉手书及腰峰、石黄之赐，既丰且腴，无异赴约极司非而路也。正将函谢，又奉书及《望秋月篇》，名人高手，无之不可，叫天倒串，亦胜常流，况少年本习花旦者乎？弟等只在天桥蓬子里混混，更不敢开口矣。公前诗"频将后妇误呼名"一语，最为沉挚，所感者深，不易推阐。弟所作更道不着，是承赞已惭愧。至与简先生书，尤小儿语，不足道矣。枪声又作，得无烦扰？敬问侍安。弟延闿启。十月十九。

第二十五通

映庵先生左右：奉书具悉。篆至恶劣，乃承言谢，弥皇愧也。尧老金婚诗，公曾和否？弟虽好和诗，然未能下笔。近亦时有一放之事，积去年一年，亦八十九首，虽不能望尧老，而已多于公。自知愈弄愈糟，耻于示人，非不求教益也。已属舍弟奉请批评矣。闲止急来抱佛脚，殊可笑，白喇嘛何物，乃能恫喝人如此？吾则不然，命合尽时掉臂径去，西天若有，亦不苦求。自省平生作孽能否超度，临终刹那能否坚持，苟不自信，讽诵于死前无益矣。然吾却冀白喇嘛之言不灵也。闻汪九意兴阑珊，大有不惜此生以徇谣言之意，何耶？好诗能示，所想望也。祗请侍安。弟延闿启。二月廿日。

第二十六通

承借宋元小说四十二本，阅毕奉还，当谋一痴之谢也。曾大所言乐姓洗眼方已觅得，送汪九转达，想已入览，宜可一试，颇祝高堂重光如所云也。映盫先生。弟延闿启。九月九日。

第二十七通

映庵先生左右：诗卷奉上，请公以朱笔抹勒，并示以改进之道，不愿复得奖饰语，愿得欧公所谓红勒帛，当以高等诗顾问奉招也。一笑。祗请侍安。弟延闿启。七月二日。

第二十八通

大诗诵悉,愧不敢当。钱联割爱,尤为惊喜,知公之厚我深也。称寿所不敢,故人过我,当有曹厨奉饷。映庵先生。弟延闿启。十二。

第二十九通

映庵先生左右:奉书及寄赐腰峰,感荷不尽。然弟一言谢,而公即再施,骗吃未免太利害,恐劳从者,遂不再恭维,知鉴之也。湖吁大作可寄示否? 不揣冒昧,亦欲一放也。专请侍安。弟延闿启。七夕。

第三十通

映庵先生左右:奉示敬悉,如亲诣龙华也。吾谋不用,知公不能无太息,且看天意如何耳。弟则已成羝羊,此物质问题,然精神亦殊苦痛,更不能不信天者。赠袁大诗读悉,与弟之但借阳湖恽子居趁韵者不同,科班出身,行腔咬字,自然有法,非顽儿票者所能及,弟之并未下酒者乎? 高宗自号十全老人,弟亦得十首,不能不守止足之戒,让袁大独追蔡文姬矣。不日去韶关,便有游庐山意,或当至沪相见也。即颂上侍多福。弟延闿启。九月廿八日。

第三十一通

剑丞先生左右:承赐腰峰乃绝美,非寻常购得者所能比。吕满来云,知劳选择,盛意久不谢,尤皇悚也。闻时往来杭沪间,恨不追随,非久当谋一归承教也。近照一像奉贻。敬叩上侍万福。弟延闿启。七月十八日。

第三十二通

奉酬映庵先生兼简覃庵九叠前韵

我昔病卧西子湖,多君分屋从安居。枰药量水百不厌,僮仆不得稍踟蹰。阿母亲为检汤剂,视我犹子情非疏。烹羊炰鸭岂足谢,我宝此意真球图。行年相较君长我,一事差逊犹无须。苦吟半生貌不癯,吴服楚语何丰腴。新诗脱手无浅语,上与都官相应呼。我虽强梁不敢敌,愿息旗鼓安颛愚。始知学战非易事,刁斗岂得齐笭笭。枕席行师尽虚语,跋涉仍恃舟与舆。断樯折轴纷满眼,何人梦授同尹儒。况闻风尘日濒洞,苔云烽火连严衢。湖山虽好未可恋,知君归去为亲娱。我昨宵分惊之火,重揵固闭怜比庐。功成未识定何日,万骨已向军前枯。此时何心能独乐,痛泪迸出衣襟濡。覆庵昔引灵胎徐,未免买椟还其珠。烦君致声为我谢,各适其适云何吁。

八月三十一夜,延闿写上。

第三十三通

映庵先生左右:别后不闻消息,未审台从已赴金陵否?鬼学研究殊无进步,今以照像器一具并附属品洗印像器奉赠,辱书之暇,可与赟伯一试验之。褒碧长逝,至可叹嗟。余者周正必详之,不一一。敬请勋安。弟延闿启。十一月九日。

瓶同叩。

附　录

升堂叩灵床,形体若静寐。拊膺念畴昔,零洒应心泪。自来弥天人,戢影一棺内。生存不世功,每遭俗情忌。君抱澄清志,只手起揽辔。经纬纷万端,艰危宁得避。牢笼要德量,隐忍救崩坏。君虽默无言,我知所全大。身病国未安,今竟死劳瘁。追维逊清末,君岂在其位。是时诸大夫,比比亡国辈。庸者惟素餐,黠者通奸利。终焉社倾覆,责固有攸在。自兹欲求治,贤者讵容退。我言是非公,目论殊忸忕。顾我长录录,负君益滋愧。

哭谭组安。

张仲炘 二通

张仲炘(1858—1919)，字慕京，号次珊，湖北江夏(今属湖北武汉市)人。有《瞻园词》等行世。

第一通

剑丞仁兄大人阁下：吴会重游，渥叨盛馔，追欢叙旧，乐何如之。奈踪迹转沙，倏聚倏散，返此索处，益动离肠耳。秋风未凉，炎歊犹盛，想起居安谧，适慰予怀。家慈年邵，气血皆亏，病后伤阴，诸证杂起。弟到舍后，严商医药，极力调持，数日以来，胃气稍强，精神亦渐有起色，大约远托福庇，当可衔平。知爱我逾恒，特用奉闻，借抒绮注。连日夜侍寝门，贱躯亦微觉疲茶，除称药量水外，杜门习懒，无所事事，惟时忆谈宴，不能忘怀。商韵稍清，尚拟还就菊花，作平原十日饮，一拾坠欢也。肃此鸣谢，顺请台安，不备。愚弟张仲炘顿首。

第二通

一萼红 奉和花步饯春之作。

小楼深。敞沉香绮户，春色尚沉沉。筝柱弦温，棋枰玉冷，红袖来劝芳斟。乱花过、庭芜自碧，耐絮语、枝底和双禽。古苑台池，旧家园榭，都付闲吟。　　欢事不堪重念，对金杯满引，白发愁侵。烟柳春城，林亭白下，飘荡还又而今。倦飞绕、南枝几匝，浩歌里、空负故山心。未识明年共谁，底处开襟。

仲炘。

附 录

张次珊通政挽词

陈公赋卢橘，书在岁寒堂。拔薤事无及，绝春情可伤。客随箾吹散，世与雅歌忘。张郑连城宝，相看葬北邙。余昔与通政及郑叔问舍人同在长沙陈伯平中丞幕中，侍郎朱沤尹赋枇杷词，中丞与幕客共和之。未几中丞以劾蔡乃煌为枢府所抑，朝廷纲纪由是大坏，而中丞亦以疾薨于位。戊午岁郑叔问殂，己未岁通政又殁，当时幕客，惟我存矣。

老死兵戈地，曾无一亩园。山楼愁拥鹤，江岸苦啼猿。朔吹迎双榇，夫人林氏后十日殁。层冰覆九原。谁为收谏草，含饭只孤孙。

潘之博 二通

潘之博(1869—1916)，字若海，号弱盦，广东南海(今广东佛山南海区)人。有《弱盦诗》《弱盦词》等行世。

第一通

长安花事半僧舍，所嗟贵人身少暇。一春如梦不留人，再迟三日入初夏。海棠出名极乐寺，今朝劝整诸公驾。可怜桃杏吹满地，意外狂风生昨夜。此花幸迟十日开，不然亦恐红妆卸。来游闽中有耆旧，弢老及叔伊。二十年前醉花下。当时巨植知几许，尽萃豪家不渠舍。岂徒人老花尽移，佛亦头上无片瓦。门前杨柳拂流水，一幅青溪图可假。坐中何客不思归，男正耕耘女桑柘。送行指日故人去，眼底溪桥是清灞。万愁如积不知名，忍惜花前论酒价。归哉试过农事场，倾国名花好台榭。

极乐寺看海棠赋呈同社。宣统三年三月，之博。

第二通

长安春暮初，烟柳垂晴明。郊行阅废寺，佳此夕照名。停车叩净扉，遂登屋角亭。水痕浮片白，草色蒙浅青。归心逐飞鸿，远目限层城。暖日蒸百卉，游蜂喧有声。墙根老丁香，碧蕊含奇馨。预计花开时，来寻冒子盟。冒子家辟疆，月望惟降生。左氏命之同，佛庭张寿觥。杯酒有定分，为欢不可盈。谁能测天心，转眼殊阴晴。春寒欺敝裘，暗雨滞游情。仆夫怨泥途，阻此十里程。罗瘿一何勇，驱车独先行。顾我伏书案，戢影如病萤。驰想三数子，畏庐画思精。蹜归有山腴,心绕蜀江清。云何温八叉,毅夫。亦思味南烹。郑公岂樗散,苏庵。举目烛八瀛。赵尧生。胡漱唐。去嵩少,嵩少岂可耕。人言盗孔多,穷极为乱萌。春花未全开,春愁已早婴。嗟此眼中人,渐散如晨星。而我顾身世,亦若波上萍。所幸陈公贤,戣老。议礼陪明廷。南丰最秀发,直庵。风雅合再赓。五噫念梁鸿,众异。去国且勿轻。孟公好胸次,叔伊。醉倒同空瓶。数君幸少留,竭力春事撑。回思宴集始,时序忽屡更。人日艳积雪,及此闻鸧鹒。会合苦不常,近局宜早营。传闻极乐寺,缀枝多红英。幸及春未老,花前同醉醒。作诗告同游,嗟勿吝报琼。

三月八日清明,游南城东,遂过夕照寺。十五日,冒京卿钝宦以辟疆先生生日,即寺作社,阻雨不果往,赋呈同社,并订极乐寺之约。潘之博。

附　录

挽潘若海

郁郁沉哀独在胸,不因易代换章缝。九原谁为归君骨,五载无由识汝踪。未死定欺瓜种谷,及亡方睹木生淞。高文自古输风义,足愧杨雄与蔡邕。

胡朝梁　五通

胡朝梁(1879—1921)，字梓方，号诗庐，江西铅山(今江西铅山县)人。有《诗庐诗钞》《诗庐文钞》等行世。

第一通

朝梁再拜奉书剑丞先生台坐：前者辱惠佳什，奖借逾量，且惭且感，卒卒未即裁谢，幸赐察宥。比来得闲，谨次韵为报，仍希损教。新岁曾为亡女作志，自谓神韵规仿庐陵，并写呈正。朱古微侍郎诗词并重一世，另楮乞转丐文翰。严侯官归海上，末附书，烦为致之。书内有近作诗篇，可得取览，志文亦便付侯官一观。朝梁恨为学晚，辛苦所得，窃愿质正海内大雅，非欲急急自求表见也。先生知我者，其以斯言为诚然否乎？清河吴温叟慕教之意，曩已为陈之左右矣，敢附楮求公书旧制，弗吝也。春寒惟加爱。二月十又三日，朝梁再拜。

二楮另寄。又注。

敬空。

第二通

剑老屡辱高轩，竟阙修谒，虽承曲谅，终不自安。今晨特冲寒出城，恐不相值，先具此书。李晓耘件乞饬送，海藏、乙庵两纸卷乞分致，并求一询海藏，前诗卷倘失落，当别写寄，万乞加墨。乙老诗翰爱慕甚至，志在必得，万望求取。又《怀人诗》乞付沪报一刊，以代分简诸友。公诗到沪乞写示，以好应京报之求。前诗文疑误处，已逐一查出。梅庵先生处，乞为致思念之诚。晨起笔冻，卒卒作此，不一一。

唯行李安善。朝梁再拜。腊八日。

又与陈仁老纸件,乞代求书诗。若不便代求,乞转托人代求。琐渎得罪。终日营营于文字间,亦自笑也,尚望鉴其愚诚而助之,感刻无似。

第三通

眼中子又投荒去,各以微躯殉所图。已分为儒辱尘土,终怜挟策照江湖。横塘秋色澹将暮,隔水人家醉欲呼。留得平生意千万,忧天怀古只区区。送刘大之萍乡。

士有百无能,能堪一世贫。偶然出临眺,高语隔轻尘。落日初归雁,西风昨忆莼。老僧话兴废,疑是六朝人。扫叶楼与星悟上人闲话。

年年作计随人后,短发长歌只自疑。来日万端付之酒,江南片月为吾私。非关早岁思齐物,合有寒儒瘦到诗。我已穷于孟东野,高天厚地更何之?述怀一首。

十载故人天一角,江南流转肯相寻。书生缚袴古宜有,关塞题诗供独吟。已自中年饱忧患,渐平意气入萧沉。一庐与寄喧腾外,容我高歌直到今。刘三自贵州解兵还金陵,诒以此诗。

映盦先生诗家教正。诗庐胡朝梁贡稿。

第四通

次韵奉答剑丞先生大诗家,即乞正諰。

故人海角苦幽独,转自裁诗持慰余。了了平生足自憙,觥觥一世目无余。论文直欲五投地,摇笔羞为十上书。鞮译如今等涂沫,贱儒生事复谁如?

二月花朝,胡朝梁贡稿。

第五通

呈政。朝梁。

偶　感

人生行乐耳，天末奈愁何。雨后新泥滑，春归别意多。华年呼负负，孺子舞嗟嗟。几辈长安道，东风待振珂。

春尽心荃以荀子寄赠作此谢之

送得春归一叹嗟，不知春去落谁家。天涯何处无芳草，他日相逢已落花。旧事重重怀百感，江潮夜夜达三巴。故人知我有书癖，一卷琳琅敢拜嘉。

呈苏堪先生

先生真健者，吾道未全非。解甲归来日，哀吟无已时。江湖余乐也，鸿鹄汝安之。仁义久淹没，先生有"一生走仁义"之句。斯言欲语谁。

呈义宁师

风雨愁今日，河山依旧时。有人闲袖手，对影苦吟诗。今古同怀抱，艰难强自持。春归不可望，门外数青丝。

怀　旧

湖山随处好，歌舞几时休。尽有伤心者，能无怀旧游。亲朋零落尽，环佩再来不？又是春归日，江南我独留。

所思皆骨肉，无梦到天涯。谈笑成千古，悲欢又一时。东风原上草，细雨镜中丝。此意谁能识，空山问子规。

十二月十七日舟中

不是无家者，栖栖直到今。徘徊千里月，惆怅五湖心。到海吴山尽，凭高江水深。岁寒归莫晚，一曲棹头吟。

暮春却寄晦九

无端锦瑟惜年华，门外东风御柳斜。江介相逢皆过客，人间底处是天涯。何当旧雨共春日，坐看层阴送落花。意气年来消未尽，鞭丝故拂五云车。

附　录

挽胡梓方

文穷如骨相，入手伐皮毛。岂是从军粲，还为走笔皋。居仍甘寂寞，死未欠分毫。顿悟由言下，先捐覆被劳。

陈衡恪　六通

陈衡恪(1876—1923),字师曾,江西义宁州(今江西修水县)人。有《陈师曾遗诗》《中国文人画之研究》等行世,今人辑有《陈衡恪诗文集》。

第一通

拟谢玄晖观朝雨诗一首

烟林秀远色,晨雨纵横来。轻寒散平麓,飞沫上层台。春膏极海隅,万里净氛埃。峭蒨傍山幽,小窗相对开。余闲契玄朗,旷览意悠哉。乔枝栖宿羽,回溪漾潜鳏。微生幸有托,浮客尚徘徊。聊同战胜者,散发游蓬莱。

衡恪于高等师范学校邻近赁居一楼,地僻林幽,小有丘壑,雨中偶忆谢朓[脁]《观朝雨》诗,遂用其韵作诗一首,录呈教正,有何改削之处,乞示复。复用原作"战胜者"三字,盖指日本之意,不知能用否?剑丞世丈。衡恪顿首。四月十七夜。三月二十四夜。

第二通

近诗呈教。弢老七十寿辰,有征诗文小启及朱笺,另邮奉寄。前言画师事如何取决?匆匆。祗候剑丞世丈吟安。衡恪顿首。三月三日。

第三通

北来何事与登临,照影荒寒一水深。陂柳已看新燕尽,寺门不碍旧苔侵。残英入座供闲味，列嶂围城接野阴。却似江南风物好，有人结屋动孤吟。末句谓李西涯故居。

同游积水潭，谨步原韵，火速录呈，特乞映盦世丈大斧。衡恪。十二月十七酉刻。

第四通

中秋饮书堂宅感赋

紫蟹堆盘酒满觥，三年前事眼中横。举头对月今何夕，破涕追欢枉此生。情话聊因亲戚共，岁华终与鬓毛争。例无佳句酬佳节，直是秋来秋恨成。

衡恪。

第五通

诗声隔巷近相闻，每见斯人若有云。百计功名余赁庑，十年师友养高文。当阶风叶从渠了，满架花阴向夕分。促膝为留他日忆，尊前着语已纷纷。

柬程十七。师曾。

第六通

浣溪纱

银汉临歧一道催。悄风黄叶共徘徊。青灯低映绣帘开。　　故国寒砧传晚信，锦衾瑶瑟动清哀。三更残月度秦淮。

回首秦林入望空。片云流水隔香红。玉箫帆落石塘风。　　辛苦犹怜天外月，素秋飞影出瑶空。千门人语断肠中。

踏莎行

凤帕题红，鹅笙吹雾。梦中哽咽天涯语。细篁幽濑独来时，玉鸦啼过南塘去。　　一髻遥山，三春柳絮。十年闲事匆匆度。高楼极目到平芜，斜阳已入伤心赋。

春从天上来 海棠花下作。

翠拥红幢。是琼壶窈窕，飞影殊乡。宿露搓酥，断霞凝粉，帘卷恰对秾芳。好自珠楼灿晓，多少意、酒力难将。剪绡细。尽一春蜂蝶，都隔银潢。　　霓裳。又成恨舞，算唤起瑶姬，有泪如江。吹转朱幡，绛云迷却，犹怜蘸水凄凉。一捻㵸娇慵学，东风里、曾讶浓妆。解零珰。渐丝丝细雨，委尽柔肠。

庆清朝 海棠。用碧山榴花韵。

绝艳宜簪，倩魂易冷，几回䄂袅东风。春娇乍倚，曲栏独映嫣红。和醉重鸣怨瑟，无人处、幽意谁同。斜阳外，断霞作被，残粉成丛。

犹忆故山步月，听杜鹃啼夜，绿碎烟空。朱英数点，飞帘应为诗工。镜里暗藏清泪，怕教零落乱云中。深深院，浓愁未醒，争似花浓。

衡恪呈稿。

附　录

挽陈师曾

朋交存故笔，宝之胜百琲。手理出丛残，意将别生死。念君尚盛年，那分便为鬼。孰料数纸书，遽以装卷尾。平生过槐堂，对坐如饮醴。余技虽云多，讵掩歌诗美。刻印兼作画，才性命腕指。一落风气中，吴李富盐米。矫俗翻徇俗，有时戏相诋。伤哉贫到骨，将归换甘旨。随身一砚田，阖棺竟无济。

夏曾佑 一通

夏曾佑(1863—1924)，字穗卿，号别士，杭州(今浙江杭州市)人。有《中国古代史》《夏别士先生诗稿》等行世，今人辑有《夏曾佑集》。

第一通

剑丞先生执事：昨晤昭宬，已为代达一切。昭宬谓自回国以来，多年未为理化实验，未免生疏，因荐其同学陈君可膺是席之任。兹将名条附上，公如有意，请与昭公商酌为祷。弟日内即须赴皖，不及走别，至歉至歉。此请吟安。曾佑拜上。

附　录

夏穗卿挽词

潦倒存杯酒，平生醒亦狂。空瓶卧春草，任马踏斜阳。尘败群书箧，名埋断句囊。古今一丘貉，腐尽涸肴肠。"空瓶"句改作"回帆冲细雨"。"细雨疏灯过秀州""如此斜阳信马归"，皆君断句之传诵者。

吴庆坻 二通

吴庆坻(1848—1924),字子修,浙江钱塘(今属浙江杭州市)人。有《补松庐诗录》《悔余生诗》《辛亥殉难记》等行世。

第一通

映庵姻仁兄大人侍史:猥以小极,重劳枉存,感刻感刻。前者往来山中,劳剧猝病,竟不死。不死赘耳,然幸不死,尚欲得公之诗。仁公画,尺幅中有千岩万壑之胜,自是神技。鸥客画,则敝庐小小掌故也。松之坚,吾以为师。梅之清,吾以为友。公之诗,神清而骨坚,亦吾师也。退食隙暑,挥翰及之,并乞于册画赐题《灵峰探梅图》。参寥之泉,二老之亭,得坡公而不朽矣。题成,乞以二画转呈秉旬、南孙两君各予佳什。湘中诗豪,并在莲幕,尤一时之盛也。肃颂道履,不宣。姻愚弟吴庆坻顿首。

第二通

映庵尊兄姻世大人执事:衰病杜门,恒疏造谒,伏承侍奉曼福,企颂无量。敬有渎者,舍表弟黄君镜之,前蒙委任稽查,获资旅食,铭感同深,乃昨忽以卒中病殁,书生薄祜,一至于此。身后无以为敛,得亲友为之草草办讫。舍甥女往送敛,闻其敛后室中只余铜圆十七枚,可谓奇惨。家无宿储,寡妻稚子立见冻馁。既无家可归,其弟数人皆各糊口四方,断难兼顾。其长子敦,号聪士。随侍在浙,偶得一小席,仅足赡其妻孥。近岁断弦,无力续娶,此后养活数口之家,惟此子是赖。聪士年近四十，人极笃实，毫无习气。稽查一差重要，度台端必已得人，拟恳公于总局或各分区为之量予一差，俾资事畜，为德非细。弟蛰居十年，未敢以一字干人，今睹兹惨状，为之酸鼻。重念名德之后，乃有此厄，孀嫠稚弱，嗷嗷待哺，奚忍坐视，不为呼吁？我公惓怀故旧，矜恤孤寡，有过寻常，伏望于无可如何之中，予以位置，喁望闿泽，感企万分。惮寒，不获躬诣。肃此。敬叩起居，伫俟德音，不庄。姻世愚弟吴庆坻顿首。初九日。

再，镜之有另子浒，年十三，聪慧异常儿，肯读书，必须为之设法入学校。倘荷德意援手，予以挂名薪水，即以黄浒之名充之，可专畀其母子为度日之用，尤感尤感。

附　录

吴子脩挽词

落落补松宅，荒荒野史亭。洁如太古雪，孤见启明星。迁固传家宝，胥平入座灵。移书感宗让，每展涕先零。

吴昌绶　一通

吴昌绶(1867—1924)，字伯宛、印丞，晚号松邻，浙江仁和(今属浙江杭州市)人。有《松邻遗集》等行世。

第一通

枉临失迓，歉甚。承赐新刻词，感谢感谢。拙刻已成者二十册，因近状颇窘，买纸蹉跎未齐。又有《片玉集注》二种、莪圃本与孙驾航本，皆宋刊，中有异同，须并刻。《东山》、宋残本。《后村》二卷本、宋刊。《中兴绝妙词选》十卷，宋小字本。此数种未刻成，故尚未汇印。今所存者，皆随时单印样本，兹奉上十一册，先乞察收，他日必奉呈全帙也。容再走送。肃请映盦先生台安。弟昌绶上。廿六日。

《片玉词注》莪圃藏一本，最精。沤尹属抄一本，此做不到，现仍由袁抱存夫人手摹，已得大半。曾刻成数叶，俟刻成必即寄，乞转达沤公为荷。孙驾航一本，半唐见过，稍有异同，亦须并刊。弟做成廿四册，亦作结束矣。种种费力之至。

附　录

吴印丞挽词

卧榻成谈薮，人间谷化陵。抱残汉东观，娱老宋书棚。食案余三韭，词坛会五灯。一星孤曙后，吊客只青蝇。

罗惇曧　五通

罗惇曧(1880—1924)，字掞东，号瘿庵，广东顺德(今广东佛山顺德区)人。有《瘿庵诗集》等行世。

第一通

剑丞先生侍下：申江会面，未及深谈，台从已返杭矣。弟旋卧病，日渐危笃，间关返京，屡濒于死，幸德医克利治痊[疗]获痊，出院已逾十月，尚须静摄。计大病三月，耗资或及二千金，以酷贫之人，又须举重债，其困可知。台从笃念殷拳，承惠寄百金，开岁五日，由中国银行汇来，惭感深谢。弟虽病困中，而胸次仍极浩然，病起成数诗，想于报间见之矣。公达以积怨玉霜之故，视吾为大仇，闻其有三大愿，第一愿祝吾速死。谁知天不从愿，吾已复活，又已为玉霜编剧，渠又奈吾何哉。往者闻台从及彦通痛诋其人，尚未深信，今始服公等之有先见也。其在京，假许少卿名义，发一电与黄金荣，谓玉霜还京时，力阻兰芳南下。金荣大怒。其后久与许冲突，许乃举发之，金荣谓此小子挑拨可恶云。在京时，又投匿名信于兰芳，谓玉霜诋其《玉堂春》脱板为忘恩负义，属其防备，实则此陈彦衡之言也。其实小人枉作小人，吾又未尝死。其挑拨梅、程感情，亦已涣然冰释，究枉费心力也。有无近作，望写示一二。贞壮当常相晤，祈代问讯，并以贱状告之。敬问日安，并颂年喜。惇曧上。正月六日。

第二通

剑老侍者：泰岱归来，公已南去，不获同话岱顶之胜为怅。此行兼游灵岩,幽秀多灵迹,北齐塔极完整,六朝唐宋石刻如林,他处万不逮也。思为灵岩游记,归后适孺博、孟符在京,小山、孟劬辈连翩北至,终日游宴,竟无刻暇,游记既未成,即游岱诗亦未能高寄殊子美也。古翁、孺博同返沪,想已相见。此间甚盼公来。日前见仲仁,亦谓公南中事了,仍须早来。盖居南遥领北薪,无论何人,必无此办法,留连过久,恐有人说闲话,则易动摇也。前曾缄言欲俟年底或过年再来,此万不可。在此虽无一事,然决不能遥领薪,此一定之理,望将尊事速了早来,至盼。本月秒如不见公来,本月薪当代寄耳。曧上。十一月十八日。

第三通

剑丞先生侍者:两奉惠书,敬聆一切。《文苑》收到,敬谢,懒未裁答为罪。兹谨如约录呈近人诗若干备用,尊处所得,仍乞续寄也。梅郎照片,俟购便可奉寄。属向任公死言,俟其到京当代达也。有无新作? 望写示。敬问。近安。惇曧上。廿八日。

第四通

月夜同剑丞彦通泛舟青溪

相携晚就坡翁饭,难得斜川正北归。彦通是日方从北归。好月定宜临水看,低篷宁碍见山微。归林灯火流歌吹,挂雪残罾静钓矶。肯犯荒寒拓吟料,不知霜重已沾衣。

剑丞先生正。瘿公。

第五通

金绦初解鸟高飞,谁道轻抛旧舞衣。柳絮作团春烂漫,随风直送玉郎归。

羽林旧是从龙族,土室竟为雏凤巢。手挈琼枝还阿奶,感深宁惜泪痕抛。

要与梅花作代兴,他年信汝足传灯。纷纷余子徒为尔,努力当登最上层。

径与移居近梅坞,闲时教诵老夫诗。晓风丽日么弦罢,促坐明窗对可儿。

有述四首,戊午三月作。映庵先生深贵程郎艳秋,知其近事,于其南归,写此奉正。惇矗。

附　录

哭罗掞东

闻子死耗至,嗒然若丧吾。万端相仇残,白头作天俘。况子才过我,读遍人间书。遭世无所用,坐为无道屠。写诗出心肝,脏血刀剑刳。余生付歌者,百念消甋觎。奈何犯众史,排媚腾其诬。岂谓焚乐□,埋子骸骨枯。哀哉死生故,堕地啼呱呱。万事无一可,细甚不免诛。此意至沉冥,内难语妻孥。迩闻病狂妇,怒碎空米盂。翳谁裹饭人,歌哭来黄垆。酒羞荐灵床,饿死宁复苏。惟当对子殡,一效长鸣驴。"乐"下脱"器"字。

左念恒 五通

左念恒(1882—1925),字南生,湖南湘阴(今湖南湘阴县)人。左宗棠孙,夏敬观妻弟。有《诚斋诗钞》行世。

第一通

雨旸恒失时,彼苍若梦梦。春去已苦多,风来未解冻。郊原晴色悭,岩岫云容重。粘衣忽坠花,乱目又飞雾。檐际珠玑跳,庭实缯缟送。窥园知鸟藏,乘轩疑鹤控。室无火不温,砚滴水成淞。苔痕渐掩覆,窗隙仍糊封。鞁瘃或相侵,堆雕讵堪用。徒闻害蚕时,更说妨农种。高士闭门眠,骚人仰天恫。曲水罢流杯,华林谢徒从。和寡一曲高,情殊三白颂。嗟嗟损萌牙,闲吟寄长讽。

乙丑三月三日大雪奇寒,次韵和瓶斋、闲止,写奉映庵正之。

第二通

下车顾我入山去,山外晴明山里雨。雨倾泉溢山成河,乱流苍岩悬万组。衣衾渗湿腰脚酸,五日归休为我语。平生所见此特奇,抵掌大乐忘其苦。我惭山城僻陋甚,戒庖仅可供鸡黍。百思不得娱嘉宾,幸有山光伴行旅。明朝直送到钱塘,应笑山情贤所主。

桴疏、稚辛丈、拔可、映庵兄游天目,返宿署斋,赋呈。诚斋呈稿。

第三通

越梅无如超山多,数百年花数十里。其中宋梅花六出,老龙泥蟠飞不起。吴娘摇橹逐春晴,晴雪濛濛覆苔水。罗浮邓尉何足奇,大庾岭头差可拟。前年映庵看花回，倚天照海一梦耳。公今寻赏忽到彼，投书示我赞绝美。忆从结邻居西湖，如公精力那可企。晨曦入帷晓梦回，窗下每闻曳革履。一花一木一拳石，搜讨无遗无远迩。得逢佳处不独赏，从车招摇走新市。自来山城苦寂寥，百无一可娱听视。把书细读神与俱，却悔贪馋五斗米。

闲止书来，道超山梅花之盛，因缀成篇，寄怀闲止兼柬映庵。诚斋。

第四通

映庵作明妃曲桃源行着意翻新要予同作知不免于陈言也

明妃信美闭深宫，不肯囊金赂画工。才色由来难自恃，忍随胡马泣胡风。汉宫粉黛多倾国，尽选良家侍君侧。承恩深浅仗丹青，未信君王知好色。毡庐夜月拨鹍弦，青冢长存万古传。昭阳日影输鸦背，更有何人解与怜。明妃曲。

武陵何处是桃源，重到渔翁已惘然。春水桃花迷去住，早疑鸡犬亦升仙。纵横说士夸功利，七雄攘夺无虚岁。天下纷纷固畏秦，深藏岂独强秦避。金椎博浪计诚疏，兵器都教冶一炉。请看桃源种桃者，采花食实长安居。当时尺土皆秦地，桃源不到催租吏。后来辟地恨无源，入海居岩尽憔悴。桃源行。

映庵即正。诚斋呈稿。

第五通

一脉苕溪照两眸，真胜雁荡大龙湫。拖泥带水高峰去，走瀑飞泉万壑流。好景惊奇刚雨后，闲情且住待云收。入山未可从公等，似贾胡行到处留。

贻书、稚辛、拔可、映庵诸公往游西天目，遇雨辄止。映庵书来，展游玲珑之期，且道雨后山景之胜。因掇拾书中语，戏成长句，以博一笑。诚斋。

附　录

哭左南生

念子崛强才,百端由内断。济以心性平,固不嫌傲岸。此才似太傅,公论在月旦。气体非不充,文章非不健。追维平生言,孰是早死券。凶问初到我,疑信尚参半。一闪果齑粉,魂魄骇且汗。入门睹灵床,遗婴事含饭。令我久枯眼,迸如涌泉散。我久别汝姊,梦寐了无见。因之牵旧肠,剜痛欲寸烂。索言慰慈母,在舌殊塞难。声悲不能毕,常语委数算。吾曹天所弃,志业败涂炭。余年终事畜,未可死忧患。子尝嗜狂药,苦口我曾谏。病来复饮酖,此意岂自拚。一棺闭视听,那闻覆杯叹。黄泉去无涯,行矣死友饯。

吴庆焘　一通

吴庆焘(1855—1929),字宽仲,湖北襄阳县(今属湖北襄阳市)人。有《篝珠仙馆诗存》等行世,今人辑有《吴庆焘集》。

第一通

剑丞仁兄吟席:新正承枉过,屡思答访,道远既恐相左,重以春寒,不出门者殆不止十日矣。属抄盆韵诗,并附叠均两首,希教之。抑有请者:敝省去年水旱灾区至五十余邑,乡人来申求为募振,交游素寡,所获绝少,尧老三百元,鄙人二百元,筱帅昆季六百元,孟蕃二百元,此外零星所集,不过两千余元。每一念及,寤寐不安。曾托伯夔致意,欲得左右稍分河润,不知已否代达。顷届春振,需款尤急,倘蒙慨捐若干,则救得一命是一命,固所祷祀以求者也。手此缕陈,敬贺春禧,希惟霁照,不尽。炯然和南。买灯日。

乙丑九月望日伯夔剑丞治具康桥居约往观菊余新
移家不克赴二君有诗索和次韵奉酬

邻墙多负浊醪盆,辟地今来又告存。已放重阳佳节过,漫寻三宿旧业痕。慕[暮]年弥觉秋容好,真赏应忘处士尊。自笑看花悭眼福,那能口福饱龙根。雪老为言,是日肴蔬俱佳。

炯然孤清初稿。

新寓昆明里艺菊数本叠前均二首

散尽戗金斗蟀盆,傅延年种幸今存。郿泉酿待觞千日,陶径锄留月一痕。苓落众香都不国,峥嵘晚节故应尊。桂馨老屋知何似,长记餐英倚树根。寒舍旧有书屋曰桂馨,今桂树闻数被军人所败。

　　故园凶焰溯刘盆，乔木风烟百一存。东道楼危荒履迹，唐山南东道楼，今为昭明台，道人某善莳菊，予家居时，重九每游燕其上。戊戌、己亥间，王季远亲家乞假旋里，两值重九，皆与登楼，置酒流连竟日。南泉草宿乱啼痕。南泉去季远家甚近，有结邻之约，未果而季远卒。骐骥有阁谁图像，翡翠无盘且侑尊。翡翠盘，菊种上品，今希见。骐骥角亦佳种，谐角为阁，聊以佐吾诗。祝尔劫灰然不死，吾甘随地转蓬根。刘盆自名刘公，后因附逆通缉，文名曰刘么。

　　炯然孤清录稿，时客金粟行庵，年七十有二。

杨毓瓒 四通

杨毓瓒(1893—1929)，字瑟君，安徽泗州(今安徽泗县)人。杨士琦侄。夏敬观《杨瑟君传》云："予与君交十余年，若昆弟。"

第一通

剑丞仁兄亲家大人鉴：得手书并张藻辰复函，具悉一一。日来消息如何？至以为念。江浙小讧即平，赣事当不足虑。去岁相聚，迄今一年，时局固无时不变，然动者自动，静者自静，兄如恒星，弟如彗孛，飞越躔轨，渺不知其所之。昨又归自宣化。向无远游之兴，必欲使历风尘，览形胜，莫测天意所在，亦不自知所以然，姑谓之饥驱可也。拙作一首寄阅，前托珸兄求赐序先君诗稿，计已察及。又《礼器碑》两册，经鉴定如何？亦祈示知。伯夑、公达久未通函，便希代致意。专复。顺颂道安。弟杨毓瓒再拜。十月廿四日。

宣化旅中作

涿鹿飞狐一望中，山川战伐古今同。风尘小吏占频巽，食宿殊方类困蒙。置卫旧城明正统，榷酤新法宋元丰。深秋塞月真如水，回首年年叹转蓬。

录寄剑丞仁兄亲家大人吟正。丙寅九月，毓瓒。

第二通

剑丞仁兄亲家大人鉴：奉惠书，并拜读大作，以婉曲之笔，摅新颖之意，先君诗集将与鸿文共垂不朽，至佩且感。《礼器碑》影本已由拔可先生寄来二十册，附上复函，请转交，并代达谢意。原本仍乞费神保存,或能明春南游相晤也。舍侄女喜期已近,想兄与珸兄必较忙碌。众异现居敝寓,有数日盘桓即返津。余再函叙。复颂道安。弟杨毓瓒再拜。十二月六日。

第三通

剑丞吾兄亲家左右:前承属寻先君手迹装册,兹检出庚子年挽许文肃诗稿三纸奉上,又湖庄诗系倩人抄写分寄亲友者,附呈一份,并希察入。弟今晚往游大连,约十日可返。余面谈。即颂道安。弟杨毓瓒再拜。十二月廿三日。

第四通

偶　成

京华旧游地,想见当年柳。世缘日驰逐,少壮渐老丑。及春未行乐,行乐复何有。不学辟谷方,相期愧吾友。

藏书本未多,所读不及半。频年徙家室,卷帙颇散乱。每念有涯生,辄作望洋叹。自非真好学,莫谓外物伴。名理徒纷然,安得一以贯。

日者遇佳客,欣共千山游。雄奇别一境,斧劈回万牛。松风作高寒,间以梨云稠。花时未易值,胜景为我留。辽海不远来,那复寻此幽。转笑太平民,安居成自囚。

访云老星浦海滨夜话

海气沉天五月凉,楼台灯火夜苍苍。可能精卫犹衔石,不待麻姑已见桑。世乱尚虚归后计,花迟留作客中香。随缘亦有蓬莱境,同听潮音意正长。

哭长女宪婉

历险得余生,失我最娇女。缘业两难知,医药独误汝。举家走南北,弱质犯寒暑。一现优钵昙,苦辛已同茹。寄棺郊外寺,魂魄成羁旅。金鹿有哀词,视昔倍凄楚。

　　辛酉哭汝母，双雏始扶床。今春见玉立，弱弟堪护将。更喜具宿慧，能使愁暂忘。成住与坏空，虽云理之常。有知集百感，不若襁褓殇。幽明或无异，泉下依重堂。吁嗟我行役，所得惟踽凉。

　　近作录奉剑丞吾兄吟正。丙寅秋日，毓瓒寄自北京。

李进崇 一通

李进崇,字彦仲,湖南湘乡(今湖南湘乡市)人。

第一通

夫子大人函丈:前寄两禀,计蒙垂览。初以沪上有事,下怀时时悬系。近闻渐次宁谧,并获晤泽生世叔,常有府报,敬询潭第安福,至为欣慰。瞬届午节,初十日又恭逢我夫子大人嵩生岳降之辰,受业不能如曩岁依侍时随承弟辈祇叩寿禧,惟诵台莱之章,祝我夫子大人福寿无极。受业托庇粗适,院中亦惟希望节关略有点缀耳。湘人避地上海者颇不少,曾重伯丈闻确已抵沪,度与师门又多倡和。左九丈闻亦至沪。并念肃禀,恭叩午禧,祇祝双寿。受业进崇谨禀。四月廿八日。

莫　棠 一通

莫棠(1865—1929),字楚孙、楚生,贵州独山(今贵州独山县)人。莫友芝侄。富藏书,有《铜井文房书跋》等行世,辑刊《巢经巢遗集》等。

第一通

剑丞先生侍史:屡陪尊酒之欢,钦挹言论之雅,倾仰无似。承询《邵氏闻见录》一则,顷检初录清本,其下注云"毛本第五卷第二行'以至大渐'云云,下有'故元祐初宰执辅母后'云云,计二页。又十六卷七叶五行'后因问其下术乎小技'云云,今皆脱"等语,不审与公所见新本何如,谨写以闻。棠徙居甫定,虽无长物,亦觉纷如,颇有昔人贫儿搬漆碗之喻。敬候著履,不尽。莫棠顿首。二月十八日。

张　謇 十五通

张謇(1853—1926)，字季直，号啬庵，江苏南通(今江苏南通市)人。有《张季子九录》等行世，今人辑有《张謇全集》。

第一通

岁阑事迫，都无好怀。献岁四日，拟邀台从与刘使君枉临一谈。容更具简，先此奉白鉴臣大公祖仁兄左右。謇顿首。

第二通

剑丞大公祖仁兄大人鉴：示悉。无论罗焕章他事何如，其为公学，不可谓不尽心。义应为之设法，公呈宜即行，但恐亦画饼耳。刘江理无不直，唯口给不若刘、陈。事非审判不能了结，了结须斩尽一切葛藤，方免后患，此亦须为维护耳。即请大安。知名不具。三月一日。

第三通

剑丞大公祖仁兄大人大鉴：示悉。从子尚未回南，回南必令一往言之。江氏感公，必不恝于公学。焕章事昨已复罗大令。所辑可不序，序不能无议论，有议论则有抑扬，抑扬则生事，不如不序之为洁。为第书端可乎？无锡陶姓冤狱，江北多有谈之者，虑为贤长官之累，故与中丞一书，其事究何如也？昨复以盛泽会事有书于中丞，知有说否？敬请大安。治弟謇顿首。三月十日。

第四通

昨扰，谢谢。今晨头班旋沪，即夜归吴。与中丞函乞转饬呈，欲公知函所云云，不至两歧。亦愿与信卿言之。莫梅城穷极，又来恳为说项，实觉可悯。此人不大了于新政，而旧德尚不缺，怀亦公，贡公便中拂拭之。此请剑兄大公祖大安。弟謇顿首。正月廿一日。

刘江氏事今日必为言之。

第五通

剑丞大公祖仁兄大人大鉴：承示所谓宜更由两公学具禀声明，愿以此项成就法政大学，于事理极合，且与平书所云亦针孔相对，至佩至佩。另助之说，顷已为刘氏来使言之，须俟舍侄回，更向说定。川沙事似罚赔亦不可少，即不必六千，赔乃畏民志之一端，否则将来之祸亦恐未能绝尽根株耳。公学董事会，弟能莅与否不能豫定。垦牧三月初二开股东会，初五、六日大生两厂董事会，须初十日左右乃暇。此复。即请大安。治弟张謇顿首。二月廿一日。

第六通

剑丞大公祖仁兄大人大鉴：刘氏案饬县立案，当可速结。与前批是否接笋为念。沪之人眈眈逐逐，可虑也。川沙、震泽事已迭见，武阳又继之，有司麻木如此，不严恐无以善自治之方也。初一日必到沪。先请大安。治弟张謇顿首。三月廿二日。

第七通

剑丞仁兄大公祖大人阁下：奉示祗悉。前途已去苏，递讯公更左右，当不致吃亏。弟刻以垦牧公司有事待理，尚须去大生分厂一行，暂难抽暇去沪，公学开会请即定期举行，毋庸俟弟矣。呈部之稿极妥，可即发。廿后拟由沪一鄂，届时公如在沪，当再诣谈。祗请台安，不具。治愚弟张謇顿首。十一月初九日。

第八通

鉴澄大公祖仁兄大人大鉴:前奉寄到呈度支部稿,即时奉答,深表同意,何缘不达? 兹事自难再缓。雷、杨肯入董事会自佳。弟十九日可至沪,一二日留,若有事,公以函示,开会未必恰合也。信卿来讯,以沪分五万,总会恐不能及,欲于未分五万中分万,而中复各得二万也。弟已答属与公密商。沪人争崇,亦大可哂。木子行为日趋于谬,亦社会之不幸矣。复请大安。治弟张謇顿首。十一月十五日。

刘江氏既捐巨资,须为安辑。前为彼言,彼亦欲领二子二女过活也。其妾经木子之陶镕,恐益难安室。

第九通

敬再启者:海门龚、刘、张、陆因河工互讼一案,其中情形可以欺长官,不可以欺乡里。今张、陆被冤勒结,风潮本未安澜,下走两造均非泛交,正欲于事已出为调停,镕销一切痕迹,使官断未平而以情平之,犹大病之余,非用良药以调理,日后复发也。抚军之批札,更是问症给药,岂能尽当? 酌盈剂虚,其在有司。刘临川忠厚长者,下走决不能袒此而抑彼,以欺长厚。请于此案勿太认真,恐本可消弭于无形,一拘泥于上批,天下从此多事。龚大令前办河工本未尽善,一波未平,而又令董率,将来万一有鼠雀之嫌,是谁使之? 鄙见不如收回成命,或风示以退之,使留鲁仲连将来地步。下走与沛公初交,不便深言,幸公切实言之。因公知我,用敢冒昧上渎,宽恕之。弟又顿首。

第十通

剑丞大公祖仁兄大人鉴:初八日函敬悉。公学会期订廿二日如何? 弟现拟十六日挈儿辈去宁,廿一日旋沪,廿二日到会,廿三日旋海门侨所。惟恐言又有牵率之事,行止迟速,不能自由耳。设有此状,临时必电闻,即不必候。复请大安。治弟张謇顿首。六月十日。

第十一通

剑丞大公祖仁兄大人大鉴:学生程朝昨来一函,会时未为交出,所责望亦有过者。谨密以奉寄,籍可觇学生心理与办事人应付之道。此请台安。治弟张謇顿首。六月廿四日。

第十二通

剑丞大公祖仁兄大人大鉴:刘江氏事闻已具呈求和,遣人来求函达公,转请抚院即日为销案。维护之法,自宜以正名分、均财产为主要。法政之说,信卿已否具禀?前曾一再函托之矣。若尚未上,须径促之,迟恐与机相左。此案既了,自宜揭晓,一面即为刘听泉奏奖,了此一事。相老愿让,而以复旦为豫科,中国公学俟从子回当令往言,证以前闻,必不子虚。此请大安。治弟謇顿首。二月十五日。

院函请饬呈。

第十三通

剑丞大公祖大人鉴:廿二日晚舟中遇李平书,忽托转致公与相伯,谓不可分其刘江氏,欲分则必出死力以争云云。此必知我与其事,而故为此言,弟漫应之。此人可谓老脸无耻,宜请中丞早定,并须与信卿计之,相伯处亦须关照。私立法政之资必为留之,否则全无下手方法。此请大安。知叩。正月廿四日。

蔡姓已到苏否?已面告之矣。

第十四通

剑丞大公祖仁兄大人惠鉴:刘江氏事,其妾求和,当可就理。惟保安日后之策,须于案中法定之,乃可永久相安也。然公欲如何支配?能早定,亦所以卫护孤寡也。此请勋安。治弟张謇顿首。十二月十一日。

第十五通

剑丞大公祖仁兄大人鉴:惠答敬悉。田言本不能十足成色,办事人则可因其言而考察耳。刘江氏事,其妾要求必有主者,极峰于此当下对证之药。早了为宜,迟则讼者更累。祇请大安。治弟张謇顿首。十二月廿四日。

金蓉镜　一通

金蓉镜(1856—1929),字甸丞,浙江嘉兴(今浙江嘉兴市)人。有《澎湖遗老集》等行世。

第一通

剑丞仁兄大人阁下:承招,极拟奉陪,但路远夜寒,年老不便,又湘公已辞,弟单独难成行,亦只好连带辞谢矣。复请冬安。弟金蓉镜顿首。

贺赞元 三通

贺赞元,字尔翊,江西永新(今江西永新县)人。

第一通

春风三月满江头,章水悠悠起暮愁。杯酒未忘天下事,孤帆老尽一年秋。偶逢阮籍作长啸,自笑仲宣惯远游。辜负西山清景好,忍随波浪泛扁舟。

壶园把臂说英雄,长剑孤灯感慨中。不共鹪莺齐上下,空嗟鹿犬逐西东。风狂似我行期误,花艳如君诗兴融。此去天涯望明月,离情书与碧邮筒。

丙申莫春,与鉴臣同年握手壶园,论谭畅甚。奈余将之汉皋,别绪匆然。鉴臣同年赠余诗一章,余不善诗句,苦于抽翰,索拙句二章,籍[借]为留别之思,伏希鉴兄削正。百拜百拜。小弟赞元顿首。

第二通

漫 兴

无端魑结衅新挑,一勺东瀛起怒潮。竹矢余风今尽改,蓝皮别样已全描。居无虎豹人偏鸷,养就螳螂气始骄。忆犯金瓯初得手,琉球一发已烟消。

纷纷羽檄召从戎,楚尾吴头市井空。尽使飞鸿归部武,居然屠狗亦英雄。编营自欲称黄冒,开壁从教斗黑风。借使凯旋应遣撤,归农何处解刀弓。

三湘子弟旧空群,不分全淮战血重。名将暮年占福命,危旗秋老变风云。山川已中膏粱[粱]毒，天子犹思汗血勤。古阵鸳鸯早消散，只今谁问戚将军。

财力东南渐不支，腹心隐患赖扶持。兵多虚伍军难核，民有饥肠吏莫知。已榷黄金摧转毂，还防白选试权宜。书成平准差无怨，不似昆明好凿池。

诸陵回首夕阳沉，鸭绿江头涕泪深。南北单于阴煽诱，东西辽广苦侵寻。关河未足羁戎马，珠玉何堪餍狄心。三十六臣言自好，太原真定恐难任。

好图魏绛入凌烟，芳饵真投海上鳣。渐使中原行赤侧，愁闻父老哭朱仙。似酉运会知何日，生女功勋绝可怜。国初收台时有生女灭鸡之谣。寄语扬鬐休便噬，淡溪中有蛰龙眠。

小孤山

千寻铁柱郁嵯峨，江右雄屏此最多。神女一灯堕云雾，飞仙三面绝藤萝。月明秋老盘孤鹜，风急天高响白鼍。举目凌波无恙在，尚书谈笑掷金戈。怀彭公雪琴。

蒜　山

孤峰雄指崖，落日润州低。西蜀英豪尽，南徐水鸟啼。奇勋开赤壁，寒翠接磨笄。此夕苍波里，风声乱鼓鼙。

通　州

水之经络天之脉，变化微茫不可求。千里黄流江尽处，一门青气海横流。乾坤渐觉金鳌动，吴蜀争降白绶柔。琅塔两峰雄踞好，南通州胜北通州。

舟由金陵直放吴淞

淘残铁锁浪千层，天堑飞来未可凭。首枕灵湖秋放鹤，尾摇申浦海吹菱。愁看白水青龙影，梦醒黄旗紫气蒸。万里东南通橘柚，由来江表系衰兴。

挈红蓝缕今回首，头白丹阳晚建牙。半壁祥云遮海鸟，三吴锦旆簇龙蛇。纶巾自岸青溪月，彩笔难题白下花。从古功名争采石，书生遗恨满天涯。

大沽口戒严

东经马石青泥远,北望渔阳上谷高。沙水回环天意曲,旌旗合沓圣心劳。渴芒斜睨占星象,黄钺专征仗汝曹。千里金城何处是,乾坤西向首频搔。议者以京师密迩外寇,请迁西安。祖宗龙兴之地,未可轻离,与历代事势恐有不合。

题四忆堂集

陈李雄文局已残,陈子龙、李旻。乾坤破碎复登坛。歌生易水商声满,剑拂秋旻曙色寒。老桂疏梅容落漠,红猩苍犹总艰难。遗编草草英雄劫,犹作清流姓氏看。

百草凄凉见六朝,芙蓉江上月华消。美人已殉桃花血,公子犹攀绿柳条。补石由来天梦梦,种瓜归去雨潇潇。头颅三十无多白,一曲韩娥咽暮潮。

南服风烟剩一亭,呕心文字剧无灵。冲开河汉妖芒紫,泣尽蛟龙胆气腥。四海几人还缟素,百年孤愤角丹青。杜陵常是吞声哭,千载吟魂付渺冥。

无家祖考恕佯狂,几日南冠望故乡。鹦鹉双杯能变化,杜鹃千里故苍黄。高班蓝面悲黔督,小队红妆吊福王。此日梁园留一集,海棠何事不能香。

舟中望皖城

江到晋州清,人从一镜行。杨槎春草绿,百子乱山横。霞影连孤塔,乡心误灌城。浔阳城中亦有一塔,与此略同。涪翁今不作,山谷曾为舒州守。挂席更南征。

五月五日在夷陵吊三闾

水气浮舟欲渡河,晚风吹软夕阳波。一条雪浪竞旗鼓,千古芷兰怨女萝。堪叹贾生虚洒泪,为怜宋玉续长歌。汨罗夜冷魂应返,直泝归州吊素娥。

过汨罗投诗

楚路高歌万古留,笛声咽断橹声幽。鸟逢蜀帝应啼恨,水入汨罗讵解愁。上国狐疑天下误,中原逐鹿老臣忧。惟将斑竹千层泪,并作潇湘百转流。

夷陵三游洞

树冷岩扉绿荫连,巴山夜雨涌飞泉。惟逢鲁直同题句,可要洪崖再拍肩。日月无心逋岭外,山灵为我证仙缘。不须泛作桃源意,尽日清溪别有天。

丹梯百尺挂渔舟,露冷清泉五月秋。洞中有甘露泉。日影不来人影至,啸声欲断溪声流。数行古字镵碑腹,一片微云出石头。兴尽游仙怀往事,后来谁忆白江州。

与黄雨岩同年言三十后事因感赋

孤灯同说卅年后,万事未忘十载前。百战江河收将骨,千秋墓草尽人怜。青山不去存明月,白发容余啸钓船。何日高阳寻旧侣,与君共醉落花天。

登黄鹄矶怀故址

江夏汉阳一掌中,仙人去后老僧童。云霄半夜疑飞鹤,沙草千年尚化虫。不见楼台风雨满,高怀明月笛声空。丁令若有重来梦,应向江城泣玉枕。

游东山寺四首

杖策来天外,清风枕石头。西南通楚域,东山有高楼。蜀嶂千层拥,巴江万转流。何当携铁笛,吹破暮窗幽。

古寺余残火,岑楼眺晚晴。云从阴洞出,树向远村明。天马来西极,鸡笼逼太清。对面有鸡笼山。葛仙呼不起,隔河有葛道山,洪修仙于此。惆怅峡州城。

山色图画里,江城一望平。斜溪冲岸脚,盲鸟坠阶荣。日落依深柳,烟荒蔽暮茔。高怀吹不尽,长啸答猿声。

北陇千年树,西陵万里船。帆樯归疾眼,星斗落长川。不夜逢山鬼,因风想杜鹃。骚人惟有恨,把酒问青天。

自三游洞返舟中吟

落日扁舟里,清风月近城。天中来鸟道,洞外得泉声。远渚砧鸣急,诸峰剑削成。胜游元白后,题句答山精。

别彝陵

行节初逢夏,巴山尽有花。江河通楚塞,别绪压天涯。夜月临孤渡,悲风入暮笳。扁舟万里客,日夕未忘家。

五月五日观龙舟卧舟中吟二十字

孤舟天地阔,落日东风酸。千古龙舟渡,剩残一梦完。

渡洞庭得二十字

近水连云白,远峰夹岸青。风帆天外有,残梦落洞庭。

弟赞元稿。

第三通

游汉上琴台歌

去年春花老,奔走长安道。今年春水清,扣舷汉阳城。城外高楼角声幽,感怀胜迹客心愁。晴川古树犹照月,汉上琴台几经秋。秋月春风已千年,汉江日夜鸣溅溅。晚来领取流泉响,如听琤淙绕七弦。七弦当日奏流水,心赏指挥苔紫里。钟生一去知音稀,珠柱无颜眠绿绮。岁月已非山川古,两岸阛阓盛歌舞。管弦惟识逐新声,玉轸谁能追旧谱。一朝海内多烽垒,雕阑彩树经残毁。鹦鹉洲前满平芜,黄鹤矶上空台址。斯台不朽得幽趣,亭阁新葺足留驻。骚雅多为后世铭,山灵偏向乱时护。山径迷濛余夕照,一挥五弦成绝调。庾亮南楼侈登临,枉将诗句供吟啸。黄祖何曾能好士,祢衡竟为江夏死。古玉无人和阳春,曲高难洗筝筝耳。我来斯地倍长叹,山水含愁夜虫酸。只今共忆湘灵瑟,不须重向伯牙弹。湖水清浅荡兰鹢,樵歌罢唱杜鹃寂。归来月上满前湾,隔岭何人吹玉笛。

适盦呈稿。

吴俊卿 六通

吴俊卿（1844—1927），字昌硕，号缶庐、苦铁等，浙江安吉（今浙江安吉县）人。以书画篆刻名世，有《缶庐诗》等行世。

第一通

失迓歉甚。《元盖副草》印本尚精，原书亦收到。唯签须重印。实获我心，感甚感甚。不知其何日车书来，便中示知，以便酬款以待。画十二片奉鉴，只能石印，不能刻用，因生平不能作工笔也。剑臣先生鉴。缶庐顿首。

第二通

惠润谢谢。《元盖副草》奉去，只须签条重印便佳。伊联吴石泉已印过，人皆有之，可弗多此一举矣。复颂剑翁箸福。缶庐顿首。
夏大人。

第三通

老眼寻花孰与春，况逢沧海正扬尘。自娱活计鱼跳壑，便着儒衣鸟识人。醒酒更随诗跌宕，送凉唯仗月精神。商量好梦争奇特，五岳三山跨一身。
敬和映闇先生春字均，乞指正。吴俊卿草稿。

第四通

楼吞沧海潮呜咽，竹扫黄尘径浅深。铭井秋泉流滑滑，勒崖古隶气森森。屐犹未折围棋劫,菜果能肥抱瓮心。天籁和诗吾却步,漫劳荣启一张琴。

海藏楼赠太夷。苦铁。

第五通

雨浥红尘眼界宽,衰年且试北风寒。场空鹿去供胡舞,苔老蜗游作篆看。八口浮家荒芋栗,一秋抱节画琅玕。陶潜止酒诗何苦,沧海如杯合饮干。雨后。

秋权摧物有寒色,老眼看云无好姿。石喜禅通尘不染,骚难天问路何歧。饮醇撰梦商游迹,畜艾医穷坐病痴。浊世诙谐谁解得,不师曼倩亦豪厘。秋权。

书成活计求今日,饼说家风异昔时。空谷萝牵青未了,寥天云过白谁知。笔难骇俗谈觚老,石肯多情卧碧痴。莫把深杯酬世变,黄花篱畔旧丰姿。书成。

潮声如打暮天钟,菊影凋残坐孟冬。泪比听猿逢杜甫,欢徒回马说玄宗。义熙年纪诗尘箧,顾渚茶烹梦剪淞。侠骨稜稜谁倚汝,宝刀鸣处合书锋。感兴。

髯疏莫笑旧参军,斯相扶轮籀策勋。金石寰中谈可拾,诗书剑外卷无闻。心随云懒跏趺衲,语或雷同急就文。老菊南山村左右,问谁移我意殷殷。菊问。

剑丞先生属录近诗,涂抹请正,若蒙笔削,心感靡已。即颂箸安。缶庐顿首。十月朔。

第六通

十二月十八日李伯勤招消寒之饮

宰相才非率尔觚,奚烦芋熟领跏趺。道无老子常何碍,海不麻姑见亦枯。天步艰难云浩荡,谷神游戏麦模糊。可怜明日坡生日,一鹤南飞看有无。

剑臣先生正之。聋录近作。

附　录

挽吴仓硕

一纸生前价已高,平生温饱出挥毫。酸咸癖疾邓顽伯,落拓才名张问陶。诗卷编年续天目,印文搜古辨成皋。神奇所在无规矩,风气之余判野骚。自有不投时好在,故应更得大年褒。危楼今后重呼酒,腹痛难题九日糕。

曾 熙 三通

曾熙(1851—1930),字子缉,号农髯,湖南衡阳(今湖南衡阳县)人。长于书法。

第一通

帖去后,适得瓶弟来书,称初九自为主人舍间之约,即改初十一钟。幸驾蚤临,无任盼念。剑丞先生。熙顿首。初七灯下。

第二通

剑翁阁下:前日快谈至乐,阁下所云景宋廿四史便宜,究尚须若干?是否二百四十余。乞便复。此询近佳。熙顿首。三月廿六。

第三通

顷得大简,并赙谦丈洋六十五元,当汇寄,并以原函寄去,先代致谢。即颂剑翁日祺。熙顿首。二月十六日。

王秉恩 十一通

王秉恩(1845—1928),字雪澂、息存等,四川华阳(今属四川成都市)人。有《息尘庵诗稿》《王雪澂日记》等存世。

第一通

映庵仁兄世大人惠鉴:昨承复简,并收到《石渠宝笈》一部、《涵芬楼》第五集一函,费心,感谢之至。适有腹疾,未即作答,不罪不罪。承询邵钟拓册,并无重分,敝藏乃潘文勤精拓与杨幼云者。又有陈簠斋十三钟、范子年秦量九种,子年题识均极精确,爱不忍释,凉时枉过同赏,何如?《云麓漫钞》别下斋本十五卷,有石印,尚不难得。前年曾见一钞本,凡二十二卷,比刻本多数卷,昂价未购,闻为邓秋枚所得。沈校《玉照新志》,乃丁氏绝精之书,江南图书馆可以到馆钞校。弟曾抄《青琐高议》《马石田集》,二角一千字,字甚工,价亦不昂,讹误尚少。顷得洪幼琴来书,现禁传抄矣。近有督察清理之人,与弟世交,尚可托之也。宋元人小说杂家精抄校本,不数数觏也。近见国初无名氏所著《吴城日记》三册,纪顺治二年苏州乱事,多未经见之事,从未刊行,似可刊诸《秘笈》。约五六十叶,的是旧钞,有笋盦、瓶庐题识印记,柳蓉村交阅。尚未议价,不过数十番,如欲浏览,可以送上。《秘笈》前四集未购,附上《石渠宝笈》价十二元,祈代付为荷。此复。即请撰安。世愚弟秉恩顿首。中元日。

菊翁先生祈代候,未另。

第二通

　　手笺具悉。《北户录》《剧谈录》收到。弟两月以来，久不出门矣。昨从林之生兄处假得《矶园稗史》一册，浏览一过，于明朝遗事多有未见者，如校其显然舛误付梓，亦可裨《秘笈》之一也。又前交之《西溪丛语》，其所校未注何人，虽有跋尾可证，究嫌笼统，曾经阁下研究询问，弟亦未能实证所出，心殊未惬。后闻京师翰文斋小韩有黄荛夫校本，鄂友徐行可录副，顷始假来，披阅之余，甚为欣快。始知拙书所录，所录均已标明。吴校钱校，并荛夫之跋，较敝本为详。亟奉台鉴，以祛疑发矇，想阁下亦必称快也。阅后仍请发还为荷。宋元十三种已发行否？共须直若干？示悉。《秘笈》第八函出书否？九集又得若干种？统希示复。专答。即颂剑丞仁兄世大人箸祺。弟功秉恩顿首。

　　彊公昨日已旋。

第三通

　　剑丞仁兄世大人惠鉴：宋人小说七种，承菊公见惠，并读大箸各跋，精审无伦，豁蒙去惑，敬佩之至。书式古雅，驾知不足斋而上，尤为欣快。目后《归田录》复经购得，惟《梁溪漫志》有价目无书，不识何故。又闻奂彬云，《四库丛刊》目又有改订之举。如有另目，尚望见赐，此中各书印成若干种，亟须购阅。又闻沅叔来，已将《北山录》付印，确否？此书系弟同里僧人撰著，聘三同里僧人音义。尤令忭舞。不知何时可以出书？邵位西先生书目闻在贵馆发售预约券，昨往取样本，因仅一册，殊怅。如有一册，可暂假一阅何如？又闻钱冲甫云，钱南园马图六幅照片，亦由贵馆以珂罗版印靮成册，不知已成书否？琐琐奉渎清神，殊抱不安。拟请阁下作书介绍贵馆发行所主任某君仵，弟有所询访各事，直接交涉，以免时时烦扰阁下，尤感。专此缕陈，即请箸安。世小弟功秉恩顿首。旧十月十一日。

菊公同此敬候,未另。

第四通

两次分金五元奉上,祈察收是荷。涵芬第六、七、八集闻菊公均已成书,何日可取?并复。此复映庵仁兄世先生侍史。弟恩顿首。

第五通

剑丞仁兄世大人惠鉴:久未奉教,慊慊。日昨晤菊生先生,知《愙斋集古录》已将出书,昨往取未值,兹将致菊公函、币祈阁下代为转交。琐渎清神,容晤谢,不尽。专上。即请箸安。世愚弟秉恩顿首。十月初四日。

附致菊函祈察入。

第六通

映盦仁兄世大人阁下:顷奉手毕,具悉。夷傲昨晤,拟托带信未果,以致误传。舍侄信来,云前所说之价,系得之津行,可比往官书处问,始知该书只有白纸价,定六十五元,并无折扣,并将书目寄来。弟以前闻阁下云,此间亦只须六十余元,如此书尚可在沪买,较为省事。因将舍侄来信并书目一并交邮局奉上,初九夕。不知何以尚未寄到。弟并附笺,请阁下决定买否,以便复舍侄信照办。据舍侄信,所有兄信亦尚未收到,收到即□款购寄等语。此复。即请台安。弟恩顿首。四月十一日。

第七通

映盦仁兄世大人阁下:顷聆雅教甚慰。舍侄来信云,王刊《全上古文》本宅垂售尽,余有白纸一部,需五十元,似比此间稍贵,惟系白纸耳。如需购,兑银去即可由鄂寄沪,交敝寓收付兑款。如由商务印书馆拨去,可省兑费,只将付款信交弟寄鄂即行也。专上,敬请箸安。

弟功秉恩顿首。三月初五日。

再，胡宗武昨到敝寓谈及钞校书事，贵馆已托伊钞沈校《玉照新志》矣，何不派人到馆校勘，作一记刊行耶？弟又拜。

第八通

剑丞仁兄世大人史席：前承允在沪付价取《百衲通鉴》，系买预约券，乃特价。到馆取书，不肯通融，谓阁下未与接洽，且言未盖京中分销图书，恐将来胶葛云云。在京取与在沪取，本无出入，特省般［搬］运之烦而已。可否费神作书，此书交敝处。与发行所主任商办，以便往取，祈酌示为盼。昨闻鲁彤云，《四部丛刊》中《孟子》已印出，价九元。何日出书？并示，以便往购。孙君已回馆否？《秘笈》第九集目如定，亦望及之。宋说部有几种可购？盼复。专此。即请箸安。世愚弟功秉恩顿首。七月初四日。

菊公先生并候，未另。

第九通

映庵仁兄世大人阁下：久未晤教，极念。《王荆公集》已出书否？顷得楚生兄书，云李撝臣世兄有函致贵馆，言《大观录》一书业已钞补完全，拟由贵馆印行，未识尊处意旨如何？此书东粤所得，向无刊本，较卞令誉《书画考》为优，如能印行，必可畅销也。行否祈见复。专上。即请箸安。世愚弟秉恩顿首。十月十九日。

再，欧战停后，所有钨矿不知尚能行销否？友人业此者函来相询，因思夏间拔可见令弟及李译琴先生维格均有收买之事，望为一询，并近日价直详告，至盼。再颂撰福。弟又拜。

第十通

剑丞仁兄世大人惠鉴：顷奉复笺，悉切。楚翁寓惠中楼麦家圈。上三十六号，日内尚不即回也，书目可径送尤妙。邵钟留观，暂不割爱也。复颂箸福。世愚弟功恩顿首。

　　闻艺老云，尧圃题跋已交贵处发行，何日出书？拟购一部，何如？

第十一通

　　示悉。《吴城日记》收到，其价度亦不过如此，容购定再复。又有《虚堂手镜》，皆选经史载籍。长者言事，甚可以敦薄俗，请鉴之，亦柳书之一也。丁书沅叔未见，甚怪。此复。即请映庵仁兄世大人晚安。弟恩顿首。廿一日。

曾广钧 五通

曾广钧（1866—1929），字重伯，号般庵，湖南湘乡（今湖南双峰县）人。有《环天室古近体诗类选》《环天室诗外集》等行世。

第一通

避地至浙连日游西湖山水巽初潜修昆玉叔苆剑丞两厅长及彦仲选亭两明府各以盛馔见饷谈宴致乐忽眷属抵沪贻书催返赋此言别志谢并贻任尹兰秋佩苍章甫寅秋诸君子

燕人不信聊城箭，线上操戈箧中辩。欲守不守良可原，欲行不行复何恋。清颍浊颍话黄鹄，长亭短亭起饥燕。凛凛长沙百万家，南风已逼蒲葵扇。河上奔亡万甲兵，马前狼藉千钗钏。拥肿支离隔朝宴，直以虚名召缯缳。试向楢溪访郑虔，何曾米价询王掾。犹背盟言赌咒河，难期雅素回心苑。萧然玉貌出围城，劣上金轮走征传。北胜南强何足言，吴山越水旧因缘。莺啼绿映几千里，鹏际青归廿二年。再到名山新领略，他州楚客小团圆。笔扛夏育饕文鼎，诗重陶公精卫篇。秦为大椿宜盼念，丁因城郭合潸然。建牙仍世杨滩李，入洛双南卧雪袁。余子英英皆秀发，凤毛一一致缠绵。高情灵隐千山翠，剧饮西泠万斛泉。泉遣人心知冷暖，山教世路经夷险。桃叶惊闻打桨来，杨花从此多拘检。半夏初生燕子飞，定巢寄语商量软。故衣当补新当绽，缁尘十丈天机浅。黛色金光空尔为，羁情归思车轮转。浮生树下已三宿，好景花前才一点。愿化红襟告伯劳，几家情重珠帘卷。

般葊留稿。

第二通

次韵映庵见赠

棘门霸上皆儿戏,细柳英英肯牛骥。委梁气已夺常山,收京殆欲焚天智。利如石头不得泊,娇似汉宫有所避。虽非南仲铸无专,或者东风将受吏。旅食京华侣太初,交口人门宜两地。犹置先生五升米,更骋历阶三尺喙。乙部当年数唐圣,稗官近者标汉帜。犀角论交东不訾,蛾眉合让南之畏。颇闻朱墨疲簿领,复道丹黄困都试。我昨泛舟湖上山,置酒相呼水边寺。湿灰可见吾其霸,乾腊得名还有记。且末投赠琅玕青,奇觚名字鸳鸯翠。伤心不见儿皇帝,藏书卖到母昭裔。伯夷盗蹠将无同,屈到文王偶殊嗜。连朝赵李恣经过,岂以姬姜弃憔瘁。幸抱七猪逃吏侵,更挥两犬监天醉。楚士由来曳落何,莱妻颇称苏陀利。有酒偏无赵州土,登楼且吃元修菜。广衢如水走烧车,钟岱不须夸齿至。竟陵主客几家诗,一一夜珠穿亥既。

伋安呈稿。

次韵天放薲庵宅观柘枝同瓶斋薲庵

花下莺边近愧迟,说吴让翟远惭飔。乡关下杜张文纪,水墨西湖李伯时。白发髯鬐犹对酒,青春寥落想缘诗。柘枝晴鼓颜如玉,已有长篇在柳枝。

海楼裙屐盛招邀,一曲清歌一匹绡。带雨梨花敲拍眼,舞春荆玉反尺腰。银鬘作脍音先好,铁马如龙气不骄。同为竟陵图主客,中兴间气属殷遥。

伋再。

第三通

藕然帝网脱修罗,欲界清都奈此何。嘶骑不来闲锦垮,以春赛故,是日园中无香车宝马。惊鸿相对有横波。覆人藤蔓青为盖,卷地蘅芜翠作窠。一种濠梁行识异,湖云如墨隔牵萝。同散原、映厂、瓶斋、薲厂游法公园。

　　扫地家家瓜蔓，肝人处处春磨。弹我何为野鹤，四维尽矣苍鹅。

　　江海相逢悲喜，关河沉命存亡。甘草虽然脱险，苦桃知落何乡。

　　醉我一丘一壑，谢君三沐三薰。亭子玲珑粉槛，花塍小幅回文。

　　愁阵借花减损，惊魂托酒呼回。愿荷刘伶短锸，不陪王奂长斋。

映厂招我映园，纪事奉主人并倦知翁、瓶斋、散原、覆厂、寿丞诸公。

　　环天。

第四通

　　南飞乌鹊横江夜，东下龙骧破浪来。枕藉苻离三十万，魏公惟有息如雷。

　　鸡鸣四合楚人多，紫气曾包老鹳河。六十年来兴废地，又教元帅抚铜驼。

　　初生犊子真堪爱，辞死山鸡尚未休。究竟不知华藏海，伤心何止景夜楼。

　　乾坤有废方知易，众口如川岂可封。不逐范增求楚后，略如潘美报柴宗。

　　面如雄氏中央色，眼作桓温紫石棱。一别八年增异表，真从辛苦得謇腾。

　　当君虎困龙疲日，是我鹑居觳饮时。钟会不容嵇叔夜，陶公绝重庾元规。

第五通

　　淮左废池红药，寿阳草色青袍。何似鲛人亭馆，万花争舞鸡翘。

　　高蔓铜柯晦景，小荷璧沼浮香。茅榭乌皮隐几，平芜绿绣笙囊。

　　不待黄鹂三请，偷随白鹭重来。满眼玉鱼金碗，惊心宝相莲台。

　　濠濮超然欲界，沧桑幻出烟霞。但得羲融一晌，不妨游子无家。

同游沙发园，写呈映厂先生。环中。

附　录

　　别我书扇诗，伤哉成绝笔。逝殁竟相寻，吾友遂长毕。骤病讵当死，起死医无术。靡驾向帝渚，夺命胡剽疾。功高国寡荫，廉吏后行乞。君尤患才多，一生坐穷窒。临老获水田，收获宁可必。岂似成都桑，尚从禄赐出。黠邻犹健讼，攘夺到春枏。牵率死田舍，乏救真冤屈。便便百家笥，记问谁能匹。吾曹友多闻，迩更过从密。临分缺饮饯，诀去曾几日。椎心闻讣告，沉痛非吾昵。哭曾重伯。

陈三立　六十四通

陈三立(1853—1937)，字伯严，号散原，江西义宁(今江西修水县)人。有《散原精舍诗》《散原精舍文集》等行世，今人辑有《散原精舍诗文集》。

第一通

斡臣太守兄见示元旦颂春辞，次韵奉酬，录乞哂教。

别墨虬九流，微管尸一匡。包缠释孔怀，孰躏其中藏。大造怒设施，爝若万努张。机阱幻华屋，蔼蔼调笙簧。蓬发尔何人，跳掷偏傀场。涕洒擘荒冥，腾身据中央。手摘海王星，环顾非我乡。蹴落黑弹丸，遂圻东西洋。其间富怪物，种族稊米量。吐沫浮金银，晃曜难具详。天池九万里，安得从徜徉。群儿拍掌噪，我有剑在床。藐彼万丑类，攫之为嫔嫱。次第挂鲸牙，盲风挟泱泱。大陆化鱼鳖，当道犹豺狼。元辰豁雪晴，兀坐听煮汤。递君颂春作，泣下反数行。正眼不忍视，愤闷扪杯浆。伟哉民学说，虔祷扬馨香。掇报倍谲辞，劣臆同栖皇。

三立稿。①

第二通

剑丞仁兄世大人执事：小聚旋别，忻怅如何。日间想安抵局所，

---

① 此诗柬作于光绪二十九年(1903)正月初。夏敬观颂春之作，《忍古楼诗》中未载。

尽持筹握算、利析牛毛之能事矣。黄舍亲书来，颇诉愁困，然蔗味回甘，知执事终有以慰其羁旅也。兹有告者：罗二达衡久羁沪上，须毛总办至，乃可望光复旧物，但究非本省候补人员，得陇望蜀，诸多滞碍。今已决计改省江苏，需费在千金左右，除自行筹备外，坚属仆为张罗四百金。念兹事于渠生计颇有关系，惟不能向泛悠之人张口及此，日来只与云秋、次申、恪士商之，皆允各假百金，余数虽微，尚无所出。若得执事再以百金相假，则此举成矣。无如执事莅差伊始，百孔千创，骤用相苦，实为不情，为之奈何？抑执事别有可通融之处，先为挪移，俟达衡景况稍优，即取以偿抵，亦曲全之一策也。诸乞鉴酌，是荷是祷。仆日内拟还南昌一行，倚装布悃，敬颂筹安，不一一。世小弟三立顿首。九月三日。[①]

达衡寓上海桂墅。如有回示，即径寄达衡亦可。

第三通

饮青溪画舫呈剑丞诗家

连堑晴岚光景殊，束腰带水写银盂。眠烟单舸鱼浮镜，射岸疏灯蚌弄珠。笠屐俊游逢梦寐，酒坐有姚寿慈观察。郊原新鬼隔歌呼。谓次申新逝。群雏那解荒唐语，兀兀倾觞著老夫。

三立。[②]

第四通

除日祭诗之作和剑丞道兄

奎蹄缘蠕蠕，不避焃沃灭。棘丛飞翻翻，不戒网罟设。寰壤虱万

---

① 此书作于光绪二十九年(1903)九月三日。是年八月，夏敬观赴海门榷税，即书中"持筹握算、利析牛毛""莅差伊始"所指。

② 此诗柬作于光绪三十二年(1906)闰四月末、五月初。时陈三立自保定新归，夏敬观适在南京。

生,尽促晨鸡别。荒运割片岁,其变固已烈。四张麒麟楦,辉我炎黄国。宪法颇萌芽,合彼海裔辙。徒以资汹汹,云电赌一掷。吾衰泛江湖,向人有瘖舌。刺取剩余景,咀嚼吐楮墨。且哦且自羞,么禽啾微雪。归旋收视听,蛇尾亦藏穴。瞥君祭诗作,哀锵解冰铁。使我缕缕气,化作蜃楼结。云龙逐东野,古泪共谁咽。好扶日月回,划照心头血。

三立。

大诗得孟公神骨,骤和一章,效颦可笑也,正削是荷。立附及。[①]

第五通

除 夕

看残赋芋偷桃局,并入烧灯拨酝时。万市沈沈喧羯鼓,九霄袅袅影龙旗。老怀真觉黄农没,遗行犹堪道路知。起拂星辰梅蕊白,烹茶煮饼我为谁。

元 日

园中直草木,暖暖上朝暾。鹊语含春脆,蜗涎篆砌温。重言思易世,九辨莫寻源。墙外盛车骑,空闻箛吹翻。

雪夜剑丞过话示新诗

雪屋春灯两幽绝,哦对寒丛称懒拙。肯屏骑从就我谈,纵横万象光明灭。岁月峥嵘酒入唇,案上更惊诗句新。借问今世为何世,始觉今人到古人。

三立。[②]

---

① 此诗柬作于光绪三十二年(1906)岁末、三十三年(1907)岁初。夏敬观《除日祭诗呈伯严》见《忍古楼诗》卷一,为光绪三十二年除日之作。

② 此诗柬作于光绪三十三年(1907)正月初。夏敬观约于是年正月初五日雪夜过访陈三立。

第六通

剑丞仁兄世大人左右：别且一月，维侍奉万福。仆近病足，艰于步履，刘云老两电相招，苦不能赴也。然病中反赖以稍了文债，季廉墓表亦草就，不能工，聊抒私抱而已。兹录稿呈教，并请严又老削正其不合为幸。小儿寅恪买书须钱，汇寄恐太缓，恳公先垫交四十元，此款即兑寄尊处也。匆匆。惟葆卫。三立顿首。八月十日。①

舒堪兄均此致意。

第七通

纪哀答剑丞见寄时将还西山展墓

两宫隔夕弃臣民，地变天荒纪戊申。万古奔腾成创局，五洲震动欲归仁。月中犹暖山河影，剑底难为傀儡身。烦念九原孤愤在，忍看宿草碧燐新。

三立稿。②

第八通

新诗意格清浑，颇近简斋，率和一首，呈哂教。肯堂稿已收到。剑丞世仁兄新福。三立顿首。人日。③

近与樊山唱和之作颇不少，聊录上《除夕》《元旦》二篇。

---

① 此书作于光绪三十四年（1908）八月十日。是年陈三立撰成熊季廉墓表。

② 此诗柬作于光绪三十四年（1908）十一月。光绪、慈禧相继弃世于光绪三十四年十月二十一、二十二日；陈三立赴西山扫墓，事在十一月二十三日前后。

③ 此书作于宣统元年（1909）正月初七日。"率和一首"即《人日和剑丞沪居见寄》，为宣统元年之作。

人日和酬剑丞海上见寄

柳围雪了罢摇尘,晴嶂浮山欲动春。正自深杯写长恨,又移盛世作畸人。海涛飞梦初怀旧,天意昌诗觉有神。一舸青溪久延伫,待抛金弹听莺新。

三立。

光绪三十四年除夕

梦寐余今夕,佯狂更异乡。卜年成痛定,微尚待天昌。雷影冰围烛,盆枝雪孕香。一尊吾自照,撒手到羲皇。

宣统元年元旦园居作

荡荡晴霄万鹊呼,园株压雪尚模糊。千街箫鼓噤余响,四壁河山拂旧图。天降黄龙应纪瑞,世推赤舄可同符。腐儒据席稽皇极,不数垓埏赐大酺。

三立写寄。

第九通

拙稿计已交海藏。约何时选毕?届期再以弟七本奉寄。此月内只成半山亭集一首,殊无兴致。公增新作否?闻严又翁寿海藏诗极佳,如未北行,能索稿寄读否?盖亦欲效为之耳。立又顿首。[①]

第十通

剑丞世仁兄有道:奉示及海藏序稿均读悉。近公在苏,只得一纸,所谓属送樊山诗函者竟未到,殊可怪也。海藏于拙诗仅删十余首,则非精选可知。鄙意自辛巳起至戊申止,均为光绪时代,似可名为江介八年诗;若加入今岁之作,或称江介九年诗,何如?尚有一本系杂录去秋至今夏所得者,容不日专人迎六儿时带上,请再交海藏续

---

① 此书作于宣统元年(1909)三月。"严又翁寿海藏诗"即严复《苏堪五十初度》,宣统元年作;是年"半山亭集一首",即《三月十三日陶斋尚书集半山亭看雨》。

选,并与商定付印办法。拟不分卷数,如订为两本,则别以卷上卷下,可否如此,并裁酌。宛陵诗稿善余不能借出,缪筱翁所藏拟他日向假,已与渠言之。局面又变,公能一来否耶? 匆匆不尽。三立顿首。十三。①

第十一通

剑丞世仁兄有道:前覆一书计达览。兹由小价带呈拙作最后本,请转交海藏。选至去年为止,似较妥也。定名、款式另纸开列,二者宜何所取,并乞与海藏诸君为我决之。如付排印,最须防讹谬,即海藏楼本犹不免有错字,则校对之人极当留意。至工本若干,亦望示知,不欲偏累公等也。匆颂台安,不一一。三立顿首。十七夕。②

散原精舍诗

江介八年集起光绪辛丑讫戊申

义宁陈三立

又一式

江介八年诗 起光绪辛丑讫戊申

义宁陈三立

第十二通

剑丞仁兄世大人执事:君署提学,他无足道,惟与梅庵遥遥相映,一诗家,一书家,又相映,颇觉有趣也。毛布政事出意外,从此财政监

---

① 此书作于宣统元年(1909),似在五月十三日。是年四月三十日,郑孝胥始撰《散原精舍诗序》,署"宣统元年五月",则此书似应作于五月十三日。"辛巳"应是"辛丑"之笔误。

② 此书作于宣统元年(1909)五月。应是接续上通之作,上通既云"不日",则此或即在五月十七日。

理益横行天下矣。在此公实不宜于今世，得遂初服，亦称甚幸。但其亏负尚多，恐不免有饥寒之患耳。章西庚案粗拟结，亟思乘势开复处分，亦是人情，特乞转商左四丈，可否法外推原，曲予宽贷？渠所拟稿及钞件并上，拟作有照得字样，虽可笑，考所述情节，似尚非无理取闹。左四丈如于此等无足重轻之员使获顶戴荣身，借谋衣食，亦阴德事也。惟君为代致区区，至感至感。小儿寅恪拟十八九日放洋往德留学，与王旭翁世兄同行。仆数日后须一赴沪，为料理寄费等事。惜君不及至沪，仆又不暇至苏，畅叙无由耳。匆草布恳，即颂大喜，不一一。三立顿首。冬月初九日。①

第十三通

剑丞仁兄世大人执事：久不通问，得书甚慰。《东坡七集》宣纸本早已售尽，仆屡向艺风索取，尚不能得，应候其明岁由都还再印，始可再索也。仆久不作文，心如废井。近兼劝业场游客络绎牵率，又督署事亦时时须一应付，竟无从容闲暇之日力。以故急须酬了之文债十余篇，皆不能践诺，诚有如曾文正所谓"外惭清议，内疚神明"者。古愚所属，上年本托胡梓方代拟一首，因不甚洽意，遂搁置未寄。今数日内复须往西山扫墓，兼趁皓如未归营葬事之前一商路事，更不及把笔矣。千万转致古愚，有乖盛意，极为疚歉。如必获一文为寿，则庶三方居里，其文笔亦雅畅，盍转一丐之乎？拙稿数百部已为人索取将尽，尚多无以应，请速告子言，将沪店所存扣留百部或五六十部勿售，取以寄我，至要至要。已得子言书及诗草，容再作答。其世兄电报差，前途已允留之矣。匆匆。复颂箸安，不一一。三立顿首。十一月

---

① 此书作于宣统元年（1909）十一月九日。是年十一月夏敬观署江苏提学使，护理陕甘总督"毛布政"（毛庆蕃）因财政监理奏劾而罢职亦在是月。是年十一月十九日，陈三立于沪上送别陈寅恪赴德留学。

初二日。①

第十四通

映庵出示与赵尧生胡铁华杨昀谷唱酬之作次韵书其后

海云垂屋苍鹰过,仰面秃翁真计左。孱躯亦杂疮痍一,只应受吊
不受贺。忧来端恐幻千劫,鳌柱倾折鸿濛破。化城醇俗有根柢,尤痛
竖儒拾遗唾。扬旗鸣角姑置之,肯从夷市授吟课。踏园春献梅百株,
行野影卧篁万个。羁人三四罢寻赏,截句诘盘偎冷锉。眉山双井嬗
法乳。赵、胡四川人,杨、夏江西人。此事顿渐别上坐。各摅穷抱诉冥
漠,更飞逸兴忘坎坷。我展硾笺倚墙柳,新蘡正待嫩晴作。不舍细字
如牛毛,欲借高名压驴驮。杨生空囊偏屡徙,纵许逃诗那逃饿。小车
争撼戾虹园,昀谷移居戾虹园。轹釜声中强叠和。

三立。②

第十五通

和太夷过义袋角映庵新居

匡山五爪樟,崛挺阅千岁。亦有到天藤,蒙笼挂猿狙。谁谓开先
刹,负趋掷海市。藤施百尺阴,樟量十围大。余木列数百,柯叶交青
翠。日气蓄澹薄,月色漏破碎。场篱环河流,绕足听鼓枻。音响落荒
寒,形影斗魑魅。吾侪丁穷屯,宁问孰先毙。一息谢天伐,入林此把
臂。瘿树坐窅然,至德始遗世。光景袭沉沉,睡味滋肝肺。莎径引喋
吟,瞑㗫与摇曳。

---

　　①　此书作于宣统二年(1910)十一月初二日。《东坡七集》为缪荃孙受端
方所托校印,据其日记,印成在宣统二年。缪氏于宣统二年十月入京,次年三月
二十五日归至南京家中。

　　②　此诗柬作于民国元年壬子(1912)四月。夏敬观唱和之作三首,见《忍
古楼诗》卷四,其次和之作有"清明初届三月过"之句。

癸丑正月。三立。[①]

第十六通

　　剑丞世仁兄大人惠览：得手教，备悉雅况。鄙人近日诗稿，在沪时曾为拔可取去钞录矣。文稿颇不欲出示世人，然以君方有啖饭之义，务求充篇幅，聊检得一册，由恪士携上，皆廿岁以后、四十岁以前之作。余稿俟他日再觅寄可也。匆复。即颂撰安。三立顿首。五月廿二日。[②]

第十七通

　　顷得农髯函，悉谦六同年已渐有起色，拟两日内还里。前所商募助之事，如能赶及，请汇送农髯转交为妥。如不及事，或稍迟托农髯转寄。弟只能私致少许为贶也。剑丞吾兄。三立顿首。闰二月五日。[③]

第十八通

　　剑丞世仁兄惠鉴：顷承大教，悉种种。小女病已日就愈，但尚未复元耳。镐仲文集叙改定呈览。属为令兄铭幽，谊不敢辞，惟以小文而攫多金，恐为李道士所嗤耳。匆复。即颂吟安，不一一。立顿首。

---

　　①　此诗柬作于民国二年癸丑(1913)正月。

　　②　此书作于民国五年丙辰(1916)五月二十二日。商务印书馆的《小说月报》第7卷第8期(1916年8月)始刊陈三立《老子注叙》，第9期(1916年9月)刊《快阁铭》，《东方杂志》第13卷第9期(1916年9月)始刊陈三立文，首篇《船山师友录序》，其后《读荀子》《读管子》《读韩非子》《读鬼谷子》等，均四十前之作，应即是夏敬观所得者。

　　③　此书作于民国六年丁巳(1917)闰二月初五日。据王中秀、曾迎三《曾熙年谱长编》知，此前临川李谦六至沪，兜售家藏。

五月初八日。①

令兄达斋墓志"废工部为农工商部"之"为"字,拟易作"置"字,"后母"字妥否? 并与海藏诸公商之。《小说月报》有续出者,乞饬分局速送。拔可时时出巡,今已还沪否? 王、胡见面否? 诒书度已入都。涛园居沪,尚能作诗否? 立又顿首。

第十九通

剑丞吾兄鉴:顷奉惠书,猥以拙文为尚不恶,甚惭。属改定两处,遂就原稿酌易数字,不识妥否? 尚乞细勘之。海藏所写尊夫人墓铭如已印出,寄数分为盼。匆复。即颂吟安。三立顿首。廿五日。②

拔可尚未来见。

第二十通

上冢还五十日在痛苦中,故入夏以来未有一句,已实行戒诗矣。兹录上春日所得廿余首,乞教定。剑丞吾兄。立白。六月四日。③

第二十一通

剑丞吾兄左右:前复一笺,计早达览。袁尚书神道碑文仓卒脱稿,已由寿丞转交伯夔矣。此文袭唐以后长篇体,无能避繁冗,谬欲略参班史笔势,所学既浅薄,但觉章絮而辞俗,反不如斤斤桐城派为

---

① 　此书作于民国六年丁巳(1917)五月八日。"令兄铭幽"之文即《清故礼部祠祭郎中夏君墓志铭》,撰于民国六年。

② 　此书作于民国六年丁巳(1917)五月二十五日。"拙文"应即上通所言"令兄铭幽""小文"《清故礼部祠祭郎中夏君墓志铭》,以情理度之,此书当仍在五月也。"海藏所写尊夫人墓铭"即陈三立所作《夏君继室左淑人墓志铭》,夏敬观曾于本年二月四日请郑孝胥书之,并于四月十六日取走以付石印。

③ 　此书似作于民国六年丁巳(1917)。是年陈三立四月八日省墓即归,且元旦以来有诗二十二题,四月八日至六月四日间无诗,均与书中所述颇相符合。

纯洁可观耳。公试取印证，兼指摘疵病所在，幸甚。昨有寄《西湖纪游四子诗钞》者，不知何人所刊，其中公诗数首，独追宛陵，然世或易晓其质澹妙趣也。三立白。[①]

第二十二通

剑丞吾兄鉴：惠书诵悉。弟海上之行，尚未定期，志在兼游富春钓台也。公能于日内来视，即下榻敝庐，极便，且图同游栖霞，以了夙愿。匆复。即颂吟安。三立顿首。八月廿七日。[②]

久废吟咏，近始得游紫霞洞、燕子矶诸洞二诗，公来可取去，滥充杂志篇幅也。此语为引诱良家子弟起见。

第二十三通

剑丞吾兄鉴：十五一函想早达。本定十七午车行，乃十六至今三日夜大雨不止，无一隙之间断。既恐上车下车受苦，又念凄风苦雨中出游，于沪于杭皆成坐困，是以止而未发，但累公等久候为歉耳。顷雨始稍断，然已过午，不及附车。如可望开晴，拟十九定行。忽接隆儿由汉口所发一电，系自京绕道，至彼处还宁，不能不又候一日。如无大雨，廿日或可到沪，到时再知照公与恪士、寿丞。若恪士不能待，可先回杭也。特草此奉告。即颂大安。三立顿首。十八日。[③]

---

① 此书作于民国六年丁巳（1917）七月。"袁尚书神道碑文"作于民国六年，夏敬观曾于七月十七日送与郑孝胥一观，则此书或即在七月也。

② 此书作于民国六年丁巳（1917）八月二十七日。所言"游紫霞洞、燕子矶诸洞二诗"即是年所作《八月二十一日携儿子寅恪登恪孙封怀买舟游燕子矶遂寻十二洞历其半至三台洞而还》《紫霞洞》，九月夏敬观至金陵，作有《同伯严游扫叶楼遂循东冈得郑介夫祠还过乌龙潭望薛庐赋诗一篇》。

③ 此书作于民国六年丁巳（1917）九月十八日。俞明震卒于民国七年十一月二十二日，此前民国四年、六年陈隆恪有两次京师之行。隆恪六年京师之行于九月归，此年九月陈三立有杭州之游（九月二十四日至杭），且（注转下页）

当发此函时，雨又大下矣。

第二十四通

剑丞吾兄大鉴：春新承侍祺嘉胜。海上富游冶，何以消遣风景耶？仆改岁感寒颇不适，杜门未一窥衢市，闷损可想。杨使君墓铭日内勉脱稿，文字陋劣，愧无能阐扬万一。录就呈教，乞转交。其中叙事或有讹误及繁简详略不中程之处，可告寿枏兄，开列别纸寄下，以便改定。兼欲公与海藏助其指摘，不放过一字，求归于免诒笑柄而已。匆布。即颂岁祉，不一一。三立顿首。开岁十日。①

《戊戌六君子遗集》领到，望先向菊生兄致谢。《小说月报》能饬续寄否？

第二十五通

剑丞世先生大鉴：奉覆教诵悉。此文只求体洁而不失生动，尚不足辱援古贤相称许也。第二句本作"叛军起武昌"，又作"变军起武昌"，不云"武昌变起""武昌乱起"，以上下文之音节故。嫌过露痕迹。私以为革命乃成今日公共名词，又为其号召推翻之事实，究竟宜避去与否，乞与海藏诸君更审酌之。为关于行文一节目，非仅就此稿而论也。近所为诗，欲捐故技受要道而未能，奈何？公与海藏、拔可有新诗能寄示否？七儿病将全愈矣，承注并闻。匆颂吟安。三立顿首。十四。②

---

　　①　此书作于民国七年戊午（1918）正月初十日。"杨使君墓铭"即《清故华州知州调署渭南县知县杨君墓志铭》，作于民国七年。

　　②　此书作于民国七年戊午（1918）正月十四日。此书承上通续论"杨使君墓铭"。

第二十六通

剑丞吾兄鉴:覆书领悉。第二句拟易作"东南之变起",何如? 仍乞酌之。苏堪丧子,想系日内事,闻之极难为怀。究系何病? 系第几子? 年若干? 望详示。傅苕生处已为一表弟介绍一小事,以事少人多拒而不纳,似此不便再与之饶舌矣,当承鉴谅。《小说》报尚未送到。即颂吟安。三立顿首。正月十七日。①

第二十七通

剑丞吾兄有道:日前复一函想达览。昨得续示,悉一一。苏戡哀诗有古人未辟之境,乃是天壤间奇作,其疏抉名理,惟坡翁晚岁和陶诗中有与相近者耳。公所为小诗,亦具苍色奥味。"江咸"标题甚怪,究何由知之? 江为何处? 为何时? 去冬但闻下关之江水又清数日,不闻其味咸也。拙稿未刊者约七八百首,拟年底录戊申后至今岁十年之作,印为续集,仍分上下卷,请苏戡汰其无聊者,以继前刻。今公既有刊印近人诗之举,以之凑数原无不可,但诗至七八百首,杂入汇刊嫌太多,恐有未宜,乞再审酌之。即颂撰安。三立顿首。二月十九日。②

又寿彤兄所开恩进士是否即恩贡生,请询之。

第二十八通

一病月余始渐愈,虽不至死,然磨折良苦,当是衰老不胜病之故。病少间时,偶占小诗消遣,凡得十首。数日内元气稍复,又得补作虞

---

① 此书作于民国七年戊午(1918)正月十七日。此书承上两通续论"杨使君墓铭"。"苏堪丧子"指郑孝胥子郑胜因脑膜炎病逝,在民国七年正月初三日。

② 此书作于民国七年戊午(1918)二月十九日。"寿彤兄所开恩进士是否即恩贡生",仍是在谈论"杨使君墓铭"。

山记游三首，统呈鉴定后即交病山、晴初诸君，并饬胥另录一分，寄仁先西湖，或由晴初转寄，使获知卧病情状大略也。闻涛园、拔可病均就愈为慰。剑丞仁兄。三立病起白。七月廿四日。①

恪士则俟其病大愈，再与一观可也。

第二十九通

剑丞吾兄鉴：顷奉惠书，诵悉。仆三月中旬由西山扫墓还，忽发生一似痔非痔之小核，系在乡间连日乘土车看山，为所震伤而起。痛苦异常，不便坐卧，已廿余日矣。今虽有就愈之势，然犹不能起坐伏案，以故前得公与伯夔书，俱稽未作答。恐公等怀疑，姑于睡榻中悬纸作数行略相告，余俟全愈时详复也。公诗及伯夔一文一诗均绝佳。仆今岁所得诗绝少，容后抄寄。草草。即颂撰安。三立顿首。四月十三日。②

第三十通

剑丞吾兄有道：昨奉惠书，领悉一切。高生属作铭墓之文，附以润笔，字少而钱多，受之虽面不改色，而心终有未安也。草草涂就，稿录上，荒率可想，乞公与苏戡、伯夔诸君为我指摘而更定之，幸甚。标题若称"高女"，殊于行文不便，于是径称为"贞女"。《易》言女子贞不字，则是未字之女称为贞女，疑不必限字夫而为之守者而后名之也。亦有所本。并质之郑、袁，果妥否？能更易以较妥之称谓否？近诗数章，盎然古朴之趣，似张文昌，又半似梅宛陵，又半似谢晞发。惟"翻向暗""无所明"等字，似尚须酌易耳。弟自三月后至今，尚未出大门一

---

① 此书作于民国七年戊午（1918）七月二十四日。"虞山记游三首"即《虞山纪胜三篇康更生王病山胡琴初陈仁先黄同武同游》，作于民国七年，是年六月陈三立罹疾卧床，七月初始渐愈。

② 此书似作于民国八年己未（1919）。是年三月中陈三立扫墓还金陵。

步，诗虽已戒，而征题者犹有七八起之多，为之奈何。石遗闻已入都，其所刊杂志可觅寄一二否？又《袁尚书神道碑》印本为人取去，亦欲向伯夔再索一二册，何如？《小说月报》亦久未寄，请告以出价定购，不要赠送也。书价随时可来取。匆复。即颂吟安。三立顿首。又月八日。①

第三十一通

前日录寄高女墓志稿系仓卒草就，今略有改定，再写一通呈正，并恳与诸公共审订之。即颂剑丞兄箸安。立顿首。又月十日。②

第三十二通

剑丞吾兄左右：顷得覆示，备悉种种。以"处女"易"贞女"自较妥，然以之标题，以未见古有此例，拟竟称为"高女"，何如？文中称女处不多，觉亦不甚妨。如终嫌辞不足，即改为"处女"可也，望更与苏戡诸公商之。其余宜悉从苏戡所改。又篇中"奈何"二字拟删，"况贞女兄之子阳"句拟删"贞女兄之子"五字，并共酌夺。《小说月报》可从三月起补送。中秋后思一为沪游，尚不识能如愿否？高生尚未来见。匆布。即颂箸安。三立顿首。十三日。③

第三十三通

剑丞吾兄左右：日前奉书，顷又得续示，均悉。属为芝生世丈碑

---

① 此书作于民国八年己未（1919）闰七月八日。"高生属作铭墓之文"即《高贞女墓志铭》，作于民国八年，夏敬观于闰七月十一日将此文携示郑孝胥。

② 此书作于民国八年己未（1919）闰七月十日。此承上书续谈《高贞女墓志铭》。

③ 此书作于民国八年己未（1919）闰七月十三日。此书承前仍论《高贞女墓志铭》，宜在闰七月十三日。

文，自不敢以荒陋辞。乃毅甫兄猥以润笔先施，乞向致愧歉之意。近岁卖文为活，实公开其端，后遂成来者不拒之例，无异于市侩，可笑也。亟思九月一至沪，尚未卜能如愿否。某君征所作称寿，候寄到事略当勉塞责。匆颂侍安。三立顿首。八月廿九日。[①]

第三十四通

　　剑丞吾兄侍右：闻公领浙学差，可喜者可为我辈作湖山主人耳。日前龙芝丈碑文脱稿，有传已入都者，因寄伯夔托转交，乃伯夔昨由夏口至，则仍未见此文也。有罗达衡之子名猛，向在金陵高等学校毕业，东、英文均能通习，久谢湖南教习员，走京师觅事，势必难就。而达衡奇贫可念，公如能为此子设法图一位置，无任感幸。何日履新，并盼见示。即颂撰安。三立顿首。十月廿三日。[②]

第三十五通

　　剑丞吾兄执事：顷又奉大示，领悉一切。履新稍久，想考验差有头绪，尚有余暇及眺游吟咏之事否？罗猛罗复为南京高等学校毕业生。位置承设法，甚感。惟隆儿自都还，言猛近患咯血，恐暂不能胜教习之劳，即达衡亦不放心，衢州一席，应请告以作罢，免误校事。候猛病愈，再烦执事为别觅机会可也。兹有吉安彭凤冈之世兄庆禄，系以部曹为江西地方检察厅长保荐任职、分发浙江者，凤冈函托为求差使。如遇有可进言之处，乞留意。明知执事所处在无足重轻之间，安能取效？而不能不为一言者，以凤冈有世谊，且昔年退居南昌时，假其居宅而不肯受赁金者也。呵冻率复，即颂箸安。三立顿首。十一月十

---

　　① 此书作于民国八年己未（1919）八月二十九日。"芝生世丈碑文"即《诰授光禄大夫刑部右侍郎龙公神道碑》，作于民国八年，"毅甫"即龙绂瑞。

　　② 此书作于民国八年己未（1919）十月二十三日。是年十月，夏敬观因接任浙江省教育厅长入都，十一月赴杭州履新。

六日。①

第三十六通

昨方读愔仲、仁先所寄游诗，妄加墨寄还。兹又承示所作，各极其胜，洵鼎足之雄也。亟盼汇录付印，以娱老夫。尊稿仍邮上。匆颂剑丞吾兄侍安。三立顿首。十月五日。②

第三十七通

剑丞吾兄大鉴：日前奉一书想达览。兹有乡人邵君祖平，字潭秋，现充南京高师教员，事繁而俸薄。日内游西湖之便，欲一承教论，兼冀在浙图一教习较优于此者。邵君于江西为农科毕业生，长于文学、历史，所为诗奥峭入古，后起所稀。如有机遇，愿公有以位置之，使得于治生、求学两有裨益。甚幸甚幸。即颂台安，不一一。三立顿首。八月晦。③

第三十八通

剑丞世仁兄侍右：奉书以酷暑久未报，甚歉。贤郎玉折，拔可来，始信为不诬。此等事往古来今直无可说也。诸诗结体寄趣，归于质澹，仍十之六七出圣俞，独传嫡乳，殆所谓并无分店在外矣。仆杜门面壁，辄弥月不出。恪士葬期如卜秋间，或能假此一游，与公等稍相

---

① 此书作于民国八年己未(1919)十一月十六日。此书承上通言罗猛事，是年十月二十七日陈隆恪自京南归，十一月夏敬观赴杭履新教育厅长之职。

② 此书作于民国九年庚申(1920)十月初五日。是年秋陈曾寿(仁先)、胡嗣瑗(愔仲)、夏敬观等人同游西溪，陈有《秋日同愔仲剑丞病山彊村勉甫游西溪访交芦庵秋雪庵遇雨归作西溪泛雨图题四绝句》。

③ 此书作于民国九年至十一年(1920—1922)间。邵祖平自称民国九年(1920)始识陈三立，而夏敬观任浙教育厅长在民国八年至民国十一年，则此书应作于民国九年至十一年(1920—1922)间。

聚,以写我忧。雨后乘隙就几,草布一二。即颂侍安。三立顿首。六月廿九日。[1]

第三十九通

剑丞吾兄大鉴:三日小聚亦为难得之乐,定后日早车还宁矣。观桂诗诸公想已成就,望寄示。不佞于车中得一章,录寄一笑。匆诵侍安,不一一。三立顿首。八月廿一日。[2]

辛酉八月十八日愔仲贞长剑丞过湖居
邀看桂花满觉垄遂至理安寺

盛秋故侣临湖壖,导观十里传馨桂。岩〔峦〕回复烟岚消,一径交花满晴吹。坟头两株异枝干,葳蕤丹蕊璎珞细。止篥仰面眩眼目,光景醉人尤物最。深入草木皆佛性,断续溪声初引睡。俄惊枏竹上穿霄,十年重认午眠寺。写经作塔诸天寂,窜影入林飞翮避。遗基补筑松巅阁,围带列屏蓄山气。二客病跛阻攀登,谓贞长、剑丞。坐听寒滴觅新句。别僧飞翠湿日脚,微笑已得西来意。

三立录上。

第四十通

归来面壁又戒诗矣。在沪行前一二日,拔可言贞长已至沪,从者亦当于月底至,兹承手教,定尚未成行耶? 大稿各章控挏机趣,别成蹊径,无一非宛陵家法,以视仆作有讨好诗架子,终未能免俗也。胡、

---

①　此书作于民国十年辛酉(1921)六月二十九日。"贤郎玉折"指是年三月夏敬观子承英之卒。同年八月十三日,俞明震葬西湖吉庆山,即所谓"恪士葬期如卜秋间"之落实也。

②　此书作于民国十年辛酉(1921)八月二十一日。是年八月,陈三立赴杭州会葬瞿鸿禨,曾偕夏敬观、胡嗣瑗、诸宗元等往满觉垄看桂花,作有《琴初贞长剑丞过湖居偕往看桂花满觉垄遂至理安寺》,即书中所言"于车中得一章"也。据郑孝胥日记,八月二十日陈已身在沪上。

诸和作均未寄到。仁先当已归，其郎君病当已愈。即颂剑丞吾兄侍安。三立顿首。五月初五日。①

第四十一通

示悉。西溪之游，极符所愿。惟仁先他出，未识能结伴否，否则不欲由俞庄独出也。请候至八点半钟为度，如九钟前不到尊寓，即为倦游之券耳。复上映庵吾兄世先生。期立顿首。廿日。②

第四十二通

次韵答倦知同年视疾见贶

孑遗安问黄农没，耆硕如瞻岱华崇。移疾海壖兼涕笑，争锋江介孰雌雄。雨中裹饭襟期合，劫罅传吟影事空。肝胆须眉贪照我，小车音熟矮篱东。③

第四十三通

梅泉巢园赏樱花次映庵韵

诗境留开满意花，宛如东野肖天葩。换形丘壑明流水，写照扶桑截断霞。隔茗雷霆归自媚，时园外有发弹声。伤春影事略相差。海藏楼畔成行树，望气飞光次第夸。

---

① 此书似作于民国十一年壬戌(1922)。是年三月陈三立有沪上之行，且三月后、闰五月前无诗，与书中所言"归来面壁又戒诗"相合。"胡、诸和作"，或仍是民国十年(1921)观桂之作。

② 此书应作于民国十二年癸亥(1923)八月移杭之后、民国十三年甲子(1924)八月移沪之前。既称"期"，则应在民国十二年癸亥六月丧妻之后，再联系夏敬观之行踪，则此书似作于民国十三年甲子八月移沪之前。

③ 此诗柬作于民国十五年丙寅(1926)十月、十一月间。诗见《散原精舍诗文集(增订本)》第658页。

散原。①

第四十四通

游沙发园和映庵

腥埃哀吹日相侵,藏市名园始一寻。绚昼崇桃干气象,织烟幽径杂晴阴。浸颜池水围红树,媚座亭皋响翠禽。付与残阳暖残客,须臾逃世起微吟。

散原。②

第四十五通

法租界公园重伯瓶斋伯夔映庵同游

广场夹道画棋枰,一碧濛濛浅草平。覆釜岩泉寒碎滴,张帷藤蔓隔新晴。水边仕女参差影,天际鸽鹅断续声。烽烬不污行药地,众芳所在若含情。

散原。③

第四十六通

重游沙发园同鹤亭重伯映庵伯夔各赋六言纪之

流人自成滋味,贾胡别拥槃阿。顾影屡寻斜日,芜平树直踏歌。隩区照水坐石,肺肝掬晒微晴。战地锄犁尽废,偷怜布谷声声。花药盛鬓倾国,偶随步屧惊逢。销烟一媚老丑,飞来无蝶无蜂。

---

① 此诗柬作于民国十六年丁卯(1927)四月初。梅泉巢园赏樱为是年四月一日事,此诗见《散原精舍诗文集(增订本)》第667页。

② 此诗柬作于民国十六年丁卯(1927)四月初。诗见《散原精舍诗文集(增订本)》第667页。

③ 此诗柬作于民国十六年丁卯(1927)四月初。法公园之游为是年四月三日事,诗见《散原精舍诗文集(增订本)》第668页。

微命犹殉胜览，车箱拾句从同。神官只哦六字，固哉记梦韩公。散原。①

第四十七通

丁卯除夕

殷市箫筳又换年，危楼许我仰呼天。所忧直纳无穷世，敢死翻余自在眠。四合烽烟肥海气，半收儿女压灯筵。漫逃藕孔迷寻梦，宿草坟犹落枕边。②

第四十八通

戊辰元旦口占

一夜颠风卷雨丝，晨熹初白出墙枝。鹊声忘却催人老，贪隔兵尘跃众雏。

霄宇阴阴雪意催，蛟鱼戏海雁成堆。老夫止酒传人世，与洗乾坤劝一杯。③

第四十九通

伯夔明日往通，其八叔父开吊在即，欲拟一联挽之。摧伤之余，心如废井，只得仍乞公代作一挽诗，不拘何体。屡溷能者，务请为我解围。至祷至祷。映厂吾兄。立顿首。廿五日。④

---

① 此诗柬作于民国十六年丁卯(1927)四月十五日稍后。重游沙发园事在是年四月十五日，诗见《散原精舍诗文集(增订本)》第 669 页。

② 此诗柬作于民国十六年丁卯(1927)除夕或十七年戊辰(1928)正月初。诗见《散原精舍诗文集(增订本)》第 677 页。

③ 此诗柬作于民国十七年戊辰(1928)正月初。诗见《散原精舍诗文集(增订本)》第 677 页，共三首。

④ 此书似作于民国十七年戊辰(1928)二月。袁思亮八叔父或即袁国钧，卒于民国十六年丁卯十一月四日。陈三立于民国十七年戊辰闰二月(注转下页)

第五十通

大诗古澹纯朴,有如退之所称"天葩散奇芬"者,洵宛陵胜景也。感谢感谢。方卧未起,倚枕率复。映庵诗老。立顿首。[①]

第五十一通

映庵吾兄箸席:前承惠教,披诵黯然。此别为互为依恋之极点,不忍复述矣。山居颇适,雪中奇景尤生平所仅见,拟不亟亟图北行。索居忽发久废之诗兴,凡得十余首,已录寄伯夔,望取阅指摘之,不必为衰老作恕语也。文兴则遏抑不发,属作序跋,恐非一时所能应命。伯夔文益进古厚,老夫已望而生畏,所撰尊箸序,尤为宏我汉京之作矣。此间所称名胜无甚足观,但沿径多置石几,石上必刻"同胞请坐"四字,惟此为差可赏也。近因气候暄暖,又初到时多近炉火,致患牙颊肿痛,上冢遂未果。今已愈太半,又当择天时成行矣。率复。即颂侍福。三立顿首。十一月初五日。[②]

第五十二通

映庵吾兄侍右:昨发一函并附寄伯夔就正之诗稿,想可达览矣。顷以诗题将尽,忽移兴于伯弢遗集序代诗题,信笔凑就,极荒率,望共伯夔细加审摘,斟酌其可用与不可用处为感。至序大集及伯夔文集则必有待,不能苟且从事也。匆匆。即颂箸安。三立顿首。十一月

(续上页注)初二日有一书与袁荣法,请将挽诗转寄南通,大概即夏敬观代笔,则此书以作于是年二月二十五日为宜。所谓"摧伤之余",殆指民国十六年丁卯(1927)四月小女安醴之亡也。

[①]　此书似作于民国十七年戊辰(1928)闰二月初。诗中所言"大诗"似是指上通书中所请代撰者。

[②]　此书作于民国十八年己巳(1929)十一月五日。味书意,当是民国十八年己巳十月至庐山后不久所作。

初七日。①

伯弢遗集序，无畏亦屡托寿丞以此相属，因并录一稿，交寿丞转寄矣。

第五十三通

映庵吾兄箸席：顷接惠示并大文，醇意雅辞，悱恻芬芳，此题固不可少略论派别之作也。仆枯坐无聊，共得诗卅余首，俟稍迟汇寄公等一笑。近状颇适，寿丞今日下山，到沪相晤，可悉一切。前有续致伯夔函，当亦接到。倦老夫人闻病稍剧，想已康复矣。复颂侍安，不一一。三立顿首。十一月廿二日。②

第五十四通

映庵吾兄侍右：前得读大序，即妄为加墨奉还，今想已达览矣。昨又承寄两诗，幽怀别趣，自成蹊径，《雪》诗有"饥鸟"一联，尤为绝特。以视鄙作不脱寻常门面语，终有雅俗之别也。《雪》诗已率答，倦老一首已无话可说，兹乃口占戏语二绝，博公等捧腹。凡来山中共得打油腔垂四十首，仁先携去稿略备，此后拟暂搁笔矣。率复。即颂侍安。三立顿首。十一月廿九日。③

---

① 此书作于民国十八年己巳(1929)十一月七日。陈锐《袌碧斋集》序，署"己巳冬月"。

② 此书作于民国十八年己巳(1929)十一月二十二日。仍是初至庐山之时，"寿丞今日下山"时陈三立有《雪霁别寿丞出山还沪居》诗，作于民国十八年。入庐山以来，共得诗三十二题，所谓"卅余首"也。

③ 此书作于民国十八年己巳(1929)十一月二十九日。夏敬观"雪诗"指《雪后寄和伯严匡庐雪诗》，中有"踏啄爪觜痕，先我有饥鸟"句。陈曾寿民国十八年冬赴庐山探视女病，十一月二十四日携女离山归沪，作有《十一月廿四日携女下山治疾走别散原先生》。

映庵诗翁寄和山中雪诗聊用俳偕体为答并博海上诸公一笑

空荒冤魄锁天牢，见雪岩峦拥节旄。拾作断吟明寸梦，吹浮海气一鹅毛。

豪韩盛播南园咏，谓倦知翁。瘦岛孤翻小沼歌。"行坐小亭沼"为君诗中语。奇景终输楼底雪，邻场白狗换明驼。君书楼可瞰赛狗场，因忆谚传"白狗身上肿"之句。

散原老人戏寄于牯岭山居。

第五十五通

映庵吾兄侍右：承惠示，悉与伯夔同有悼妹之戚，家运之厄，天实为之。惟一意调护高堂，勉与恶魔战耳。诵新诗，果皆变徵之声，朴拙凄厉，不期而近东野，读之亦为动魄也。山居仅增十许首，兹节录除夕后三首博一哂，并共周、袁评摘之。余作已统寄倦老矣。率复。敬颂侍祉。三立顿首。①

第五十六通

映庵吾兄侍右：日前得惠教，悉倦老之病早失于针治，此为大误。今已矣，亦归于命数不可挽而已。数十年挚友，竟以形格势禁，未获临视一诀，负疚安极耶！居山中久绝吟咏，因写忧出游，偶得三诗，已寄伯夔处，公阅之，当讶荒废后之作，果不成调也。即颂侍安，不一一。三立顿首。十四日。②

---

① 此书作于民国十九年庚午（1930）初。民国十八年，夏敬观之四兄夏敬庄、归新城陈氏姊、归贵筑傅氏妹先后殁，故其《己巳除夕书感》一诗，"朴拙凄厉"。陈三立既录寄除夕后三诗，则此书应作于民国十九年初。

② 此书似作于民国十九年庚午（1930）八月。是年七月十七日，余肇康（"倦老"）卒，味此书，似在得其消息后不久，暂系于八月。是年五六月间几无诗，其"写忧出游"三诗，或即《七月十三日携隆恪逾含鄱岭至栖贤寺（注转下页）

祖夔扇坿寄，乞转交。仁先想已北行矣。词社犹未散耶？

第五十七通

映庵吾兄侍右：顷承惠教，诵悉一切。新作为学人之文，妄为增易处恐仍未安，可与伯夔更审酌之。山中雾雨连绵，日内始稍放晴。花事不盛，日夕杜门，吟咏亦久废矣。群盗虽环山而出没，恃天堑为雷池，不欲逃遁示弱也。率复。敬颂侍福。弟三立顿首。浴佛日。①

第五十八通

映庵吾兄侍右：前承书教，获稔高堂福躬康胜，至为颂慰。新刊音韵书，门外汉瞠目视，无能赞一辞，但觉其用力之勤、征引之博、条次之审，悬揣为专门名家之盛业而已。近日尚有他述作否？闻售画颇获利，颇为之喜。仆枯卧穷山，又屡见微雪，但已戒绝吟咏，对之益觉败兴耳。陈君一纸附上。即叩侍安。三立顿首。长至日。②

第五十九通

映庵吾兄世先生侍右：扰攘累月，加年余未发之旧疾忽迭发数次，致所承惠书久稽裁答，无任疚歉。贱辰辱贶画轴，高竣苍润，居然欲追古作者，贤者信不可测也。当此万方多难、生灵涂炭之会，颂祷之词即极工，亦近于欣灾乐祸，故兹轴尤可贵矣。栗长属撰寿序一节，想已逾期。倘为期尚远，能容许腊前脱稿，当勉一为之，否则置之

（续上页注）过玉渊憩三峡桥遂寻琴志楼废宅三首》？是年八月十三日，陈曾寿应溥仪之召乘船北行赴天津。

　①　此书作于民国二十年辛未（1931）四月八日。是年红军第二次反"围剿"，即书中所言"群盗虽环山而出没，恃天堑为雷池，不欲逃遁示弱也。"

　②　此书作于民国二十年辛未（1931）十一月十五日。"新刊音韵书"应指《音学备考》，由商务印书馆刊于是年。

不论可也。伯夔、菊生、叔通先后返沪，当能询悉山中近状。率复。敬颂侍安。三立顿首。十月廿五日。[①]

第六十通

映庵仁兄世先生侍右：稍久不通问，伏维伯母太夫人安健胜常，无任颂祷。公颇有所述造否？艺事想益进。闻与公渚辈有复开展览会之说，其信然耶？前属作张母墓志，因山居奇寒，时时感疾，又以平津危急，恶耗频传，恐居者不无迁徙，拟待战局少定，然后把笔为之。今既荷前途催取，遂于日内勉凑就，录稿呈阅。年益衰，精力益竭，文乃荒劣至此。请公审酌所尤不合，决其可用与否，再转寄可也。世变既不可收拾，而报纸又屡登故旧丧亡，虽绝人逃世，对此亦安有好怀耶？率布区区。即颂侍福。弟三立顿首。四月十四日。[②]

第六十一通

此文已成完美之杰作矣。妄易数字，"大义"易"正法"，妥否？此"正法"字用《汉书》。不知当否？请审酌。伯夔又寄五古一首，尊处想亦分致。此诗亦学韩，拟为改数字而不得，君可先点窜之。映厂五兄。立顿首。

第六十二通

大稿为本店自造，一家之奇货，自可专利。间有一二字未归一律者，宜稍稍收拾之。映厂吾兄。立白。

---

　　①　此书作于民国二十一年壬申(1932)十月二十五日。是年九月二十一日陈三立八十大寿，夏敬观以画为祝。

　　②　此书作于民国二十二年癸酉(1933)四月十四日。"张母墓志"即《张母曹太夫人墓志铭》，刊《铁路月刊津浦线》民国二十二年第三卷第九期。

第六十三通

代拟寿诗气格苍劲，只嫌太好也。此函历三日已到，邮政可谓能整理矣。年内当可图相见。映庵五兄。三立顿首。腊月廿二日。

第六十四通

剑丞吾兄惠鉴：奉书及钞件一一诵悉。大诗佳极，以有沉冥孤往之意境，摆落悠悠谈也。伯夔文居然作者，妄易一二，不审有当否？乞转交之。拙稿不久可录竟。今岁拟戒诗，仅成律句一首，亦其明效也。匆颂侍祉，不具。三立顿首。新正十三日。

《东方杂志》望催寄，作为购阅，不必赠品也。

附　录

诗魂不可招，遗札粲然在。梦念四十春，沉哀付江介。君怀忘物我，吹万任天籁。客座虽杂遝，风流振吾辈。久如指画席，睫动言解秒。譬若醇醴然，人谁不沾溉。兢兢吾斗筲，决去得深诲。负我忘年交，咎心良自隘。

名高遭末劫，人假以愚众。谓君绝粒死，君岂殉一哄。父子俱逐臣，胸腹藏隐痛。怀忠默不襮，郁郁常内讼。道非俗所知，名非俗能重。伤哉厄屯歌，人间此孤凤。

南皮昔论诗，譬君高陶堂。弢庵君举主，或譬苏门黄。二君皆学人，岂不知文章。戏语诚可味，毁誉两无伤。君诗正面兵，旗鼓谁相当。我善太夷言，直取甘苦尝。杜韩盘饤饾，老墨厨粿粮。煎熬百光怪，沉冥古肝肠。

黄　濬 二十七通

黄濬(1873—1937)，字秋岳，一字哲维，福建闽侯(今福建闽侯县)人，有《聆风簃诗》《花随人圣盦摭忆》等行世。

第一通

剑丞先生：诗稿一本，续以奉教，并前所奉两稿皆无副本，阅竟务乞示知，即当取回。南来所作诗词，迄未录出，惭愧。敬颂著安。濬顿首。十三日。

第二通

映庵先生：比见近著诗话，极惬素心。拙诗二卷，乃己未至丁卯者，后此尚有二卷，前此则拟悉删，即此四卷，亦拟去其三四。今以奉削诲，其中亦间有本事可备甄采也。手颂著祉。濬顿首。卅日。

第三通

剑丞吾师：奉书敬悉。到沪一日即归，愧未能奉谒也。前诗韵有误，别书一纸，托公渚转，度已达到。《选冠子》词生硬处，尊示皆极是，前此公渚亦以为言，已改一次，今再改奉上，乞正为幸。又二词新和玉田者，并以初稿奉览，乞不惜纠勘为感。手颂侍祉。制濬顿首。

公渚兄均此致意。

梅子黄时雨和玉田。

云卧戒坛，记松下折钗，曾誓归隐。共醉指浑河，雁边青影。投暮江关还卖赋，一贫正坐文园病。嗟光景。剪烛旧盟，犹阻吴艇。

牵引。西山佳兴。有回风绝谷,飞动宵听。更繁蕊金仙,靓霞千顷。驰道离宫三十六,柳绵催送归鞍近。笳声紧。梦萦蓟门烟暝。

长亭怨慢和玉田。

记初夏瓮湖深处,万叠荷钱,野凫妨路。俊侣红衣,凤箫柔婉为君谱。旧惊如许。偏忆得兰桨送雨。梦醒江南,怅日暮、差池双羽。　　归去。奈心情减褪,触处尽成愁旅。垂杨拂浦。怎寻觅那时欢絮。几回托新雁缄玙,恐应被云罗遮住。想故苑风裳,别伴凌波轻舞。

第四通

散原翁为弟书扇,近始由彦通交来,寻思终日,只有求公法绘,不润之干,不敢求工,却复求速,度必许我也。剑丞先生。濬拜干。

第五通

映庵先生:留沪五日,以相见为欢。后值患腹疾,不敢重扰从者,非忘尊惠也。金陵索居至无憀,又逢暑日,甚欲得公书一扇见贻,俾怀袖生凉,且愿读华游之作,未审见许否。五六日或当来游,亦不能久留。专上。敬颂道安。濬顿首。七日。

第六通

映庵先生左右:近有数词寄公渚,属以奉教,未审入览否。晨间又成一词,即写寄众异。顷细加改定,别纸附呈,幸不吝赐海。敬颂侍安。制濬顿首。廿八夕。

第七通

剑丞先生:奉书感佩。两词已校改,另写乞教。《惜红衣》初稿,其下半阕侧重北忆,微嫌中断,故重易之。《滴滴金》初稿"漫酪奴相厄","酪"字亦不协,易此稿仍未惬。如无可取,弃之可也。极欲和公渚《八六子》，往来胸中数日，迄未就。三四日后当来沪。手颂侍安。制潜顿首。十四。

公渚兄均此致意，不另。

第八通

剑丞吾师：昨始闻人言公六秩寿期，匆匆以一诗奉祝，聊资一粲，不足示人也。词十一首，诗二首，删改数遍，始以奉教，唯希更有以教之。即颂侍安。弟制潜顿首。十三日。

养生微慕托荆关，犗竹缘坡意更宽。乐事南陔余考古，归途太华倦看山。湘音课女家芬在，粤饵消闲日饁甘。爱我小词宗六一，终然橄榄属都官。

小诗寄祝映庵先生六十生日。潜稿。

第九通

映庵先生：奉示，所改者皆极当，感佩无尽。惟《秋霁》中之"旧燕"若易为"巢燕"，与上之"凤巢"犯复，弟初稿原作"杏梁双燕"，尊意如何？《氐州》中之"澹晚"，"澹"字力量、意境微嫌薄否？未能更思得一字易之，所疑亦不自知当否也。"减偷"拟易"羽商"。以上统乞公不吝裁定。词亦须兴会意境，不能率意填。昨夕欲更为一词，竟不成。余容面罄。公渚并乞致意。顺颂侍安。制潜顿首。十日。

第十通

映庵先生：奉书敬悉。令侄事不成问题，原函奉缴。拙诗书眉△者，系石遗老人嘱录出者，×则自拟删者，唯望尽情诲益为幸。后此尚有一卷诗，南来之诗则始终未录副，容续检呈。尊示所列诸人遗诗，弟处唯阙公備，余皆甚多，以适欲迁居，箱笼凌乱，稍缓可检上。屡欲诣谈，皆不果，明后日到沪，亦只一昼夜勾留，不审能抽暇奉教否。敬复。手颂大安。潜顿首。十二月二十日。

第十一通

前过高斋,见有刘伟明之《龙云集》,甚思奉借一读,能掷交去手否? 太夷两诗已和就否? 拔可昨于电话中诵其新作矣。敬上映庵先生。濬顿首。

尊诗望写示。

海水苍苍情已移,雷渊麋散奈天为。超遥有美今焉薄,独立知君世可遗。龙汉几曾闻劫换,鸥波终是怨归迟。钱郎只盼中兴步,荦确谁怜老退之。

和海藏《浮海》韵,映庵先生教正。濬。

第十二通

大诗昨以示拔可,相与叹服。晨起忽思步韵,亦勉成一首奉教。今夕附船归里,把晤当在季冬也。此上剑丞先生。濬顿首。廿五。

观制水泥次映庵韵

地于水火风,成坏等一瞥。驹暑此营居,所虱益琐屑。奈何造至坚,妄补天意缺。计仍捏泥水,用始平凹凸。功成大无畏,不避灼与啮。睹物熟狃之,莫格所自出。晚谋夏屋望,始叹焦原热。辊雷欲訇耳,吹火似吐舌。上缘无穷梯,下转不破镝。吸江看亘笕,铸石以胜铁。往来杂邪许,瞻想忘巧拙。君宁糜多金,买土抟使结。我贫方东归,往矣鹳鸣垤。物情终不齐,倖揣孰愿谪。

濬稿。廿五晨倚装作。

第十三通

但觉流光逐马蹄,意行何计辨东西。风情减尽忘簪胜,世事看残似斗鸡。渐信客筵宜鲁酒,更无佳思发新题。战尘莫共梅花动,为道书生厌鼓鼙。

人日和逊初韵。秋岳。

第十四通

背衢编槿得幽居，地迥春痕到最初。佳日梅花应点雪，新晴池水想盈除。过从吟圣连兵底，矜绝厨星款岁余。散原老人避兵新至，君治具甚精。自是爱寒消未忍，寻常笺召不关渠。

人日集夏氏园馆，是为消寒四会，余未至，剑丞先生有诗见示，次韵奉呈。潜稿。

第十五通

映庵真佳人，儒雅能木强。向非岩下电，几失西江爽。侧闻五年别，缘坡髯竹长。生事师荆关，脱手获真赏。思君貌丰下，贞吉信所养。奈何忽谈命，徼彼肉食想。梁鸿终游吴，其意甚俶傥。赁庑犹避风，岂冀钟鼓飨。行藏必居易，得位说或枉。忆君虞水厄，兢战话畴曩。北辕海辞舟，南揽湖谢桨。天公戏且恼，一雨忽泱漭。风颠凫昵屋，波舞柳穿幌。此时定忘怖，金石歌发吭。万缘由心造，星相实汝迂。作诗方相嘲，辍笔欻凄惘。吾生罹千患，自缚类蛛网。郁哀森罪言，奋眦指私党。独行圹兽群，恒饥乃汪罔。迩年亲杯觯，稍辨泛与盎。真当死便埋，不适爻何放。心声尤噍厉，夜啸惑罔两。冬深衣无温，壁立縠俱仰。骄军方弃辽，戟卫断还往。舞鹤那解归，鸣蚓苦抱壤。缅怀江海人，和此汤鼎响。周梅泉。李拔可。各清严，诸贞长。陈叔通。极闲敞。君尤峙长城，荡荡不可上。聊达穷者言，甘心逢抚掌。

映庵先生久不相见，诵《寓园四面被水》及《答众异》诸诗，叹伏。欲稍括其语，以申吾意，不觉言之哀激也。先生何以教我？潜稿。

第十六通

京沪道中杂诗

霜后郊原草渐红，江城将冷辨残枫。栖霞东去龙潭路，一半青山是画中。

江遮方罫光浮白,谷受深霜绣作堆。若使此时无好语,不知怀抱待谁开。

招隐秋来万叶妍,回岩丹碧别三年。润州斜月殷勤甚,远送金山塔影圆。

南菊垂残雁嗫声,北风何事意难平。防秋到处闻奇策,莫话年时弃旧京。

鲞帆缓缓出平林,暵久吴江失故深。漫道秋原农力毕,桔槔依旧费机心。

官阁新闲许著书,千穷百巧总关渠。野塘一鉴徘徊顷,自叹郎潜发更疏。

第十七通

得精卫先生书示所为有壬墓表感赋二首

苌血沧泉黯不言,喜闻橡笔表烦冤。休疑绛灌憎年少,苦向荆凡策并存。射鹄忍论当日事,泪襟已是去年痕。孤忠酬得堂堂语,濡墨行看告九原。

虚堂每过百寻思,独鸟霜晨感绕枝。穿冢固疑如避世,答书何自视刊碑。有人卖塞功逾烈,昨夜移舟壑岂知。剩抚垂髫孤女颊,好传琴德肖风仪。

第十八通

杏花天影

清明才过风吹雨。负绕郭、高花如雾。等闲恼煞看花人,无语。望钟山、拄颊处。　　吴桥路、垂杨自舞。问甚日、殷勤飞絮。絮飞端要放晴时,仵取。荡游丝、拂万缕。

第十九通

清波引吴门赏春,讱庵出示映庵、公渚此词,俱甚美。越日微明,
车次龙潭,雨中望山色凝黛,辄有所怀,用白石韵写之。

夜辞烟浦。正相送、𩁹鬟倦舞。独归何许? 梦轻为眉妩。俊约
念吴市,一晌寻春来去。晓岚顿掩云衣,似知我、断肠处。 题笺
寄与。教箫谱、幽婉自度。倚楼寒否? 对奁镜谁语。绯桃正如火,可
奈汀洲风雨。莫放卮酒沾唇,酒醒情苦。

映庵吾师正声,并乞示公渚兄。潜初稿。二月廿七。

第二十通

残堞生寒,江墅凄晚,钟山气势都小。不卷帘旌,频呵砚滴,檐角
烟痕缥缈。生白虚庭,便算是、冰蟾赊照。一样凄清,三春漏泄,鬓边
人老。 倦旅花惊和睡少。只赢取、路迢情绕。昨夜熏篝,明朝翠
袖,愁损闲怀抱。想楼中敧枕熟,相思梦、梨涡印笑。那得归来,共阑
干、层琼映晓。金陵初雪,和清真。

氐州第一。映庵吾师指正。潜初稿。

第二十一通

映庵先生:前日众异斋中,恨未畅谈。剑知属题《秋江粲影图》,
昨为赋《三姝媚》一词,兹录稿乞海正。词末之"金波清浅",原作"风
来香满",仍嫌太着迹,故改此句,公意谓何? 敬颂吟祉。潜顿首。十
二月五日。

三姝媚和玉田。剑知斋中三莲并蒂,属予赋题笙伯所为《秋江粲影图》。

娥池云锦侣。坠春星参差,珍房交护。叶对花当,品蕊仙、别平
缀弄珠初度。擎盖相逢,随分罱、江南烟雨。婉娩红酣,华井天遥,欲
归何许。 剪向晶盘亲贮。算艳聚芳丛,燕环尘土。莫话昆明,早
石鲸沉海,换将歌舞。问讯前身,认水佩、涉江来处。凝想金波清浅,

摩诃乍暑。

第二十二通

映盦、公渚先生：连日阴雨，极苦闷。顷亦成《杏花天影》一词奉教。手颂著安。弟制濬顿首。十三日。

第二十三通

养生微旨托荆关，髯竹缘坡意更宽。乐事陔南余考古，归途太华倦看山。湘音课女家芬在，粤饵邀朋日饁闲。爱我小词如六一，终然橄榄属都官。

映庵先生六十生日，寄此为祝。濬稿。

第二十四通

三日诣府贺正，兼为夫人祝寿，未晤为歉。乙庵诗闻已刊就，公能设法觅得一部否？专颂剑丞先生晚安。濬顿首。人日。

第二十五通

昨日始查悉，前夕公来时，座位已被占，致败兴而归，不胜惭歉，已严与台主案目交涉。现拟于四日即三十日，准仍在大新定座，奉求公惠临，并恳老伯母莅止，借赎前愆，祇希亮许。因第二本较头本为佳，费时至十刻之久，若荷临驾，并当稍早为盼。此颂剑丞先生晚佳。濬顿首。二十五日。

第二十六通

久不见，至为企想。豉油、肉匀各二罐奉赠。近日得诗几首？公达已归，并闻。映庵先生。濬顿首。十二。

《小申报》从明日起，每日必登近人诗词，乞多协饷为叩。

第二十七通

大诗佩诵，私意第二首尤胜。昆三无消息，但得他人书，云昆定于星期出京，计程星二或星三可到沪。拙诗写奉剑丞兄。濬顿首。

李夫人一剧，昨得京函，云当然采用。尊处如有所需，由弟代拨。弟顷无现款，已函京商，想待浣来拨上，亦不妨也。

附　录

未知君果死何仇，竟抱沉冤入九幽。谢客岂缘诗告变，孔融还被子同收。城危孰殓遗尸葬，道丧人忘杀士羞。若谓卖情宜论罪，书生曾不与兵谋。

邵瑞彭　一通

邵瑞彭(1887—1937)，字次公，浙江淳安(今浙江淳安县)人。有《扬荷集》等行世，今人有《邵瑞彭诗词笺注》行世。

第一通

映翁足下：得手书，快若晤对。瑞彭近患肠伤寒，殗殜不堪伏枕，寄五词，乞正拍后采纳采纳。余俟推治平复再详报也。半唐全词，洴京版尚存，惜其后人不弹此曲，将版束阁不印。坊肆有遇，再奉寄。肃承道安。小弟瑞彭顿首。廿七。

许之衡　二通

　　许之衡(1877—1935)，字守白，浙江钱塘(今属浙江杭州市)人，生于广东番禺，有《守白词》《中国音乐小史》《戏曲源流》等行世。

第一通

　　剑丞道丈惠鉴：去岁曾上一缄，想登青览。近维著述宏富，动定多绥为颂。曾于友人处得见尊著《映盦词》第二集，选字运词，逼真北宋，视初集孟晋。便中可否赐示一部，以资讽咏？衡近年学为词，粗有弄笔。兹将拙词甲稿求教，希为是正。闻陈仁先丈与尊寓相隔比邻，极司非而路卅六号。想频过从，另一部希转交之。拙词乙稿现在朱彊老处，俟其阅过，拟请我公及仁先丈赐批数语。稍缓奉呈乞教，先此预渎。敬颂台祉。晚许之衡拜上。十一月三日。

第二通

　　剑丞道丈惠鉴：得接赐书，并蒙尊评拙词乙稿，过邀奖借，何愧如之。兹草草印就，谨寄呈五部，上渎典签，并留备转贻同好之用，希为察存是幸。手此。敬颂道祺。晚许之衡拜上。三月廿七日。

恽毓珂 一通

恽毓珂,字瑾叔,号醇庵,江苏武进(今属江苏常州市)人。著有《春华行馆诗》等。

第一通

贺新郎拔可见赠《圣遗诗稿》,读和余原韵四律,感而有作。

烛外屏山路。对当年、韩陵片石,夜阑深语。无计消磨人间世,别后禁风受雨。换镜里、新霜千缕。诗卷登龙增声价,笑生平、惯击雷门鼓。应念我,独弦苦。　　枯槎不蹋沧波去。尽输君、麻鞋走谒,拜鹃臣甫。皂帽白衣分明在,鹤梦归来甚处。劝举酒、兰堂延伫。蹑屐相从他时事,把临邛、残笔将愁补。云树远,寄心素。

醇庵。

华　辉 一通

华辉(1859—1931),字再云,江西崇仁县(今江西崇仁县)人。娶
夏献纶第五女。

第一通

剑丞五兄大人左右:去岁接读手教,久稽裁答,歉甚。近复奉朵
函,谨悉一是。陈宅婚期红柬已交壎儿肃复矣。近维侍祺茂集,潭祉
增佳,定如远颂。蒙示及舍弟诗稿非近今诗人所能道,奖许过甚,九
原有知,亦当感愧。其意本在力避凡近,然工力未至,即与吾乡作者
比较,去散原尚远也。尚有剩稿一卷,去夏已刻成,本拟合印数百部,
分寄京沪戚友,代为散布,以冀流传稍远,不意南昌军事猝起,遽尔停
阁。近时托人复加料理,而版本已失,半数尚待补刊。苦费精神,以
博后世不可必得之名,而此时尚不能广播,岂不可叹。弟十余年来,
数罹凶忧,更遭恐怖,心神散乱,百病丛生。所幸乡间匪类芟除,客军
平安过境,城中静处,尚可残喘苟延,足以告慰远念。孙女婚事,弟于
癸亥年即欲允陈家之请,而小儿设词力抗,以后遂不欲有所主张。去
岁有一书致幼达,已详述之。来书不能早答,职此之故。草泐布臆,恭请
道安,晋叩叔庶、岳母大人福安。姊婿华辉谨上。

杨增荦 四通

杨增荦(1860—1933),字昀谷,江西新建县(今江西南昌新建区)人。有《杨昀谷先生遗诗》等行世。

第一通

摇落次亦元韵

几经摇落到秋时,梦境重寻事可悲。叶战雨声供扰乱,花争风力费撑持。白猿剑在光应涩,红鲤书来信已迟。独向浮云空处去,颇闻帝释有余噫。

梦外山摇一发青,古愁重叠酒无灵。鞭魂晓逐雷前电,嵌骨宵分露后星。莫使中原留巨蠹,更寻大海葬残萤。乾坤旋转须臾事,岂用阴符一卷经。

种界纷争苦不休,十年誓铠向谁酬。似闻运会张三世,要遣声光拓五洲。月转虚堂残燕伏,风生废井乱蛙愁。白猿尽有重逢日,莫枉青萍问斗牛。

故册沉沉廿四家,群儿空拚旧泥沙。碾山作屑魂俱絮,簸海成尘眼忽花。雾在青天诃虮虱,风来白地咒龙蛇。合群团体情何限,惆怅荒原日又斜。

腾腾热力几人同,歌哭无端到梦中。起趁鸡声天下白,来搜鲛泪海边红。皮毛宁判追风马,鳞爪浑疑作雨龙。总为顽云驱不尽,但求一隙破鸿濛。

已经万亿尘沙劫,又是河枯海冻时。名士清谈消麈尾,英雄旧恨压蚊眉。死灰拥篲风云少,顽石当山日月迟。自铸奇愁何处剖,三千世界一游丝。

第二通

讯剑丈

槃持屡说佳公子，小聚江城记梦痕。少日词名侪白石，中年禅味爱青原。一官自负三生债，几载能归五柳村。岁暮吴江心断绝，更怜鳏绪老黄门。

增荦上稿。

第三通

伏读诸作，戊己庚诗三卷，秀朗如何仲默，爽健如谢茂秦，不徒以格调独擅。辛壬之际，沉响逸情，苍茫不尽，直合坡老、放翁为一手。琼芬阁词，梦窗丽藻，稼轩雄健，竹山沉透，玉田疏宕，诸境毕具。辛丑以后之作，沉痛中仍极和婉，逼近淮海、小山。吾乡风雅久衰，得公此集，顿涤心眼，狂喜无既。世愚侄增荦识。

第四通

孤鸾鉴丈有骑省之悼，谱《莺啼序》索和。梦痕漂絮，心字成灰。

欲划尘缘，重寻净相。为赋此解，以证圆宗。

补天无石。看恨锁云红，愁凝烟碧。咄咄娲皇，苦费千山寻觅。而今更无寻处，只孤鸿、闷依斜日。自向空中写怨，是怎生消得。

叹一丝、残梦不堪摘。愿帝网重开，天花四出。欲闯三千界，奈此身无翼。算来六尘影子，但有缘、总归荒涩。认取圆圆果海，记维摩如昔。"愿"作"待"。

庚子秋莫，芙蓉峰行者倚声。

王乃徵 三通

王乃徵(1861—1933),字聘三,晚更名潜,字病山,四川中江(今四川中江县)人。有《天目纪游草》《病山遗稿》等行世,今人辑有《王乃徵诗文集》。

第一通

闻西湖雷峰圯感赋四绝兼寄湖上苍虬愔仲

九百年前保土雄,中闺檀施蠹穹窿。寰区妇孺呼名久,幻作飞埃夕阳中。

破空危影倒波明,装点湖山古性情。十载南冠携酒至,一弹指顷断鸥盟。

成住坏空参佛谛,盛衰兴替总天心。曾无珠网前埋地,那得金铃再叩音。二句事见《洛阳伽蓝记》。

白马虚鸣龙护休,水光山色黯生愁。为询结伴巢居子,残日荒冈可久留。

续前四首

乱后湖壖气象更,输金卜筑使人惊。神州余此埋忧地,哭震青天霹雳声。

浪传蛇孽不知年,九百虞初古未删。莫怪村氓滋谰语,眼中斯世岂人间。《白蛇传》宋人小说即有之。

万千残甓敌牟尼,一窍中函贝叶齐。倘幸六丁无力取,佛心今与散浮提。塔旧毁于火,木铁质皆烬,而砖心藏经无恙。人争购取,一砖价至二十番饼。

雨态晴容亲咫尺，定香桥畔故人扉。而今应是昏鸦点，犹绕峰头散乱飞。余每至湖即寓苍虬定香桥宅，面塔极近。

第二通

七十初度作

乱世获苟全，处约亦何病。吾生颠沛境，古人或又甚。乾坤疮痍里，养此星星鬓。犹能劳筋骨，未觉厌蔬缊。所嗟塞钝质，时迈学无进。于道未有闻，往哲何寥寥。百六数已极，妖祲势益横。验之平陂理，终俟天人应。漆园喻深根，子舆谈忍性。于中必有事，云何得其证。

潜漫草。

第三通

除夕旅馆避难作

沉霾召怒雷，积垢须飘风。方其震荡始，万象失旧容。吾生七十载，天与忧患躬，巨变庚子若辛亥，苍黄迹又同。土无一寸净，滨海潜孤踪。所志逃空虚，岂料蛮触逢。战声中夜作，居邻万室空。十洲宾旅地，刹那楚炬红。蹈险奚可狙，苟全难独慵。一家仅三口，易蒙飧及饔。湫隘嚣尘区，片席犹吾供。理乱有真宰，因果佛之宗。隐几嗒然丧，偶绎旧史胸。神州五千年，福过生灾凶。穰穰神明胄，弃正邪是崇。其始妖孽兴，左道簧鼓工。蚩氓萧蒲耳，风靡一时从。上毁百王法，下灭民彝衷。圣道不能范，苍昊仁已穷。西方说世界，五轮风火终。时穷固必变，运极庶或通。我生实不辰，蛰此玄冥冬。今夕复何夕，勉解妻孥蒙。不计杀机发，万亿沙与虫。不见今夏潦，飘没半尧封。万物方刍狗，吾侪奚怨恫。高咏渊明诗，纵浪大化中。摄我方寸地，仰视碧翁翁。

右录奉剑丞先生诗家印可。潜漫草。

周庆云　三通

周庆云（1864—1933），字景星，号梦坡，浙江吴兴（今属浙江湖州市）人。有《梦坡诗存》《西溪秋雪庵志》等行世。

第一通

剑丞我兄至契：昨辱惠笺并西溪卷子，有散原一跋，足以千古，微名附传，何幸如之。缴奉佛头二百尊，希为察入转交。至尊处所留之画，必有识者，日后可让去也。率复不尽。弟庆云顿首。年廿五。

第二通

剑丞先生史席：弟因事冗，避居湖上，借住刘氏留余草堂。空气大佳，"呼吸湖光饮山渌"，坡老之言是也。今年游天目，并修禊南汤山，各有游记，谬付手民，求为点定。率犵。兼颂著祺。弟庆云顿首。六月初八日。

第三通

剑丞仁兄大人阁下：前曾奉访，公适赴沪。弟重来湖上，尘俗未暇走候，今且言归。有严君载如转托代求陈散原先生题《三世耄耋图》诗，拟送润笔二十番。公有兴亦求一首，润笔照送。附去素笺及征题启，请为察入。率此奉恳。祗颂著安。弟周庆云谨状。阴历五月十六。

成多禄 三通

成多禄(1864—1928)，原名恩龄，字竹山，号澹堪，隶汉军正黄旗，吉林永吉(今属吉林长春市九台区)人。有《澹堪诗草》等行世，今人辑有《成多禄集》。

第一通

平生万事不挂眼，惟见奇书心一开。劫火蠹鱼任仙去，江湖鸿雁共愁来。秋生灌木蝉鸣叶，人立空庭雨打苔。千载孟黄谁可继，为公吟望几低徊。

第二通

十八日船俱为游人买去，不得已改作十九日。好在诸老清游，不必拘拘看弗月也。舟舣胥门，十二钟一准相待。映公归，乞代邀，不另字也。此上沤、鹤公两先生我师。禄谨上。中秋夕。

第三通

映庵先生吟长：不见又三年矣，道履所至，久不得悉。近得海藏书，始知之海上清游，箸述日富，可胜佩仰。弟京华重到，举目皆非，饱吃软红，此身犹健。时事一无可言，惟故人天末，相见何时，独此为念耳。去年除夕，有诗奉怀，录呈教正。即颂纂安。弟成多禄白疏。廿五日。

除夕怀人诗

苏州杯酒年，往迹戌与亥。丙辰君北来，我亦京华在。相逢感身鬓,文字忏尤悔。巍巍黄金台,悠悠一郭隗。从此老映厂,飘然卧江海。填胸气不平,凌纸惊魂磊。忍饿出奇句,龙虎成异采。沧桑并一愁,河清讵可待。令我思不乐,开径望君每。江南消息迟,一日如三载。美人殊不来,清风动兰茝。顾瞻修蛇影,兹岁已云改。

剑公教我。弟禄呈草。

吴士鉴 七通

吴士鉴(1868—1933),字绚斋,浙江钱塘(今属浙江杭州市)人。吴庆坻子。有《含嘉室诗集》《含嘉室文存》《晋书斠注》等行世。

第一通

映庵先生老兄台鉴:前日盛扰郇厨,谈宴欢洽,半载尘襟,得诸君子启瀹之,宿疴良已。《唐确慎公集》募梓券奉上,公首先提倡,此外当闻风而至也。余再走诣,不尽。祗请台安。弟禔士鉴顿首。十二日。

第二通

映庵老兄执事:别来几一年矣,怀想无极。去冬病中移沪,蜷伏僻巷,竟不能出门,旋即归里。忽忽九月,朋侪星散,仅于仁先处陪散原丈小集一次,意兴阑珊。四月初又患头眩脑震之旧恙,杜门养疴,久不出房,日以极不用心之书消此长日。南孙到任半年,贵同乡助其承审,此君亦隶弟门下,不欲介绍,而南孙何以延揽及之? 颇受其累。此次之病,山城固无良医,及病亟入省,已无可救,闻之腹痛累日。儿女林立,长沙生计不丰,老母情怀,更可想见。吾兄至戚,远道哭临,承枉顾敝庐,实以气促痰升,不能久坐,未克倒屣恭迓,歉疚歉疚。祗请侍奉万福。弟制士鉴顿首。廿五日。

晤菊生同年,乞代道怀。上年承其枉访,亦未走答,歉罪同深。

第三通

映庵姻叔大人执事：昨奉手示，过承藻饰。先君湘中所印诗稿，未审昔年已上呈否？拟明年时局能靖，再行重印也。侄诗无宗派可言，徒以爱用本朝人事实，杂以新掌故，此沈寐叟所谓"废旧矿而觅新矿"，愧不工耳。《晋书注》样本未写全，京中锓人又缓，尚须一年方可观成。唐集即当询之经手黄椒升君，恕皆侍郎之侄孙，在叔惠处当差。如已出书，早晚必可得之。日前有人持尊处书券加一手札，已令其至检查厅。频岁与公击钵选韵，过于忘形，以达斋表叔处戚谊，久拟更正称谓，公当不责我也。兹寄上礼券一纸，区区微意，敬贺幼达兄嘉礼。侄今年娶一孙妇，前月杪又为先嗣姚营葬，财政万分支绌，人口又众，欲迁沪而不能，只能任命枯守，然殊惴惴也。肃请台安。侄吴士鉴启。十四日。

第四通

映庵姻叔台鉴：前日辱承存问，感佩无涯。此来精力财力竭尽谋画，到寓孱体已觉疲茶。迁居小定，尤苦烦冗，终日昏昏，坐车颠簸，脑筋大震。如坐五里雾中，非静心养息，则眩疾又将大作。今日承召食，万无辞理，而自揣精神万不足用，只能据实陈明，伏求格外原宥，不胜惭感之至。肃谢。祗叩侍奉万福。侄士鉴顿首。

第五通

频年已极忧劳，此次轩然大波，尤感憔悴。自去夏五月，几乎类中，当时之险，事后回思，不堪言状。至今思之，诚恐随时触发。蛰居此间，不敢出门一步，若入嚣杂之区，头即发颤。病体至此，惟坐静方能敛神。诗思日窄，如智井然。前日承命令舆夫至，感激愧歉，不可明言，惟知已格外谅之。每一敧枕，万绪纷来，衰劣可惧。欲言不尽。敬上映公垂览。士鉴拜手。

第六通

映庵吾兄惠鉴：遥闻钟声，神为之往。乃贱体静养，多日宿痰，幸而祛除。不料日来肩臂受风，筋络疼痛，牵及左辅肿至腮际，颇苦饮食不便，怅惘殊深。日者谓过今年后，明岁当有顺境，亟盼度此残冬，身心俱畅。此次仍不得不旷课，知己当深谅之。诸公皆素心人，以不获谈宴为歉。敬布下忱，祇请台安。弟制士鉴顿首。廿九日。

第七通

旧刊拙著二种，敬呈大教。覆瓿之物，恐不足一噱也。法和兄处并以二帙求转递，至感至感。肃上映庵先生。士鉴启。

许崇熙 五通

许崇熙(1873—1935)，字季纯，号沧江，长沙（今属湖南长沙市）人。有《沧江诗集》等行世。

第一通

观映庵作青绿山水极合古法为题一诗

映庵作画如作诗，取境未要时人知。力追宋元备六法，下视挽近皆糠粃。朝来染翰意有得，素纸须臾变春色。仿佛舟行吴越间。嫩柳柔桑满阡陌。山腰郁勃盘云根，石罅奔腾涨泉脉。林深径转岩扉出，此中定有幽人宅。呜乎！张端马远不可逢，宣和院本无人工。前明文仇已绝调，世间传仿惟南宗，吾今乃见洪都翁。

崇熙未定草。

第二通

西风扫除锦绣谷，剩遣岩花媚幽独。枫林一夕生霜红，树杪飞泉泻寒玉。此时山容正新沐，恍临明镜修蛾绿。绝无云翳青天高，远带朝阳乱峰簇。叹君意匠真通神，下笔往往殊常伦。不作一豪萧索态，残秋烟景似浓春。

《秋山图》为匋庵题。崇熙。

第三通

牡丹谢后作和夏映庵即效其体

娇娆原自怯春寒，一夕惊雷忽已残。辛苦种花成叹息，可怜容得几时看。①

　　当阶红药初含露,缀架蔷薇正耐风。毕竟东皇解人意,留将春色
伴衰翁。

送春词同映庵韵

　　墙头柳花作雪飞,阶前红雨沾人衣。春来几时忽言别,坐令浓绿
成痴肥。问春去此将安归,闻车已戒马已鞁。忍不须臾惜芳菲,把盏
临风我心悲。此时春行亦有辞,辛苦作花花转迟。即欲暂留春力微,
晓钟动矣鹃声催。成功者退乌可违,余春在花是耶非。

　　拙作录求斧政。崇熙。

第四通

　　汉宫春辛未立夏,风雨竟日,得映庵拈示此解,依声写答。

　　生怕春归。倩杨丝绾住,藤蔓牵回。新来晓钟忽动,杜宇频催。
天涯绿遍,剩酴醾、慵缀苍苔。还竟日、风风雨雨,惜花心事成灰。

　　应识流光如水,尽云鬟雪面,转盻都非。余芳未全消歇,隐约珠胎。
圆荷的皪,盼红衣、重与传杯。休苦恨、春将花去,见花却带春来。

　　映庵先生指教。崇熙。

第五通

送春词和夏映庵韵

　　墙头柳花作雪飞,阶前红雨沾人衣。春来几时忽言别,坐令浓绿
成痴肥。问春去此将焉归,闻车已戒马已鞁。忍不须臾惜芳菲,把盏
临风我心悲。此时春行忽有辞,辛苦作花花转迟。即欲暂留春力微,
晓钟动矣鹃声催。成功者退乌庸违,余春在花是耶非。

　　寄叟崇熙初稿。

---

　　① "容"原作"能"。

秦炳直 六通

秦炳直(1853—?)，字子质，号习冠，湖南湘潭(今湖南湘潭市)人。官至广东陆路提督。夏敬观父门下士。

第一通

鉴丞五棣世大人执事：初三日奉手书，诵悉一一。比因从者往沪，又意信宿即归，故未奉报。不意有旬日之别，甚悔疏慵，幸知心谅察勿罪。丰儿迭承埏埴，五中铭篆，何可言喻。已令遵命修柬，申谢前途，来省时亦必趋叩崇阶，倾吐寸结也。大作湖吁韵二首，写景言情，悉由镕炼而出，故能孚甲新意，雕画奇辞，妙能集以气骨风采，又刘彦和所谓"新而不乱，奇而不黩"者，信于此道三折肱矣。敬佩敬佩。炳直比益懒废，为散原敦促，亦勉成湖吁韵二首。一哀湘灾，已交散老；一答余鹿门，则寄倦老去矣。容录稿呈政。新秋微凉，计大驾即当元旋。明日午后当趋诣，面罄一是。手此奉布，即颂台绥，不具。炳直顿首。十一日。

第二通

鉴丞仁兄世大人台席：尊拍小照领到，虽空突光天，难尽妙能，然三人比肩，影片方寸，乃合百八十岁之现身，一望而次第了然，殊非古画师所能到，足资宝藏矣。晨间使至，尚在春梦中，书未及报，手此申谢。祗惟大雅珍卫，不宣。弟炳直顿首。五日乙夜。

第三通

映庵吾弟世家箸席：小病逾月，致未趋候，令郎嘉礼亦不及亲诣奉贺，幸邀鉴谅也。二小女许字黄伯雨方伯之次子，订于本月廿七日文定，即于是日下午六钟在爱多亚路都益处合筵款媒，已与伯雨兄会东，奉屈台驾作陪，届时务祈早临为荷。手布。敬颂侍安，不具。炳直顿首。二月廿三日。

第四通

手示敬悉。贱恙确因浮火所致，昨饮自来血，今晨所咯已不见红矣。承惦念，感愧之至。闻今日集于栗长寓中，仍不敢赴会，请达同集诸君子为荷。复请剑丞仁兄世大人吟安。弟炳直顿首。十二日。

第五通

宠召雅集，亟欲趋陪，兼答谢古老枉顾之殷。适昨晚寝颇不安，晨起咯血数口，似肝木甚感风燥，不敢出门，只得方命，尚希谅之，并祈转达古老及冒鹤翁，多致歉歉为荷。手复，借请剑丞仁兄世大人吟安。弟炳直顿首。十一日。

第六通

鉴丞吾弟世大人执事：顷间专诚走谒，行至威海卫路，风雨交至，遂不及前。今晚即须首途，恕未面别。手此奉布，借颂箸祺，不具。炳直顿首。二月廿三日。

太夫人前祈叱名请安。

胡汉民 三通

胡汉民(1879—1936),原名衍鸿,字展堂,号不匮室主,胡汉民系其笔名,江西吉安(今江西吉安市)人,寄籍广东番禺。有《不匮室诗钞》等行世。

第一通

君从江南来,买船黄歇浦。此间多故人,遮君为寄语。手持象牙杖,平明入吾户。随槎三万里,骥子寿而父。遗爱古诗人,割爱今赠与。四明华山碑,贻自叶誉虎。云此最孤本,幸尚可摄取。司农有佳石,刻划入奇古。能事受促迫,君叹未曾睹。只此数物者,已破窭人窭。居士尤好可,待公无所苦。琅玕书画册,三绝人敢侮。狡狯诗材料,解颐木兰女。居士谓梦见伯兄青瑞,因自号待公。鹤翁述此时,木兰侍旁笑云:易伯伯自造诗题耳。爰有教授笺,如见坐挥麈。慷慨拼投荒,出入由肺腑。受赠欢且惭,勖我更鼓舞。我时无所恨,恨未一堂聚。

喜鹤翁南来,并寄誉虎、大厂、韶觉、榆生、效鲁、映庵先生吟政。汉民呈稿。十一月七日。

第二通

次映庵先生韵,为述梅二首,即以呈教。不匮呈稿。

昌黎昔论诗,平淡以为至。顾其所自为,点窜二典字。香山与同时,浅语达深思。此如陶谢手,同工不异类。宣城绍两家,昆体始唾弃。睥睨二百年,作者叹盛事。树老无丑枝,凫眠有闲意。既善体物情,亦以称其帜。何罪并欧废,世鲜能知味。

　　韩欧与孟梅,推许盖云至。后人多重贵,颠倒说文字。谓梅只涩体,谓孟累苦思。遂疑两公贤,故故引其类。独闻江西夏,一生锲不弃。少陵不可学,宛陵当严事。称孟辄抑韩,双井倘此意。我欲进私评,匪曰夺赵帜。七言当韩豪,五言饶白味。

　　我于时贤诗,尝欲识其至。言是今人言,字要古人字。疚斋好香山,间乃足愁思。映庵专梅九,相视真气类。大厂患才多,聱牙不肯弃。词人若榆生,不廉见能事。江南与岭南,离合岂有意。而我拱其间,勉力立汉帜。亦笑抱冰翁,但言味外味。前日与鹤亭论诗及此,嫌其太抽象也。

　　门人陆更存再函求冒、夏、易、龙诗集,且乞评论,适得映庵先生寄诗,即次韵两答之,并简诸彦。不匮呈稿。

第三通

　　再和映庵先生述梅见答,三十三、四叠韵,求政。不匮呈稿。

　　我爱宋三陵,宛陵、金陵、广陵。步武恨未至。皆得少陵骨,不袭西昆字。夐夐去陈言,耿耿无俗思。沆瀣为一家,面目非必类。成艺始学古,得鱼筌亦弃。譬如读汉碑,摹拟日常事。终乃有己在,君言先吾意。姝姝一先生,徒陋宗门帜。持论平不颇,相饮醇醲味。

　　梅时论梅诗,较今宜切至。既析厥渊源,从知所乳字。欧阳首老郊,以多穷苦思。晏次比陶韦,高格从其类。而梅于宋初,风雅叹沦弃。谓只咏青红,诡谀极人事。亟称古刺美,聊发愤悱意。斯道庆初还,二百年来帜。黄陈以下贤,渐识大羹味。

林开謩 五通

林开謩(1862—1937),字贻书,号放庵,福建长乐(今福建福州长乐区)人,夏敬观甲午乡举同年。

第一通

钜亭子才招饮觉来山房率成一律

清词独记唱东坡,满眼庐山共啸歌。花径昔缘迁客扫,香山花径在大林寺东,近与钜亭、子才寻得之。草堂今喜故人过。聊倾郫酒难成醉,为乞岩茶似饮和。等是有家归未得,晚年重与证维摩。

书感叠前韵答子才

乾坤正气久湮沦,独树孤标德照邻。万里云涛归一壑,廿年踪迹破微尘。漫留诗卷追先辈,不信儒冠误此身。豺虎兵戈何日了,众生历劫有迷因。

将下匡山留别同游诸公

危楼高坐大江横,千叠云山送我行。西涧胸襟原磊砢,东坡气节自峥嵘。浮岚暖翠余遐想,白石清泉证旧盟。此别不须更惆怅,重携杯酒祝长庚。

戊辰六月,放庵游草。

第二通

甘卿留宿斋中回忆前游十二年矣

一春幸未失花时,又见双梧长碧枝。枕上重寻前日梦,壁间怕读故人诗。晦园松桂犹相识,静室琴书足自怡。准拟闭门邀正字,与君再看劫余棋。

戊辰三月，放庵初稿。

第三通

奉母楼居远世情，喜闻玉女为擎琼。皈依瓶钵莲千叶，深浅蓬莱水一泓。丹药驻颜春更永，瑶笙奏雅月初明。登堂忝附年家末，绛幔传经有令名。

夏年伯母八十寿。年愚侄林开謩撰。

第四通

盛暑倦游行将北上留别诸同人

东南山水窟，游兴近何如。方药翻金匮，文章忆石渠。愁闻天下病，懒答故人书。暂别休相念，行云任卷舒。

自　况

相欢不异昔，老去奈秋何。归雁知兵气，鸣蝉破睡魔。畏人兼避热，生火虑焚和。聊复披襟坐，泠风拂静柯。

映庵同年吟正。癸酉七月，开謩。

第五通

大龙湫观瀑秋阴瀑小惜未尽其奇也

自分山游了此生，白龙飞下眼偏明。待张云锦乘阳气，欲借风帆助瀑声。络绎重岩如喷玉，空濛万缕似含晶。畏庐遗墨今犹在，染就丹青画不成。畏庐游龙湫归，以画稿见示，并云：雁瀑佳丽，非笔墨所能形容。

仰天窝访蒋叔南居士

欲凭慧剑警痴顽，解甲归来静闭关。奇以二灵超五岳，翩如孤鹤俯千山。澄清有志天应问，去住无心云自闲。咫尺星辰同仰视，方池坐石听潺潺。

阅谛闲和尚行状

世界微尘大小千，几人说法证生天。台宗衣钵今能续，悟彻灵岩自在禅。

雁宕纪游诗三首，录呈映庵同年吟正。壬申九月，开謩初稿。

陆润庠　一通

陆润庠(1841—1915),字凤石,江苏元和县(今属江苏苏州市)人,夏敬观受知师。

第一通

鉴臣仁弟大人阁下:屡奉来书,猥以览揆贱辰,叠承贶以星佛,和南致谢,感莫名言。吾苏学务一坏再坏,绅与绅不相洽,士与士不相谋,欲求进步,良非容易。今得足下办理,校舍自必日有起色,珂乡蒙福,幸何如之。兄缟素从公,半日在几筵前,本署公事繁重,逐日须到,忙碌可知。交秋旧恙又发,喘逆不能平卧,昨甫平复,缓数日销假。抽得闲暇,走笔鸣谢。即颂勋安。兄庠顿首。七月十四日。

附　录

陆凤石先生挽词

大节堂堂陆秀夫,稿存经进讲筵甿。一朝宰辅公居殿,廿载科名我滥竽,药石至言宁起废,齿牙余论每嘘枯。邸门客馆具春草,惟见林间翠石孤。

"药石至言"四字,改"灵素庸言"。先生三世皆精医术,著有方书。

万立唐 一通

万立唐(1848—1915),字潜斋,江西南昌(今江西南昌市)人。精医理,习为道家言,夏敬观曾从其学养生术。

第一通

恭步悔僧原韵,兼酬铁仙,即希斧政。

曩参宗旨俨如饥,迷悟纷乘启大疑。事理融时何有说,尘缘空后自忘思。瓜甜不碍先尝蒂,米熟休虞尚欠筛。果使漆园醒蝶梦,随成谁独且无师。

鼓盆漆吏仍多事,投杖西河亦可怜。性澈自将群障扫,心空无似死灰然。情缘莫入非非境,浑化当师浩浩天。烦恼菩提何定相,功夫一到即方圆。

方内散人甫稿。

附 录

万潜斋先生挽词

迹迈云堂寺,风淳合爍乡。共言龚圣在,时见葛洪旁。善友全终始,栽人到狷狂。伤高逢九日,此别惨三霜。

缄书荷勤海,厚我孰如师。白首真无幸,遗言益可思。永虚庐墓愿,犹欠买山资。泉下逢吾弟,还凭说与知。吾弟敬鉴为先生倅婿。

平生亲药石,曾为起幽忧。庚子余丧妻殇子,以悔僧自号,右诗乃先生见唁之作。髓骨将何择,衣冠等自囚。愧难生二树,空诏绝三仇。今日成追悔,真悲落翻留。

熊元锷　一通

熊元锷(1879—1906),字季廉,江西南昌(今江西南昌市)人。夏敬观第九妹婿。

第一通

剑丞我兄执事:久不奉状,以心绪极恶,援管辄止者数矣。初以舍弟疾方沉滞,稽其来沪之愿;垂行矣,而北堂又不豫。七月杪趣归省视,延医调药饵,殆无虚日。如天之福,仲秋渐就痊复。中间得家兄电,因是时在乡,且已致书家兄速其归,故未即覆,后乃知此电为尊意属发者。现已定,出月半来沪,家兄亦拟偕来,杨姑娘亦欲去沪一扩眼界,若无意外人事,当不愆期。俟将至沪时,或请舒庵兄来沪接令妹等去海门,弟则留沪觅住室,届时再当函达。承示汪允中处执事已代付百元,顷允中函言,因有要需,仍属书庄以应还之款寄渠,而尊处所代者,后再奉偿,不以此数为抵。弟未敢冒昧,是否可行,祈速覆函,迟则弟已行,恐无及也。文芸阁前日在籍物化,闻身后极萧条。率复,不尽欲言。弟锷顿首。

附　录

哭熊季廉

一辰不忍别,永诀良可悲。与子结交亲,千载相与期。问学无嚏傲,端言互为师。横从古今说,造论独深思。无耦见天钧,朗若朝彻时。乃得千哲言,决去百圣篱。文字力独雄,内籀诚不欺。连意若结

绳，尊知如火驰。惜哉年不永，灵宝遽丧离。谈席阒无言，嘉会永相
睽。微灯动壁光，照见子所遗。简墨馨香故，不忍手重披。坐当凄急
风，仰首作痛噫。纵有哀与诔，安能尽吾辞。

　　贤圣悲逆曳，神物遭不祥。犉薄世相尚，内券无由彰。嗟子好厥
修，郁郁摧肝肠。得天岂脆促，幽忧斯陨伤。卢扁不奏功，积痛在余
创。吾妹择事君，婵媛立其旁。忍死葆遗育，相顾涕泗滂。杂花绖素
车，宿草归高冈。梦寐不我与，吟口谁能忘。金言损民英，天意何荒
荒。后死际衰孽，歌哭复何常。

何维朴　一通

　　何维朴(1842—1922),字诗孙,号盘叟,湖南道州(今湖南道县)人。有《何诗孙手书诗稿》等行世。

第一通

　　剑丞仁兄世大人道座:晨间走谒,未获晤教,怅歉怅歉。闻商务印书馆有艺徒一科,未知其章程如何。弟有堂侄,年十六,幼而废读,上有媬母,家计极艰,拟令其入馆学习如何进身之道,尚乞详示一切,以便遵行。如已满额,能否推爱,特予插入,尤极感幸。酷热不敢劳赐步。手此。专叩箸安。世愚弟期朴顿首。十二。

附　录

何诗孙挽词

　　黔展同尘士,渊謇在寝人。其风敦薄俗,惟古有斯氏。报善才中寿,佣书已至贫。微闻砚田熟,存活遍亲邻。

　　精魄埋何所,平生笔冢间。铭功书尾纸,委气画中山。神品谁能似,高情莫复攀。酒杯宁起死,一酹泪先潸。

严 复 八通

严复(1854—1921),字几道,又字幼陵,福建侯官(今属福建福州市)人。译有《天演论》等。今人辑有《严复集》《严复全集》。

第一通

剑成老兄大人阁下:昨蒙枉驾,甚领教益。课程表甚妥,经细核,无外行处可更动,谨奉缴本。晨得昭宸覆信,并呈尊览。如此恐须降格,求周益卿一节,亦虑徒费盼望也。手答。即颂台祉。严复顿首。十七。

第二通

平生于七律最劣,兹有二律奉呈,伏乞指其疵类,至祷。弢庵已至,特今晚便赴苏,而明日赴宁,不识初二可还沪否?如新铭系初四早开,拟于初三晚做一花局,足下与沈小沂。能破例一临乎?此颂建成诗老吟安。复顿首。廿九。①

第三通

剑成老兄世长执事:前得五言一首,已极叹绝,兹更承大作八首,真欲首俯至地,不图为乐之至于斯。近世海内固不乏诗人,然制作至如此地位者,亦不过寥寥数人也。老树着花,妍妙如此,尚望肆力为

---

① 此书作于宣统元年(1909)闰二月二十九日。是年三月初一日严复日记:"弢荪至申。"三月初四日:"饯弢荪等。"

之，为吾国美术衍未坠之绪，勿谓事乏近用，淡漠置之，切祝切祝。惟尊诗于不肖致倾尽如此，恐他日必贻贤者以不哲之诉，所以捧诵惶恐，不知所措。此非貌为抑抑以重，要不自满假之誉而已，想公必能鉴之。稍间尚思继作，以为木桃之报。算学教员一节，容即与陈生面商，再行报命候酌。手此。奉讯暑祺，不宣。复再拜。十八。

第四通

昨宵今日，俯读戊申大稿讫，低徊叹挹，恨向者知足下不尽也。复于诗词皆未成熟，而词尤门外，实于高明无能为益，勉欲仰副盛情。窃谓公此后于盘硬处着四成力，而于妥帖则用六成，务使辞义篇律，起伏根叶，一无所憾而后已，则道成矣。公勿谓此易与事，虽诗如山谷，词若梦窗，密切求之，不无遗议。无遗议者，独少陵、昌黎、半山、尧章诸公，此其所为不可跂耳。乱说乱说，死罪死罪。此上剑成老兄世大人台座。弟复皇恐再拜。正月十九。[①]

第五通

金缕曲

旅邸情难遣。况秋宵、征鸿凄厉，寒衾孤辗。觅地埋忧高飞去，那借步虚风便。云窗外、鳌蟾斜旸。佩解江皋魂先与，迓多情、他日谁家辇。思不得，泪空泫。　　长门可是无团扇。更何人、悁兰惋蕙，白头仙眷。填海精禽千万翼，试测蓬莱深浅。又不是、等闲莺燕。咏絮才高寻常事，抱孤怀、要把风轮转。春且住，勒花片。

摸鱼儿　霜降寒雨廉纤，檐筦滴滴不绝，怀人感寄，深不自聊，
　　　　　率意谱此，忧来循声，不自知其凄断也。

伤楼阴、湿云痴重，黄昏虫语凄絮。秋魂僝僽惊寒早，谁念泠娉羁旅。从头数。问陌上相逢，可料愁如许。今休再误。早打叠心苗，

---

①　此书作于宣统元年（1909）正月十九日。

销凝意蕊,忍去此终古。　　茂陵病,挨得更更寒雨。此情依旧无主。微生别有无穷意,错认晓珠堪语。君莫怒。便舞凤回鸾,讵就轻轻谱。移商换羽。算海啸天风,成连归矣,霜泪冻弦柱。

右二词,皆戊申九月客燕时所作。

解连环　奉赠彊村,用梦窗留别石帚韵。

绾同心结。正春舒柳眼,嫩条柔极。料庾信、愁满江关,更吴雨潇潇,落梅风色。社酒犹赊,燕泥冷、郁金堂北。问巢痕东观,伞影西清,可胜重忆。　　试灯故情未搁。替东风作主,商略红白。怕元都、此后桃花,又浥露泛霞,别饶缃碧。玉宇孤蟾,阅夜夜、沧溟潮汐。且寻伊、玉龙怨调,傍墙摩得。

此一词元夜前二日作。映庵大词坛教正。阳崎呈稿。[①]

第六通

廿二日游龙华寺二律,录呈映庵诗老哂政。

油壁无声碾嫩尘,此游吾得及芳辰。春愁岁岁差相若,物态欣欣各竞新。意气发舒桃压垄,神情闵默鸟看人。恶叉聚里云何度,试问黄金丈六身。

靓妆炫服媚晴川,流水游龙正咽填。阔领遮腮疑俗瘿,短衣露骭斗身儇。炉烟漠漠钟声续,野日迟迟塔影偏。三十五年弹指过,余于同治甲戌曾以扬武军舰至此。清波无语照华颠。

严复初稿。[②]

---

　　①　此词柬作于宣统元年(1909)。《严复全集》此词牌下有"己酉灯节呈彊村用梦窗韵"数字。

　　②　此诗柬作于宣统元年(1909)闰二月。《严复全集》此诗题作《闰二月二十二日游龙华寺》。

第七通

剑成老兄惠鉴:昨得佳篇,大喜过望。朴实雅健,波澜老成,独于无似,颇过誉耳。周益卿病剧,殊深惦挂。渠既辞馆,欲得算学与立平等地位者,实难其人。即有之,皆有美差,安能舍之就此乎?因益卿于割锥、微积、汽机、光重诸科,均颇深造,沪上能出其右者,昭炅而外,殆无人也。敝处现有一人,仅能课代数、几何、三角、重学,恐不足弥缝其阙也。周益卿同学中尚有二三人,请问王教习,当知所在。如欲上选,徐徐觅之可耳。手此敬复,即颂道安。复顿首。中元。

第八通

复启:顷承枉教,得读新诗,至快。如约手录拙作三诗奉呈吟次,望发药也。手上剑成诗老。弟复再拜。廿三。①

高大啸桐以故事应御史选廷试第一已而报罢
归而遍征名胜歌诗酬以二律

十年桃李下成蹊,理弱徒劳望遂闱。嘘气客能判冷热,闭门人去省推挤。若为补衮求山甫,遮莫堆盘认火齐。叶平。收汝杜鹃臣甫泪,景山松桧太凄凄。

郑陈谓苏龛、蜻庐。篇什极春容,足洗从来芥蒂胸。床下牛争原是蚁,杯中蛇起漫成龙。即标高节宁无补,何况清时尚可逢。如戟须髯看彼此,偎阑吾岂学秋蛩。

右二诗皆戊申十一月朔作。

原 唱

五十始有髭,见事良已晚。留之定何取,每顾辄自哂。拂唇颇不耐,竟日手勤撚。旁人知讳老,熟视谬称善。回思兵间日,身手绝精

---

① 此书作于宣统元年(1909)正月二十三日。是日严复日记云:"夏建成来,示近作,抄诗与之。"

悍。乞归三载中，花落风雨散。当时若有靳，用意乃至浅。少年既坐误，短景何足算。青山对沧浪，世态凡几变。自注：坡诗"青山有似少年子，一夕变尽沧浪髭"。

次韵苏戡留须

男儿当有须，不系留早晚。揽镜悦鬏鬏，未博秦女哂。违天乃与镊，好弄时自撚。磔赤虾壳狞，披黑燕尾善。夫子嵇阮流，面目极廉悍。剧谈九河翻，溅沫千珠散。五十乃有髭，呀谷春草浅。行看缘坡竹，离离遂可算。八十非熊罴，庸渠沧浪变。

附　录

严幼陵挽词

念昔趋藏室，南荣共裹粮。罪言初发箧，沧海已生桑。抉目临残霸，埋忧到北邙。华胥十年梦，宁有寝虚床。

冷落元亭酒，辀轩绝代人。过庐重下涕，对卷一伤神。共照盘中日，谁传火后薪。讲堂题字在，桃李黯吹春。予与君先后主讲复旦学校。

魏 繇 二通

魏繇,字季词,湖南邵阳(今湖南邵阳市)人。魏源孙。有《邵阳魏先生遗集》行世。

第一通

盈盈一水不可绝,鞅断机昏计太拙。世间陆沉尽自取,首白丹铅坐灯灭。渔父楚歌敲船唇,隔窗泠泠秋意新。共道细腰宜饿死,宫中新养如花人。

丁未开正五日,奉和剑丞仁兄雪夜过伯严见怀。繇上。

第二通

利喙长距气概绝,筑室道谋亦自拙。梦回隐隐闻奔雷,谯鼓声停夜膏灭。倾壶破酿胶吾唇,悲歌当哭耳更新。鸿嗷满道沟壑断,拥肿自我浩荡人。

次韵雪夜过伯严见怀。映庵道兄正。文斤山民繇草。

附 录

魏季词挽词

坏屋秦淮角,吟声四壁空。无惭副墨后,只以布衣终。至味存葅蛯,遗编付蠹虫。迩来寻魏墓,埋没乱山中。"埋"改"芜"。默深先生墓在西湖,顷年湘人往访,碑石不存,已不识埋骨何所矣。

顾 云 一通

顾云(1845—1906),字子朋,号石公,江苏上元(今属江苏南京市)人。有《盋山诗录》《盋山文录》等行世。

第一通

人日集深柳读书堂,剑丞太守次韵枉赠,五叠韵奉酬即政。

人日先春集,次日立春。新诗煦笔端。漫成挑菜会,特与馔花寒。白发劳相顾,青尊肯使残。词坛谁可主,插有血盈槃。

剑丞示偕登扫叶楼作,六叠韵奉政。

胜国论遗老,流传自有端。室家何足恋,冰雪此心寒。楼故龚半千先生所舍宅。客岂同王粲,僧殊少懒残。陆沉如北望,几辈靳缨槃。

癸卯孟春,云稿。

附 录

顾子朋挽词

郑老曾语我,为君诗每工。人亡潭水碧,世换盋山空。扫叶寒烟底,鸣笳乱柳中。江南去来迹,如梦踏西风。石公与郑海藏交最厚,海藏每云:"对石公作诗辄佳。"

释敬安　一通

释敬安(1851—1912)，字寄禅，号八指头陀，俗姓黄，名读山，湖南湘潭(今湖南湘潭市)人。有《八指头陀诗集》《八指头陀文集》等行世，今人辑有《八指头陀诗文集》。

第一通

剑丞观察于六年前枉顾毗卢寺，投诗以赠，迟迟未和。庚戌九月，陈吏部宅中相遇，索和前作，奉酬解嘲，即呈郢政。

一笑相逢转愧颜，六年诗债不曾还。自怜慧业随时减，莫怪枯僧得句悭。白发苦吟秋雨外，黄花疏冷夕阳间。只愁绮语磨难净，赢得禅心老未闲。

八指头陀敬安。

附　录

师初不识仓梵字，亦解吟诗亦解禅。衣衲酣收四明雨，酒壶满酌洞庭烟。驴头大似谁能会，鸟口残分那得全。千百丁香法源寺，树间何憾动人天。

梁鼎芬 一通

梁鼎芬(1859—1919)，字星海，号节庵，广州番禺(今广东广州番禺区)人。有《节庵先生遗诗》等行世。

第一通

焦山海西庵和尚穷甚，大有散原、葵霜之风，能为销《江苏诗征》五部否？每部六元，所得有限。拟告顾台友交余表弟送上。银交余。夏、李、梅、俞各一，公得其一。

附 录

梁节庵挽词

平生每诵扇头诗，谓似冬郎骨在肌。道载斯文坚比铁，身随国祚命如丝。重臣须愧埋名寡，先帝应伤入傅迟。我屐欲穷弹指迹，相追残梦苦无涯。

胡思敬 一通

胡思敬(1870—1922)，字漱唐，号退庐，江西新昌(今江西宜丰县)人。著有《退庐诗集》《国闻备乘》等十数种，辑作《退庐全书》行世。

第一通

鉴臣先生撰席：前辱书，久未裁答，至以为歉。贵馆拟印□人小集，略变江湖群贤之例，朝野兼存，可云盛举。但历来操选政者，或以诗存人，或以人存诗，要必人品与诗品相称，才不负大匠苦心，可垂久远。鄙人本不能诗，即间有所作，亦不过蛩吟龟咶，过耳即亡。必欲溲勃兼收，则请俟编辑将成之时，先以各家姓氏见示，然后录副奉寄。手复。即请撰安。三月廿八日，弟思敬拜复。

桂念祖 一通

桂念祖(1869—1915)，字伯华，江西德化(今属江西九江市)人。有《桂伯华先生遗诗》等行世。

第一通

丁香结

积雨侵阶，同云蔽野，墙外屐声来往。倚绳床经案，朝又莫、时霎龛灯都上。文园情绪减，才触拨、禅关又放。人间天界，刹那轮转，肠回无像。　惘惘。记三五年时，秋月春花同赏。绿酒红灯，银鞍绣毂，尽劳追想。无奈存没聚散，苦乐殊今曩。惟何恩何怨，尚隔莲邦胕蠁。

蓦山溪三月五日作。

春光欲尽。未得天涯信。早起镇恹恹，减裘带、余寒犹嫩。古碑临罢，独枕故衣眠，魂无定，身慵困，酿就维摩病。　谁家巷陌，红满香成阵。旬月雨风频，减多少、游踪逸兴。忏除烦恼，赖有贝多经。帘押静，香篆烬，终卷阴移寸。

菩萨蛮读小山词。

才华已为情销损。那堪又被多情困。珠玉女儿喉。新词懒入眸。　清愁销不得。梦入莲花国。方信断肠痴。断肠天不知。

虞美人

凄凉十五年中事，苦了他和自。香残红褪画堂空，早是柔魂销尽夕阳中。　他生有分相厮守，拼共天长久。仙山楼阁也迷茫，只要双心一意向西方。

附　录

桂伯华挽词

　　一见杨居士，将持此道西。眼中怖前境，梦里落恒蹊。著字须为偈，逢歧要不迷。平生果无漏，法喜与同栖。

汪德渊 一通

汪德渊(1873—1918),字允宗,安徽歙县(今安徽歙县)人。

第一通

剑丞仁兄先生执事:虚舟发五日,会叔即来,与彦相将于李蘋香所,斗牌一日,复去矣。弟明日当之金陵,月晦当返。新马将已成,能乘兴来沪一决雌雄乎?《警钟》曾属发行人寄尘,未审收到否? 此报有仗于大力提挈,务乞称愿力,惠然解囊寄下。顷事事扩张,须外力佽助甚殷也。敬恳敬恳。参案竟侪鹤于鸡群,为一愤懑,水清石自见,当无累于盛誉也。恶和一章,录后呈粲。敬叩勋安。德渊拜上。二月十七日。

春夜不寐有怀夏剑丞太守并答见赠之作

漠漠离愁到晓残,荒江夜雨角声寒。逃空只为跫音喜,入世宁非草露欢。钟鼓爱居因海近,蛟龙神沛虑河殚。多君宦隐金门吏,犹得为霖济旱干。

附 录

汪允中挽词

识子由吴季,谓吴彦复。知名自蒯通。谓蒯礼卿。翻书金粟窟,剥茨夜灯中。俊语多回味,遗文可振聋。清波一千顷,去若大淮东。金粟为允中译书斋名。

劳乃宣 一通

劳乃宣(1843—1921),字玉初,浙江桐乡(今浙江桐乡市)人。有《桐乡劳先生遗稿》等行世。

第一通

摸鱼儿 自题《劳山归去来图》。癸丑冬,应德国尉君尊孔文社之招,自涞水移家青岛,以地在劳山之麓,为吾家得姓之祖居,此行可谓为归。浼金君甸丞为绘斯图,自题此阕。

　　峙沧溟、万峰环翠,先畴遥溯千古。雷声电影飙轮疾,载得萧然家具。聊赁庑。更莫道、山川信美非吾土。高风远数。问迷路逢萌,餐霞李白,遗躅可容步。　　南云邈,间井方丛豺虎。周京又感禾黍。江湖魏阙都成梦,蹙蹙我瞻何所。谁与语。浑不料、有人重译谈邹鲁。归来且赋。愿蠹简埋头,鲸波洗耳,长向画中住。

前调 重返青岛,再题《劳山归去来图》。癸丑移家青岛,以在劳山之麓,绘《归去来图》,曾题一词,历荷同人题咏。甲寅战事作,迁居阙里。丁巳时局又变,复返岛上。抚今追昔,感慨系之,再题此阕,以写我怀。

　　认家山、群山山外,依然黛染如画。浮空海色涵山色,山海莫分高亚。聊慰藉。凭报与山灵,我又归来也。孤吟和寡。只波上闲鸥,林间倦鸟,相对旧游话。　　沉冥意,犹剩溪藤曾写。茫茫谁是知者。空余一掬铜仙泪,还向沧溟重洒。残照下。问可有、鲁戈挥日回三舍。东皋啸罢。尽矫首璇霄,帝乡安在,委命且乘化。

　　劳山居士草。[①]

---

①　旁注:"此非玉初之亲笔。"

孙毓修 三通

孙毓修(1871—1923)，字星如，江苏武进(今属江苏常州市)人。有《中国雕板源流考》等行世。

第一通

剑丞先生有道：四部举要总集，即依尊拟定局。唐人别集中又加入陈伯玉一家，似亦不能少也。《秘笈》第四集，顷已照单提出《崖山》《笔梦》《傍秋》《扶风》《唐石经考》此书误入第五集者。等数种覆审，再请鉴定。原书太破，余items拟先发修。宋元别集以弟记忆所及，则可印者极多。愿它日尊驾至此，时得追随杖履，再作嫏嬛之游，倘能尽数家珍也。《芦川集》四库箸录者是《大典》本，其后宋本重出，亦非全帙，则撰《大典》时所据亦是残帙。虽同一残阙，而影宋本总愈于《大典》本，况又多《青词》附录耶？似亦可以影印。单上所列吴《北湖》《山房》《蒙隐》，皆是《大典》本。聚珍版未尝刊行重印，极为憾事，余俟考得再告。《江湖集》详目见朱氏《汇刻书目》第十六册。昨嘱以某家续集询问缪艺风，今忘其名，请告之。大箸《剑映庵词》，渴望已久，不知可赐一本否？《崖山集》二册，共五十二叶，原单云二十六叶，盖仅见其一也。原书无卷数，今按之，似阙中册宋元两朝人诗文。专此率布。敬叩台安。毓修上。十二月廿五日。

第二通

缪公来，《存复斋集》钞本一册奉阅。此书惟《南宋杂事诗》引之，它无所见。如欲印行，乞公再函彼一商。彼固无不可者，得公一言，自更周匝耳。此上菊生先生。毓修上。八月廿九日。

第三通

剑丞先生有道：先人墨迹一册惠题长歌，拜诵之下，既感阐幽之至意，复荷勖勉之盛心，谨九顿以谢。《禹贡》副本顷已向史馆索还，因尚未校正，故迟日呈教也。专此，借颂秋安。毓修上。八月廿八日。

叔通先生嘱写之件，前已领悉，俟星棋[期]得暇，写就奉上，乞为道及。又注。

附　录

孙星如挽词

流俗每轻此，相讥如嗜痂。居为老聃室，行载惠施车。旧校手亲过，奇书眼不花。梅园一弓地，无奈日西斜。

李瑞清 六通

李瑞清(1867—1920)，字仲麟，号梅庵，江西临川（今江西进贤县）人。有《清道人遗集》等行世。

第一通

明日当令施生上谒。合请同乡，乞附名。命题词面，因连日未能寻得样格，荒唐殊甚，求再画一与我，即书上也。剑丞诗家阁下。弟清顿首。

第二通

剑丞老哥大人阁下：在宁卒卒，未得尽怀，殊为邑邑。顷得电，已促高君行矣。并呈其近著，当可以窥其学高。寒士而沪费多，如功课好，则乞成全，略增之，以足其养家之资，则尤感也。骤热，已着夹矣。沪上如何？千万珍卫。弟李瑞清顿首。

第三通

来诗削尽诗家例语，陈、郑外，近人无能为此者矣。当勉为小诗奉报，数年未尝拈笔，诗径茅塞，未知能成句否？并拟补图以纪雅游。已写去，向沈、程索句乎？盦人老哥诗家。弟清顿首。

晚间成小诗，奉呈诗家一笑，未能如君戛戛独造也。盦人诗学长。弟清顿首。

第四通

人来，承购石青朱墨，珍感珍感。尊联尚未落墨，以上石未便草草，稍暇当报以佛像。然有青无绿，不能作唐宋笔墨，为可恨耳。剑丞先生吾兄。清道人顿首。

第五通

连日赶出节货，故尊处联尚未落墨也。颜色直六十七圆，纳上。剑丞吾兄阁下。清道人顿首。

第六通

剑丞吾兄阁下：昨事已与家六叔言之，云此为孤本，其万金之直，为家三叔所定，至须至八千，乃能开谈判也。在江西时，已有陈某出过六千矣。秋凉珍卫。功清道人顿首。

小世兄近日读书何如？颇念之也。①

---

① 此书后有夏敬观注语云："梅庵所云小世兄，乃吾亡儿承英也。得其书于旧簏，承英殁已三年矣。览之神伤，因装背其札数通于是册之末。"

皮锡瑞　七通

皮锡瑞(1850—1908)，字鹿门，湖南善化(今属湖南长沙市)人。夏献云弟子，夏敬观经学师，其女适夏敬观侄承吉。"敬观于学略窥门径，皆先生之所赐也。"有《师伏堂诗草》《经学通论》《师伏堂日记》等行世，今人辑有《皮锡瑞全集》。

第一通

剑丞仁弟亲家有道：夏初接奉手书，匆匆未及裁复，舟过沪上，始寄一函，未审已达左右否？闻已辞谢学堂，出司厘务。周官立法，早征门关；汉世方隆，创行权算。时逢多故，借裕国储。王戎之握牙筹，未妨名士；苏轼之监酒税，不废文词。美政新诗，便中寄示为幸。瑞垂老远出，以津馆事闲修丰，借可养生，稍得清累。不意中座过听，以为瑞不可离，学堂屡电催归。不得已于秋初辞馆，南返回湘，仍充师范教习并编辑教科书事。戴凭重席，敢云师道之尊；冯妇下车，未免士人之笑。中座复延入抚幕，瑞恐事不易办，现当官绅水火，未敢侧足焦原，再三婉辞，乃复委代高等学堂总理。既辞入幕，不便再辞学堂，只得移往堂中，勉强任事。师范讲经编书如故，精力难以耐劳，且学界风潮深防波及。代办无薪水，月止夫马廿金，编书未开办，亦未支薪水，徒劳无补，亦欲婉辞。迫于饥驱，未能静摄，奈何？抗尘走俗，吟咏久废。在津与陈伯平观察唱和，叠《沁园春》《金缕曲》数十首，拟名《潞津酬唱集》，未及刊刻。近所著《汉碑引经考》各种，皆无力付刊。局刊说经诸编现已出书。王祭酒辑《骈文类纂》，自六代至近人，拙著入选近百首，皆无便邮奉寄为歉。前者《师伏堂骈文》二卷，承吾弟为之刊刻，今板本不知在何处，问令兄，云府上无有。兹稍增入，厘为四卷。学堂购有印书机器，拟用检字印成。拙诗在令兄处，有函索回，并用检印，恐亦无便寄耳。令侄达三，流荡忘返，烟霞成癖，彼素敬五叔，望便中戒之是幸。即颂勋祺，不具。锡瑞手上。初九。

二小儿委南康清赋，现只得到赣信。

第二通

　　幹臣仁弟亲家执事：顷奉手书，欣谂政誉平宣，提躬绥邕。前闻为狂猘所噬，大都苍黄入告，黑白不分，鸥鹭之侣并厄推排，虮虱之臣亦遭抨击。矧在宦海，尤多波澜，见睍日消，必保终吉。瑞去秋南返，仍为冯妇，虽由压力，实迫饥驱。前既辞幕而就学堂，今并学堂亦求交卸。一由近来新学过事嚣张，非直宗旨多染欧风，抑且衣冠半仿西式，惊骇世俗，恐生风潮。一由近来改良，经费太巨，高等本时务学堂之旧，右老筹常款，岁止一万一千，今将浮出一倍。中座热心教育，虽不吝惜，后来挑剔，必有违言。瑞本代庖，月止夫马廿金，何必担此重任，且五日京兆，威令不多，窒碍良多，脱身宜早。已于前日卸事，但充经学教习。敝邑小学局面不大，管理非难，每日在彼看书，至讲期乃奔走两处，幸托顽健，当可勉支。前所著书多属考证，未能奉寄，亦无可观。骈文板实未归，今正翻刻，略有增益。俟毕工后，拟将诗稿删定付梓，俾数十年精力，犹留一二于人世间。敢云藏山？借供覆瓿而已。刻价日昂，筹款不易，迟之又久，未能蒇事，将来书出，即当寄上。弟惊采绝艳，独冠群英，美政新诗，必能兼举。年来大著已否付刊？便中望寄佳篇，以当清晤。吉儿南康回省，尚未得差，江西盐局，权在江南，倘有机缘，请为留意。若彼时吉儿已得事，即使寿儿前往亦可。舍间幸托粗适，大婿汪念恂病故，甚为长女哀怜。闻令侄达三改官湖南，次女当同归省。三女入女学堂肄业。现在风气少开，若不出风潮，亦吾湘之福也。手复。即颂文福。锡瑞上。三月初八。

第三通

秋风卷江江水枯,黑夜断雁声相呼。一辞伦好即道路,遂觉魂梦伤羁孤。孤梦摇摇樵舍泊,纪功想见文成迹。当时赤手捕长鲸,三百余年鬼燐碧。重阴不散蒙气昏,恶浪倒灌鱼龙奔。老蟾含光不敢吐,乃使蟆怪迷乾坤。君才奇律归昌凤,奋翼一鸣已惊众。岂惟词赋丽卿云,抱策长沙有深痛。斡运方期英妙才,一篇抵赠千琼瑰。美人欲报青玉案,招贤迟尔黄金屋。

夜泊樵舍,奉答斡臣仁弟赠别之作,并呈寄庐主人教正。鹿门山人轮舟中作。

第四通

感事八首和斡臣作

蓬莱宫阙是仙山,歌舞清时日月闲。玉宇琼楼本天上,金堂钱室又河间。承家重法貂珰伏,问寝通宵凤辇还。莫信甘泉烽火急,万年阊阖隔尘寰。

崔嵬长白耸奇峰,拱卫诸陵王气钟。丁令空闻返辽鹤,田畴竟忍卖卢龙。金州拒敌无坚壁,铁岭开基有旧踪。赫赫高皇自神武,只今弓剑暮云封。

自昔元公苦跋狼,亲贤重事且平章。黄龙但解盟夷虏,白雉何能致越裳。夹辅曾无慕容恪,忧危翻似竟陵王。翩翩浊世佳公子,独写危言字几行。

重臣分陕倚前劳,伴食中书望更高。偃月堂深藏腹剑,格天阁大警靴刀。漫夸相印多苏季,终恐童谣兆董逃。能否北门坚锁钥,白头犹想拥旌旄。

神京左臂失三韩,滇粤诸边势尽寒。始祸先驱有关白,分肥择噬已苏丹。孤秦大鸟垂头久,六国连鸡奋翅难。极目环瀛同厝火,岂能要约恃珠盘。

愁吟织女大东篇,更学牵牛借聘钱。专使未归槎八月,忌医谁蓄艾三年。玉环欢庆来西母,金殿谦恭待左贤。闻道孔桑心计好,司农仰屋但呼天。

化机奇巧泄乾坤,景教流行毒雾昏。巨子圣人三墨贵,腊丁文字五洲尊。如何赤县崇祆庙,反有蓝波奉孔门。浑沌凿穷天亦老,沧桑变幻更难论。

回天欲奋鲁阳戈,奈彼嚣腾暮气何。碧眼贾胡雄白种,奇肱车道越黄河。庸臣变色惊谈虎,志士忧时叹指驼。狂和君家小海唱,看人尽醉且高歌。

鹿门山人漫稿。

第五通

和宋人咏物词四首用原调

水龙吟白莲。

冰肌何太清,玉妃惊破红尘梦。凌波微步,凝脂洗出,五铢衣重。无情有憾,风清月晓,灵根谁种。似蛾眉淡扫,邻娃着粉,欲窥见,墙东宋。　　西子苦心暗捧。望天边菱歌声动。瑶池宴罢,龙舟回棹,澹香遥送。群仙归去,蓬蓬云起,都骑白凤。笑六郎空倚朱颜,恐辜负,当时宠。

摸鱼儿莼。

似田田玉池荷叶,纤痕湖上初裊。高人最惜江乡味,莫待丝丝秋老。芳信早。同玉脍金齑,俊物宜新芼。水云梦渺。正翠滑流匙,香清试剪,点点映红蓼。　　流年易,偻指西风又到。吴淞一箸堪饱。眼前杯酒名身后,作计谁愚谁巧。君莫笑。看士衡入洛,也说莼羹好。华亭鹤叫。趁冰涎可采,何如归去,海上狎鸥鸟。

齐天乐蝉。

碧空飞下新声早,声声又添凄警。日淡移红,阴浓转绿,好是昼长人静。轻盈两鬓。忍唤起秋来,鬓霜生镜。露重风多,余音摇曳那堪听。　　玉墀罗袂忆否。汉宫黄叶落，休说风景。苦调烦君，哀吟和我，寂寞茂陵谁问。铜仙泪冷。憾噤默无言，总多刘胜。几辈金貂，拊心应自省。

桂枝香蟹。

霜肥稻熟，正新酒菊天，才病都解。好是盈筐绿走，登盘黄赛。持螯岂免庖厨憾，奈尊前未忘狂态。秋风盼到，拍浮船里，寄怀尘外。

叹一蟹何如一蟹。看腹本无肠，身还着介。漫倚干戈甲胄，横行江海。聊将冷眼闲观汝，恐彭王晚逢菹醢。一星幽火，请君入瓮，难逃红背。

齐天乐藕丝。

珠盘泻露难穿线，纤纤一缕清绝。欲断还连，将萦又拂，正好纳凉时节。多情杜老。看落日轻风，佳人亲雪。玉腕玲珑，琼枝相比更莹洁。　　莲歌清唱未歇，想暗结同心，心向谁结。蚕室春缲，鲛人夜织，纵倚并刀难截。相思漫说，有万种缠绵，莫教轻泄。一点灵犀，恐秋来更热。

青玉案菱角。

江妃微露双丫髻。莫轻触，蛟龙起。对影玉池人有意。飞凫身小，凌波痕细。擎出纤纤趾。　　红衣半脱柔肤腻。素手应怜刺伤指。漫倚南风思芰嘴。头尖鸳并，芒多鱼避。犹隔盈盈水。

柳梢青西瓜。

剖去金刀，盛来银盎，暑气都销。肤翠裁冰，瓤红镂雪，满地琼瑶。　　思量哈密天高，曾贡自、流沙路遥。伊凉一曲，玉门万里，谁是班超。

第六通

有　感

埋轮风节汉廷贤，折槛忠言圣主怜。神女易迷三里雾，灵修尤隔九重天。朝中忍见芳兰变，海外空闻疏草传。悬首藁街真快论，不应千载叹胡铨。

虎踞畿南三十春，神州从此不能神。袁安涕岂流王室，司马心难问路人。分陕召周虚重寄，结婚申骆误和亲。乘查贯月寻常事，沧海由来接汉津。

巨舰蒙冲一旦休，惊闻夜壑徙藏舟。安知蕞尔微三岛，竟敢横行大九州。鳌骨携归龙国用，鲛绡卖尽海田愁。严颜本是生降将，错被人呼作断头。

非无快剑斫蛟鼍，奈此豺狼当道何。逐日频抛夸父杖，回天谁奋鲁阳戈。惯看横海将军出，愁听临江节士歌。揽辔扶桑应未远，金银宫阙郁嵯峨。

屠龙岁岁费千金，谈虎人人变色深。两戒河山亡左臂，三军苦乐少同心。黄图污辱何天地，碧海波澜自古今。请为诗人歌小雅，中华何至四夷侵。

和干臣书愤四首

天上瑶池路渺茫，仙人原不感沧桑。女皇炼石功曾记，臣朔偷桃说太狂。每念扶风尝饭麦，何须钱室更春粱。昆明劫火寻常事，且听双成奏八琅。

一梦邯郸四十年，魔君何意竟生天。荆州玉唾能无慨，郿坞金堆亦可怜。谶语久遮罗睺月，归装犹带岛夷烟。西湖铸铁君知否，未必前人愧后贤。

鹤化辽东叹令威，人民城郭是耶非。玉衣晨举灵犹赫，金甲春销愿尚违。但倚珠盘返侵地，何曾铁骑解重围。聚财莫道全无益，赎得齐田向鲁归。

孤屿云烟峙海东，百年文物染华风。奸雄忍托珠崖议，将帅宁忘铜柱功。气数兴亡关鹿耳，夷酋窥伺切鸡笼。阳樊不服词凄绝，想见遗民涕泪中。

师伏堂主人稿。

第七通

摸鱼儿 感事和幹臣。

问今番海枯石烂，长江天堑何恃。神州赤县峥嵘甚，愁带腥膻之气。君试觑。有碧眼波斯，日夜眈眈视。脂膏尽矣。似躯壳空存，精华坐槁，护疾且医忌。　　纵横处，都是蜃楼海市。一方干净无地。牵牛借得钱千万，十二楼台重起。知甚意。边阃奥门庭，一概容窥伺。鲛人潜泪。正大内笙歌，旁观痛哭，榻侧许酣睡。

鹿门山人倚声。

附　录

哭善化皮鹿门师

束发方读书，塾师四五辈。咿唔六经字，敷说益茫昧。自来师伏堂，朝夕荷勤诲。盲马得途径，稍稍豁蒙蔽。始知孔子圣，传者固未坠。尚书疏今文，口授殊强识。烧烛夜至跋，诸生共雠对。继承欧张学，辨别刘王伪。河流石室下，如来听讲义。阿咸门生长，少孤三礼治。谓予侄承庆。夫子琴瑟旁，前后列礼器。问一辄得十，漫笔书郑志。贺赟元。宋名璋。富年力，熊罗宿。卢豫章。亦精锐。秋深草玄宅，同车问奇字。义宁振南学，谓陈公宝箴。弓旌浮湘至。尊之祭酒荀，遂称夺席戴。论罪不见案，波及举国沸。嗟哉陈仲举，先死浇雾际。邠卿撰章句，复壁藏数岁。脱身剑头炊，沥纸匣中泪。壬寅春三月，我方入楚赘。谒师城南隅，立雪程门外。七年病江海，思之劳寤寐。岂知两楹奠，叹歌泰山坏。傃幽告厥终，一诀成永逝。小雅久不歌，抱道诚自瘁。弟子亦垂老，对镜失葆翠。不死尊所闻，聊以俟后世。

文廷式 二通

文廷式(1856—1904)，字道希，号芸阁，江西萍乡（今江西萍乡市）人。有《文道希先生遗诗》《云起阁词钞》等行世，今人辑有《文廷式集》。

第一通

疏影秦淮有赠。

凉蝉坠叶。正碧波渺渺，秋在城堞。酒所凄清，相唤移船，华灯掩映佳侠。宜城放客多愁思，写不尽、琴心三叠。数合欢、制就齐纨，谁料未秋先箧。　　坐对江湖兴杳，便思自此去，同理舟楫。却恨青铜，华发星星，那称绛唇丹靥。从渠自向空王忏，恰难忘、散花香裹。甚四弦、解诉飘零，歌畔泪珠盈睫。

罗宵山人倚声。

第二通

永遇乐秋草。

落日幽州，凭高望处，秋思何限。塞雁哀鸣，惊麏昼窜，一片飞蓬卷。西风万里，逾沙越漠，先到斡难河畔。但凄然、亭皋目极，玉关消息初断。　　千年只有，明妃冢上，长是青青未染。闻道胡儿，祁连每过，泪落筚篥声怨。风霜顿改，关河犹昔，汗马功名今贱。惊心是、南山射虎，岁华易晚。

水龙吟

落花飞絮茫茫，古来多少愁人意。游丝窗隙，惊飙树底，暗移人世。一梦醒来,起看明镜,二毛生矣。有芙蓉宝剑,蒲萄美酒,都未称,平生志。　　我是长安倦客,二十年、软红尘里。无言独对,青灯一点,神游天际。海水浮空,空中楼阁,万重苍翠。待骖鸾归去,层霄回首,又西风起。

醉太平

征衫酒浇,香衾梦遥。阳关四叠魂销,折长亭柳条。　　年光易凋,山川自辽。行人白发飘萧,过当时板桥。

石钟山昭忠祠

健儿百战分生死,楼观初开杳霭间。我有春心不能写,梅花光里看江山。

附　录

文道希学士挽词

契合由明主,人将拔薤惊。疏麻看尽折,长夜苦难明。蜀道鹃常叫,华亭鹤不鸣。迎忧仍地下,急鼓黯重城。

路人空欲籍,逐鲁圣何伤。终是文章伯,能裁子弟狂。梦攀云汉侧,光阴帝星傍。为问南迁客,谁闻舜乐张。

避怨逢庚子,成名许顾雍。年齐诸弟列,哭向寝门同。永叹珠沉海,还疑𦣏沍风。诗骚多草木,尽入挽歌中。

杨士琦　一通

杨士琦(1862—1918)，字杏城，安徽泗州(今江苏盱眙县)人。有《泗州杨尚书遗诗》行世。

第一通

挽嘉兴许侍郎

木天粉署旧知名，西渡流沙东渡瀛。万里入关犹属国，十年浮海到公卿。机云灵气江山助，靖劭家声月旦评。正色立朝和处众，丰棱不露世胡惊。

小丑无端偶跳梁，清尊一夕话兴亡。辩奸独论王安石，爱世空悲薛孟尝。垂死未能容眷属，只身留取伴君王。江南独听华亭鹤，沦落天涯泪几行。

外无朋党内无援，谗口难防耳属垣。死任临洮窥牧马，生愁蜀道有哀猿。侍中碧血文山气，忠愍丹心武穆冤。六尺藐孤今已矣，西泠遗恨过徐袁。

九京何处吊忠魂，秋雨秋风过此门。朝有萧何留国士，世无漂母愧王孙。啼鹃泣尽三年血，公有女四，子三人。驽马难酬一顾恩。公论在人公不朽，夕阳亭下几黄昏。

癖商初稿。

附　录

杨杏城丈挽词

接座春杯暖，常亲肺腑言。人皆疑过默，我亦厌群喧。说士空三策，深居洞一垣。潭潭公辅器，遭世有难论。

魏公尝密记，颜尉奈无宜。既退交弥笃，当前百可思。投琼亦观德，击钵每催诗。今日缘缨泪，来看绝笔词。

葛岭台前路，从兹履迹空。哀笳向淮水，残月到蒿宫。铭志埋何急，亲朋哭未终。虚堂药臼在，竟欠绝三虫。

况周颐 四通

况周颐(1861—1926),字夔笙,广西临桂(今属广西桂林市)人。有《蕙风词》《蕙风词话》等行世。

第一通

古微先生由苏来,即将其词稿索去。前夕回寓,疲倦已极,未即复闻,歉仄无似。此颂映盦先生著安。周颐顿。十三夕。夏大人。

第二通

《鼓山志》一书可资采证,馆藏如有此书,祈即检借一用,如无,则它处亦可访求也。此请剑丞先生箸安。弟周颐顿。初三。

第三通

映堪先生箸席:送上墓志目录一册,祈为转呈叔通先生,尽册中所有,实价一千元。其日前所呈一单,则在全分外者,虽零售亦可。倘荷玉成,敬图琼报。琐渎,无任主臣,叩恳。即请台安。弟周颐顿。八月十一日。

叔通先生前,祈代达恳忱,并敬候。造象目容续奉。

第四通

教笺敬悉。墓志中只《董美人》是覆本,余皆元刻,无第二覆本也。《元公姬氏》是初碎精拓,虽非完本,佳于近拓多矣。诗序如系尊处及陈叔翁垂委,则敬当遵命。此复。即颂映堪先生安。弟颐顿。十三。

汪兆镛 十八通

汪兆镛(1861—1939)，字憬吾，广东番禺(今广东广州番禺区)人。有《微尚斋诗》《雨屋深灯词》等行世。

第一通

剑丞先生年大人阁下：客夏于张菊生同年座上获瞻风采，别来忽忽经年矣。前由菊公寄到哲兄达斋同年、哲弟书厂参军暨贤配左淑人墓志三通，景仰前徽，一门盛德，无任钦佩。拙纂《碑传集三编》，妄意希为钱、缪继尘，其辛亥后潜隐不仕者，仿范史立独行一门，哲兄志节皦然，无愧汉代，贤配应列妇德，哲弟应列孝友，均有光芜制，锡比百朋，谢甚谢甚。令叔子新观察丈任增城令，先君曾在幕中，累世知交，后裔如何，至以为念。兆镛濩落无似，日惟闭门读书，出门看山，一筇孤往，旧雨日鲜，以视沪上群贤萃止，其为欣戚，奚啻天壤耶？《清词钞》已编纂有头绪否？时不可失，早日成书为盼。闻朱彊村侍郎拟辞总纂，似宜合词坚留，何如？不才诗文都无足省览，且恐触迕时忌，不敢灾梨。兹检《元广东遗民录》一册、《岭南画征略》二册、词一册，另包邮呈，尚乞有以教之，并望示复为幸。专此道谢，虔请撰安，不宣。年小弟兆镛再拜。庚午冬至后六日广州发。

朱彊老、陈伯严、叶伯高诸公，均乞致意。久未接菊生同年函，晤时代达拳拳为祷。

第二通

剑丞先生年世大人执事：日前接奉环章，谬荷宏奖逾分，愧悚愧悚。承惠先集家乘,拜领浣诵,清芬巨制,钦佩莫名。拙纂碑传虽贵工文,而尤以纪事为主。台湾旧事岁久,人将以异域置之,况作可资考镜。先公政绩彪炳,且望江中丞抚粤时,为兆镛乙酉优贡会考座主。望江熟精《汉书·地理志》水道,书院课作颇承加墨评许,选贡谒见,情甚殷殷。遗集未见,得此传一篇,弥足宝贵。先公集中多寄怀子新观察丈诗,诵之尤增追昔之感,锡比百朋,非敢阿私也。先十二世祖青湖公,明嘉靖间官江西提学佥事,《明史》有传,文集十四卷,《明史·艺文志》《四库》均著录。昔年曾纂辑诸书为家传一篇,另包邮呈,伏希察教。客夏过沪上,至东方图书馆,见旧钞本《泗州志》及《江西通志》,均有所采获,俟续补入。先高祖讳伦秩,乾隆间官江西新喻县知县。故老相传,任内以抗直忤巡抚某去官,巡抚某后以墨罢被劾,各员均开复,送部引见,先高祖奉特旨授广东长宁县知县,是为来粤之始。而《江西通志》是雍正间本,乾隆以后之事无可查,《新喻县志》又适为他人假去,无从检阅,未知邺架有《江西续修通志》否?有《新喻志》否?如能物色得之,请于职官表内查先高祖何年到任,何年去任,有无事迹可考,在任之年巡抚某姓名,均望示知。山阴故里咸丰兵燹后,室庐书籍荡然无存,后嗣凋零,无可询问。去春返里省墓,松楸冷落,浩叹何穷。琐渎清神,益增感歉。明春如病躯稍苏,拟乘此一息尚存,再里旋一行,过沪定访高斋畅谈。词选事有头绪否?极念。计此缄到时,又值新春,诵汉陈咸“先人不知王氏腊”之言,悢然曷已。肃覆陈谢。敬颂岁祺百益。年小弟兆镛顿首。庚午十二月十三日。

　　附上致张菊生同年一函,比邻不远,乞饬纪转送为荷。

第三通

　　剑丞先生年世大人阁下:月前接奉手教,并承寄画松便面,即经裁笺复谢,亮达典签。日来病体渐瘳,适由潘兰老寄示沤社词,有《芳草渡》一阕,清真制调,世罕继声,妄为效颦,聊答雅谊,别纸写上,尚希教正。余详前函，不一一。敬请道安。世小弟兆镛顿首。辛未春社日。

张菊生同年久未接函，闻有清恙，已全愈否？念甚。晤祈代为致候。

芳草渡梦坡、十发、映盦、兰史诸老，画梅松兰石
并赋诗寄赠，同沤社倚清真制调答之。

雪夜里，乍寄折梅花，素心人远。看墨香轻染，风梢露朵题遍。幽窈烟水伴。传空中清怨。暗伫想，片石严阿，独抚吟卷。　　孤馆。坠英艳碎，蓦自惊心时序换。便歌向、湘皋结佩，谁偿补天愿？岁寒影在，念旧赏，芳情何限。镇此夕，梦绕西溪翠巘。杭州西溪，旧多梅花，梦老画梅题句曾及之。

映盦先生正拍。辛未春社，罗浮汪兆镛稿，时七十又一。

第四通

映盦先生年世大人执事：元旦接奉手教，并承惠画松篛面，发缄伸纸，正如五色祥雯自层霄而下，传视赞叹，佩谢无量。方拟赋小诗奉酬，不数日忽有采薪之忧，医调十余日，今稍痊可，裁答迟迟罪甚，万乞曲原。承示先高祖到新喻县任年期，旷若发矇。因检《国史·疆臣表》，乾隆二十九年，赣抚辅德，与省志相符，惟逾年辅德以病卒官，并非褫职。考《东华录》，辅德亦无贪墨严谴明文。再查《会典事例》，各省被议人员有由督抚出具考语、送部引见、奉旨开复原官之例，先高祖蒙恩复官者由此。前函述家谱所载，殆乡里传闻之误，遂即酌加删易，以昭核实。幸获明示释疑，无任纫感。贵省兵乱未定，修志之举，自是寂然。粤省开局数年，尚无眉目，当路曾函招不才，力辞弗就，盖衮衮者不足与言也。执事效韩康卖药，乞诗文书画者踵接于门，仰羡仰羡。大笔苍秀遒逸，必传之作。润格宣示同人，容再介绍。门下《清词钞》之选已纂定否？是否朱彊老总持其事？念念。病体新瘥，词不宣悉，草复鸣谢，即请撰安。年世小弟兆镛顿首。辛未正月

廿五日。

张菊生同年久未接信，前恙已全愈否？再乞代候。

第五通

剑丞先生世年大人执事：奉示，于拙作《芳草渡》词过承奖借，益增愧悚。属题郑叔老词册，不才何能为役？惟生平服膺樵风，勉成一阕录呈，不敢附骥印行，惟乞教正。另折扇面，可否请转乞彊村侍郎赐写近作，如年高不欲细书，乞换小幅亦可，上年已得楹帖矣。附便寄下，以资讽诵？无任企祷。复请撰安，不尽欲言。弟兆镛顿首。三月廿五日。

菊生同年晤祈致候。上年过沪，得叔问书楹帖，极宝爱之，如有残笺，能赐一二，尤馨香以祷也。

第六通

剑丞先生年世大人阁下：日前接奉手教，即经裁复。奉和小词并附呈乞彊老书便面一件，亮尘清察。而《石湖仙》调大作元唱，请于彊老扇另面赐书，俾出入怀袖，以资讽诵为盼。因来示一时漏未封入也。专此。再请吟安。弟兆镛顿首。

此函托沪就近邮送。并声明。

第七通

剑丞贤兄仁世大人阁下：久未笺候，沪上烽火，极念寓庐，屡托菊生同年致意，闻琴书无恙，至慰下怀。拙刊《陈东塾先生遗诗》寄赠一册，祈鉴存。粤中目前尚安，日后未知如何。幕燕釜鱼，处今时势，惟有得过且过而已。郑叔问自写词册，兵燹后能赓续影印否？念念。风便希惠德音。匆泐。敬颂撰安。弟兆镛顿首。壬申五月初四日。

前寄程子大兄函，未知沪邮罢工后寄到否？晤乞致候，一询为荷。

第八通

　　映盦先生年世大人阁下：昨奉复示，并承书词笺暨朱彊老词，拜展洛诵，钦佩莫名。大作抗踪梦窗，书法直逼恽草衣，当什袭以藏，敬谢敬谢。《石湖仙》词册何时可以石印告成？尤以先睹为快。弟抱疴多日，是以笺答稍稽，歉甚罪甚。程子大兄索阅拙纂《碑传集三编》目录，俟精神稍复元再写寄，觅钞胥为难也。晤乞代致意为叩。敬请撰安。小弟兆镛顿首。五月廿一日。

　　朱彊老处乞先道谢。

第九通

　　剑丞先生世大人执事：五月廿四日奉十六日手教，知前托菊老同年转致东塾师遗诗一册，业经交到。越三日，续奉寄惠郑叔问舍人《湘春夜月》词笺，拜收，感忭无量。今日词人自推朱郑，朱有过郑处，惟偏重四明承学，流失甚大。不才尤服膺大鹤山人，上年在沪购得所书楹帖，至以为宝，今复得此，快慰生平。尤奇者，前承寄示题郑册词，开缄，词笺失去，曾以函询，此次来书，乃接诵后忽于故书堆中得之，岂精灵相感耶？"伤春""费泪"数语，不厌百回读也，佩甚。月前为一词，曾写寄兰史。与《湘春夜月》一阕情韵略近，附上乞教。复叩撰安，并摅谢忱。世小弟兆镛顿首。五月廿八日。

　　晤菊老乞致候。

　　一萼红　己巳初夏，薄游沪渎，潘兰史招集净土庵为诗钟之会。归安朱彊老以小极未预，秀水金香严、龙阳易叔由、宁乡程子大毕至，喁于甚乐。余南归未几，金、易、朱三老相继徂逝。客腊复遭倭氛，眷言昔游，顿成焦土，感逝悲来，辄依白石老仙此解，谱以写臆。

　　访槐阴。共江湖老去，华发未胜簪。荒院钟声，疏帘烛影，相对炉篆烟沉。乍回睇，枫林夜黑，叹渺渺、空际叫哀禽。楚些繁忧，汉台危涕，愁自登临。　　东澥夕烽飙起，又兰枯蕙悴，浩劫惊心。哀赋黄旗，芜吟碧树，尘外幽梦谁寻？忍还念、山川故国，向滦水、遗事话辽金。只剩悲歌酒阑，卧雨灯深。

　　映盦世先生正拍。壬申五月，罗浮道士兆镛稿，时年七十二。

第十通

　　剑丞先生世大人执事：久未笺候，惟起居增胜，著述日富为颂。月前广州城东北一带，因渠塘久塞，淫雨潦发，敝庐被淹，他物损坏不足计，惟书籍以深夜搬移不及，致漂失不少。寒斋虽无秘笈善本，而备查之书，日不能释手，又近今书肆都乏线装书可以购补，以是心绪悃悃，苦不可言。且苛政开拆马路，舍下须让地缩屋并交路费。水深火热，奈之何哉？我公闻之，当亦为之扼腕。罗浮蝶自道光中叶末至广州，月前两得之，赋诗纪异，朋旧和章颇夥，欲得大作压倒元白，附呈拙作二纸，伏希赐和。诗不拘体，笺不拘尺寸，拟汇褾卷子也。抛砖引玉，感与惭并，先谢。前接张菊生同年函，为匡庐之游，未知已返沪否？蝶诗并附一分，祈转致乞和为荷。正封间，接刘翰怡少府函，谓寄赠《晋书斠注》一书，托菊老转寄，如已返沪，祈代为婉达，请其早日交商务馆递下，脚资一切若干，示知照缴。弟昔年纂《晋会要》，浮图尚未合尖，故渴盼此书，以先睹为快也。先十二世祖讳应轸，明嘉靖间两任江西按察使司佥事，一分巡南昌，一提督学政，《明史》有传，文集亦《四库》著录。与珂乡名宿多缔交，如万潮陈九川、刘节诸公，倘邺架有其遗集，请检阅时注意有与先人倡和往还，无论诗文，幸钞示，尤所拜祷。专此。敬请道安。小弟兆镛再拜。壬申八月廿二日。

　　此函系寄沪就近转送，合注明。

　　菊老祈代致候。如已返沪，示知，当另笺达也。朱彊老题叔问词册之作，并望录示。

第十一通

剑丞先生世大人执事：十月间接奉手教，并诵大词，绵邈纡折，骨韵俱遒，钦佩曷极。属为题和，深惭谫劣，不敢率尔吮毫，又恐见责懒迂，只得勉凑一阕。承嘱转约述叔为之，屡催未就。昨复致函敦促，顷接函谓久病戒词，原函呈阅。兹将拙作写上，只言吾辈草间怀抱而已，祈严削见教，不胜愧祷之至。沤老遗词，有手订稿尤善，刊成祈寄下，价若干，望示缴。是否刻《语业》以后之作？抑并全稿刊定？念念。吴湖帆画极佩，可否请代恳作《微尚斋图》一小直幅？约尺余即得。笔润若干，先乞示之，当由沪送上转交，何如？费神先谢。久不得菊老同年信，晤乞致候。专复。祗请撰安。世小弟兆镛顿首。十一月廿八日。

第十二通

映盦先生执事：日前接奉手教，随由邮递到彊老词续刊暨遗诗一卷，又《沧海遗音集》二册，内八种，雅爱不遗，感何可言，祗收敬谢。前函《题明遗民薛剑公画竹石册》，词续刊内未收。龙跋谓此编以定稿为准，散见传钞者不复增益，甚善甚善。异时倘有人刊集外词者，续再写上可也。《遗音集》闻有揭阳曾刚甫、江阴夏闰枝二家，寄本无之。曾为乙丑乡榜同岁，其诗叶遐庵曾刻赠，词未见。夏闰公则先年至常州访金湜生丈，于座上晤谈，有一面之雅。可否请补索二家词寄下，俾成完书？尤慰积愫。买菜求添，幸勿罪为祷。公书画润格前承寄到，经友人取去，拟乞再赐一二纸何如？因有渴慕法画，欲查照托沪肆转乞也。久未接张菊生同年函，想宿疴早愈，修补百衲本诸史有眉目否？晤乞多多致意。广州入春以来，雨泽稀少而甚寒，今仍衣重绵或披裘，春寒过于沪上，向来所无。如此江山天象，安得不变耶？匆复陈谢。敬颂纂安。弟兆镛顿首。癸酉二月晦，灯下。

再者，《沧海集》海绡词版心有鱼尾，与七家版式不类，疑非原意加入者。此君殆与有夙因，否则何推许乃尔？其第一篇癸卯作，为光绪二十八年，而用"黍宫"字，似不合，此其一端也。鄙人与此君甚好，惟舆论以为不当在"遗音"之列。水心近刻节广词，以梁、夏、曾并入为十家，较允。曹凌波向敬佩之，有墓志、表状，乞录示，尤感雨泽。阅竟付丙。

第十三通

映盦先生左右：日前寄上一函，并罗浮蝶诗，想达览，能赐和否？盼祷。接菊生同年来函，已平安返沪，并以刘翰怡少府所寄《晋书斠注》带到，知念并及。陈伯严吏部八十寿，因弟六十时曾以诗见贻，不可来而不往也。赋呈一诗，不审可用否？未知其寓址，寄上请转致，费神为荷。即请大安。弟兆镛顿首。九月十二日。

第十四通

剑丞世先生执事：久未笺候。去秋沪上风声鹤唳，闻文旆避暑莫干山，甚以为念。嗣知安返寓庐，而邮递尚艰，翘勤曷既。迩者吴淞无恙，吟啸自如，慰甚慰甚。弟客岁避地澳门，今逾丰稔，欲归未得，侨居无憀，书籍未克远携，朋辈复多徙香港。此处粗有烟水清旷之致，明季高僧遗老，不乏遁迹其间。闭户默坐之余，尚可于荒榛寒照中，凭吊以抒积愫，较香港之怪诡麕集，耳目惶惑者差胜。柳柳州之愚溪，倘有所取耶？江海知交，相见何日？聊述近况而已。张菊生同年去冬来书，尚有救世之志，可佩。弟则蒿目时艰，抵几浩叹耳。闻叶伯高同年抱疴，已康复否？晤希代致拳拳。此颂旅祺。弟兆镛顿首。戊寅二月廿六日。澳门南湾三十七号二楼。

第十五通

剑丞先生世大人左右：前奉手教，谨悉一切。新寒，惟兴居胜常为颂。儿子宗洙来禀，盛称令坦万世兄明干，惟稍优之席，均由部署位置，一俟有相当机缘，定必首先奉约。并承惠法画，无任感佩，请代道谢。示及近得宋残本《梅宛陵集》，较世所传本多出诗数十首，并校正讹字不少，仰羡之至。所贵旧刻者在此，非如骨董家奉为珍玩已也。敝藏南宋原本《王梅溪集》为海内孤本，微特季、沧苇。邵、位西。莫郘亭。所未见，即四库本亦只明正统本。且明正统本系得宋原刻残阙版片补刻数叶，遂以重刻自居，卷首王珙序，朱子代作，竟削去王珙款、年月、结衔数行，谓从大全集补录刻入。瞿氏《铁琴铜剑楼藏书目录》沿其误。《四库提要》据《文献通考》疑之，而未见原刻，不能决其谬。弟从南海孔氏岳雪楼藏书散出后得之，极喜，乃以"宝梅"颜所居室。知公新得宋刊梅集，因忆及奉告耳。近日沪上商务馆承印库本各书，众说梦如，现经定议否？朱彊村《沧海遗音》中，前荷寄下两册，尚缺曾刚甫同年、夏闰枝孙桐。两家，可否请转致龙君榆生补寄？书价示缴，费神纫荷。《词学季刊》寄到第二册。前函谓诋白石为俗者，万勿刊入，今无之，此必我公之力，非特不致贻误将来，厚诬前哲，且亦君子爱人以德之义也，佩甚佩甚。时局日危，人心风俗日坏，祸害不知伊于胡底。陶诗"天下革命，息景穷居"，"易代随时，迷变则愚"。世人以变为智且巧，陶公则以变为愚，至言也。兆镛朝夕诵之。陶公襟抱高旷，盖身心性命之学所在，岂止诗圣已哉！匆匆不尽愿言。祗请纂安。小弟兆镛顿首。九月廿三日。

　　外致张菊老同年一函，乞饬人就近送交。闻朱彊老枢旅殡未葬，时局阽危，望转告设法早安窆岁为妥。

第十六通

　　剑丞先生观察执事：前奉手教并书画润格，即交敝友，由商务广州分馆代求。正拟函覆，接到惠寄《彊村集外词》《四校梦窗词集》《词莂》共三册，拜领欣忭。惟龙君刊印，应送资若干，祈示缴。彊老《题薛剑云画册》词，别纸写上，祈转致龙君，必须刊入补遗。昨叶裕甫寄到《词学季刊》，内列《彊村遗书》目录，《沧海遗音》中有揭阳曾习经《蛰庵词》、江阴夏孙桐《悔龛词》，可否请转乞龙君补寄其《外编》？

《彊村剩稿》、《彊村校词图题咏》、陈伯严撰《墓志》，并望寄下。价若干，必请示知寄上。是否径寄龙君？望示及。彊老督学粤中时，二儿宗洙以大学堂学生，未经县府试，由大学堂径送学院，考取第三名入庠。前年在菊生同年座上晤彊老，翌日即率洙儿奉贽谒见，彊老以其甥程肩吾孤贫可念，即命洙儿为之位置一席，病中身后，洙儿均不敢负师门恩也。粤中接噩耗，弟创议设位致祭，并撰祭文，虽文不工，而于彊老似尚非泛泛。稿附上乞教，可交龙君汇存否？颍川挽词绝无切挚语，今见《词学季刊》载之，公视之何如？《沧海遗音》中，惟《颍川词》版心有题字，与别卷不同。盖彊老为刻词以奖励之，并非欲厕之《沧海遗音》也。安有就中山学校员，月攫丰脩，而可谓之"沧海遗音"乎？《季刊》中，龙君尚拟以颍川《说词》刊布，此尤不可。其《说词》诋白石为俗，粤士诧为狂谬久矣。恃知赘谈，一笑置之。近刻曾大父《史亿》一卷，另包寄呈。曾大父就新建县幕三任，前侍先君客子新观察丈幕中，屡闻丈谈及，今重刊成，故以奉赠也。复谢。敬请撰安。弟名心叩。五月初一日。

暑湿病多日，裁答迟迟，勿罪勿罪。

第十七通

吷盦先生年世大人执事：久疏笺候，春融，惟动履胜常，撰纂日富为颂。昨见《词学季刊》采及拙作，奖借逾恒，曷胜惭悚。闻沤社词经夏闰枝编修选刊，岁杪成书，刊资公派，甚善甚善。可否请代附骥尾，分资若干？示知寄缴，刊成并望寄下，邮费一并开示，费神感荷。张孟劬翁以追怀朱彊老词寄视属和，勉成一阕，别纸写上，祈严削。闻老友潘兰史偶尔失跌，中风遂殁。人生梦幻，泡景可叹。上年在沪净土庵诗钟小集，彊老约而未至，至者易由甫、程子大、周梦坡、兰史及不才五人，今只孱躯孑遗。斯世滔滔，深愿早日随诸公脱离尘网矣！匆泐布臆。敬颂道安，不尽欲言。小弟兆镛顿首。三月初八日。

张菊生同年晤乞道念，暇再致函。

声声慢遁盦以追怀彊村翁词见视，惜往悲回，百感迸集，依调寄
答，含毫泫然。昔年翁督粤学，乞病别，《西园词》有"花药澄湖"句，
今湮废矣。

洲回栽药，石破侵苔，当年吟尽斜晖。夜幌闻螿，西风吹歇芳菲。
凄凉绿上声。章焚草，叹流波、空阁思悲。词客老，剩沧江衰泪，犹梦
朝衣。　　一自沤盟烟邈，便凋零、霜叶苦为谁飞？雨外灯前，沉沉
怕埋琴丝。飘来水仙孤调，倘愁鱼、心事能知。摇落意，莽西园、寒遍
钓矶。

映盦先生正拍。兆镛录稿。

第十八通

减字木兰花龙君榆生受词学于朱彊村侍郎，侍郎疾笃，
　　　　以平日校词双砚付之，吴湖帆为绘受砚庐图，属题。

涪心寮杳，鸱眼耐看词客老。缱绻高寒，莫作楼台七宝观。
匣尘无语，摩荡精魂几风雨。画境沉沉，辛苦传衣旧梦寻。

海藏楼为彊老书"涪心寮"额，今归寒斋。映盦先生正拍。乙亥
冬，兆镛稿。

附　录

哭汪憬吾

病起书告存，悔恨笺答迟。昨者聆远讣，令我横涕洟。闻呼马君
诀，拱手易箦时。马武仲。神明湛然在，精魄遽尔漓。又闻旬日间，犹
复誉吾诗。匪惟文字契，亦曰道在斯。志业抱微尚，天南此人师。薪
传自东塾，著述老不疲。夜哦雨屋灯，昼下棕窗帷。成书数百卷，示
后教所垂。世承青湖德，士节坚守持。避地走海澳，吊古伤明遗。白
露冷未凝，傃幽遂长辞。知旧群痛悼，岂我哭其私。

张　詧　二通

张詧(1851—1939),字叔俨,号退庵,江苏南通(今江苏南通市)人。张謇之兄。

第一通

鉴澄仁兄大公祖大人执事:昨晤厚之,知台从返海。又知被蜀犬之吠,为之忿忿,尚不知其详也。舍亲沈敬夫来,略悉其状。夫己氏乘前胜之威,假祸君子,真不自谅。不唯敬夫抱歉,即弟居是郡者,亦无以对良友。已与敬夫约,一俟厅试毕后,当为公剖白,并偕无知妄作者负荆,千万海涵。季弟今晨由通返长乐,或者诣海趋候。豆事如何? 念念。手此道歉。谨请尊安。愚小弟詧顿首。廿三。

第二通

再,前谭海门出产之豆,通境油榨家购之榨油,公因国用之闳,欲从中小事补助,意愿良美。惟发令之始,恐难得当,昨来已与旭公言之。近已招集彼业中人,与之妥为商酌,俟有定议,再行奉闻。先此驰告。再请尊安。弟詧顿首。

附　录

挽张叔俨

方舟昔初面,澹灾漳水上。使君饥溺怀,到今民不忘。退持治邑道,乡俗归礼让。入境知有贤,百工事无旷。一州耕且织,海内咸挟纩。成者艰于守，兴者难于创。微君夙夜勤，诸端宁有当。平生知我深，意以徐孺况。忆从辽海还，执手慰无恙。怀和遂长毕，对殡弥感怆。世换史官废，孰书上其状。吾邦方阻兵，安得桐乡葬。

吴　梅 一通

吴梅(1884—1939),字瞿安,号霜崖,江苏吴县(今属江苏苏州市)人。有《霜崖诗录》《霜崖词录》等行世,今人辑有《吴梅全集》。

第一通

剑丞先生词长道席:述叔来申,沤丈觞客,得瞻丰采,忽忽垂十年。比闻高卧海壖,不废歌咏,南云仰望,钦佩莫名。梅拙词写成,适值世变,故里荡析,避处西陲,幸录副册,寄存榆兄。虽刻意半生,粗陈梗概,而弁首一序,尚伫高明。海内灵光,惟公健在,倘承慨诺,宠以藻华,则汴人邦卿,得约斋而始重,王孙叔夏,遇所南而益章。区区鄙忱,幸公垂察。专此上肃。敬请著安。吴梅顿首。戊寅闰七月二十又七日。

林鹍翔 <small>七通</small>

林鹍翔（1871—1940），字铁尊，号半樱，浙江吴兴（今属浙江湖州市）人。有《半樱词》等行世。

第一通

映盦先生阁下：前奉惠复，嗣又辱损书，敬承一一。奉诵丈著雅词二首，浑雄沉郁，感慨万端，不但直摩清真、梦窗之垒，其哀怨之思，并可上通骚雅，当代声家，谁能抗手？《湘春夜月》一阕，不揣陋劣，曾有和作，布鼓雷门，可谓不自量力矣。前呈《浣溪沙》《扬州慢》诸阕，疵病甚多。嗣来寄蕙风先生审阅，有经渠改正者，有自行改易者，兹另录呈教正，伏乞指示垢病，俾资隅反，无任感祷。国学专修馆经毅力筹画，必能有成，惟时局多故，亦不无阻碍。近接叔老函，知适遇有机会，可冀助力，为之狂喜，南旋当即到沪与梦坡、翰怡诸公接洽也。弟抵此又阅半载，缁尘染帽，了无趣味。所作诗词，大半为应酬庆寿之作，亦不存稿也。腊鼓催年，束装待发。明正初旬，或作杭州之游，再当趋谒，以聆大教。肃复稽迟，尚祈鉴宥。专此。敬颂台绥，顺贺春禧，诸维垂察。弟林鹍翔谨状。一月廿六日。

第二通

映盦先生吾师：赐察手教敬悉。九日登高之约，满拟奉陪，以此间无识者纷纷迁徙，省府为镇定计，严令各机关人员不得任意请假，只好暂时不出，殊歉然也。昆山饮食店无雅座，比较还是大街之云记馆稍为洁净，然亦是粗肴耳。公既早车到昆山，不如至半山桥堍吃鸭面,味较可口。登高后,可借云记馆持螯小饮,风味亦不恶也。拙作《安公子》题画一首,殊愧粗浅,乃蒙奖诱,益当致力。后阕"惟见江山异"句,嗣改"谁识人民异",仍不免直率。《被花恼》调亦不易填,勉作一首,录乞海正,便请摘疵见示为感。切老柬招,亦不能往,因人牵率,不能自由,可叹。专复。敬颂道安。鸥翔拜上。十月十六日。

包蝶仙兄在此,刚自徐州勘荒回来,属笔候安。

第三通

剑老吾师赐鉴:违教月余,屡拟谒候未果,重劳枉顾,又以病未克奉迓,惶悚无似,尚乞鉴宥为幸。蒙赐扇面,画法秀拔高古,已极可宝贵,加以录示大作,尤堪奉为圭臬,叹为难得之品。宠逾琼玖,欣幸莫名,敬谨拜领,不独奉扬仁风已也。鸥翔于数日前忽发疟疾,大寒大热,至次日热甫退净,人极困惫。兹虽小愈,而饮食减少,脚软不能下楼,镇日昏昏欲睡,当是神衰之故。容稍健,再行趋叩。先此肃谢。敬颂道安。鸥翔拜上。九月十三日。

第四通

剑老吾师赐鉴:久别矩范,时以为念。拙作词稿,前年蒙赐序言,备承奖誉,惶悚万分。尊意勖以自辟户牖,实难做到,然敢不竭力从也?冀有以副雅命。去夏复荷赐予汰选,尤感激非常。适秋间有友人愿任印费,因即托商务印书馆排印。兹已出书,谨送呈十册,伏乞察收。还求暇时,摘示不妥之处,以便修改。倘能假我数年,再成一二卷,当将前作重选付刊也。新筑尊邸约何时落成?便祈示知。专肃。敬请道安,不尽一一。鸥翔拜上。三月廿七日。

鸥翔去冬患伤风,重感重冒,至腊月因咳甚牵动神经,致患类乎中风之症,幸经中西医先后诊治,得以无碍。兹已小恙,堪慰垂注。

第五通

浣溪沙六月初五日，冒雨作红桥之游。因忆昨夕，郡人治赛会旧习，
灯火彻夜，风景迥殊，感赋二阕，用《衍波词》韵。

历乱烟花似水流，赤鳞狂舞不知秋，依然箫鼓旧扬州。春老怕无
金粉艳，园荒知有白莲愁，红桥外旧有净香园，白莲最盛。游人犹自说
迷楼。

处处垂杨绾画桡，冶春春几驻红桥，词人老去只魂销。　　秋草
离离萤点点，青山隐隐水迢迢，借句。广陵散后广陵潮。

清平乐瘦西湖泛舟，憩倚红园。

兰桡去后，人立河桥久。金粉飘零湖亦瘦。花比夕阳红
否？　　争如江水多愁。长堤杨柳丝柔。怕有箫声飞到，玉人何
处高楼。

扬州慢平山堂作。

邗水风凄，蜀冈云黯，地偏王气难寻。康更生题摘星楼联谓"地可揽
天下全势"，殊未敢信。拂龙蛇壁上，有我辈登临。更休问、牙旗锦缆，
几星萤火，都付销沉。只隔江、山色青青，直到而今。　　二分月旧，
剩垂杨、阅遍晴阴。近北郭清溪，东风荠麦，哀怨弥襟。指点玉钩斜
路，麋芜绿、得似愁深。试寒泉深汲，尘涯谁证禅心？

瑶华偕郑泽民、曾砺金访蕃禧观。

琼仙久别，十里春风，黯众芳无色。绿杨城郭，凭吊处、况是春归
人寂。金瓶飞坠，迸一骑、难寻尘迹。只几星、萤火低迷。迸作荒烟
凄碧。　　一枝莫误唐昌，便玉蕊争传，浊世谁识。孤芳自洁，须不
羡、绛阙无端移植。玉容天远，料更比、铜仙凄恻。倚短亭，空忆无
双，谩说名花倾国。

迷神引吊史阁部墓，从耆卿体。

落日沉冥神鸦舞。故国望中何许。江南剩得，万梅花树。引胡
笳，声声破，问谁误。天堑分南北，竟飞渡。江上灵旗断，飐风雨。

节见时穷,更比怀沙苦。共蜀冈愁,吴潮怒。握拳张目,誓天日,争千古。壮山河,骑箕尾,气如虎。华表归来鹤,相识否。馨香无消歇,此抔土。

浣溪沙广陵之游,行箧未携词集,归来乃知
渔洋《红桥词》有三阕,补赋一阕,以志年时光景。

柳外红楼碧玉家,晚霞一簇拥归车。妙香缕缕袅窗纱。　　蝉羽薄销肤雪腻,凤钗微淄鬓云斜。夜凉开遍素馨花。

多丽庄思缄得河东君画像,复得绛云楼印笺,装置一帧,
可称双璧。为赋慢词,从蜕岩体。

倚高楼。美人毕竟工愁。算风尘、赏心能几,慰情第二名流。镜窥妆、易钗人俊,花催信、荡桨波柔。旧陌驼眠,别枝蝉曳,懊侬何止雪盈头。伴落叶、池塘坠影,心早冷于秋。秋深也,垂杨换尽,忍忆绸缪。　　阅沧桑、横波依旧,镜中顾影无俦。晚节香,人争丝绣。词仙老,句欲琼锼。河东君画象甚多,一为无锡赵子玉编修藏,有自跋及牧斋题诗。一为郭频伽藏,吴江闺秀陆澹容作。一为范小湖藏,郭频伽题词其上。撒手黄金,摧心红豆,尚书恩重信能酬。怆吟魂、前身寒柳,烟雨黯芳洲。知何许、荒园驻鹤,蜕影同留。河东君书"驻鹤"二字镌石,在金陵某氏园中。

摊破浣溪沙前词意有未尽,复拈此解。

丈室维摩说我闻,个侬消得恁温存。绝胜盦荒梅影瘦,散花身。
真子自能通记莂,门生须不负君恩。牧斋有"如来真子天子门生"印。别有伤心缣素外,酹春魂。

秋霁缄道人藏舣舟亭画帧,索题久不报,一雨成秋,欣然赋此。亭在
常州城外,文成坝东,为坡公至常舣舟处。坝有万寿亭,今圮。

烟水湖亭,荡树杪斜阳,画本留得。絮泊萍飘,买田何计,岁华暗惊迁客。倦帆暂息,望中莫辨云溪碧。问故宅,谁省?东坡故居紫藤书屋,在城内白云溪迤南。瘦藤阴下夜吹笛。　　何处旧顿,殿脚尘荒,露倾铜盘,仙掌凄滴。算何如、幽踪玉局,风流千载尚如昔。消夏旧

湾曾咫尺。画舸停处，无恙尔许烟波，采蘋容我，与鸥争席。按梅溪、梦窗、草窗均有是调，而所用四声不同，兹略从梅溪。

湘春夜月夏映盒先生录示癸亥中秋之作，和韵却寄。

步虚声，五铢愁倚天风。最惜玉貌娉婷，依约梦魂中。碧海不胜清怨，蚕枉抛灵药，错贮瑶宫。对小蟾伫立，云屏隔断，人影花丛。

无声桂湿，金仙落泪，凄咽秋虫。刻骨相思，消领得、一灯如豆，红飐帘栊。霓裳旧谱，付怨吟、凉入江枫。更夜夜，任星将月替，三心五嚼，零乱天东。

千秋岁吴仓硕先生八十寿。

心魂相守，公有名山寿。金石契，山林友。一官归独早，三绝传能久。风雨外，摩挲铜狄频回首。　　鸾哕春风又，甲子尧年旧公于前年重游颎水。斋宝晋，文尊籀。虹忘沧海阔，异国人争求公之书画。鹤耐烟霞瘦。千百岁，年年酿菊占盈缶。

水龙吟素心兰，和张德怡夫人。

美人怀抱宜秋，夜窗别订除红谱。湘波冷咽，楚歌愁听，托根何许。清露知寒，光风自暖，灵襟虚伫。数南村晨夕，更无陶令，含绵邈，成今古。　　翠羽明珰比洁，锁葳蕤，庭花羞伍。变骚有恨，信芳谁念，感深迟暮。淡欲无言，清还如水，娉婷天与。历华鬘几劫，荃愁荪怨，误当门否？

八声甘州玉霜簃主人演红拂故事于海上，邵次公赋之，余继声次其韵。

又霜腴减却露华浓，虫鸣玉京秋。恰我来君去，碧云日暮，相望琼楼。不惜红颜持赠，销尽古今愁。别有西风泪，分付东流。　　金粉江山如睡，剩柔情念省，谁念恩仇。枉蛾眉青眼，凄绝彩云收。傍梅花、臣冠钗挂，笑几生、翻要美人修。梁尘簌、仁韩娥久，月上帘钩。

曲玉管缀玉轩主人三十初度，倚此索笑。

妖影莲花，秋心菊蕊，芝云五色开蓬阆。绝代风流高格，人似荀郎。体生香。浅醉红鳞，高歌青眼，月明管脆肠回荡。冷笑天魔，可省拍作平。按宫商。旧霓裳。　　曼衍鱼龙，几萦损、东华尘梦，好春驻景年年，多情总付琼芳。睹新妆。趁瑶台妍暖，嫋嫋笙歌天半，十年花絮，满目江山，着意持觞。

玲珑玉 又赋赠。

花缀琼枝，永今夕、白雪谁歌。霓裳一曲，众仙伫迓姮娥。缭乱繁丝脆管，冒晴霞如锦，亭艳红罗。微哦。招天风、声嫋玉珂。谩惜铜驼旧陌，念江山金粉，休任蹉跎。品占鳌天，露瀼瀼、倚玉交柯。流莺比邻如睡，笑千树、朱樱著色，总让春多。君曾游东瀛，名振一时。话芳讯，劝螺杯、箫外醉过。

霜花腴 寄费恕皆同年沪上。恕皆怀才不遇，近为广仓学会校订古籍。九州之大，无人识君，仅借重译因缘，从事著述，亦足慨已。适值五十初度，即以为寿，不事修禳，相期岁晚云尔。用梦窗韵。

避烟瘦鹤，傍野梅、清癯倦倚尘冠。人淡于秋，客贫非病，瑶台梦也通难。带围眼宽。拌壮心、消得尊前。报花开、又阅红桑。夜窗风雨伴高寒。　　霓曲世间谁记，算鹔巢一睫，庇共寒蝉。楼阁仙山，沧洲身世，清商迸入吟笺。去来画船。有旧时、蟾素娟娟。傲霜姿、笑比黄花，晚枫同耐看。

琵琶仙 送孙慕唐之任古巴。

谁省沧洲，与同画、故国凌烟高阁。慷慨投笔班生，长风趁舶作平。趠。归梦阻、银槎旧客，笑惟我、沉腰消削。驿酒葡萄，征裘雨雪，情味商略。　　谩回首、空泣新亭，又还是、先鞭让君着。辽海一帆飞渡，悄相思天各。知定否、沧桑更几，怕百年、冉冉如昨。且共明月婵娟，壮怀依约。

卜算子 与程仰坡同年同摄一影，即题其上。

蛮黔若为情，借用彊村词句。色相都非我。渑洞风尘有此身，顾影成飘堕。　　雪老旧时山，料有人高卧。立尽斜阳一惘然，输与蒲团坐。

映盦先生教正。癸亥冬季，鹍翔呈稿。

第六通

四园竹中秋无月，寓斋独坐，漫述此曲。

红桑换劫，露气冷穷秋。鼠穿破篦，虫叹败垣，明月应愁。欢宴阑，哀响急，庭阶坐久。静听平。疑课筮筴。　　漫凝眸。风来半是夷歌，天长尚倚吴钩。桂树深丛远翳，鸡犬淮安，蜕骨空留。呼负负，旧恨积，仙山会又休。

映老吾师诲正。鹍翔呈稿。

第七通

剑老赐鉴：前扰郇厨，感深醉饱，敬谢敬谢。社集拟过端节即请忏老择日举行，具柬奉邀也。定之兄属题贞愍公小象，久未报命，昨偶然兴发，率成《沁园春》一首，兹谨录求诲正，务恳批示疵病，俾再修改，感甚感甚。前呈扇面，系同乡施伯彝兄属代转求法绘，谓一面为彊师所书，得公赐画，可称双璧。乞暇为之，不必急急也。专此。敬叩道安。鹍翔上言。六月十五。

附　录

征招梵渡公园赏樱，因过铁尊故居。

东风一放朱樱破，园林喂空霞绮。记得去年来，小阑干依倚。落红漂逝水，赋情老、惜春多泪。欲把邻翁，隔篱呼起，洗杯重醉。
何计返骚魂，天关迥，埃风上征无际。剩有旧吟楼，拥莺花愁悴。积尘闲素几，更谁喻、故人琴旨。夜台梦、历历追寻，付啸啼山鬼。

胡嗣瑗　二通

胡嗣瑗(1869—1949)，字琴初，亦作晴初，又字愔仲，贵州开州（今贵州贵阳市）人。有《直庐日记》行世，今人整理成《胡嗣瑗日记》，附录其诗文。

第一通

大示并新诗诵悉。分题四首，各极隽妙之致。纪游大篇，仍盼饬胥照录全分掷下，将寄秣陵也。勿吝，切要。《通志》二本、《临安志》一部、《西天目祖山志》一部、叶刻一册缴，祈察入。此颂映厂亚兄大人侍安。弟嗣瑗顿。即夕。[①]

自昭明寺至禅源寺宿夜雨达旦不克登眺而归漫成长句

我留东峰雨三日，临去一揽分经台。维摩功德在人口，谷迁陵变终难灰。元盖洞天亘四郡，插霄仙顶尤崔嵬。俯首众山岂知数，群真荒忽骖云来。僧言晴霁得舒眺，钱唐水曲如流杯。兹游适遇昼冥晦，生命毋乃天穷哀。未攀绝壁旋舍去，瘦筇行破西峰苔。下缘危磴换凉燠，阳曦微射苍烟颓。低处村居画工妙，绕塍秋树霞锦堆。篱落平楚更斜上，松杉森辣何年栽。碍空林翠等闲过，神虬蟠作胸中荄。郁郁宫坛万壑底，乃趋村媪欢市魁。奇迹固应出尘表，开山遗殿安在哉。晚色乍明辄欢喜，凌虚当假长风催。龛灯照客不成睡，骤惊乱镞鸣空阶。朝起岩峦白无缝，封裹浓雾谁推排。百灵幽闭隔人代，忍驱

---

①　此书作于民国十年辛酉(1921)九月天目山游后。附诗后识语中提及夏敬观、陈曾寿同游之作，夏诗见《忍古楼诗》卷九，陈诗见《苍虬阁诗》卷三。

凡骨追浮埃。沾洒满衣误花雨,诸天翘望心已摧。挥手寺僧会锺到,千丈飞踏青莲开。

　　此题自读兄与苍虬两作,遂愈惮于落笔。日间人事较简,乃凑拍成篇,视两公抟扶摇而上之风,斯在下矣,惭负惭负。得家兄讯,谓与散老均盼纪胜之什,一读为快,抄副惠下至幸。此上映厂亚兄吟席。嗣瑗附白。即日。

第二通

垂虹桥观瀑

　　连雨昼能晦,心骇玉龙变。蜿蜒苍壁巅,喷雪落重涧。坏苔逼天色,冲激石棱绽。斗力终古喧,鹈影达摩面。出山肯轻放,斗绝更回旋。卧虹束其尾,势将万珠咽。小立悚毛骨,袖归云几片。入寺一弹指,依然灭闻见。

　　愔仲录稿。

陈曾寿 三十通

陈曾寿（1878—1949），字仁先，号苍虬，湖北蕲水（今湖北省浠水县）人，有《苍虬阁诗存》等行世。

第一通

梅泉兄巢园照片，祈代索一阅，日内需用甚急。润资能早日交下尤感。费神之至。肃颂映盦老兄著安。弟制曾寿顿首。廿六日。

第二通

《巢园介寿图》祈即转交梅泉，住址、号数并请示及。此上映盦老兄大人。弟期曾寿顿首。

夏大人。

第三通

尊处如有《国朝先正事略》，祈假一阅。即上剑丞老兄。弟制曾寿顿首。

夏大人。

第四通

请假与廿元以济朝夕，感甚感甚。即颂映厂吾兄道祉。弟制曾寿顿首。十一月廿二日。

夏大人。

第五通

尊处如有《验方新编》,或《达生篇》亦可。祈借一用。即颂映厂老兄时祉。弟制曾寿顿首。

夏大人。

第六通

送上张南华、边寿民两轴,祈即交梅泉一看,或押押借至少六百元。或卖。费神玉成,至感。即颂剑丞吾兄时祉。弟制曾寿顿首。廿日。

第七通

押款至费清神,感激无量。此颂映厂吾兄侍祉。弟制曾寿顿首。廿四日。

第八通

祈假卅元付屋租,感甚。邻居有归家消息否? 即上映厂吾兄。弟制曾寿顿首。廿八夕。

第九通

蒋苏厂所藏周子洁遗迹手卷,属转交赐题,兹奉上,请先题句。寿日内返杭,数日即归。此颂映厂老兄吟祉。弟制曾寿顿首。初五日。

夏大人。

第十通

前见尊斋中有石印画谱小本,务祈检付一用,如有《尔雅图》,亦祈付下。敬颂映厂老兄晚祉。弟期曾寿顿首。廿九夕。

第十一通

多日不晤,念念。乞假廿元以济困乏,感甚。即上剑丞吾兄。弟制曾寿顿首。十六日。

第十二通

奉还廿元,祈察入。即颂映厂老兄晨佳。弟制曾寿顿首。十二日。

第十三通

前所说教读馆,如学生在十五岁以下,小儿邦荣可就,祈推荐是荷。上剑丞吾兄。弟制曾寿顿首。

第十四通

日内有荼村举火之奇,祈假与廿元以度朝夕。曩岁曾借我百五十元,尚未归赵,时时疚心,吃鹭丝肉,真可愧也。即上剑丞吾兄。弟制顿首。六月六日。

第十五通

闻公将赴沪东坡生日之局,无车公不乐,务祈留一日再行,千万千万。敬颂映厂老兄大人吟安。弟制曾寿顿首。十七日。

第十六通

映厂老兄座右:奉书并收到百元。惟子安亦寄百元来,恐系重复,现已函子安。应还何处,俟其覆信到后,当照办也。敬颂侍莿潭祉。弟功曾寿顿首。十月初七日。

第十七通

映厂老兄座右：奉示，敬承寿画花卉未列入润格，有索画者，作随喜功德可也。敬颂台安。弟制曾寿顿首。初九日。

第十八通

示悉。山水扇面系六元，花卉准山水例，巽初桃花系条幅，即视山水条幅例可也。润单一纸奉上。惟伯夔之小幅山水，未送纸来，或由寿备纸亦可，不要润资也。此叩映厂老兄台安。弟禪曾寿顿首。五月朔。

第十九通

巽初兄属绘桃花，先为设色一幅，不甚恰意，继作墨笔一幅，尚有风致，一并逞上，祈转交。请告巽初，只留墨笔者，前一幅可不存。敬颂映厂老兄台安。弟禪曾寿顿首。廿四日。

第二十通

竹溪山水扇面送上，祈即转交为感。敬颂映厂老兄台安。弟禪曾寿顿首。五月廿五日。

第二十一通

剑丞仁兄大人阁下：奉示并印稿，敬悉。冯梦老有信来，欲改易诗中数字，不知尚可设法否？如不能改，则作罢可也。兹特属七舍弟面商一切。专复。敬请著安。弟曾寿顿首。十七日。

拔可兄同候。

第二十二通

大作敬读数过，佩极。妄识数语，勿哂为幸。名片如已印出，需钱若干,请示及。即祈付下。敬上剑丞先生。弟曾寿顿首。十一月初二日。

拔可先生同候。

第二十三通

春寒,想起居多佳。散原先生寄来题汇印诗稿一首,请代属印,所加印一纸,列于前序之后。余由七舍弟面尽。敬上剑丞仁兄大人。弟曾寿顿首。十九日。

拔可兄同候。

第二十四通

剑丞仁兄大人阁下:献岁发春,敬颂兴居多祉。寿因事入都,过申匆匆,未及走叙。拙稿已觅书手录副,俟写毕即寄呈,能为删削再付梓,最感。兹有托者,友人邓君服农,裕鳌。敝省绩学之士,诗亦有工夫,适来游申,欲借枝栖,以资旅食,不知贵馆中尚有相当位置之地否? 如有可为力,请遇机会时,一为说项,感谢不尽。至于薪水之厚薄,邓君亦不计也。乞推爱留意是幸。专肃。敬请著安。弟陈曾寿顿首。初九夕。

第二十五通

剑丞仁兄赐鉴:奉赐札及建亭之赀,敬承一是。前日过申,匆匆未及走谈。恪士晤两次,已渐愈。拔可兄已愈。慰甚。敬请撰安。弟曾寿顿首。十一日。

第二十六通

金巩伯所临山水册,如在手边,祈假一观。敬颂剑丞老兄侍祉。弟制曾寿顿首。

夏大人。

第二十七通

百字令周君梦坡于西溪秋雪庵附建历代词人祠落成,彊村老人邀
予及映厂、愔仲与祭,映厂成此阕,次韵奉和,并呈愔仲、彊老。

寒泉初荐,有衣冠入梦,宵魂曾昵。英气清愁消已尽,赢得溪山
片席。鸥路明边,雁云低处,冉冉秋无极。烟花难剪,尊前风景犹
昔。　　应记南渡人来,旧京望断,楼角寒吹笛。寂寞千秋谁泪洒,
剩有红芙露泣。结集缘深,贪多癖在,不负闲吟笔。芦中身世,扁舟
华发惊白。

映厂老兄拍正。曾寿呈稿。

第二十八通

多日不接清谭,念念。明午请约同兰生兄,枉驾湖寓小酌,已邀
吴修老、愔仲,无他客,盼早临是幸。顷承厚赐,谢谢。肃上剑丞仁兄
大人座右。弟曾寿顿首。九月廿六日。

兰生兄同候。

第二十九通

灵峰之游极乐。兹与愔仲同年约定明日至烟霞看梅,属山僧备
便饭,每人携赀二元,借作诗钟之局,已约贞长矣。务祈尊驾必到,风
雨勿阻。早十钟到,午后四钟散。肃上剑丞仁兄大人座右。弟曾寿顿
首。十九日。

第三十通

寄怀巩厂

帘深毡拥入严霜,一夕怀人古月堂。散步长廊多落叶,挟书讲舍
易斜阳。园中水木凭谁记,水木簃,同人作画之所。别后须髯应更长。
细数欢惊已陈迹,休论世事感沧桑。

腐儒生计破天悭，行乐端能出冷闲。酒渴盘空煮秋菊，灯残风吼画寒山。绝怜一载同形影，似与孤云共往还。扰扰京华冠盖尽，不须憔悴损离颜。

剑丞吾兄改定。曾寿。

傅增湘　五通

傅增湘(1872—1949)，字沅叔，号藏园，四川江安(今四川江安县)人。有《藏园群书题记》《藏园老人遗墨》等行世，辑刊《宋代蜀文辑存》等。

第一通

剑丞先生同年左右：前奉赐书并承惠贻书幅，张之池北书堂，顿使光生四壁，临池屋五楹，专以张画，凡七八十幅。忻荷无已。弟华、衡等游记前已付刊，独岱岳有待未撰，今夏补作约万余言。原拟五岳成编，贱辰用贻知好，乃为梓人所误，不得如期。刻以剞工太劣，已重付良工再刻，俟校印毕事，当以呈教。顷检函封，见尊居已非旧址，何时移家？距菊翁赁屋当不远也。专此布谢。敬候台安。弟傅增湘拜启。十一月十三日，自昆明湖上清华轩书。

第二通

剑丞先生同年左右：阔别频年，鲜通音讯，然引望淞波，未尝不驰仰丰采也。前月曾托仲恕乞公画松，昨已邮至，甚荷甚荷。顷寄七十贱辰自述一篇，计可登览。世事多艰，长年宁复可庆？第借此欲得知交翰墨，以志平生之雅。兹属仲恕转奉屏幅一条，敬祈赐绘山水，俾作卧游，无任感幸。此候台安。年愚弟傅增湘拜启。八月十三日，万寿山寓庐寄。

第三通

剑丞先生同年左右：弟到申数日，缘感冒不适，未及上诣尊斋，至为驰念。兹送上自制旧笺扇叶，敬祈赐写新诗并锡妙绘，俾得出入怀袖，常挹清风，幸荷何极。明日游杭，有暇当趋谈。手此。即候台安。年愚弟傅增湘拜启。十月十一日。

第四通

奉呈高丽格纸，敬求赐书近作数首为幸。托购雪茄烟，若已办，乞掷付来手。此上剑丞先生。增湘拜启。

夏大人。

第五通

早间接京申函，明日决须回申。钟局竟不能到，有负雅约，歉仄万分。专此。敬请剑丞先生午安。弟增湘拜启。十一月廿日。

萧俊贤 二通

萧俊贤(1865—1949)，字厔泉，湖南衡阳(今湖南衡阳县)人。有《萧厔泉画稿》等行世。

第一通

剑丞先生赐鉴：手书拜诵一一。贤衰病连年，多蒙垂系，不时枉顾。至情高谊，感戴难忘。今年自三月起，就方氏馥南医院电疗，至今已百余次，大见功效。只以衰朽之躯，疾痛虽除，健壮难复。笔墨仍可随时写作，只觉吃力而已。生计所迫，无可如何。近顷几次欲走候起居，适天时阴晴不定，未敢出门与会。贤亦愿保留长在。本月值公作主人，得公定订手示，贤必到会，可与诸公畅话一一。刘镜翁已回沪不？甚念甚念。再启者，下月贤拟乞为值会会主人，何如？并乞晤诸公，先为转达一一。贤顿首。八月初六日。

第二通

映庵先生鉴：弟昨夜半忽发腰疾，竟夕无寐，明日盛筵，恐不能趋陪，谨告辞，容面谢一一。祇颂道安，并颂诸公饮福。俊贤顿首。十五日。

陈夔龙 十五通

陈夔龙(1857—1948),字筱石,号庸庵,贵州贵阳(今贵州贵阳市)人。有《花近楼诗存》《庸庵尚书奏议》等行世,今人辑有《陈夔龙全集》。

第一通

二月十四日消寒第九集,剑丞姻兄大人招饮寓园,先期绘《九九消寒图》见赠,爰付印人,俾公同好,即席分脱,纪之以诗,乞正削。

夏侯凤工诗,亦复精绘事。贻我消寒图,画中有诗意。我病在诗多,雷同语殊愧。大雅卓不群,十旬无一字。今日娄尾宴,消寒末席。赏春佩高致。沪西好园林,卜宅远尘肆。五家十家邻,三弓两弓地。塘柳黄未匀,篱桃红自媚。辛夷开已谢,海棠娇尚睡。水竹辋川居,平泉草木记。缩入画图中,毫端簇金翠。传观惊四座,独得倍珍秘。昔贤画水石,十日五日迟。若人赠一图,腕脱愿难遂。昔贤日课诗,编年待排次。若日绘一图,丹青老将至。割爱非所愿,博施亦匪易。取与两俱穷,踌躇复再四。急谋付印人,十幅光白贲。细审面目真,未觉林木异。颇慰群公望,余养主人笥。此图共什袭,斯会良足志。酒半复有词,絮语作平议。自惭江文通,彩笔花已萎。从此藏吾拙,庶免贪多累。学画又不能,薹矣甘自弃。君学富渊源,大可万言试。上者追建安,唐贤争坐位。已闯都官席,何须遥执赘。只合付时流,用作昌歜嗜。闽人某君谓其同乡某君诗,绝似梅圣俞。今年春较寒,壶觞集衡泌。凄断过花朝,蹋青滞芳斿。兰垓爱日长,闭门善养志。作画兼作诗,熊鱼何轩轾。再续消寒会,好句先鼓吹。

庸庵初草。①

"笥"字韵一作"颇慰群公望，主人亦拜赐"。

第二通

剑丞观察为余绘《重游泮水图》，辱荷盛情，感怀身世，率赋长句，追和钱竹汀、王兰泉两先生重游泮水诗韵，录希正削。

生花笔写采芹年，不觉欣然又怃然。马矢已封夒圃上，吴梅村入太学诗："马矢高于夒相圃。"莺声犹集泮池前。一场梦醒重回首，数仞墙高未及肩。旧日童乌今皓齿，义熙岁月老斜川。右和钱韵。

锁院秋风月上弦，是年七月上旬开考。蚕声食叶试毫颠。勒红幸免宗师弃，夺绿惭无秀语编。诗题"秋山瘦亦奇"。使节微名黉舍起，簪花小影画图传。茂才异等非吾分，敢拟乾嘉一辈贤。右和王韵。

七十六叟庸庵呈稿。②

第三通

叠韵再寄诒书

祖筵无懈谢州监，细雨斜风远客帆。诗垒早经三舍避，酒人喜共一杯衔。看花颇忆临江浒，审象何劳访傅岩。曾在吴淞共摄一影。不让林逋称大隐，汉家腊事属陈咸。

剑丞姻兄再正。庸庵初稿。③

①　此诗为民国二十年辛未(1931)之作，诗见《鸣原集》卷四，则此柬应作于是年二月十四日或稍后。

②　此诗作于民国二十一年壬申(1932)四月，诗见《鸣原集》卷五，则此柬当亦作于是时。

③　此诗作于民国十九年庚午(1930)三月，诗见《鸣原集》卷三，则此柬应即作于是时。

第四通

谷雨日江楼帐饮即送诒书提学北归

强酒为欢不置监,春申江上送归帆。重留听雨他年约,未换条冰旧日衔。东市看花隆福寺,西山访碣秘魔岩。知君回首天南望,竹下毋忘友籍咸。是集康儿治具,六、九俚均入坐。

剑丞姻兄正和。庸庵初稿。[1]

第五通

喜诒书至自北平

朔南暌别两经春,病起重逢意倍亲。骨瘦转增腰脚健,交深都为性情真。绿醅且进尊中酒,黄发先询画里人。承寄到傅沅叔《藏园雅集图》,内有陈弢庵像照,余素未识面。闻说超山梅万树,勒寒留待宋遗民。拟同往超山看宋梅。

剑丞姻兄正和。庸庵初稿。[2]

第六通

春日即事四叠前韵

送青闼少两山排,沪地无山。只有苔痕绿上阶。传砚娇孙临玉版,掌书侍女检牙牌。室铭梦得居何陋,绢假公言丁谓号。笑太乖。丁谓答友人假绢诗:"立地机关子太乖。"闻说秣陵春色好,有人今夜泊秦淮。送侄倩、沈季让赴金陵就法部参事职。

---

① 此诗作于民国十九年庚午(1930)三月,诗见《鸣原集》卷三,则此柬应即作于是年三月二十三日或稍后。

② 此诗作于民国十九年庚午(1930)正月,诗见《鸣原集》卷三,则此柬应即作于此时。

剑丞姻兄大人正句。庸庵初稿。①

第七通

偕诒书游江湾叶园遂赴肖瑀跑马场酒家之招却寄

东风催客试吟鞭，绝好园林得地偏。碧草如茵盘马路，黄柑携酒听莺天。水边香影梅先着，栏外晴烟柳尚眠。同醉江楼揩望眼，旧游还忆十年前。己未新正五日，偕沈次裳到此看西人赛马。

剑丞姻兄正和。庸庵初稿。②

第八通

新正廿九日消寒第七集，剑丞姻兄招饮寓园，即席赋简，录希正和。

昨看叶园梅着花，昨偕诒书叶园看梅。小车今到故侯家。数枝红艳香初逗，一醉黄娇酒可赊。樊圃频烦供菜把，君拓园数亩，日以养花种菜为乐。尧年次第数萁芽。东风绮陌春如海，独掩萧关阅岁华。

庸庵初稿。③

第九通

春晚花近楼与雪丞茗谈

蛱蝶穿花迎旧雨，流莺接叶语春风。笠图海外归坡老，扇影吴中画放翁。四纪交亲惟我在，一场宦梦与君同。茶余忍道开天事，法曲霓裳听未终。

---

① 此诗作于民国十九年庚午（1930）正月，诗见《鸣原集》卷三，则此柬应即作于此时。

② 此诗作于民国十九年庚午（1930）正月，诗见《鸣原集》卷三，则此柬应即作于此时。

③ 此诗作于民国十九年庚午（1930），诗见《鸣原集》卷三，则此柬应作于正月二十九日或稍后。

剑丞姻兄大人正和。庸庵初稿。①

第十通

二月九日伯夒招饮,作消寒第八集,即席赋简,录似剑丞姻兄大人正和。

袁侯浊世佳公子,才调翩翩富文史。不逐西韩斗豪奢,长侍北堂奉甘旨。良辰八集张绮筵,速客百花生日前。凭栏试探花消息,棠睡柳眠皆可怜。淞波半剪作流寓,漂泊东南非玩世。暖意才回黍谷春,风流恍续兰亭禊。旧雨欣偕今雨来,蒋家三径为谁开?黄童江夏驰誉早,林叟梁溪放棹回。诒书、公渚均入坐。情话一堂共尊酒,列坐我次两髯后。子质、尧衢年居长。论交匪隔参与商,尽醉不妨卯及酉。门巷乌衣说谢王,移巢还忆旧雕梁。伯夒新移居。哀乐中年寄丝竹,兴亡浩劫阅沧桑。饭颗山头作诗苦,九九消寒图待补。百六清明问酒家,杏花为客我为主。拟再续一集,成为九数。

庸庵初稿。②

第十一通

腊八后三日伯夒剑丞两君招饮即席奉酬
九叠与梦华伯严诸老唱和韵

前期未与西园集,月前招饮未赴。又荷嘉招列绮筵。烟寺午钟方荐佛,静安寺近在咫尺。霜街腊鼓已催年。触蛮蜗角今何世,鸡犬人家别有天。情话亲朋忘老病,举觥况复酒如船。

---

①　此诗作于民国十八年己巳(1929)三月末,诗见《鸣原集》卷二,则此柬应即作于此时。

②　此诗作于民国十九年庚午(1930),诗见《鸣原集》卷三,则此柬应即作于二月初九日或稍后。

剑丞姻仁兄大人正和。庸庵初稿。①

第十二通

正月晦日消寒第七集，剑丞姻兄大人招饮寓园，即席赋诗，尧衡、伯夔均有和章，余亦继作，倒押元韵，录正。

少乏匡时略，行止与俗乖。垂老思故乡，流落天之涯。岂无丝兼竹，宁足畅幽怀。与子托荦亲，所喜素心偕。近局劳治具，春酒酌新醅。旧雨连翩集，剪挟今雨来。诒书至自北平，巽初亦由杭来。共诧鲭筵美，自云贫食鲑。缔兹鸥鹭盟，耦居心无猜。群公盛文藻，而我惭不才。寻檐索梅笑，树树亲手栽。微飔生远香，疏影夕日佳。安得坐花下，一日醉几回。中原纷逐鹿，感时罢举杯。终期烽燧息，干羽舞两阶。赏春预良宴，延客三径开。壮犹愧方召，长歌继欧梅。

庸庵初稿。

次韵和答慕韩中丞招饮哈园

高会巾车又此停，名园十载记曾经。十年前，一山太史宴客于此。沉沉莲漏开春酌，隐隐梅魂丛古馨。炉火煨红寒乍暖，酒波泛绿醉延醒。一围甫罢归休晚，月暗柴扉夜未扃。

庸庵再稿。②

第十三通

子诚小珤招饮叶园即席赋简

拂面东风未敢狂，依然姚魏斗浓妆。牡丹未谢，黄紫相宣，有大如盘盂者。绿莎雅集宾朋盛，红粉新成弟子行。子诚善音律，携乐籍十辈同

---

① 此诗作于民国十四年乙丑（1925），诗见《花近楼诗存七编卷二》，则此柬应作于十二月十一日或稍后。

② 此二诗作于民国十九年庚午（1930）正月，诗见《鸣原集》卷三，则此柬应作于正月二十九日或稍后。

游,均习歌问业者。吁!盛已。残弈一枰销急劫,高楼几处驻斜阳。飞鸿随地皆泥爪,安得留春老此乡。

剑丞姻兄大人正和。庸庵戏草。[①]

第十四通

上巳后二日剑丞贤梁孟宠惠牡丹敬谢以诗

茜纱窗外报花开,眉案余闲手自栽。为念衰翁萧瑟甚,锦车亲送牡丹来。

选胜芳园倚画栏,闻昨日游叶氏园。斑骓催返兴终阑。君家自有临风锦,莫作寻常富贵看。

才绘丹青九九图,更分清供玉盘盂。对花不用胭脂卖,国色天香伴老夫。

庸庵初稿。[②]

第十五通

上巳日携家人游叶氏园看牡丹得诗五首

感时不是永和春,曲水流觞集令辰。迟向兰亭修禊事,昨游兰亭,中流浅阻,折回。江湾来作看花人。

姚魏纷纷斗紫黄,名园花事费平章。春风十里香尘软,如过宣南白纸坊。

重九菊花重五榴,风流已占夏兼秋。瑶台浓艳春三月,为有天香在上头。

七宝庄严绚绮霞,去年人已隔天涯。上年小瑀约游,今去北平。白

---

① 此诗作于民国十八年己巳(1929)三月,诗见《鸣原集》卷二,题作《二十日重游叶园应子诚肖瑀之招即席赋简》,则此柬应作于三月二十日或稍后。

② 此诗作于民国二十年辛未(1931),见《鸣原集》卷四,则此柬当作于是年三月五日或稍后。

头留得朱颜驻，又醉梁园卖酒家。

　　绝少群贤集水滨，是日微阴，游人极少。锋车合载一家人。竹林况有阿咸共，尚拟扁舟到富春。子式侄约作严濑之游。

　　剑丞姻兄大人正和。庸庵初稿。①

　　①　此诗作于民国二十年辛未（1931），见《鸣原集》卷四，则此柬当作于是年三月三日或稍后。

叶景葵　一通

叶景葵(1874—1949)，字揆初，号卷盦，浙江钱塘(今属浙江杭州市)人。有《卷盦诗存》等行世。

第一通

承惠以佳绘，感谢之至。奉赠新印《恬养斋文钞》二册，借供浏览。此上映庵先生同年。弟景葵顿首。

仇 埰 二十九通

仇埰(1873—1945),字述庵,江苏上元(今属江苏南京市)人。有《鞠宴词》等行世。

第一通

剑翁仁兄先生著席:献岁发春,即惟兴居康胜、潭第吉祥为颂。二月一日奉惠书,拜悉一一。时以岁底,琐事纷扰,未遑裁答,极歉极歉。承示近况,极为悬念。令媳病逝,在此币值低落、物价高涨之时,所费殊多,公所谓"三不得",真确切之论。近来生计,除营业获厚利者外,人人受困,已万家一概。公笔墨收入当亦随物价增高,不知受近势影响否? 为念。犹静心从事《词律拾遗补》,加惠词坛,名山盛业,至深佩仰。弟蛰伏故巢,为琐琐生活之事疲精劳神,几无暇晷。虽持闭门主义,而亲族往还,无法谢绝,不能为人疗饥,却不能不为人解纷。故一年以来,文事久荒,春夏间犹可半日读书,秋冬则俗尘填膺,不暇及此。只归来之日有《氐州第一》一调,亦不当意,数欲修改。前录之稿仅修三分之一,犹欲删去其半,亦不知何时卒业也。榆生迄未往候。凤老闻在此。诸君皆居北城,相距较远,拟俟春暖时往候一谈。矩儿前承介绍于咏霓先生,得补入正额就学,匆匆已四年,近卒业于(于)商学院会计系,年内匆匆返里,未及趋谒,近就此间安平保险公司营业部主任。初入社会,使之练习,俟时局大定,再谋入正当途径可也。弟返里后,食宿比寓沪时较适,亲友多谓神气较前稍旺。兹撮小影寄上,以当一晤,垂髫似已成形,惟不及公与讱盦先生之修整高华耳。公谓何如? 一笑。题句尤妄,幸教之。顺颂道祺,不一。

弟仇埰顿首。二月十日。

午昌画《鞠宴斋填词图》寄赠,极佳,极感。公能赐一尺二三寸见方图一纸,或横处约二尺以内,便裱手卷,尤佳。尤感。

第二通

剑翁仁兄著席:接奉惠书,并承示大作,雒诵数次,觉深厚中自然深美,由于酝酿之深,胜于拙作多矣,曷深拜服。前孟超兄示近作数阕,亦灵气往来,珠圆玉润,想日有进境为慰。报载沈信卿先生大寿,在浦东大楼庆祝,会中义卖书件,有先生为画扇面,允称双璧,埰惜不能躬与其胜,以饱眼福。时序匆匆,又届端午,生事之困,民不聊生,寰海风波,千变万化。商人之骤富者点缀节景,胜于当年数倍,几不知国家本身尚在艰难愁闷之顷,尚复何言?远道友人来书,都道明春可归来,亦不知如何也。大著《词律拾遗补》分载《同声》各刊中,暇时即披览,似无可议,只一调有漏落数字,与字数同而句法异者,或不必另列一体,可另辟一门专记之,何如?汇辑宋人词话,颇有味。长日人倦,率以此刊破睡也。专此寄复,顺颂节安,不一。弟仇埰顿首。端午日。

第三通

映盦仁兄词宗左右:献岁发春,即惟起居康胜、潭第吉祥为颂。去岁台从过舍一晤后,瞬经半载,岁华如驶,耳目所闻见,迄无稍可慰心之处。衰老精神本无大用,然日销磨于米盐琐琐中,亦太无聊。沪居生事更艰,想彼此心情正相同也。迩来公所遣兴者何事?《词律续补》当已完结。榆生前赠《同声》刊,近半年未承继续赠读,致未窥其全为念。币值益落,公之润例想亦比例增加,尚不受影响否?今年我公古稀之庆,系在何时?当谨献一言为祝。荃孙先生尚常晤否?其精神尚不减曩日否?晤请为道候。眉孙兄近仍课读,尚兼他事否?时在念中。弟闭门索居,无善可告。近丐得㓨盦、遐盦两先生《续词综《清词钞》之余沥，从事于《金陵词征续编》，已得近百人，期存稿本以偿夙愿，至印行则不知何日也。近十余日沉阴不醒，困极。时序虽更，略无新气象，亦不知长夜何达旦。除夕有一作，闭门造车，无以就正，自去年八月未弹此调矣，录乞我公为斧削之为幸。专上。顺颂春祺百益。弟仇埰顿首。二月一日。

孟超兄常晤否？近何所事？为念。

第四通

剑翁先生著席：日前承枉顾，匆匆疏于招待为歉。返沪后，惟起居安善为颂。榆生兄惠读月刊全部，得见大著《词律拾遗补》，极多发明，可以交中华印成专本，附词律以行，有功词坛不少，佩甚佩甚。《莺啼序》拙作后又随笔写成《蕙兰芳引》一调，二小时即完卷，似驾轻就熟，但轻滑不免，甚矣重拙之不易也，并乞教之。兹因致书奉候梦超兄，请为转上。顺颂道茀，不一。弟仇埰顿首。五月十二日。

蕙兰芳引依梦窗。

归燕绕梁，似凄语、画堂今昔。瓠落此生涯，消与酒肠更窄。醉歌望远，梦倦旅、苔花綦迹。浅睡还欲起，背写纯丝一碧。　烂锦年光，苍波人事，流转如客。趁野樆新莺，装点茂陵瘦笔。鸣鹈入耳，佩蘅何日。明镜寒，愁对锁春眉额。

映盦仁兄词宗教正。

第五通

剑翁仁兄先生著席：违教匆匆月余矣，曷胜驰系，近惟道躬禔福为颂无量。沪局变后，社友星散，文事顿歇，可惜。近闻生事愈艰，不知能有稍事补救否？念念。承赐撰词序，雒诵数四，愧感交并，奖饰处实不敢当，谨当悉心修改，再事删削，以副期许盛意，先此拜谢，容再随时请教之。弟十年来旧稿，都付劫灰，所录六年前旧作胥散见于各刊本者，拟求于序文中提及之，妄拟数语，另纸录请酌夺示教为祷。

弟返里后，本身及亲族中琐务日日缠扰，几无暇晷可以宁息，稽迟裁复，亦职是之故。所幸尚可闭门，免除户外迫促与烦扰，衰惫余生，亦决无精神才力与人家国事，此可为知己告也。近来局中亦有日暮途穷、夕阳在山之势，翘首南云，归帆不远，愿拭目俟之。社会情状，更无可言。烟馆林立，下流习惯，从前悬为厉禁者，人争趋之，不知堕害我者之术中。一般业五洋之商人，骤发横财，骄矜横乱，更比沪商之富者为尤甚。前途真不堪设想。人心十死八九，恶气充塞天地，尚复何言？公寄居之地比较清静，日后当亦比较安适，食指之繁，不无多劳心力，笔墨所收入尚能不减于曩日否？清明之期不远，惟珍重起居为幸。专此寄意，不尽欲言。有暇惠教，以当面谈，何如？祗颂道茀，不一。弟仇埰顿首。五月十五日。

　　晤社中诸公，恳为言道候，不另。

第六通

　　剑翁仁兄先生道席：昨于二十日两奉手教，就审兴居多福为颂。近日曾患鼻际肉瘤，左目生硬块，施刀割后已愈，甚念甚念。此症想系湿气兼抑郁所致。世变至于此极，求一身之安、三餐之饱，人人有力不从心之苦，沪居尤有意想不到之困难，病半由心而生，惟有强自宽解，得过且过。世态愈益离奇，社会人心更趋险恶，君子固穷，天心或不终负也。弟返里，虽避沪居之险，然耳闻目见，处处可忧。人心略无悔祸之意，变乱安有已时？币值日落后，所营营于简单之生计立形短绌，亦只得听天之生成而已。文事久辍，书籍芜乱，迄未整理，心情可知。承改词序数语，谨照录，谢谢。"出亡"二字即遵改为"避地"。又《如社词钞》于二十五年付印，发端用"十年前"三字，拟改为"曩者"二字，似较浑，何如？困居家园，无游散之地，更少可谈之友，天雨沉沉，弥觉闷损。前日似盛夏，今日似深秋，未知沪上风光，尚循常轨否？专此寄复，顺颂道安，诸惟起居珍重。弟仇埰顿首。五月廿六日。

第七通

剑翁社长先生道席：在沪四年，时亲教范，别后曷胜回溯。近稔起居康泰，凡百胜常为颂。沪市情状，想仍如昨日，不知生事之艰，比前能稍舒否？念念。弟抵里以后，见家宅破损不堪，骤难修整，残余书籍，零乱满地，转悔从前购置之多事，勉安枕簟，且住为佳。物价之高，不减于沪上，且有过之者，只米价在二百元内耳。各事猬集，日日无暇，房产上之纠葛，千端万绪，亦难遽有眉目。社会人心日趋于下流，前途安宁与否，未可知也。弟仍持闭门主义，谢绝酬应，期省精神而节费用，毫未变逃难心理。何之硕兄殷殷下顾，倾谈一切，弟一时尚未能往拜。半月以来，心绪芜乱，文事已搁在云霄以外，稍定当修改旧稿，承允赐序，荣甚盼甚。小儿良矩已经于前十日返沪上课矣。忏老闻亦来此，想寓居北城，不易往谒。矐禅有返永嘉之意，未知已成行否？匆匆布臆，不尽欲言，稽迟裁候，幸乞鉴亮。临行承饯送，并此拜谢。顺颂台安，不一。弟仇埰顿首。四月廿二日。

第八通

映庵社长先生道席：昨握大教，极快。接到江津友人王东培兄来函，奉到惠赠书画，极佩仰。有诗笺一纸，属代呈道谢。致埰函中，谓公画直是明人风度，在徵仲、子畏之间。午昌兄画用渴笔，极妙点缀，真是龚半亩之墨，若戴鹰阿，尚有不分深浅处。二妙一时俱到，快极快极云云。可以见其倾倒矣。此上。顺颂秋安，不一。仇埰顿首。八月十一日。

夏矐禅兄正移寓麦根路泰来里八号三楼。昨日未到，是否梦招兄尚不知其移居？又及。

第九通

映庵先生社长侍右：昨奉手教，于拙作过分奖饰，极愧。承示第三句应叶,极是,兹改为"倚秦淮旧月梅冈",希于拙稿中代改之。钟山有梅冈,见于史乘,因合去入声,用"旧月"牵及"秦淮",而白石《暗香》调"照我梅边吹笛",则梅冈与"旧月"又强为牵连,任意杂凑,似缝穷妇缀补百家衣然,可笑孰甚。仍请教之,容再缮稿,送请汇转叶揆初先生。专此寄复。顺颂揆安,不一。仇埰顿首。六月十三日。

第十通

映庵先生社长箸席:昨日大驾临寓,失迎为歉。承赐画幅,拜领展仰,真神动天随,书味诗情流溢于楮墨间,复绝之诣,非寻常笔墨所能企及,得之珍如拱璧。谨此道谢,容晤再拜。顺颂道弟,不一。仇埰顿首。五月廿七日。

第十一通

映盦社长先生著席:久不晤教,溽暑,惟起居健胜为颂。嵩云时以词来属和,前有白石《玲珑四犯》赋落花,近有屯田《迷神引》,均遵属草就。赋落花极怕为之。前年切盦先生咏落花,初欲和作,以出语衰飒,遂辍笔。嗣读印本,惟大作独能脱去寻常蹊径,为此题开生面,极佩。此次拙作仍衰飒且离奇,愈令文人短气。《迷神引》调亦难填,句短而复,且韵多不易贯注。两作脱稿,极不能自信。又社调成一作,一并录请我公为一批教之,幸勿客气。暑中不出户一步,实亦不能清静有好怀也。梦招兄尚未赴港否?商务想不久可复业,《全宋词》事届时盼公与洽商示及。专上。即颂道弟,不一。弟仇埰顿首。七月六日。

映盦先生词宗海正。述庵呈,初稿。

玲珑四犯柯亭倚白石此调赋落花属和,率笔应之。

看紫碍帘,吹红迷槛,春韶流荡如水。画堂前夜酒,转眼伤婪尾。惊心,少陵溅泪。剩空枝、醉蜂犹倚。燕剪单寒,蝶衣低敛,韬影晚风里。　　飘零后、将何寄。等金锄葬了,香韵俱毁。比情花笔梦,著作皆辞费。思量竟是浮生误，甚赢得、江山文绮。休说起。重来更塞兰采芷。

迷神引倚屯田。柯亭赋此调属和，遂写丁戊间流浪过程应之。

一别萧梁青山远，醉帕酒痕犹泫。星床露楫，上荆襄岸。冷清清，相如病，霜丝乱。芒砀悲歌迫，栈尘莽。凝望湘江水，鹭群散。

看尽林峦，过影绱屏换。倏粤云连，淞波剪。去年今日，总凄绝，凭高眼。故园荒，东川阻，耿幽怨。风雨供吟箧，情绪短。秦淮年时月，为谁显。

玲珑四犯倚梅溪，寄怀倦鹤、东川。

野鹏哀鸣，乱阵俯千门，消歇机杼。隔雨相望，却怕缭蘅心苦。韦杜旧托城南，看四海、浪扬飙怒。试料量、江户将晚。回向也迷归路。　　雁书鱼简生疏久。梦花严、总亏情愫。羁栖尽属啼鹃意，难共荒鸡语。长是倦客茂陵，空怅送、年年春去。盼九秋、重对东边淮水，涤愁兰楚。"缭蘅"，倦鹤词集名；"花严"，倦鹤现寓花严寺中。

第十二通

映庵先生著席：日前寄书，并呈拙稿三作求教，未知此函送达否？念念。近得圭璋书，云汪辟畺先生治《水经》，见公主办之《艺文杂志》载有沈钦韩之《水经注疏证》，但未载完，颇以未窥其全为憾，属询公原稿现在何处，有无副本可以设法请阅，兹为转达，希示及，以便转告为荷。专上。即颂道祺，不一。弟仇埰顿首。七月十三日。

第十三通

映盦先生社长道席：顷电话中未获畅谈为歉。社作近择东坡调，欲填《醉蓬莱》《三部乐》，均不就。昨灯下填《祝英台近》成，词极草率，塞责而已，视大作之深厚稳洽，相距甚远。"九百六年矣"是否呆拙？押"矣"字尤滑直不成词，如何？请教之。《全宋词》有可取处，惜版式近俗。前圭璋商及，曾属用六开本，大致照《全唐诗》式，不知何以变迁如此。余容谈。此颂著安。弟仇埰顿首。二月八日。

　　　　　祝英台近庚辰东坡生日社集。

　　荐兰肴，斟桂醑。追奉长公醉。景祐英光，九百六年矣。听歌一鹤南飞，雪堂烟渺，摹笠屐、今宵如会。　　　溯前轨。来自琼宇高寒，功名早尘委。笑傲黄州，腰笛满豪气。笔端海浪天风，文园倾倒，问终古、几人齐美。

　　映盦社长词宗教正。述盦初稿。

第十四通

　　映盦先生箸席：久未晤教，惟起居康胜为颂。社课命调《瑶华》，弟得便利，因嵩云方以此调赋冰花属和也。昨草草填就，未知当否？录请鉴教，乞不吝指导为感。此上。顺颂道弗，不一。弟仇埰顿首。三月八日。

　　　　　　瑶　华冰花。

　　空花朗澈，天画奇观，想神工精绝。珍禽银竹，呈幻象、漫拟沧洲兵孽。干卿池水，正凝入、诗心晶结。转瞬间，云物千形，等是烟环霞绂。　　　孤葩懒附高枝，敛彻冷英光，还避蜂蝶。春泥坠锦，看误尽、京国昏昏车辙。忍寒似此，只世外、寻盟松雪。便化身、一例清流，艳说未因人热。

　　映盦社长词宗教正。述庵初稿。辛巳花朝前一日。

第十五通

　　映盦先生社长箸席：近因俗事较多，社作久稽延未着笔，昨匆匆草成，趋府拟求指教，适值驾出为怅。现改"今古"为"隆古"，改"数"韵为"伫"字，仍未妥洽，尚乞教之为幸。专上。即颂道弗，不一。仇埰顿首。十五日。

　　　　霜叶飞己卯羁栖淞滨，虚度重九，倚清真书感。

　　戍台筓鼓。秋心荡，江潭频粲风雨。故山松影罩萸囊，讶梦程隆

古。只极目、寥天黯仁。呼群零雁凋霜羽。镇海角伶俜,未称得、题
糕意旨,笔倦慵赋。 休论燕麦前尘,苍波人远,乱叶飘怨如诉。
望京今夜怕登楼,剩此身羁旅。甚插菊、新畦换土。东篱回首浑无
据。愿凤城、消烟瘴,螯酒明年,后期先许。

映盦先生社长再教正。述庵初改稿。

第十六通

映盦先生道席:昨日上函,并录社作拙稿求教,计荷察入。《雪梅
香》稿复看,不妥协处太多,兹改六字录上,请鉴正,并恳鉴定后汇转
黄孟超兄付印。屡劳清神,纫谢不尽。天寒岁晚,下期想于春节后举
行最宜。先生前云,拟请郑午昌先生入社,极盼极盼。专上。顺颂道
履曼福。仇埰顿首。卅日。

雪梅香忆孝陵雪后观梅。

晚香国,苔枝缀玉布寒屏。绕横溪疏影,依稀梦入瑶京。呼酒行
歌羽仙曲,饮冰深挹蒋山青。有松柏,对照葱茏,千古东陵。 风
情想前度,白下游骢,放队郊坰。几日蛮烟,顿教绮陌尘生。陇上乡
心正愁绝,笛边吟侣各飘零。从天问,可许孤芳,重冠春城。

映盦社长词宗再诲正。述庵初改稿。己卯嘉平廿二日。

第十七通

映盦社长先生道席:久未晤教,想道履健胜为颂。铁翁逝后,埰
精神大减,因小病数日,至今甫愈。社作草草制成,似未妥协,录上请
鉴教。倘荷指示,即当修改。如可敷衍缴卷,乞为转黄孟超兄付印。
《垂丝钓》一作,请一并印入,何如?恃爱渎请,统希原恕,不尽。专颂
道祺,不一。仇埰顿首。一月廿九日。

第十八通

映庵先生词宗著席:日前畅领教言,兼扰胜馔,感谢感谢。近稔

起居曼福为颂。讱盦先生去冬赠《填词图》印本命题，当以病后医师属省脑力，久未报命。又以册中珠玉在前，不敢落笔。大作《上林春》再三雒诵，尤深钦佩。近成《熙州慢》一阕，自取生调，迄未妥协，录稿就正，尚希不吝教诲，指示谬误，俾知改进，不胜跂望。顺颂节禧。仇埰顿首。己卯端午。

熙州慢题讱盦《填词图》。

酒杯宽，记按曲云谣，放醉婪尾。鹤说尧年，有画图能状，看桑心史。自隔上林莺燕，眷念铜陌迷离。零乱万感，筝弦雁绝，啸吟花泪。　　来剪淞江碧水。映山落，引领斜阳晴霁。重解绣鞍，平章月泉诗事。南闽坠风顿扬，想入梦衣冠环起。论弘旨。迦陵只称去。余子。

映庵先生词宗教正。述庵初稿。

第十九通

映庵社长词宗著席：奉示新作，浣诵再三，密丽深厚，《花间》胜境，仰佩无既。拙作尚未着想，俟稿成即呈请指教。瞿安前年在汉过寓，时埰已病，促膝倾谈二小时，见其声哑特甚，讽以止酒。渠谓止已不能，少饮则可，依依而别，不意此会竟成永诀。久欲词以挽之，迄未成。昨忽信笔书一调，略无蕴藏，似白话，然不知可用与否，录稿乞教正，幸勿客气为祷。顺颂道茀，不一。仇埰顿首。七月六日。

第二十通

映庵社长词宗道鉴：久未晤教，想起居康胜为颂。社作草草交卷，直不成章，录请指教。顺颂曼福。仇埰顿首。八月十三日。

再，叶辑《广箧中词》，未知尊处有余册否？倘有，拟求惠一部，因京中社友来函属索取也。又及。

馥孙先生均此，不另。

第二十一通

映庵先生社长著席：前数日呈《十二时》改稿，计荷鉴教。社作昨勉强脱稿，愧不成章，录上乞海正为幸。专此。顺颂道茀，不一。仇埰顿首。六月朔。

第二十二通

映盦先生社长词席：日前晤教极快。此次《绿盖舞风轻》调，闻疚斋先生指示平叶数字，具有见地。近代词家有于"迟回"二字认叶者，实则上下阕首韵"漪期"二字，亦应叶之。如诸公意见相同，亦可为草窗此调论定，未审先生以为然否？拙作浅率无新意，录稿乞鉴教。近猝抱鸰原之痛，因写春草鸣禽梦境，亦未知当否也。专颂道安，不一。仇埰顿首。八月卅一日。

第二十三通

映庵先生词宗著席：顷奉复示，拜悉一一。"显"字非韵极是。昨铁翁谈及，归来未及检查，顷查确非韵。拙作"可惜玄湖"句，"玄湖"二字改"麟洲"二字。玄湖五洲旧有名麟洲者，姑掇拾用之，不知当否。至丝思能叶，更精密。拙作姑从略，免得全部牵动，一笑。统希指示，不尽。大作脱稿，并乞赐读。顺颂道茀，不一。仇埰顿首。九月二日。

第二十四通

映盦仁兄先生道席：久疏笺候，驰企为劳，近稔尊候胜常为颂。日前小儿到沪，命造府请安，蒙惠最近摄影，神采奕奕，仰见康健一如曩昔，曷胜庆幸。并悉我公日伏案，以笔墨所入事生计。币值低落愈益无止境，所入数目虽较增多，实亦不偿所用，况沪居生计更艰于各地乎？弟恃房租度活，亦日感不敷。吾辈衰老，疲精劳神于开门七事,尚苦不给,为之奈何?而灯水各事,且忍气吞声,受人支配,亡国人民之痛苦,非言语所能尽。一年以来毫无清兴,只勉自保重,能免疾病,即为大幸。彼此相期望者,亦先在此。长夜漫漫,何时达旦?日日想望,而远道友人来书,都道归期已近,亦不知如何也。沪上诸友、金箴孙先生尚健否?眉孙兄近况奚若?均念。孟超闻到太仓,通讯请为道念,能示其通讯处尤感。年来为辑《金陵词钞续编》事,时与切庵先生通函,近《词钞续编》草稿定后,久未通候,近尚安否?并念。专此奉达。顺颂道荠,不一。弟仇埰顿首。十二月廿四日。

第二十五通

黄鹂绕碧树

驹隙流光骤,江皋弱柳,系春将半。小燕瞋帘,对南园瘦碧,讶人归晏。断云横雨,阻千里、凭高心眼。空记取、醉里分携往景,秦筝缄怨。　　酒入冰肠已缓。好花朝,又输风片。梦醒后、只腰围带窄,奁镜鬘浅。任有意珠暗示,奈远隔离行雁。堪怜。自转游丝,乱愁无岸。

映盦社长词宗正误。庚辰花朝,述庵初稿。

第二十六通

月当厅中秋夜坐,寄怀东川吟友。

璧月透照团圆夜,秋光过半,琴轸弥凉。自拣故枝,霜叶欲抱枯香。休与砌虫互诉,耐西风、也许晚娱桑。待吟赏,东篱花事,迥异蜂黄。　　年来幻影新棋局,梦重重、凿空心计难详。笛里旧哉,消瘦几曲清商。联想两翁放歌处,几江鸦背歇斜阳。窗烛黯,鱼笺短,画不尽回肠。

映盦社长词宗正误。庚辰八月下浣,述庵呈,初稿。

第二十七通

醉春风 春尽日游觉园归后作。

石路随松转。行看春去箭。清钟何处一声声，幻幻幻。楼外香云，洞边花阵，定情回盼。　　　燕子窥帘倦。归计犹天远。杜鹃啼夜几曾休，劝劝劝。惟有床头，会心明月，共人留恋。

卜算子慢 寄怀孟超，即题其《清盦填词图》。

梅酸入调，莼翠注怀，一客倚楼心远。别骑传笺，记取雁风天半。回眄。忽飞红满地无人管。对画阁吟情，省识星槎，啸咏尤健。　　　好展南游眼。奈海上扬尘，荔支香浅。隔雨罗浮，伫想鹧鸪峰晚。谁遣。更蓬山、镇日珠帘卷。问赋答、琅函绣句，寄回文几遍。

映盦社长先生教正。述庵初稿。

第二十八通

莺啼序

深灯敛唇暗语，数芳春剩几。赋归后、弦拍重寻，只觉歌啸无地。醉方醒、河山换劫，晴烟黯雨知何世。念羁怀零乱，蛮珠遽为愁碎。　　　雪渚移舟，贳酒味暖，作伶俜好计。白云阻、消息乡关，锦鸳难寄眉意。指天阍、灵修路隔，眼波入、营营蝇市。泛宽杯，多少低徊，楚兰心事。　　　沧江卧晚，野筑尘流，此情付梦绮。欲访取、六朝佳胜，境与人远，漱玉寒潭，可怜清泚。西川涨怒，南园花笑，惊鸿回影阑干曲，怨东风、掩抑伤高袂。青溪短笛，谁谈去客桓伊，蕴结枉绐池水。　　　闲门问竹，浅碧依依，照鬓华信美。试检点、巢痕非故，倦羽单栖，引凤迷途，听鹂慵起。思量且忍，新蒲幽愤，茫茫今古如过雁，算长安、棋局皆儿戏。危楼立尽斜阳，旧月能明，抚琴自理。

第二十九通

八声甘州岁除遇雨，赋此遣怀。

坐书城、听雨咽铜龙，年光换匆匆。甚黄尘千里，中原一发，歌啸无从。数到春江变酒，荏苒屈纤葱。犹有粔盘暖，休负琼钟。　　多少喧天笙管，正吴歈楚佩，待舞东风。照蓬窗心曲，赢得烛花红。只伊人、西楼凝望，对滟杯、惆怅未归鸿。晴曦转、系金铃处，万感皆通。

录请映盦仁兄词宗教正。述庵初稿。甲申人日。

徐乃昌 <small>八通</small>

徐乃昌(1868—1943)，字积余，号随盦，安徽南陵（今安徽南陵县）人。有《随盦所著书》《徐乃昌日记》等行世，辑刊《积学斋丛书》等。

第一通

剑丞提学大人赐鉴：奉仲老书，敬悉。廿五日消寒雅集，亟拟趋陪，缘日来抱病未愈，未克践约，心饫嘉肴，感谢无极。敬请大安。弟徐乃昌顿首。

第二通

日来晤教甚畅。近刻《宋元科举三录》，检呈大鉴。附上旧制《礼塔图》，敬乞赐题，无任感幸。敬请剑丞老兄大人道安。弟徐乃昌顿首。

第三通

乞题《礼塔图》卷，前闻大诗已题成，兹特遣仆走取，希即交下，先睹为快也。敬请剑丞先生仁兄大人道安。弟徐乃昌顿首。廿九。

第四通

惠示敬悉。承题《勘词图》及钞示题彊村图诗，拜读再四，钦佩之极。鼎梅又寄赠公《刘熊碑考》，今一并述谢矣。敬叩剑丞先生大人著安。乃昌上言。廿五。

第五通

多日未晤，至念。顾鼎梅昨寄来《穆子岩志》，此志为范鼎卿道尹重价得之，弟前托鼎梅购一纸，价二元也。属转赠我公，特送上，乞检存。拙刻《随庵丛书续编》十二册，附呈鉴教。敬叩剑公老兄先生大人大安。弟乃昌顿首。九月十七日。

第六通

多日未晤，至念。旧制《勘词图》卷，送乞赐题，得荷光宠，至感至幸。敬叩剑丞吾兄先生大安。乃昌顿首。

第七通

多日未晤，至念。尊夫人词已刻入《词钞补遗》，兹将印本寄呈，乞检入，补订前编。顷顾鼎梅寄来诗集并《龙门佛象表》，属转呈，特并寄，请收入为幸。敬叩剑丞先生大人大安。弟乃昌顿首。二月廿六。

第八通

顾鼎梅来函，《龙门全山造象碑》估要求增价，原函奉阅，阅后希掷还，以便作答也。敬叩剑臣先生大人大安。弟乃昌顿首。

张尔田　二十三通

张尔田(1874—1945)，字孟劬，号遁盫，浙江钱塘(今属浙江杭州市)人。有《遁盫文集》《遁盫乐府》等行世。

第一通

前晚奉谒未值，怅怅。今秋沤尹先生六旬初度，桑海遗民，虽有亭林先例，而同志礼不可虚。时世寿幛、寿联不足辱高人，即寿序、寿诗亦嫌落套，且亦难工。鄙意欲仿霜腴雅例，置一长卷，专征同人之词。昨商诸乙盫，极首肯。俟此卷装演[潢]后，当丐鸿笔一题。卷名拟即用"霜腴"二字，"霜"卧晚节，"腴"切寿意，与沤尹公身分恰合。特质大雅，想用然赞也。近诗附上采览，得暇再当趋候。手肃。祗颂剑丞仁丈起居，不一一。孤子张尔田谨状。

第二通

奉大集之颁，诵味无致。并世词流能为北宋，樵风而外，此其独已。侄虽心知其妙，而力不能举之。生平雕琢曼词，蕲向淮海，少作壮悔，迄于无成。辛亥国变，忧生之嗟剧于念乱，并此戈戈者亦绝响矣。孤露余生，唯愿打钟扫地，作清凉山行者，以送余齿耳。旧著《仁山传》一册，送上采览。且夕趋谒，不一一。祗承剑丞仁丈动定。侄制张尔田顿首。

第三通

损书并示沤尹生日新词，均诵悉。侄近患目疾，且兼咳嗽，久未出门。闻沤公已避往苏州，尚有苔雪之行。寿卷已托曹君夔一在苏古香斋置备，大约即过生朝亦不妨，不过留一韵事而已。俟卷成当送上，祈将新词上纸。题词已丐秦晦鸣师作矣。得暇当趋候，不一一。专此。复颂剑丞仁丈大人动定。侄制尔田顿首。

新词沉着不落套，却合沤公身份，诵之无斁。小诗二章附上，以博一粲。

第四通

映盦先生左右：詹对阔然，想恒纳宜。舍甥姚君当时，字沧客，素喜绘事，苦无师承，嘱为介绍晋谒，愿列门墙，尚希引而教之，幸甚幸甚。此君无市气，或可造就也。手肃奉渎。祗问道安。弟张尔田顿首。

第五通

映盦先生有道：今日奉到赐绘《山居校史图》，发函伸纸，光动一室，苍劲淳茂之气直逼古人，谨当付装珍秘，传之其人，祗谢祗谢。木兰已弃，北都苟安，或无他虞。弟无家可归，脱有不幸，誓与数千卷书同殉耳。区区身后之名，付托公等矣。今年六十，戏成一词，附上采览。复颂道履安隐，不一一。弟尔田顿首。

鹧鸪天

六十明朝过眼新。镜中吟鬓老于真。寄生槐国原非梦，避地桃源莫问津。　　苍狗幻，白鸥驯。安排歌泣了闲身。百年垂死今何日，曾是开天乐世人。

映盦先生词家正。尔田写上。

第六通

映盦先生有道：奉复书并见怀新制，循诵无斁，为之狂喜。草草奉答一章，另纸写上呈教。尊绘《校史图》现拟付装成卷，词人之画须得词人题之方称,能为我再赋一解否?宣纸自备尤感。此间词客以二郡为眉目,此外夏闰老辈尚不乏人也。手肃。祇问道祺。弟尔田顿首。

　　　　　　　天香映盦先生海上赋词见怀,依调奉酬。

　　林橹辞红,庭莎转绿,归云缥缈千里。露下葵斋,水边菰饭,已忍十年心事。素髭白尽,拼一卧、漳滨都废。秋塞频看断雁,晴波暗通双鲤。　　　蚕眠上元细字。夜披衣、为君惊起。赚得有涯哀乐,此才空费。刻意伤春倦矣。尽商略、儿时旧灯味。剪韭山窗,清琴自理。

　　尔田初稿。

第七通

　　映盦先生左右:奉到惠书,眷逮不遗。弟自入旧京,意绪阔落,丛台可望,但有山丘,瀍岸遥临,俱沾霜露,非复八年前丰昌景象。幸郊居粗适,杜门绝轨,差无尘事之扰耳。承赐绘《校史图》,笔兼深蔚,实名作也,谨当属此间词社同人一题,付之装池,感谢感谢。古丈想常晤,幸为寄声,不一一。祇承道祺。弟尔田顿首。

第八通

　　映盦先生左右:奉到惠缄并新著《铙歌注》一册,知履候多豫,至慰至慰。弟间尝盱衡三百年文士,仅得四家:汪容甫之丽文,龚定盦之散文,沈培丈之诗,及公之词而已。培丈诗出入元祐诸贤间,公之词乃真北宋也。老辈多推道希能学北宋,吾不谓然。本朝一代词,无超越南渡范围者,并世诸贤更无论矣。世有识曲听真者,定相赏于牝牡骊黄之外。若《铙歌注》,则公之绪余耳。传世大业,自有其不朽者在,此固不敢妄赞一辞也。弟来此已数月,意绪阔落,都无好怀。旧都文化之区,学者大半偏于考古,支离破碎,借充报材,使我有数卷书,不如一清吟远矣。言之足为于邑。今夏培丈《蒙古源流笺证》可以校补断手,尚拟撰《八旗世族表》及《建州源流考》两书,以完吾文献之愿。此后即当谢绝讲事,养鱼看花,优游郊野之间,以送余齿耳。小词一章附往。专肃。祗候道祺,不一一。弟尔田顿首。

第九通

映盦先生左右:承惠告,并诵新词,淡而旨,峭而自然,老杜夔州以后诗境也。无意摩放而神与之合,吾无间然。"江南铁钩锁,最许诚悬会",公之于词,实能深入斯域,而仆则犹未也。仆少治两汉经说,训故之外,音学亦兼治之。中年伤于哀乐,辍而弗为,尝叹此业殆成绝响。宏撰勒成,亟思睹秘。杂录拙制数章,寄请观之。日坐皋比,人生有几寒暑,恐不复能唱渭城矣。奈何奈何?复颂道祺,不一一。弟尔田顿首。

第十通

映盦先生左右:前晤谭极慰。拙编《列朝后妃传稿》想蒙是正,倘有一顾之值,尚希一言。其中所采皆注明出处,殆无一字来历。至于褒贬则慎之又慎,不敢随时局为抑扬。公阅之以为如何?惟此书无副本,近拟添采数条,原稿祈掷还,交小价带下,感感。祗颂道祺,不一一。弟尔田顿首。

第十一通

映盦先生有道:顷奉惠书,祗悉一是。旧狂重理,吟兴甚豪,天末故人,闻之增气。嘱题《填词图》草草书就,词既不工,字尤恶劣,原唱苍劲,苦未能追步,寄上,祈恕而存之。彊村丈遗书经同人鸠资付刻,闻将次断手,弟为作一总序,在榆生处,可索观也。手肃。祗颂道祺。弟尔田顿首。

第十二通

映盦先生左右:衰病颠连,意绪阔落,久疏祗候。比闻公有母之

丧,节哀顺变,经诰明训,尚祈勿以毁灭性,是为至望。拙校沈培老
《蒙古源流笺证》,今已四次修改矣,更就精通蒙文者印证,自信尚无
大缪,兹以最近印本两册呈教。又昔年与孙益莽合著《新学商兑》一
册,今亦修改重印。区区学鹄,略具于是,一并附往,先生读礼之暇,
幸有以教之。世变无可言者,一息尚存,此心要当有所寄也。薄赙另
邮,谨此奉唁。敬问素履。弟张尔田顿首。

第十三通

　　映盦先生有道:顷蒙惠书,并拜诵新词,欣慰无量。弟生平于词
好之不专,徒以少闻先君绪论,又从诸词老游,见猎心喜,遂破戒一为
之。除牵率酬应外,少作壮悔,故所存者无多,为工为拙,亦殊无所容
心于其间也。猥荷过奖,甚非所安,汗颜而已。沤尹善为词,而最不
善论词。从前沤尹论词,推叔问至渥,后又推蕙风,及其晚年,则交口
称海绡,世之不知词者,亦竟以清真许之,不知清真北宋也。北宋词
之妙全在意境,能超而又能沉。海绡思致颇沉,但苦不能超。此无
他,仍为南宋意境所囿故也。梦窗自是南宋一高手,必谓由梦窗可以
上窥清真,则吾宁不食马肝耳。仆有恒言,能为清真,降而为梦窗易;
能为梦窗,仰而跻清真难。又况为梦窗而不善者耶?此事自关天分。
若不言清真,但论梦窗,则海绡固当哀然称举首也。沤尹虽学梦窗,
而其入手实从碧山,远不如海绡之精且专,沤尹晚年心折海绡者以
此。总之,清末词流,已知词境不囿于姜、张,较之常州诸派,高则高
矣,而仍未出南宋范围,其于北宋意境,殆无一人梦见,吾于此不能不
盛推于公也。亦犹同光以来,治宋诗者多矣,而真能与宋人抗手者,
只有郑子尹一人而已。此非面谀之谈,异时自有定论。公以为何如?
衰病颠连,饰巾待尽,同学辈为钞出生平杂文约百余篇,都为一集。
刊刻既苦不资,欲多写数本贻之同好又无其力,只钞出一份寄与陈柱
尊,以柱尊拟为我保存也。公如欲观者,可向柱尊假之。文虽不佳,
区区之志与业,略具其中。词不足以传我,他年有知我者,或当在此

耳。手颤，作字甚苦，尚望随时示以音问。不悉。复颂道履安隐。弟尔田顿首。

第十四通

映庵先生左右：顷奉到惠告，并承赐词刻全集。近二十年作苍劲浑化，所谓"波澜老更成"者，此亦词人晚岁应有之境，诵之无致。近来大江南北，人人有集，黄茅白苇，赏音其谁？又不禁怃然矣。拙文乃同学诸子所辑录，生平为人所作序记碑志尚多，皆无从收回，故所录仅此，然亦不欲多也。乱世苟全，何敢望亭林、梨洲？惟区区不肯随时之一念，或者同之耳。今老辈已无几人，拙文仍祈一为审定，幸甚幸甚。复颂道祺，不一一。弟张尔田顿首。

第十五通

映盦先生有道：得柱尊书，言拙集两册近交尊处，不知阅后感想云何。拙集中所有重要之篇，大都成于二十年以前，当时何尝受人一顾，今不幸而言中矣。病已临危，良医何补？自惭空谈，但作文字观可也。以文而论，不知可以追配尊闻居士否？近作汪憬老墓志一篇，其家排印百分，兹以一分寄上就正，亦欲得公一评判也。衰病连年，近忽眩晕仆地。结习未忘，可叹可笑，然此后恐亦将绝笔于兹矣。手肃。祇问道祺。弟尔田顿首。

第十六通

映庵先生尊鉴：丧乱余生，都无好怀，兼之衰病，音候久疏，然时于榆生书中得闻动履，吾道不孤，引以自壮。顷由榆兄邮到鸿序一篇，发函申纸，动色嗟叹，感佩何似。中论学人词人，剖判确当，但惜鲰生不足蹈之耳。生平所接词流多矣，所见词亦不下数百家，大都在古人笼罩之中。三百年间，不受古人缚束而又不破坏古人藩篱，聪明才力常若有余于古人之外者，龚定庵之于文，郑子尹之于诗，公之于词而已。世之言词者莫不尊北宋，惟公乃真北宋之词耳。今得公序为拙词宠，虽不传犹传也，其为篆镂，宁有既耶？而宋词人为词人作序者，山谷之序叔原，功父之序邦卿，仆固不敢望叔原、邦卿，若公则优于山谷、功父远矣。已属榆兄冠之小集之首。特肃致谢。近诗两章附往。祗颂道祺，不一一。弟尔田顿首。

第十七通

鹧鸪天

苦恨佳期说断肠。未应怊怅抵清狂。莲舒玉艳匀新彩，梅压鬖云恼薄妆。　　叹夜短，怨年长。半衾闲画两鸳鸯。罗衣归后从教着，多恐经时减旧香。

映盦先生词家一笑。尔田。

第十八通

小重山令

才说归期未是期。车轮生四角，又天涯。春风青鬓染成丝。长安道，谁榜北山移。　　人共鸟争飞。树头红日影，赫如旗。问君何事独栖栖。江湖手，输与白鸥知。

映盦先生词家正。尔田。

第十九通

更漏子

木兰舟，桃叶浪。来往撇波江上。空载恨，不拦愁。夕阳红尽头。　　断肠花，随意草。芳计一年须早。休掩泪，且衔杯。相逢能几回。

翠鸾篦，钿雀扇。巧笑星前谁见。檀注薄，桂膏浓。灯花不断红。　　意先投，肠已乱。写得山盟一半。楼上月，五更钟。行云似梦空。

映盦先生吟正。尔田。

第二十通

木兰花慢为人题盆柏图。

壁间鬝翠滴,花浪起,皱鳞生。看雾盎盘虬,月尊酬鹤,惨淡经营。龙孙古来神物,问九朝、几见泰阶平。玉立苍然不改,岁寒与尔同盟。　　荒荆。三径似渊明。风露冷中庭。要着意栽培,筠霜苦节,菊水颓龄。凌霄锦官城外,把蓬莱、移在素云屏。莫笑燕榆晚叶,须知江桂冬荣。

映盦先生词家教正。尔田写呈。

第二十一通

蝶恋花

飘粉帘栊朱户静。红雨阑时,一簇墙头杏。禁瘆光阴寒食近。家家陌上青骢影。　　芳草连云成绣径。门外桃花,门里红相映。欲说去年今日恨。吴江未有潮来信。

映盦先生词家正。尔田。

第二十二通

无　题

脉脉翻成病,怅怅只益疑。肠危妨促柱,腹冷怯弹棋。蝶岂无遗粉,蚕应有尽丝。如何金带枕,犹自梦佳期。

映盦先生诗家正。尔田。

第二十三通

无　题

未分殷勤近玉筵,闻声对影已堪怜。重帘碍日常遮雾,九檠飘风不隔烟。身去定疑凭凤翼,肠回还欲托鹍弦。人间咫尺蓬山路,莫道相逢总惘然。

相思十二玉连环,桂钥金鱼只自闲。蜡烬已灰无奈泪,额黄不断几多山。便教梦雨成痟意,可得嗔霆破笑颜。闻道微波通洛浦,未应清浅似人间。

映盦先生诗家正。尔田。

刘体蕃 一通

刘体蕃(1872—1945)，字锡之，安徽庐江(今安徽庐江县)人。有《双井堂诗集》行世。

第一通

书斋遣兴二律，录尘剑丞仁兄郢正。

丈夫事业堕空虚，一室犹堪净扫除。茗碗熏炉新位置，油窗花户小踟躇。壁悬松雪千年画，余蓄有赵子昂画鸟小轴。架列休文万卷书。广厦只需容膝地，人生何苦觅赢余。

双井回思旧草堂，廿年风月费平章。孤城画角余兵气，故国寒梅识暗香。辽左管宁穷且读，瀼西杜甫老犹狂。但求濠泗真龙出，好伴青春返故乡。

癸酉长至前一日，弟体蕃未定稿。

潘恩元 二通

潘恩元(1874—1944),字颂国,号丹仲,江苏如皋(今江苏如东县)人。有《白门集》《不残朴斋集》。

第一通

调莲友

亏月崩云势已残,愁肠整欲割来看。有时不惜都如醉,无术能教一破颜。为乐非吾劳梦寐,宋之问诗:"荡舟为乐非吾事,自叹空闺梦寐频。"相期何处剧心肝。沉沉远市灯辉淡,知是江声夜气寒。

素口蛮腰又一时,为撑老眼恐难支。后庭花落连年恨,淮甸春归十月迟。"淮甸春"亦词曲名。时正为十月。欲语应羞鹦鹉赋,将身要避虎狼师。如何得似承平日,出手尚多艳体诗。

录乞映庵先生教正。质庵呈稿。

第二通

癸未十月十七日映庵主招第六次聚星会同集者余与寿田沧叟秋帆莲友耆卿吹万晋卿镛楼共十人映庵工六法并允为作图是尤胜缘之足纪者因再用前韵奉简

出户先谋病后身,不辞细雨垫微巾。知君旧是香山主,喜我今为洛社人。乱日偏教成近局,胜缘翻得溯前因。何如一放丹青手,更与江城试小春。余素善病,遇有会时,往往以天寒或风雨怯于出门、辄谢不往者,十常八九。是日虽尚有微雨,然兴会殊佳,且以时值小春,天气颇喜和暖,故尤认为胜缘也。

映庵先生教正。弟丹仲潘恩元呈稿。

汪兆铭 二通

汪兆铭(1883—1944),字季新,精卫乃其笔名,广东番禺(今广东广州番禺区)人。汪兆镛弟。有《双照楼诗词稿》等行世。

第一通

剑丞先生惠鉴:春间承教,至慰渴怀。顷晤杨君效曾,借悉近状安善,并辱惠书,复蒙惠赠景宋本《史记》《陶集》,人间罕见之本,借景印以流传,亦自不易。汤东涧注《陶集》前在海源阁,今闻已至东京,曾托人设法景印,尚未得手。李公焕本,《四部丛刊》曾缩成巾箱本,亦远不如此次所见之精美。深拜嘉惠,不尽欲言。专此。敬请道安。汪兆铭谨启。六,七。

第二通

剑丞先生惠鉴:顷奉大作,至感期许之意。惟天时人事如此,亦犹曩作所谓"邦殄更无身可赎,时危未许心能白"耳。今岁中秋,不作愁苦之音,与公诗末句意同,敬以奉正。专此。并颂大安。世小弟汪兆铭谨启。九,卅。

明月有大度,于物无不容。妍丑虽万殊,纳之清光中。江山既辉媚,尘土亦清空。花木既明瑟,灌莽亦葱眬。城郭千万家,关山千万重。缟洁扬其晖,缁磷汨其踪。化瑕以为瑜,无异亦无同。玉宇在人间,悠哉此一逢。孰云秋已半,春气何冲融。愿言生六翮,浩荡扬仁风。

赵　熙 五通

赵熙(1867—1948)，字尧生，号香宋，四川荣县(今四川荣县)人。有《香宋诗前集》《香宋词》等行世，今有辑有《赵熙集》。

第一通

二月一日沤尹映广惜诵见过不遇连句代束

主人初出高轩过，赵熙尧生。主人归来客相左。杨增荦公荦。朱晖何日别吴门，胡宪铁华。意外夏黄邀李贺。尧生。词人性喜延野绿，公荦。况值桃花红欲破。铁华。徐家汇是春多处，尧生。沿溪一净不可唾。公荦。新寒雪后晴更佳，铁华。日午蜂声速香课。尧生。何妨看竹成久玩，公荦。愧少筼筜三两个。铁华。并愧囊中无酒钱，尧生。大有茶烟生土锉。公荦。奚童自不解留客，铁华。便举蒲团足清坐。尧生。人生小聚如此难，公荦。世固百行多坎坷。铁华。此间二月龙华寺，尧生。春分已到花将作。公荦。期君再来应不拒，铁华。吟卷征题似经驮。唐人写经卷乞题。尧生。饷客幸有《宛陵集》，公荦。自余闭门当对饿。铁华。戏拈苦语先质君，尧生。不嫌不腆蕲君和。公荦。

映广先生雅正。赵熙录稿。

第二通

次韵映庵再和之作

人生一隙白驹过，蚁行转转风轮左。去岁长安春梦中，一官尚有贫堪贺。谁知入劫未出劫，放手金瓯立时破。大局翻枰岂一人，此曹有面宁供唾。如今劳民饥欲死，蜂子无花输蜜课。新缣故素谁短长，断断休休无一个。知君愤此决僧计，老蕨充粮石支锉。云堂山作鹦鹉色，苔磴方平橐驼坐。子昂散原诗老。子云曼陀楼主。地相接，田水潀潀山坷坷。相逢莫说前朝事，蝶梦风光让人作。胜我峨眉无路归，鸟在笼樊驴负驮。近来朱沤尹李惜诵各何事，劝出羁吟补肠饿。露桃烟柳过清明，满陌秧歌四邻和。

　　映广先生并属无竟同作。赵熙上稿。

第三通

映广见和连句之章载次前韵奉答

　　五风十雨花朝过，但卜春晴即相左。诗人作计天不容，离居又苦杨临贺。无竟移去。望君不来我亦病，近十日。夜寒判坐蒲团破。客邸无家输燕子，花补新巢仗香唾。何幸传笺朝叩门，有似残僧理经课。老至饥鸣性不改，翠柳翻翻鹧两个。不知何物办朝炊，冷灶无烟空药锉。故人近筑朱霞寺，无竟发愿。君应有意峰头坐。打钟扫地了一生，此外世途皆坎坷。饥军饥民无地无，非才并命争官作。王尼那有露车住，上策皈心白牛驮。胡生昨寄蘪芜叹，政恐西山不能饿。为君浮白君勿讥，渐离击筑何人和。

　　映庵先生赐和。赵熙上稿。

　　欲采蘪芜已过时，胸藏信史畏人知。休官不敢看官报，日写毛诗课女儿。漱唐近作三诗之一。附注。

第四通

　　剑承先生：拙词续刻少许，今又废业二年矣，遥呈监定。其一册希上石遗叟。匆匆。即叩吟佳，不尽百一。熙再拜。

第五通

　　剑丞先生：奉示恧然。凄望拙诗，自沪还蜀，佚过半矣，今方搜之，稍辑定再敬上也。丁巳妄刊小词，得二卷，附陈一笑。其一乞上散原老人也。杨昀老犹健否？系问久矣。来教称举遗耆，山中于时隔绝，不知何日得奉清尘。伏叩箸祉。花朝前三日，荣县赵熙上状。

胡 宪 二通

胡宪(1881—1951),字铁华,四川自贡(今四川自贡市)人。著有《松所诗稿》等。

第一通

得映厂诗倒次前韵连句戏寄

君诗即请君先和,无竟并成两诗,甚隽。赵熙。一笑枯肠饿夫饿。主人方备朝餐。杨增荦。如我真弹局外棋,新自吴门来,邂逅遇社。张名振。落花可惜蜂争驮。胡宪。二月晦逢四美具,赵。百衲衣非一人作。杨。清晨随地得氤氲,张。检韵无方逃坎坷。散原先生云,坷韵无别法运用也。胡。东家解事能借屋,张士希有屋甚精,假作谈所。赵。北海开尊各围坐。杨。户外浓阴绿上襟,张。案头瀹茗香留锉。胡。菜花正黄方一色,赵。竹叶半枯不成个。杨。到眼谁禁家国忧,张。及时稍念农桑课。胡。久晴病客只思睡,病十日犹倦。赵。新政共和群拾睡。杨。那堪近海听潮生,张。未免失声惊甀破。胡。龙华载晚人天会,龙华桃花已落。赵。凤子将雏羊酒贺,铁华征兰之喜速矣。杨。送老江边渔者事,门外即松江。张。寄人篱下蜗之左。胡。剥啄何人断苦吟,赵。门前白马萧郎过。萧新知侍御来访。杨。

映厂先生教正。胡宪录稿。

第二通

酬映庵见和之作

一春如梦风吹过,人意祈晴天意左。雨中有约客不来,溪边燕子

怜相贺。所居只尺龙华寺,屐痕望断苍苔破。如今只有落花在,谁家
老女红绒唾。杨子谈君吾未识,闻手宋词作清课。剑头一映自名庵,
生就苦吟僧一个。雪王贫者尤善病,稍近酒钟远茶铫。联吟戏比百
衲衣,谓与三高供夜坐。君诗乃似履危石,字字平原生磊坷。情知坡
谷所入深,惜我不窥少游作。来诗有此语,其实生平未睹秦集也。柳塘春
水松江绿,教院午钟似铃驮。闭门曷敢谈世事,却恐劳民不安饿。君
如有意君当歌,歌成我学巴人和。

　　映庵先生教正。胡宪呈稿。

黄懋谦 一通

黄懋谦,字默园,福建永福(今属福建福州市)人。

第一通

映庵先生座右:积年契阔,驰想实深,惟箸述康娱,慰如所颂。前在关外得友人寄惠《扫叶楼登高》一集,见君诗,虽属遥作,而刊作开端。当时驰书李次贡,告以集中首刊之诗,即为冠场之作。次贡复书则谓,此论早于同署邵某发之,得来函正可资以作证。实至名归,固应若此也。家慈今岁八旬庆辰,乞公篇诗裱作册叶,似以笺纸为宜,兹并征启呈上,恳于十一月底寄平,不必限于七律,尤为盼祷。散老入冬尚健,虽旧疾时发,不一两日而即平复。文法穌兄上月于散老席上才共晤谭,昨日竟接其赴告,殊可骇也。专此奉肃。敬颂箸祺。弟黄懋谦拜启。十一月十三。

金兆蕃 四通

金兆蕃（1868—1851），字篯孙，浙江嘉兴（今浙江嘉兴市）人。有《安乐乡人诗》《药梦词》等行世。

第一通

映庵先生侍者：九日拙词当蒙鉴及。下走本有夙疾，心荡脉歇，近日乃复发，医力戒用心，不得不暂屏笔砚。此后社集恐未能追随，敬求谅察并转告同人，是所至祷。蒲柳衰朽，如何如何？专此。敬请台安。兆蕃顿首。十月廿六日。

第二通

映庵先生侍者：连朝风雨，动履何如？词社请柬本拟携呈阅后分发，恐尊邸复阻积潦，当径以付邮矣。吴眉翁已加入。子有兄处借庖，公必早与接洽。专此奉白。敬请道安。兆蕃顿首。七月二十日。

此次社题，公已豫定否？或效白石咏梅改咏荷花，调仍用《卜算子》而不拘定八首。公如以为然，可备一格，以待临时选择，何如？

第三通

倦翻闻弦久尚惊，凭君犀薏得分明。粗疏分合来疑谤，忧患心犹仗友生。日落更无云可拨，泥融终见雪常清。明年破地苍鹅出，幻海飞尘覆手成。

己卯夏日谒映庵先生，为言庚戌吴门旧事，怃然有咏，敬乞教正。兆蕃呈稿。

第四通

　　映庵先生有道：日者拜赐《文艺杂志》，读大著，具仰我公经术湛深，辞旨隽上，敬佩无已。归当检箧藏，或有囊余，上备采择。近刻乡先哲遗著三种，祗呈鉴定。专此。敬请道安。兆蕃顿首。五月九日。

王孝煃 二通

王孝煃(1875—1947)，字东培，号寄沤，江苏江宁(今属江苏南京市)人。有《红叶石馆诗词钞》《一激砚斋笔记》等行世。

第一通

看山阳朔才停辔，又动漳江秋思。战隙琴书安寄，满眼烽烟里。谁怜寂寞高常侍，放著空山成世。付与巫猿啼泪，应化诗肠字。

调寄《桃园忆故人》，有怀高蓬甫巨瑗。同年。

无异江南吴野人，陋轩海内早闻名。蜀东也有吴夫子，碧柳深藏白屋春。

画蜀东诗人吴碧柳《白屋图》题句。

潇潇暮雨做春寒，如笑诸山带睡看。一片馍［模］馎［糊］都可画，江声无计上豪端。

暮雨看山。

剑丞先生词丈正。寄沤近作。

第二通

早岁钦迟夏仲昭，写将三绝寄迢迢。词情画意都无限，想见吟窗烛影摇。

奉题见赠诗词画册，剑老词丈哂正。庚辰六月，东培山民初稿。

卢　前 一通

卢前(1905—1951)，字冀野，江苏江宁(今属江苏南京市)人，号饮虹。有《中兴鼓吹》《温飞卿及其词》等行世。

第一通

剑老道丈：别后原拟年内再返沪，继得校讯，遂留京。赐书已令姜氏径赴董卿处领取，乞勿念。兹有陈匪石先生回里之便，奉上霜后瓢儿菜十斤、须晒后煮用。鸭胚一对，乞哂纳。公渚兄来函，知已自浔返海上，所云钞《评林》费究系若干，祈示。以尊德里门牌已遗忘，未能函询也。众异、拔可、定之诸公，见时请代问好。前约元宵节后回校，知注附闻，余俟续陈。匆匆。敬承吟安。卢前顿上。一月十九。

俞陛云 一通

俞陛云(1868—1950),字阶青,浙江德清(今浙江德清县)人。俞樾孙。有《小竹里馆吟草》《乐青词》等行世。

第一通

绮罗香夕阳。和史梅溪春雨韵。

淡欲生阴,去还成恋,惊眼天涯迟暮。翠舞红酣,肯为朱门少住。下芳砌、蝶暝重帘,倚荒戍、雁沉寒浦。借枝头、余暖无多,栖鸦啼梦玉京路。　　江城哀角自奏,剩有西风茸帽,苍凉归渡。一抹残山,映取倦妆眉妩。伴孤影、知有谁来,写闲恨、了无着处。乍消凝、换却黄昏,乱蛩凄共语。

剑丞词长亚兄正。辛酉九月,乐静居士。

李国松 二通

李国松(1877—1951)，字健甫，号木公，安徽合肥(今安徽合肥市)人。辑刊《集虚草堂丛书》。

第一通

映厂世先生侍史：昨谒医归，读惠笺，承赐书扇，欣荷之至。贱恙累辱存问，尤深感纫。吐后脾胃受伤，精神疲荼，饮食迄未复常，现尚服药调理，明夕雅集不克趋陪，有负嘉招，但增怅歉。画社展览券价六十元，附此奉上，惟察人。娉复申谢，敬颂道祺。弟制国松顿首。

另封银币一员，补犒昨日来使，并乞饬收。

第二通

映厂先生侍史：日昨造府，得观妙绘，兼饫佳肴，甚忻甚谢。旧藏宣纸大小两束，大廿四幅，小廿二幅。又朝鲜贡笺一束，廿幅。兹检出奉上，助供挥洒，惟察人。绍丈、翁兄合作《肥遯庐图》已装成立轴，敢求赐题一诗，以为光宠，拜幸拜幸。手此。奉颂道祉，不具。制国松顿首。辛未四月廿七日。

程时煃 一通

程时煃（1890—1951），字柏庐，江西新建（今江西南昌新建区）人。

第一通

映盦老姻长道鉴：昨日游山，致失迎迓为罪。承赐墨宝，尤为铭感。赋呈一诗，敬求教正为幸。顺叩道安。侄程时煃敬上。五日。

八方风雨来牯岭，一代兴衰系此山。地涌万泉终会海，天留五老正当关。清游仙客随行脚，乱世词人见厚颜。赢得干霄孤剑在，寒光掩映石林间。

时煃呈稿。

左念惠　六通

左念惠(1877—1943)，字良生，湖南湘阴（今湖南湘阴县）人，左宗棠孙，夏敬观妻弟。

第一通

剑兄大人左右：久未作书，亦久未得书，静中时为思念。日昨得二月一日手书，怳如晤面。絭甥妇于去岁六月病故，所遗儿女又要操长姊一番心也。沪上米价每石二千元，较之湘中高出二倍有余，政府对此事毫不注意，小民无以为生，将来恐逼而为盗，静言思之，我是用忧。弟年来老态日增，上腭牙齿俱已脱尽，左耳亦聋，幸精神饮食如常，堪慰远念。风便尚望时惠数行，庶彼此得知消息，以慰相思，是所至盼。手复。即请双安。弟惠顿首。四月十一日。

长姊均此问候。甥辈均吉。

以后赐示请寄湖南湘乡两女桥邮柜收，转太平区罗家大屋左良生。

第二通

剑兄大人左右：久未作书，亦久〔未〕得书，时以为念，敬想兴居百吉，至以为慰。惠于今年四月忽患失血之症，初九日最剧，吐去五痰盂，幸服赵医药，至十七始止，旋服调理药，始克复元，刻下精神眠食如常，堪慰远念。长沙、湘潭、衡阳于上月中旬、本月初被敌机狂炸，死伤人民、炸毁房屋不少，并告。吾湘素称产米之区，秋收后谷价并未跌落，每石仍须二十余元，或三十余元，其余如油如盐如柴，较之去年加至七八倍,生计诚难支持。长此以往,吾辈恐无安枕之日,静言思之,我是用忧。儿子景权毕业后即在中央图书馆办事,昨有信来,敌机近日袭击渝市,蒋馆长将其调回白沙总馆。八舍侄景伊昨由泸县兵工厂请假回湘省亲,述及琳甥女夫妇均好,请释注念。专此。敬请台安。弟惠顿首。七月廿五日。

甥辈均吉,长姊均此问候。

回示请寄湘潭瓦子坪,转太平区罗家大屋左良孙,当可收到。

第三通

剑兄大人台鉴:奉手书,知兴居百吉,至以为慰。惠于去腊十一避居湘乡乡间赵家,系亡妻娘家。距长沙将近二百里之遥,外间消息无从得悉。耳无闻目无见,亦省却许多烦恼也。南生弟妇亦避居此间黄家。二表姊数年未通来往,亦无音信,不知现在何处。鸣谦家眷闻避居安化。明弟昆仲避居河西乡,系自家房屋。台孙弟避居白云冲,系自己庄屋,在长沙北乡。汪闲止避居塘坡。因问并告。长沙于新正初十被敌机轰炸一次,岳麓山橘子园、捞刀河铁桥、飞机场,均被炸毁,死伤人民约三四十人,城内幸未波及。手此奉复。敬请双安。弟期惠顿首。二月初三。

甥辈均吉,长姊均此问候。

第四通

剑兄大人台鉴:月前慈舆道过申江,承厚惠多珍,又劳驾临舟车迎送,曷胜感谢。惠别后至四时始展轮上驶,于廿九夜十二时抵汉皋,次晨饶冕卿昆仲派轮来汉接慈舆及眷,为至其家居住。是日适值汉口赛马,西人不办事,灵柩提单开上,无人签字,迟至次日由饶宅派轮来迎,运过江,向路局挂一篷车装载。在武昌耽搁四日,初四午后六时由鲇鱼套乘坐头等车,七时开行,初五日上午十二时即抵长沙。车至东站,家中即备仪仗迎枢,暂厝于南关外凤鸣园。沿途一切均托平顺，请释远念。专此叩谢。敬请双安。弟期念惠顿首。初十日。

太亲母大人尊前乞叱名请安。大姊均此问候，甥辈均吉。

第五通

剑兄大人台鉴：日前奉到十六日手书，敬悉一是。并承关注甚殷，尤为铭感。南弟遗诗已令五侄遍寻书箱不得，现已令其再四处找寻，一俟寻着，当即寄上。知念并告。前次过鄂，并未将鄙意出示饶氏昆仲，因是时有求其挂车，一切不便启齿。归后闻二嫂云已向其兄说过也，刻下事体甚忙，亦无暇及此。稍迟公如有机可乘，乞为我留意。此间已于廿四开吊，一日吊客尚多。现已定初八做佛事，初十焚化纸屋。灵柩昨已饬匠漆好，一俟地生来城，即下乡觅地。然茫茫大海，尚不知从何处着手也。公其何以教我？匆复。敬请侍安。弟期念惠顿首。初六日。

大姊均此问候，甥辈均吉。太亲母大人尊前乞叱名请安。

以后如蒙赐示，请寄长沙司马桥五号齐园左宅，当可收到。因问并及。

第六通

剑兄大人台鉴：望前曾交槲孙舍弟一缄，抄录南弟遗诗，送呈雅正。并菌油一坛。渠原拟十五六返沪，因有事耽搁，须廿五方能启行，约计月底即可到沪。嘱到沪即将缄件送至尊处，如过期未送来，即请饬人至威海卫路接取，菌油久搁恐其坏也。此间已于日前见雪一次，惜不甚大。日来天气甚寒，沪上气候何若？寓中自家慈以下均安，请释远念。专此。敬请侍安。弟期念惠顿首。廿一日。

太亲母大人福安。大姊均此问候，甥辈均吉。

沈恩孚 二通

沈恩孚(1864—1944)，字信卿，号藟盦，江苏吴县(今属江苏苏州市)人。夏敬观甲午乡举同年。有《藟盦诗存》《莘梧轩文存》等行世，今人辑有《沈信卿先生诗文集》。

第一通

剑丞先生同年道鉴：日前饱饫盛馔，并于意外得艺林之佳话，追维此景，偶成二绝句，录奉一粲，尚希教正。日来缘图书馆迁地，录录未克走谈。匆布。借颂春安。恩孚谨启。二十三，二，十六。

一笑浑忘人我相，却从额下补髭须。追寻二十年前梦，君未丹青我已髯。

我髯岁与纪元同，一坐相看半是翁。世事如麻空太息，花时且约步春风。

甲戌初春，恩孚。

第二通

剑公同年道鉴：越昨奉到法绘并辱和拙诗，感何如之，谨谢。叠韵二绝再尘青睐，毋乃笑其不惮烦乎？伻来，家人不解事，竟未稿也，补奉微意，代给为幸。顺颂年安。弟恩孚谨启。二十三、二、二十。

早知身外别有我，记否初逢须未髯。都怪老人无白发，与君相肖是银髯。

平生襟抱许谁同，胸有名山只此翁。太华峰巅曾独立，归来几度梦松风。

甲戌二月，恩孚。

汪诒书 九通

汪诒书(1867—1940),字颂年,晚号闲止,湖南善化(今属湖南长沙市)人。有《闲止老人遗著》行世。

第一通

映盦五哥执事:别来五十日矣,相念之忱,不能自已,惟祝太夫人康健犹昔,阖室平安,是所企祷。书在汉寓十日,附轮上驶,行五日始抵长沙。布置粗定,百病丛集,两目或有失明之惧,老已至矣,无如何也。长沙只可说苟安二字,总之江西不安,则湖南不能独安,此一定之理。巢乌幕燕,何有乐观。米贱钱荒,殆从古所未闻,此又不仅长沙然也。左老太太聪强异常。良生如君新故,不免稍懊恼耳。匆遽写此,不禁依依。即讯起居便吉。弟诒书顿首。四月廿三。

第二通

映盦五哥先生执事:十年过从,欢若弟昆,一旦言别,怅惘可想。所幸归后老妻尚无恙,而病状日有起色,殊非始料所及,此为告慰吾兄者也。弟约节后可以动身,如此时局,能否如愿,尚不可知。目下平浏失陷,一日数惊,弥念海上逍遥复可羡也。敬颂侍奉康娱,不具。闲止顿首。五月十二日。

第三通

剑丞五兄先生:奉读大诗,过于惨戚,然诗则好,不可当穷而益工,即工而益穷耶? 忧生之嗟,同此感叹,屡拟诒谈而无车,极不方便,终当有一行也。此请吟安,不具。闲止顿首。七月十三。

第四通

拙诗一首,奉畲尊意,不足令它人见也。此上映盫先生。闲止顿首。二月廿八。

正月廿九日映盫招为消寒第七集时庭梅盛开不期
一日风雨零落殆尽映盫有诗即用其韵答之

当春盛花事,园柳多棠梅。何期半夜风,所惜梅先开。爱赏不及时,空留影在阶。缤纷尚余妍,相与醉深杯。人生能几何,一年才一回。盛满因难再,得此亦复佳。不虚今日行,但赏旧日栽。庭隅露古干,自全原不才。嗟彼桃李姿,相处无相猜。主人敬爱客,剪韭兼烹鲑。庖充十人馔,历历须眉来。消寒寒愈滋,叠坐倾新醅。残英不能语,留命时一偕。愿持留涠理,各吐平生怀。须臾四座散,咫尺成天涯。我有浪漫吟,毋使林壑乖。

闲止呈稿。

第五通

今日本拟专谒,而汽车竟借不到手。热气大重,不敢久坐马车。明日寅恪归去,遂亦同行,不及登堂,极为歉负。手此达意。即颂上侍康福无量。弟书顿首。

第六通

剑丞五哥执事:海上归来即大发寒热两日夜,痛苦万状。西医审知为疟,毅然截之。先请钱泽人,刻又改请颂华,知注并告。疟止而它病又作。近虽勉强起坐,而头目空眩,稠痰浓涕时刻不断,状至颠顿。白僧之言恐将验矣。饱饫清筵,殆为最后一次,可叹也。伯母大人所患已就康复否?春气蓬勃,已近郁蒸,四山梅花闻已半开,闭门呻吟,不得一领略香雪之胜。龙绂弟近亦多病,相对愁绝。医者谓心脏衰,不令写字看书，匆匆数语敬谢，并颂侍闱年寿。弟书顿首。廿八下午。

明震大兄请并道意，年前恐不及致书矣。歉歉。

第七通

散原闻倦斋燕集，座有公与虞山，极为欢舞。愚意以为，如此乱世，同为流人，海上朋辈亦无多，正宜彼此推襟送抱，万万不可不［存］芥蒂，此弟今日守定之宗旨也。望兄能体此意，则欢乐无央矣。闲再写。至此已不能支矣。

第八通

映盒五哥吟席：世兄来，询悉近状平适，至为快慰。日前游玲珑山，有怀南孙一律，录奉雅教，想同此感怆也。此颂侍安，不一一。弟书顿首。十四日。

三月八日陈散原庸盒暨庸盒之侄子式游临安玲珑山
道经县郭门怆怀南孙凄然有作

去年曾结寻山约，今我重来竟失君。七字新诗犹在口，南孙天目诗有"惟遣山光伴行李"之句，一时传诵。数声啼鸟不堪闻。焦桐久辍鸣琴响，宰木能镌叹逝文。游屐未穷予意苦，到此都成凭吊处。此两句求酌教。三休亭外立斜曛。

闲止呈稿。

山侧三休亭有坡、谷、佛印三石像，亭久毁，石皆露立矣。

第九通

映盒五哥先生吟席：手教诵悉。此间觅写字者几如凤毛麟角，不可得也。南孙诗集必不得已或仍用聚珍仿宋为宜，或即付之梨栗，如近人刻宋人词本样式，亦极雅饬。诗既不多，刻一小册工资当亦不昂，此项刻资似可由南孙知好大家凑集，想不甚难，乞吾兄采酌之。

和倦知翁拔齿诗，词意精警绝伦，自非老手不办，佩仰无地。散叟已大好，惟此病由来已久，欲除其根，尚非易易。其六世兄诚孝，对于医药极精审，刻似在研求活法。达夫善养，刻已可步行到湖滨，子无恐矣。覆颂上侍康福。弟书顿首。廿六日。

杨钟羲 三通

杨钟羲(1865—1940),字子勤,号留坨、雪桥,正黄旗汉军籍,奉天辽阳(今辽宁辽阳市)人。有《圣遗诗集》《雪桥诗话》等行世。

第一通

为唐元素题元陈仲美清溪耕乐图

此乐几人有,与君何处归。衣冠兵后尽,桑柘意中肥。看画当携屐,诵经还忍饥。敲冰笑相视,古意未全非。望溪侍郎记石东村李铁君事,愿共勉之。

养素轩中画,荷衣床下人。变哀惊转烛,题字仍钩银。斗鼠今何世,骑鲸古有邻。戢山书卷在,展读共沾巾。芝山先生与先大夫同官莫逆,荷衣出拜,情事宛然,今四十余年矣。此画乃其旧藏,儿时见诒念台《人谱》,今尚存行箧。

留坨。

第二通

古微前辈彊村校词图

日步三千红豆树,归装万卷小长芦。清修不觉前贤畏,余事犹为天下枢。玉宇坡翁仍缱绻,春醪栗里解饥劬。白山检校丛残稿,未负先生荐士无。

彊村宗伯六十生日

伏奏青蒲炯目光,玉音问答惜刚肠。桥山剩有攀天梦,春庑曾无过岭装。射策他年重文介,孙文介慎行殿试卷,其五世从孙季逑藏于家,见

《平津馆文稿》。宗伯癸未廷对策，近亦自内阁领出。遗名终古在吴羌。词人最数薲洲寿，不碍秋涛殷卧床。

留垞。

第三通

东风第一枝和约庵。

朝雨欺寒，夕阴催暝，东风犹勒新暖。尽教闲爇香篝，阁住春衫针线。一年花事，拼迟放、几枝兰箭。初不道、社鼓枫林，容易日斜人散。　　愁似水，并刀难剪。酒如泻，提壶休劝。是谁断送年华，相与急吹弦管。重衾醉拥，只惆怅、铜舆梦远。那堪向、易主楼台，又见定巢语燕。

浪淘沙慢

为春瘦，琴丝倦理，脆管慵炙。镇日沉阴似墨，东风向晚更劣。正目断、青门芳草隔。惜春意、闲里虚掷。看秾李绯桃自开落，风情黯非昔。　　凄寂。旧时燕子曾识。问画栋雕梁，营巢处，此日谁主客。空衔尽香泥，痕扫无迹。帘钩絮彻，当丝阑遍倚，落花时节。

原自无心江头楫，轻抛却、海天雾月。能几日、棠梨飞作雪。但追恨、种柳陶桓，勤揽结、漫天成就春云热。

留。

易 熹 一通

易熹(1874—1941),字孺,号大厂,广东鹤山(今广东鹤山市)人。有《大厂词稿》等行世。

第一通

满江红清明。

无地能游,孤负了、近郊新绿。聊浸取,俎余断菜,翠花成簇。幸得共操莱子畚,萧然却扫心犹足。叹昨宵、寒食敢言炊,空珠玉。　　南望切。春江曲。音书断,何由续。家山尚难问,皇论荣辱。君不见,今年湖上冷,禅房虚令深花木。向寥寥、三笔竹窗中,商归宿。

映公词宗教定。孺上。

吴用威　四通

吴用威(1873—1941)，字董卿，浙江仁和(今属浙江杭州市)人。有《蒹葭里馆诗》行世。

第一通

映盦老兄：端午前到沪，小住三日，弟未往看戏，而兄亦未到大东，遂不获晤。连日天气忽奇热忽奇凉，今日竟须穿夹衣矣。世事反常，天道亦如之，夫复何言。附去一函，乞饬车夫送子有处，忘其门牌，故以相烦，勿讶。手上。敬问起居，不一。弟用威顿首。七月三日。

第二通

映庵先生左右：契阔已久，前闻山居康豫，到沪时未能把晤。战氛弥漫不宁，家者且两阅月矣，友朋离索，时系怀想。重阳先一日，有一诗写寄鹤亭，谅已入览。此间惟吃饭睡觉，无可一抒怀抱。幸夜间飞机不枉顾，白日固无所畏也。颂清及令坦泽民常见，俱安适，勿念。此颂箸安。弟用威顿首。十月廿五日。

第三通

闭置经旬苦唤应，佳辰危槛一来凭。黄花似爽尊前约，扫叶犹怜乱后僧。去年此日，偕客登扫叶楼，寺中方驻兵，雏僧欲煮茗供客，竟不可留。转烛风光如中酒，题糕余韵尚传灯。海滨不少闲鸥鹭，装点秋容且自矜。

九日华安酒楼赋呈剑丞道长正和。戾斋。

第四通

陈、梁诗均奉上。昨局需费几何,乞示知,当即缴呈。敬颂映庵先生道安。弟威顿首。十月一日。

范 罕 二通

范罕(1874—1938),字彦殊,江苏南通(今江苏南通市)人。范当世子。有《蜗牛舍诗》等行世。

第一通

寄剑丞兄长

穷蜗耻见角,野鹤羞离群。春风兴朵云,载我情输君。江海量岂殊,积水滋流芬。昨闻南汇李,有人张楚军。世间法如此,遁世安足云。君我昔同席,野草三年薰。君诩宽心法,笑我无事棼。归来薄世味,独往超见闻。携君老大怀,壮我迟暮文。安得一炉冶,謦欬皆典坟。曹郐未成邦,要尚。待大国贲。君倘建高牙,盟会敢不勤。要以一言赠,畀我三日醺。

蜗牛舍诗草。

第二通

得句再呈剑丞老哥

春春见面无与同,今年桃花才避翁。花光应比隔年好,但觉老气来如龙。老人兢兢在南浦,惠我白纻能欺红。春江烂漫语已接,无线电外青蘋风。风尘诗伯漫嗟叹,小范六十犹雕虫。行年正可社栎足,岂有肘柳生堤东。请公诏我健老法,莫疑野鹍蕲樊笼。

彦殊。

王蕴章 二通

王蕴章(1884—1942),字莼农,号西神,江苏无锡(今江苏无锡市)人。著有《秋平云室词》《西神小说集》等。

第一通

映盒社长阁下:日前晤教为快。拙书集二李篆字,拟求赐题"炘公篆谱"四字,并拟摄影,借留鸿雪。如荷惠赐题诗以增声价,尤所感祷。鸦涂蚓画,谬作敝帚之珍,知不值高明一笑,尚希进而教之。嫥此奉恳。祇颂道安,不宣。社末王蕴章顿首。三月廿六日。

第二通

齐天乐病起薄游焦山。

峭帆吹送江南岸,登临喜逢秋晚。诏隐尨深,山有汉焦先三诏洞。题名石老,宋陆剑南、吴云父题名。觅句藤萝扪遍。曲房小院,只瘦竹幽花,尽堪排遣。佳处留庵,何当长夏卧清簟。　　回首怒涛雪溅,尘飞惊沧海,红桑几见。三国孙刘,六朝风月,都付烟消云卷。莼羹菰饭,莫负了幽寻,诛茅双崦。寄语山灵,后盟鸥共践。

春音词社第一集,赋呈同社诸大吟坛拍政。西神王蕴章初草。

陶　牧 一通

陶牧(1874—1934)，字伯荪，号小柳、病鲲，江西南昌(今江西南昌市)人。

第一通

浣溪沙和映盦韵答贞尚。竹垞云："老去填词，一半是、空中传恨。"
新愁不少，旧雨都非，同感情深，不嫌攀效。

小院深沉月上迟，背人剪烛意多痴，翻新巧样画双眉。　　燕子殷勤娇欲语，鹦哥调笑学吟诗。妆成镜里费矜持。

泄露春光事竟成，消魂红雨隔重城，谁将金弹打流莺。　　不为颜酡辞绿酒，只缘帘密闭红灯。关心第一远歌声。

碧海冤禽未放归，斜阳消息盼春菲，天涯柳絮作团飞。　　烛泪空抛悲永夜，琴心谁识拨清徽。石屏深坐劝添衣。

枕上鸳鸯对对看，兰闺绣罢怯轻寒，不禁清露湿栏干。　　一水波通情作茧，九华云隔梦登山。误渠毕竟是红颜。

蛛网迷离旧日楼，暮烟销尽几多愁，相思两字满银钩。　　争奈更残传凤恨，莫从花落忆前游。有人窗外倦凝眸。

独倚危栏袖拂尘，红墙灯火恼黄昏，年年芳草最伤春。　　舞扇盈怀招断带，银杯在手苦停云。嫦娥犹似广寒身。

翠幕重重挂夕霏，炉香冷暖篆丝微，情谁为我借天衣。　　忍教华年转辜负，频寻佳约怕愆期。海棠开后更思归。

病鲲呈草。

褚德彝 一通

褚德彝(1871—1942)，字守隅，号松窗、礼堂，浙江余杭(今浙江杭州余杭区)人。有《金石学录续补》等行世。

第一通

映老先生左右：顷奉手教敬悉，法币五锾亦收入。命书扇面已涂就，借贵价上呈，祈察入。专复。敬颂起居安隐。弟褚德彝顿首。五日。

胡　敬 一通

胡敬(1906—1941)，字漪如，安徽巢县(今安徽巢湖市)人。嫁张
謇养子豫祖。有《清秘楼诗草》《清秘楼词草》等存世。

第一通

遂幽栖趣。郊坰外，尘飞不到芳圃。喜从人海早抽身，来作烟霞
侣。拈玉管、含宫刻羽，旗亭井水传新句。世事任浮沉，向清昼垂帘，
添爇博山沉炷。　　从教怨蝶愁莺，铭花瘗草，曲曲闲传情绪。念中
泉石羡渔樵，心事笺天诉。看收拾、烟云尺素。岩盟岫约何曾负。可
奈苍茫高咏，沧海扬尘，夕阳愁暮。

调寄《霜叶飞》，敬呈映盦世丈大人钧正。胡漪如拜稿。

郑 沅 二通

郑沅(1866—1943),字叔进,湖南长沙(今属湖南长沙市)人。

第一通

奉书并志文格纸,均领悉。已写就,兹缴上,祈转交。承示谓题衔在后未合法,已遵移于前幅矣。又衔中称谓及谨、拜字,亦非古法,径删之。专复。祇请剑丞先生撰安。弟沅顿。

原信并缴。

第二通

奉示及某君信,并悉。润例请公以意定之可也。交件至迟半月以内,十日以内亦可。画格务须对角方为要。专复。祇请剑丞先生大安。沅顿复。六号。

上次送呈金石文,尚缺第一集,兹奉上两部,希察存并转致拔可先生一本。

赐进士及第、日讲起居注官、翰林院侍读。如嫌字多可删减。长沙。

陈　诗 三十九通

陈诗(1864—1943)，字子言，号鹤柴，安徽庐江(今安徽庐江县)人。有《尊瓠室诗》《鹤柴诗存》《凤台山馆诗钞》等行世。

第一通

忆往篇，谢映盦先生贻诗画扇，即祈教正。

豫章与淮南，同在江之右。艺事情益亲，画龙点睛走。乾隆有叶公，讳一栋，号泊斋，新建人，乾隆元年翰林，官至内阁学士。持节木樨候。吾祖登龙门，衣钵得传授。爰乞《诗针》序，谁某不须觏。先太高祖對池太史公，代友人无为吴元桂乞撰《诗针》序。诗学陈子言，戊辰秋，叶泊斋先生序中有云：“庐江陈子對池，余甲子岁奉命典试江南所得士也，时菊秋客邸，相见甚欢，谈及近今诗学，陈子言其乡人吴秋岩者，有《昭代诗针》之选集。”相视等文绣。迄今百余年，佳讖隐古繇。萍梗浮天涯，流水宫商奏。耄年皖雅成，宏奖元晏又。谓陈散原先生赐序。文山亦所亲，谓文芸阁学士。浮云变世宙。今惟夏新建，白首谊相守。贻扇扬清风，时来金钟扣。

庚辰仲秋，弟陈诗拜稿，时年七十七。[①]

第二通

闻映庵道兄刻诗，赋此奉简，乞教正。

江西陈后山，我昔爱学之。皖中梅宛陵，君亦效其词。疆域虽间隔，嗜好各有宜。梅诗学孟李，东野、玉溪。先亦及昌黎。返虚能入

---

① 此书作于民国二十九年庚辰(1940)八月。

浑,读者辄忘疲。君诗得其髓,分析辨毫厘。郊居何必广,花木绕茅茨。抱兹忍古心,于以昌其诗。长江浩浩波,一苇障不辞。于今散原逝,西江复有谁。卧病秋雨中,现方病痢。闻君梨枣施。乞畀我一卷,聊当七发贻。

己卯立秋后三日,陈诗。[①]

第三通

映盦先生:昨奉题大箸《忍古楼诗集》一律,付邮后细阅,又改数字,兹更写乞教。

钟簴论经发至文,大集有《题鲁九钟图》五古,述周乐制甚详。读书华岳拟班薰,又有游华山过王猛读书台绝句。鼓琴世重戴安道,覆瓿今逢扬子云。笔阵精妍行我法,诗城割据集鸥群。豫章大木流风远,皓首谁如宁越勤。

庐江弟陈诗拜稿。[②]

第四通

剑丞道兄大人执事:违离以来,倏两月余矣,每忆邓尉清游,辄深遐慕,敬谂上侍曼福。弟四月十二日发西安上陇,骡车颠顿稍逊于前,而风雨不时,尘沙被面,旅店卑陋不洁,骡马粪堆积院中,其气刺鼻。食品粗劣,亦间有水泉咸恶处,约二三百里,多饮茶水则腹痛,至不敢饮,宁忍渴也。诚南中陆行所未有者。始知西北人生活简单,工艺低劣也。然沿途豫陕甘三省境。旅店户无键,未尝被窃,足征西北人淳朴之风尚存,陕甘人民恂恂畏法,安贫守分,官尊民卑。若施以文明专制,最为得宜,至用立宪政体,则殊有程度不及之虑。陕甘穴居之风犹存,谚云:"有五百年土窟,无五百年屋。"沿途林木甚少,山间土窟则触目皆是。穴居

---

① 此书作于民国二十八年己卯(1939)六月二十六日。
② 此书似作于民国二十八年己卯(1939)六月之后。应作于上通之后。

之民偶罹罪入模范监狱者，辄有夥颐沉沉之叹，乐而不思出，盖较之居土窟、食极粗劣之饘饘度日，殊有霄壤之判矣。过犹不及，其斯之谓欤？途中仅一遇大雨，度六盘山幸值天晴。于端节前一日抵兰州。恪老已于初十日接篆，诸事纷如，学务尚须大加整顿。学署房屋尚须稍事修改，乃能迁入，恪老拟本月廿边迁入学署。弟等现均住行馆中。乃借居守备新衙门房屋，极狭小。同来者为马惕吾、陈墨西二君，皆湖南人，陈君曾在梅斐漪处当汉文及舆地教习。此处有存古学堂，有图书馆。存古学堂人多，尚须更动。图书馆方始落成，崇楼屹然，尚无书籍，弟不日与马、陈君同迁入图书馆居住。图书馆及学务公所皆在学署隔壁。马、陈二君任学务公所事，弟现司学署函牍事，拟此后再兼图书馆副科长一席，事稍清简，少交涉，便可杜门读书也。后年春当南归，此地冬春多冰雪，夏秋多大雨，惟三、四、九、十月可跋涉长途耳。更陪觞咏。知注以闻。兰州地虽远，然较西安为胜，到此气象一变，北门外即黄河。颇类南京。百物均备，土产食用物均价廉，南中物到此便皆三倍。此地无竹无虾蟹，水果亦少。鱼鸭不乏，惟气候愈寒，时已五月，早晚犹着两三重棉，亭午可易夹衣，闻伏秋亦无酷热。此时常有骤雨，陕甘一带可望丰年。陕境刈麦须五六月，甘境刈麦则须七八月，地寒较迟也。南中相识诸公谅过从欢甚。公达已赴奉天否？寄上小诗数首，乞公与彊村先生同督其疵谬，幸甚。手叩台安。如荷赐书，请寄兰州提学署为盼。弟陈诗顿首。五月十三。[①]

第五通

　　映盦先生阁下：今日上午承枉顾，失迓为歉。弟近日有一暑假教授馆，乃狄楚青延请课其世兄，乃教书及授作诗法，其世兄年十六，亦解作诗。两个月，每日九钟往，十一钟归。今日有友人约谈，因雨下午始归舍，始读尊纪交下之大示及收到林君润金十元。舍间以名片

---

　　①　此书作于宣统三年辛亥（1911）五月十三日。是年春夏之际，陈诗随俞明震赴甘肃提学使任。

难觅，未付尊纪已行，并以详陈，盛谊殷拳，殊为感篆。令兄退圃先生诗，读之甚佩，昨登一首于《中南晚报》，并以附呈尊览。弟又选十余首，嘱人抄入《清诗选》，俟抄毕再奉缴。更有陈者：小孙以衡自入银行数月，诸事账目及外务。皆学成，舍间有邻居蒋君，乃安庆人，其尊人于光绪中宦游江西十余年，今已逝世数年矣。有妹年二十岁，与小孙同岁。尚未字人，蒋君见小孙以衡尚明敏勤慎，愿缔姻好，已于月之十五日请房东作媒传草庚矣。此后弟将久居沪，凤荷关爱，并以缕陈。祇叩吟安。弟陈诗顿首。廿六日傍晚。

第六通

映盦先生阁下：近者尊恙谅渐就痊，殊以为念。兹奉上庐江洗沙饼廿四枚，此饼乃高宗四次南巡，乾隆卅年。先太高祖莳池公时为常镇道，恭办大差，蒙赐克食，中有此品，名曰洗沙宫饼，每枚重一两，洗豆沙极细，味殊甘腴，中用猪油、白沙糖。为外间所无。先太高祖性嗜小食，遂命饼师学制，为庐江独有之品。京师及各省饼肆皆无。后光绪中，有纨袴子嫌其饼小，嘱饼肆特制二两一枚之大洗沙饼，于饼底加胡桃肉一枚，核桃乃北方之果，京师视为常物，南方罕有，遂以为珍。且王者玉食万方，何须大饼。自谓为佳，不知殊失当年御厨制法矣。饼肆因时人尚新，遂竞制大者，风行一时，而洗沙宫饼因较小，买者较少，饼肆将宫饼改用红糖，味不及此，然式样大小固相同也。昨有里人由庐江携来，特分以奉馈，乞莞存为荷。公是诗坛健者，他日清暇，能咏之尤所望也。祇叩吟安。弟陈诗顿首。十一日。[①]

再：此饼用麻油或猪油煎食，亦可因道远日多，饼底稍硬也。

---

①　此书似作于民国十四年乙丑（1925）冬。夏敬观有《谢陈子言惠贶洗沙宫饼》诗，见《忍古楼诗》卷十，为民国十四年冬之作。

第七通

映庵先生阁下：弟今晨谒散原先生，将所求《皖雅》序一篇携归，捧读赐作，意深词挚，感谢感谢。即付排印，以志光宠。肃复。祇叩吟安。弟禫陈诗再拜。十一日。[①]

第八通

映盦先生阁下：前日上午诣谒，驾从外出，弟留一函交尊纪转呈，内有祝敬四元，乃恭祝令嫂程夫人寿辰，聊备写拙诗之用者，当荷照收转送矣。即颂道安。弟陈诗顿首。二月十三日。[②]

再：去冬闻散原先生云，昔年有歙人徐君丹甫，曾在尊府教读，乃今之诗人也。弟近始觅得丹甫诗，且知渠即粤东徐铁孙观察荣。乃张南山大令维屏门人，曾宦游皖省。之孙，渠尊人季铁处士同善。隐居徽州，丹甫遂以歙籍游庠。徐氏三世皆诗人，各自成家，诗皆佳妙。弟录其诗于《皖雅》及名宦近人诗中，摘录呈览，聊当面谈。弟又启。

第九通

九月廿四日冒钝宧招集孙退谷园旅邸同集者魏铁三曾蛰庵王书衡陈石遗章曼仙邓秋枚方地山罗瘿庵刘聚顷吴北山师暨余共十二人既归赋柬

七年京国还相见，招客一作"捉席"。寻秋向酒边。越世襟期照图画，君出示巢民先生小像，玉山峨峨，正复相肖也。旧家词赋续韦编。君时辑《冒氏诗略》，综贯两朝，搜采极博。经寒老柳思张绪，削迹荒庵署郑虔。君家

[①] 此书作于民国十八年己巳（1929）三四月间。陈三立《皖雅》序署"己巳三月"。

[②] 此书作于民国十九年庚午（1930）二月十三日。"程夫人寿辰""拙诗"当即《夏幼达嗣母程太君六十寿诗》，见陈诗《凤台山馆诗钞》卷六，为庚午之作。

水绘园，乱后易园为庵。回首江湖数同调，盘山诗卷信堪传。君有游盘山诗。

夜坐呈公睦

朱云夺席常耽道，匡鼎谈诗足解颐。左手持螯贫亦乐，虚堂坐月曙犹疑。空闻灵囿翔威凤，从古长安似弈棋。萧瑟广平谓宋平子。成隔世，歧途相遇益深悲。

杨芰青丈约同游海王村购得蔡君谟墨迹
一册归赋七古一章以赠之

莆田学士来荒裔，苏黄老米实侪辈。蟠头染翰对春风，宋家制诰生殊致。鸾翔鹄峙意气闲，每于深厚露姿媚。会心要眇得自然，戏书老子明其义。万物一视彼则能，惟精惟专造斯诣。遗墨至今七百年，宋元内府尝珍秘。凄惶劫火落人间，子京倒印微堪异。石渠天禄不复收，明珠有类翻为瑞。思翁籍石咸弄藏，渥丹小篆私相志。飘零京国又何年，襄书谁某无人记。纸尾署"襄书"二字。泗州杨丈能好古，文嗜昌歜屈嗜芰。劫来沉澀海王村，搜奇集异夸能事。尊彝书画萃一堂，古色古香时睥睨。一朝市得君谟书，大笑仰天窥箧笥。贱子从观亦叹嗟，物聚所好真成例。文敬尚书昔爱才，网罗俊乂轻财币。山颓木坏惜无人，家风异日公应继。

映盦道兄督教。陈诗庚戌稿。[①]

第十通

理安寺

山行苦登降，失喜遘萝径。径中藏古刹，楠木乾隆盛。劫火久凌夷，卅载销氛祲。孙枝又撑空，不避风雨横。附庸睨篁竹，竹笋亦奇峻。岩坳足清暇，易象利嘉遁。游人生隐心，闻呗悦禅定。归循十八涧，水石心相证。寺旁有九溪十八涧。

前作甫脱稿，仓卒写上，语多未当，兹复改易，录呈剑丞先生督

---

① 　此诗柬作于宣统二年（1910），即庚戌。后二诗见《尊瓠室诗》卷二。

教。诗。①

第十一通

四月九日与诒书舾斋剑丞先生泛舟西湖玩月

停骖日既没，鼓枻清兴发。小艇如瓜皮，沿湖揽明月。群山若珙环，净渌鉴毛发。泠然御风归，里湖早芳歇。孤山在里湖，有梅花百树。

十一日游烟霞洞赠学信上人闽僧，年七十三，蔬食，不持经典。

信公黟何人，不佛亦不儒。赤手驱五丁，建此猿鹤都。剚劖削山骨，台观吞江湖。卓锡三十年，今年七十余。好客若性命，煮茗更烹蔬。丁巳昔来游，为予述灵区。丁叔雅征君曾游此，赋诗赠上人。今方践斯胜，感旧重唏嘘。别师下山去，赠言采云腴。洞中有神龙，岁旱泉不枯。

理安寺

山行苦登降，失喜入萝径。有刹曰理安，楠木际天盛。弱干荷疏枝，不避风雨横。君子蓄刚德，于此见其正。幽篁郁无隙，萌笋亦奇胜。三丈未解箨，易象利嘉遁。游人生隐心，闻呗悦禅定。归循十八涧，水石心相证。

陈诗。②

第十二通

丙午秒秋寄怀剑成先生

秋声一夜来，薄棉尚寒栗。秣陵千里余，相望那可即。料应寒更甚，堤柳已无叶。适市车班班，聒耳不肯歇。喧寂既异趣，襟怀自伊郁。强起听官鼓，趋跄事仪节。夜光□瞢盱眙，畴能辨荆璞。仆也困书丛，远在沧江侧。每怀曹渡游，昨岁君客沪，同游曹家渡园林销夏。一逝

---

① 　此诗柬作于宣统二年(1910)四月。

② 　此诗柬作于宣统二年(1910)四月。此三诗均庚戌四月游西湖之作。其中《四月九日》一首见《尊瓠室诗》卷二。

不可复。偶然涉园亭,相思此何极。古人贵达生,追欢犹矢捷。此意良独然,佳日足可惜。居吴尚参商,况复远行役。念此意怅然,踌躇不能决。

故人贻我书,捧书恻胸臆。书言十日霖,江潮乘泛滥。青溪汩汩流,浸渍及君宅。暑气正熏蒸,鱼苗恣游轶。江南卑湿地,昔未至此极。磊落不逢人,造物乃拘迫。斗室成索居,孤吟复谁识。临风远寄将,一唱三叹息。

陈诗。[①]

第十三通

题陈叔通宗兄所藏百梅书屋图

汉川先生赋归来,烟霞洞口储诗材。是花是墨几难辨,尊翁蓝洲先生于光绪中官汉川令,既归,种梅百树于烟霞洞,欲筑庐其旁,未果。亦善画梅。携琴岁岁倾玉醅。牵船岸上天地覆,世守青箱泪相续。寄语吾宗莫患贫,画中已筑三椽屋。

第十四通

九月二十日与诸名士小集沪渎某氏园是日到者六人为朱古微侍郎夏穗卿刺史麦蜕庵孝廉夏剑成观察文公达秀才狄南士二尹未至者三人则郑太夷京卿狄楚青大令李孟符部郎也慨日月之不淹哀人生之多艰惊蓬进飞抚序滋戚成长歌五十韵纪之

丙午岁置闰,霜风早凄厉。重九逾一旬,疏花尚清丽。羁泊莼鲈乡,荏苒阅年岁。慨此时序速,期会谋一醉。万感集俄顷,秋思贮肝肺。沪壖多寓公,枯菀匪一致。麟凤在郊薮,光采动一世。疏星不成

列，列宿限其次。折简相招邀，先日循成例。煮酒向园亭，羹脍谋精致。主宾恰十人，团坐或无碍。到者乃六七，疏阔有余地。行觞互尽醨，饮食事固细。穗翁语万端，诙诡辩才利。哲理析微芒，玄言出无滞。东坡或说鬼，山经喜谑怪。雄谈久不闻，豪饮犹无异。云将秉节去，泗水见敷治。彊曳扶病过，骤寒乃为祟。蔼蔼君子风，渊渊抱深思。手持玉黍律，闲谱泰始事。审音当代无，梦窗直并筛。蜕庵河汾俦，礼乐尝述记。终期致太平，高文等彝器。公达鸾鹤姿，名父风未替。修学颇自力，往往与古会。缊袍不掩骭，亦有西华泪。南士尚宿诺，朋从屡托庇。广蓄释氏言，三乘洞幽秘。剑成秣陵来，跋涉自云惫。江湖多阻深，阴阳倏向背。词源三峡倾，吐语有至味。西日下绝壁，杯盘易狼戾。不至者三人，一一识其字。海藏恐酒悲，萧寥懑人外。贻诗带清角，恍听元鹤唳。楚青与孟符，大有经世志。驰驱歧路间，淹速各殊势。群公抱至道，歌咏乃余技。贱子百无长，伏处怀葛契。生平不治生，耻随人作计。顾名辄自奋，闭户游于艺。孤吟动寥廓，俗耳笑且詈。月旦来延陵，拔我于众弃。里人鲜解诗者，惟吴彦复先生独赏余作。轻航别淮水，八荒惊埃蔽。颓阳澹神州，川岳惧崩坏。俯仰斯世间，顿有无穷意。欢会不可常，百忧化为涕。系之以歌谣，遐想于焉寄。佛曰文字缘，应有如是义。

剑成先生粲政。庐江陈诗。[1]

第十五通

七十自述四首，即祈大吟坛郢正。

吾生同药王，四月廿八日生。艰辛与之贯。初夏易黄昏，赛社众宾散。是时月无光，惟有明星灿。饥鼠出觅食，劳生为一饭。蠹籍久观摩，数典惟古鉴。神农尝百草，茹苦吾何惮。上陇竟安陇，皖雅拾断烂。一笑逢古稀，述事后人按。

我年廿一时，孙公返岩岫。光绪十年五月，舅外祖孙省斋方伯至庐江。闲窗阅我文，评之曰寒瘦。郊岛亦复佳，何必云门奏。不乘驷马车，老氏贵尚后。问年渐与齐，扪腹惭吾陋。予闻孙公扬州邸舍藏书三楹，欲往阅之未果也。

少年困占毕，杨朱泣歧路。蹙蹙瞻四方，故旧莫我顾。延陵吴季子，彦复比部师。天衢肯回步。阅诗叹张籍，壶峤终驰骛。吴彦复师评吾诗谓：似张文昌，有内心有贞志，他日不至阆风元圃不止也。挈我海上行，留我三年住。继者狄梁公，平子兄。馆谷深调护。荏苒三十年，桑榆感迟暮。

海滨人文薮，同类尽为朋。雕虫务藻饰，直谅每相绳。古人亦有言，从善贵如登。始焉覆一篑，终乃成丘陵。早作还夜思，饱食每自惩。静言此间乐，愿效闭门僧。

陈诗癸酉稿。①

第十六通

四月二十四日度六盘山是日为小满节。

六盘号奇险，连峰卓天衢。我车出其间，恍穿九曲珠。芳花映岩谷，牡丹盛开于山谷间，皆殷红而单瓣。文雉翔路隅。遘此风日美，陟巅忘瘁劬。

自翟家所镇涉河达会宁县郭作

两山束如堤，风涸一河水。流泉鸣溅溅，怒马蹄以趾。我车奋而驰，历径二十里。骤雨幸不至，出险色有喜。陟坡抵会宁，夕阳照河汜。传闻两崖际，有桥今则圮。孰修舆梁政，履坦利客子。

自会宁至安定水咸不可饮

江东多名泉，茗癖宿自信。今来陟陇土，河恃九里润。乃越静宁

---

① 　此诗柬作于民国二十二年癸酉（1933）四月前后。陈诗生日为四月二十八日。诗见《凤台山馆诗钞》卷八。

城,水恶不可近。咸泉三百里,碱土帝所摈。燥吻顿生棱,少饮若成痰。向人乞储水,甘人取雨水贮之地窖,名曰窖水。一勺类余馂。取求良独难,惟冀不予靳。嘻嘻天雨珠,所得固亦仅。莽荡恨途辽,驰驱怜马骏。店呼甘草奇,驿号清水韵。甘草店、清水驿乃皋兰、金县二县辖境,水皆清洁甘美。索诗肠屡枯,顾名意先奋。茶经许重理,水厄吾何慎。

度陇偶书

陟巘穿原路百盘,一逢流水忆江干。陇头四月无梅雨,岚气侵衣晕一作蕰。薄寒。

六月二十八日冒雨游小西湖归呈觚斋先生兼简周棣园广文

陇右少葭苇,遘之城西隅。丛丛挟秋气,绿云被沮洳。执袭西子名,浊河日夜趋。惊湍激崖石,触耳犹笙竽。觚翁挈我游,暑雨命巾车。偕来得同俦,赌墅楸枰俱。座客周广文,旧曾谒上都。谓擅南洼胜,浑括江亭娱。易名固宜然,卷怀吾未舒。饔人适致餐,几案罗华腴。适野意多欣,言归重踟蹰。牙琴试一挥,泠然山水区。

陇上伏日作

漂泊忽万里,微阴常溧然。土风犹被褐,褐以羊毛织成,即毛布也,有粗细二种,粗者可以御寒,细者可以祛暑。盛夏不闻蝉。河水泥堪饮,胡桃实最妍。胡桃树直干凌云,亭亭翠盖,夏结实,缥碧可爱,处暑节熟。羁游静观物,饱饭遘丰年。陇上气寒,六月刈麦。

陈诗辛亥稿。[①]

第十七通

剑丞道兄执事:汉口寄上一函,计达记室。弟十七日发汉口,十八日下午五钟抵洛阳。廿三日乘骡车西行,连日行山谷中,日午甚热,不异南中五六月也。沿途经成皋、在汜洛汽车中见。渑池、殽函诸胜,欲作诗而车中镇日颠簸,不能成一字,俟他日少暇再当补作。四月初四日

---

① 此诗柬作于宣统三年(1911)七月前后。诗见《尊瓠室诗》卷二。

抵长安,少憩六七日,再乘骡车度陇。录上近作三首,请公与彊村先生、公达兄同阅,指其疵谬,幸甚。手颂道安。弟陈诗顿首。初五日。①

阌乡旅舍呈舣斋先生

昔闻黄河流,今宿黄河侧。百钱脍河鲤,黄河鲤味腴肉嫩,北方之佳馔也。主客浮大白。是邦昔昏垫,厥产久贫瘠。屹然峙金堤,阌乡外城濒于河,频遭水患,光绪中年始筑堤捍之。萍梗得安宅。

诗。

三月三十日华阴道中送春

河流已束潼关隘,云影遥遮岳帝祠。华阴县东门外五里为西岳祠,祠距华山五里。是日阴晦,途中惟见香炉、莲花、玉女三峰,尚有落雁、云台二峰,以蔽于云未得见。婀娜东风数株柳,华阴道上送春时。

温　泉

疲骡西走长安道,日日流尘污锦鞯。忽睹华清旧风月,骊山南畔试温泉。温泉在临潼县南门外骊山下,筑有浴池五,三在室中,二在室外,行旅可浴。骊山距长安五十里。

诗。

第十八通

映庵先生阁下:前今两示均祇悉。左南孙兄盛年,一病遽逝,可恸。诗近作一诗挽之,录呈大教。惟不知良孙兄近归杭寓何处,俟写就,只得寄龙达甫兄处转交也。林君属题图诗,兹写上,乞转致为荷。祇叩吟安。弟诗顿首。初二。②

---

　　①　此书作于宣统三年(1911)四月初五日。是年陈诗随俞明震入甘,此即途经西安时所作。所附三诗,前二首见《尊瓠室诗》卷二。
　　②　此书作于民国十四年乙丑(1925)年,或即在七月初二日。是年六月十八日,左南孙以中暑卒。

挽左南孙兄

往事临安似弈棋，故人作令复于斯。随车已见山田雨，着屐肯吟天目诗。盛齿何为六月息，禁方真觉半圭迟。洞霄宫在云霄上，华表愁闻鹤返时。

陈诗。

第十九通

酷暑晨诣映庵先生寓园纳凉有赋

楚人慕柴桑，抱瓮事农圃。越人重少伯，竞说千金贾。十年羁海滨，信天窃有取。一朝蒙世难，荆棘遍寰宇。逡巡守故辙，吟声彻环堵。改朔倏逢闰，五月已徂暑。负暄何处逃，映翁方借庑。往矣适园林，清露沾吾屦。款关君晨兴，果蔬发筐筥。曼陀开已残，玄言莹挥麈。人生本如寄，彼族况逼处。漫云建德乡，已惜非吾土。何时卜一廛，采山同买斧。

陈诗。①

第二十通

映盦道兄移居车埠角过其寓园赋赠

河渚三家村，映盦栖隐处。凭谁划玉斧，一一类割据。危楼耸木末，瑰琦眩花树。虬藤势攫挐，干霄有余怒。春宵雷雨过，莫化龙飞去。"类"一作"宛"，"眩"一作"绚"。

陈诗待定稿。②

---

① 此诗柬似作于民国三年甲寅(1914)。是年闰五月，正与诗中所云"改朔倏逢闰，五月已徂暑"相合。

② 此诗柬作民国二年癸丑(1913)春。诗见《鹤柴诗存》卷三。

第二十一通

过映庵先生车埭角寓园赋赠

长河古娄江，苏州河乃古娄江。映庵栖隐处。逍遥物外游，划斧俨割据。危楼耸木末，瑰琦炫花树。虬藤势攫挐，干霄有余怒。春宵雷雨过，莫化龙飞去。

陈诗。[①]

第二十二通

甲寅补作辛亥自洛阳至长安道中杂诗八首

昨从洛阳来，二日宿渑池。目中何所见，惟见山嵚崎。明朝闻陕峡，春秋覆秦师。自古重厄塞，此道行即夷。时筑洛潼铁路。我来困颠顿，车殆马亦疲。却羡陶穴民，终老白板扉。

陕州山崔巍，马上见朝曦。单衣畏郁蒸，邃谷无风吹。红桃始着花，绿豆已作糜。解囊市一瓯，顿解渴与饥。窈窈躅春节，荒村谁复知。

西征日抗尘，投宿各如魅。今朝傍水行，大堤烟柳翠。安澜闻筑宫，祷祀若有冀。阌乡河鲤佳，百钱足一醉。桃林与邓林，阌乡有夸父山。缅古杂梦寐。独笑丹渊翁，诗成方苦恚。文与可有《阌乡值风》诗。

大易重设险，主器执其纽。五国叩函谷，秦师挠之走。汉世益拓地，汉移函谷关于新安县东境。建瓴得无咎。不知何王世，废置任可否。蹙地逾百里，建关曰金陡。金陡关在潼关前五里。若鼠斗穴中，潼关厄其后。规模讵不壮，亘古无人守。

太华列上祀，明禋盛三辅。客子来具瞻，松柏蔚灵雨。韩愈号善祷，某也窃有取。云际露三峰，莲花擎玉女。

[①]　此诗柬作于民国二年癸丑（1913）春。乃是对上通诗作之修订。诗见《鹤柴诗存》卷三。

雨余路泥泞，登此华州城。太华已不见，少华入眼明。秦岭列长案，夏木方向荣。蔬笋亦复佳，同听黄鹂声。谓俞觚斋先生。

骊山一掬泉，千载历兴废。康熙出瓦砾，亭馆复辉丽。汤名犹可证，一一志其地。唐时骊山汤泉凡一十八所，御汤曰莲花汤，已湮，惟存海棠汤，以石甃如海棠花故名，即杨妃赐浴处，今曰贵妃池。又有太子汤，今曰太子池。更有汤泉四所，名未详。长廊缭而升，曲室莹甃砌。役夫梦帝王，俨有沧浪意。镌壁古歌铭，壁间有石刻张说《温泉铭》暨宋金元人诗词。披襟劳睥睨。

灞浐为外隍，旧都长安大。曲江流已湮，雁塔颓仍在。看花识时序，兼金谋斫鲙。酒边凝碧池，荒闲已种菜。愿言游蓝田，马首忽西迈。时赴陇上。

映盦先生教正。陈诗。[①]

第二十三通

题映盦先生寓庐

曾见文水画，著此溪边屋。今过映盦庐，云假一川渌。半亩谁筑宫，十年劳树木。黄杨逢闰厄，曼陀如佛秃。会心固不远，鼓腹亦已足。生涯种豆歌，故事辍耕录。归帆飐楼阴，纤月炫溪曲。即兴寄长谣，争墩会成俗。

陈诗。[②]

第二十四通

己酉四月剑成道兄招乘汽车游姑苏归后奉简

同车晚走阖庐城，万绿溶溶接杳冥。适市尚存秋气味，入林惟见

---

① 此诗柬作于民国三年甲寅（1914）。诗见《鹤柴诗存》卷三。

② 此诗柬作于民国三年甲寅（1914）夏。诗见《鹤柴诗存》卷三，为甲寅之作，是年闰五月。

古精灵。留园树石夭矫瑰奇,百年物也。夭桃废坞荧灯火,细雨危楼倒酒瓶。此景澄思一退念,夜钟荒岸旧曾听。戊戌初秋,余道经此,泊舟枫桥。

陈诗。①

第二十五通

奉题剑成先生诗集

软尘十丈劳车骑,谁更沧桑证劫灰。赖有诗篇勤箸录,不妨弦管与追陪。摘辞丹阙凤凰叫,警梦荒皋猿狄哀。永忆草堂人日宴,江梅如雪照深杯。

庐江陈诗。

第二十六通

奉题剑成先生大集

软尘十丈劳车骑,谁更沧桑证劫灰。赖有诗篇勤箸录,不妨弦管与追陪。摘辞应下鲛人泣,献赋曾传楚客才。独念草堂人日宴,江梅如雪照深杯。

庐江陈诗。

第二十七通

泛舟河套见红柳有咏

朔方有红柳,枯菀阴山陲。百年及河滨,丛莽相蔽亏。碧荑何葳蕤,濯濯春暮时。短干四尺强,璀璨珊瑚枝。深根斗疾风,媚色迎朝曦。百拗不能折,刚德天所毗。谁能载橐驼,移种江之湄。绚采岩壑间,一耀柴桑扉。落寞古塞下,樵薪生意违。

---

① 此诗柬作于宣统元年己酉(1909)四月。

闻乙盦先生徙宅赋此奉简

眼中江柳尽成围,徙宅荒原叶乱飞。咄咄百忧无可说,栖栖一老竟何归。乍移陵谷摧华发,静验根尘恋素衣。入梦秀州烟雨际,傈然长据钓鱼矶。

八月三十夜饮于海藏楼既归海藏先生以诗见遗因称述往事奉答

饭罢趋月台,是夜晦无月。繁星缀虚幌,凉露飘华发。旷观万虑净,百里洞荒忽。远火散归人,惊龙沸林樾。如从辋川游,泠然孤兴发。主人笑顾竹,竹深藏理窟。余谓此间风物颇肖辋川,先生曰:"正类竹里馆耳。"

诗。①

第二十八通

重阳前四日张次珊通政招同彊村先生游明故宫
遂出朝阳门至孝陵归途有述

通政修髯迥绝纶,豪谈大睨世能吞。闲云飘泊不成雨,废堞登临共断魂。惘惘士龙曾入洛,遥遥安石尚争墩。是日欲游半山亭,因暮未果。西风万感谁为绘,老柳婆娑白下门。

诗。②

第二十九通

九月二十日小集海藏因事不至以诗见贻赋此奉答

兴宗门阀世能知,孟得豪怀亦我师。久睹鸣筦居塞下,却逢晴日

---

① 前二首为民国元年(1912)之作,第三首为宣统元年(1909)之作,《夏敬观友朋书札》原稿将此三诗合作一束,似悖情理。书风亦有差异。影印本于笺纸图片似有切割,未能见笺纸之全。

② 此诗束应作于宣统元年(1909)九月五日稍后。诗见《尊瓠室诗》卷二,宣统元年(1909)之作,书风亦与上通《八月三十夜》一首相近。

集江湄。经营已自匡时难，辛苦犹传止酒诗。一代风骚万人海，菊篱
怊怅立多时。

　　陈诗未是稿。①

第三十通

　　九月二十日小集五古，兹拟改数句，乞椽笔代为更之，至祷至祷。

　　云将秉节去。"秉节"易"拨棹"。伏处怀葛契，优游不治生。"优游"
易"徜徉"。顾名辄自奋。"辄"易"忽"。观微有延陵。"观微有"易"月旦
遘"。②

第三十一通

戊辰岁除前三日过映庵先生园居看梅作

　　坚冰朔雪沪江湄，腊市今年花事迟。偶过园林似梅岭，春风先已
到南枝。廿五日立春。

　　陈诗。③

第三十二通

　　腊月将小除，映盦先生招饮未赴，既过园林见红梅，因赋呈教。

　　冰凝腊市五湖湄，"腊市"见卢纶诗。未得随君把酒卮。忽过园林
误梅岭，春风先已到南枝。

　　陈诗戊辰稿。④

---

　　①　此诗柬应作于光绪三十二年(1906)九月二十日稍后。诗见《尊瓠室
诗》卷一，为光绪三十二年(1906)之作。

　　②　此书作于光绪三十二年(1906)九月，乃是承前第十四通谈"小集五古"
之修改。

　　③　此诗柬应作于民国十七年戊辰(1928)十二月末。

　　④　此诗柬作于民国十七年戊辰(1928)十二月末，在上通之前。

第三十三通

己巳人日客沪偶书

吴越漾洄浦潋连,卅年此地得安便。闭门早换繁华世,展卷长留寂寞缘。远祖已传年谱录,拙撰先太高祖莳池廉访公年谱,市有售者。故人犹寄草堂笺。微生碌碌成何事,镇日敲诗当习禅。

近作一首,录请映厂先生教正。陈诗。①

第三十四通

映盦道兄为绘皖雅簃图卷,赋此奉谢,即祈教正。

三百年间事,都归皖雅簃。诗编蠹鱼剩,画法虎头痴。文字生涯薄,交情旷世知。披寻刚毫齿,留与后人窥。

癸酉初春陈诗。②

第三十五通

咏尊园紫白牡丹,即呈映盦先生教正。

重帷不耐晓风吹,丽质迟开立夏宜。赐紫未妨倾国色,飞黄难效逐尘羁。阙姚黄一种。丝丝微雨劳将护,冉冉余春赖主持。陇上盛游吾未与,白衣今日却逢时。园中白牡丹最盛。

陈诗癸酉立夏节稿。③

尊园似可名豫园,豫有悦豫、暇豫二义,似可用也。紫牡丹二朵

---

① 此诗柬应作于民国十八年己巳(1929)正月七日稍后。诗见《凤台山馆诗钞》卷六。

② 此诗柬作于民国二十二年癸酉(1933)正月。诗见《凤台山馆诗钞》卷八。

③ 此诗柬作于民国二十二年癸酉(1933)四月十二日,是日立夏。诗见《凤台山馆诗钞》卷八。

最佳,宜图存,亦韵事也。

第三十六通

癸酉上巳后一日丛书处同乡徐积余洪泽丞张燕昌汪孟邹胡朴庵江彤侯程演生孔肖云诸公以下走耄齿贱辰先期招饮且醵金刻拙集赋此奉谢

嘉辰高会饮无何,难得群公顾薜萝。虾菜入时真饱德,蟫编寿世似登科。劳生偶觉闲为福,乐道能教水不波。沪上桃源久栖托,古稀岁月肯蹉跎。

陈诗。[①]

第三十七通

癸酉浴佛日偕刘锡之丈游夏园看牡丹,既归,梦中得颔联二语,醒后足成之,录呈园主人映盦先生教正乞和,其意以纪今年牡丹之盛,不必拘韵也。

车乘名园往复回,中天丽日有光辉。风生水面文章薮,蝶入花丛锦绣围。古佛多情开智慧,尘因幻梦恋芳菲。落英飞絮浑闲事,歇浦相从久息机。时残桃落英。

陈诗。[②]

第三十八通

恭祝映盦道兄六十寿

康桥一居士,世事等云烟。养母不求仕,画山能卖钱。蕴奇豫章干,搜逸宛陵篇。小圃榴花发,霜髯卜大年。用王彪之事。

---

① 此诗柬应作于民国二十二年癸酉(1933)三月。诗见《凤台山馆诗钞》卷八。

② 此诗柬作于民国二十二年癸酉(1933)四月。诗见《凤台山馆诗钞》卷八。

弟陈诗再拜。①

第三十九通

癸酉浴佛前一日同张燕昌传胪游夏园看牡丹赋赠

君昔看花崇郊寺，我曾怀古洛阳城。辛亥三月至洛阳，已无牡丹。
今逢沪渎繁英艳，适助康桥画本成。帘外雨晴劳护惜，牡丹畏猛雨，亦
畏烈日。望中丹白自分明。有深绛、浅绛、淡白三色。三唐冠冕元舆赋，
雁塔当年最有名。

四月十四日复同贵池王涤斋无锡孙颂陀挹英昆仲望江余节
高诸君子游夏园看残牡丹归途有赋兼赠涤翁

浴佛初周摩诘诞，是日为涤斋兄六十七岁生日。清斋蔬笋共闲行。
客来不速都能赋，花到将残倍有情。园中惟剩浅绛牡丹三四朵。绛县老
人应矍铄，白题胡舞漫纵横。康家桥畔寻常地，难得园林画稿成。

近作二首，录呈映盦先生教正。陈诗。②

拙作中有"白题胡舞"四字，苦无类书可翻阅，不知误记否，乞明
示为叩。

---

① 此诗柬作于民国二十三年甲戌(1934)四五月间。夏敬观六十岁生日
在是年五月初十日。诗见《凤台山馆诗续钞》卷上。

② 此诗柬应作于民国二十二年癸酉(1933)四月十四日稍后。诗见《凤台
山馆诗钞》卷八。

郑孝柽 一通

郑孝柽(1863—1946)，字稚辛，福建闽县（今属福建福州市）人。郑孝胥弟。有《稚辛诗存》等行世。

第一通

乙丑四月游天目山同贻书剑丞拔可沈莫邪涛园女。及其弟妇林贻书女。侄女燕时燕年十二岁

眉山天人鸾鹤姿，径山一再为留诗。洞天咫尺行不到，山灵衔冤来者疑。我曹一日乃辇至，雷车风驭纷交驰。波涛千尺生足底，直仗忠信阼厓廛。持较昔贤百无似，赋命穷薄差能追。燎衣相与丐薪火，云堂粥鼓分僧麋。

寻山昔是雁宕客，草草谁能谢物役。五年人事有推迁，岂意山中复兹夕。清遒两浙好山水，不亚乐清插天石。下盘幽壑上拏云，柽桂松楠杉栝柏。平明振策立山门，十道风泉乱蜀魄。夏侯怅然若有失，不闻黄鹂累千百。

山间一雨昏逮晨，苔磴触屐如重茵。凤闻树王接云海，鼓勇出者为四人。十郎未老亦衰荼，谓拔可。登亭五里旋逡巡。搴藤攀石事猱进，胜具乃在女许询。谓莫邪、燕。杜鹃垂岩看不足，烂缦奚减桃花春。世人见惯嬴氏政，故知是中无问津。

今日山行当得晴，残夜起视金盆倾。笋舆冲雾出林麓，后先相失惟闻声。东山悬瀑强百丈，构亭岩际殊峥嵘。梦窗词语故秀曼，映庵拈出尤胜情。观瀑亭剑丞集梦窗语为楹联。山光已足濯肺腑，更持钵水浇昏睛。钟楼坚坐不返寺，悬天如月辉长庚。

玲珑山名。山色临安道，没踝前来犯田潦。归兴未厌尔客情，剑丞、莫邪欲遂登径山，甚雨未果。痛矣宁知我仆恼。县斋一夕抵十年，饱啖鸡豚饫秔稻。名区管领信冲繁，贤尹风流屐常倒。县尹湘阴左南荪，文襄公之孙。映庵已过散原来，不候相公候诗老。回头笑语谢使君，曾闻划却君山好。

奉呈剑丞先生正之。孝柽初稿。

许承尧 三通

许承尧(1874—1946),字际唐,号疑庵,安徽歙县(今安徽黄山徽州区)人。夏敬观甲午乡举同年。有《疑庵诗》等行世。

第一通

隐庐花竹精严,结构幽奥,且复近市,得聚宾朋,至为可羡,视弟之踽踽空山,计至得矣。此行得诸君诗画,甚为可喜。现拟节后赴杭重访交芦庵,即由金兰返歙。所居曰唐模村,通邮,时盼惠音。不及走辞,专肃谢别映庵老同年。承尧。

第二通

众异寓斋会饮赋呈同坐诸君

人生乐其群,刻乃气类爱。嗟我久岩栖,孤行本无悔。海滨喜邂逅,破此风雨晦。奉手惬心期,清尊穆相对。新知各如故,曲意俯濡沫。诸君雄骏人,文采冠行辈。蓄慕幸一宣,尘颜愧荒昧。

剑丞老同年正之。弟许承尧。

第三通

饮拔可寓斋,赋似同坐,书上剑丞老同年正和。

拔可经世才,精卓见眉宇。称诗固余技,兄弟各虎虎。招我市外庐,俊侣照尊俎。望气我先惊,文物兹焉聚。汀州三十幅,奕奕眩堂庑。甲午同岁生,公然得其五。相看俱老矣,隔世事重举。嗟哉丁乱离,歌哭扃肺腑。萍迹乃见哀,谐噱娱仰俯。逃虚喜足音,剟此骨肉抚。珍重一须臾,余味尽含咀。

　　承尧。癸酉四月。

张鸣岐　二通

张鸣岐(1875—1945)，字坚白，山东海丰(今山东无棣县)人。夏敬观甲午乡试同年。官至两广总督，辛亥后复出为广东巡按使，其后遂改名絜。

第一通

辛未五十七岁初度感赋

茹哀忍死又经年，未炮残膏镇自煎。冻雀岂知生可乐，冤禽枉信海能填。凭收秋色添双鬓，欲觅荒山覆一椽。绮语名心都忏尽，剩留倦眼看云烟。

张絜呈稿，剑丞道兄同年正和。

第二通

七十初度自题灵岩趺坐图

如此乾坤局太奇，强留残息欲何之。兴亡一代终儿戏，功罪千秋费狱辞。存赵相如徒折节，辛亥粤不守，详见某自撰之《光复粤垣纪略》，书为国立北京图书馆著录。报韩博浪竟虚期。青山青史都无分，不待悬车已早知。

补天妄拟学神娲，才薄无如命更乖。自惜史编难位置，且从莲品觅安排。玄中圣解融禅净，定里浮生胜葛怀。尘妄万缘归一寂，寸心明镜好勤揩。

映厂仁兄同年正和。张絜。

曹经沅 二通

曹经沅(1893—1946)，字纕蘅，四川绵竹(今四川绵竹市)人。有《借槐庐诗集》行世。

第一通

映庵诗老惠鉴：环示奉悉。湖堂禊集，同人已代致意。风日殊佳，代拈一韵，至希同作。石遗来此三日，下榻敝斋，昨已遄返吴门矣。《晨课图》承允赐题，比告小云，同深欣荷。据云先德与其太翁投分甚挚，集中尚有唱酬之诗，至大著亦迭得拜读，倾服尤久。曩由菊生道意，辄以无缘握晤，怅歉至今，异时到沪，如有两三日勾留，尚拟一图良觏，属以附闻。扫叶楼九日诗集日内印成，容再寄奉。新篇仍希以时示读。匆此敬复。即承道祉。弟经沅顿首。四月十九日。

第二通

映庵诗老道席：环示奉悉。两读大作，格高旨远，佩致无任。题图大什坚卓渊微，并世殆无能抗手，比示小云，佩感万分，附奉亲笔复函，即希垂察。此君谭次于公深致企慕，异时如有机缘获图握叙，亦一快事也。湖堂禊饮，现分韵交卷者逾四十人以上，将来汇印一册，或较扫叶楼篇幅更增。大作一律，其第五句下脱一字，究是何字，敬乞示及，以便入刊。久不与公谭，不胜愿言之怀，日内或到吴门，尚拟抽暇至申专访高斋，借聆大教，未知时间其许我否。大词迭由匎庵、哲维转示，如有新篇，至希以时写示，不胜企荷。匆此布谢，即承侍祉。弟经沅顿首。五月四日。

附小云一函。

郭则沄 三通

郭则沄(1882—1946),字啸麓,福建侯官(今属福建福州市)人。有《龙顾山房诗集》《十朝诗乘》等行世。

第一通

映盦姻丈大人尊右:昨忉丈传述尊意,属录近词,备刊词话,率录奉上。美人蟹、独鹤中有事实,尤于词话为宜也,祈酌选为幸。阶丈处亦以尊意转达,俟写来再当续奉。盼大著早成,先睹为快也。专布。敬颂著安。侄制则沄顿首。

第二通

睇蓬山路断。南雁到,说与愁波深浅。收灯旧庭院。问瑶笙吹澈,春寒谁管。芳尊几换。只暗尘、花外红软。料琼仙去后,飘尽梦痕,夜夜铜辇。　　莫笑雕梁意倦,一样伶俜,尽输樯燕。空帘怨晚。愁蛾影,怕人见。向高楼试望,烟芜如许,斜阳何处更恋。纵江春好在,应是泪鹃洒遍。

《瑞鹤仙》。寄怀映盦词丈海上,即希正和。则沄。

第三通

映盦姻丈大人尊右:月前奉到惠函,承录示自题填词图新作命和,芳悱之感,使我回肠。近来多病,兼以郁伊,此调不弹久矣,勉依尊韵和成一阕,录乞正拍,不足示外人也。同社诸公必有题者,甚盼续录见示,以豁尘目。病树北来,借悉江南朋好近况,渠日内入旧京矣。专复,不尽。即颂吟绥。侄则沄顿首。十一月初七日。

孙　宣 二通

孙宣(1896—1944),字公达,号朱庐,浙江温州(今浙江温州市)人。有《朱庐文钞》等存世,今人整理有《孙宣日记》。

第一通

映庵先生左右:申江小住,时亲麈教,饱饫郇厨,无任欣感。比惟道履康绥,良符臆颂。宣于五月杪西上,抵长安即沮雨,西兰公路不通车者逾月。嗣又□□四窜,行旅遂绝,至前月廿七日始到省城。此地四竟重山,形势险要,气候虽寒,而幸无疠风,人物秀美,市廛繁盛,固不意边陲有此福地。过永昌,见花果山大佛,高八丈四尺,唐贞观间物,山洞中石刻佛象极多。何时杖履西徕,必深赏矣。专泐。祗请著安。宣上。九月八日。[①]

第二通

映庵先生侍史:相别累月,困于烦冗,久疏上问,徒用瞻思,秋深渐寒,仰惟德履多福。前读尊著《清世说新语》,载先伯祖太仆公与俞编修论诗一则,窃有所疑,因尽检旧藏编修手札及太仆公平生函稿,俱无语此者。太仆公尝自言初从宜黄侍郎问诗法,专学汉魏,晚乃博涉唐宋诸家,即编修叙公诗,亦称上追汉魏,近作尤似苏黄,固非学长庆体也。巨制定垂不朽,唯此恐后人据为口实,敢渎陈之,幸希明诲,

---

① 此书作于民国二十四年乙亥(1935)。是年孙宣赴甘肃兰州,在财政厅长朱镜宙手下任事。孙宣日记习用旧历,此"九月八日"或仍是旧历。

无任神驰。祗颂道安，不备。重阳后五日，宣顿首。①

---

①　此书似应作于民国二十二年癸酉(1933)。是年阳历五月十六日《青鹤》第 1 卷第 13 期刊夏敬观《清世说新语(十二)》，书中所言"先伯祖太仆公与俞编修论诗一则"即在其中。《清世说新语》后未见单行。

陈毓华 一通

陈毓华（1883—1945），字仲恂，号石船，湖南桂阳（今湖南桂阳县）人。有《石船诗存》等行世。

第一通

映庵吾丈吟席：琴从莅止，仓卒主人可笑也。纕蘅昨出视名篇，意隆词嘉，和呈一噱。禊辰在瞬，苏沪群贤行将麕萃，独公以难达定省，不克预兹彦集，为惘惘耳。余惟为道将护。侄华谨状。四月三日。[①]

棟花风峭负妍春，失喜能来避世人，尽乞一樽共醒醉，相望片水动参辰。粘天溟涨闲闲度，涌地楼台事事新。胜处郭池偎照影，经过还有草如茵。

映庵世丈由都还沪，垂视名篇，次韵奉酬，录祈诲定。毓华呈稿。

---

① 此书作于民国二十四年（1935）。附诗见《石船诗存》卷上，为是年之作。

胡韫玉 一通

胡韫玉(1878—1947)，字仲明，号朴安，安徽泾县（今安徽泾县）人。有《枕戈集》《中国文字学史》等行世。

第一通

剑丞先生惠鉴：久未晤教，伏维迩来起居万福为颂。弟自上岁四月末猝犯脑溢血，幸而获愈，长此半身不遂矣。素不能文，病中用消磨无聊岁月之拙作，用敢呈于大雅之前，伏乞进而教之。近正排印先人遗箸，敬恳惠题封面以为光宠。专呈。并请大安。弟胡朴安顿首。六月九日。

徐崇立 一通

徐崇立(1872—1951),字健石、剑石,号瓶叟,湖南长沙(今属湖南长沙市)人。有《鉴古斋文存》《徐崇立日记》等存世。

第一通

昨归,检得瓶斋书扇叶,送求法绘。尚有《乌垒访碑图》亦拟乞赐墨,中如沈咏翁之画,谭畏公之诗,皆可传者,尚扃箧中,容并检《刘平国碑》拓本奉诒也。映庵先生吟席。弟崇立顿首。立夏后二日。

洪汝闿　二通

洪汝闿(1869—1944)，字泽丞，安徽歙县(今安徽歙县)人。有《勺庐诗》《勺庐词》等行世。

第一通

剑丞先生左右：承命抄拙词，卒卒少暇，延阁至今，兹写得二十首奉上。弟于此事所得甚浅，性又疏懒，不能刻意求工，故所作多有疵病，未能悉合规律，望先生重予审择，倘不堪入诗话者，即乞屏弃勿载，是为至幸。手此。祇颂著安，惟鉴不一。弟汝闿顿首。廿四。

第二通

洞仙歌依乐章中吕调。

衰柳东门路。唤翠尊悄倚，危楼烟雨。掩残蛩败壁，暝鸦昏树。荒砧远塞孤鸿去。梦海气、鲛宫蓬岛曙。嗟程阻。对曲苑铜驼，平地伤离黍。　　几许。旧家琬琰，胜景龙鸾，岁晚来看，剩有冷落池台，换得乱离笳鼓。江关写恨兰成赋。叹楚艳燕歌空惹妒。肠断处。过新亭、一霎阑干判今古。揽镜诉。怕此约终成误。算扁舟无恙，寄情云水盟鸥鹭。

汝闿。

梁鸿志 十六通

梁鸿志(1882—1946)，字众异，福建长乐(今福建福州长乐区)人。有《爰居阁诗》等行世。

第一通

剑丞我兄左右：违教忽已五载，腊杪自沽上归连，忽枉手教，欢喜持诵，何慰如之。弟去连旅津已四阅月，未谂尊札以何时寄至。刘君固所夙识，但无深交，重以誰诼之殷，亦何敢惜此尺一？第不谂此时投书有后时之患否？如不以为缓，请即见示，自当邮呈。然以皂帽幼安而欲以言语见重当途，似亘古无此奇事，此又可预征者也。诚挚之言，伏取进止。贞长去秋曾通诗札，比又数月余矣。极思南游，一访诸友，并专谒诗翁，借商近稿。曹缬衡自沪返津，述尊意，颇垂询下走。近诗虽不多，然较往岁又略增矣。秋岳尚在旧京，贫乏已甚，真诗能穷人也。复颂道安。梁鸿志顿首。辛未元旦。[①]

第二通

次韵黄秋岳看太平花见怀

看花心自长，揽鉴发苦短。三年狎云海，换取衰与懒。君真旧京人，日与花为伴。谁能表残春，旌此蕊珠伞。去年我曾来，对花殊恳款。题诗便归去，香色今在眼。此花如遗黎，坐阅廿年乱。独余锡名意，历劫不可浣。旧臣几麻鞋，行幄春不暖。姝姝恋禁籞，我见固亦

---

① 此书作于民国二十年辛未(1931)正月初一日。

罕。君诗语愁苦，未读泪先潸。正如弹雍门，又似唱河满。赏花取娱目，积慨转成懑。何如问杯杓，日饮釂无算。君家有旁妻，力贫守空馆。太平已无冀，双笑胜服散。

金陵四绝句

虎遗龙盘岂謷言，纵横蹄迹在篱门。帝豝已污钟山土，国狗猖狂晚更喧。

忆昔曾侯定乱年，大开宾馆集歌船。琵琶饭甑今都破，北鲫南来值几钱。

杨家姊妹竞新妆，黄浦秦淮水尽香。却笑唐人拘礼法，扫眉独谒李三郎。

苦忆城中冒居士，烹茶试院烛花偏。憩阴饮水知何择，赢得新诗万口传。

剑丞先生诗家正之。志稿。[①]

第三通

九日十七楼登高适读茶山集次卷中重阳诗韵

江天弥望羃层阴，慰眼终难豁素襟。未办蟹螯闲两手，稍栽盆菊费千金。不冠何用旁人整，有酒还宜独夜斟。乡国传烽又今日，梦中乌石怕重寻。乌石，山名。

剑丞先生教之。志呈。

第四通

上千尺幢复经百丈崖老君犁沟至云台峰绝顶止宿

少年晓事识向背，老去崛强翻襁褓。人言险绝千尺幢，径往从之断诸内。回心石刻谁所勒，自崖而返知几辈。握绳扪壁入天井，取径

逾艰步逾碎。我登真似猱攀援，下者翻成蛇倒退。磴容半趾石打头，岂有地天堪履戴。纡回顿曲凡几经，始漏微光苏昼晦。旧读桑经爱郦注，在室窥窗真善绩。通天箭栝争此门，百丈危崖旋变态。跻攀未半磴又移，铁索无功杖全废。犁沟最高势更陡，俯察行人似初晬。下临无地极渺茫，上与诸天通謦欬。伶俜蹢躅阅十里，汗沚呻吟亦三昧。北峰高处依羽流，火急支床求盥頮。吾身宁合堕崖谷，《药师经》九种横死，堕山崖居其一。有命在天狂不悔。昌黎枉作学道人，咋指镌铭寄深慨。昌黎《答张彻》诗"悔狂已咋指，垂诫仍镌铭"，言游华之险也。

异稿。①

第五通

壬申元旦

岁与春俱始，兵如火益然。长鲸排大舸，翔隼下飞船。道失民终散，吾谋敌更坚。"视吾之谋，无畏敌坚"，见桓谭《新论》。居邻战场侧，不分得今年。

杂报传消息，军容异短长。兵殊晋北府，人拟戚南塘。客座多危语，行间有国殇。春盘从弃置，随事见沧桑。

第一律颈联、腹联均有改正处，录奉映庵先生正之。志稿。②

第六通

和稚辛静安寺元夕步月兼呈映庵忉庵公渚

不待霜颠我已翁，俊游年少更谁同。取书引睡非思误，安步当车亦固穷。花市更无灯碍月，春郊惟见马嘶风。淞西我辈经行地，酒面

---

①　此诗柬作于民国二十一年壬申（1932）三月十五日稍后。诗见《爱居阁诗》卷七。是年三月梁鸿志、夏敬观、林葆恒等偕游华山，夏敬观诸诗见《忍古楼诗》卷十四。

②　此诗柬作于民国二十一年壬申（1932）正月初。诗见《爱居阁诗》卷七。

难争战火红。

和映庵正月十八夜之作

老傍夷场看筑球，稍回孤抱爱宾游。忽惊铁骑日驰突，无复酒船容拍浮。春水生时血漂卤，夕烽明处月当楼。与君共有伊川惧，氛祲冥冥未肯收。

映庵先生正之。志稿。壬申正月。①

第七通

雨　夜

塞垣二月初闻雨，便作江南岁暮看。才打破窗生晚听，又和朔吹入边寒。崇桃炫昼江程远，流潦妨人客路难。尽拟伤春终不似，尽情灯火慰更阑。

鸿志稿。②

第八通

正月九日渡江发浦口

乱流孤艇换春声，又向津亭数去程。腊雪作泥吴地暖，断筇催晓蒋山晴。人间万事余孤注，江上诸峰笑远行。闻说山田贱堪买，艺茶吾欲事归耕。杭州友人言买山种茶之利。

剑丞诗老政之。鸿志稿。③

---

①　此诗柬作于民国二十一年壬申（1932）正月十八日稍后。诗见《爱居阁诗》卷七。

②　此诗为民国十三年甲子（1924）二月作，见《爱居阁诗》卷四。

③　此诗柬应作于民国十三年甲子（1924）正月初九日或稍后。诗见《爱居阁诗》卷四，为是年之作。

第九通

同瑟君浴汤岗子温泉

平生心折定林叟,垢面高谈无世情。伤乱久缄论政口,避嚣聊豁看山睛。一泓自沸终何益,二客无尘洗更清。待泮春冰未蘼柳,应怜吾辈落边城。

鸿志稿。[1]

第十通

两诣不直,纤轸失迓为歉。顷往白傅路陈乐山家,公如早归,以电招即至。今夕即返沪,或尚可小谈也。附诗求教,兼示大至。映盦诗老。志顿首。人日。[2]

癸亥除夕和东坡岐州岁暮三诗用元韵

岁时重馈问,投报期互佐。俗衰持媚人,举体辄自货。贫家亦何有,壁立天宇大。毡寒难遗客,瓶罄吾与卧。买花算豪举,岁晚光照座。对之千百转,颇类蚁旋磨。不敢贻贵游,政恐高轩过。此意付孤吟,未用旁人和。馈岁。

人生本乘化,世速吾意迟。当前不惜日,欲去何用追。此岁忽已阑,此生亦有涯。送汝默无言,不问归何时。穷冬剩今日,饭熟鸡豚肥。取酒与妇饮,宁作徂年悲。花开且共赏,觞至吾不辞。莫倚腰脚顽,验鬓知吾衰。别岁。

我从东北归,车径如修蛇。横穿江河淮,意行谁敢遮。到家迫岁

---

[1] 此诗为民国十三年甲子(1924)二月作,见《爰居阁诗》卷四,题中有"二月六日"四字。以上三诗柬皆书于"上海九华堂厚记制"七行红格线笺纸上,书风亦一致。

[2] 此书作于民国十三年甲子(1924)正月初七日。附诗见《爰居阁诗》卷四。

除，奈此短夜何。薰衣更理鬓，破睡姑笑哗。晨钟幸未动，腊鼓犹堪挝。作诗珍此宵，醉墨从欹斜。前尘已腾掷，今夕休蹉跎。澄清待明岁，慰母儿非夸。守岁。

剑成先生吟定，兼呈贞长诗兄。鸿志稿。甲子元旦。

第十一通

甲子元旦雨中对客有述

炉火犹含隔岁温，茶烟先袅早春痕。疏疏帘雨经元日，澹澹盆花照酒尊。老妾自安悬磬室，高车稍集设罗门。人间喧寂吾无择，来日阴晴懒更论。

剑丞、贞长诗家正之。鸿志稿。①

第十二通

祝英台近题林讱庵填词图。

御炉香，宫柳碧。尘影怕重记。倦旅江南，凄悄少欢意。断肠废绿东风，颓阳故国，算赢取、酒愁化泪。　　难回避。只待小阁寻眠，生憎梦牵系。传恨空中，无言更憔悴。可怜年少承平，春人俱老。谁会得、一襟幽事。

三十年不填词，勉应子有之请，遂成此解，先奉映庵先生正律，如以为无大疵，便向卷中加墨矣。癸酉腊月，梁鸿志。②

第十三通

映庵先生左右：得书，奉持欢喜。《苦热行》写出冷室情况及沪居暑毒，悉如鄙人之所欲言，真妙手也，讽诵无斁。匡山酬应尚简，但不恒作诗。《疑年录》第一次稿已在此粗毕，正写第二次清本，承以松山

---

① 此诗柬应作于民国十三年甲子(1924)正月初。诗见《爱居阁诗》卷四。
② 此词柬作于民国二十二年癸酉(1933)十二月。

先生生卒年见告，书刻成，必赠松山之公子，乞告。又增一名流，感刻感刻。《青鹤》本期首刊瘦堪诗话，此人固弟总角之交，又兄之年家子也，顾浅薄无学殖，其所论不出三百首范围，直是《唐诗三百首》诗话。且多剿袭成说，不免贬损《青鹤》价值。兄如以鄙言为然，望婉告甘簃，停刊此种何如？不敢强也。伏尽即归，晤教在迩，不缏缕。敬承侍安。志顿首。八月十四。①

承惠古瓶，或弟行后所畀，今又承惠及瓶座，尤感也。

第十四通

题黄溯初敬乡楼图

永嘉之学世所宗，水心浪语皆人雄。遗书万本足津逮，私以一楼天下公。榜题恭敬梓与桑，飘然箧书违故乡。只今楼毁有书在，画中楼影心难忘。君家茝翁称佞宋，但有斠雠无讽诵。知君善读编绝韦，六丁不取蟫不肥。

第十五通

季宣招集华懋八楼作重九剑知有诗次其韵

吴天不敌客愁长，诗面还争病叶黄。丧乱未夷身老丑，成亏如梦事微茫。高楼照水秋无尽，独树擎霜意可伤。说与主人须耐冷，野风吹帽此何乡。

映庵先生是日同游，书以奉质。众异梁鸿志呈稿。壬午九月。②

---

①　此书作于民国二十三年（1934）八月十四日。《苦热行》见《忍古楼诗》卷十五，民国甲戌（1934）之作；"瘦堪诗话"即闽人邱瘦堪的《论诗管见》，其上篇刊《青鹤》第二卷第十八期，民国二十三年八月一日出版。

②　此诗柬作于民国三十一年壬午（1942）九月。

第十六通

薄俗交征利,新人不畏天。所居疑狗国,催老又猴年。帽影花仍冒,襟痕酒未湔。吾衰牢袖手,取暖胜衣绵。

奉和映庵先生。甲申元旦,鸿志稿。①

---

① 此诗束作于民国二十三年甲申(1944)正月初一日。

汤 涤 五通

汤涤(1878—1948)，字定之，江苏武进(今属江苏常州市)人。以书画名世。

第一通

送还《巢经巢诗》四本、《惜抱文集》五本、《樊榭文集》八本，统乞检收为幸。午后去新雅否？专颂映庵先生即安。弟涤顿首。廿二号。

夏老爷。

外书两包。

第二通

弟与崧生等有一聚餐会，亦于明晚举行，宠召只好敬谢。专上映厂先生。弟涤顿首。五号。

第三通

今午有事，不能诣扰，谢谢。送上《燕山集》四本、《清谱经》一本，公渚兄到，祈转交为感。敬上映厂先生座右。弟涤顿首。十六号。

第四通

寿屏书就奉上，其中幸无错落，或有错者，系来稿错误，弟不负责也。幸鉴教。敬颂映厂先生即安。弟涤顿首。

十二条四小时写毕。

第五通

前借《故宫书画集》三十二本，又《历代名人书画》乙本，除前次已还《故宫书画》十六本外，兹再奉还十七本，内有一本《历代名人》。即乞映厂先生检收为荷。涤顿首。

龙绂慈　十七通

龙绂慈(1888—1945),字达夫,号杜园,湖南攸县(今湖南攸县)人。有《杜园自订稿》存世。

第一通

映兄大鉴:前接手书,继得惠赐诗集,连日拜读一过,惟有佩服而已。弟诗虽稍进,终觉学力不足,故有时虽尚清新,欲求醇厚,终不可得,盖前者由于天资,后者由于学力。平时读书太少,五十之年,无能为矣。每读古人诗,辄生此感,今读大集,益信所感之不误也。此间一切如常,惟物价增涨不已,幸与亲友数人小有经营,尚堪维持生活。惟居此太久,亦殊腻人,每念江南风物,只能于梦寐中求之,想兄居沪市中,亦必同作此感也。良孙仍居乡间。觉如原拟赴陕,经渝时为景直夫妇所留,大约将在彼处做事也。近作二诗,附录请教。余不多及。即颂双安。弟达顿首。四月五日。

第二通

映兄左右:题图诗汪九与弟各作一首,今寄上。比来心绪恶劣,不能得佳构也。南孙挽诗亦尚未成,兄已作否? 南孙开吊约在下月初十后,顷已定十二日。殡舍已定西竺山庄,去此不远。外姑居此,眠食尚可支持。知念并闻。此颂侍安。弟达顿首。六月廿六日。

第三通

映兄左右:袁大回沪,带去火方一大包,想收到矣。属抄诸人挽南孙诗,今特抄奉。至南孙诗集,现尚在散原处,俟其选定,再寄上付印。湖上晴爽,贱恙稍愈,仍未复元,绝未出游。下月半后何妨来此同看芦花,并为散原作生日,但不知大局若何耳。此颂侍安。弟慈顿首。八月三日。

第四通

映兄左右:前寄林君图诗二首,已收到否? 昨将南孙挽诗作成,录俟改定,如晤伯葵、大武,可便示之。兄作成否? 十二日开吊,能否来杭一行? 此颂侍安。弟达顿首。七月四日。

第五通

映兄左右:不通讯将一月矣。昨读伯葵写来大什,拟和未得,闲止已和成,想写寄矣。弟近失眠之证渐愈,散、闲二叟颇多酬唱,乃亦忍俊不禁,昨得三章,录俟改定掷还,便中或示伯葵一阅,未另写也。闻兄近来仍禁油腻,且喜淡食,所患究竟若何? 前晤陈慎先,云太极拳可以疗疾,有患手麻面肿者,习此不久而愈。兄之所虑似亦相同,若能一试此法,当不致为高白叔矣。弟亦学得一式,颇如洗牌,现与散、闲每早演习一遍,毫不吃力,他日相见,必都为红光满面人也。盐署事已连带而去,鸡鹜争食,本非所甘,暂时不作他想,亦实无插足之地。孙悟空筋斗云已翻到江北去了,此间必无事,倘能来此一聚,至为欣盼。此颂侍安。弟达顿首。十月朔。

散原闲止栗长招同西溪看芦花过南孙殡宫
追念昔游怆然有作次韵栗长

风芦四面扫空晴,逆棹环通击水声。霜气远开天际爽,倦眸齐向酒边明。归程婉晚村桥数,陈迹凄迷涕泗横。瀹茗试浇花折处,劫来真复梦中情。

寒夜不寐次韵倦知叟兼呈散原闲止翁

夜冷无眠若负疴,披衣其奈未明何。心间莫起闻鸡舞,耳热空为拊髀歌。木叶亦知人事改，江湖犹听鼓鼙多。深情剩有霜天月，不惜余光到曲阿。

再次韵

一醉端能已百疴，支离如我未堪何。青山转侧供吟望，白日流连付啸歌。霜下楼台阴易夕，天寒梦寐短仍多。东篱漫作栖迟感，便拟移根老涧阿。

映厂先生吟正。杜园。

第六通

映兄大鉴：良孙回，具审近状，至慰至慰。小轮已不能照常开驶，左宅归期遂不能定，但冀大局早安，否则今岁将不成行矣。弟与散、闲二翁决不迁徙，日来晴爽可爱，若不看报纸，不听谣言，此心泰然，竟不知为乱离之世也。南孙遗诗，闻尊处有最近几首，不识何题？二月间兄来杭时，记彼曾有游玲珑山诸作经兄点正，不识此稿尚可寻否？曷一询子言，或曾寄阅？将来用仿宋聚珍版，或用木刻，均希酌定示知。弟去秋所假尊处兴业存款，现已全数由湘筹寄，仍存入原折，利息乃请楚楼所算，亦照数入折，系分两笔登载，以清眉目。此折暂存敝处，抑邮寄沪上，希即复示。弟前患失眠、心忡诸症，近经西医注射，已愈八九。知念并闻。此颂侍安。弟达手上。八月廿七日。

第七通

映兄左右：彦仲回，奉书具悉。新年作何消遣？此间则饮食捞蒲，颇为困顿，今后或可稍息耳。南孙昨之任所，星远乃大寂寞。初晴渐有春意，梅花颇盛，犹未尽开，倘能一来，殊为佳事，半月内犹及一赏也。昨和倦知二诗，录上吟定。此颂侍安。弟达顿首。十六日。

次韵余倦知除夕元日二首

百忧并付一宵忘，杯酒聊温两鬓霜。冷角因风听宛转，明灯匝市走旁皇。似闻几郡归残破，差喜今年得雨阳。且办中厨新供养，任教司命乐无央。

　　莫与年时计始终，狂呼卢雉室如讧。瓶花到眼多新态，春色于人本至公。世事只看儿女戏，壮怀争似酒潮汹。江关庾信休多感，老负诗名压海东。

　　乙丑正月，杜园。

第八通

　　剑兄左右：久未笺候起居，顷奉手书，具审侍奉曼福为慰。川商题图诗当然可作，希将节略及纸寄下，不妨多一二分，以便转交南孙也。大作游天目诗极佩，已备宣纸一小幅，画乌丝阑，当由令媛带沪，务乞写下，如有余地，即将前次游诗补录，至祷至祷。此间半月前极热，甚于去年伏日，近则阴雨。弟惟疏懒，未作一诗，偶与散、闲诸人猜诗为乐耳。南孙昨来省，三日而去。近闻韵书将卒业，何时出版？暇日作何消遣？清恙想已不成问题，园居大可怡养，健羡健羡。此颂侍安。弟达顿首。廿六日。

第九通

　　映兄阁下：来示具悉。昨在闲止处见赵叔雍和小山词刻本，虽不甚精，颇觉不俗，南孙遗诗如照此样，所费谅不甚昂，兄盍一询叔雍？弟意雕板虽稍粗劣者，亦较活字本雅观，不审尊意谓然否？南孙之女毕业弘道中学，今令柳一随行至沪，即夕登舟，与左八之子礼和同伴返湘，时间太促，未能至庑进谒也。此颂侍安。弟达顿首。二十日。

　　闻南孙诗曾经子言校订，并为点窜字句，弟意不如仍照原本付刊，以存其真，希酌。

第十通

　　映兄左右：庚甫交来手书，诵悉一切。姻伯母大人所患若何？仍服夏荫堂方药否？牛东林之言或未必确，宜多延数医共同诊断，或用

X光一照,若系乳岩初起,不欲割治,则用锭质悬于患处,亦可照销,但此质极昂贵,非寻常医院所能有,曷一询较著名之大医院?此法弟曾闻之余云岫及志姜,较割治似稳便也。庚甫日前约吴文华同来,交去二百元零四角,已从兴业折内取还,大约墓庐建筑费即此了清,庚甫必有详函奉告。弟入冬以来时患不眠夜汗之证,前数日甚剧,近服西药已愈,精神尚不佳,故终日枯坐,一事不能作也。令媛弥月后身体尚好。南强忽为火灼伤股际,又兼食积外感,以致数日未进饮食,初服西药,昨改延詹姓小儿科诊治,今似稍愈。闲止归,疟疾复作,昨延钱泽人治之,尚不能出门,年景殊索寞耳。此颂侍安。弟达顿首。廿六日。

第十一通

剑兄左右:久未通讯,甚念。弟失眠夜汗,病逾两月,复误服凉药,几不能支,近始稍安,然非每夕服安眠药不可。如此春光,竟尔坐负,痛苦可知。不仅不能用心,甚至不能看书写字,身恙又不能出游,长日枯坐,无聊极矣。闻兄将来杭,极盼。惟令媛之意,仲武葬事可托庚甫诸人照料,必无遗误,兄如自来,徒增烦恼,弟亦极以为然。中年以后,最忌感伤,西医所谓神经不宜太受激刺,况兄原有血压过高、动脉硬化之症,尤以安乐为宜。何妨即以此事重托庚甫,自己暂时勿来,想兄向不固执,必能体恤家人之意,中止此行也。弟精神未复,不能多写。专颂侍安。弟达顿首。三月四日。

第十二通

映兄左右:前于闲止处得阅手书,承念至感。贱体较两月前稍好,夜来未服安眠药尚能入寐,惟不甚足耳。终日兀坐,百事俱废,颇为怅惘。闲止今日往游桐庐,弟无此福,不克同去。散原仍患膀胱炎,志姜诊治,谓为慢性病,一时无危险,但亦不能即愈。散翁自己毫无所苦,惟未出门。南孙遗诗得兄校订付刊,九原有知,必甚感激。

弟意摆字固不佳,写付影印亦不雅观,仍不如宋字雕板为宜,款式可如从前兄所刊词集。需费若干,可由同人分任少许,而兄总其成。闲止意与弟同,谅已函告矣。梅雨颇凉,楼居苦闷。高斋闻复推广,已落成否? 余不一一。顺颂侍安,并贺节禧。弟达夫顿首。四日。

第十三通

映兄左右:南孙诗已经散原阅过,约存二百首,今由良兄带上,乞兄再加细阅,斟酌去取。散原亦云请兄再为斟酌,不必以彼意为定。题目亦有须酌改者。弟意贵精不贵多也。惟今年有数诗,如玲珑山、天目山诸作。皆甚佳,此册不载,原稿遍寻不得,不知尊处曾抄寄否? 曷一询子言,或者可得? 如能觅得最好,否则俟彼眷属到湘后,再行细检补寄。付印之时,兄当为之作序,可请闲止题签。此间近事可询良兄。此颂侍安。弟达顿首。八月十九日。

第十四通

映兄左右:别后忽忽一来复矣。此间大觉清寂,天气暄暖如春,颇望得雪。昨与志姜谭脉,彼谓兄脉仍嫌硬,数中医血虚之说,未可尽信,浓腻之品,仍以少食为宜。弟意如服中药,似宜用清凉滋血之类,如何? 公旦治谭三爷鼻衄法,未审如何,曷与中医再酌之。心中不可虑病,然既知脉象稍偏,不妨一预防之也。纸一张已画格,乞书天目游诗,如有余地,杂书近作可也,感谢之至。此颂侍安。弟达顿首。廿八日。

今年南孙遗诗,良孙来信云已抄寄,尊处已收到否?

第十五通

春日有怀伯兄

梦远清樽半,霜明晓镜前。浪游仍故国,小住又今年。独步吟芳草,闲情画辋川。暂劳风雨思,休赋卜居篇。

闻说花溪胜，山楼更水亭。地偏人事古，花重客愁醒。猿鸟忘机械，林泉极视听。一作"猿鸟时窥坐，松泉乱入听"。曰归情踟蹰，端恐负山灵。

映厂先生吟正。杜园呈稿。

第十六通

夜　警

夜警眠多觉，寒消被易温。壁泥黏鼠迹，窗雨晕灯痕。得句头空掉，无言舌自扪。有田归未可，才识老农尊。

早　起

长爱街西好，春光彻四边。乱莺争晓市，新柳写晴天。似醉非关酒，将愁欲损眠。近来差作健，休办买花钱。

茗　坐

茗坐无喧意共清，篆烟飞舞乍阴晴。阶间晚斗空林蚁，叶浅酣啼远树莺。微雨过窗虚海气，软尘衔路隐雷声。珠灯迢递高楼上，不照流离四野情。

第十七通

杂诗五首

峨峨上山松，不挐下山云。一览众山外，谁与同缊缊。不见涧边草，重阴被榆枌。春风一披拂，两岸何蔼蔼。所惜秉质弱，微生难久欣。蓬蒿就凋萎，霜雪亦已纷。含芳待阳晖，游屦响通津。众赏在一碧，宁识苍龙尊。

代马忽恋越，越禽将适燕。岂不怀故土，饥驱使之然。驽骀无远志，燕雀无高骞。刍豆既已饱，一枝遂安便。良骥鸣风沙，黄鹄戾云天。毛羽终自惜，皮骨莫见怜。长怀风云意，一赋逍遥篇。

众鸟避高罗，一鸟独徘徊。微生岂不恋，去此将焉归。美荫托嘉木，新巢一何巍。莫念新巢安，弃故宁不悲。春园盛游衍，不惜金弹飞。何如守空林，霜雪时一窥。适志鲜猜惧，忧疑益多危。榆枋亦云乐，置罥徒尔为。

利剑不在掌，白发终如何。斩发不斩心，发短愁孔多。一发不再白，一心无定波。方将到东海，思欲归阳阿。海底多珊瑚，山中饶薜萝。将愁千万缕，绕缀为连柯。

丝练不复素，路歧行易迷。悠悠千载下，共此杨墨悲。炫目非文章，但见光陆离。化城非圣域，异慕无还期。莫恋长安居，素衣尽为缁。适野多坦步，浩歌从此辞。

通衢行

通衢无缓步，客子行独蹇。岂不念修途，所嗟白日晚。流车纷似织，一瞥风过眼。眩怖失所避，杀人如杀犬。肝脑投颓埃，魄碎魂亦散。车中繁华子，今夜谁家馆。逐乐如追逋，去去不得缓。

谭泽闿 八十四通

谭泽闿(1889—1947)，字祖同，又字大武，号瓶斋，湖南茶陵(今湖南茶陵县)人。长于书法。

第一通

顷信想见。公诗入译词尚能合色，弟则以古名叶今音，亦补一首。坏陵颇佳否？打球六朝竟无典，仍只能以古意写之，究嫌太雅。弟作合为十首，公十六首，前两首为一事，电话。似可改为一首，再加一首也。公后作比前显黯，而词即较直放，故知求俗之难。打球一首最佳，翔空、潜水仍嫌泛，以为何如？映兄尊右。弟瓶顿首。廿九晚。

补子夜歌二首

情如七宝球，欢抛依自接。两意本相投，不怨疏网隔。

侬奏披霞乐，欢为弹坏陵。双声同所愿，倡和自相应。

第二通

尊属事已函吕满，尚未得复，闻近日甚忙，俟复到即奉闻也。《子夜歌》拟得八首，仍是代名词多。尚未打磨，苦于太雅，乃知质直而有古艳之难也。弟作每首议一事物，尚可引申，公亦更发明否？映公左右。瓶顿首。

郑、夏二稿请掷还，以后《青鹤》请属径寄弟一分。

第三通

追和俞寿臣丁丑除夕重庆感愤诗韵即以悼之

抉目悲前智,甘心暝太宵。都将杜陵哭,进作伍胥潮。苦句呻穷岁,愁肠引浊醪。自伤丁此会,生世不逢尧。

执别犹昨日,重逢愿尚赊。死生俄契阔,弦筈永乖差。大药无留命,良图枉梦华。不堪悬剑恨,追答秣陵家。

第四通

久不晤为念。前者手示,顷始读悉,属件涂缴,因小价误为纸件,至作书时乃拆阅也。诗集弟处已罄,须俟再版。近闻画生意发达,可喜。敬复。暎庵老兄侍右。弟瓶顿首。十七日。

第五通

枉谈极快。属题卷首谨书,奉乞纳入,于名画为佛头着粪矣,愧甚愧甚。谨颂暎兄先生侍安。弟瓶顿首。廿六。

第六通

顷谈为快。所拟《九夏词》意卑格近,不足云诗,故不写上。承属不敢自匿,此体已不为今人所喜,有人已笑其声调不谐矣。公必能削乙之,幸甚幸甚。宋人笔记乞交汪处。暎兄尊右。弟瓶顿首。初二夕。

第七通

人还,奉示并碑底。今日打格,明日写成,后日即送上。墓铭既系公作,即如命照写,字愈少愈佳,此在公笔下超生也。唯打格用册页式为好写耳。印或刻时再拼,因写坏易换也。谨颂暎兄先生侍安。弟瓶顿首。十七日。

第八通

剑兄左右：归来惘惘如梦，尚未诣谢，知谅之也。尊印据前途言，桃源石不能刻，仅将忍古楼刻上，谨送呈乞收。此颂侍安。弟期瓶顿首。十一月二日。

第九通

酷暑，尊居何如？想上侍康吉。日本药单一纸奉览。谨上映庵老兄。弟瓶顿首。初十。

第十通

顷得三兄书，寄览。令侄事，据云初入不多，可以资加增，无须过虑也。五十团已请其审查资格，并截止不收矣。余面白。映厂先生左右。弟瓶顿首。六日。

第十一通

剑兄阁下：廿四史定单，南京又加易莴焘、李特生二人，又有加买一二部者，弟已将此间所有均送去，贱兄第二分亦交去。尚恐不足。请令再送十分来为叩。五十人当已超过矣。此颂侍安。弟瓶顿首。廿一日。

第十二通

映兄先生左右：顷得三兄书，欲加入五十人团买廿四史者，已开一单来，此尚在弟弟辈皆有股户可借。及姜、吕之外。此单所列能否借得资格，或竟另作一批，作为政府人员特别应酬？如以不满五十人，当尚可加邀耳。乞商前途，见复为感。此颂侍安。弟瓶顿首。廿七日。

第十三通

伏暑,想作画销日。小儿有扇欲求山水,乞乘兴挥洒,能早赐尤感。谨上映庵五兄侍右。弟瓶顿首。廿一。

第十四通

前示悉。名单已寄南京,加满再奉上。尊润已为俵分各肆矣。属书件奉去。数日梅雨,未得为园游也。谨颂映兄先生侍安。弟瓶顿首。十五日。

第十五通

南京廿四史尚有追加,弟在此又介绍数人,另开,请关照加入。弟及三兄者,亦别寄来否? 聂、姜、俞如重出,亦不妨否? 俟南京全单来,再寄呈也。此颂剑兄先生安。瓶顿首。十八日。

第十六通

昨信想见。顷三兄寄廿四史名单来,有《四部丛刊》而非己名,如弟及润洪舍侄。亦是此种,如何算法耶? 单开诸人应如何接洽交款? 并乞商示为感。此颂映兄先生侍安。弟瓶顿首。五月八日。

第十七通

久不相闻,颇思一窥邻园,又怯夜行而止。三兄信奉上,冒翁已到宁,相见矣。余晤悉。映兄先生侍右。弟瓶顿首。十九。

第十八通

前数日过汪九,拟便诣谈,至巷口见多长者车,疑公宴客,遂未敢径入而返,迟更专谒谢也。《清代学者像传》前由三兄题签,闻已出版,弟竟忘预约,不知公能向遐庵先生处让一册否? 弟却只须彩图纸本也。感谢感谢。映兄先生左右。弟期瓶顿首。十四日。

第十九通

久欲走访，因热而止。承属书件挥汗涂上，并三兄诗卷奉呈。余俟少凉诣话。不一一。映庵老兄侍右。弟瓶顿首。十一日。

第二十通

正欲送书，又得示诗，深至刻露，真见工力，岂穷乃益工耶？一笑。热极，不得走诣，或于公园一遇何如？映兄左右。瓶顿首。廿五。

第二十一通

叶园又重游否？弟前有洋伞手杖一枝，红玛瑙头者，伞在杖内者。近忽不见，记曾携至尊处，前次招饮时。不审是否，乞一检查，至感。敬上映庵先生。弟瓶顿首。初八日。

第二十二通

自宁归十五，晚乃见帖，邮局误人如此，可恨也。相去太远，不克诣谈，极怅。年事已逼，奈何奈何？映厂先生左右。弟瓶顿首。十七日。

第二十三通

宁游五日归，闻菊花大开，必当张宴，伫望嘉招也。叔通诗调侃有味，惜不能和耳。映厂老兄左右。弟瓶顿首。十六日。

第二十四通

正欲寄三兄复书，得手示具悉。弟诗尊论极当。承示两篇，信为老手，哀叶更佳，亦交情不同也。子武事宁欲其不确，吾辈诗皆可作为生挽,并索其和也。敬颂映厂先生侍安。弟瓶顿首。廿六日。

第二十五通

大诗拜诵。公病竟未得趋视,极歉。今想霍然,能饮啖如常否?梅雨泥途不能奉访,俟大寿日,如晴朗必专叩也。谨上映厂先生左右。弟瓶顿首。初七日。

三兄昨又来,三数日而去,亦不及诣谈也。

第二十六通

枉过失御。闻已受聘,敬贺非久,想当大醵旧侣,得厕坐为幸也。此上映厂先生左右。弟瓶顿首。五晨。

第二十七通

大寿本拟趋祝,今晨忽患腹痛,未能出门,只得俟缓补祝,极为歉悚,谨先专函陈明。敬颂映厂先生侍福。弟瓶顿首。

三兄迟二三日仍当来此养病,并闻。

第二十八通

前日得手书并伯陶集序,当即寄三兄,顷得复云,文极别致,无古文家扭捏身段。三兄亦尝作一跋云。原稿缴上。薪事吕满云十一月分必可领得。此颂映兄侍安。弟瓶顿首。廿一日。

第二十九通

前日邮函想达。尧老寿筵,竟以尹邢之故不得相见,亦朋友之一厄乎?吕满从广州来,三兄有寄公书件,今专使送上。吕欲上谒,不识尊居,尚须弟为老马,故迟迟也。上诵映厂先生侍福。弟瓶顿首。十三日。

第三十通

又久不晤，想安吉也。三兄来信谨转上。天寒晷短，何以为娱？弟则不常出也。剑兄左右。弟瓶顿首。廿八日。

叶玉虎印文云翁诗，公能代致一部否？

第三十一通

前日失御。文集已寄一册与家兄矣。尊嘱当转达吕满，恐此时未暇及此耳。报载豪语虽未必信，而对方内容亦复杂，正不知变化如何也。此颂剑兄大安。弟名顿首。九日。

第三十二通

《褎碧斋集》跋三兄已寄来，谨抄上，其卷数请填入也。前日又失迓，至歉。映厂先生左右。瓶顿首。十九年元日。

前寄信件想到。签书上。

第三十三通

昨谈极快。伯弢集封面写上，乞选用。大小如不合，可画格来再写也。祁寒，伏惟上侍康福。弟瓶顿首。六日。

第三十四通

昨信想见。俞三信云，散原制伯弢诗叙已寄尊处，到否？粤得大捷，局势一变，贼不足平矣。映庵先生。弟瓶顿首。十二日。

第三十五通

久不晤，苦热，何以为乐？弟处前有《燕泉集》二册，劣诗恶刻。不记是公携去看否？因系友人属校之书，顷来索，遍觅不得，不记何人借去也。敢问乞复。映厂先生。弟瓶顿首。十四日。

第三十六通

看月归来次日，得汉上书，知子武之耗确矣，遂为一诗，写乞点定，字句有不妥者希改正也。前有《湘绮年谱》，便时乞交还。眏厂先生。弟瓶顿首。十七晚。

哭张子武诗一首

危世枉奇材，楚老悲膏兰。曾是游羿彀，一身岂自完。君挺干莫气，陵轹实无前。南武昔扬麾，鹏举厉高翰。赴义见仁勇，蹈刃无险艰。平生嚘唶风，世俗亦徒观。谁为生死交，激此烈士肝。緊余投分深，恻怆念前欢。始冀传闻讹，未忍遽汍澜。宁知萧寺中，魂气闭空棺。眷别意久沉，感往非一端。缅惟雄骏姿，一绝何由攀。昔贤志九死，得仁固无怨。如何伤暗投，明珠终见捐。戕生信已酷，驰驱分既殚。才子有并命，所恨非百年。岂惟朋交尽，将见邦宝残。凄彼邻笛声，增我案剑叹。江流送哀响，旅榇何时还。神期亮不违，达观诚亦难。援翰诉穹昊，为君吐烦冤。

第三十七通

同散原倦知眏厂覆厂沙发园游之作

近野亭园海客家，曲池名卉并清华。连林灌木成嘉荫，簇树夭桃炫午霞。小憩正宜临水坐，频来应得好诗夸。仍输挑菜群儿女，看遍芳时取次花。

四月三日同散原眏厂环天覆庵游法国公园

偶从吟客出芳坰，数亩蕃园迹屡经。夏始春余新物候，柳边花外好林亭。铺茵茸草烟成罫，蔓壁层萝翠作屏。若个搴芳人弟一，愿为波渌写娉婷。

属制两题，未能和韵，奉同二首，写乞教削，以况名篇，真布鼓雷门也。陈、曾佳句想见？敬上眏厂先生诗人侍右。弟瓶顿首。四月四日。

第三十八通

人日映庵夜集次散原韵

夏侯选僻遂幽居，岁盉逢迎淑景初。聊共春盘同茗荈，休从棋局问乘除。菜羹应节当人胜，梅蕊冲寒绽雪余。杜老名篇非漫与，敢辞下里助轩渠。

剑兄嗤削。弟瓶写上。

第三十九通

廿五之局已饬治具，请早为到妙。拙诗拟求照陈、曾例逐首逐句点乙。痛加批根，请用紫笔或蓝笔，以示区别，勿如散原之不屑教也。感感。映庵吾兄先生。弟瓶顿首。廿二日。

第四十通

前日枉贺，竟未申杯酒之意，厚馈隆情，尚稽踵谢。以连日劳倦，复患喉痛，须少苏息，风谣少定，当更奉约耳。谨上映兄世先生左右。弟瓶顿首。廿三。

第四十一通

昨日累公多费为歉。弟诗本已承批削，极感。散原、三兄诗批请先寄还，或代钞一纸邮下，以便寄去为□。映厂先生。弟瓶顿首。廿六日。

第四十二通

前谈为快。黄氏它件送来否？十三行细校，恐是翻本，如廉大约四五十元。可收，如居奇则不敢问津矣。映庵兄。瓶顿首。廿二。

第四十三通

属书墓志以何法？写一通觉不庄重，又别书大字一本，公可令商务缩小。令册如篆盖大，当较精也。操觚尚非率尔，然所能止此，深负厚意矣。此上映厂吾兄先生。弟瓶顿首。初七日。

第四十四通

数日不晤，然闻太夫人日更康豫，近想已勿药矣，敬念。岁除有何佳兴？倘有诗望见示。映厂吾兄。弟瓶顿首。廿七日。

第四十五通

专诚同俞三进谒，以外出辞，不知未兴抑有所避也？连日阴雨，不得趋前。俞三之意颇诚，犹转车而入，未蒙赐见，殊用惭皇，谨此达意，幸恕其拜迟年也。元日一诗，尧老已和，公见之必笑为仍是老调，然不可以不奉览。敬上映厂老兄侍右。弟瓶顿首。丙寅人日。

丙寅元日赋寄仲兄广州

履端肇良朔，苍灵御勾芒。初阳动根荄，万汇向熙昌。翼翼祥焱和，蔼蔼向霄翔。物情欣始荣，人意同徜徉。余怀眷岭峤，南睨江海长。殷勤信已展，羽翼不得将。献岁开春华，群贤志腾骧。得时兆虎变，乘运方鹰扬。庶弘大钧仁，跻彼生民康。昭苏启群蛰，阳泽被八方。微我骎服情，携手良所望。休辞诵首祚，愿言咏斯章。

映庵诗人教和。丙寅人日，弟瓶写上。

第四十六通

鹔寄庐看樱花酬主人

好春曾几时，久负蹇芳愿。贤主忽我招，樱花喜开宴。入门及斜日，照眼风华绚。芳树闲珠玑，云锦丽裳袨。疑攘海东春，覆此吴江甸。暝色映灯辉，花影融一片。徙倚恋娱光，吟啸集时彦。余虚仙岛游，琴澳记曾见。别来逾十稔，花逐年光转。即兹还旧观，今昔成俄晌。嵯峨海藏楼，连犴无忧苑。君家有南威，请为论淑媛。

映兄削和。瓶草。

第四十七通

手示并墓名五十册收到，谢谢。日内三公司内何以不见踪迹？今逢大比之年，宜有抢牛之典也。伯葵不归何也？映翁世先生。弟瓶顿首。即日。

第四十八通

昨电至，弟适出，奉复示敬悉。菊翁许以荆公诗见惠，极感。想日内当送下，乞代谢。此颂映兄侍安。弟瓶顿首。初六。

第四十九通

顿寒，惟上侍多福。三兄信奉鉴，今已在途中矣。今日汪约何以不到？敬颂剑兄侍安。弟瓶顿首。初四。

第五十通

自邻海还，苦热多务，未皇晋接为怅。昨承枉过又失迎，至慊。闻新斋已落成，正拟携酒来贺，而伯葵尚不能饮啖，当须少凉。日内必先走访，一瞻福地也。三兄属致声，行时匆匆，竟无所将，亦足愧者。敬上剑兄尊侍。弟瓶顿首。廿二日。

第五十一通

今以微恙，不克出贺菊翁，两以电话拟托公转致歉忱，不通为恨。梅来，闻公辈有公局宴之在名园，弟亦欲加作主人，已告伯葵，特再函商左右，乞许列入，至感。少迟更当奉约清话也。敬颂映兄侍福。弟瓶再拜。初六日。

第五十二通

久不相闻，连电不达，可怪也。闻尊疾服中药而霍然，三兄甚欲得其方以资参考，幸详示为感。映厂先生。弟瓶顿首。初五日。

第五十三通

病喉旬日，久未相闻，少迟谋一醼也。三兄有信奉上。闻公禁盐，只可淡食，毋乃太苦耶？映庵先生。瓶顿首。十三日。

第五十四通

佳节何以为欢？弟乃病欬，未出游也。三兄信并诗奉上。层出不穷，惟公可以敌之，倘更和数首乎？映厂左右。瓶顿首。十六日。

第五十五通

豆豉拜赐，几以公为外府，可愧也。达甫诗凄婉可诵，但鄙意以为有可归并者，公意谓何？弟近诗一纸呈教，仍是老调，可笑。剑兄先生。弟瓶顿首。七月十二。

京城又寄墨纸来，公如须，弟可分上。两是病伤风，未出门也。

第五十六通

前扰极谢。腹泄数日，又久不出矣。三兄来书奉览。闻闸北水将断，行将及我，奈何奈何？余面白。映庵先生。弟瓶顿首。六朔。

第五十七通

昨正作书，欲寄诗本，继恐不妥，故未发。手示至，具悉。今先将信邮上，俟便再送诗本来。闭户连旬，殊闷闷也。映厂先生。弟瓶再拜。廿三日。

第五十八通

轩然大波，不敢出门。三兄诗本谨由邮寄。宴秋所费，仍乞开下。金雀想亦未观也。映厂吾兄先生。弟瓶顿首。廿二日。

第五十九通

承惠明前，香味清迥，信为名种，湘绮翁所谓"对此沉吟不敢煎"者也。况豆豉频叨辍赐，真谢不胜谢矣。公近晤张菊翁否？常熟日记何时出版？篇首似宜印一小象，如翁氏未备此，弟处有其晚年全身相可印入，转达何如？映庵老兄先生侍右。弟瓶启。四月廿五日。

第六十通

大寿竟未趋贺，以沿途搜查殊紧，不敢出门，罪歉之至。三兄诗想已收到。时平再走谢。映厂先生。弟瓶顿首。初十日。

第六十一通

承许赐名茶，谨遣祇领。未能挟纩，只合挈瓶，想亦可用。如尊处尚有玉札，即豆豉。能更惠少许，尤相感谢。铁书二分，以为世兄临池之需。余俟面白，不具。映庵老兄世先生阁下。弟瓶顿首。廿三日。

第六十二通

市门立谈，未能畅叙。不知明前已寄到否？分我之诺，重之千金，知不忘也。伯葵好诗如连珠而不示我，欲鄙其不足与言，知公必为之点定矣。春物明邑，何当一为郊游？恨相去如南北极，仍须以斜矼为酾会处也。映厂老兄。弟瓶顿首。廿日。

第六十三通

枉候失御为歉。家兄诗已承阅过否？望别以一色点定，以别于散原。请先送伯葵，再转尧老也。贵省豆豉，炒食者。不知尊处尚有否？欲乞一包，如承惠赐，当遣取。谨上映庵老兄先生。弟瓶顿首。初八日。

第六十四通

晚香堂苏帖一箧，谨缴还，乞察入。伯揆已归，腰峰当至。余晤悉。窈窕释伽慈观尊者。初四日。

第六十五通

示悉。电本收到，电粤寄广州广卫街十三号岳宏群转可也。今日报已发表北京事，局面又一变，不知后事如何耳。黄耳令牵上，皮圈奉赠，铁练则无，但带索耳。花犬非白蹄，然来人不能并牵，如须，可再来取也。剑兄左右。弟瓶顿首。廿七。

第六十六通

顷得畏致左右书，谨转上。昨与拔可、散原诸君游一周园，乃极佳，惜公不偕耳。映厂先生。弟瓶顿首。

第六十七通

顿叟书来云散原赏余和诗良用自愧适倦翁复示哀湘灾一首
因叠前韵赋谢散原倦翁并寄顿叟促为沪游

群公高咏西泠湖，寄诗下逮江壖居。求声征和亦及我，追攀蹇步徒踟蹰。散原大师谬见赏，宁知贱子诚空疏。劫来乡里苦巨浸，有笔宜绘监门图。胡为斗韵骋妍巧，未免奔送疲长须。余翁余勇信可贾，弹丸脱手纷华腴。哀灾号救感至听，声远何假登高呼。嗟余无似暗若愚，南郭直欲逃齐竽。无复狂歌同接舆，敢以弇浅干真儒。偶然翔步临江衢，短歌微吟聊自娱。近闻溽暑熠湖庐，湖水欲沸谷欲枯。何不暂来相呴濡，为君觅取招凉珠，谊君流汗祛烦吁。

映厂先生削定。弟瓶上稿。廿四日。

第六十八通

剑承先生尊右：前上一书，久未得复，昨得南生笺，惊谂吾兄有丧明之戚，为之怛怛。弱龄劬学，远到可期，遽止于斯，知交所痛，矧在左右，伤悼如何？湘绮诗云："名贤有夭终，殇子又何哀。"况当此乱世，生死之间殆无天理，切望照澈彭殇，强自怡解，以慰友朋驰系之诚，自保百年金玉之体。弟辈非久或来杭州，约公作桐庐之游，遣忧索笑也。伯葵以母病，久不相见。弟日仆仆于塘山、福煦之间，刻不暇给，真所谓无事之忙。汪九尚主三兄家，天气少佳，即偕为浙游耳。专启奉慰，惟鉴其愚悃。即颂道安，不具。弟瓶顿首。三月廿八日。

第六十九通

戊寅闰七夕感己未旧游有悼龙十

双鬟柘鼓侑琼舟，雅集高吟记昔游。闰节重临廿年过，诗人骨冷鬓云秋。

映厂先生吟定。弟瓶稿。

第七十通

映闇先生阁下：昨寄一笺当达。顷李君来，适外出不得晤，当遣送廿八圆与之，想收到矣。此次为谋不忠，极为惭悚，然误于万亮卿之轻诺也。此间无二日不雨，春光遂如此断送，近日遂已入梅，尤令人闷损。汪九乃以天时不定，未敢出游，弟亦因此逡巡。知公近幽忧，亦亟欲一来，为阁下开写胸膈耳，俟有定期再奉告。李公想已归矣。复颂著安。弟瓶顿首。三月晦。

第七十一通

为爱佳人红锦妆，请君妙笔写真香。携将金谷高昌艳，来泻银瓶石鼎汤。优钵灵华生众相，曼陀天雨散诸方。赵家旧本今重见，只憾游蜂掠粉黄。东坡有《题赵昌画山茶》诗，又《山茶》诗："游蜂掠尽粉丝黄。"

映庵为画山茶小幅，纯用北法，题引《瓶史》语，因赋此奉谢，即请教削。戊寅七月朔，泽闿。

第七十二通

己未四月朔集瓶斋作南园生日道州何维朴新建夏敬观桂林张其锽嘉兴钱熊祥临川李瑞清山阴俞明颐攸龙绂年湘潭袁思亮及余凡九人各奉所藏遗迹相与展拜有画马六幅尤奇特披赏竟日宾退纪以长句后南园之生政百有二十年也

昆明瑰节一代奇，直声岂独名当时。即论微艺到翰墨，直并鲁国当肩随。至今遗迹等球璧，焜耀宇宙垂模规。逊来何绍基。翁同龢。尽私淑，笔法一起元明衰。上接唐贤轶赵宋，漏痕沙画追籀羲。余于蝯瓶有微契，溯原滇水尤心仪。兼金只字岂敢吝，据舷负册宁当辞。心摹手追在朝夕，驽骀十驾惭蹇疲。弄藏颇更及画马，十三匹比曹幹遗。大帧数同少保鹤，辛亥于京师收得大幅画十一马。小幅二骏抛金羁。己未又收骏马脱重衔尺帧。高堂素壁风雨夜，静坐往往闻长嘶。今岁在己首夏朔，逢公览揆初度期。招要同好共展拜，各出秘笈谁能私。去公之生百廿载，詹对遗墨遥相睎。精神所寄寿万古，聊从手泽寻芳徽。道州公孙八十叟，手奉一轴勤护持。秋风归牧马十二，中有人物传尤希。何盘叟携其家藏《秋风归牧图》，画十三马，又人二、獐雉、弓矢之属。汉阳故物钱所携，脱衔双马风生蹄。汉阳叶氏旧藏《壮马脱重衔》，今归陈曾寿，是日钱冲甫携之来会。袁生两匹气深稳，迥如屹立临赤墀。袁伯葵藏二立马亦题《秋风归牧》。道人袖出六骏骎，何绍业。摹曾不失黍累。清道人借得徐乃昌藏、何子毅摹南园《六马图》，极似钱笔。煌煌六纸照四壁,三十五匹争骧驰。千金市骨那易致,一朝集此良足唏。夏侯狂喜愿顶礼,径欲摹取供乞贻。俞龙默对各意会,就中张子神为移。我闻南园擅心画,余事偶貌骅骝姿。要令尾鬣见奇绝,劖铜刻玉无差池。今观诸本信有此,世矜赵马真堪嗤。始知正气赋笔墨,不与凡俗同评题。及兹佳辰聚一室,况有八法光腾辉。屏风在壁册在几,擘窠大字如丰碑。余藏巨幅大楷,二百四十六字。几家珍秘竞陈献,何止百种罗琼玑。观摩欣赏兴未已,且复谐宴倾瑶卮。众宾对此久饱饫,不借饮啖忘渴饥。举觥遥酹滇池湄,清尘非远嗣者谁。江风浩荡余寒微,骎骎白日颓斜晖。惟公贞范长昭垂,墨妙犹应百世师。良俦高会今在斯,絜余纪盛为此诗。

　　泽闿。

第七十三通

京华酒家茗集有忆张园旧游奉酬无恙见赠之作兼呈同坐诸公

　　张园旧在江壖野,十里铜街宜走马。浅浅平芜共赏春,翛翛林木还销夏。周庑深廊面圃开,香轮宝骑竞徘回。一丝鞭影斜曛过,百辈红妆祛服来。冶叶倡条随指点,良家豪族多姝姿。临阶列坐促花筵,隐几薰香传茗碗。此时闲客恣闲游,佳日频来春复秋。品量第六泉中味,评泊无双谱里俦。转烛风光逾二纪,旧游零落谁相拟。屡闻易主苑池平,俄看弹指楼台起。自后龙团试点汤,愚园徐墅迭兴亡。懒逐繁华寻舞树,厌从嚣阛觅闲坊。江壖战后余瓯脱,近邑流人水归壑。谈空说有纵谐诙,斗茗寻诗有期约。始复相携过酒家,青帘名字指京华。蛾眉亲捧颇黎盏,雀舌初煎雾露芽。吴越犹存旧风气,海南新样增佳丽。水厄相嘲定不嫌,茶娇在眼宁辞醉。喜诵新篇感旧尘,味莼无复昔时春。纵饶花乳清泠气,要著璃支婳姹人。

　　映庵诗老教削。己卯十一月朔,泽闿写上。

第七十四通

次韵孝鲁茗坐有忆

云屏曾记旧时娇,映柱横波鬓影摇。几度行觞邀玉女,每因进匙笑红绡。群空冀北谁能顾,路隔蓬山望已遥。犹有云间灵气在,用《鸳鸯楼记》语。暂来消遣落花朝。

趁韵和此,孝鲁欲乞公亦和一首,故写上映翁诗老正和。弟瓶稿。

第七十五通

九 箓

九箓飞符下紫闉,金膏不返蕊珠魂。冰肌到死怜莹澈,锁骨生天有怨恩。妆镜定知龙掩照,衣篝无复麝留薰。歌唇一世归销歇,枉费雕盘刻蜡痕。

映庵诗老教和。瓶稿。

第七十六通

元旦李择一招饮次映厂韵

献岁嘉招开笑口,元辰喜醉李膺杯。登盘髫鬟鲟鳇脍,照座须眉著作才。橄榄名仙回味永,林檎如斗远瀛来。今年口福占先兆,真欲推君会饮魁。

瓶斋。

第七十七通

昨诗改定,复写上,乞再刊削。"阗仑"句终未安,有典可改否?陈丹初件公已寄去否?用其来址贴上可否?作包裹抑作信函寄,乞示。乞示。迟日再约访鹣鲽面叙,不一一。映翁先生左右。弟瓶顿首。五日。

工夫茶歌为陈石舫赋继㑇庵诗老之作

龙头泻水颇黎壶，银蛇掣电盘铜炉。霞光活火来须臾，新泉鬻沸千琲珠。汤成喷热照座隅，短几茶具形制殊。杯罗蠡母瓯盂俱，紫砂小铛腹如瓠。实以名荈同苞苴，岩丛奇种摘云腴。主人执汤灌醍醐，先沃盘盏暖不枯。势如建瓴注徐徐，汤强叶满生沤洴。急提铛耳浇群觚，香浓色酽凝若酥。但令细啜燥吻濡，醰醰深味中膈舒。渐回舌本甘有余，神功妙用诚非虚。或有渴羌牛饮粗，主人目笑心揶揄。世传茶法名工夫，囫囵吞枣将毋愚。满坐抃掌为轩渠，我思佳茗佳人如。夷光郑旦闲且都，绿鬓翠珮红罗襦。婷约自是倾城姝，安得纤手荐皋庐，醉倒正要蛾眉扶。主人笃好夸乡间，家风茗战不肯输。却将新器参古初，从哂石铫嗤砖瓿。酒酣饮客相嬉娱，何物相嘲唤酪奴。我非赋手徒歔欷，欲写十咏惭空疏。夏㝱苦句肝肾刳，字奇韵险惊吾徒。赋形体物工镌摹，更请妙笔为新图。

瓶斋写上。

第七十八通

人日集爰居阁看古书画分韵得草字

开岁郁恒阴，涉七春犹早。灵辰荷嘉招，正喜晴光好。广坐罗众宾，英彦从耆老。布席列珍肴，弛尊泛清醥。妍谈霏玉宵，高论洒兰藻。主人具精鉴，卷轴日搜讨。群贤有真契，衿袖出瑰宝。米笺题腾白，赵帖摹章草。古拓毡蜡精，画本烟云缭。奇珍盈案几，秘笈共倾倒。曰余贪眼学，笔势玩峰杪。赏乐信已并，染擩讵云少。佳兴谅不孤，酣歌咏既饱。

第七十九通

粥书海上，遂已廿年，戏为小诗，甲申元旦。

旧业吴中二十年，笔锄墨稼纸为田。蔡洪语。三千赤牍惭萧侍，十万麻笺散米颠。润笔谁将精婢饷，君谟帖："马五诺我，精婢润笔。"裹门敢说法师禅。聊资朝夕茶陵事,西涯晚岁以笔墨自给。且学东坡折菜钱。

映庵老兄教和。弟瓶稿。

第八十通

昨谈至快。《襄碧斋集》上册如觅得,请再赐一本为感。书例奉上二纸,尊例有便亦望示我也。此上映老先生兄。弟瓶顿首。廿八日。

第八十一通

前承枉临,未皇报谒,近起居何如?属查者但记张黑女,今录上,更有须查者乞开示。气候不时,可怪。映老先生。弟瓶顿首。三月十三。

张玄黑女卒于太和十七年,春秋卅有二,见墓志。

第八十二通

剑老先生兄道坐:顷得手教,知到庐山,甚慰。弟入夏来频感风暑,时有末疾,今虽已愈,而精神衰退,长日偃卧而已。公还府想须稍凉,容再通问。复颂道安。弟泽闿顿首。白露日。

第八十三通

大集已读二过,签出误字十数,疏于别纸,恐尚有落叶也。尊处电话装好,望通电告号数。诗案又有新闻否?映兄左右。弟瓶顿首。

隅卷二,十,十二行。

蔺卷三,六,十三行。

通伯倒置卷六,十三,十二行,十六行;十四,二行。

右第一册。

驶卷七,三,十七行。

折下一字疑误卷七,十二,三行。

胸卷七,二十六,十八行。

峰卷八,四,九行。

蛾卷八,十一,十四行。蛾眉似不从女。

颅卷八,十二,十一行。是用控,顺否?

雨卷八,十四,十八行。

右第二册。

干卷九,五,十八行。

荤卷九,十六,十二行。

潗卷九,十九,十三行。

钉卷十一,廿二,十五行。

催卷十二,十九,八行。

右第三册。

敝卷十四,七,二行。

苓卷十四,二十二,六行。

圃卷十五,六,廿行。

右第四册。

第八十四通

故手馨香。

映庵先生命题。泽闿。

端　方 一通

端方(1861—1911)，字午桥，号匋斋，满洲正白旗，直隶浭阳（今河北唐山市丰润区）人。有《端忠敏公奏稿》等行世。

第一通

剑丞仁兄大人阁下：别后甚切怀思，昨披藻翰，备荷饰存，并以前寄折扇、照片殷殷齿谢，回环三复，且感且惭。公学经执事一番整理，已顿改旧观，缅想贤劳，良深钦企。鄙人视事三辅，晌又月余，诸务冗繁，朔南一辙，所奇屝躯粗适，足以告慰远怀。匆此布复。敬颂台祺，不一。愚弟端方顿首。

黄式叙 一通

黄式叙,字黎雍,号松客,辽宁辽阳(今辽宁辽阳市)人。有《松客诗》等行世。

第一通

奉赠映庵观察

使君词笔追梅薛,陈石遗题公诗云:"命词薛浪语,命笔梅宛陵。"四海交推已有年。拄腹深深千卷在,随身落落万篇传。登楼望日忽西匮,出户观天独左旋。曾记僧房扪宋牒,六和塔下枕碑眠。

辽阳后学黄式叙呈草。

夏敬观家藏亲友书札音序目录

《中国近现代稀见史料丛刊》已出书目